KB180363

WILLIAM SHAKESPEARE

: 셰익스피어를 읽다

셰익스피어를 읽다

초판 1쇄 인쇄 2012년 9월 14일
초판 1쇄 발행 2012년 9월 18일

지은이 | 윌리엄 셰익스피어
옮긴이 | 류시건
펴낸이 | 박영철
펴낸곳 | 오늘의책

책임편집 | 김정연
외주디자인 | 홍시

주소 | 121-894 서울 마포구 잔다리로7길 12 (서교동)
전화 | 02-322-4595~6 팩스 02-322-4598
이메일 | tobooks@naver.com
블로그 | blog.naver.com/tobooks

등록번호 | 제10-1293호(1996년 5월 25일)

ISBN 978-89-7718-334-6 03840

WILLIAM SHAKESPEARE

:셰익스피어를 읽다

William Shakespeare ㅣ 류시건 옮김

CONTENTS

햄릿
Hamlet 7

오셀로
Othello 147

리어 왕
King Lear 275

맥베스
Macbeth 407

로미오와 줄리엣
Romeo and Juliet 499

해설 613
연보 652

Who is it that can tell me who I am?
King Lear, Act 1, scene 4

내가 누군지 누가 좀 말해줄 수 없나?

HAMLET

햄릿

햄릿

장소

덴마크

등장인물

유령 | 작고한 덴마크의 선왕 햄릿의 유령

클로디어스 | 햄릿 왕의 동생, 현재의 덴마크 왕

거트루드 | 덴마크 왕비, 햄릿의 어머니

햄릿 | 작고한 햄릿 왕과 거트루드의 아들, 현왕의 조카

폴로니어스 | 재상

레어티스 | 폴로니어스의 아들

오필리어 | 폴로니어스의 딸

레날도 | 폴로니어스의 하인

호레이쇼 | 햄릿 왕자의 친구

마셀러스, 바너도, 프랜시스코 | 근위장교

볼티먼드, 코닐리어스 | 노르웨이로 파견되는 사절

로젠크랜츠, 길덴스턴 | 햄릿 왕자의 동창

신사

사제

배우 몇 사람

산역꾼 두 사람

오스릭 | 경박한 멋쟁이 귀족

포틴브라스 | 노르웨이 왕자

노르웨이 부대장

영국 사절들

그 밖에 궁정 귀족, 귀부인, 병사, 선원들, 사자使者, 시종 등

ACT 1

1

[제1막 제1장]

엘시노어 성城. 성벽 위, 좌우에는 망대로 통하는 문이 있다. 별이 총총한 추운 밤, 창을 든 보초 프랜시스코가 왔다 갔다 하고 있다. 종이 자정을 알린다. 곧 다른 보초 바너도가 같은 무장을 하고 성에서 나온다. 그는 어둠 속에서 들려오는 프랜시스코의 발자국 소리에 갑자기 선다.

바너도 누구냐?

프랜시스코 넌 누구냐? 정지, 이름을 대라!

바너도 국왕 폐하 만세!

프랜시스코 바너도?

바너도 맞아.

프랜시스코 정확히 제시간에 왔군.

바너도 지금 막 12시를 쳤어. 자, 교대하세. 가서 자게, 프랜시스코.

프랜시스코 교대해줘서 고맙네. 어찌나 추운지, 마음까지 우울해지더군.

바너도 별 이상 없었나?

프랜시스코 생쥐 한 마리 얼씬하지 않았네.

바너도 그래, 잘 자게. 호레이쇼와 마셀러스를 만나거든, 같이 보초를 서고 싶으면 빨리 오라고 전해주게.

    호레이쇼와 마셀러스가 온다.

프랜시스코 (발소리를 듣고) 지금들 오는 모양이군. 정지! 누구냐?

호레이쇼 이 나라의 백성.

마셀러스 덴마크 왕의 신하.

프랜시스코 수고하게.

마셀러스 아, 잘 가게. 누가 교대했나?

프랜시스코 바너도. 그럼 부탁하네. (프랜시스코 퇴장)

마셀러스 이봐, 바너도!

바너도 아, 호레이쇼도 같이 왔는가?

호레이쇼 (악수를 하며) 손만 왔네.

바너도 잘 왔네, 호레이쇼. 잘 왔어, 마셀러스.

호레이쇼 그래, 그것이 오늘 밤에도 나왔는가?

바너도 아직은 못 봤어.

마셀러스 호레이쇼는 우리들이 허깨비를 본 거라며 도무지 믿어주지 않아. 두 차례나 우리 눈앞에 벌어진 무서운 광경인데 말이야. 그래서 오늘 밤에는 우리와 같이 느긋하게 망을 보자고 했지. 그 망령이 나타나면 그때는 우리 눈을 믿어줄 게 아닌가. 말을 건네볼 수도 있을 거고 말이야.

호레이쇼 쯧쯧, 나오긴 뭐가 나와.

바너도 어쨌든 좀 앉게. 우리가 이틀 밤이나 목격했단 말일세. 그렇게 막무가내로 귀를 틀어막지만 말고 한 번 더 들어보게.

호레이쇼 그럼, 앉아서 바너도의 얘기나 들어볼까?

바너도 바로 어젯밤에 북극성의 서쪽, 저기 보게, 저 별이 지금 반짝이고 있는 저 자리까지 와서 하늘을 환히 비추기 시작했을 때, 마셀러스와 나 둘뿐이었네. 그때, 막 종이 12시를 쳤는데 —

유령이 나타난다. 빈틈없이 갑옷을 입었고, 손에 원수장元帥杖을 들고 있다.

마셀러스 쉿, 조용히. 저것 봐, 또 나왔어!

바너도 선왕과 모습이 똑같아.

마셀러스 자네는 학자님이잖아, 호레이쇼. 말을 걸어보게.

바너도 선왕과 똑같잖아. 잘 봐, 호레이쇼.

호레이쇼 어쩜 저렇게 같을 수가! 무서워서 소름이 다 돋는군.

바너도 말을 걸어주었으면 하는 눈치야.

마셀러스 말 좀 건네보게, 호레이쇼.

호레이쇼 너는 무엇이기에 이 밤중에 배회하느냐? 더욱이 지금은 지하에 잠드신 선왕의 늠름하고 빛나는 갑옷을 입지 않았느냐? 하늘을 두고 명령한다. 순순히 대답하라.

마셀러스 화가 났어.

바너도 아, 가버리잖아.

호레이쇼 게 섰거라. 말해라, 말해. 명령한다. 대답하라. (유령이 사라진다.)

마셀러스 가버렸어. 말하기 싫은 모양이야.

바너도 왜 그러나, 호레이쇼? 자네 떨고 있군. 얼굴빛도 창백하고. 어떻게 생각하
나, 망상이 아니지?

호레이쇼 아, 놀랍네. 내 눈으로 똑똑히 보았는데 어찌 안 믿을 수 있겠는가.

마셀러스 선왕과 똑같지?

호레이쇼 같다뿐인가. 선왕께서 야심만만한 노르웨이 왕과 싸우셨을 때의 무장이
저랬었지. 잔뜩 얼굴을 찌푸린 표정도, 험악한 담판이 깨지자 썰매를 타고 온
폴란드 군인 놈들을 빙판에 내동댕이치셨을 때와 똑같네. 참으로 해괴하군.

마셀러스 지금까지 이렇게 해서 두 번, 시간도 똑같은 자정에 우리들 보초 앞을
의젓하게 지나갔지.

호레이쇼 이것을 어떻게 생각해야 할지 모르겠네만, 나라에 무슨 변괴가 일어날
징조가 아닐까 하는 생각이 드는군.

마셀러스 자, 우리 앉세. 좀 물어보겠네만, 무엇 때문에 밤마다 이렇게 엄중한 경
비를 세워 백성들을 괴롭히고, 무엇 때문에 매일같이 번쩍이는 대포를 만든
다, 외국에서 무기와 탄약을 사들인다 야단법석이며, 무엇 때문에 조선공들을
징발해다가 휴일도 없이 혹사시키는가? 대체 어떤 사태가 닥쳤기에 밤낮으로
비지땀을 흘리게 하느냔 말이야. 누가 알면 말 좀 해보게.

호레이쇼 내가 설명해주지. 적어도 소문은 이렇네. 방금 우리 앞에 모습을 나타내
신 선왕께서는 자네들도 알다시피, 오만한 야욕에 불타는 노르웨이 왕, 포틴
브라스의 도전을 받으시지 않았는가? 그래서 용감무쌍하신 햄릿 왕, 온 세상
에 그 용맹을 떨친 햄릿 왕께서 일격에 적을 무찌르셨네. 그리고 그놈은 목숨
과 더불어 영토를 모두 승리자인 햄릿 왕에게 몰수당했는데, 그건 기사도 법
칙에 의한 엄격한 약조에 따른 것이었지. 물론 우리 쪽에서도 상당한 영토를
걸었고, 만약 포틴브라스가 이겼다면 적의 손아귀에 들어갔을 걸세. 바로

이러한 약조에 따라 영토가 우리 쪽에 귀속되고 만 것이네. 그런데 포틴브라스의 아들이 풋내기 혈기로 노르웨이 변방 이곳저곳에다 그저 배만 채우면 만족하는 무뢰한들을 끌어 모아놓고 무모하게도 소동을 일으킬 기미를 보이고 있다네. 바로 아비가 잃은 영토를 무력으로 되찾아보겠다는 수작이지. 물론 우리 쪽에서도 그걸 환히 알고 있네. 이것이 우리가 군비를 서둘러 갖추려는 이유인 것 같네. 이렇게 경비를 강화하는 것도, 온 나라 안이 물 끓듯 하는 것도 다 그 때문인 것 같네.

바너도 그런 것 같아. 꼭 맞는 이야기야. 그 기분 나쁜 그림자가 갑옷을 입고 보초 앞을 지나간다는 것은, 더욱이 선왕과 모습이 똑같다는 것은 전쟁이 다시 일어난다는 조짐인지도 몰라.

호레이쇼 하기야, 티끌도 마음의 눈에 들어가면 따가운 법이지. 옛날, 한창 번영을 누리던 로마에서도 영웅 시저가 쓰러지기 직전에 무덤들이 텅텅 비고, 수의를 입은 시체들이 로마의 거리거리를 헤매면서 끙끙거리며 울부짖었다고 하네. 게다가 별은 훨훨 타는 불의 꼬리를 끌고, 핏빛 이슬이 내리고, 태양은 병들고. 바다를 지배하는 달도 마치 말세가 온 듯이 어두워졌다고 하지 않는가? 두려운 재앙을 예고하듯 하늘과 땅까지도 상서롭지 못한 징조들을 이 나라 이 백성에게 보여주지 않았나? 다가올 운명과 재난의 전조로서 말일세. (유령이 다시 나타난다.) 아, 쉿! 저것 봐. 또 나타났다. 목숨을 잃는 한이 있더라도 이번에는 유령 앞을 막아보자. (두 팔을 벌리고 가로막는다.) 게 섰거라, 헛것아! 음성을 낼 줄 알거든 말해봐라. 너에게는 위안이 되고 내게는 축복이 될 만한 좋은 일이 있거든 말을 해라. 미리 알면 피할 수도 있을 조국의 비운을 네가 알고 있거든, 오, 제발 말해다오! 혹, 흔히 듣는 얘기처럼 너도 생전에 착취하여 땅속 깊숙이 묻어둔 재보에 미련이 남아 떠도는 망령이라면, 그렇다고 말을 해라. (닭이 운다.) 가지 말고 말해! 못 가게 막아, 마셀러스!

마셀러스 창으로 찌를까?

호레이쇼 그래, 안 서거든.

바너도 여기다!

호레이쇼 여기다!

(유령이 사라진다.)

마셀러스 가버렸어. 그렇게 존귀한 혼령을 난폭하게 대한 우리 잘못이야. 공기와
같아 아무 반응도 없고, 공연히 창을 휘둘러대는 우리의 몰골만 더 우습네.

바너도 무슨 말을 하려고 하는데 그만 닭이 울었단 말이야.

호레이쇼 그때 움찔 놀라더군. 죄 지은 사람이 갑자기 무서운 호출이라도 당한 것
처럼 말일세. 듣기로는, 수탉은 새벽을 알리는 나팔수라는군. 그 우렁찬 목청
은 태양신을 깨우고, 그 울음소리에 물과 불, 육지와 공중에 떠다니던 망령들
이 허둥지둥 제 집으로 달아난다는데, 이제 보니 그 말이 맞군그래.

마셀러스 닭 울음소리에 그만 사라져버렸어. 언제나 성탄을 축하하는 계절이 되
면 새벽을 알리는 닭이 밤새도록 노래를 부르고, 그러면 망령들은 감히 나오
지도 못한다나? 밤은 건전하여 병의 저주도 미치지 못하고, 요정도 붙지 못하
며, 마녀들도 맥을 못 추지. 그처럼 그 계절은 청정하고 깨끗하다네.

호레이쇼 나도 그렇게 들었네만, 그럴 법도 하네. 아, 보게. 새벽이 적갈색 망토를
걸치고 저기 저 산마루의 이슬을 밟으며 넘어오고 있네. 자, 그만 파수도 걷어
치우세. 그런데, 내 생각에는 밤에 본 일을 햄릿 왕자님께 아뢰는 것이 좋을
것 같네. 그 망령이 우리에게는 말을 안 했지만 왕자님께는 반드시 무슨 말을
할 거야. 자네들은 어떻게 생각하나? 왕자님께 아뢰는 것이 왕자님에 대한 충
성심으로 보나 우리의 직책으로 보나 당연하지 않겠는가?

마셀러스 그래, 그렇게 하세. 마침 오늘 아침에 왕자님을 뵐 수 있는 장소를 내가
알고 있네. (모두 퇴장)

2

[제1막 제2장]

나팔 소리 울려 퍼진다.

덴마크 왕 클로디어스, 왕비 거트루드, 중신들, 폴로니어스와 그의 아들 레어티스, 그리고 볼티먼드와 코닐리어스 모두 성장을 하고 대관식에서 물러나온다. 끝으로 검은 상복을 입은 햄릿 왕자가 고개를 숙이고 등장. 왕과 왕비가 옥좌에 앉는다.

왕 사랑하는 형님, 햄릿 왕이 돌아가신 기억이 아직 생생하여 만백성이 다 수심에 싸이고, 다 같이 비탄에 잠겨 슬퍼함은 당연한 일이오. 그러나 지각을 되찾아 자연의 정을 극복한 나는 선왕을 깊이 애도하면서도 내 자신의 본분을 잃지 않았소. 지난날의 형수를 무용武勇의 나라 덴마크의 왕비로 맞이한 것도 그 때문이오. 이는 실의 속의 기쁨, 말하자면 한 눈으로 울고 한 눈으로 웃으며, 장례식은 성대하게 결혼식은 구슬프게, 슬픔과 기쁨을 똑같이 저울질하며 왕비를 맞이한 것이오. 이 일에 대해 나는 그대들의 현명한 의견에 귀를 기울였으며, 그대들은 나의 의견에 찬성해주었소. 다들 감사하오. 다음 문제는, 다 알다시피 저 젊은 포틴브라스에 관한 일인데, 우리 실력을 과소평가하는지, 아니면 형님이 돌아가셔서 우리나라가 분열되고 해체될 줄 아는지, 꿈같은 헛된 기대를 품고 있소. 기어이 성가시게 편지를 보내어, 제 아비가 지혜롭고 용감하신 우리 형님께 잃은 영토를 되돌리라고 요구하고 있소. 이것은 그쪽 사정이고, 우리의 대책이 문제인데, 오늘 회의를 갖는 것도 그 때문이오. 여기 노르웨이 왕에게 보내는 편지가 있소. 왕은 젊은 포틴브라스의 숙부 되는 사람으로, 늙고 병들어 줄곧 자리에 누워 있어 조카의 야심을 잘 모르는 것 같으나, 그의 행동을 바로 중지시키라고 요구했소. 왜냐하면 그의 계획에 필요한 군대는 모두 왕의 백성 가운데서 징발해야 하기 때문이오. 이에 그 일을 할 사신으로 코닐리어스와 볼티먼드를 임명하오. 노르웨이 왕과 교섭할 개인적 권한은 여기에 그 조항이 밝혀져 있으니 그 범위 안에서 절충하도록 하오. 그럼 다녀오오. 어서 임무를 완수하고 돌아오도록 하오.

코닐리어스, 볼티먼드 예, 분부대로 서둘러서 이행하겠습니다.

왕 가상하오. 잘 다녀오오. (두 사람 퇴장) 그리고, 레어티스, 너는 무슨 이야기지? 소청이 있다고 한 것 같은데? 이치만 닿는다면야 이 덴마크 왕이 들어주지 않을 리 없지. 대체 네 소원은 무엇이냐, 레어티스? 네가 굳이 조르지 않아도 들어주고 있지 않느냐? 이 덴마크 왕과 네 부친과는, 머리와 심장 사이도 그보다 더 가깝지 못할 것이고, 손과 입도 그보다 더 가깝지 못할 것이다. 그래, 네 청이 무엇이냐?

레어티스 황공하오나, 폐하, 저를 프랑스로 돌아가게 해주십시오. 폐하의 대관식에 참석하고자 기꺼이 귀국하였사오나, 이제 그 의무도 끝난 지금, 솔직히 말씀드리면 제 마음은 벌써 프랑스에 가 있습니다. 황공하오나 부디 허락해주십시오.

왕 부친의 허락은 받았느냐? 폴로니어스 경은 어떻게 생각하오?

폴로니어스 예, 자식놈이 어찌나 졸라대는지, 하는 수 없이 본의 아닌 승낙을 해주었습니다. 저도 간청하오니, 떠나도록 허락해주십시오.

왕 가서 잘 지내도록 해라, 레어티스. 휴가를 주마. 아무쪼록 열심히 공부하고 돌아오너라. 자, 내 조카이자 이제는 내 아들이 된 햄릿—

햄릿 (방백) 숙부와 조카 사이는 되겠지만, 아버지와 아들 사이라니, 어림없다!

왕 네 얼굴에는 아직도 어두운 구름이 끼여 있는데 어찌된 일이냐?

햄릿 그렇지 않습니다. 저는 너무 많은 햇살을 받고 있는걸요.

왕비 햄릿, 그 어두운 상복을 벗고, 덴마크 왕을 좀 더 정답게 바라보아라. 그렇게 언제나 눈을 내리뜨고 땅속에 묻힌 아버님만 찾고 있으면 되겠느냐? 이제 그만해라. 너도 알지 않느냐, 생명이 있는 자는 반드시 죽어서 세상을 하직하고 영원으로 떠나가게 마련이니라.

햄릿 예, 어머님, 그러게 마련이지요.

왕비 그렇다면 어째서 그게 네게만은 별난 것처럼 보이느냐?

햄릿 그렇게 보입니까? 아니, 사실입니다. 그렇게 보이든 말든 그것에는 관심이 없습니다. 그러나 어머님, 이 새까만 외투나 격식을 갖춘 엄숙한 상복, 억지로 짓는 호들갑스러운 한숨이나 강물처럼 넘치는 눈물, 억지로 찌푸려 보이는 얼굴이나, 그 밖에 슬픔을 나타내는 모든 형식과 분위기와 표정에도 저의 심정이 그대로 표현되지 못하고 있습니다. 그런 것들은 정말 그럴듯하게 보이겠지요. 그따위 연극은 아무나 할 수 있습니다. 이 가슴속에 있는 것은 그런 겉치레와는 다릅니다.

왕 그토록 아버지를 애도한다는 것은 참으로 아름답고 가상한 성품이다. 그러나 알아둬야 할 것은, 네 아버지도 아버지를 여의셨고, 그 아버지 또한 아버지를 여의셨다. 그리고 뒤에 남은 자는 자식 된 도리로 어느 기간 동안 복상을 하는 게야. 그러나 언제까지나 비탄에 잠기는 것은 신을 모독하는 고집이다. 그리고 대장부답지 못한 것이다. 이는 하늘을 거역하는 불손한 의지일 뿐 아니라 마음속에 신앙도 인내심도 없으며 분별과 교양이 없는 자임을 보여주는 일이다. 죽음을 피할 수 없다는 것은 누구나 다 알고 있고, 누구나 보고 들을 수 있는 일처럼 당연한 것이거늘, 그것을 왜 그리 슬퍼해야 한단 말이냐? 쯧쯧. 그것은 하느님과 고인에게 죄가 되는 일이요, 자연의 도리와 이성에도 어긋나는 일이다. 이성에 비추어 보건대 어버이의 죽음은 평범한 일이다. 인간이 태초에 죽음을 당하였을 때부터 오늘 죽은 이에 이르도록 〈죽음만은 피할 수 없다〉고 이성은 외치고 있지 않느냐. 제발 그 무익한 비애는 던져버리고, 나를 친아버지로 알아다오. 세상에 공포하거니와, 너는 나의 왕위를 계승할 사람이요,

나는 가장 인자한 어느 아버지 못지않게 너를 사랑하고 있다. 너는 뷔텐베르크 대학으로 돌아가고 싶어하나, 그것은 나의 뜻과는 아주 어긋나는 일, 제발 이대로 남아 나의 중신으로서, 그리고 나의 조카이자 아들로서 나의 기쁨과 위안이 되어다오.

왕비 이 어미의 기도가 헛되지 않게 해다오. 햄릿, 제발 뷔텐베르크에 가지 말고 우리와 함께 있어다오.

햄릿 아무쪼록 어머님 분부대로 하겠습니다.

왕 음, 그 기특한 대답, 참으로 반갑구나. 이 덴마크에서 나와 다름없이 지내도록 해라. 왕비, 갑시다. 햄릿이 이렇게 기꺼이 승낙해주니 내 마음이 여간 기쁘지 않소. 이를 축하하는 뜻에서 오늘 덴마크 왕이 축배를 들 테니 즐거운 한 잔마다 축포를 울려 하늘에 알립시다. 그러면 하늘도 왕의 주연에 화답하여 지상에 환희의 천둥을 울려주지 않겠소. 자, 갑시다. (나팔 소리. 햄릿만 남고 모두 퇴장한다.)

햄릿 아, 더러워질 대로 더러워진 이 육체, 녹고 녹아 이슬이 되어주었으면! 자살을 엄금하는 신의 계율만 없었다면 목숨을 끊어버릴 텐데. 아, 세상 일이 모두 따분하고 멋없다. 진부하기만 하고 무익하구나. 아, 싫다, 싫어. 잡초만 무성한 땅 같은 세상, 천하고 더러운 것들만 활개를 치는구나. 게다가 이렇게 되다니—돌아가신 지 겨우 두 달, 아니 두 달도 채 못 된다! 참 훌륭한 왕이셨지. 이번 왕에 비하면 하늘과 땅 차이야. 어머니를 끔찍이도 사랑하셨어. 행여 하늘에 부는 바람이 거셀까 어머님 얼굴을 감싸주셨는데. 아, 이 모든 기억들을 떨쳐버릴 수는 없는 것일까? 늘 아버지께 매달리시던 어머니, 그 사랑을 받아 어머니의 애정도 나날이 짙어지는 것처럼 보였지. 그런데 채 한 달이 안 되어—아예 생각하지를 말자. 약한 자여, 그대 이름은 여자인가? 겨우 한 달. 니오베처럼 온통 눈물에 젖어 가엾은 아버지의 유해를 따라가던 신이 닳기도 전에. 아, 그 어머니가, 그런 어머니가 숙부의 품에 안기다니 — 사리를 모르는 짐승이라도 좀 더 오래도록 슬퍼했을 것이다. 한 형제라고는 하나, 나와 헤라클레스만큼이나 차이나는 자와 한 달도 안 되어 어머니는 결혼했다. 거짓 눈물에 짓누른 자국이 벌게진 눈에서 가시기도 전에, 오, 그렇게도 더럽게 허겁지겁 시동생과의 불의한 잠자리로 달려가다니! 세상이 잘못되어가고 있는 것이다. 결코 용납할 수 없는 일이다. 그러나 이것만은 가슴이 터져도 입 밖에 내서는 안 된다.

호레이쇼, 마셀러스, 바너도 등장.

호레이쇼 안녕하십니까, 왕자님!

햄릿 잘 있었나? 아니, 호레이쇼……. 호레이쇼가 틀림없는가?

호레이쇼 바로 그렇습니다, 왕자님! 왕자님의 하찮은 충복이지요.

햄릿 무슨 소릴. 나의 좋은 친구지. 내가 오히려 그렇게 말하고 싶네. (악수한다.) 그런데 호레이쇼, 뷔텐베르크에서 무슨 일로 돌아왔나? 아, 마셀러스도 있군. (악수하려고 손을 내민다.)

마셀러스 왕자님!

햄릿 정말 반갑네. (바너도에게) 아, 자네도 별일 없었나? (호레이쇼에게) 그런데 자네 정말 무슨 일로 뷔텐베르크에서 돌아왔나?

호레이쇼 워낙 놀기를 좋아하는 놈이라서요.

햄릿 자네 적들이 그런 말을 해도 곧이들을 내가 아닌데, 하물며 자기 욕을 하는 자네 말을 내가 믿을 줄 아나? 자넨 게으름뱅이가 아니야. 대체 무슨 일로 엘시노어에 왔나? 돌아가기 전에 술고래가 되는 법을 가르쳐주지.

호레이쇼 실은 아버님의 국상國喪에 참례하러 왔습니다.

햄릿 제발 농담하지 말게. 우리 어머니의 혼례를 보러 왔겠지.

호레이쇼 그러고 보니, 참, 잇따라서 그 일이 있었습니다.

햄릿 절약이야, 절약. 초상밥이 식어서 그대로 잔칫상에 나온다 이 말이거든. 그
   런 일을 겪는 것보다는 차라리 원수를 만나는 게 훨씬 나았을 것이다, 호레이
   쇼! 아버님이 — 아버님의 모습이 보이는 것 같다.

호레이쇼 어디서 말씀입니까?

햄릿 내 마음의 눈이야, 호레이쇼.

호레이쇼 저도 한 번 뵌 적이 있습니다. 참 훌륭한 왕이셨습니다.

햄릿 훌륭한 인물이셨지, 어느 모로 보나. 다시는 그런 인물을 만날 수 없을 거야.

호레이쇼 왕자님, 실은 어젯밤에 뵈었습니다.

햄릿 뵈었다고? 누구를?

호레이쇼 아버님이신 선왕 말씀입니다.

햄릿 아버님? 선왕을?

호레이쇼 잠시 마음을 가라앉히시고 제 말을 들어주십시오. 그 괴이한 일을 말씀
   드리겠습니다. 이 사람들이 증인입니다. (마셀러스와 바너도를 바라본다.)

햄릿 제발 어서 얘기해주게!

호레이쇼 실은, 여기 있는 마셀러스와 바너도 두 사람이 이틀 밤을 같이 보초 서
   다가 목격한 일입니다. 쥐 죽은 듯이 고요한 밤중에 아버님의 모습을 닮은 형
   상이 머리꼭대기에서 발끝까지 완전 무장을 하고 나타나서, 겁에 질린 두 사
   람 앞을 엄숙한 걸음걸이로 천천히 걸어가셨답니다. 그것도 손에 쥔 지휘장이
   닿을 듯 가까이서, 세 번씩이나 말입니다. 그동안 두 사람은 너무나 무서워서
   멍청히 선 채 말도 걸어보지 못했답니다. 이 무서운 일을 저에게 은밀히 얘기
   해주기에, 셋째 밤에는 저도 같이 보초를 섰습니다. 그랬더니 시간하며, 형태
   하며, 두 사람의 말과 조금도 다름없는 그 망령이 나타났습니다. 저는 아버님

을 알고 있습니다. 아마 이 두 손도 그렇게 같을 수는 없을 것입니다.

햄릿 그게 어딘가?

마셀러스 저희들이 보초를 선 망대 위입니다.

햄릿 말을 걸어보지 않았나?

호레이쇼 걸어보았습니다. 그러나 대답은 없었습니다. 다만 한 번 얼굴을 들고 머뭇머뭇 무슨 말을 할 것같이 보였는데, 바로 그때 닭이 요란하게 우는 바람에 질겁하고 사라져버렸습니다.

햄릿 참으로 이상하구나.

호레이쇼 절대로 거짓말이 아니옵니다. 저희들은 이 일을 아뢰는 것이 저희들의 의무라고 생각했습니다.

햄릿 물론 그렇지. 그러나 몹시 마음에 걸리는구나. 오늘 밤에도 보초를 서는가?

마셀러스, 바너도 예.

햄릿 갑옷을 입었더라고 했지?

마셀러스, 바너도 예, 갑옷을 입고 있었습니다.

햄릿 머리꼭대기에서 발끝까지?

마셀러스, 바너도 예, 머리에서 발까지.

햄릿 그럼 얼굴은 못 보았는가?

호레이쇼 아니요, 보았습니다. 마침 투구의 얼굴가리개를 들어 올리고 있었으니까요.

햄릿 그래, 성난 얼굴이던가?

호레이쇼 성난 얼굴이라기보다는 슬픈 표정이었습니다.

햄릿 창백하던가, 아니면 혈색이 좋던가?

호레이쇼 아주 창백했습니다.

햄릿 자네를 지그시 바라보던가?

호레이쇼 눈도 깜빡이지 않았습니다.

햄릿 내가 그 자리에 있었더라면!

호레이쇼 무척 놀라셨을 겁니다.

햄릿 그랬을 테지. 그래, 오래 머물러 있었나?

호레이쇼 보통 속도로 백은 족히 헤아릴 만한 시간이었습니다.

마셀러스, 바너도 좀 더 길었네. 더 긴 시간이었어.

호레이쇼 내가 봤을 때는 그렇게 오래이지 않았네.

햄릿 수염은 희끗희끗하던가?

호레이쇼 생전에 뵈었을 때처럼 검은 수염에 은빛 수염이 섞여 있었습니다.

햄릿 오늘 밤에는 나도 보초를 서겠다. 또 나타날지도 모르니까.

호레이쇼 반드시 나타납니다.

햄릿 존귀한 선친의 모습을 하고 나타난다면, 설령 지옥이 입을 벌려 잠자코 있
    으라고 명령하더라도 내가 말을 걸어보겠다. 자네들에게 부탁하겠는데, 지금
    까지 이 일을 숨겨두었거든 앞으로도 침묵을 지켜주게. 그리고 오늘 밤에 무
    슨 일이 벌어지더라도 그저 알고만 있고 입 밖에 내지 말아주게. 자네들의 호
    의에는 보답할 테니. 그럼 잘들 가게. 11시에서 12시 사이에 망대에서 만나세.

모두 충성을 다하겠습니다.

햄릿 아니, 우리들의 우정에 의지하는 거야. 그럼, 잘들 가게. (모두 절을 하고 퇴장)
    아버님의 혼령이라! 갑옷을 입고! 상서롭지 못한 징조인데 무슨 흉사가 있나
    보다. 밤이 기다려지는구나! 그때까지 가만히 기다려라, 나의 영혼아. 악행은
    설령 대지에 덮여 있더라도 사람의 눈에 드러나고 마는 법이다. (퇴장)

3

[제1막 제3장]

레어티스와 그의 누이 오필리어 등장.

레어티스 이제 짐도 다 실었다. 그럼 잘 있거라. 순풍에 배편이 있거든, 잠만 자지
말고 소식 전해줘야 한다.

오필리어 안 그럴 것 같으세요?

레어티스 그리고 햄릿님에 관한 일인데, 호의를 보이고 있는 모양이다만 그건 다
한때의 기분, 청춘의 혈기인 줄 알아라. 이른 봄에 피는 제비꽃이랄까. 일찍
피지만 지는 것도 빠르고, 곱지만 오래가지 않는다. 덧없는 순간적 향기, 일시
적 위안, 그뿐이야.

오필리어 그뿐일까요?

레어티스 그렇다고 생각해라. 본디 인간이란 근육과 피부만 성장하는 것이 아니
라, 육체가 성장하면 내부에 있는 마음과 정신도 함께 성장하는 법이다. 지금
은 햄릿님도 너를 사랑하고 있겠지. 그분의 순수한 마음을 더럽히는 오점이나
거짓은 아직 없을 게다. 그러나 지위가 지위이니만큼 그분의 뜻도 그분의 것
이 아니라는 점을 명심해야 해! 왕자라는 신분의 지배를 받거든. 그러니 신분
이 낮은 사람들과는 달리 자기 마음대로 거동할 수가 없단 말이다. 한 나라의
안태가 그분의 선택 여하에 달려 있으니. 그래서 비妃의 간택도 자기가 다스리
는 국민 전체의 뜻에 따를 것이란 말이야. 그러니 너를 사랑한다고 말씀하시
더라도 믿지 않는 게 현명하다. 이 나라 백성들의 찬동이 따라야 하는 특별한
지위에 있는 분의 말씀이거든. 그분의 사랑의 노래에 솔깃해져서 제정신을 잃
고 보배 같은 정조를 내주는 날이면 얼마나 창피를 당하게 될 것인지 잘 생각
해야 해. 조심해라, 오필리어. 내 말을 명심해야 한다. 애정의 뒤쪽으로 물러

서서 욕망의 위험한 화살이 미치지 않는 곳에 있어야 한다. 정숙한 처녀는 달님 앞에 고운 살을 내놓는 것조차 망측스럽게 여긴다더라. 열녀도 세상의 험구는 피하지 못하고, 봄철의 새싹은 트기도 전에 벌레한테 먹히는 경우가 많고, 이슬 어린 싱싱한 청춘의 아침엔 독기 찬 해독을 입기 쉽다고 하지 않니? 그러니 조심해라. 조심하는 게 상책이야. 청춘이란 상대가 없어도 저절로 욕망이 일어나는 법이니까.

오필리어 오빠의 좋은 말씀 가슴에 소중히 간직해서 마음의 파수꾼으로 삼겠어요. 하지만 오빠, 악덕한 목사처럼 나에게는 험한 가시밭길을 천당으로 가는 길이라고 가르쳐주시면서, 오빠는 뻔뻔스러운 방탕아처럼 환락의 꽃길을 가시면 안 돼요.

레어티스 내 걱정은 마. 너무 오래 얘기했군. (폴로니어스 등장) 아버님이시다. 축사가 거듭되면 축복도 갑절이 되겠지. 좋은 기회다. 다시 작별 인사를 드려야겠다. (무릎을 꿇는다.)

폴로니어스 아직도 여기에 있었느냐, 레어티스? 어서 배를 타거라, 어서. 원, 녀석도! 돛이 바람을 안고 너를 기다리고 있다. 자 — 부디 내 축복이 너와 함께하길! (아들 머리에 손을 얹는다.) 그리고 몇 마디 훈계를 할 테니 단단히 명심해두어라. 속마음을 함부로 입 밖에 내지 말 것이며, 옳지 못한 생각을 행동에 옮기지 마라. 친구는 사귀되 잡스러워선 안 되고, 한번 사귄 좋은 친구는 쇠고리로 마음속에 단단히 걸어두어라. 그러나 젠 체하는 풋병아리들과 악수나 하다가는 손바닥만 두꺼워진다. 싸움은 하지 말도록 해라. 그러나 일단 하게 되면, 상대방이 앞으로 너를 조심스럽게 여기도록 철저하게 해라. 누구의 말에든 귀를 기울이되, 네 의견은 말하지 마라. 즉, 남의 의견은 들어주되 판단은 삼가라는 말이다. 옷차림에는 지갑이 허락하는 데까지 돈을 써도 좋지만, 요란스럽게 치장하지는 마라. 값지되 번쩍거리지 않는 옷을 입도록 해라. 옷은 인품을 나타내는 것이니까. 프랑스의 상류계급 인사들은 이 방면에 세련된 눈을 지니고 있단다. 돈은 빌리지도 말고, 빌려주지도 마라. 빌려주면 돈과 사람을 잃고, 빌리면 절약하는 마음이 무디어진다. 무엇보다도 네 자신에게 성실하여라. 그러면 자연히 밤이 낮을 따르듯 남에게 성실한 사람이 되는 법이다. 그럼, 잘 가거라. 내 훈계가 네 가슴속에 새겨지기를 빌겠다.

레어티스 그럼 다녀오겠습니다.

폴로니어스 시간이 없다. 가거라, 하인들이 기다리고 있다.

레어티스 (일어서면서) 잘 있으렴, 오필리어. 내가 한 말 잊지 말고.

오필리어 이 가슴속에 간직하고 자물쇠를 잠갔으니, 열쇠를 오빠가 맡으세요. (둘이 껴안는다.)

레어티스 잘 있으렴. (레어티스 퇴장)

폴로니어스 오필리어, 오빠가 무슨 말을 하더냐?

오필리어 저, 햄릿님 얘기예요.

폴로니어스 그렇지 않아도 한번 묻고 싶었는데 마침 잘되었다. 그래, 듣자니 햄릿님이 요즘 너에게 퍽 자주 드나들고, 너는 또 너대로 그저 선선히 만나준다면서? 나에게 조심하라고 일러준 사람이 있었다. 그게 사실이라면, 해둘 말이 있다. 네가 내 딸로서 지켜야 할 체면을 잘 모르고 있으니 큰일이다. 대체 둘 사이는 어떤 것이냐? 사실대로 말해보아라.

오필리어 왕자님은 요즈음 몇 번이나 제게 사랑을 고백하셨어요, 아버지.

폴로니어스 사랑? 허! 이런 철부지 같은 말 좀 들어보게. 하기야 그런 위험한 꼴을 겪어본 적이 없으니. 그래, 그 〈고백〉인가 뭔가 하는 말이 곧이들리더냐?

오필리어 모르겠어요, 어떻게 생각해야 할지.

폴로니어스 저런, 내가 가르쳐주마. 네 자신을 스스로 갓난아기라고 생각해라. 그런 고백을 진짜로 알아듣고 좋아하고 있으니. 좀 더 비싸게 처신하도록 해라

── 이런 비유를 자꾸만 쓰자는 것은 아니다만 ── 안 그러면 너는 나를 웃음거리로 만들 게야.

오필리어 아버지, 그분은 진실한 모습으로 저를 사랑한다고 하셨어요.

폴로니어스 그래, 〈모습〉뿐이야. 그만둬라, 그만둬.

오필리어 그리고 절대로 거짓이 아니라며, 몇 번이나 하늘에 맹세하셨는걸요.

폴로니어스 아, 그게 바로 바보를 잡는 덫이란 말이다. 피가 끓어오르면 함부로 맹세를 하는 법이야. 애야, 그렇게 불타는 것은 열보다는 빛이 더 많이 나고, 한참 맹세를 하는 도중에 둘 다 사라지고 마는 법이란다. 그런 것을 진짜 불인 줄 알았다가는 큰일 난다. 이제부터는 처녀로서 몸가짐을 함부로 하지 말고, 만나자고 하셔도 쉽게 응해서는 안 된다. 좀 더 도도하게 행동하란 말이다. 햄릿님으로 말하자면 나이도 젊고 너보다는 훨씬 자유로우신 분, 그리 알고 대해야 한다. 요컨대 오필리어, 그분의 맹세를 믿어서는 안 돼. 그런 맹세는 겉빛깔과는 달리, 속으로는 더러운 욕망을 이루려고 여자에게 잘못을 저지르게 하는 뚜쟁이처럼, 말만 신성하고 거룩한 체하는 거야. 그렇기에 더 잘 속는 것이지. 다시 한 번 분명히 말해두는데, 앞으로는 잠깐이라도 왕자님과 말을 하거나 만나서는 안 된다. 알겠지? 내 명령이다. 자, 들어가자.

오필리어 분부대로 하겠어요, 아버지. (두 사람 퇴장)

4

[제1막 제4장]

햄릿, 호레이쇼, 마셀러스, 망대 위에서 등장.

햄릿 공기가 살을 에는 듯이 차구나. 몹시 추운 날이다.

호레이쇼 살을 콕콕 찌르는 것 같군요.

햄릿 지금 몇 시나 되었지?

호레이쇼 아직 자정은 안 된 것 같습니다.

마셀러스 아닙니다. 12시를 쳤습니다.

호레이쇼 그래? 난 못 들었구나. 그럼 슬슬 그 유령이 나타날 때가 되었군. (안에서
별안간 나팔 소리와 대포 소리) 저건 뭡니까, 왕자님?

햄릿 왕이 밤을 새워 주연을 베풀고 마셔라 추어라 난장판이라네. 그리고 왕이
라인 포도주를 한 잔 들이켤 때마다 저렇게 북을 치고 나팔을 불어서 왕의 건
배를 떠들썩하게 알리는 것이다.

호레이쇼 풍습입니까?

햄릿 그래. 하지만 이곳 태생이고 이 나라 풍습에 젖어 있는 나까지도, 지키는 것
보다 깨뜨리는 편이 도리어 명예가 될 거라는 생각이 든다. 저런 술타령 덕분
에 온 세계 사람들이 우리를 비난하고 경멸하며 주정뱅이니, 돼지니 욕을 하
고 있거든. 그러니 아무리 훌륭한 공적을 세워도 모처럼의 명예가 다 헛된 것
이 되고 마는 거야. 개인의 경우에도 흔히 있는 일이지. 타고난 결함 같은 것
이 있으면— 하기야 인간의 탄생은 제 마음대로 되는 것이 아니니 그런 건
물론 당사자의 잘못은 아니지. 하지만 어떤 사람은 성질이 과격해서 이성의
울타리를 넘기도 하고, 어떤 사람은 성벽이 너무 지나쳐서 세상 관습에 어긋
나게 되기도 하거든. 어쨌든 선천적이든, 후천적이든 무슨 결점을 하나 짊어
진 사람들은 순수라는 미덕을 아무리 많이 가지고 있더라도 그 하나의 흠 때
문에 세상 눈에는 부패한 것으로 보인단 말이야. 고귀한 성품도 티끌만한 결
점 때문에 그 본질을 의심받고 비난을 듣게 마련이지.

유령이 나타난다.

호레이쇼 저기 보십시오, 왕자님. 나타났습니다!

햄릿 모든 천사들이여, 우리를 보호해주소서! 그대는 성령인가, 악마인가? 천상의 영기靈氣인가, 지옥의 독기인가? 그대 마음속의 선악의 의도는 모르겠지만, 그런 수상한 모습으로 나타났으니 말을 건네보지 않을 수 없다. 내 그대를 덴마크의 왕이며 아버님이라 부르리라. 오, 대답해주십시오! 답답해서 가슴이 터질 지경입니다. 죽어서 교회의 격식대로 매장된 그대의 유해가 어째서 수의를 벗어 던지고 나타나십니까? 그대를 안치한 무덤이 어째서 그 육중한 대리석 입을 벌려 다시 그대를 뱉어내는 것입니까? 그대 죽은 시체가 다시 완전무장을 하고, 어스름 달빛 아래 나타나 이 밤을 무섭게 만드는 까닭은 무엇입니까? 현세에 사는 우리의 영혼이 미치지 못하는 갖가지 의혹으로 우리의 간담을 이토록 서늘하게 하는 까닭은 무엇입니까? 말해보십시오. 무엇 때문입니까? 어떻게 하란 말입니까? (유령이 손짓한다.)

호레이쇼 따라오라고 손짓합니다. 왕자님께만 무슨 할 얘기가 있나 봅니다.

마셀러스 보십시오. 아주 정중하게 딴 데로 가자고 손짓하고 있습니다. 그러나 따라가지 마십시오.

호레이쇼 결코 가시면 안 됩니다.

햄릿 아무 말도 안 하려 하는구나. 좋아, 따라가보겠다.

호레이쇼 안 됩니다, 왕자님.

햄릿 왜, 무서울 게 뭐가 있나? 바늘만큼의 값어치도 없는 이 목숨이다. 내 영혼 역시 저와 같이 불멸인데 무슨 짓을 할 수 있겠는가?

호레이쇼 만일 바닷속으로라도 끌려가시면 어떻게 하시렵니까, 왕자님. 혹은 바다로 쑥 휘어나간 무서운 절벽 꼭대기로 유인해 갈지도 모릅니다. 그러고는 갑자기 무슨 괴물로 변하여 이성의 힘을 빼앗고 미치시게라도 만들면 어떻게 하시렵니까? 생각해보십시오, 까마득한 절벽 위에서 저 아래 바다를 내려다

보고 우렁찬 파도 소리만 듣고 있어도 아무런 이유 없이 괜히 미칠 것처럼 불
안해지는 법입니다.

햄릿 여전히 손짓하고 있다. 가시오, 따라가겠소.

마셀러스 안 됩니다, 왕자님.

햄릿 놔라.

호레이쇼 진정하십시오. 못 가십니다.

햄릿 내 운명이 부르고 있다. 온몸의 핏줄이 저 네메아 산중의 사자의 힘줄처럼
부풀어 오르는구나. 저렇게 부르고 있다. 어서 놔라. (뿌리치고 칼을 뺀다.) 비키
라니까! 가시오, 따라가겠소. (유령이 옆의 작은 망대 쪽으로 사라진다. 햄릿이 그 뒤
를 따라간다.)

호레이쇼 환상에 홀려서 결사적이시구나.

마셀러스 따라가보세. 하라는 대로 가만히 있을 수는 없잖은가.

호레이쇼 따라가봐야지. 이 일이 대체 어떻게 될까?

마셀러스 이 덴마크 어딘가가 썩어 있어.

호레이쇼 하늘에 맡기는 수밖에.

마셀러스 자, 따라가보세. (모두 퇴장)

5

[제1막 제5장]

성벽 문이 열리고 유령이 등장. 햄릿이 뽑은 칼을 십자가처럼 받쳐 들고 그 뒤를 따라 걸어
나온다.

햄릿 어디로 데리고 가는 거요? 말하시오. 이제 더는 가지 않겠소.

유령 (뒤돌아보면서) 잘 들어라.

햄릿 그러겠소.

유령 유황불이 타는 지옥의 업화業火에 몸을 맡겨야 하는 시간이 다 되어간다.

햄릿 아, 가엾은 망령!

유령 동정하지 말고 내 얘기를 잘 들어라.

햄릿 말하시오. 듣겠소.

유령 듣고 나거든 원수를 갚으렷다.

햄릿 뭐요?

유령 나는 네 아비의 혼령이다. 밤에는 일정한 시간 동안 어둠 속을 헤매어 다니고, 낮에는 불에 싸여 탄식하며 생전에 저지른 악행이 타서 깨끗해지기를 기다려야 하는 것이 내 운명이다. 연옥의 비밀은 말할 수 없다만, 말을 한다면 당장에 네 영혼은 두려움에 오그라들고, 네 젊은 피는 얼어붙을 것이며, 두 눈은 유성流星처럼 눈구멍에서 튀어나오고, 곱슬곱슬 엉긴 네 머리칼은 화난 고슴도치의 바늘 같은 털처럼 가닥가닥 곤두서리라. 그러니 영원한 저승의 비밀을 산 인간의 귀에 전할 수는 없다. 들어라, 들어라, 오, 들어봐라! 일찍이 네가 아비를 조금이라도 사랑했거든 ──

햄릿 오, 하느님!

유령 그 비열하고 무도한 암살을 복수해다오.

햄릿 암살?

유령 암살은 아무리 좋게 보아도 비열하지만, 이것은 그야말로 가장 비열하고, 괴이하고, 무도한 살인이었다.

햄릿 어서 말씀해주십시오. 사념이나 사랑의 날개보다도 빨리 원수를 갚으러 날아가겠습니다.

유령 기특하다. 이 말을 듣고 분기하지 않는다면, 저승에 흐르는 레테 강변의 무성한 잡초보다도 더 둔한 인간이다. 자, 햄릿, 들어보아라. 내가 정원에서 잠들어 있었을 때 독사에 물려 죽은 것으로 세상에 알려지고, 덴마크 백성들은 그 꾸며진 죽음의 원인에 감쪽같이 속고 있지만, 햄릿! 실은 네 아비를 죽인 그 독사가 지금 아비의 왕관을 쓰고 있다.

햄릿 아, 어쩐지 그런 예감이 들더라니! 역시 숙부가?

유령 그렇다. 그 음탕한, 불륜의 짐승 같은 놈. 악마의 지혜와 음험한 재주를 가지고— 아, 그토록 교묘하게 여자의 마음을 농락할 수 있다니, 그 얼마나 간사한 지혜와 재주인가! — 그렇게도 정숙해 보이던 왕비의 마음을 꾀어 그놈의 수치스러운 음란의 잠자리로 끌어들였다. 아, 햄릿, 이 무슨 배신이냐. 결혼식에서 한 맹세를 자나 깨나 한결같이 지켜온 나의 사랑을 배반하고, 천품이 나와는 비교도 안 되는 그 비열한 위인하고 배가 맞다니! 정숙한 여자는 욕정이 설령 천사로 가장하고 다가와 유혹한다 해도 동하지 않지만, 음탕한 여자는 빛나는 천사와 짝을 지어도 천상의 잠자리에 싫증을 내고 쓰레기통에서 썩은 고기를 뒤진다. 아, 가만, 새벽 공기의 냄새가 나는구나. 간단히 이야기하마. 그날도 오후가 되면 늘 하던 버릇대로 정원에서 낮잠을 자고 있었다. 그런데 마음 놓고 자는 틈에 너의 숙부가 헤보나 독약이 든 병을 들고 살금살금 다가와 문둥병처럼 살을 뭉그러뜨리고는 그 흉측한 독약을 내 귀에 부어 넣었다. 이 독약은 사람의 피를 썩게 하는 극약이어서, 수은처럼 삽시간에 몸뚱이의 모든 핏줄을 구석구석 돌아 우유에 초를 한 방울 떨어뜨린 듯이 갑자기 맑고 건강한 피를 응고시키고 만다. 내 피도 그렇게 되어 매끄러운 온몸에 보기에도 징그러운 문둥이처럼 당장에 부스럼이 솟아났다. 나는 낮잠을 자다가 아우의 손에 생명과 왕관과 왕비를 한꺼번에 빼앗기고 말았다. 하필 죄악의 꽃이 만발한 시기에 목숨이 끊겨 성찬식도 못 올리고, 신부님의 위안도 받지 못하고, 임종도유식臨終塗油式도 못 치르고, 참회도 못 하고, 온갖 죄상으로 몸과 마음이 더럽혀진 채 심판장에 끌려 나가고 말았다. 아, 무섭다, 무서워! 너무나도 무섭다! 만일 너에게 효심이 있거든 그대로 참지 마라. 덴마크 왕의 침상을 패륜과 음욕의 자리가 되게 해서는 안 된다. 그러나 어떤 수단을 쓰더라도 이성을 잃지 말고, 네 어미를 해칠 생각을 해서는 안 된다. 네 어머니는 하느님께 맡겨라. 늘 쿡쿡 찔러대는 양심의 가시에 맡겨라. 이제 가야겠다. 반딧불이 희미해지고 있는 것을 보니 날이 새는 모양이다. 잘 있거라, 잘 있거라, 잘 있거라, 나를 잊지 말거라. (유령은 땅속으로 사라지고, 햄릿은 미친 듯이 무릎을 꿇는다.)

햄릿 오, 해와 달이여, 별이여, 대지여, 또 무엇이 있지? 지옥도 불러내볼까? 무슨 소리! 흥분하지 마라, 햄릿. 오, 나의 육체여, 갑자기 늙어버리지 말고 꿋꿋이 버티어다오. (일어선다.) 잊지 말라고요? 그러리다, 가엾은 혼령이여! 이 미친 뇌 속에 조금이라도 기억력이 남아 있는 한 잊지 않으리다. 잊지 말라고요? 좋습니다. 내 기억의 장부에서 하찮은 기록일랑 싹싹 지워버리리다. 책에서 얻은 모든 격언, 젊었을 때 눈으로 보고 얻은 모든 형상과 모든 인상을 지워버리리다. 당신의 명령만을 기억 속에 간직해두고, 하찮은 것들과 섞지 않겠소. 맹세코 그러리다! 오, 참으로 고약한 여자! 오, 악당아, 악당아, 미소를 띠고 있는 그 저주받을 악당아! 그래, 수첩에 적어둬야지. (무엇을 적는다.) 인간은 생글생글 미소를 짓고 있으면서도 악당이 될 수 있다. 적어도 이 덴마크에서는 틀림없이 그렇다. 자, 숙부여, 분명히 적어놓았소. 이번엔 내 자신의 좌우명이다. 〈잘 있거라, 잘 있거라, 이 아비를 잊지 말거라.〉 (무릎을 꿇고 칼집에 손을 얹고 맹세한다.) 이제 맹세했다. (기도를 올린다.)

호레이쇼와 마셀러스, 성문에 나와 어둠 속에서 불러대고 있다.

호레이쇼 왕자님, 왕자님!

마셀러스 햄릿 왕자님!

호레이쇼 하느님, 왕자님을 보살펴주소서!

마셀러스 보살펴주소서!

호레이쇼 왕자님, 왕자님, 어디 계십니까?

햄릿 어이, 여기다. 이리 오게! (두 사람이 햄릿을 발견한다.)

마셀러스 괜찮으십니까, 왕자님?

호레이쇼 어떻게 됐습니까, 왕자님?

햄릿 아주 근사해!

호레이쇼 말씀해주십시오.

햄릿 안 돼, 누구한테 말하려고.

호레이쇼 저는 맹세코 하지 않습니다.

마셀러스 저도 맹세합니다.

햄릿 그렇다면, 어떻게 생각하나? 사람의 마음이 그런 일을 생각할 수 있을까?

  그런데 비밀은 지킬 테지?

호레이쇼, 마셀러스 두 사람 맹세합니다, 왕자님.

햄릿 덴마크에 사는 악인치고 대악당 아닌 놈이 없다니까.

호레이쇼 그 말을 하려고 유령이 일부러 무덤에서 나올 것까지는 없습니다.

햄릿 그래, 맞아. 자네 말이 옳아. 그러니 이제 구구하게 더 말할 것 없이 악수나

  하고 헤어지는 게 좋을 것 같군. 자네들도 볼일과 하고 싶은 일이 있을 것 아

  닌가. 누구나 다 저마다 할 일이 있는 법이니까. 나는 나대로 기도하러 가야

  겠네.

호레이쇼 허황되고 부질없는 말씀만 하십니다.

햄릿 자네 감정을 상하게 해서 미안하네. 정말 미안해.

호레이쇼 감정이 상하다니요, 별 말씀 다 하십니다.

햄릿 (호레이쇼에게) 아냐, 그럴 일이 있어, 정말이야. 매우 감정이 상하는 일이 있네. 아까 나온 헛것 말인데, 진짜 망령이야. 그것만은 말해두지. 망령과 무슨 얘기를 했는지 궁금하겠지만, 그건 참게. (두 사람에게) 그런데 친구로서, 학자로서, 그리고 군인으로서, 들어주겠나?

호레이쇼 무엇입니까, 왕자님? 기꺼이 들어드리겠습니다.

햄릿 오늘 밤에 본 일을 누설하지 말아주게.

호레이쇼, 마셀러스 절대로 하지 않겠습니다.

햄릿 그래, 맹세하게.

호레이쇼 맹세코 누설하지 않겠습니다.

마셀러스 저도 누설하지 않겠습니다, 맹세코.

햄릿 (칼을 빼 들고) 이 칼을 두고 하게.

마셀러스 이미 맹세했습니다, 왕자님.

햄릿 정식으로 이 칼을 두고 하게.

유령 (지하에서) 맹세하라!

햄릿 하, 하, 이녀석도 그렇게 말하는군. 거기 있었나, 친구? 자, 이 친구가 땅속에서 하는 소리가 들리지? 어서 맹세하게.

호레이쇼 맹세의 말씀을 하십시오.

햄릿 오늘 밤에 본 일은 절대로 누설하지 않겠다고. (두 사람이 칼자루에 손을 대고 맹세한다.)

유령 (지하에서) 맹세하라!

햄릿 이거, 신출귀몰이로군. 그럼, 우리 자리를 옮겨볼까? 자네들, 이리로 와서 내 칼에 손을 대게. 오늘 밤에 들은 일은 절대로 누설 않겠다고 이 칼을 두고 맹세하게.

유령 (지하에서) 그 칼을 두고 맹세하라!

햄릿 잘도 말하는군, 두더지 선생! 그렇게 빨리 땅속을 뚫고 돌아다닐 수도 있나? 대단한 공병이로군! 자, 한 번 더 이사 가세.

호레이쇼 허, 그것 참 기괴하다!

햄릿 그러니까 낯선 손님으로 알고 환영이나 해두게. 이 하늘과 땅 사이에는 우리 철학으로는 상상할 수도 없는 일이 얼마든지 있다네, 호레이쇼. 자, 아까처럼 맹세하게, 신의 가호를 받으려거든. 앞으로 나는 필요에 따라서는 괴이한 행동을 할지도 몰라. 그런 경우 아무리 이상하게 보이더라도 자네들은 이렇게 팔짱을 끼거나 고개를 갸웃거리면서, 혹은 의미심장한 표정으로 "그래, 그래, 우리도 알아." "설명하려면야 할 수도 있지."라든가, "잠자코 있기로 하지, 뭐."라든지, "말해도 좋다면……," 하는 모호한 말투로 마치 내 신상을 알고 있는 것처럼 하지 말아달라는 거야. 자, 신의 가호를 두고 맹세하게.

유령 (지하에서) 맹세하라!

햄릿 진정해라, 진정해, 이 불안한 영혼아! (두 사람이 맹세한다.) 그럼, 자네들, 진심으로 부탁하네. 비록 지금은 가엾은 햄릿이지만 하느님이 허락하신다면 언젠가 자네들의 우정에 보답할 수 있을 거야. 자, 같이 들어가세. 제발 언제나 입을 다물고 있어야 해. (혼잣말 비슷하게) 세상은 이제 관절이 빠져 엉망이 되어버렸다. 아, 지긋지긋하구나. 내가 그것을 바로잡을 운명을 타고나다니! (두 사람에게) 자, 같이 들어가세. (모두 성문으로 퇴장)

몇 주일이 지난다.

ACT 2

6

[제2막 제1장]

폴로니어스와 하인 레날도 등장.

폴로니어스 이 돈과 편지를 레어티스에게 전해주어라, 레날도.

레날도 예.

폴로니어스 이렇게 하는 편이 훨씬 현명하겠구나. 그 애를 만나기 전에, 그래, 행
적부터 살펴보아라, 레날도.

레날도 저도 그럴 생각이었습니다.

폴로니어스 그래, 잘 생각했다, 잘 생각했어. 먼저, 파리에는 어떤 덴마크인들이
와서 살고 있는지, 그들이 누군지, 생활을 어떻게 하고 있는지, 어떤 친구들과
사귀고, 얼마나 돈을 쓰고 있는지 조사해보아라. 그런 것을 넌지시 물어보다
가 누가 레어티스를 안다고 하거든, 그때는 그 녀석에 관한 질문으로 좁혀가

는 거야. 그리고 너도 그 애를 좀 알고 있다는 눈치를 슬쩍 보여라. 이를테면,
"그 사람 아버지와 친구들을 압니다. 본인도 조금은 알죠." 하는 식으로 말이
다. 알겠느냐, 레날도?

레날도 예, 잘 알겠습니다.

폴로니어스 "본인도 조금은 알죠. 하지만," 하고선 이렇게 계속하는 거야. "잘은
모릅니다. 그러나 그게 바로 그 사람이라면, 굉장히 거친 사람입니다. 이러이
러한 나쁜 버릇이 있고요." 이렇게, 생각나는 대로 갖가지 버릇을 주워섬겨라.
다만 그 애 체면이 너무 깎일 만한 욕은 안 된다. 그 점은 매우 조심하도록 해
라. 그저 구김살 없는 젊은이에게 으레 따라다니는 분방하고 난폭한 행동 같
은, 흔한 실수 정도로 해두어야 한다.

레날도 이를테면 투전 같은 것 말씀입죠?

폴로니어스 그렇지. 또 술, 칼싸움, 논쟁, 다툼, 외도── 이런 정도면 상관없을 게다.

레날도 하지만 외도라면 도련님의 체면이 상하겠습니다.

폴로니어스 상관없다. 말은 하기에 달렸느니라. 하지만 그 이상의 욕을 덧붙여서
이름난 오입쟁이로 만들어서는 안 된다. 그건 내 본마음이 아니다. 분방한 나
이에 흔히 있을 수 있는 탈선처럼 들리도록 해라. 불같은 성격의 일시적인 폭
발이랄까, 혈기를 못 이긴 난폭한 행동이랄까, 아무튼 누구나 한때 겪는 그런
것으로 들리도록 말하는 게야.

레날도 그런데, 저어──

폴로니어스 무엇 때문에 그러느냐?

레날도 예, 그 까닭을 알고 싶습니다.

폴로니어스 오냐. 내 속마음을 말하면 이런 것이니라. 내 딴에는 묘안인 줄 알고
있다만, 내 아들을 슬쩍 험담해보는 게야. 어쩌다가 그만 실언이 튀어나온 것
처럼 말이다. 그러면, 만약 네가 만난 그 사람이 과거에 그 애의 그런 나쁜 짓

을 현장에서 보았다면 반드시 맞장구를 칠 것이다, 이렇게. "예, 그래요."라든
가, "이봐요" 또는 "선생", 하여튼 그 지방의 말투와 그 사람의 신분에 따라서
적당히 부를 테지만.

레날도　예, 그렇습니다.

폴로니어스　그리고 그 사람은, 에에—그 사람은 말이야, 어, 내가 무슨 말을 하
려고 했더라? 원, 내 분명히 무슨 말을 하려고 했는데— 내가 어디까지 말했
지?

레날도　"맞장구를 칠 것이다." 하고, "이봐요"라든가, "선생"이라고 할 거라는 데
까지 말씀하셨습니다.

폴로니어스　맞장구를 칠 것이다? 아, 그렇지! 상대방은 이렇게 맞장구를 칠 게 아
니냐. "나도 그분을 압니다. 어제도 만났습니다." 혹은 "얼마 전에 만났습니
다." 아니면 "이러이러한 때에, 이러이러한 사람과 같이 가는 것을 봤습니다."
"댁의 말씀처럼 노름을 하고 있었습니다. 많이 취해 있더군요." "테니스를 치
다가 말다툼을 하고 있었습니다." 또 어쩌면 "어떤 영업집에 들어가는 것을
보았습니다." 하고 말이다. 영업집은 유곽을 말한다만, 아무튼 그런 소리를 할
게 아니냐. 이렇게 거짓 미끼를 던져서 진짜 잉어를 낚자는 게야. 모든 일에
나처럼 지혜와 선견지명이 있는 사람은 간접적인 방법으로 사실을 알아내는
법이지. 그러니 너도 내가 일러준 대로 하면 틀림없이 내 아들의 행적을 알아
낼 수 있을 게다. 알아들었느냐?

레날도　예, 잘 알겠습니다.

폴로니어스　그럼, 잘 다녀오너라.

레날도　예.

폴로니어스　네 눈으로 그 애 동정을 잘 살펴야 한다.

레날도　예, 염려 마십시오.

폴로니어스 사실을 털어놓게 해서 말이다.

레날도 예, 잘 알았습니다.

폴로니어스 그럼, 가보아라. (레날도는 퇴장하고, 오필리어가 허겁지겁 달려 들어온다.) 아니, 오필리어, 무슨 일이냐?

오필리어 오, 아버지, 무서웠어요.

폴로니어스 대체 뭐가 말이냐?

오필리어 아버지, 제가 방에서 바느질을 하고 있는데 햄릿님이 웃옷의 앞가슴을 풀어헤치고, 모자도 없이, 때 묻은 양말은 양말 고리가 벗겨져서 발목까지 흘러내린 모습으로 뛰어 들어오셨어요. 그러고는 창백한 얼굴에 슬픈 눈으로, 마치 지옥에서 무서운 얘기를 하러 풀려 나온 사람같이 몸을 떨면서 제 앞으로 다가오셨어요.

폴로니어스 너에 대한 사랑 때문에 미친 것 아니냐?

오필리어 모르겠어요, 아버지. 하지만 그런 것도 같아요.

폴로니어스 그래, 뭐라고 하더냐?

오필리어 제 손목을 잡더니 꼭 붙든 채 팔 길이만큼 뒤로 물러서서, 한쪽 손으로 이렇게 이마 위를 가리면서 마치 초상화라도 그리려는 듯이 제 얼굴을 유심히 들여다보기 시작하셨어요. 한참 그러고 나더니 나중에 제 팔을 가볍게 흔들고, 자기 머리를 이렇게 세 번 끄덕끄덕하시면서 한숨을 푹 내쉬셨는데, 어찌나 처량하고 무서운 한숨인지, 그분의 온몸이 산산이 부서지고 숨이 끊어지는 것만 같았어요. 그러고 나서야 손목을 놓아주셨어요. 그리고 어깨 너머로 저를 돌아보시고는, 눈으로 보지 않아도 앞길이 훤하다는 듯이 끝내 저한테서 눈을 떼지 않은 채 문 밖으로 나가셨어요.

폴로니어스 자, 같이 가자. 폐하를 뵈어야겠다. 이것이 바로 사랑의 광증이라는 게야. 한번 발작하면 스스로 제 몸을 망치고, 마침내는 자제력을 잃어 어떤 무

모한 짓을 하게 될지 모르거든. 본디 인간의 본성을 괴롭히는 모든 격정이 다
그러하지만 이 사랑만큼 무서운 것은 없지. 거 안됐구나. 그런데 너 요새 그분
께 무슨 심한 말이라도 했느냐?

오필리어 아뇨. 다만 아버님 분부대로 편지를 돌려보내고 찾아오지 마시라고 거
절했을 뿐이에요.

폴로니어스 그래서 실성하신 게다. 참으로 안됐구나. 내가 좀 더 자세히 주의해서
살펴볼 것을 그랬어. 글쎄, 그분이 일시적인 객기로 네 한 몸을 망치려 하는
줄로만 알았거든. 이렇게 되고 보니 내 의심이 원망스럽구나. 정말 늙은이들
은 무엇이든 지나치게 생각하고 쓸데없는 걱정을 하게 마련이고, 젊은 녀석들
은 모두 분별이 없단 말이야. 자, 폐하께 가보자. 어쨌든 이 사실을 아뢰어야
겠다. 가서 사실대로 아뢰면 노여워하시겠지만, 비밀로 해두었다가는 나중에
화근이 되겠다. 자, 어서 가자.

7

[제2막 제2장]

정면 입구 뒤쪽에 큰 복도가 있고 입구 좌우에는 막이 내려져 있으며, 그 안쪽에 문이 보인
다. 나팔 소리. 왕과 왕비가 로젠크랜츠, 길덴스턴 등을 거느리고 등장.

왕 반갑구나, 로젠크랜츠, 길덴스턴. 전부터 만나고 싶기도 했지만, 갑자기 수고
를 끼칠 일이 생겨서 이렇게 급히 너희들 두 사람을 불러오게 했다. 너희들도
어느 정도 들었을 테지만, 햄릿의 변모가 — 이렇게 표현하지 않을 수 없구나
— 어찌나 심한지, 겉으로나 속으로나 아주 딴 사람이 되어버렸다. 그런데 부
친의 별세 외에는 햄릿이 그토록 지각을 잃게 된 원인을 알 길이 없구나. 그래

서 너희들에게 청하고 싶은 것은, 어려서부터 왕자와 같이 자라 그 기질을 잘 알고 있을 터이니, 잠시 이 궁성에 머물면서 왕자의 벗이 되어다오. 즐거운 놀이도 권해보고, 기회 있는 대로 왕자를 살펴서 마음속의 고민이 무엇인지 알아봐다오. 그 원인을 알면 치료해줄 방법도 있을 게 아니냐.

왕비 햄릿은 늘 그대들 얘기를 하고 있어요. 그대들처럼 햄릿이 그리워하는 벗은 또 없을 거예요. 친절하게 잠시 이곳에 머물면서 힘이 되어준다면 이렇게 일부러 찾아준 데 대해서는 폐하께서도 잊지 않으시고 응분의 보답을 하실 거예요.

로젠크랜츠 두 분의 높으신 권한으로 명령하심이 마땅한데 부탁이시라니요, 황공하기 그지없습니다.

길덴스턴 저희들은 분부대로 죽음으로써 충성을 다할 것을 맹세합니다.

왕 고맙다, 로젠크랜츠, 길덴스턴.

왕비 고마워요. 그럼 너무나도 변해버린 내 아들에게 가봐요. 두 분을 햄릿이 있는 곳으로 안내해드려라.

길덴스턴 하느님, 저희들의 체류와 충성이 햄릿님께 위로가 되고 도움이 되게 하소서!

왕비 아멘!

(로젠크랜츠와 길덴스턴, 절을 하고 퇴장)

폴로니어스 등장, 왕에게 이야기한다.

폴로니어스 폐하, 사절 일행이 노르웨이로부터 좋은 소식을 가지고 돌아왔습니다.

왕 경은 언제나 기쁜 소식을 가져오는 사람이야.

폴로니어스 그렇습니까, 폐하? 신은 하느님께나, 은혜 깊으신 폐하께나 제 영혼을 받들듯 의무를 다하는 몸입니다. 그리고 대강 알아낸 것 같습니다만, 혹시 틀렸다면 이 머리도 이제 늙어서 전과 같이 국정을 바로 살피지 못하게 된 것이 분명하지요. 신은 드디어 햄릿님의 광증의 원인을 알았습니다.

왕 아, 어서 말해보오! 참으로 궁금하오.

폴로니어스 먼저 사신들을 접견하십시오. 신의 소식은 그저 성찬 뒤의 입가심으로나 삼으시면 될까 합니다.

왕 그럼 경이 가서 사신들을 맞아들이시오. (폴로니어스 퇴장) 거트루드, 재상이 햄릿의 광증에 대한 원인을 알아냈다는구려.

왕비 알아냈다지만, 선친의 별세와 우리의 너무나 갑작스러운 결혼 이외에 다른 원인은 없는 것 같아요.

왕 어쨌든 알아봅시다. (폴로니어스가 볼티먼드와 코닐리어스를 데리고 등장) 경들의 귀국을 환영하오. 그래, 볼티먼드, 우방 노르웨이 왕은 뭐라고 했소?

볼티먼드 (두 사람, 절을 한 뒤) 폐하의 친서에 대하여 지극히 정중한 말씀을 주셨습니다. 저희들의 첫 제의에 곧 신하를 파견하여 조카 포틴브라스의 모병을 중지시켰습니다. 그 모병이 처음에는 폴란드와 싸우기 위한 준비인 줄로만 알았으나, 조사해보니 실은 폐하에 대한 음모였음이 밝혀졌다고 합니다. 늙고 병들어 자리에 누운 자신의 무력함을 알고 이렇게 속이다니 이 얼마나 원통한 일인가 하고 분하게 생각하여, 중지 명령을 내리자, 포틴브라스는 곧 이에 따라 모병을 중지했습니다. 그리고 노왕의 대단한 꾸지람을 받고 결국 앞으로 다시는 폐하에 대해서 감히 무력행사를 꾀하지 않을 것을 숙부 어전에서 맹세했습니다. 그래서 노왕은 지극히 만족하여, 연금 3천 크라운에 해당하는 토지를 내리고, 이미 모집한 군대는 폴란드 원정에 써도 좋다는 권한을 주었습니다. 아울러 노왕이 의뢰하시는 일이 이 편지에 자세히 적혀 있습니다. (편지를 왕 앞에 바치면서) 그 원정을 위한 군대가 폐하의 영토를 지나가도록 허가해주시기 바란다는 내용입니다. 영토를 지나갈 때 이쪽의 안전과 그쪽의 행동 규범들에 대해서는 이 편지에 적혀 있습니다.

왕 (편지를 받으면서) 음, 잘되었소. 이 편지는 적당한 틈을 타서 읽어보고, 신중히 고려한 뒤에 회답하기로 하겠소. 경들의 활약을 치하하오. 물러가서 쉬도록 하오. 저녁에는 축연을 베풀겠소. 귀국을 진심으로 환영하오! (볼티먼드와 코닐리어스, 절을 하고 퇴장)

폴로니어스 일은 원만히 낙착되었습니다. 그런데 폐하, 그리고 왕비님, 지금 여기서 국왕의 주권은 어떠하여야 하고 신하의 본분은 무엇이며, 어째서 낮은 낮이고 밤은 밤이며 시간은 시간인가 하는 문제를 따지는 것은 공연히 밤과 낮과 시간을 허비하는 것밖에 안 됩니다. 그래서 무릇 간결은 지혜의 진수요, 장황은 그 손발과 겉치레이므로 간단히 아뢰겠습니다. 감히 말씀드립니다만, 햄릿 왕자님은 실성하신 것이 분명합니다. 왜냐하면 진짜 실성의 성질을 규정한다면, 요컨대 정말 실성했다는 것 이외에는 아무것도 아니라는 것밖에 더 되겠습니까? 뭐, 그건 그렇고.

왕비 핵심을 말씀하세요, 말장난은 그만하시고.

폴로니어스 왕비님, 신은 결코 말장난을 하는 것이 아닙니다. 왕자님의 실성, 그건 사실입니다. 사실이어서 유감스러운 일이며, 유감이지만 사실입니다. 이런 어리석은 말장난, 이제 그만하겠습니다. 글쎄, 말장난할 생각은 조금도 없으니까요. 그런데 왕자님의 실성, 일단 그렇게 상정하기로 한다면 남은 문제는 이러한 결과의 원인을, 아니, 이러한 결함의 원인을 알아내는 일입니다. 왜냐하면 이러한 결함의 결과에는 반드시 원인이 있게 마련이거든요. 그런데 남은 문제라는 것은 이러하오니 신중히 고려하십시오. (웃옷 속에서 몇 장의 종이쪽지를 꺼낸다.) 신에게 딸이 하나 있습니다. 분명히 지금은 딸년임에 틀림없습니다만, 이 딸년이 아비에 대한 효심과 의무에서, 보십시오, 이런 것을 내놓았습니

다. 부디 살펴주십시오. (햄릿의 편지를 읽는다.) 〈천사 같은 내 영혼의 우상, 가
장 미화된 오필리어에게〉 —— 문구가 졸렬하군요. 게다가 속되고요. 〈미화된〉,
이건 속된 표현입니다. 하여튼 들어보십시오, 이렇습니다. (읽는다.) 〈당신의
티 없이 새하얀 가슴에, 이 말을······〉

왕비 그 편지를 햄릿이 오필리어에게 보냈단 말씀인가요?

폴로니어스 잠깐만 기다리십시오, 왕비님. 모두 읽어드리겠습니다.

〈별은 불이 아닐까 의심하고,

태양은 과연 돌까 의심하고,

진리도 거짓이 아닐까 의심스러울지라도,

나의 사랑만은 의심하지 말아주오.

아, 사랑하는 오필리어, 나는 이런 운율에 서툰 사람이라 사랑의 고민을 시로
잘 읊어낼 만한 위인이 못 되오. 그러나 나는 당신을 가장 깊이, 무엇보다도
깊이 사랑하고 있소. 이것만은 믿어주오. 안녕.

아름다운 여인에게. 이 몸이 살아 있는 한 영원히 당신의 것인 햄릿이.〉

이 편지를 딸년은 순순히 이 아비에게 내놓았습니다. 뿐만 아니라 둘이서 언
제, 어떻게, 어디서 정담을 나누었나 하는 것까지 모두 아비에게 털어놓았습니다.

왕 그런데 오필리어는 어떻게 했소? 그의 사랑을 받아들였소?

폴로니어스 신을 어떻게 생각하십니까?

왕 물론 충성되고 결백한 인물인 줄 알고 있지.

폴로니어스 그런 인물이라면 얼마나 좋겠습니까? 그런데 어떻게 생각하시겠습니
까? 만일 신이 날개를 단 이 뜨거운 사랑을 보았을 때, 실은 딸년이 고백하기
전부터 저는 눈치 채고 있었습니다만, 마치 책상이나 테이블 위의 장식용 서
적처럼 멍청하게 방관했다면 어떻게 생각하시겠습니까, 폐하, 그리고 왕비
님? 그러지 않았습니다. 소신은 즉시 손을 써서 딸년에게 말했습니다. "햄릿

님은 왕자의 신분, 네게는 하늘의 별이다. 이건 도저히 안 될 일이다." 그리고 앞으로는 햄릿님이 출입하시는 장소에서 몸을 피하고, 심부름 온 사람도 들이지 말고, 선물도 받지 말라고 타일렀습니다. 딸년은 물론 그 말대로 따랐습니다. 하지만 이렇게 거절당한 햄릿님께서는, 간단히 말씀드리면 비탄에 빠져 단식하시다가, 다음에는 불면, 다음에는 쇠약, 다음에는 방심, 이렇게 차츰차츰 전락하셔서 마침내 지금처럼 되신 것입니다.

왕 당신은 어떻게 생각하오?

왕비 그런지도 모르겠어요. 있을 법한 일이에요.

폴로니어스 지금까지 신이 〈그렇다〉고 말씀드려서 그렇지 않은 때가 단 한 번이라도 있었는지 알고 싶습니다.

왕 아마 없었던가 보오.

폴로니어스 만약 그렇지 않을 때에는, (자기 머리와 어깨를 가리키며) 이것을 여기서 잘라버리십시오. 그저 실마리만 잡히면 사리의 진상을 찾아내겠습니다. 설사 그것이 지구 한복판에 묻혀 있다 할지라도 말씀입니다.

이때 햄릿이 정면 입구로 하여 복도로 들어온다. 단정치 못한 옷차림으로 들어오면서 책을 읽고 있다. 실내에서 말소리가 들리자 커튼 뒤에 숨는다.

왕 좀 더 자세히 알아볼 길은 없는가?

폴로니어스 아시다시피 햄릿님은 가끔 이 큰 복도를 몇 시간이나 왔다 갔다 하십니다.

왕비 정말 그래요.

폴로니어스 그런 때를 노려서 딸년을 내놔볼까 합니다. 그리고 폐하와 저는 휘장 뒤에 숨어서 두 사람이 만나는 모양을 살펴보기로 하는 것입니다. 만약 왕자님이 딸년을 사랑하는 것이 아니고, 따라서 사랑 때문에 실성하신 것이 아니라면, 신은 폐하를 받드는 중책을 포기하고 시골에 내려가 마소를 부리며 농사를 짓겠습니다.

왕 아무튼 시험해봅시다.

    햄릿, 책을 읽으면서 걸어 나온다.

왕비 아, 저것 보세요. 가엾은 것이 슬픈 얼굴로 뭘 읽으며 걸어오고 있어요.

폴로니어스 어서 두 분께서는 저리로 가십시오. 신이 곧 상대해보겠습니다. 자, 어서들 피해주십시오. (왕과 왕비, 허둥지둥 자리를 뜬다.) 햄릿 왕자님, 안녕하십니까?

햄릿 아, 잘 있네.

폴로니어스 저를 아시겠습니까?

햄릿 알고말고, 포주영감 아닌가.

폴로니어스 아닙니다, 왕자님.

햄릿 그렇다면 포주영감만큼이라도 정직한 인간이 되어봐.

폴로니어스 정직한 인간이요?

햄릿 그렇지. 지금 세상에는 정직한 인간이 만 명에 하나라도 있을까?

폴로니어스 그렇긴 그렇군요.

햄릿 만약에 태양이 개의 시체에 구더기를 끓게 한다면, 그건 썩은 살에 키스해도 좋다는 격이지……. 자네, 딸이 있나?

폴로니어스 예, 있습니다.

햄릿 너무 햇빛 아래 나다니게 하지 말게. 세상을 알아가는 건 좋은 일이지만 임신을 하게 되면 큰일이니까. 그러니 조심해, 친구. (다시 눈을 책으로 돌린다.)

폴로니어스 (방백) 이것 좀 봐. 어떤가? 여전히 내 딸 타령이 아닌가. 그렇지만 처음에는 날 몰라보고 포주영감이라고 했것다. 몹시 돌았는데, 돌았어. 하기야 나도 젊어서는 사랑으로 고민깨나 했지. 그거나 별 차이 없을 게야. 한 번 더 말을 걸어보자. ── 뭘 읽고 계십니까, 왕자님?

햄릿 말[言語]이다, 말, 말.

폴로니어스 문제가 무엇입니까?

햄릿 누구 사이의 문제?

폴로니어스 아니, 지금 읽고 계시는 책의 내용이 무엇에 관한 문제냐는 말씀입니다.

햄릿 (폴로니어스에게 대들 자세. 폴로니어스는 슬금슬금 물러선다.) 욕설이지 뭐야? 풍자가인 놈이 여기 뭐라고 했는고 하니, 늙은이들은 수염이 희고, 얼굴은 주름살투성이에, 눈에서는 진한 호박색 송진 눈곱이 흘러나오고, 노망해서 정신력은 없는 데다가, 무릎엔 영 힘이 없다는군. 하나하나 옳은 말이지. 그렇다고 이렇게 쓴다는 건 옳지 못해. 자네만 하더라도 나같이 젊어질 수 있거든. 게처럼 뒤로 기어갈 수 있다면 말이야. (다시 책을 읽기 시작한다.)

폴로니어스 (방백) 돌긴 돌았는데, 말에 조리는 있단 말씀이야. (큰 소리로) 바깥 공기는 해롭습니다. 안으로 들어가십시오.

햄릿 내 무덤 안으로?

폴로니어스 (방백) 그렇지, 거기라면 바깥 공기를 안 쐬게 되겠지. 이따금 의미심장한 대답을 하거든! 미치광이의 한마디는 흔히 정곡을 찌른단 말씀이야. 이성과 제정신을 가진 사람은 생각지도 못할 말을 하거든. 그럼 이만해두고, 이제 내 딸과 만나게 할 방법이나 얼른 연구해보자. (큰 소리로) 왕자님, 죄송합니다만 이제는 물러가겠습니다!

햄릿 어서 물러가라고. 내가 선선히 내줄 수 있는 것은 그 허락밖엔 없으니. 내 생명은 제외하고, 내 생명은 제외하고 말이다.

폴로니어스 그럼 안녕히 계십시오. (절을 한다.)

햄릿 따분한 영감 같으니! (다시 책을 들여다본다.)

로젠크랜츠와 길덴스턴이 걸어온다.

폴로니어스 햄릿 왕자님을 찾아가는 길이지? 저기 계시네.

로젠크랜츠 (폴로니어스에게) 나리, 안녕히 가십시오. (폴로니어스 퇴장)

길덴스턴 왕자님!

로젠크랜츠 안녕하십니까, 왕자님!

햄릿 (쳐다보면서) 이거 참 반가운 친구들이구나! 어떻게 지내나, 길덴스턴? (책을 덮는다.) 아, 로젠크랜츠도! 그래, 요새 자네들 형편이 어때?

로젠크랜츠 그저 그렇습니다.

길덴스턴 너무 행복하지 않은 것이 다행이라고나 할까요? 행운의 여신 모자 꼭대기에는 올라가지 못하고 있습니다.

햄릿 구두밑창도 아니고?

로젠크랜츠 예, 왕자님.

햄릿 그럼, 여신의 허리께쯤 되는구나. 가운데쯤에서 여신의 총애를 받고 있단 말이지?

길덴스턴 아, 예, 은밀한 가운데서 받고 있습니다.

햄릿 뭐, 여신의 은밀한 가운데에서 받아? 그럴 테지. 행운의 여신은 음부淫婦니까. 그런데 무슨 소식이라도?

길덴스턴 없습니다. 세상이 정직해졌다는 것밖에는.

햄릿 그렇다면 말세도 가까워졌구나. 하지만 그런 소식은 믿을 수 없어. 좀 더 자세히 물어보겠는데, 그래 자네들, 행운의 여신께 무슨 죄를 졌기에 이렇게 이 곳에서 감옥살이를 하게 됐지?

길덴스턴 감옥이요?

햄릿 덴마크는 감옥이야.

로젠크랜츠 그렇다면 이 세계도 감옥이게요?

햄릿 훌륭한 감옥이지. 그 안에는 독방도 있고, 병동도, 지하 감방도 있지. 그 가운데서도 덴마크는 가장 지독한 감옥이라고.

로젠크랜츠 저희들은 그렇게 생각하지 않습니다.

햄릿 그렇다면 자네들한테는 아닌가 보군. 본디 좋고 나쁜 것은 다 생각하기 나름이니까. 하지만 나한테는 이건 감옥이란 말이야.

로젠크랜츠 그것은 왕자님께서 대망大望을 품고 계시기 때문입니다. 왕자님의 뜻을 담기에 이 나라는 너무 좁습니다.

햄릿 아아, 나는 호두껍데기 속에 갇혀 있어도 내 자신을 끝없는 천지의 왕이라 생각할 수 있는 사람이야. 나쁜 꿈만 꾸지 않았다면 말이야.

길덴스턴 그 꿈이 실은 대망인 것입니다. 대망의 실체實體는 꿈의 그림자에 지나지 않으니까요.

햄릿 꿈 자체가 그림자에 지나시 않는 거야.

로젠크랜츠 옳은 말씀입니다. 대망이란 사실 공기처럼 허무한 것이라, 결국은 그림자에 지나지 않는 듯싶습니다.

햄릿 그렇다면 거지야말로 실체이고, 왕이나 거들먹거리는 영웅들은 거지의 그림자가 되는 셈이군. 어전에나 갈까? 요즈음 나는 이치를 따질 수 없게 되었단 말이야.

로젠크랜츠, 길덴스턴 모시고 가겠습니다.

햄릿 그런 게 아냐. 자네들을 하인 취급이야 할 수 있나. 솔직히 말해서, 요새는

지긋지긋하게 뒤를 따라다닌단 말이야. 그런데 친구로서 묻네만, 무슨 일로 이 엘시노어에 왔나?

로젠크랜츠 왕자님을 뵙고 싶어서 왔습니다. 다른 목적은 없습니다.

햄릿 나는 지금 거지나 다름없는 신세라 인사도 제대로 못 하겠네만, 아무튼 고 맙네. 하기는 이것도 자네들에게는 지나친 인사가 될 걸세. 자네들, 누가 불러 서 온 것 아닌가? 정말 오고 싶어서 왔는가? 그저 자연스러운 방문인지, 그렇 지 않은지, 자, 나한테는 바른 대로 말해도 돼. 자, 어서들 말해봐.

길덴스턴 뭐라고 말씀드려야 좋겠습니까, 왕자님?

햄릿 무슨 말이든 분명히만 말하면 되네. 자네들은 누가 불러서 왔어. 얼굴에 그 렇다고 씌어 있는걸. 딴전을 부릴 만큼 자네들은 아직 교활하지 못해. 다 알고 있단 말이야, 왕과 왕비가 불러서 왔다는 걸.

로젠크랜츠 무슨 목적으로 말씀입니까?

햄릿 그거야 자네들이 대답할 일이지. 친구로서의 도리로 보나, 같은 젊은이의 우의로 보나, 서로의 변함없는 사랑의 의무로 보나 말일세. 말주변이 좋은 사 람 같으면 이보다 더 훌륭한 말로 자네들을 감동시킬 수 있을 텐데. 자, 솔직 히 대답하라고. 자네들은 누가 불러서 왔지? 아닌가?

로젠크랜츠 (길덴스턴에게) 어떻게 하지?

햄릿 (방백) 누가 속을 줄 아나? (큰 소리로) 나를 사랑하거든 숨기지 말게!

길덴스턴 왕자님, 실은 불러서 왔습니다.

햄릿 그 이유는 내가 말하지. 내가 미리 말해버리면 자네들은 털어놓지 않아도 되고, 왕과 왕비로부터 비밀을 누설했다는 비난을 털끝만큼도 받지 않을 게 아닌가. 웬일인지 모르지만 요즈음 내가 모든 일에 흥미를 잃었고, 여느 때 즐 기던 운동도 모두 그만두었네. 참으로 심사가 우울해져서, 이렇듯 빼어난 산 천대지도 황량한 곳[岬]처럼 느껴지고, 더없이 장대한 저 천개天蓋, 저 대기, 보게나, 우리 머리 위 찬란한 공간, 불 같은 황금의 별들로 아로새겨진 장엄한 천공— 저것도 마치 독기가 깃든 탁하고 더러운 것으로만 보이거든. 인간이란 얼마나 조화로운 걸작인가. 고상한 이성, 무한한 능력, 그 명백하고 감탄할 만한 거동과 자태의 천사 같은 행동을 보게. 신의 지혜를 지닌 인간은 세상의 꽃이요, 만물의 영장이 아닌가! 그런데 이것이 내게 무엇인가? 먼지덩어리에 지나지 않는다네. 인간에게서는 어떤 기쁨도 발견할 수 없단 말이야. 여자도 마찬가지야. 웃는 것을 보니 자네 둘은 그렇지 않은 모양이군.

로젠크랜츠 그런 뜻에서 웃은 것은 아닙니다.

햄릿 그럼 왜 웃었나? 〈인간에게서 내가 기쁨을 못 느낀다〉고 말했을 때 말이야.

로젠크랜츠 왕자님께서 인간이 싫으시다면 배우들은 얼마나 냉대받을까 하는 생각이 들어서 그랬습니다. 오는 도중에 배우 일행을 만나 앞질러 왔습니다만, 그들은 왕자님 앞에서 연극을 보여드리려고 지금 이리로 오고 있는 참입니다.

햄릿 국왕 역을 맡은 배우는 대환영이야. — 공손하게 맞이하지. 무예를 닦는 기사 역에게는 검과 방패를 실컷 휘두르게 할 거고, 애인 역을 맡은 이의 탄식이 헛되지 않게 후한 대우를 해주지. 풍자 역은 끝까지 하도록 내버려 둘 거고, 어릿광대 역에게는 잘 웃는 사람들의 허파를 터뜨려놓게 할 거야. 여자 역은 마음대로 지껄이게 내버려 둬야지. 그러지 않고는 대사가 술술 나오지 못할 테니까. 어디에 소속된 배우들인가?

로젠크랜츠 왕자님께서 애호해주시던, 도시의 그 비극 배우들입니다.

햄릿 어떻게 해서 지방에 돌아다니게 됐지? 도시에 있는 편이 명성이나 수입, 어느 모로나 보다 나을 텐데.

로젠크랜츠 최근의 사건으로 공연이 금지된 것 같습니다.

햄릿 내가 수도에 있을 때처럼 평판은 여전한가? 그때같이 관객이 많은가?

로젠크랜츠 그렇지 못합니다.

햄릿 왜 그렇지? 고리타분해졌는가?

로젠크랜츠 아닙니다. 사람들은 여전히 꾸준히 노력하고 있습니다. 그러나 최근 매새끼들 같은 어린이 극단이 나타나서 요란스레 고함을 질러대고, 맹렬한 박수갈채를 받고 있습니다. 이것이 대유행이 되고, 보통극은 — 그들은 이렇게 부릅니다만 — 사정없이 배척당하고 있습니다. 그래서 좀 멋을 부린다는 사람들은 작가들의 붓끝이 무서워 그리로는 감히 출입을 못 하는 형편입니다.

햄릿 뭐, 어린이 배우들이라고? 누가 유지를 하는데? 보수는 어느 정도이고? 그럼 변성기 이전까지밖에 배우 노릇을 않겠단 말인가? 그 애들도 자라면 보통 배우가 될 텐데. 달리 생계가 마련된다면 별 문제지만 그렇지 못하다면 결국 자기네 장래를 욕하는 셈이 되지 않는가. 그렇다면 나중에 그렇게 만든 작가를 원망하지 않을까?

로젠크랜츠 사실 양쪽의 시비는 굉장했답니다. 게다가 세상 사람들까지 염치도 없이 그 싸움에 불을 지르는 형편입니다. 그래서 한때는 작가와 배우가 싸우는 장면이 없는 각본은 팔리지 않을 정도였답니다.

햄릿 말도 안 되는 일이군.

길덴스턴 아니, 정말 굉장한 싸움이 벌어졌습니다.

햄릿 결국 소년들이 이겼나?

로젠크랜츠 예, 그랬습니다. — 극장마다 모조리 서리를 맞았습니다.

햄릿 하기야 그다지 이상할 것도 없지. 지금 덴마크 왕으로 계신 내 숙부의 경우를 봐도 그러니까. 선왕이 살아계셨을 때는 숙부를 멸시하던 사람들까지도 지금 와서는 왕의 초상화랍시고 조그만 그림 한 장에도 수십 더컷, 아니 백 더컷씩이나 돈을 쓰는 세상이니까. 제기랄, 이런 부조리는 철학으로도 설명할 수 없을 걸세.

나팔 소리.

길덴스턴 배우들이 도착한 모양입니다.

햄릿 아무튼, 자네들 이 엘시노어에 잘 왔네. (머리를 숙이며 인사한다.) 손을 이리
주게. 사람을 환영하는 데는 마땅히 예법이 따라야 하니까. 자, 악수하세. (두
사람과 악수한다.) 이제 내가 배우들을 더 정중히 환영한다고 오해하지야 않겠
지. 미리 말해두지만, 그들에게는 어느 정도 상냥하게 대해줘야 한단 말이야. 정
말 잘들 왔네. 그런데 내 숙부님 겸 아버님과 숙모님 겸 어머님은 속고 계시네.

길덴스턴 무엇에 말씀입니까?

햄릿 내 광기는 북서풍일 때뿐이야. 남풍일 때는 멀쩡하거든.

폴로니어스 등장.

폴로니어스 아, 두 사람 다 잘 있었는가?

햄릿 (폴로니어스가 오는 것을 보고 두 사람에게) 이크, 길덴스턴, 그리고 자네도 귀 좀
이리 대봐. 저기 저 큰 아기는 아직도 기저귀 신세를 못 면하고 있어.

로젠크랜츠 아마도 다시 어린애가 되셨나 봅니다. 늙으면 어린애가 된다고 하니
까요.

햄릿 배우들이 왔다는 이야기일 테니 들어봐. (큰 소리로) 자네 말이 맞아. 월요일
아침, 바로 그때였지.

폴로니어스 왕자님, 반가운 소식입니다.

햄릿 나도 반가운 소식이 있지. 로스키우스가 로마의 배우였을 때…….

폴로니어스 배우들이 도착했습니다.

햄릿 그래, 그래.

폴로니어스 제 명예를 걸고—

햄릿 그때 배우들은 저마다 노새를 타고 왔노라—

폴로니어스 천하의 명배우들입니다. 비극, 희극, 역사극, 전원극田園劇은 물론 전원 희극, 역사 전원극, 비극적 역사극, 비희극적 역사 전원극, 그 밖에 고전물, 신작물 할 것 없이 모두 다 능숙합니다. 세네카도 너무 무겁게 다루지 않고, 플라우투스도 너무 가볍게 다루지 않으며, 정형물이나 자유물이나 천하에 이들을 따를 자가 없습니다.

햄릿 오, 이스라엘의 판관 예프타여, 그대는 참으로 훌륭한 보물을 가졌구나!

폴로니어스 어떤 보물 말입니까?

햄릿 왜, 그런 노래가 있지 않나?

〈무남독녀 귀여운 딸을

아비는 극진히 사랑했네.〉

폴로니어스 (방백) 여전히 내 딸 이야기로군.

햄릿 예프타, 내 말이 틀렸는가?

폴로니어스 저를 예프타라 부르신다면, 저에게도 애지중지 기른 딸이 하나 있습니다.

햄릿 아니, 그러면 노래가 이어지지 않아.

폴로니어스 그럼 어떻게 하면 이어집니까?

햄릿 〈신만이 아시는 운명으로〉 그리고 그다음은 이렇지. 〈예외 없이 그 일이 일어났도다.〉 이 성가 1절을 보면 더 자세히 알 수 있지. 하지만 이제 그만하는 게 좋겠네. 저기 배우들이 오는군. (배우 너덧 명 등장) 어서 오게, 배우 여러분, 다 잘 왔어. — 참 반갑네. — 귀한 친구들! 환영하네. 아, 자네는 코밑에 장식을 길렀나? 요전에는 없었는데. 그걸 길러 내 앞에서 어른 행세를 하려고 덴마크에 왔나? — 아, 아가씨도? 아가씨는 전에 봤을 때보다 구두 뒤축만큼

천당에 가까워졌는걸. "제발 내 음성에 금이 가지 않게 해주십시오." 하고 하
느님께 빌어야 해. 금화도 금이 가면 못 쓰거든, ── 배우 여러분들, 참 반갑소.
프랑스의 매사냥꾼을 닮았는지 우리는 뭐든 보기만 하면 덤벼든다오. 그럼 당
장 한마디 들어볼까. 어디, 솜씨 좀 보여달라고. 아주 비장悲壯한 놈으로 말이야.

배우 1 어떤 것이 좋으시겠습니까, 왕자님?

햄릿 언젠가 들려준 것 있잖은가. 아마 상연은 한 번도 안 됐을 거야. 아니, 한 번
쯤 상연됐던가? 여하튼 내 기억으로는 그 연극이 대중에겐 인기가 없었네. 개
발에 편자지, 일반 대중이 알 턱이 있나. 하지만 내가 보기엔 참 훌륭한 극이
었어. 아니 나쁜 아니라 나보다 훨씬 식견이 있는 분들도 같은 의견이었으니
까. 장면 구성도 좋고, 대사의 기교도 적절한 정도이고. 어떤 비평가의 말에
따르면, 억지로 구수하게 만들려고 문구에 마구 양념을 치거나 문장의 멋을
부리려고 얄팍한 말투를 함부로 쓴 흔적이 없다고 하더군. 작품이 진실하고
건전하며 재미가 있으면서도 필치가 화려하지 않고 수수한 작품이라더군. 그
가운데 내가 좋아하는 대사가 있는데, 아에네아스가 디도에게 이야기하는 대
목 말이야. 그 중에서도 프리아모스 왕의 최후에 관한 부분이 특히 좋더군. 아
직도 기억에 남아 있어. 거기서부터 시작하게나. ── 가만있자, 가만있자.

〈사나운 퓌로스, 휘르카니아의 비호처럼.〉

아니지, 퓌로스로 시작하기는 하는데.

〈사나운 퓌로스, 마음도 어두운데, 시커먼 갑옷을 입고 칠흑같이 어두운 밤에
그 흉한 목마의 뱃속에 숨어들더니, 이제 그 무서운 검은 얼굴에 또다시 처참
한 피를 칠하였구나. 머리에서 발끝까지 피투성이라. 아비의 피, 어미의 피,
딸 아들의 피, 거리에서는 불꽃이 타올라 피를 말리고, 생지옥의 불인 양 학살
자의 앞길을 비추어준다. 분노와 불길에 피는 아교처럼 온몸에 엉겨 붙어 몸
은 부풀어 오르고 홍옥 같은 눈을 번들거리면서 지옥의 악마 같은 퓌로스는

트로이아의 노왕, 프리아모스를 찾는다.〉

자, 받아서 계속해주게.

폴로니어스 허, 참으로 잘하십니다. 그 자연스런 운율이며 억양이며, 일품입니다.

배우 1 〈마침 그때 보니, 노왕은 그리스군을 치려 하나 힘이 미치지 않아 손이 말을 듣지 않고 허공을 친 낡은 칼은 땅에 떨어지고 만다. 이 기회를 놓칠세라 프리아모스에게 달려들어 분노의 칼을 내리치는 퓌로스. 노왕의 칼은 서툴러 빗나가고, 그 매서운 칼바람에 노왕은 힘없이 쓰러지고 만다. 이때 무심한 일리움 궁전도 일격의 아픔을 느꼈는지 불길에 싸인 누각은 와르르 땅 위에 쓰러져 천지가 무너지는 듯. 이 요란한 소리에 퓌로스는 귀청이 찢어진 듯, 보라! 프리아모스의 백발을 향해 내리치던 칼은 허공에 얼어붙고, 퓌로스도 그림 속의 폭군처럼 얼빠진 채 우뚝 서서 어찌할 바를 모른다. 마치 폭풍이 오기 전처럼 천지가 고요해지고, 구름은 정지하고, 바람은 말이 없고, 대지는 죽은 듯이 잠잠하다. 이때 느닷없이 천둥이 터져 허공을 찢자 잠시 망설이던 퓌로스의 적의가 되살아나 그를 분발시키니, 군신 마르스의 불후의 갑옷을 단련하던 애꾸눈 거인 퀴클롭스의 철퇴 같은 퓌로스의 혈검血劍은 사정없이 프리아모스의 머리 위에 떨어진다. 물러가라, 너 부정한 운명의 여신아! 오, 천상의 신들이여, 뜻을 모아 이 여신의 권력을 빼앗고, 여신의 물레바퀴에서 살과 테를 부수어, 둥근 물레통만 구천을 굴러 굴러 지옥의 밑바닥에 떨어지게 하소서.〉

폴로니어스 그건 너무 길구먼.

햄릿 이발사에게 부탁해서 잘라버리게 할까? 그대의 수염과 함께. 어서 다음을 계속해주게. 이 양반은 웃음거리나 음란한 장면이 나와야지, 안 그러면 졸고 마는 사람이니까. 자, 어서. 헤카베의 대목을 부탁하네.

배우 1 〈그러나, 아, 가엾다. 남편 잃은 왕비는 몸을 감싸고 — 〉

햄릿 왕비는 몸을 감싸고?

폴로니어스 거 참 좋군. 〈왕비를 몸을 감싸고〉라, 좋구면.

배우 1 〈맨발로 이리저리 허둥거리며, 활활 타는 불이라도 끄려는 듯 억수같이 눈물을 흘린다. 왕관이 얹혀 있던 머리에는 초라한 천 조각이 말려 있고, 많은 자식들을 낳아 뼈만 남은 허리에는 비단 의상은 간 데 없고, 엉겁결에 주워 걸친 담요 한 장뿐—— 왕비의 이 모습을 본 사람이라면, 어느 누가 독설로써 운명의 여신을 저주하지 아니할까! 신들이 이 광경을 본다면, 그리고 퓌로스가 칼을 휘둘러 남편의 사지를 난도질하는 참경을 보고 지르는 왕비의 광란의 소리를 듣는다면, 지상의 일에 무심한 신들도 하늘에 반짝이는 무수한 별들의 눈을 눈물로 적시고, 왕비의 슬픔을 함께 나누리라.〉

폴로니어스 저런, 얼굴빛이 변하고 눈물까지 글썽거리는군. 이제 그만하게.

햄릿 이제 그만. 나머지는 잠시 뒤에 듣기로 하지. 그럼 재상, 이 배우들을 잘 좀 부탁하오. 부디 후하게 대접해주오. 아시겠소? 이들은 시대의 축도이자 연대기年代記니까, 죽은 뒤 좋지 못한 비명碑銘을 받는 것보다 살아서 이 사람들의 구설을 듣지 않는 편이 나을 거요.

폴로니어스 이 사람들의 신분에 맞게 대접하지요.

햄릿 원, 재상도, 더 잘 대접해요! 분에 따라 대우한다면, 이 세상에서 회초리를 면할 사람이 누가 있겠소? 그대의 명예와 체면에 어울리게 대접하시오. 상대방에 그만한 자격이 없으면 없을수록 이쪽의 선심은 그만큼 더 빛날 테니까. 데리고 가시오.

폴로니어스 자, 이리들 오게. (문 쪽으로 간다.)

햄릿 자, 여러분, 따라들 가게. 내일 여러분의 연극을 듣기로 하지. (배우 1을 가로막고) 여보게, 《곤자고의 시역弑逆》을 상연할 수 있겠나?

배우 1 예, 왕자님.

햄릿 그럼, 내일 밤 그걸 상연해다오. 그런데 대사는 열대여섯 줄쯤 내가 써서 덧붙이고 싶은데, 외울 수 있겠나?

배우 1 예, 왕자님. (폴로니어스와 다른 배우들 모두 퇴장)

햄릿 됐다. 그럼 재상을 따라가게. 그이를 너무 놀리지는 말고. (배우 1 퇴장. 그후 로젠크랜츠와 길덴스턴을 향해) 자네들도 밤에 다시 만나세. 엘시노어엔 잘 와주었어.

로젠크랜츠 그럼, 안녕히 계십시오. (두 사람 퇴장)

햄릿 아, 그래, 잘 가! 이제 나 혼자 남았구나. 아, 나는 어쩌면 이렇게 지지리도 못난 비열한 인간일까! 아까 그 배우 좀 보라. 실로 기괴하지 않은가. 하나의 허구虛構, 가공의 정열에 취해서 온갖 상상의 힘으로 스스로의 영혼을 움직이고, 그로 인해 온통 안색은 창백해지며 눈에는 눈물을 글썽이고, 고민으로 얼굴이 일그러지며 목은 메고, 움직임 하나하나가 상상에 맞추어 갖은 표정을 다 나타내지 않는가? 아무런 까닭도 없는데. 오직 헤카베 때문이다! 대관절 헤카베가 그에게 무엇이며, 그는 헤카베에게 무엇이기에 그가 울어야 하는가? 만약 나만큼 분격하고 슬퍼할 동기를 가졌다면 어떻게 할까? 눈물로 무대를 잠기게 하고, 무서운 대사로 관중의 귀를 찢고, 죄 지은 자들은 미치게 하고, 죄 없는 자를 두려움에 떨게 하고, 어리석은 자를 현혹시키고, 관중의 눈과 귀를 멍청하게 만들어놓을 것이다. 그런데, 나, 아둔하고 미련한 이 못난 놈은 얼간이처럼 대의명분도 찾지 못한 채 선왕을 위해서 할 말을 하지 못하고 있지 않은가. 흉측한 수단에 걸려 왕위와 가장 귀중한 생명을 빼앗기고 말았는데. 나는 비겁한 놈인가? 누가 나를 악한이라고 부르는가? 누가 내 머리통을 후려갈기는가? 누가 내 수염을 뽑아서 내 얼굴에 불어 보내는가? 내 코를 비틀고, 나를 멀쩡한 거짓말쟁이라고 욕하는 자가 누군가? 나한테 그럴 자가 누구인가? 제기랄, 있다 해도 할 수 없구나. 달게 받을 수밖에. 나는 간이 비둘기만도 못하고, 그놈의 포악에 성낼 배짱도 없다. 그런 배짱이 있었다면 벌써 그 악한의 썩은 고기로 하늘의 솔개 떼를 살찌게 했을 것이다. 잔인하고 음흉하고 철면피 같은 악한 같으니! 아, 복수다! 이 얼마나 못난 자식이냐! 참 장하기도 하다. 친아버지가 참살당하고, 하늘과 지옥이 복수하라고 명령하는 데도 창부처럼 가슴속을 말로만 토해내고 입 속에서나 욕설을 중얼거리다니. 갈보 같은 자식! 남창아, 수치를 알아라! 분기해라, 머리를 써서. ── 그래, 죄진 놈들은 연극을 구경하다가도 박진감이 있는 장면에서는 감동한 나머지 그 자리에서 신기하게 털어놓는 법이다. 아까 그 배우들을 시켜 숙부 앞에서 아버지의 살해 장면과 비슷한 연극을 하게 해야지. 그리고 숙부의 표정을 살펴 급소를 찌르자. 움찔하면 그때는 주저할 게 없다. 아니면, 내가 본 혼령이 마귀일지도 모른다. 마귀는 어떤 형태고 마음대로 취할 수 있으니까. 그래, 어쩌면 내가 허해지고 우울해진 틈을 타서 파멸의 구렁텅이로 나를 끌고 가려고 나타났는지도 모른다. 그럴 때는 특히 마귀가 힘을 발휘한다니까. 좀 더 확실한 증거를 잡아야 한다. 왕의 본심을 살피는 데는 연극이 제일이다. (퇴장)

하루가 지난다.

ACT 3

8

[제3막 제1장]

벽에는 휘장이 드리워져 있다. 중앙에는 탁자가 놓여 있고, 한쪽 구석에는 십자가가 달린 기도대가 있다. 왕과 왕비 등장. 그 뒤에 폴로니어스, 로젠크랜츠, 길덴스턴 등장. 조금 뒤에 오필리어 등장.

왕 결국 어떤 방법을 써봐도 끝내 알아낼 수 없었단 말이지? 햄릿이 어째서 그렇게 광태를 부리며 공연히 소란하게 하는지를?

로젠크랜츠 자신도 기분이 이상하다는 것을 인정하고 계십니다만, 그 원인에 대해서는 도무지 비치지 않으십니다.

길덴스턴 게다가 남이 캐묻는 것을 싫어하시는 눈치로, 진상을 알아보려고 털어놓으시도록 유도해보면 슬쩍 미친 사람으로 가장하여 교묘하게 피해버리십니다.

왕비 반갑게 맞이해주던가요?

로젠크랜츠 아주 점잖게 대해주셨습니다.

길덴스턴 그러나 억지로 하시는 것 같았습니다.

로젠크랜츠 스스로 내켜서는 별로 말씀을 안 하셨지만, 묻는 말에는 아주 선선히 대답하셨습니다.

왕비 무슨 오락이라도 권해보았어요?

로젠크랜츠 예, 실은 마침 여기 오는 길에 어떤 배우 일행을 만났기에 그 말씀을 드렸더니 퍽 반가워하셨습니다. 일행은 지금 궁 안에 와 있습니다만, 아마 오늘 밤에 왕자님 앞에서 연극을 하게 될 모양입니다.

폴로니어스 그렇습니다. 그리고 두 분 폐하께서도 관람하시도록 부디 청하라는 말씀이 계셨습니다.

왕 기꺼이 관람하고말고. 그 애 마음이 그런 일에 쏠린다고 하니 반가운 일이야. 그럼 두 사람은 그 애 기분을 더욱 북돋아 이런 오락에 마음이 끌리도록 노력해다오.

로젠크랜츠 예, 그렇게 하겠습니다. (로젠크랜츠와 길덴스턴 퇴장)

왕 거트루드, 당신도 좀 들어가계시오. 실은 은밀히 햄릿을 이리 불러놓았소. 여기서 우연히 만나는 것처럼 오필리어와 만나게 하자는 것이오. 그 애의 부친과 나는 여기 숨어서 몰래 두 사람이 만나는 장면을 엿볼 생각이오. 다 햄릿을 위해 하는 일이니 엿본다고 죄 될 거야 없지 않겠소? 여하튼 그 애의 행동으로 봐서, 병의 원인이 과연 사랑에서 온 것인지 알아낼 참이오.

왕비 그렇게 하지요. ── 오필리어, 햄릿이 그리된 원인이 다행히도 네 아름다움 때문이라면 얼마나 좋겠느냐. 그러면 너의 그 상냥한 성품으로 그 애를 다시 성한 사람이 되게 하고, 두 사람이 기쁜 일을 맞이하기를 바랄 수도 있잖겠느냐?

오필리어 저도 그렇게 되기를 바라겠습니다. (왕비 퇴장)

폴로니어스 얘, 오필리어, 여기서 서성거리고 있거라. 황공하옵니다만 같이 숨으
시지요······. 얘, 이 책을 읽고 있거라. (기도대에서 책을 집어 오필리어에게 준다.)
그렇게 책에 몰두한 것처럼 가장하고 있으면 혼자 있어도 이상스럽게 보이지
는 않을 게다. 이건 마귀의 본성에다 제법 경건한 듯한 가면과 가장을 가지고
사탕발림을 하는 수작이랄까, 죄스러운 일이기는 하나 세상에 흔해빠진 사실
이거든.

왕 (방백) 과연 그렇다. 그 말이 내 양심을 아프게 채찍질하는구나. 화장으로 곱게
단장한 창녀의 볼이 연지에 비하여 추악하다 한들, 그럴듯하게 꾸민 말 뒤에
서 행동하는 내 행실에 비하여 그 이상으로 추악하지는 않으렷다. 아, 참으로
무겁구나, 죄과의 짐이!

폴로니어스 지금 발소리가. 폐하, 숨으시지요. (두 사람, 휘장 뒤에 숨는다. 오필리어,
기도대 앞에 무릎을 꿇는다.)

햄릿, 침통한 표정으로 등장.

햄릿 사느냐, 죽느냐 — 그것이 문제로다. 가혹한 운명의 화살을 참아내는 것이
중요한가, 아니면 고통의 물결을 두 손으로 막아 이를 조절하는 것이 중요한
가? 죽는 것, 잠드는 것 — 그뿐이다. 잠들면 모든 것이 끝난다. 마음의 번뇌
도, 육체가 받는 온갖 고통도. 그렇다면 죽고 잠드는 것 — 이것이야말로 열
렬히 찾아야 할 삶의 극치가 아니겠는가? 잔다, 그럼 꿈도 꾸겠지. 아, 여기서
걸리는구나. 이 세상의 온갖 번뇌를 벗어 던지고 영원한 죽음의 잠을 잘 때 어
떤 꿈을 꾸게 될 것인지. 이를 생각하여 망설여지나 보다. 이 망설임이 비참한
인생을 그렇게도 오래 끌게 하는 것이다. 그렇지 않다면 누가 참겠는가, 이 세
상의 비난과 조소를, 폭군의 횡포를, 세도가의 모멸을, 모욕당한 사랑의 고통

을, 질질 끄는 재판을, 관리들의 오만을, 덕 있는 사람이 당해야 하는 소인배의 불손을. 한 자루의 단도면 깨끗이 청산할 수 있는 것을, 누가 이 무거운 짐을 지고 따분한 인생에 신음하며 진땀을 빼겠는가? 죽은 뒤의 그 어떤 두려움과, 나그네 한 번 가면 영영 돌아오지 못하는 미지의 세계가 결심을 무디게 하고, 그래서 미지의 저승으로 날아가느니 차라리 현재의 고통을 참게 만드는 것인가? 분별심 때문에 우리는 모두 겁쟁이가 되는구나. 생기 넘치던 결심은 창백한 병색으로 물들고, 의기충천하던 큰 사업도 그 때문에 옆길로 빗나가 실행의 힘을 잃고 만다. 가만, 아, 아름다운 오필리어, 숲의 여신아! 기도 중이거든 내 죄의 용서도 함께 빌어주오.

오필리어 (일어나면서) 왕자님, 오래 뵙지 못했어요. 그동안 안녕하셨어요?

햄릿 매우 고맙소. 잘 있소. 잘 있소. 잘 있소.

오필리어 저, 제게 주신 선물을 벌써부터 돌려드리려고 했는데 그만 —— 지금 받아주시면 좋겠어요.

햄릿 아니오. 나는 아무것도 선물한 것이 없소.

오필리어 어머, 저한테 주신 선물을 왕자님도 잘 알고 계세요. 너무나 정다우신 말씀까지 곁들여 그 선물이 더욱 값지게 여겨졌는데, 이제는 그 향기도 사라졌습니다. 돌려드리겠어요. 고귀한 성품을 지닌 사람에게는 보내는 이의 성의가 담겨 있지 않은 선물은 아무리 값진 것이라도 초라해 보이기 때문입니다. 자, 여기 있습니다. (품에서 보석을 꺼내서 햄릿 앞의 탁자 위에 놓는다.)

햄릿 (상대편의 음모를 눈치 채고) 하하! 당신은 정숙하오?

오필리어 네?

햄릿 당신은 아름다운가?

오필리어 무슨 말씀이신지요?

햄릿 정숙하고 아름답다면, 그 정숙과 아름다움이 너무 가까이 지내지 않게 하는 것이 좋을걸.

오필리어 아름다움과 정숙보다 더 잘 어울리는 연분이 있을까요?

햄릿 정말이야. 아름다움의 힘은 정숙한 여자를 금방 창녀로 바꾸어버리거든. 정숙의 힘은 아름다운 여자를 제대로 이끌어가지 못하지만 말이야. 전 같으면 이것이 전혀 반대로 들렸겠지만 지금은 진리임을 확증해주는 좋은 예가 생겼소. 나도 한때는 당신을 사랑했지.

오필리어 저도 정말 그런 줄로 믿고 있었어요.

햄릿 믿지 말았어야 했어. 낡은 바탕에 아무리 미덕을 덧붙여봐야 본디 성질은 사라지지 않거든. 나도 당신을 사랑하지 않았던 거야.

오필리어 그렇다면 저는 더욱더 속았던 거군요.

햄릿 (기도대를 가리키며 차츰 열변하기 시작한다.) 수녀원으로 가라. 뭣 때문에 죄 많은 인간을 낳고 싶어하는가? 나 자신, 꽤 성실한 인간이다. 그런데도 차라리 어머니가 나를 낳아주지 않았더라면 싶을 만큼 나는 온갖 죄를 짓고 있다. 너무나 오만하고, 복수심이 강하고, 야심이 많고, 이 밖에 또 무슨 죄를 지을지 모를 인간이다. 그것을 일일이 생각해낼 힘도, 그것에 형태를 부여할 상상력도, 그것을 실행에 옮길 시간도 없을 만큼 많은 죄악을 짊어지고 있는 사람이다. 나 같은 인간이 하늘과 땅 사이를 기어 다니면서 대체 무슨 일을 한단 말인가? 우리는 모두 대악당들이다. 아무도 믿지 마라. 수녀원이나 찾아가라. (갑자기) 아버지는 어디 계시는가?

오필리어 집에 계세요.

햄릿 그럼 못 나오게 문을 꼭꼭 닫아걸어라. 밖에 나와서 바보짓을 못 하도록. 잘 있으시오. (햄릿 퇴장)

오필리어 (기도대 앞에 무릎을 꿇고) 오, 인자하신 하느님, 저분을 구해주소서!

햄릿 (광란한 태도로 다시 돌아와서) 만일 네가 결혼한다면, 지참금 대신 이런 저주를 보내주마. 네가 얼음처럼 정결하고 눈처럼 순결하더라도 세상의 욕설을 면치는 못하리라. 수녀원으로 가라, 수녀원으로 가. (거칠게 왔다 갔다 하면서) 기어이 결혼하려거든 바보와 해라. 영리한 사람이라면 너와 결혼했다가는 괴물이 되어버린다는 것을 너무나 잘 알고 있다. 수녀원으로 가라. 그것도 빨리 가라. 잘 가거라. (후다닥 뛰어나간다.)

오필리어 아, 하느님, 저분이 제정신을 차리게 해주소서!

햄릿 (다시 돌아와서) 나도 들어서 잘 알고 있다. 너희들이 얼굴에 덧칠을 한다는 걸. 하느님이 주신 얼굴 위에 위선의 탈을 뒤집어쓰고 있다. 아장거리고, 엉덩이를 흔들고, 혀짤배기 소리를 내고, 신의 창조물에다 별명을 붙이는가 하면, 부정한 짓을 해놓고 모른다고 잡아뗀다. 제기랄, 이제 더는 못 참겠다. 그 때문에 나는 미쳤다. 이제 다시는 세상 년놈들이 결혼하지 못하게 할 테다. 이미 결혼한 것들은 살려두지만, 딱 한 놈만은 안 된다. 나머지 결혼을 안 한 것들은 그대로 있어야 한다. 수녀원으로 가라. (햄릿, 퇴장한다.)

오필리어 아, 그토록 고상하시던 마음이 저리되시다니! 그 귀족답고, 무인답고, 나라의 꽃이자 희망이며, 예절의 모범으로 모든 사람이 우러러보던 왕자님이 저렇게 비참해지실 줄이야! 그리고, 세상 여자들 가운데 가장 괴롭고 불쌍한 나. 그분의 음악 같은 맹세의 달콤한 꿈을 맛본 적도 있었는데, 지금은 그 기품 있고 고귀한 이성이 금이 간 아름다운 종처럼 엉뚱하고 거친 소리를 내는 것을 보는구나. 활짝 핀 청춘의 비할 데 없이 아름다운 용모와 자태가 광란의 바람을 맞고 저렇게 져버리다니! 오, 가슴을 저미는 듯 슬프구나. 옛일을 본 이 눈으로 이런 꼴을 보다니! (기도를 드린다.)

왕과 폴로니어스가 휘장 뒤에서 살그머니 나타난다.

왕 사랑 때문이라고? 당치 않은 소리! 그 애 심정은 결코 사랑으로 향하고 있지 않아. 다소 조리는 없으나, 그 말 한마디 한마디가 미친 사람 같지 않다. 반드시 속에 무엇을 간직한 채 드러내지 않기 때문에 저렇게 우울한 게야. 그것이 껍질을 깨고 나오면 아무래도 위험하겠다. 그걸 막기 위해서는, 그래, 빨리 이렇게 결정을 내려야겠다. 곧 저 애를 영국에 보내기로 하자. 밀린 조공朝貢을 독촉한다는 명목으로. 수륙만리의 길을 떠나 이국의 색다른 풍물을 구경하노라면 그 마음속에 맺혀 있는 고민도 자연 가실 것이 아닌가. 그것을 가지고 밤낮으로 머리를 썩히고 있으니 저렇듯 실성할 수밖에. 어떠하오, 이 방안이?

(오필리어가 다가온다.)

폴로니어스 묘안이십니다. 하지만 그 수심의 뿌리는 역시 실연에 있다고 신은 생각합니다. — 무슨 일이냐, 오필리어? 햄릿님이 하신 말씀은 전하지 않아도 좋다. 다 들었으니까. — 폐하, 처분대로 하십시오. 하오나 연극이 끝난 뒤 왕비님께서 조용히 햄릿님을 부르셔서 수심의 까닭을 말하라고 간곡히 분부하시면 어떻겠습니까? 그리고 허락하신다면 신이 어디에 숨어서 두 분의 대화를 자세히 엿듣기로 하겠습니다. 그래서도 근원을 집어낼 수 없을 경우, 그때는 영국에 보내시든 어디 적당한 곳에 감금하시든 뜻대로 하심이 좋을까 합니다.

왕 그렇게 하오. 귀인의 광증을 내버려 둘 수는 없는 일이오. (모두 퇴장)

9

[제3막 제2장]

양쪽에 관람석이 마련되어 있고, 전면에 연단이 있다. 막 뒤는 속무대. 햄릿과 배우 세 사람 등장.

햄릿 (배우 1에게) 대사는 아까 내가 해 보인 것처럼 혀끝으로 굴리듯이 말해주게.

대부분의 배우들이 하듯 신파조로 떠들어댄다면 차라리 도시의 전령사를 불

러다가 떠들게 하겠네. 그리고 너무 자주 손으로 허공을 톱질하지 말고, 점잖

게 해야 해. 감정이 격해져서 격류나 폭풍, 또는 뭐라고 할까, 회오리바람을

일으키는 순간일지라도 자세를 잃지 말고 부드럽게 할 줄 알아야 하는 거야.

가발을 쓴 난폭한 배우가 관중의 귀청이 찢어지도록 함부로 고함을 질러 감격

적인 장면을 망쳐놓고 마는 꼴을 보면 정말 화가 난다니까. 엉터리 무언극이

나 왁자지껄 떠드는 것밖에는 아무것도 이해하지 못하는 관중이 상대라면 모

르겠지만. 그런 배우는 채찍으로 갈겨주고 싶어진단 말이야. 난폭한 터머건트

신이나 폭군 헤롯 왕보다 한 술 더 뜨는 인간이거든. 제발 그런 짓만은 하지

말아다오.

배우 1 그러지는 않겠습니다.

햄릿 그렇다고 너무 활기가 없어서도 안 돼. 중도를 지켜서, 연기에 대사를, 대사

에 연기를 일치시켜야 해. 특히 자연의 절도를 넘어서는 안 된다는 점을 명심

하라고. 무엇이고 지나치면 연극의 목적에서 벗어나거든. 연극의 목적은 예나

지금이나, 말하자면 자연을 거울에 비추어 선은 선한 모습으로, 악은 악한 모

양으로 반영해서 그 시대의 양상을 본질 그대로 보여주는 것이니까. 그것에

너무 지나치거나 반대로 모자랄 때는, 서툰 관객은 웃길는지 모르나 식견 있

는 관객은 한탄하지 않을 수 없지. 안목을 지닌 한 사람의 비난은 온 관객의

칭찬보다 더 중요한 법이야. 참, 나도 보았지만, 지독한 배우가 있었지. 남들

은 칭찬이 대단했지만, 좀 지나친 말 같으나 대사는 그리스도교도답지가 않

고, 게다가 그 걸음걸이는 그리스도교도는커녕 이교도, 아니, 도대체가 인간

의 걸음걸이가 아니었단 말이야. 그저 꺼떡거리기나 하고 어찌나 고함을 치는

지, 이건 창조의 신이 제자들을 시켜서 얼치기로 만든 인간이라고 생각될 정

도였네. 인간의 흉내를 냈지만 너무나 비인간적이었어.

배우 1 저의 극단은 그 점에 관해서는 상당히 고쳐졌다고 생각합니다만.

햄릿 아, 철저히 고쳐야지! 그리고 어릿광대 역도 대본 이외의 대사는 말하지 않도록 해야 해. 또 그 가운데는 둔한 관객을 웃기려고 자기가 먼저 웃는 자들이 있는데, 그 사이에 필요한 골자는 까맣게 잊어버리거든. 말도 안 되는 소리야, 광대가 그따위 수작으로 치사한 야심을 드러내 보인다는 것은. 어서들 준비하게. (배우들, 휘장 뒤로 들어간다. 이윽고 폴로니어스, 로젠크랜츠, 길덴스턴 등장.) 아, 어쩌시오, 재상? 폐하께서는 오늘 밤의 연극을 보시게 되오?

폴로니어스 예, 왕비님께서도요. 곧 나오십니다.

햄릿 그럼 가서 배우들을 재촉해주시오. (폴로니어스, 절을 하고 퇴장) 자네들도 가서 빨리 하도록 거들어주겠나?

로젠크랜츠 예. (로젠크랜츠와 길덴스턴도 퇴장)

햄릿 어서 오게, 호레이쇼!

호레이쇼 등장.

호레이쇼 부르셨습니까?

햄릿 호레이쇼, 내가 지금까지 사귄 사람들 가운데 자네만큼 올바른 사람도 없네.

호레이쇼 오, 왕자님 ——

햄릿 아니, 아니, 아첨이 아니네. 자네는 그 훌륭한 정신밖에는 의식衣食의 방도가 없는 사람. 그러한 자네에게 아첨해서 내 무슨 출세를 바라겠는가? 가난뱅이에게 아첨할 필요가 어디 있는가? 바보 같은 세도가를 핥는 일은 달콤한 혓바닥을 가진 놈에게 맡기고, 아첨에 이득이 따라옴직한 데는 무르팍이 잘 움직이는 놈더러나 가서 굽실거리라지. 알겠는가? 내 영혼이 분별력을 지녀 사람을 분간할 줄 알게 된 뒤 자네를 내 영혼의 벗으로 정해놓고 있었네. 자네는 인생의 모든 고통을 다 겪으면서도 전혀 꿈쩍 않을뿐더러, 운명의 신의 상과 벌을 똑같이 감사한 마음으로 받아들이는 사람이야. 감정과 이성이 잘 조화되어 운명의 신의 손가락이 희롱하는 대로 소리를 내는 피리가 되지 않는 사람, 그런 사람은 복 받은 사람이네. 정열의 노예가 되지 않는 사람, 그런 사람이 있으면 내 마음속 깊은 곳에 간직하고 다니겠네. 그런데 자네가 바로 그런 사람이야. 말이 좀 길어졌구나. 오늘 밤 왕 앞에서 연극이 상연되는데, 그 가운데 한 장면은 선친의 최후에 대해서 내가 자네에게 얘기한 그 장면과 흡사하네. 그 장면이 나오거든 온 정신을 다 쏟아서 내 숙부를 살펴주게. 만일 숙부의 숨은 죄악이 어느 대목에서도 드러나지 않을 때는 우리가 본 유령이 악귀가 분명하고, 나의 상상은 불의 신 불카누스의 대장간처럼 추잡했던 셈이야. 숙부를 잘 살펴주게. 나도 그의 얼굴에서 잠시도 눈을 떼지 않을 테니. 나중에 우리 두 사람의 의견을 모아서 왕의 태도에 대해 판단을 내리기로 하세.

호레이쇼 잘 알겠습니다, 왕자님. 연극을 하는 동안 왕의 움직임을 한순간이라도 놓치는 일이 있으면, 그때는 제가 벌을 받겠습니다.

(안에서 나팔 소리와 북 소리)

햄릿 연극을 보러 나오는구나. 나는 미친 체하고 있어야 해. 자네가 가서 앉게.

왕과 왕비 등장. 이어서 폴로니어스, 오필리어, 로젠크랜츠, 길덴스턴, 그 밖의 대신들 등장. 저마다 자리에 앉는다. 왕과 왕비와 폴로니어스는 같은 쪽에 자리 잡고 맞은편에 오필리어, 호레이쇼, 그 밖의 사람들.

왕 어떠냐, 햄릿?

햄릿 원기 왕성합니다. 카멜레온처럼 공기를 먹고, 공허한 약속으로 속이 그득합니다. 이런 모이로는 닭도 살이 안 찌지요.

왕 동문서답이로구나, 햄릿. 그건 내 말과 상관없는 말들이다.

햄릿 이제는 제 말도 아닙니다. 입 밖에 나와버렸으니까요. (폴로니어스에게) 재상
은 대학 시절에 연극을 했다지요?

폴로니어스 그랬습니다. 괜찮은 솜씨라는 평을 들었지요.

햄릿 무슨 역을 맡았소?

폴로니어스 줄리어스 역을 했습니다. 신전에서 암살을 당했지요. 브루투스가 나
를 죽였습니다.

햄릿 이런 늙은이를 죽이다니, 브루투스도 어지간히 잔혹한 놈이로군. 배우들은
다 준비되었나?

로젠크랜츠 예, 왕자님. 분부만 기다리고 있습니다.

왕비 얘야, 햄릿. 이리 와서 내 곁에 앉아라.

햄릿 아뇨, 어머님. 이쪽에 더 강한 지남철이 있는걸요. (오필리어 쪽으로 간다.)

폴로니어스 (왕에게) 호오! 저 말씀 들으셨습니까? (두 사람이 햄릿을 지켜보며 속삭인
다.)

햄릿 아가씨, 무릎 위에 누워도 괜찮겠소?

오필리어 안 됩니다, 왕자님.

햄릿 머리만 무릎 위에 얹겠다는 말이오.

오필리어 그러세요, 왕자님.

　(햄릿, 오필리어의 발 아래 앉는다.)

햄릿 내가 무슨 상스러운 짓이라도 할 줄 알았소?

오필리어 그런 생각은 안 했습니다.

햄릿 처녀 다리 사이에 눕는다. —— 거 괜찮은 생각인데?

오필리어 무슨 말씀이세요?

햄릿 아무것도 아니오.

오필리어 퍽 명랑하세요.

햄릿 누가? 내가?

오필리어 네, 왕자님.

햄릿 그야, 나는 허튼소리나 지껄이는 놈에 지나지 않으니까. 사나이가 명랑해지
는 수밖에 더 있겠소? 저기 좀 봐요, 우리 어머님의 저 명랑하신 얼굴을. 아버
지가 돌아가신 지 채 두 시간도 안 되었는데.

(왕비가 얼굴을 돌리고 왕과 폴로니어스와 무엇을 속삭인다.)

오필리어 아녜요. 두 달의 갑절이나 됩니다.

햄릿 그렇게 오래됐나? 그렇다면 상복을 악마에게 물려주고, 나는 담비 털가죽
옷이라도 입어야겠군. 맙소사! 두 달 전에 죽었는데 아직도 잊히지가 않다니.
위인의 명성이라면 죽은 뒤 반년은 거뜬히 남을 수 있겠군. 그 뒤에는 교회를
지어놔야지, 안 그러면 잊히고 말 테니까. 목마木馬처럼 말이야. 그 비문은 이
런 거지.

〈아아, 목마는 잊혔다!〉

나팔 소리, 정면의 마이 양쪽으로 열리고 속무대가 나타난다. 속무대에서 무언극無言劇
이 시작된다.

무언극

왕과 왕비가 정답게 등장하여 서로 껴안는다. 왕비는 무릎을 꿇고, 왕에 대한
애정의 맹세를 과장해서 표현한다. 왕은 왕비를 일으켜 안고 머리를 왕비의
어깨에 기대어 꽃이 만발한 둑에 눕는다. 왕비는 왕이 잠든 것을 보고 그 자리

를 떠난다. 곧 한 사나이가 등장하여 왕의 머리에서 왕관을 벗겨 들고 그 왕관에 키스를 하고는 잠든 왕의 귀에 독약을 부어 넣고 나간다. 왕비가 돌아와 왕이 죽은 것을 알고 몹시 슬퍼하는 동작을 한다. 독살한 사나이가 서너 명의 부하를 데리고 다시 돌아와 왕비와 함께 슬퍼하는 척한다. 시체가 들려 나간다. 독살한 사나이는 왕비 앞에 선물을 내놓으며 사랑을 구한다. 왕비는 처음에는 쌀쌀한 태도를 보이다가, 결국 사랑을 받아들인다. (막이 닫힌다.)

무언극이 진행되는 동안, 햄릿은 초조한 듯이 자주 왕과 왕비를 바라본다. 왕과 왕비는 처음부터 끝까지 폴로니어스와 무엇을 속삭이고 있다.

오필리어 저건 무슨 뜻입니까, 왕자님?
햄릿 원, 형편없는 엉터리구나. 저건 음모를 뜻하는 거야.
오필리어 아마 저것이 연극의 줄거리인가 보죠?

막 앞에 배우 한 사람이 등장. 왕과 왕비는 그쪽으로 눈길을 모은다.

햄릿 저자의 말을 들어보면 알겠지. 배우들은 비밀을 숨겨두지 못하고, 모두 털어놓거든.
오필리어 그렇다면 아까 그 무언극의 의미도 설명해줄까요?
햄릿 (거친 말투로) 물론이지. 당신이 해 보이는 어떤 몸짓이라도 설명해줄걸. 부끄러워할 것 없이 아무 행동이라도 해봐요. 저자가 망설이지 않고 그 뜻을 설명해줄 테니까.
오필리어 어머, 짓궂은 분. 저는 연극이나 보겠어요.
배우 저희 극단 일동과 지금부터 상연하는 비극을 대표하여, 여러분께서 너그러

우시다면 끝까지 보아주시기를 청하옵니다. (배우 퇴장)

햄릿 이게 개막사야, 반지 명銘이야?

오필리어 너무 짧아요.

햄릿 여자의 사랑처럼.

왕과 왕비로 분장한 두 배우.

극중 왕 우리의 마음이 사랑으로 합쳐지고, 혼인의 신이 우리의 손을 신성한 백년 가약으로 맺어주신 날부터, 태양신의 수레는 해신海神의 바닷길과 지신地神의 둥근 땅을 이미 서른 번이나 돌았고, 열두 번을 찼다가 기우는 달도 지구를 서른 번의 열두 곱이나 돌았구려.

극중 왕비 참으로 기나긴 여로, 앞으로도 해와 달이 횟수를 거듭하여 우리의 사랑이 이어지게 하소서! 하지만 슬프게도 요즈음 성상께서 병환이 나시어 기상이 평소 같지 않으시니 저는 여간 염려되지 않사옵니다. 하지만 제가 염려한다고 해서 조금도 언짢게 생각지 마소서. 본디 여자는 사랑하면서 걱정하게 마련이고, 여자의 사랑과 걱정은 같은 크기로 따라다니는 법이라, 둘 다 전혀 없는가 하면 둘 다 지나치기 일쑤랍니다. 저의 사랑은 이미 잘 아시는 바이고, 사랑이 크니 걱정도 크옵니다. 사랑이 커지면 하찮은 걱정도 두려움으로 바뀌고, 두려움이 커지는 곳에 사랑 또한 자라는 법입니다.

극중 왕 실로 나는 머지않아 당신을 버리고 떠나야 할 몸이오. 내 생명의 힘이 쇠약해져 작용하지 않게 되었소. 그대는 이 아름다운 세상에 살아남아 존경을 받고 사랑을 받으시오. 그리고 혹 정다운 남편을 만나 —

극중 왕비 아, 그만하세요! 그런 사랑은 제 가슴에 변절이라도 일어나야 할 거예요. 개가를 할 바에야 저주를 받겠어요. 첫 남편을 죽인 여자가 아니고서야 어찌 개가를 하리까.

햄릿 (방백) 아, 쓰다, 써.

극중 왕비 개가하려는 마음의 동기는 천한 물욕이지 결코 사랑이 아닙니다. 둘째 남편의 잠자리에 안겨 키스를 받는 것은 돌아가신 남편을 두 번 죽이는 일입니다.

극중 왕 그 말을 나는 진정이라고 믿지만 인간이란 결심해놓고 깨뜨리기 일쑤라오. 사람의 의지는 결국 기억의 노예에 지나지 않는 것. 생길 때는 맹렬하나 살아가는 힘은 약한 것이오. 그것은 마치 열매 같은 것. 안 익었을 때에는 가지에 매달려 있다가도 익으면 저절로 떨어지고 마오. 자신에 대한 빚을 스스로 갚기를 잊는 것도 인정상 어쩔 수 없거니와, 격정에 못 이겨 세운 뜻은 그 격정이 식으면 끝나는 것이오. 슬픔이나 기쁨이나 격정이 지나면 그 실행의 힘도 함께 사라지고 마오. 기쁨이 지극하면 슬픔도 지극하고, 하찮은 일로 희비喜悲가 뒤바뀌게 마련이오. 이 세상에 변하지 않는 것이 없으니, 우리의 사랑이 운명의 변화와 더불어 변한다는 것은 조금도 이상한 일이 아니오. 사랑이 운명을 이끄느냐, 운명이 사랑을 이끄느냐, 이는 아직도 풀지 못한 문제요. 세도가가 몰락하면 그 아래 무리들도 흩어지고, 미천한 자도 입신하면 어제의 원수가 친구로 변하는 것이오. 이는 사랑이 운명을 따르는 증거이며, 부유한 자는 친구가 모자라는 일이 없는 반면 가난한 자는 부실한 친구를 시험해보다가 도리어 단번에 원수를 만들고 마는 법이오. 아무튼 시작했던 말을 맺자면, 우리의 의사와 운명은 엇갈리기 때문에 우리의 계획은 늘 뒤바뀌고 마오. 뜻하는 것은 자유지만, 성과는 뜻대로 되지 않는 법이오. 그러니 그대가 지금은 개가할 뜻이 없더라도, 그 뜻은 나의 죽음과 더불어 사라지고 말 것이오.

극중 왕비 아, 설사 대지가 양식을 주지 않고, 하늘이 광명을 주지 않고, 낮의 오락과 밤의 휴식이 거부되고, 믿음과 희망이 절망으로 변할지라도, 설사 옥중

에 갇혀 평생 은자隱者같이 살고, 기쁨을 빼앗는 온갖 재앙이 이 몸에 덮쳐 나
의 소망을 짓밟고, 영겁의 고민이 현세뿐 아니라 내세까지 이 몸을 쫓아올지
라도 한 번 낭군을 여의고 어찌 다시 남의 아내가 될 수 있겠어요!

햄릿 (오필리어에게) 설마 저 맹세를 깨뜨릴까!

극중 왕 참으로 굳은 맹세구려. 자, 잠시 혼자 있게 해주오. 정신이 피로해졌으니
조금 자고 나면 이 지루한 하루가 개운해질 것 같소. (잠이 든다.)

극중 왕비 편히 주무세요. 우리들 사이에 행여라도 재앙이 닥치는 일이 없었으면!

(퇴장)

햄릿 어머니, 마음에 드십니까, 이 연극이?

왕비 맹세하는 대목이 너무 수다스러운 것 같구나.

햄릿 아, 하지만 맹세를 지킬걸요.

왕 햄릿은 내용을 알고 있느냐? 극 중에 해괴한 점은 없느냐?

햄릿 아뇨, 그저 장난입니다. 장난으로 독살하는 것뿐이고 해괴한 점은 전혀 없
습니다.

왕 연극의 제목이 무엇이냐?

햄릿 《쥐덫》이라고 합니다. 어째서냐고요? 물론 비유이지요. 이 연극은 비엔나에
서 일어난 암살 사건을 그대로 따온 것입니다. 왕의 이름은 곤자고이고, 왕비의
이름은 뱁티스타라고 합니다. 이제 곧 아시게 될 것입니다만, 대단히 흉측한
내용입니다. 하지만 뭐, 상관없잖습니까? 폐하께서나 저희들처럼 양심이 깨
끗한 사람에게는 아무렇지도 않습니다. 제 발이 저린 놈은 떨게 합시다. 우리
는 아무렇지도 않으니까요.

이때 루시어너스로 분장한 배우 1 등장. 까만 옷차림에 손에는 독약병을 들고 있다. 얼
굴을 잔뜩 찌푸리고 거만한 태도로 잠자는 왕 곁으로 다가간다.

햄릿 저건 왕의 조카 루시어너스란 사람입니다.

오필리어 왕자님은 해설자처럼 설명을 잘하시네요.

햄릿 꼭두각시들이 희롱하는 수작만 보아도 난 당신과 애인 사이의 관계를 해설할 수 있소.

오필리어 너무하세요, 왕자님. 너무하세요.

햄릿 너무하지 못하게 하자면, 아마 신음깨나 해야 할걸.

오필리어 점점 더하시네요, 험담이.

햄릿 남편일랑 그렇게 대하시라고 ── (무대를 바라보고) 시작해라, 살인자. 뭐야, 얼굴만 찌푸리고 있지 말고 어서 시작하라니까. 자, 어서. 〈까마귀는 까악까악 복수하라고 울부짖는다〉서부터.

루시어너스 마음은 검고, 손은 빠르며, 약은 틀림없고, 때는 무르익어, 다행히 마침 보는 사람도 없다. 한밤중에 약초를 캐어 세 번 마녀의 주문 속에 말리고 세 번 독기를 쐬여 만든 너, 독약아, 자연의 마력과 놀랄 만한 약효를 발휘하여 당장에 저 건전한 생명을 끊어라. (독약을 왕의 귀에 붓는다.)

햄릿 왕위를 빼앗으려고 정원에서 왕을 독살하는 장면입니다. 왕의 이름은 곤자이고, 이 이야기는 지금까지 전해져 내려오고 있는데, 훌륭한 이탈리아어로 씌어 있습니다. 이제 보시면, 저 살인자는 곧 왕비를 구슬려 손에 넣게 됩니다.

창백해진 왕이 비틀비틀 일어선다.

오필리어 폐하께서 일어나세요.

햄릿 뭐, 공포空砲에 놀라셨나?

왕비 어쩐 일이십니까? 몸이 불편하십니까?

폴로니어스 연극을 중지하라.

왕 등불을 가져오너라, 저리로! (비틀비틀 달려 나간다.)

폴로니어스 등불을 비추어라, 등불, 등불을! (햄릿과 호레이쇼만 남고 모두 퇴장)

햄릿 다친 사람은 울어라.

　성한 암사슴은 춤을 추어라.

　밤새워 지키는 놈, 잠을 자는 놈,

　이렇듯 세상은 굴러간다.

　어때, 이만하면 나도 극단에 한몫 낄 수 있겠지? 옷에 새 깃이나 잔뜩 달고, 샌들 코에 장미꽃 리본이나 매고 나서면? 앞으로 내 팔자가 기구해졌을 때 말이야.

호레이쇼 반 사람 몫은 되겠습니다.

햄릿 아니지, 한 사람 몫이야.

　알잖느냐, 오, 마귀야.

　제우스신은 쫓겨나고

　이 땅을 통치하는 것은

　몹시 으스대는 한 사나이.

호레이쇼 운韻이 잘 맞지 않는군요.

햄릿 아, 호레이쇼. 그 유령의 말, 이제는 천 파운드를 주고라도 사겠네. 자네도 보았는가?

호레이쇼 예, 잘 봤습니다, 왕자님.

햄릿 그 독살 장면 때도?

호레이쇼 예, 매우 자세히 살펴보았습니다.

로젠크랜츠와 길덴스턴이 돌아온다.

햄릿 허어! (두 사람에게 등을 돌리고) 자, 음악을 울려라! 자, 피리를 불어! 왕께서
　　연극이 싫으시다면, 아니, 그렇다면 정말 싫으신 게지. 자, 음악이다, 음악!

길덴스턴 왕자님, 죄송합니다만, 한 말씀 아뢰고자 합니다.

햄릿 얼마든지 아뢰게나.

겔덴스턴 실은 폐하께서 —

햄릿 그래, 어떻게 되셨는가?

길덴스턴 거실로 들어가셔서 몹시 언짢아하시는 기색이십니다.

햄릿 과음하셨나?

길덴스턴 아닙니다. 화가 나셨습니다.

햄릿 원, 그렇다면 의사한테 알리는 게 현명하지 않을까? 섣불리 내가 손을 대 치
　　료했다가는 점점 더 화를 내실걸.

길덴스턴 좀 조리 있게 말씀해주십시오, 왕자님. 그렇게 요점을 피하지만 마시고.

햄릿 얌전하게 듣겠다. 어서 말해봐.

길덴스턴 어머님이신 왕비님께서 대단히 염려하시어 이렇게 저를 보내셨습니다.

햄릿 잘 오셨습니다.

길덴스턴 왕자님, 그 인사는 이 자리에 어울리지 않는 줄 압니다. 죄송하지만 사
　　리에 맞는 대답을 해주시면 어머님의 분부를 전해드리겠지만, 그러지 않으시
　　면 이만 실례하고 물러가겠습니다. (절을 하고 돌아선다.)

햄릿 그건 못 하네.

길덴스턴 무엇을 말씀입니까?

햄릿 사리에 맞는 대답 말이야. 나는 머리가 돌았잖은가. 하지만 할 수 있는 대답
　　이라면 자네가 묻는 말에, 아니, 자네 말대로 어머님의 말씀에 선선히 대답해
　　주지. 그러니 이제 그만하고 용건을 말해보게. 그래, 어머님께서 —

로젠크랜츠 그럼 말씀드리겠습니다. 어머님께서는 왕자님의 거동이 너무나 뜻밖

이라 매우 놀라셨다고 하십니다.

햄릿 그래? 대단한 자식이로군. 어머님을 그렇게 놀라시게 하다니. 그래, 그 놀라움 뒤에는 아무 말씀도 없으셨는가? 말해봐.

로젠크랜츠 하실 말씀이 있으니 주무시기 전에 어머님 방으로 와주시라는 분부이십니다.

햄릿 알았어, 분부대로 하지. 지금보다 열 배나 훌륭한 어머니인 줄 알고 말이야. 나와 거래할 용무가 더 있나?

로젠크랜츠 왕자님, 전에는 저를 아껴주셨습니다.

햄릿 지금도 사랑하고 있지. 버릇 나쁜 두 손에 맹세하지만.

로젠크랜츠 왕자님, 요즈음 울적해하시는 원인이 무엇입니까? 슬픈 속마음을 친구에게 숨기시는 것은 분명 왕자님 스스로를 부자유 속에 가두시는 일입니다.

햄릿 출세를 못해서 그러네.

로젠크랜츠 원, 별말씀을. 왕자님을 덴마크 왕의 후계자로 책봉한다는 폐하의 선언이 계셨지 않습니까?

햄릿 그야 그렇지. 하지만 〈풀이 자라기를 기다리다 못해 망아지는 굶어죽고〉 — 이 속담도 어째 케케묵었구나. (배우들이 피리를 들고 등장) 아, 피리가 나왔구나. 어디 하나 보자. (피리를 하나 받아 들고 길덴스턴을 한쪽 구석으로 데리고 간다.) 저리 잠깐 — 그런데 왜 자꾸만 사람을 몰아세우나? 나를 덫에라도 몰아넣으려고 그러나?

길덴스턴 오, 왕자님. 제가 직책상 좀 지나친 일이 있더라도 애정으로 인한 무례라고 생각해주십시오.

햄릿 무슨 소린지 잘 모르겠구나. 이 피리 좀 불어주겠나?

길덴스턴 저는 불 줄 모릅니다, 왕자님.

햄릿 부탁하네.

길덴스턴 정말 불 줄 모릅니다, 왕자님.

햄릿 제발 부탁하네.

길덴스턴 만질 줄도 모릅니다, 왕자님.

햄릿 거짓말하는 것만큼이나 쉽다고. 이렇게 구멍을 손가락으로 막고 입으로 바람만 불어넣어봐. 굉장한 음악이 나올 테니까. 잘 봐, 여기를 눌러서 음조를 바꾸는 거야.

길덴스턴 하지만 저는 잘 조화시켜서 아름다운 소리를 낼 줄 모릅니다. 그런 재주가 없습니다.

햄릿 아니, 그렇다면 자네는 어지간히도 나를 얕잡아본 모양이군! 나 같은 건 마음대로 불어보겠단 말이지? 내 어디를 누르면 음조가 바뀌는지 알고 있는 것처럼, 내 마음속의 비밀을 빼내고 싶단 말이지? 최저음에서 최고음에 이르기까지 나를 죄다 울려보고 싶다, 이 말이군. 이 조그만 악기 속에는 많은 음악, 절묘한 소리가 들어 있어. 그것을 너는 불 줄 몰라. 제기랄, 그래, 내가 피리보다 다루기 쉬울 것 같으냐? 나를 무슨 악기인 양 취급해도 좋다만, 화나게는 해도 소리 나게는 못한다. (폴로니어스 등장) 아, 재상!

폴로니어스 왕자님, 왕비님께서 하실 말씀이 있으니 곧 오시라는 분부입니다.

햄릿 저기 저 낙타처럼 생긴 구름이 보이시오?

폴로니어스 아, 예. 꼭 낙타를 닮았군요.

햄릿 족제비같이 생겼네.

폴로니어스 등 모양이 족제비 같군요.

햄릿 고래를 닮았나?

폴로니어스 아, 정말 고래 같습니다.

햄릿 그럼 곧 가 뵙는다고 아뢰시오. (방백) 사람을 조롱해도 분수가 있지 ─ (큰 소리로) 곧 가겠소!

폴로니어스 그렇게 아뢰지요. (폴로니어스, 로젠크랜츠, 길덴스턴 퇴장)

햄릿 〈곧〉이라고 말하기는 쉽지. 자, 다들 물러가주게. (햄릿만 남고 모두 퇴장) 밤
　이 깊었구나. 지금은 마귀들이 활개 칠 때. 무덤은 크게 입을 벌리고, 지옥은
　무서운 독기를 이 세상에 내뿜는다. 지금 같으면 나도 산 사람의 뜨거운 피를
　마실 수 있고, 낮에는 엄두도 못 낼 잔인한 행위도 할 수 있다. 가만있자, 우선
　어머니께 가봐야지. 이 마음아, 천륜의 정을 잃지 마라. 폭군 네로 같은 마음
　을 이 착실한 가슴속에 들어오게 해서는 안 된다. 가혹하게는 대하더라도 자
　식의 도리는 잊지 마라. 혀끝으로 찌르고, 칼을 쓰지는 않을 테다. 이 일에 있
　어서만은 마음과 혀가 서로를 속여, 말로는 아무리 거칠게 욕하더라도 그것을
　결코 행동으로 옮겨서는 안 된다. 알았나, 내 영혼아! (퇴장)

10

[제3막 제3장]

한쪽에 기도대가 놓여 있다. 복도 바깥쪽은 알현실謁見室. 왕, 로젠크랜츠, 길덴스턴 등장.

왕 마음에 안 드는 녀석이다. 그리고 미치광이를 그렇게 내버려 둔다는 것은 위
　험한 일이야. 그러니 준비하도록 해라. 위임장을 써줄 테니, 경들은 그것을 가
　지고 그 녀석과 함께 영국으로 떠나도록 해라. 그 광증에서 끊임없이 발생하
　는 위험을 이렇게 가까이 두고 어찌 나라가 편안할 수 있겠느냐.

길덴스턴 곧 준비하겠습니다. 성덕에 목숨을 의지하고 사는 모든 백성의 안전을
　보호해주고자 하심은 참으로 거룩하고 황송하신 베푸심입니다.

로젠크랜츠 사사로운 한 개인의 생명도 위험할 때에는 지력을 다하여 보호하거
　늘, 하물며 무수한 생명이 그 안태에 달려 있는 옥체야 두 말할 나위도 없습니

다. 국왕의 불행은 재앙이 옥체 한 몸에 그치는 것이 아니라, 소용돌이와 같아

서 둘레의 모든 것을 끌어들입니다. 아니면 높은 산정에 장치된 무거운 수레

바퀴 같아서, 그 큰 바퀴살에는 조그만 인간들이 수없이 많이 매달려 있습니

다. 바퀴가 굴러 떨어질 때에는 그에 속해 있는 것들도 함께 무너지고 맙니다.

폐하의 탄식은 바로 온 백성의 신음소리인 것입니다.

왕 어서 준비해서 빨리 떠나다오. 이제까지 너무 방임해두었던 이 위험에 쇠고랑

을 채워놓아야겠다.

로젠크랜츠, 길덴스턴 서둘러 준비하겠습니다. (두 사람 퇴장)

폴로니어스 등장.

폴로니어스 폐하, 지금 햄릿님이 왕비님 방에 들어가십니다. 신은 휘장 뒤에 숨어

서 그 이야기를 엿듣겠습니다. 왕비님께서는 아마 대단히 심하게 꾸중하실 것

입니다만, 옳으신 폐하의 말씀대로 왕비님 외에 어느 누가 엿듣는 것이 좋을

줄 아옵니다. 모자간이라 자연 아드님에 대해서 생각이 치우치실지도 모르니까

요. 그럼 다녀오겠습니다, 폐하. 침전에 드시기 전에 결과를 말씀드리겠습니다.

왕 고맙소. (폴로니어스 퇴장. 왕, 이리저리 걸어 다니면서.) 아, 부패한 나의 죄악. 악

취가 하늘을 찌르는구나. 인류 최초의 저주를 받은 형제 살인의 죄. 그 때문에

마음은 아무리 간절해도 기도를 드릴 수도 없구나. 기도하고 싶은 마음은 강

하나 더 강한 죄악감에 압도당하고 만다. 한꺼번에 두 가지 일을 하려는 사람

처럼 어디서부터 시작할까 망설이다가 양쪽을 다 못 하고 마는구나. 비록 이

저주받은 손 가죽이 형의 피로 두꺼워졌을지라도, 자비로운 하늘에 이 손을

백설처럼 희게 씻어줄 단비가 없을까? 자비가 죄인에게 베풀어지지 않는다면

어디 베풀어질 데가 있겠는가? 죄를 미리 막고, 또 일단 죄를 지은 뒤에는 용

서해주는 이중의 힘이 있기에 기도를 드리는 것이 아닌가? 그렇다면 나도 얼굴을 들자. 나의 죄과는 이미 지나간 일. 그러나, 아, 뭐라고 기도를 드려야 용서받을 수 있을까? "비열한 살인죄를 용서하소서."라고 하면 될까? 그럴 수는 없다. 나는 살인으로 얻은 이득을 아직도 다 가지고 있지 않은가? 나와 왕관과 나의 야심과 나의 왕비를, 죄의 소득을 간직하면서 죄의 용서를 받을 수 있을까? 이 세상의 썩은 물결 속에서는 범죄의 손도 황금으로 도금하면 정의를 밀어젖힐 수 있겠지. 부정한 수단으로 얻은 금력을 가지고 국법을 매수하는 일도 흔히 보는 일이니. 그러나 천상에서는 그렇게 되지 않는다. 속임수가 통하시 않아. 우리의 행위는 본바탕을 그대로 드러내고, 지은 죄에 대해서는 일일이 증거를 대면서 고백하지 않으면 안 된다. 그렇다면 어떻게 해야 좋은가? 앞으로 어떻게 하면 되는가? 회개해보자. 회개로 안 될 일이 있겠는가? 그러나 회개할 수 없는 경우에는 어떻게 하나? 아, 비참한 신세로다! 죽음같이 어두운 내 가슴! 오, 덫에 걸린 새 같은 이 영혼, 벗어나려고 몸부림칠수록 더 꼼짝할 수 없게 되는구나! 도와주소서, 천사여! 어디 한번 해보자. 자, 구부러져라, 억센 무릎아. 부드러워져라, 강철 같은 마음아. 갓난아기의 힘줄처럼 부드러워져다오. 모든 일이 잘되어주었으면. (무릎을 꿇는다.)

이때 햄릿이 알현실로 하여 등장해 왕이 기도하고 있는 것을 보자 멈추어 선다.

햄릿 (복도 입구에 다가서면서) 기회는 지금이다. 마침 기도를 하고 있구나. 자, 해치우자. (칼을 빼 든다.) 그러면 저자는 천당으로 가고, 나는 원수를 갚게 된다. 가만있자, 이건 생각해볼 문제구나. 악한이 내 아버지를 죽였는데, 그 보답으로 외아들인 내가 그 악한을 천당에 보내? 아니, 이건 복수가 아니라 도리어 사례를 하는 일이 된다. 저자의 손으로 아버지는 현세의 온갖 욕망을 짊어진 채,

죄업이 오월의 꽃처럼 한창 만발하고 있을 때 살해당하지 않았는가. 그러니 저승에서 어떤 계산서를 받게 될 것인지 하느님밖에 누가 알겠는가? 그러나 우리 인간 세상의 기준으로 미루어 생각해보면, 무거운 벌을 받으실 게 틀림없다. 그런데 저자가 영혼을 깨끗이 씻어서 천당의 길을 떠나기에 꼭 알맞은 이때 죽이는 것이 과연 그런 아버지에 대한 복수가 되겠는가? 천만에. (칼을 다시 칼집에 꽂는다.) 칼아, 참고 기다렸다가 좀 더 살기 찬 기회를 보아라. 만취하여 곤드라졌을 때나, 격분했을 때나, 잠자리에서 추한 쾌락에 빠져 있을 때나, 도박이나 폭언을 할 때, 그 밖에 전혀 구원의 여지가 없는 나쁜 짓을 하고 있을 때— 그런 때에 저자를 쳐라. 그러면 뒷발로 하늘을 차면서 지옥으로 굴러 떨어질 것 아니냐, 어차피 찾아가야 할 지옥처럼 캄캄한 꼴을 하고서. 어머니가 기다리고 계신다. 너를 살려두는 것은 너의 괴로운 나날을 연장해주기 위해서다. (그곳을 떠난다.)

왕 (기도하던 자리에서 일어나면서) 나의 말은 하늘로 날아가지만 생각은 지상에 남아 있구나. 생각이 따르지 않는 말은 결코 하늘에 이르지 못한다. (왕 퇴장)

11

[제3막 제4장]
벽에 휘장이 드리워져 있고, 다른 쪽에는 선왕의 초상화와 현왕의 초상화가 걸려 있다. 긴 의자와 작은 의자 몇 개가 놓여 있다.
왕비와 폴로니어스 등장.

폴로니어스 곧 오십니다. 단단히 타이르십시오. 장난을 해도 분수가 있어야 하지 않겠습니까. 중간에서 폐하의 역정을 간신히 막았노라고 말씀하십시오. 저는 이 뒤에 숨어 있겠습니다. 제발 혼을 좀 내주십시오.

햄릿 (무대 밖에서) 어머니, 어머니, 어머니!

왕비 그러겠어요. 염려 마세요. 어서 숨으세요. 오는 소리가 들려요. (폴로니어스, 휘장 뒤에 숨는다.)

(햄릿 들어온다.)

햄릿 어머니, 무슨 일이십니까?

왕비 햄릿, 너의 아버님께서는 너 때문에 대단히 화가 나셨다.

햄릿 어머니, 아버님께서는 어머님 때문에 대단히 화가 나셨습니다.

왕비 아니, 그런 불성실한 대답이 어디 있느냐?

햄릿 아니, 그런 부도덕한 질문이 어디 있습니까?

왕비 왜 그러느냐, 햄릿?

햄릿 왜 그러십니까?

왕비 나를 잊었느냐?

햄릿 잊다니요, 천만에요! 왕비이시고, 남편의 동생의 아내이십니다. 그리고, 그렇지 않았으면 좋았을 것을, 저의 어머님이십니다.

왕비 정 그렇다면 누군가 너를 혼내줄 수 있는 분을 불러야겠다. (퇴장하려 한다.)

햄릿 (왕비를 붙들고) 자, 자, 앉으십시오. 꼼짝도 하지 마시고. 그 마음속을 거울에 환히 비추어 보여드릴 테니. 그 전에는 한 발짝도 뜨지 못하십니다.

왕비 어쩌자는 거냐, 나를 죽일 참이냐? 사람 살려요!

폴로니어스 (휘장 뒤에서) 큰일 났다, 사람 살려!

햄릿 (칼을 빼 들고) 이건 뭐냐? 쥐냐? 죽어라, 죽어! (휘장 속을 칼로 찌른다.)

폴로니어스 (쓰러지면서) 아이고, 나 죽는다!

왕비 아이고머니, 이게 무슨 짓이냐?

햄릿 모릅니다, 저도. 왕입니까? (휘장을 들고 보니 폴로니어스가 죽어 있다.)

왕비 아, 이 무슨 난폭하고 잔인한 짓이냐!

햄릿 잔인한 짓이요? ― 어머니, 왕을 죽인 그 동생과 결혼하는 것보다는 나을
걸요.

왕비 왕을 죽인!

햄릿 암요, 그렇습니다. (폴로니어스의 시체를 보면서) 경솔하게 아무 데나 참견하는
못난 바보 같으니. 좀 더 훌륭한 인간인 줄 알았지. 다 네 운명으로 받아들여
라. 너무 설치면 위험하다는 걸 이제 알았겠지 ― (휘장을 내리고 왕비를 향하여)
그렇게 손만 쥐어뜯지 마시고 진정하고 앉으십시오. 내가 그 가슴을 쥐어짜드
릴 테니. 그 가슴에 도리가 통한다면 말입니다. 그 망측한 습관으로 가슴이 놋
쇠처럼 굳어서 감정이 전혀 뚫고 들어갈 수 없을 만큼 느낌이 무디어지지 않
았기를 바랍니다.

왕비 내가 무슨 행동을 했기에, 네가 감히 그토록 무례하게 큰소리로 내게 욕을
하며 대드느냐?

햄릿 여자의 정숙함과 수줍음을 더럽히고, 미덕을 위선이라 부르게 했으며, 깨끗
하고 참된 연인의 아름다운 이마에서 장미꽃을 뜯어내고 그 자리에 창부의 낙
인을 찍었으며, 결혼의 맹세를 도박꾼의 맹세처럼 거짓되게 만든 행동을 하지
않았습니까? 아, 백년가약의 맹세에 담긴 정신을 저버리고, 신성한 예식을 한
낱 광대극으로 만든 행동을 하시지 않았습니까? 그 행동에는 하늘도 격분하
여 얼굴을 붉히고, 이 단단한 대지도 최후의 심판의 날이라도 당한 것처럼 수
심에 잠겨 있습니다.

왕비 아니, 대체 그게 어떤 행동이기에 이렇게 떠들고 야단법석이냐?

햄릿 (벽에 걸린 두 초상화 쪽으로 왕비를 데리고 가서) 자, 보십시오, 이 그림과, 그리
고 저 그림을. 같은 피를 나눈 두 형제분의 초상화입니다. 보십시오, 저 빼어
난 아름다운 얼굴을 ― 태양신 아폴론처럼 물결치는 머리카락과 주피터 같은

이마, 주위를 위압하고 호령하는 군신 마르스와 같은 눈, 하늘에 치솟은 산꼭대기에서 갓 내려앉은 사신使神 머큐리와 같은 의젓한 자세 ── 실로 그 조화와 그 형상은 모든 신들이 인간의 본보기로서 우리에게 보증해주실 분, 이분이 전 남편이십니다. 자, 다음에는 이쪽 그림을 보십시오. 현재의 남편입니다. 병든 보리이삭처럼 형을 말려 죽인 놈입니다. 눈이 있습니까, 어머니? 이런 아름다운 산을 버리고 이런 황무지에서 맛있는 먹이를 찾다니, 기가 막힙니다! 정말 눈이 있습니까? 이걸 사랑이라고 부를 수는 없는 거지요. 어머니 정도의 나이가 되면 불같은 욕정도 숨이 죽어 순해지고 분별심이 복종하는 것이 아닙니까? 분별심이 여기서 이리로 자리를 옮기랍디까? 욕정이 있는 것을 보면 틀림없이 감각도 있을 텐데, 그 감각이 마비되어버린 것이 틀림없습니다. 미치광이도 그런 실수는 하지 않습니다. 하물며, 아무리 광증에 자유를 빼앗긴 감각이기로 약간의 식별력은 남아 있을 텐데 이런 뚜렷한 차이를 구별 못하시나요? 귀신한테 홀려서 눈 뜬 장님이라도 되셨단 말입니까? 감각이 없어도 눈이 있으면, 시력이 없어도 감각이 있으면, 손이나 눈이 없어도 귀가 있으면, 다른 아무것도 없어도 코만 있으면, 혹은 비록 병든 감각일지라도 한 조각 남아 있다면 이렇듯 망령을 부릴 수는 없었을 것입니다. 아, 수치심아, 너의 부끄러움은 어디 갔느냐? 저주받은 욕정아, 네가 중년 부인의 뼛속에서 반란을 일으킬 수 있다면, 피 끓는 청춘 속에서는 도덕이 초처럼 불에 녹아 없어지는 것쯤은 일도 아니겠지. 감당 못할 욕정에 빠지더라도 창피해야 할 것은 조금도 없다. 머리에 서리 앉은 늙은이도 활활 정욕의 불에 타고, 이성이 사음邪淫의 앞잡이 노릇을 하는 판이니.

왕비 오, 햄릿, 그만해라. 네 말을 들으니 비로소 이 마음속이 뚜렷이 들여다보이는구나. 내 마음속에 새겨진 이 시커먼 오점, 아무리 씻어도 지워지지 않을 게다.

햄릿 아니, 지워지기는커녕 땀내 나는 기름에 절인 이불 속에 들어가 사음에 넋을 잃고, 돼지처럼 엉겨서 시시덕거리고 —

왕비 오, 그만해라. 네 말이 비수처럼 내 가슴을 찌르는구나. 그만해다오, 햄릿.

햄릿 살인자, 악당, 선왕의 오백 분의 일만도 못한 하인 같은 자식, 폭군 중의 폭군, 영토와 왕권을 가로챈 소매치기, 선반 위의 귀중한 왕관을 훔쳐다가 제 호주머니에 집어넣은 놈 —

왕비 그만!

햄릿 누더기를 걸친 거지왕 같은 놈이 — (이때 유령이 나타난다.) 오, 하늘의 수호신들이여, 저를 구해주소서. 당신들의 날개로 나를 덮어 보호하소서! (유령에게) 무슨 일로 나오셨습니까?

왕비 오, 제정신이 아니구나.

햄릿 이 불초자식이 어물어물 때를 놓치는 우유부단한 꼴을 꾸짖으러 오신 것이 아닙니까? 아, 말씀하십시오!

유령 잊지 마라! 내가 이렇게 찾아온 것은 거의 무디어진 네 결심을 날카롭게 갈아주기 위해서다. 하지만 보아라, 네 어머니의 저 두려움에 떠는 모습을. 아, 저 고민을 덜어드려라! 약한 자일수록 미망은 강하게 작용하는 법이다. 자, 어머니에게 말을 건네드려라, 햄릿.

햄릿 어떠십니까, 어머니?

왕비 오, 어찌된 일이냐? 그렇게 허공을 노려보고 아무 실체도 없는 공기와 이야기를 하다니. 비상경보에 놀라 깬 군인처럼 네 영혼은 눈을 번득이고, 잘 빗은 머리카락이 오물통에라도 빠진 듯 곤두섰구나. 애야, 진정해라. 비록 불길처럼 정신이 달아오르더라도 냉정을 되찾고 꾹 참아다오. 아니, 어디를 그렇게 노려보느냐?

햄릿 저분을 보십시오! 저렇게 창백한 얼굴로 이쪽을 바라보고 계십니다! 저 모습, 저 가슴에 맺힌 사유를 들으면 돌도 눈물을 흘릴 것입니다. — 그렇게 보지 마십시오. 그렇게 애처로운 거동을 하시면 저의 굳은 결심이 꺾이고 맙니다. 그러면 제가 해야 할 일이 빛을 잃어, 피 대신 눈물을 흘리게 되고 맙니다.

왕비 누구에게 하는 말이냐?

햄릿 저기 아무것도 안 보이십니까?

왕비 아무것도 없잖니.

햄릿 그럼, 아무 소리도 안 들리십니까?

왕비 아니, 우리 두 사람의 말소리밖에는.

햄릿 아, 저기를 좀 보십시오! 지금 사라지고 있잖습니까! 아버님이, 살아계실 때와 똑같은 모습으로! 보십시오, 저리로 가십니다. 지금 막 문밖으로 나가십니다! (유령이 사라진다.)

왕비 네 눈에 헛것이 보인 게냐? 광증은 종종 그런 환상을 그린다더라.

햄릿 환상? 보십시오, 이 맥박을. 어머니 맥박과 조금도 다름없이 규칙적으로 건강하게 고동치고 있습니다. 제 말은 절대로 광증에서 나온 말이 아닙니다. 시험해보십시오. 한마디도 틀림없이 되풀이할 테니까요. 광인이라면 어딘가에서 빗나갈 것입니다. 어머니, 제발 부탁합니다. 그렇게 양심에다 자기위안의 고약을 발라 자기 죄를 잊고 아들의 광증 탓이라고 말씀하시지 마십시오. 그런 고약은 상한 상처를 얇은 거죽으로 덮어주겠지만 썩은 뿌리는 자꾸만 속으로 파먹어 들어가 모르는 사이에 온몸에 퍼지고 맙니다. 죄를 하느님께 고백하십시오. 지난날의 잘못을 뉘우치십시오. 앞으로 근신하십시오. 그리고 잡초에 거름을 주어 더욱 무성하게 만드는 짓은 하지 마십시오. 용서하십시오, 이런 충고를. 이런 썩을 대로 썩은 세상에서는 미덕이 악덕에 용서를 구해야 하지요. 아니, 이로운 말을 하는데도 머리를 조아리고 비위를 맞춰야 하는 판입니다.

왕비 아, 햄릿. 너는 내 가슴을 둘로 쪼개놓았구나.

햄릿 아, 그 나쁜 쪽은 버리시고, 나머지 좋은 쪽으로 좀 더 깨끗하게 살아가십시오. 그럼 안녕히 주무십시오. 그러나 숙부의 잠자리에는 가시면 안 됩니다. 정절이 없거든 있는 체라도 하십시오. 습관은 악습에 대한 인간의 모든 감각을 먹어 삼키지만 반면에 천사의 역할도 합니다. 항상 좋은 행동을 하고 있으면, 처음에는 어색한 옷 같지만 어느새 몸에 꼭 어울리게 만들어줍니다. 오늘 밤에는 참으십시오. 그러면 내일 밤에는 참기가 한결 쉬워지고, 그다음 날 밤에는 더욱 쉬워집니다. 이렇듯 습관은 천성을 바꿀 수도 있고 악마를 다스릴 수도, 내쫓을 수도 있는 그런 신비로운 힘을 가지고 있습니다. 다시 한 번, 안녕히 주무십시오. 하느님의 자비를 구하시고 싶을 때에는 함께 축복을 기도해드리겠습니다. (폴로니어스를 가리키면서) 이 영감은 유감스럽게 되었습니다. 하지만 다 하늘의 뜻, 하느님은 이것으로 저를 벌주시고, 제 손을 빌어 이 늙은이를 처벌하신 것입니다. 저는 신의 벌을 전하고 집행하는 구실을 한 것입니다. 시체는 제가 처리하지요. 그리고 이 사람을 죽인 책임은 모두 제가 지겠습니다. 그럼 다시 한 번, 안녕히 주무십시오. 자식 된 도리로 간언을 하자니 이렇게 가혹해지지 않을 수가 없었습니다. 이것은 불행의 서막일 뿐, 더 끔찍한 일이 뒤에 남아 있습니다. (나가려다 다시 돌아와서) 한마디만 더 드리지요, 어머니.

왕비 나는 어떻게 하면 좋으냐?

햄릿 제가 절대로 하지 말라고 한 말을 잊어버리시고, 무슨 짓이든지 하시지요. 비계 덩어리 왕이 끌거든 다시 침실로 따라가시고요. 음탕하게 볼이나 꼬집히시고, "요 귀여운 내 생쥐야." 하는 소리나 들으시고, 퀴퀴한 입으로 두어 번 입이나 맞추게 하시고, 그 징글맞은 손가락으로 목이나 간질어주거든, 그때는 다 고해바치시라고요. 실은 그 애가 미친 것이 아니라, 미친 체하고 있는 것이라고. 사실대로 알려주는 것이 좋을걸요. 아름답고, 정숙하고, 슬기로운 왕비가 아니고서야 누가 그 두꺼비에, 박쥐에, 수꽹이 같은 놈에게 이런 중대한 일을 끝내 숨길 수 있겠습니까? 분별이고 비밀이고 다 소용없어요. 유명한 원숭이 이야기도 있지 않습니까? 지붕에 새장을 들고 올라가서 뚜껑을 열어 새들을 다 날려 보내고, 자기도 한번 날아본답시고 그 속에 기어 들어가서 뛰어내리다가 지붕에서 떨어져 목이 부러진답니다.

왕비 염려 마라. 사람의 말이 숨결에서 나오고, 숨결은 목숨으로 된 것이라면, 나는 네 말을 누설할 숨결도, 목숨도 없다.

햄릿 저는 영국에 가야 합니다. 아십니까?

왕비 아, 깜빡 잊고 있었구나. 그렇게 결정되었단다.

햄릿 국서는 이미 봉해지고, 독사처럼 믿음직한 내 벗 두 놈이 왕명을 받고 있습니다. 그놈들이 길잡이가 되어서 나를 함정으로 몰고 갈 모양이지만, 해보라지요. 제 손으로 묻은 지뢰가 터져서 허공에 날아올라가는 꼴을 구경하는 것도 재미있을 테니. 수고스럽긴 하겠지만, 그놈들이 묻어놓은 지뢰의 석 자 밑을 파서 놈들을 달까지 날아올라가게 만들 테다. 이거 참 재미있겠는데. 외나무다리에서 원수를 만나는 격이군. 이 영감 덕분에 내가 바빠지게 생겼구나. 시체를 옆방으로 끌고 가야겠다. 그럼 어머니, 안녕히 주무십시오. 이 재상님은 이제야 조용하게 입을 다물고 엄숙해졌군요. 살아 있을 적에는 어리석은 수다쟁이였는데. 자, 가볼까. 이것으로 일을 끝내야지. 안녕히 주무십시오, 어머니. (시체를 끌고 퇴장. 혼자 남은 왕비는 엎드려 흐느낀다.)

ACT 4

12

[제4막 제1장]

잠시 뒤 왕이 로젠크랜츠와 길덴스턴을 거느리고 등장.

왕 (왕비를 안아 일으키며) 이 한숨소리를 들으니 무슨 일이 있나 보구려. 이 깊은 탄식

　　의 곡절을 이야기해보시오. 나도 응당 알아야 하지 않겠소. 햄릿은 어디 갔소?

왕비 잠시 우리만 있게 해주세요. (로젠크랜츠와 길덴스턴 퇴장) 아, 오늘 밤에는 참

　　으로 끔찍한 일을 당했습니다!

왕 무슨 일이오, 거트루드? 햄릿이 어떻게 했소?

왕비 파도와 바람이 서로 어느 쪽이 더 센가 겨루면서 광란하듯 미쳐버렸어요.

　　한창 발광하고 있는데 휘장 뒤에서 무슨 소리가 나자, 휙 칼을 빼 들더니, "쥐

　　새끼다, 쥐새끼!" 하면서 미치광이처럼 뒤에 숨은 노인을 찔러 죽였어요.

왕 오, 그럴 수가! 나도 그 자리에 있었더라면 변을 당할 뻔했구나. 내버려 두었

다가는 나나 당신이나, 다른 누구라도 큰 화를 입겠소. 아, 이 유혈 행위를 뭐라고 해명한단 말이오? 세상은 나를 나무랄 것 아니오. 이 젊은 미치광이를 미리 경계해서 나다니지 못하게 감금하여 바깥과의 접촉을 끊어놓았어야 하는 것을. 그러나 그 애를 너무나 사랑했기 때문에 그 최상의 방법을 피하려고만 했소. 하지만 병에 걸린 환자처럼, 소문이 나지 않게 숨기려다가 도리어 자기 생명을 갉아 먹힌 격이 되었구려. 어디 갔소, 그 애는?

왕비 자기가 죽인 시체를 치우러 나갔습니다. 하찮은 광석 속에 묻힌 순금처럼, 그 광기 속에도 한 조각의 맑은 정신이 남아 있는지, 자기가 한 일에 대해서 눈물을 흘렸어요.

왕 아, 여보, 들어갑시다! 해가 동산에 솟기를 기다려 햄릿을 배에 태워야겠소. 이 불상사는 권력과 계책으로 적당히 얼버무려서 해명하는 수밖에 없소. 여봐라, 길덴스턴! (길덴스턴과 로젠크랜츠 다시 등장) 자네들 두 사람은 가서 몇 사람 더 불러오도록 해라. 햄릿이 광란 중에 폴로니어스를 살해하고, 제 어머니 방에서 시체를 끌고 나간 모양이다. 빨리 가서 찾아보아라. 부드러운 말로 타이르도록 해라. 그리고 시체는 예배당에 안치하여라. 서둘러라, 부탁한다. (두 사람 퇴장) 거트루드, 곧 유능한 가신家臣들을 불러서 이 갑작스러운 불상사와 선후책을 알려야겠소. 세상의 비방은, 포탄이 과녁을 정확히 맞히듯 지구 끝까지 그 독설을 싣고 가는 법. 그러나 이렇게 선수를 쳐놓으면 내 명성은 맞지 못하고 허탕만 치게 될 거요. 자, 들어갑시다! 내 마음은 갈피를 잡을 수 없고 불안만 가득하오. (두 사람 퇴장)

13

[제4막 제2장]

햄릿 등장.

햄릿 이만하면 잘 숨겨졌지.

로젠크랜츠, 길덴스턴 (안쪽에서) 햄릿 왕자님!

햄릿 가만, 저 소리는 뭐지? 누가 나를 부르나? 아, 저기들 온다.

로젠크랜츠와 길덴스턴, 호위병을 데리고 허겁지겁 등장.

로젠크랜츠 시체는 어떻게 하셨습니까, 왕자님?

햄릿 흙과 섞었지, 서로 동류니까.

로젠크랜츠 어디 두셨는지 말씀해주십시오. 저희들이 찾아다가 예배당에 안치하
   겠습니다.

햄릿 믿지들 마.

로젠크랜츠 무엇을 말씀입니까?

햄릿 내가 자네들의 비밀을 지킬 수 있고, 내 비밀은 지킬 수 없다는 걸 말이야.
   더구나 왕의 아들이 해면海綿의 질문에 어떻게 대답할 수 있겠나?

로젠크랜츠 저를 해면으로 보십니까, 왕자님?

햄릿 그래. 왕의 총애와 은상恩賞과 권세를 빨아들이는 해면이지. 하기야 그런 관
   리들이 결국 왕에게는 가장 요긴한 인간들이란 말이야. 왕은 그런 족속을, 원
   숭이가 능금을 넣어두듯이 입 한쪽에 넣어두지. 처음에는 넣고만 있다가 나중
   에는 삼켜버린다고. 뭔가 자네들에게 빨려놓았다가 필요할 때 꾹 짜기만 하면
   되거든. 그러나 자네들은 해면이라 다시 속이 바짝 말려져버린단 말이야.

로젠크랜츠 무슨 말씀이신지 모르겠습니다, 왕자님.

햄릿 거 반가운 일일세. 독설도 쇠귀에는 염불이거든.

로젠크랜츠 왕자님, 시체를 어디다 두셨는지 말씀하셔야 합니다. 그리고 같이 어전으로 가시지요.

햄릿 시체는 국왕과 함께 있지만, 국왕은 시체와 함께 있지 않아. 국왕 같은 것은 ──

길덴스턴 국왕 같은 것이라니요, 왕자님?

햄릿 아무것도 아니란 말이야. 어전에 안내해라. 꼭꼭 숨어라, 머리카락 보인다. (햄릿 달려 나간다. 모두 뒤를 쫓아간다.)

14

[제4막 제3장]

궁성 안의 홀. 왕이 두세 명의 중신들과 단상의 탁자에 마주앉아 있다.

왕 그 애를 붙들어서 시체를 찾아오라고 사람을 보냈소. 마음대로 돌아다니게 내버려 두었다가는 또 얼마나 위험해질지 모르겠소! 그렇다고 엄벌에 처해서는 안 되오. 그 에는 경박한 민중의 사랑을 받고 있으니 말이오. 대개 민중이란, 이성으로 판단하지 않고 눈으로 보아서 좋으면 가부를 결정하고, 따라서 범죄자가 받는 형벌만 문제시하지 범죄 그 자체는 생각지 않거든. 일을 원만히 처리하기 위해서는 왕자를 급히 해외로 보내는 수밖에 없소. 오랜 생각 끝에 이같이 급한 조치를 취한 것처럼 보이게 해서 말이오. 절망적인 병은 절망적인 요법으로 치료하는 수밖에. 그 밖에는 방법이 없소. (로젠크랜츠와 길덴스턴, 기타 등장) 웬일이냐? 어떻게 되었느냐?

로젠크랜츠 시체를 어디다 감추셨는지 도무지 말씀하지 않습니다.

왕 어디 있느냐, 왕자는?

로젠크랜츠 밖에 계십니다. 분부가 계실 때까지 감시를 붙여두었습니다.

왕 이리 불러오너라.

로젠크랜츠 여봐라, 왕자님을 어전으로 모셔라!

　　햄릿, 호위되어 등장.

왕 자, 햄릿. 폴로니어스는 어디 있느냐?

햄릿 식사 중입니다.

왕 식사 중이라, 어디서?

햄릿 먹고 있는 것이 아니라 먹히고 있는 것입니다. 지금 정치 구더기들이 모여
　　서 한창 먹고 있는 중입니다. 구더기란 놈은 회식의 제왕이거든요. 우리는 우
　　리가 살찌자고 다른 동물들을 살찌우고, 우리가 살찌는 것은 구더기를 살찌우
　　기 위한 것입니다. 살찐 왕이나 여윈 거지나, 맛은 다르지만 한 식탁에 오르는
　　두 쟁반의 요리지요. 그뿐입니다.

왕 아아, 아!

햄릿 왕을 뜯어먹은 구더기를 미끼로 고기를 낚고, 구더기를 먹은 그 고기를 사
　　람이 먹을 수도 있습니다.

왕 그게 무슨 뜻이냐?

햄릿 왕이 거지 뱃속을 행차하실 수도 있다는 말씀을 드린 것뿐입니다.

왕 폴로니어스는 어디 있느냐?

햄릿 천당에요. 누구를 보내어 알아보십시오. 천당에서 찾지 못하거든, 이번에는
　　다른 한쪽에 가서 직접 찾아보십시오. 그러나 이 달 안에 찾아내지 못하시면
　　로비로 통하는 계단을 올라가실 때 냄새가 날 것입니다.

왕 (시종들에게) 거기 가서 찾아보아라.

햄릿 자네들이 갈 때까지 도망치진 않을 거야. (시종들 퇴장)

왕 햄릿, 이번 행동은 내가 몹시 가슴 아파 하는 바이고, 또 무엇보다도 네 몸의 안전이 걱정되어 하는 말이다만, 일이 이렇게 되었으니 너를 한시바삐 이곳에서 떠나보내야겠다. 그러니 곧 떠날 준비를 해라. 배편은 이미 마련되어 있고, 바람도 순풍이고, 수행원들도 기다리고 있다. 영국으로 떠날 준비가 모두 갖춰져 있다.

햄릿 영국으로요?

왕 그렇다, 햄릿.

햄릿 좋습니다.

왕 그래야지, 내 본의를 알아준다면.

햄릿 그 본의를 꿰뚫어보고 있는 천사가 눈에 보입니다. 하지만, 가자, 영국으로! (절을 하며) 안녕히 계십시오, 어머니.

왕 너의 사랑하는 아버지다.

햄릿 어머니입니다. 아버지와 어머니는 남편과 아내이고, 남편과 아내는 일심동체, 그러니 어머니지요. (호위병들을 돌아보며) 자, 가자, 영국으로! (호위되어 퇴장)

왕 (로젠크랜츠와 길덴스턴에게) 어서 따라가서 적당히 꾀어, 바로 배에 태우도록 해라. 머뭇거리면 안 된다. 오늘 밤 안으로 당장 보내야겠다. 가거라! 그 밖의 절차는 봉서에 다 준비되어 있다. 서둘러다오. (왕만 남고 모두 퇴장) 자, 영국 왕이여, 나의 호의를 존중한다면, — 나의 위대한 힘은 충분히 알고 있을 터이지만. 덴마크 군의 창검이 휩쓸고 지나간 상흔이 아직도 생생하고 붉으며, 또 충성을 자청한 그대이니, 설마 나의 엄명을 냉정히 다루지는 않으렷다. 내용은 국서에 밝혀져 있지만, 곧 햄릿을 죽여 없애라. 반드시 실행하라, 영국 왕이여. 무슨 열병인 양 그놈이 내 핏줄 속에서 발악하니 그대가 나를 고쳐주어야

한다. 그 일 이전에는 아무리 좋은 일도 내게 기쁨을 주지 못하리라. (퇴장)

15

[제4막 제4장]

포틴브라스가 군대를 이끌고 진군하고 있다.

포틴브라스 부대장, 가서 덴마크 왕께 문안 여쭈어라. 그리고 포틴브라스가 폐하
의 재가를 얻어 약속대로 영토를 자나가기를 바란다고 전해라. 우리가 만날
지점은 알고 있지? 만일 바라신다면 어전에 가서 경의를 표하겠다고, 그렇게
아뢰어라.

부대장 분부대로 하겠습니다.

(부대장 일행이 작별하고 나간다.)

포틴브라스 (휘하 군대에게) 자, 조용히 전진. (부대를 거느리고 퇴장)

부대장은 도중에 항구로 향하고 있는 햄릿, 로젠크랜츠, 길덴스턴, 호위병들을 만난다.

햄릿 여보시오, 이것은 어디 군대요?

부대장 노르웨이 군입니다.

햄릿 목적이 무엇입니까?

부대장 폴란드의 어느 곳을 공략하기 위해섭니다.

햄릿 지휘관은 누구입니까?

부대장 노르웨이 왕의 조카 포틴브라스님이십니다.

햄릿 폴란드 중심부로 진격하십니까, 아니면 국경의 일부입니까?

부대장 사실대로 솔직히 말씀드리면, 명목 이외에 아무 이득도 없는 손바닥만한 지역을 점령하러 가는 길입니다. 5더컷의 소작료만 내는 땅입니다. 단돈 5더 컷 말입니다. 나 같으면 그런 땅은 붙여먹지 않겠습니다. 노르웨이 왕이나, 폴 란드 왕이나, 그걸 사유지로 팔아도 그 이상 이득은 얻지 못할 것입니다.

햄릿 그럼 폴란드인들은 그까짓 땅은 수비도 않겠군요.

부대장 웬걸요, 이미 수비대가 배치되어 있습니다.

햄릿 수천 명의 생명과 수만 더컷의 돈을 희생하더라도 이 지푸라기 같은 문제는 해결되지 않을 것이다. 나라가 부유해지고 안일에 빠지면 이런 내종이 생기게 마련이지. 속으로 곪아 터지면, 겉으로는 아무 증세도 나타나지 않은 채 생명 을 잃고 만다! 아, 감사합니다.

부대장 안녕히 가십시오. (퇴장)

로젠크랜츠 그럼 가시지요, 왕자님.

햄릿 곧 따라갈 테니 먼저들 가게. (햄릿만 남고 모두 퇴장) 아, 모든 일이 나를 꾸짖 고, 둔해진 내 복수심을 채찍질하는구나! 인간이 대체 무엇인가! 인간의 주된 행위와 한평생의 삶이 단지 자고 먹는 것뿐이라면? 그렇다면 짐승과 조금도 다를 바 없다. 신이 우리들 인간에게 이렇듯 위대한 사유의 힘을 주시고 앞뒤 를 살필 수 있도록 해주신 것은, 그 능력과 신 같은 이성을 쓰지 않고 곰팡이 가 피도록 내버려 두라고 하신 뜻이 아니었다. 그렇다면, 짐승처럼 잘 잊어버 리기 때문인가, 아니면 일의 결과를 너무 세밀하게 생각하는 좁은 마음의 망 설임 탓인가, ― 사려를 넷으로 나누면 그 하나만이 지혜이고 나머지 셋은 언 제나 비겁함이기 때문인가 ― 나는 왜 "이 일은 꼭 해야 할 일이다." 하고 되 뇌기만 하며 살아가고 있는가? 그 일을 실행할 명분과 의지와 실력과 수단을 가지고 있으면서. 땅덩이처럼 크고 엄청난 실례들이 나를 격려하고 있지 않은 가. 저 군대를 보라. 수많은 인원, 막대한 비용, 더욱이 그 인솔자는 가냘픈 젊은 왕자. 그러나 그 정신은 고매한 공명심으로 가득 차 있고, 미지의 앞일을 코웃음 치면서 달걀 껍데기 같은 하찮은 일에 내일을 모르는 덧없는 목숨을 무릅쓰고 있지 않은가. 진정으로 위대한 행위에는 물론 그만큼 훌륭한 명분이 따라야 하지만, 남아의 명예에 관계될 때는 지푸라기만한 문제라도 당당히 싸워야 한다. 그런데 나는 이 무슨 꼴인가? 아버지는 살해되고 어머니는 더럽혀지고, 이만하면 이성과 피가 분기할 만도 한데 잠재우고 있으니, 창피한 노릇이다. 보라, 저것을. 2만 군졸이 코앞에 닥친 죽음을 향하고 있지 않은가. 환상 같은 허망한 명예를 찾아 마치 잠자리에라도 가듯 무덤을 찾아가고 있지 않은가. 대군이 자웅을 가릴 수도 없는 조그만 땅, 전사자를 묻을 무덤으로 쓰기에도 모자란 조그만 땅을 위해서. 아, 이제부터 내 마음은 피비린내 나는 일만 생각하리라, 그 밖에는 아무런 가치도 없으리라! (퇴장)

몇 주일이 지난다.

16

[제4막 제5장]
엘시노어 궁성의 어느 방. 왕비, 시녀들, 호레이쇼, 그리고 신사 한 사람 등장.

왕비 나는 그 애와 이야기하지 않겠어요.
신사 꼭 뵙겠다고 졸라댑니다. 아주 실성했는지, 그 모습이 여간 측은하지 않습니다.
왕비 어떻게 해달라는 거죠?
신사 자꾸 자기 아버지 이야기를 하고 있습니다. 세상에는 별별 괴상한 일들이 많다고 들었다면서, 헛기침을 했다가, 가슴을 쳤다가, 하찮은 일에도 화를 냈다가, 무슨 소린지 뜻도 잘 안 통하는 말을 중얼거리고는 합니다. 물론 아무것도 아닌 말들입니다만, 도리어 듣는 사람의 마음을 움직입니다. 듣는 이들은 저마다 그럴듯하게 꿰어 맞추어서 제 마음대로 해석합니다. 그런데 그녀가 눈짓을 하고, 고개를 끄덕이고, 몸짓을 하는 것으로 미루어 보건대, 물론 확실하지 않지만 무슨 큰 불행이 있었다는 생각을 하게 됩니다.

호레이쇼 만나서는 몇 말씀 해주시는 것이 좋을 것 같습니다. 저러다가 속 검은 인간들의 마음속에 어떤 위험한 억측의 씨를 뿌리게 될지 모릅니다.

왕비 그 애를 불러와요. (신사 퇴장. 방백.) 죄악의 본성이 본디 그런 것이지만, 병든 내 영혼에는 하찮은 일 하나하나가 무슨 큰 재앙의 서곡같이만 여겨지는구나. 죄지은 마음은 어리석은 두려움에 가득 차서 감추려고 애를 쓰면 쓸수록 도리어 더 나타나게 되나 보다.

신사가 오필리어를 데리고 등장.
오필리어는 광란한 모습이다.
풀어 헤친 머리가 어깨까지 내려오고, 손에는 류트lute를 들고 있다.

오필리어 덴마크의 아름다운 왕비님은 어디 계시나요?

왕비 아니, 오필리어?

오필리어 (노래를 부른다.)

　　우리 님과 남의 님을
　　어떻게 알아볼꼬.
　　지팡이와 미투리에 파립 쓴
　　순례자가 바로 우리 님.

왕비 아, 애야, 그 노래가 무슨 뜻이냐?

오필리어 뭐라고요? 아니 좀 더 들어보세요. (노래한다.)

　　임은 갔어요, 영영 갔어요.

　　죽어서 이승을 떠났어요.

　　머리맡엔 초록빛 잔디 풀

　　발치에는 묘석이 하나.

왕비 아니, 애, 오필리어―

오필리어 제발 좀 더 들어보세요. (노래한다.)

　　수의는 산꼭대기 눈과 같이 희고…….

　　왕이 들어온다.

왕비 아, 애를 좀 보세요.

오필리어 (노래한다.)

　　향기로운 꽃들에 파묻혀

　　영원한 길 떠나가는데,

　　사랑의 눈물은 비 오듯 하네.

왕 웬일이냐, 오필리어?

오필리어 고맙습니다. 사람들이 그러는데 올빼미는 본디 빵집 딸이었대요. 우리
들은 오늘은 이러고 있지만, 내일은 어떻게 될지 아무도 몰라요. 하느님이 식
탁에 함께하시길!

왕 아버지를 생각하고 있구나.

오필리어 제발 그 얘긴 그만두세요. 하지만 사람들이 뜻을 묻거든, 이렇게 대답하
세요. (노래한다.)

내일은 성 발렌타인의 날
동이 트면 아침 일찍부터
이 처녀는 당신의 창 밑에 가서
사랑을 기다리고 있을게요.

총각은 일어나 옷을 입고
얼른 방문을 열어주었네.
처녀는 방으로 들어갔는데
나올 때는 처녀가 아니었다네.

왕 아니, 오필리어!

오필리어 아이 참, 잡담은 그만하고, 노래를 끝내야겠어요. (노래한다.)

아아, 이 일을 어찌한다지
너무나 부끄러운 나의 신세!
아무리 남자의 습성이라지만
그것은 너무도 얄미운 처사.
자리에 쓰러뜨려 눕힐 때에는
백년해로를 약속하더니.
이제 와선 핑계가
네가 먼저 찾아오지 않았던들
정말로 부부가 될 생각이었다나.

왕 언제부터 저 모양이지?

오필리어 모든 일이 잘될 거예요. 우리는 참아야 해요. 하지만 그분이 차디찬 땅 속에 묻힐 것을 생각하니 울지 않을 수가 없어요. 오빠도 그걸 알게 될 거예요. 좋은 충고 말씀 고맙습니다. 자, 마차야, 가자! 안녕히 주무세요, 여러분들. 안녕히 주무세요, 아름다운 여러분들. 안녕히 주무세요, 안녕히 주무세요.

(오필리어 퇴장.)

왕 곧 따라가보아라. 잘 감시해다오. (호레이쇼와 신사, 오필리어를 따라서 퇴장.) 아, 이 모두가 슬픔이 빚어낸 병독이오. 그 애 부친의 갑작스러운 죽음 때문이오. ─ 보시오! 오, 거트루드. 슬픔은 홀로 오지 않는다더니 먼저 그 애 부친이 살해되고, 다음에는 햄릿이 떠났소. 하기야 불행의 장본인이니 추방도 당연한 것이지만. 백성들은 폴로니어스의 죽음에 대해서 억측이 구구하고 유언流言이 분분하여 진흙밭처럼 어지럽소. 나도 경솔한 짓을 했소, 그 시체를 쉬쉬해가며 허겁지겁 묻어버렸으니. 가엾은 오필리어는 실성하여 판단력을 잃었소. 저렇게 되어서는 인간이란 명목뿐, 단순한 짐승에 지나지 않소. 그런데 이 모든 것보다 중대한 일은, 오필리어의 오라비가 몰래 프랑스에서 돌아와서도 의혹에 싸여서인지 도무지 모습을 나타내지 않는 일이오. 부친의 죽음에 대한 해로운 소문을 그의 귀에 속살거려주는 무리들이 어찌 없겠소. 그렇게 되면 진상이 애매하니만큼 반드시 나에 대한 비난이 귀에서 귀로 거침없이 번져갈 것이오. 아, 거트루드. 이 비난이 죽음의 화살처럼 나의 온몸에 박혀 이윽고 나는 목숨을 잃게 될 것이오.

(이때 밖에서 요란스러운 소리가 들려온다.)

왕비 아, 저 소리가 뭐지요?

왕 (큰 소리로) 여봐라! (시종 한 사람 등장) 호위병들은 어디 갔느냐! 문을 지키라고 해라. 대체 무슨 일이냐?

시종 폐하, 어서 피신하십시오! 바닷물이 암벽을 넘어와 무서운 기세로 평지를 넘쳐흐르듯, 레어티스가 폭도를 거느리고 들이닥쳐 호위병들을 위압하고 있습니다. 폭도들은 그놈을 왕이라고 부르면서, 마치 이 세계가 지금 막 새로 시작이나 된 것처럼 온갖 질서의 기준이자 기둥인 과거를 잊고, 관습도 아랑곳

없이 입들을 모아 소리를 지르고 있습니다. "우리는 레어티스를! 레어티스를 왕으로 모시자!" 하고 말입니다. 그리고 모자를 공중에 던지고 손뼉을 치며 하늘이 무너져라 "레어티스를 왕으로! 레어티스가 왕이다!" 하고 외치고 있습니다. (안에서 함성이 점점 더 높아진다.)

왕비 제 딴에는 의기양양하게 짖어대지만, 냄새를 잘못 맡았어! 아, 방향을 잘못 짚었단 말이다. 이 배은망덕한 덴마크의 개들아!

왕 문이 부서지는구나.

레어티스, 무장을 하고 마구 들어온다. 그 뒤로 군중이 따라 들어온다.

레어티스 왕은 어디 있나? 여러분들은 밖에서 기다리시오.

군중 아닙니다, 우리들도 들어가겠습니다.

레어티스 제발, 이 일은 내게 맡겨주시오.

군중 그러지요, 기다리겠습니다. (군중, 모두 문 밖으로 물러간다.)

레어티스 고맙소. 문을 지켜주게. 이 흉악한 덴마크 왕아, 우리 아버지를 내놔라!

왕비 진정해라, 레어티스.

레어티스 진정할 수 있는 피가 내 몸에 한 방울이라도 남아 있다면 나는 우리 아버지의 자식이 아닐 테고, 우리 아버지는 간부姦婦의 남편이며, 진정한 우리 어머니의 정숙한 이마에는 창녀의 낙인이 찍히게 될 것이다.

(레어티스, 앞으로 다가간다. 왕비가 그를 가로막는다.)

왕 레어티스, 무슨 이유로 이렇게 엄청난 반역을 도모하느냐? 내버려 두시오, 거트루드. 나에 대해서는 염려 마시오. 국왕의 몸은 신의 가호가 둘러싸고 있으니, 역신이 나쁜 뜻을 품고 기웃거릴 수는 있어도 그 뜻을 이루지는 못하는 법이오. 말해라, 레어티스. 왜 그렇게 분개하고 있느냐? 내버려 두시오, 거트루드. 자, 말해라.

레어티스 우리 아버지는 어디 있나?

왕 죽었다.

왕비 하지만, 폐하가 하신 일이 아니다.

왕 뭐든 물어봐라.

레어티스 어떻게 죽었나? 나를 속이지는 못한다. 충성 따위는 지옥으로나 가라!
군신의 맹세도 흉측한 악마에게 주겠다! 양심도, 신앙도, 모두 지옥의 구렁 속
에 떨어져라! 나는 저주받아도 좋다. 똑똑히 말해두지만, 현세고 내세고 내가
알 바 아니다. 될 대로 되란 말이다. 그러나 내 아버지의 원수만은 기어코 갚
고 말겠다.

왕 누가 막는다더냐?

레어티스 천하가 다 덤벼도 못 막는다, 내가 그만두기 전에는. 비록 내 힘은 모자
라도 온갖 수단 방법을 다해 기어이 끝까지 해내고 말 테다.

왕 레어티스, 네 아버지의 죽음에 대해서 확실한 것을 알고 싶은 텐데, 네 복수라
는 것은 친구와 원수, 이긴 자와 진 자를 가리지 않고 닥치는 대로 해치우겠다
이 말이냐?

레어티스 상대는 아버지의 원수뿐이다.

왕 그럼, 원수를 알고 싶으냐?

레어티스 친구는 이렇게 두 팔을 크게 벌리고 맞이하겠다. 제 피로 새끼를 기른다
는 펠리컨처럼 내 피를 가지고 대접한다.

왕 이제야 너도 기특한 자식답고 훌륭한 신사답게 옳은 말을 하는구나. 네 아버
지 죽음에 대해서 나는 아무런 죄가 없을 뿐 아니라, 누구보다 깊이 슬퍼하고
있다. 이는 밝은 햇빛이 네 눈에 찾아들듯 뚜렷이 알게 될 일이다.

군중 (밖에서) 이 여인을 들여보내주어라!

레어티스 뭐야, 저게 무슨 소리야? (오필리어가 손에 꽃을 들고 다시 등장) 아, 이 몸의
열기야, 나의 뇌수를 바짝 말려버려라! 눈물아, 일곱 배로 짜져 내 눈의 시력
을 태워버려라! 하늘에 맹세한다. 너를 미치게 만든 원수는 저울대가 기울도
록 넉넉히 갚아주마. 아, 5월의 장미, 귀여운 처녀, 다정한 누이, 아름다운 오
필리어! 아, 이럴 수가! 젊은 처녀의 이성이 노인의 목숨처럼 이렇게 시들 수
도 있는가? 부모를 사랑하는 자식의 정은 참으로 묘하구나. 너무나 사모한 나
머지 결국은 자기의 가장 소중한 것을 내버리게 마련인가.

오필리어 (노래한다.)

얼굴도 덮지 않고 관에 얹어 갔지.

헤이 논 노니, 노니, 헤이 노니.

무덤에는 눈물이 억수로 쏟아지네—

나의 소중한 분, 안녕!

레어티스 네가 제정신을 가지고 복수를 애걸해도 이렇게 내 마음을 움직이지는
못했을 것이다.

오필리어 (노래한다.)

"어 다운 어 다운." 하고 노래를 부르셔야 해요.

그분은 지하에 파묻혔으니,

"어 다우너." 라고 부르세요.

오, 물레바퀴에 장단이 잘도 맞네!

주인 딸을 훔친 것은 못된 부하였대요.

레어티스 그 뜻 없는 말이 내게는 더 뼈저리게 느껴진다.

오필리어 (레어티스에게) 로즈메리 여기 있어요. 이건 잊지 말라는 표시예요. (노래
한다.)

제발, 잊지 마세요—

그리고 이 팬지는 생각해달라는 꽃이고요.

레어티스 미쳐서도 훈계로구나! 생각하고 잊지 말라고. 옳은 말이다.

오필리어 (왕에게) 폐하께는 이 회향풀과 매발톱꽃을 드리겠어요. 왕비님께는 운향을 드릴게요. 저도 좀 갖고요. 이것은 안식일의 은혜의 풀이랍니다. 아, 왕비님이 이 꽃을 달 때는 좀 다른 뜻으로 다셔야 해요. 데이지도 있어요. 제비꽃을 좀 드리고 싶지만, 그 꽃은 모두 시들어버렸어요. 우리 아버지가 돌아가시던 날에요. 우리 아버지는 훌륭하게 돌아가셨대요. (노래한다.)

　　귀여운 로빈 새만이 나의 기쁨 ─

레어티스 수심과 번민과 고뇌는 물론 지옥의 가책까지도 너의 마음속에서는 즐겁고 아름다운 것이 되어버리는구나.

오필리어 (노래한다.)

　　다시 오지는 않으시려나?

　　다시 오지는 않으시려나?

　　아니, 아니, 돌아가셨으니

　　죽음의 침실로 가셨으니

　　결코 다시 오진 않는다네.

　　수염은 백설 같고

　　머리는 삼麻 같으신 분,

　　이제 영영 가셨으니

　　한탄한들 다시 오리.

　　하느님, 불쌍히 여기소서!

그리고 여러분의 영혼에도 축복이 내리시길 하느님께 빌겠어요. 안녕히 계세요. (오필리어 퇴장)

레어티스 저 꼴 봤지! 오, 하느님!

왕 레어티스, 너의 그 슬픔을 나도 나누어 갖고 싶다. 거절할 까닭은 없을 게다. 그
럼 물러가서 네 친구 가운데 누구든지 좋으니 가장 똑똑한 사람을 골라서, 너와
나 사이의 일을 이야기해주고 판단을 시켜보자. 만약 이번 사건에 직접, 간접
으로 내가 손을 댄 혐의가 드러날 때는 나의 왕국도, 왕관도, 그 밖에 나의 모
든 소유를 그 보상으로 네게 넘겨주겠다. 그러나 그렇지 않을 경우에는 참고 내
말을 들어야 한다. 그러면 너와 힘을 합쳐서 너의 원한이 풀리도록 힘써주마.

레어티스 좋소, 그렇게 합시다. 아버지의 그와 같은 죽음, 은밀한 장례식, ── 유
해를 장식한 투구도 칼도 문장도 없었을뿐더러, 엄숙한 장례식도, 예를 갖춘
의식도 없었다니 ── 억울한 혼령의 원성이 천지에 진동한다. 나는 기어이 진
상을 밝히고 말 테다.

왕 그래야지. 그리고 죄 있는 곳에 응징의 철퇴를 내리쳐라. 자, 같이 안으로 들
어가자.

(두 사람 퇴장)

17

[제4막 제6장]

같은 장소. 호레이쇼와 시종 한 사람 등장.

호레이쇼 어떤 사람이오, 나를 만나고 싶다는 사람들이?

시종 선원입니다. 편지를 가지고 왔답니다.

호레이쇼 들여보내주시오. (시종 퇴장. 방백.) 외국에서 편지를 보내 올 사람이 없는
데. 햄릿 왕자님 말고는.

시종이 선원들 몇 명을 안내해 온다.

선원 안녕하십니까요?

호레이쇼 안녕하시오?

선원 예, 여기 편지를 한 장 가지고 왔는뎁쇼 — 영국으로 가는 사절께서 보내신 편집니다. 댁이 호레이쇼님이십니까요? 그렇게 알고 왔는뎁쇼.

호레이쇼 (편지를 받아서 읽는다.) 〈호레이쇼 군, 이 편지를 받아 보거든, 이 사람들을 국왕과 만날 수 있도록 해주게. 왕께 보내는 편지를 가지고 가네. 우리는 출항한 지 이틀도 채 못 되어 어마어마하게 무장한 해적단의 추적을 받았네. 우리 배가 속력이 느린 것을 깨닫고 부득이 용기를 다하여 싸웠는데, 배가 맞닿았을 때 나는 해적선으로 뛰어 건너갔네. 그 순간 그 해적선은 우리 배에서 떨어져 나와, 결국 나 혼자만 포로가 되고 말았네. 그들은 의적답게 나를 대우해주었네. 실은 이것도 나를 이용하여 후에 덕을 보자는 속셈이겠지만 따로 봉한 편지는 꼭 국왕의 손에 들어가게 해주게. 그리고 자네는 죽음에서 도망치기라도 하듯 재빨리 나에게로 달려오게. 자네에게 할 말이 있는데, 이야기를 들으면 자네는 놀라서 말문이 막힐 걸세. 하지만 편지로는 사건의 중대성을 도저히 전할 수 없네. 이 사람들이 나 있는 곳에 안내해줄 걸세. 로젠크랜츠와 길덴스턴은 계속 영국으로 가고 있네. 이 두 사람에 관해서도 할 이야기가 많네. 잘 있게. 참된 마음의 친구 햄릿.〉

(선원들에게) 자, 가져온 편지를 국왕께 전하도록 알선해드릴 테니 이리들 오시오. 되도록 빨리 전달하고 나를 안내해주시오, 그 편지를 보내신 분께로. (모두 퇴장)

18

[제4막 제7장]

같은 장소. 왕과 레어티스가 들어온다.

왕　이제는 내가 아무 죄도 없다는 것을 네 양심으로 믿고, 나를 너의 둘도 없는
친구로 알아야 하느니라. 이제 들어서 잘 알았을 테지만, 귀중한 네 아버지를
살해한 자는 내 생명까지도 노리고 있다.

레어티스　그런 것 같습니다만, 그러나 왜 곧 처벌하지 않으셨습니까? 응당 처벌
하셔야 할, 실로 놀랄 만한 큰 죄가 아닙니까? 폐하의 안전으로 보나 분별과
그 밖의 모든 점으로 보아 엄중히 처벌하셔야 마땅할 줄 압니다.

왕　아, 두 가지 특별한 이유가 있다. 너에게는 하찮게 보일지도 모르나 나에게는
아주 중대한 이유가 된다. 그 녀석의 어머니, 왕비는 그 녀석의 얼굴을 보는
것을 낙으로 살아가고 있다. 또 나로 말하면, ── 이게 내 장점인지 화근인지
모르겠다만── 어쨌거나 왕비는 내 목숨과 영혼에 너무나 굳게 맺어져 있어
서, 별이 궤도를 떠나 움직이지 못하듯이 나도 왕비 없이는 살 수가 없구나.
내가 그를 공공연히 재판하여 처벌하지 못한 또 하나의 이유는, 백성들이 그
를 지극히 사랑하고 있기 때문이다. 백성들은 그 녀석의 허물을 애정 속에 담
그고, 마치 나무를 돌로 변하게 하는 화석천化石泉처럼 그놈에게 쇠고랑을 채
워도 도리어 장신구로 보고 칭찬하는 형편이다. 그러니 내가 쏜 화살은 그 거
센 바람에 부딪혀 내가 겨냥한 곳으로 날아가기는커녕 내게로 되돌아오고 말
았을 것이다.

레어티스　그 바람에 나는 소중한 아버지를 잃고, 누이는 절망적인 상태에 빠지고
말았습니다. 이제는 칭찬해야 아무 소용도 없지만, 누이는 사람됨이 나무랄
데가 없고 시대에 관계없이 세상이 본보기로 자랑할 만한 아이였습니다. 내

기어이 이 원수를 갚고야 말 겁니다.

왕 안심하고 밤잠이나 편히 자거라. 나를, 위험한 놈이 와서 내 수염을 잡아당기는데도 재미있어할 만큼 둔한 바보라고 생각해서는 안 된다. 차차 더 자세히 이야기하마. 나는 네 아버지를 사랑했다. 나 자신도 사랑하고. 이쯤 말해두면 너도 짐작이 갈 테지 ── (이때 사자가 두 통의 편지를 들고 등장) 왜 그러느냐! 무슨 소식이냐?

사자 햄릿님한테서 편지가 왔습니다. 이것은 폐하께, 이것은 왕비님께 온 것입니다.

왕 햄릿한테서? 누가 가지고 왔느냐?

사자 선원들이라고 합니다. 저는 직접 만나지 않았습니다. 이 편지는 클로디오가 저에게 전해준 것입니다. 그분이 직접 받았다나 봅니다.

왕 레어티스, 너도 들어보아라. ── 너는 물러가거라. (사자 퇴장. 편지를 읽는다.)

〈지고지대하신 성상께 아룁니다. 저는 알몸으로 폐하의 영토에 상륙했습니다. 내일 배알의 영광을 얻고자 하오며, 그때 허락해주신다면 이렇듯 갑자기 기이하게 귀국하게 된 연유를 상세히 아뢰겠습니다. 햄릿 올림.〉

이게 무슨 영문이냐? 다른 일행도 다 돌아왔을까? 혹은 무슨 날조 같은 것일까?

레어티스 글씨를 알아보시겠습니까?

왕 햄릿의 글씨다. 〈알몸으로〉! 또 여기 추신에다 〈혼자서〉라고 했구나. 무슨 까닭인지 짐작이 가느냐?

레어티스 통 까닭을 모르겠습니다, 폐하. 그러나 오라지요! 이제 무거운 가슴속이 후련해집니다. 내가 살아서 그놈을 맞대놓고 "이놈, 너도 이 맛 좀 봐라." 하고 꼬아줄 수 있게 됐으니까요.

왕 이것이 사실이라면, 레어티스 ── 그런데 어떻게 돌아왔을까? 그렇지 않고서야. ── 너는 내가 하라는 대로 하겠느냐?

레어티스 예, 폐하. 가만히 있으라는 무리한 말씀만 아니시라면.

왕 네 마음을 편하게 해주자는 게야. 만약 항해 도중에 돌아와 다시 떠날 생각이 없을 때는, 내가 전부터 생각해온 계략을 그놈에게 써야겠다. 이 계략에 걸리면 그놈도 쓰러질 수밖에 없을 게다. 더욱이 이 계략이면 그놈이 죽어도 나에 대한 비난의 바람은 조금도 불지 않을 것이며, 심지어 그 어미까지도 진상을 꿰뚫어 보지 못하고 그저 우연한 사고라고 말하게 될 게다.

레어티스 폐하, 분부대로 하겠습니다. 저를 그 계략의 수단으로 이용해주신다면 더욱 기쁘겠습니다.

왕 일이 제대로 되는구나. 실은 네가 외국으로 떠난 뒤 네 그 뛰어난 재주에 대해서 칭찬이 자자했다. 칭찬은 햄릿 귀에도 들어갔지. 그런데 나머지를 모두 합친 것보다도 특히 그 한 가지 재주를 햄릿은 시기하는 모양이더구나. 내가 보기에는 네 재주 가운데서도 가장 하찮은 것이지만.

레어티스 무슨 재주 말씀이십니까, 폐하?

왕 젊은이의 모자를 장식하는 띠 같은 것에 지나지 않지만, 역시 없어서는 안 될 물건이지. 말하자면 청년들에게는 화려하고 멋진 옷이 어울리고, 침착한 노인들에게는 수달피 외투가 역시 건강에나 관록에나 어울리지 않겠느냐. 실은 두 달 전에 노르망디에서 어떤 신사가 여기에 왔었다. 나도 프랑스인들을 만나도 보고, 또 그들과 싸워도 보았다만, 그들의 기마술은 대단하더구나. 그런데 이 씩씩한 기마술의 신기를 보여주지 않았겠느냐? 몸이 안장에서 돋아났다고 할까, 어찌나 신기한 재주를 부리던지, 인마일체, 사람이 거의 그 용감한 말의 일부가 된 것만 같았다. 실로 상상도 못할 명수였어. 그런 묘기를 이 눈으로 직접 보기 전에는 도저히 생각도 하지 못했다.

레어티스 노르망디 사람이었습니까?

왕 음, 노르망디 사람이다.

레어티스 라모드가 틀림없습니다.

왕 바로 그렇다.

레어티스 그 사람 같으면 저도 압니다. 그 사람은 정말 프랑스의 꽃입니다, 보석입니다.

왕 그 사람이 네 재주를 솔직히 인정하여 극구 칭찬하기를, 검술에 있어서, 특히 세검細劍에 있어서 으뜸이라며, 네 상대가 되는 사람이 있다면 참으로 볼 만한 시합이 될 거라고 공언했다. 그리고 프랑스 검객들도 너와 맞서면 동작이나 방어나 눈초리나 무엇 하나 제대로 되지 않는다고 그러더구나. 이 같은 칭찬을 듣고 햄릿은 어찌나 심하게 샘을 내던지, 네가 빨리 귀국해서 한번 맞서보고 싶다고, 오직 그것만 바라고 있었다. 그래서—

레어티스 그래서 무엇입니까, 폐하?

왕 레어티스, 너는 아버지를 진정으로 사랑했느냐, 아니면 애통은 겉치레일 뿐이고 마음은 다른 것이냐?

레어티스 왜 그런 말씀을?

왕 네가 선친을 사랑하지 않았다는 것이 아니라, 애정에는 시작하는 시기가 있는 것이고, 또 나의 여러 가지 경험으로 미루어 보면, 시기가 애정의 불꽃을 세게도 하고 약하게도 한다고 생각하기 때문에 하는 말이다. 사랑의 불꽃, 바로 그 속에는 일종의 심지랄까 탄 찌꺼기 같은 것이 들어 있어서, 이것이 불길을 약하게 만들지. 세상사란 한결같이 좋게만 지속되지는 않느니라. 좋은 일도 도가 지나치면 도리어 그 지나침 탓으로 스스로 없어지는 법. 그러니 한번 하겠다고 생각한 일은 바로 실행해야 한다. 이 〈하겠다〉는 마음 자체가 변하기도 하고, 세상 사람들의 그 많은 입방아와 방해에 부딪혀 약해지고 미워지게 마련이거든. 그렇게 되면 이 〈해야 한다〉는 생각도 피를 낭비하는 탄식과 같아서 마음은 편할지 모르나 결국 몸에는 해로운 게야. 골자만 말한다면— 햄릿은 돌아온다. 그래, 너는 어떻게 할 참이냐? 네가 아버지의 자식이라는 것을 말로만이 아니라 행동으로 보여주기 위해서 말이다.

레어티스 교회당 안에서라도 그놈의 목을 자르겠습니다.

왕 실로 아무리 신성한 장소라도 살인의 죄가 없어질 수야 없지. 복수는 장소의 제한을 받지 않는 게야. 하지만 레어티스, 이렇게 하지 않겠느냐? 방 안에 틀어박혀 있거라. 햄릿이 돌아오면 네 귀국을 알게 하고 네 재주를 자자하게 칭찬시키되, 그 프랑스인의 찬사보다 한술 더 떠서 네 명성이 더욱 빛이 나게 하겠다. 그래서 결국 내기를 걸게 하여 시합으로 승부를 가리도록 하자. 햄릿은 조심성이 없는 데다 너그러운 성미여서 술책이라는 것을 모르는 위인이니까, 시합에 쓸 칼을 잘 살펴보지도 않을 게다. 그러니 손쉽게, 혹은 슬쩍 농간을 부려서 끝이 무디지 않은 칼을 골라 쥐고 그것으로 멋지게 한 번 찔러 선친의 원수를 갚으란 말이다.

레어티스 그렇게 하겠습니다. 그리고 뜻을 이루기 위해서 칼끝에 독약을 칠하지요. 실은 어떤 돌팔이 의원한테서 기름약을 샀는데, 어떻게나 효력이 강한지 그걸 조금만 바른 칼끝에 살짝 스치기만 해도 목숨을 잃게 됩니다. 달밤에 채취한 약초로 만든, 제아무리 효험이 큰 보기 드문 명약이라 해도 도리가 없지요. 내 칼끝에 이 독약을 칠해놓겠습니다. 그것으로 피부를 슬쩍 긋기가 무섭게 그놈은 이 세상을 하직할 것입니다.

왕 이 점을 좀 더 생각해보자. 언제 어떻게 하는 것이 우리 계획에 가장 알맞겠는가 하는 것을 숙고해보잔 말이다. 만약에 실패하여 졸렬하게 계략이 탄로 날 바에야 차라리 일을 시작하지 않는 편이 낫다. 그러니 이 일이 도중에 좌절되는 경우에 대비하여 미리 제2의 수단을 마련해놓아야 한다. 가만있자, 두 사람의 기량에 대해서는 어디까지나 공정하게 내기를 한다고 치고, —— 옳지! 시합에 열을 올리다 보면 땀이 나고 목도 마를 테지. —— 또 그렇게 되도록 가능한 한 맹렬하게 시합을 해줘야만 한다. — 그러면 그놈은 마실 것을 청할 테니까, 그때 내가 미리 준비해놓은 잔을 내주는 게야. 그놈이 요행히 독 묻은 칼끝을 벗어났다 하더라도 그 한 모금만으로 우리의 목적은 이루어진다. — 그런데 가만, 저게 무슨 소리냐?

왕비가 울면서 들어온다.

왕비 재앙이 꼬리를 물고 일어나는군요. 네 누이가 물에 빠져 죽었구나, 레어티스.
레어티스 물에 빠졌어요? 오, 어디서요?
왕비 하얀 잎사귀를 거울 같은 수면에 비치면서 시냇가에 비스듬히 서 있는 버드나무가 한 그루 있어요. 그 애는 거기서 미나리아재비랑 쐐기풀이랑 데이지랑 자란으로 이상한 화관을 만들었어요. 자란을, 무식한 목동들은 상스러운 이름으로 부르지만, 얌전한 처녀들은 사인지死人指라고들 부르지. — 아무튼 그 화관을 늘어진 버들가지에 걸려고 올라갔다가 심술궂은 은빛 나뭇가지가 부러져 화관과 함께 흐느끼는 시냇물 속에 떨어지고 만 거예요. 그리고 옷자락이 활짝 펴져서 마치 인어처럼 물에 한참 둥실둥실 떠 있었어요. 그동안에 그 애는 옛 찬송가를 토막토막 불렀는데, 절박한 불행도 아랑곳없이, 마치 물에서 자라 물에서 사는 생물 같았어요. 하지만 그게 오래갈 리 없지요. 물이 배어 무거워진 옷이 그 가엾은 것을 물속의 진흙 사이로 끌고 들어가버리고, 아름다운 노래도 끊어지고 만 거예요.
레어티스 아, 그리고 죽었습니까?
왕비 빠져 죽었어요, 빠져 죽었어.
레어티스 너에게는 이제 물이 지긋지긋하겠지, 가엾은 오필리어. 그래, 나는 결코 눈물은 쏟지 않겠다. 그러나 이것도 인간의 정, 자연히 흐르는 눈물은 어찌할 수 없구나. 세상이야 뭐라고 욕하든, 눈물을 흘리고 나면 여자 같은 마음도 사라지겠지. 안녕히 계십시오, 폐하, 하고 싶은 말이 불길처럼 타오르려 합니다만, 이 어리석은 눈물에 젖어 자꾸만 꺼집니다. (퇴장)

왕 따라가봅시다, 거트루드. 저 녀석의 분노를 가라앉히느라 내 얼마나 진땀을 뺐는지! 다시 재발할까 두렵소. 그러니 쫓아가봅시다. (두 사람, 레어티스의 뒤를 쫓아간다.)

ACT 5

19

[제5막 제1장]

갓 파놓은 무덤, 도송나무 몇 그루가 있고 묘지 입구가 보인다. 두 명의 어릿광대_{산역꾼}가 삽과 곡괭이를 들고 등장하여 파기 시작한다.

광대 1   이렇게 기독교식으로 묻어도 되는 건가, 제멋대로 죽은 여자를?

광대 2   된다는군그래. 그러니까 어서 파기나 하라고. 검시관이 시체를 살펴보고, 기독교식으로 묻어도 좋다는 결정을 내렸으니까.

광대 1   어떻게 그럴 수가 있나? 자기 몸을 지키려고 어쩔 수 없이 뛰어든 것도 아닌데.

광대 2   아무튼 그렇게 결정이 내려졌다고.

광대 1   그렇다면 이건 〈정당행위〉겠구먼. 그게 틀림없지. 요는 말이야, 가령 내가 일부러 빠져 죽었다면 이건 하나의 행위라는 것이 되는 거라고. 그런데 행위라는 것은 세 가닥으로 갈라지지 —— 말하자면 행동하고, 수행하고, 실천하는 거지. 그러니까 이 여자는 일부러 빠져 죽은 거야.

광대 2 하지만 여보게, 내 말 들어봐.

광대 1 가만있어봐. 여기 물이 있다고 치자 —— 좋아, 여기 사람이 있다고 치세 —— 그래. 그런데 만약에 이 사람이 물가로 와서 빠져 죽는다면, 그건 두 말할 것도 없이 자기가 죽은 거야, 알겠나? 그런데 만약에 물이 와서 사람을 빠뜨려 죽인다면 그건 자기가 죽은 게 아냐. 그러니까 자살하지 않은 자는 제 손으로 목숨을 끊은 게 아니란 말이야.

광대 2 그게 법률이라는 건가?

광대 1 암, 물론이지. 검시관의 검시법이라는 거지.

광대 2 사실을 알려줄까? 만약에 이게 귀족 집안 아가씨가 아니었다면 말이야, 이렇게 기독교식으로 묻히지는 못한다고.

광대 1 허, 옳은 말 한마디 하는군. 하기야 가엾은 얘기지. 이 세상은 같은 기독교 신자라도 귀족들이 물에 빠져 죽거나 목매달아 죽기가 편리하게 되어 있으니 말이야. 자, 내 삽 이리 주게. 그런데 말이야, 귀족 집안치고 조상이 정원 손질하고, 도랑치고, 산역꾼 일을 하지 않은 사람이 어디 있나. 그네들은 다 아담의 직업을 대물려 받았단 말야. (파놓은 무덤 구덩이에 들어가본다.)

광대 2 아담도 귀족이었나?

광대 1 암, 그 사람은 이 세상에서 제일 먼저 땅을 가졌던 귀족이지.

광대 2 아니야, 안 가졌어.

광대 1 뭐, 그러고도 신자라고! 성경에서 뭘 읽었나? 성경 말씀이 〈아담이 팠노라〉 하잖았나. 땅 없이 어떻게 파? 하나 더 물어보지. 똑바로 대답하지 못할 때는, 참회하고 ——

광대 2 이거 왜 이래?

광대 1 석수나 배목수나 목수보다 더 튼튼한 걸 만드는 사람이 누구야?

광대 2 그야, 교수대 만드는 사람이지. 교수대는 천 명이 빌어 써도 끄떡없거든.

광대 1 거 참, 말 잘했다. 교수대면 제격이지, 하지만 무엇에 제격인가? 나쁜 짓 하는 놈한테 제격이지. 그런데 교수대를 예배당보다 튼튼하다고 말하는 건 나쁜 것이란 말이야. 그러니까 자네는 교수대감이야. 자, 다시 해봐.

광대 2 석수나 배목수나 목수보다 더 튼튼한 걸 만드는 사람이 누구냐고?

광대 1 그래, 대답해봐. 얼른 짐을 벗으라고.

광대 2 옳지, 알았다.

광대 1 말해봐.

광대 2 제기랄, 모르겠는걸.

광대 1 없는 머리 그만 짜라고. 둔마를 아무리 패봤자 속력이 날 리 없으니까. 이번에 다시 그런 질문을 받거들랑 〈무덤 파는 산역꾼〉이라고 해. 산역꾼이 만든 집은 최후의 심판 날까지 견디니까. 자, 저기 요한네 집에 가서 술이나 한 병 받아 오게. (광대 2 나간다.)

선원 차림의 햄릿과 호레이쇼 등장.

광대 1 (무덤을 파면서 노래한다.)
　　　젊은 시절에는 사랑을 했네
　　　참으로 달콤한 사랑을 했네
　　　당장 죽어도 여한이 없고
　　　그보다 더 좋은 일 없는 줄만 알았네.

햄릿 이 친구, 자기가 하고 있는 일이 무엇인지 모르는군. 무덤을 파면서 노래를 부르다니.

호레이쇼 오래 익숙해져서 아무렇지도 않게 된 모양이지요.

햄릿 그런가 보군. 쓰지 않은 손일수록 더 예민한 법이니까.

광대 1 (노래한다.)

　　　그러나 노령이 슬며시 찾아와서

　　　손아귀에 나를 휘어잡더니

　　　차가운 땅속에 밀어 넣었으니

　　　사랑을 한 옛날이 꿈만 같구나.

　　　(해골바가지를 한 개 던져 올린다.)

햄릿 저 해골바가지 속에도 한때는 혀가 있었고, 노래를 부를 수 있었겠지. 그런
데 저 녀석은 인류 최초로 사람을 죽인 카인이 살인에 썼던 노새의 턱뼈나 되
는 것처럼, 저것을 땅에 마구 내동댕이치지 않는가! 지금은 저 바보 녀석한테
마구 취급당하고 있지만 본디는 정치가의 머리였는지도 몰라. 하느님을 골탕
먹이는 그 모사 말이야. 그렇잖은가?

호레이쇼 그럴지도 모릅니다, 왕자님.

햄릿 혹은 또 어떤 조신의 것인지도 모르지. "밤새 안녕하십니까, 나리! 요새 편
안하십니까, 나리?" 하고 지껄일 수 있었을지도 몰라. 나중에 얻을 속셈으로
아무개 나리의 말을 칭찬해댄 아무개 나리의 것인지도 모르지. 그렇잖은가?

호레이쇼 예, 왕자님.

햄릿 틀림없어. 지금은 구더기 마님의 신세를 지고 턱뼈는 없어진 채 산역꾼의
삽으로 얻어맞고 있지만 말이야. 이거야말로 덧없는 세상일의 훌륭한 본보기
지. 우리가 알아챌 눈만 가졌다면 말이야. 이 뼈들은 결국 막대던지기 놀잇감
이 되기 위해서 태어났단 말인가? 그걸 생각하니 내 뼛골이 지끈지끈 아파지
는구나.

광대 1 (노래한다.)

곡괭이 한 자루에 삽이 한 자루
수의도 한 벌 있어야 하고
이런 손님 모시기에 꼭 알맞은
흙구덩이를 파야겠구나.
(해골바가지를 또 하나 던져 올린다.)

햄릿 또 하나 나왔구나. 저것이 법률가의 해골바가지가 아니었다고 어떻게 말할 수 있는가? 그렇다면 그 능숙한 궤변과 변설은 지금 어디 갔는가? 그 소송은, 소유권은, 계략은 다 어디 갔는가? 이 미친 녀석에게 더러운 삽으로 얻어맞고도 왜 가만히 있는가? 왜 폭행죄로 고소하겠다고 말하지 않는가? (해골바가지를 집어 들고) 흠! 이자는 살아 있을 때 많은 토지를 사들인 놈인지도 모르겠군. 담보 증서니, 소유권 변경 소송이니, 이중 증인이니, 토지 양도 소송이니, 갖가지 수단을 끌어들여서 말이야. 그런데 그 소유권 변경 소송과 토지 양도 소송의 결과가 이 훌륭한 머리 속에 이 훌륭한 흙을 가득 채우는 일이란 말인가? 그 증인들은, 심지어 그 이중 증인의 크기만도 못한 매매밖에 더 증언하겠는가? 그런데 이 통에야 어디 (해골바가지를 가볍게 두드리면서) 그 토지 양도 증서만이라도 다 들어가겠나? 더구나 토지 소유자인 본인도 이 골통 하나밖에 가진 것이 없단 말이야, 응?

호레이쇼 그렇습니다.

햄릿 증서는 양가죽으로 만들지 않는가?

호레이쇼 예, 송아지 가죽으로도 만듭니다.

햄릿 그 따위 증서를 믿는 자들은 양이나 송아지와 다름없지. 저 친구와 말 좀 해볼까. ── (앞으로 서며) 그게 누구의 무덤이냐?

광대 1 제 것입니다요. (노래한다.)

이런 손님 모시기에 꼭 알맞은

흙구덩이를 하나 파야겠구나.

햄릿 과연 네 것인가 보구나, 네가 그 안에 있는 걸 보니.

광대 1 댁은 바깥에 계시니까 댁의 것은 아닙죠. 하지만 나로 말하자면 거짓말은
안 하니까, 이건 내 것입죠.

햄릿 그건 거짓말이다. 그 안에 서서 그걸 네 것이라니, 무덤이란 죽은 사람이 들
어가는 곳이지 산 사람이 들어가는 데가 아니거든. 그러니까 너는 거짓말을
하고 있어.

광대 1 이런 걸 산 거짓말이라고 합죠. 이제 댁이 말씀하실 차례입니다요.

햄릿 어떤 남자가 들어갈 무덤을 파고 있느냐?

광대 1 남자의 무덤이 아닙니다.

햄릿 그럼, 어떤 여자의 무덤이냐?

광대 1 여자의 무덤도 아닙니다.

햄릿 누구를 묻을 참이냐?

광대 1 전에는 여자였습니다만, 가엾게도 지금은 죽었답니다.

햄릿 이거 대단히 까다로운 녀석이군! 조심해서 말해야지 함부로 말하다가는 말
꼬리를 붙잡히고 말겠다. 정말이지 호레이쇼, 지난 3년 동안 깨달은 일이네
만, 세상이 어떻게나 뾰족해졌는지, 농사꾼의 발가락이 귀족 발뒤꿈치를 따라
와서 아픈 곳을 건드리는 형편이거든. ── 너는 언제부터 산역꾼 노릇을 하고
있느냐?

광대 1 제가 이 일을 하기 시작한 날은 다른 날이 아니라 선대 햄릿 왕께서 포틴
브라스를 무찌르신 날입니다요.

햄릿 그게 언젠데?

광대 1 그걸 모르슈? 바보들도 다 아는데. 햄릿 왕자님이 태어나신 날이지 뭡니
까? ── 미쳐서 영국으로 쫓겨 간 햄릿님 말입니다.

햄릿 참, 왕자는 왜 영국으로 쫓겨 갔나?

광대 1 그야 미쳤으니까 그렇죠. 거기 가면 제정신을 되찾게 되겠죠. 그러나, 뭐,
회복이 안 돼도 거기서는 별로 상관이 없고요.

햄릿 왜?

광대 1 사람들 눈에 안 띌 테니까요. 그곳 사람들은 모두 왕자님처럼 미쳤답니다.

햄릿 왕자는 왜 미치게 됐을까?

광대 1 소문이 참 괴상하더군요.

햄릿 어떻게 괴상하냐?

광대 1 그야, 정신을 잃었으니 말입니다.

햄릿 그 원인이 어디에 있는가?

광대 1 물론 이 덴마크에 있습죠. 나는 어려서부터 30년 동안이나 여기서 산역꾼
노릇을 하고 있습니다요.

햄릿 시체는 무덤 속에 얼마나 있으면 썩나?

광대 1 글쎄요, 죽기 전부터 썩은 놈만 아니라면, 요새는 마마로 죽은 놈이 많아
서 그런 건 묻기가 무섭게 썩어버립니다만, 보통은 한 8~9년 갑죠. 가죽을 다
루는 무두장이는 9년은 갑니다요.

햄릿 무두장이는 왜 더 오래가나?

광대 1 그야 다 직업 덕분에 살가죽이 질겨져서 꽤 오래 물을 퉁겨내거든요. 물
이란 그 경칠 놈의 시체를 썩히는 덴 지독한 힘이 있거든요. 또 해골바가지구
나. 이건 23년 동안 흙 속에 묻혀 있었죠.

햄릿 누구 것인데?

광대 1 어떤 빌어먹을 미친 녀석입니다요. 누군 줄 아슈?

햄릿 모르겠는걸.

광대 1 이 미친 녀석, 염병할 녀석 같으니! 언젠가 이 녀석이 내 머리에다 라인

포도주를 병째로 들이붓지 않겠어요? 이 해골바가지는 바로, 그, 왕의 어릿광대 요릭의 해골입니다요.

햄릿 이게?

광대 1 예, 그렇습니다요.

햄릿 어디 좀 보자. (해골을 받아 든다.) 아, 가엾은 요릭, 나는 이 사람을 아네, 호레이쇼. 뛰어난 재담꾼이라 아주 재미있는 소리를 잘했지. 수없이 나를 업어줬는데, 이렇게 되고 보니 생각만 해도 소름이 끼치는군! 구역질이 날 지경이야. 여기 입술이 달려 있었겠다, 내가 수없이 키스한 입술이. 네 비웃음은 이제 어디 갔나? 좌중을 마냥 웃기던 그 익살, 그 노래, 그 신나는 재치들은 다 어디 갔나? 이렇게 이를 드러내고 있는 꼬락서니를 스스로 한번 놀려볼 수는 없나? 정말 턱이 떨어져 나갔구나. 자, 귀부인들 방으로 가서 말해줘라, 분을 1인치나 처발라봐야 결국 이런 얼굴을 면하지 못합니다, 하고. 그래, 실컷 웃겨봐. 호레이쇼, 한 가지 물어볼 말이 있네.

호레이쇼 무슨 말씀입니까, 왕자님?

햄릿 알렉산더도 흙 속에서는 이런 꼴을 하고 있을까?

호레이쇼 물론입니다.

햄릿 이렇게 냄새나고? 앳퇴! (해골을 땅에 내려놓는다.)

호레이쇼 그렇습니다, 왕자님.

햄릿 사람이 죽어 흙이 되면 무슨 천한 일에 쓰일지 모르겠구나. 알렉산더의 존엄한 유해가 마지막에는 술통 마개가 되어버린다는 것도 상상 못할 거야 없지 않은가?

호레이쇼 그렇게까지 말씀하시는 것은 좀 지나친 상상인 것 같습니다.

햄릿 아니야, 조금도 그렇지 않아. 아주 온당하게 추리해봐도 결국 그렇게 될 것 같군. 이렇게 말일세. 알렉산더는 먼지가 된다, 먼지는 흙이다, 흙으로 찰흙을

만든다. 그러니 결국 알렉산더가 변해서 된 찰흙으로 왜 맥주통을 막을 수 없
겠는가?

제왕 시저, 죽어서 흙이 되어

구멍 때워 바람막이 될 수도 있으리니,

오, 한 시대를 두려움에 떨게 했던 그 흙덩이

지금은 벽을 때워 찬바람을 막는구나!

쉿, 가만. 잠시 가만있게. 저기 왕비와 조신들을 거느리고 왕이 온다.

장례 행렬이 묘지에 등장. 뚜껑 없는 관에 든 오필리어의 유해 뒤를 레어티스, 왕, 왕비,
조신들, 법의를 입은 사제 등이 따라온다.

햄릿 누구의 장례식일까? 더구나 저렇게 의식도 간단하게? 아마도 저 유해의 주
인은 무모하게 제 손으로 자기 목숨을 끊었나 보구나. 그러나 신분은 상당했
나 보다. 잠시 숨어서 살펴보자. (두 사람, 나무 밑에 쭈그리고 앉는다.)

레어티스 의식은 이 밖에 더 없습니까?

햄릿 (호레이쇼에게) 레어티스구나, 참으로 훌륭한 청년이지. 잘 지켜보자.

레어티스 이 밖에 의식은 없습니까?

사제 교회가 허락하는 한도까지 장례식은 정중히 모셨습니다. 본디 사인死因에 의
문스러운 점도 있고 해서, 칙명勅命으로 관례를 굽혔기에 망정이지, 그렇지 않
았더라면 그냥 부정한 땅에 묻혀 최후의 심판 날까지 방치될 뻔했습니다. 그
것이 이번에 특별히 처녀의 장례답게 꽃다발로 꾸미고, 꽃을 뿌리고, 조종弔鐘
을 쳐서 장사지내는 절차가 허가된 것입니다.

레어티스 이 이상 해서는 안 되는 겁니까?

사제 이 이상은 안 됩니다! 조용히 세상을 떠난 사람과 같이 취급해서 진혼가를

불러 명복을 빈다면 신성한 장례의 격식을 모독하는 것이 됩니다.

레어티스 무덤에 내려라. 아름답고 눈처럼 순결한 몸에서 제비꽃이 피어다오! (관이 무덤 속에 내려진다.) 이 야박한 사제야, 내 누이는 네놈이 지옥에서 울부짖고 있을 때쯤은 하늘의 천사가 되어 있을 게다.

햄릿 뭐, 그 아름다운 오필리어가?

왕비 (꽃을 뿌리며) 아름다운 처녀에게는 아름다운 꽃을. 잘 가거라! 네가 햄릿의 아내가 되기를 바랐건만. 그리고 이 꽃으로 네 신방을 꾸며주고 싶었는데, 이렇게 네 무덤에 뿌려주게 될 줄이야.

레어티스 오, 삼중의 재앙이 서른 곱으로 그 저주받을 놈의 머리 위에 쏟아져 내려라. 그놈의 흉악한 행위로 네 정묘한 정신은 미쳐버렸다! 잠깐, 흙을 끼얹지 말고 기다려라, 한 번 더 안아줘야겠다. (무덤 속으로 뛰어 들어간다.) 자, 이제 산 사람과 죽은 사람 위에 똑같이 흙을 쌓아올려라. 이 평지가 저 옛 펠리온 산이나 하늘을 찌르는 푸른 올림포스 산보다 더 높아지도록 쌓아올려라.

햄릿 (앞으로 나가면서) 이렇게도 요란스레 자기의 슬픔을 떠들어대는 자가 누구냐? 그 비분강개의 소리에 하늘의 유성조차 운행을 멈추고 고개를 갸웃거리는구나. 나는 덴마크의 왕자, 햄릿이다. (구덩이에 뛰어든다.)

레어티스 (햄릿을 움켜잡고) 이놈, 지옥에 떨어진 놈!

햄릿 악담을 하는군. 내 목에서 손을 놓라. 나는 성 잘 내는 난폭한 인간은 아니지만, 급하면 무슨 짓을 할지 모른다. 그러니 조심하는 것이 현명할 게다. 손을 놓아라.

왕 두 사람을 떼어놓아라.

왕비 햄릿, 햄릿!

모두 자, 두 분 다!

호레이쇼 왕자님, 진정하십시오.

조신들이 둘을 떼어놓는다. 두 사람, 구덩이에서 나온다.

햄릿 내 이 문제를 가지고 끝까지 싸울 테다, 내 눈을 감을 때까지.

왕비 아, 햄릿, 무슨 문제 말이냐?

햄릿 나는 오필리어를 사랑했다. 4만 명의 오라비가 그 애정을 다 합쳐도 내 사랑
에는 미치지 못한다. 너 따위가 오필리어에게 뭘 해준다는 거냐?

왕 아, 그 애는 미쳤다, 레어티스.

왕비 제발 참아다오.

햄릿 말해봐라, 뭘 해주겠는가? 울 테냐, 싸울 테냐? 굶어? 옷을 찢어? 식초를
마실 거냐? 악어를 먹을 테냐? 나도 하겠다. 여긴 통곡하러 왔나? 무덤 속에
뛰어 들어가서 나를 부끄럽게 만들려고 왔나? 네가 오필리어와 생매장을 당
하겠다면 나도 그렇게 하마. 네가 산이 어떻다 수다를 떨었지만, 우리 위에도
얼마든지 흙을 쌓아올리게 해라. 꼭대기가 태양까지 치솟아 열에 타고, 옷사
봉우리가 사마귀만큼 보이게 될 때까지 쌓아올리게 해! 네가 호언장담을 한다
면, 질 내가 아니다.

왕비 저게 다 단순한 광증 탓이에요. 발작이 일어나면 잠시 저러다가도, 마치 암
비둘기가 한 쌍의 황금빛 새끼를 깠을 때처럼 곧 온순해지고 침묵에 잠겨버
려요.

햄릿 이봐, 뭣 때문에 내게 이런 태도를 취하나? 나는 늘 너를 사랑해왔다. 그러
나 상관없다. 헤라클레스님은 마음대로 실컷 해보시라지. 때가 되면 고양이도
울고, 개도 짖게 될 테니까. (햄릿 퇴장)

왕 호레이쇼, 따라가서 돌봐주어라. (호레이쇼, 햄릿의 뒤를 따라간다. 왕은 레어티스
에게 방백.) 꾹 참아라. 간밤의 이야기, 잊지는 않았겠지? 일에 곧 착수하자. 거
트루드, 누구를 시켜서 저 애를 좀 감시해주오. 이 무덤에는 불멸의 기념비를

세워야겠다. 머지않아 평화로운 날이 돌아오겠지. 그때까지 꾹 참고 일을 진행해야 한다.

20

[제5막 제2장]

전면에 옥좌가 마련되어 있고, 좌우에 의자와 탁자 등이 놓여 있다. 햄릿과 호레이쇼가 이야기하면서 등장한다.

햄릿 그 이야기는 이만해두고, 다음 이야기를 하자. 그때 사정은 자네도 잘 기억하고 있지?

호레이쇼 기억하고 있습니다, 왕자님.

햄릿 내 가슴속에 일종의 싸움이 일어나서 나는 밤중에도 잠을 이루지 못했네. 반란을 일으키다가 붙잡혀 형틀에 발목이 묶인 선원보다 더 비참했어. 그런데 무모하게도, 아니, 이런 경우에는 그 무모를 오히려 칭찬해줘야지. ── 때에 따라서는 무분별이 도리어 도움이 되고 심사숙고한 계획이 수포로 돌아가고 마는 수가 있으니까. 그러니 결국 다듬어서 완성시키는 것은 신의 힘이야. 대강대강 모양을 깎는 것은 인간이지만──

호레이쇼 과연 그렇습니다.

햄릿 그래서 살며시 선실을 빠져나가 선원용 외투를 걸치고 어둠 속을 더듬어서 찾은 결과, 목표물을 발견하고는 살그머니 그 꾸러미를 빼내 들고 선실로 돌아왔네. 불안한 나머지 체모도 잊고 대담하게도 그 국서를 뜯어 봤지. 그랬더니, 아, 여보게, 호레이쇼. ── 왕의 흉계 좀 보게! ── 왕의 엄명이라며, 덴마크 왕의 옥체가 위험할 뿐 아니라 영국 왕의 생명까지 위태롭다는 둥 터무니없는 이유를 잔뜩 늘어놓고, 나를 살려두면 화약고를 방치해두는 것이나 같으니 이 친서를 보는 대로, 아니, 미처 도끼날을 갈 겨를도 없이 내 목을 치라는 것이었네.

호레이쇼 그럴 수가!

햄릿 이것이 그 친서네. 나중에 틈을 타서 읽어보게. 그 뒤에 내가 어떻게 했는가 들어보겠나?

호레이쇼 예, 말씀해주십시오.

햄릿 그래서 꼼짝없이 흉계에 걸려들고 만 셈인데, 개막사도 하기 전에 내 머리부터 먼저 연극을 시작한 셈이야. 나는 책상에 앉아 새로운 친서를 꾸미기 시작했지. 깨끗한 글씨로 말일세. 나도 한때는 이 나라 정객들처럼 서예를 경멸하고, 습득한 솜씨를 일부러 잊으려고 애쓴 적도 있네만, 이제 와서 그게 퍽 도움이 되었네. 내가 위조한 친서의 내용을 알고 싶은가?

호레이쇼 예, 왕자님.

햄릿 왕의 간곡한 청탁장의 형식으로 해서, 말하자면, '영국은 덴마크의 충실한 속국이니만큼'이라든가, '두 나라 사이의 우의는 종려나무처럼 번영하기를 바라느니만큼'이라든가, '평화의 여신은 항상 밀 이삭 화환을 쓰고 두 나라 친선의 인연이 되어야 하느니만큼'이라든가, 이 밖에도 실컷 그럴싸한 〈하니만큼〉을 많이 나열하고 나서, 이 친서를 읽는 대로 1초도 망설이지 말고 친서의 지참자 두 명을 사형에 처하되, 참회의 여유도 주지 말라고 썼지.

호레이쇼 봉인封印은 어떻게 하셨습니까?

햄릿 아, 그거 역시 하늘의 도움이었지. 마침 내 주머니에 선왕의 옥새가 들어 있었거든. 현왕의 옥새는 이걸 본 따 새긴 거야. 그래서 편지를 먼저 것과 똑같이 접어서 서명을 하고 옥새를 누르고, 바꿔친 것을 아무도 모르게 살그머니 본래 장소에다 갖다 두었지. 그리고 그다음 날은 해적과 싸운 날이고, 그 뒤의 사정은 자네도 이미 잘 알고 있는 일이야.

호레이쇼 그럼, 길덴스턴과 로젠크랜츠는 곧장 그리로 가겠군요.

햄릿 그 둘은 자청해서 이 일을 맡고 나섰네. 나는 조금도 양심의 가책을 느끼지 않아. 스스로 화를 불러들인 격, 아첨꾼들에게는 지당한 운명이지. 불꽃 튀는 결사의 승부를 벌이고 있는 두 강자 사이에 그런 소인배들이 끼어든다는 것은 위험한 일이야.

호레이쇼 참 지독한 왕도 다 보겠습니다!

햄릿 이쯤 되었으니 이제 나는 그냥 물러설 수 없지 않은가. 내 아버지인 왕을 죽이고, 내 어머니를 더럽히고, 이 나라 왕으로 선출될 나의 희망을 가로막은 데다가, 까닭 없이 내 목숨마저 낚으려고 그런 간책을 썼으니— 이런 놈은 이 손으로 처치해버리는 것이 양심에 떳떳한 일이 아닌가? 이런 인류의 독충이 세상에 해독을 끼치게 방치해두는 것이 오히려 죄악이 아니겠는가?

호레이쇼 영국 왕은 곧 일이 어떻게 되었는지 전말을 보고해 올 것입니다.

햄릿 곧 올 테지. 그때까지의 시간은 내 것이야. 어차피 인간의 목숨이란 〈하나〉 하고 세는 동안에 없어지는 거야. 그런데 호레이쇼, 레어티스에게는 참으로 미안하게 되었어. 그만 흥분하여 이성을 잃었었네. 내 자신의 경우에 비추어 보아도 그 사람의 비통한 심정을 잘 알 수 있을 것 같아. 사과해야겠네. 너무나 야단스럽게 애통해하는 바람에 나도 그만 울화가 치밀어 올랐단 말이야.

호레이쇼 쉿, 누가 옵니다.

몸집이 작고 경박한 멋쟁이 귀족 오스릭 등장. 그는 두 어깨에 날개가 달린 것 같은 웃옷을 걸치고 최신 유행의 모자를 썼다.

오스릭 (모자를 벗고 허리를 깊이 숙여 절을 하면서) 왕자님의 귀국을 충심으로 환영합니다.

햄릿 고맙네. (호레이쇼에게 방백) 자네, 이 꾸정모기 같은 인간을 아는가?

호레이쇼 모릅니다.

햄릿 (호레이쇼에게) 그거 다행이군, 저런 녀석은 알기만 해도 재앙을 입지. 저래 봬도 기름진 광대한 영지를 가지고 있다네. 짐승 같은 놈이 짐승을 많이 부려 귀족이 되더니만 이젠 저 녀석의 여물통이 왕의 식탁에까지 늘어서는 판이야. 수나밖에는 아무것도 없는 녀석이지만 하여간 흙을 소유하고 있는 건 사실이라니까.

오스릭 (또 절을 하고) 왕자님, 지금 바쁘시지 않다면 폐하의 분부를 전해 올릴까 하옵니다.

햄릿 열심히 정성을 다해서 듣겠네. (오스릭이 자꾸 절을 하면서 연방 모자를 내흔드는 꼴을 보고) 모자는 제자리에다 올려놓게나, 그건 머리에 쓰는 물건이니까.

오스릭 감사합니다, 하도 더워서요.

햄릿 아냐, 사실은 대단히 추운걸. 북풍이 불고 있어.

오스릭 예, 사실은 꽤 춥군요, 왕자님.

햄릿 그러나 역시 매우 무더운 것 같군, 내 체질 때문인지.

오스릭 굉장합니다, 왕자님. 예, 무덥습니다. 저 — 뭐라고 표현을 못 하겠군요. 그런데 왕자님께 알려드리라는 폐하의 어명입니다. 이번에 폐하께서는 왕자님을 위해 굉장한 내기를 거셨답니다. 내기의 내용인즉 —

햄릿 (모자를 쓰라고 손짓을 하면서) 제발 모자를 쓰게.

오스릭 아닙니다, 왕자님. 제게는 이게 편합니다. 저, 실은 이번에 레어티스가 귀국했는데, 정말 나무랄 데 없는 신사입니다. 여러 가지 뛰어난 미점을 두루 갖추고, 대인 관계에서도 지극히 상냥할뿐더러 풍채도 당당합니다. 다소 지나친 것 같지만, 감히 평한다면 그분이야말로 신사도의 표본이요, 일람표라고

나 할까요. 하여튼 신사로서 지니고 싶은 미덕은 죄다 그분 안에서 찾을 수 있습니다.

햄릿 그렇게 찬사를 늘어놓는다고 레어티스에게 해가 될 건 없지. 그러나 재고품 정리하듯 그 사람의 미점을 나열하자면, 보통 기억력으로는 현기증이 일어나고 말 거야. 어찌나 빨리 달음질치는지 미처 따라갈 수가 있어야지. 그러나 참으로 그를 칭찬하려면 그 사람을 귀히 대접해야 할 거야. 그 드물고도 귀중한 천품인즉 정말이지 그의 거울만이 그와 비교될 수 있을 뿐, 그 밖에 누가 감히 그를 따를 수 있겠나, 그의 영상 이외엔.

오스릭 참으로 옳은 말씀이십니다.

햄릿 이야기의 취지는 뭐지? 그 신사양반을 우리가 왜 조잡한 말로 욕보이고 있는 거야?

오스릭 예?

호레이쇼 다른 말로 알기 쉽게 이야기하실 수 없습니까? 자, 말씀해보십시오.

햄릿 그 신사의 이름을 뭣 때문에 꺼냈나?

오스릭 레어티스 말씀입니까?

호레이쇼 (햄릿에게 방백) 이제 말 주머니가 텅 비어버렸군요. 황금의 미사여구가 밑천이 다 떨어진 모양입니다.

햄릿 아, 레어티스 말이야.

오스릭 왕자님께서도 결코 모르시지는 않으리라 생각합니다만 —

햄릿 그렇게 생각해주는 것은 좋지만, 뭐, 그렇게 생각해준댔자 별로 내 명예가 될 것도 없지. 그래서?

오스릭 모르시지 않으리라 생각합니다만, 레어티스가 얼마나 뛰어났는가 하면 —

햄릿 어찌 내가 감히 그걸 안다고 할 수 있겠나. 나는 그 사람과 우열을 겨루고 싶지 않아. 하기야 남을 잘 안다는 것은 나를 아는 일이지만.

오스릭 제가 말씀드리는 것은 그 사람의 무예 말씀입니다. 하인들의 평판에 의할 것 같으면, 그는 천하무적이랍니다.

햄릿 무기는 무엇을 쓰는데?

오스릭 가는 장검과 단도입니다.

햄릿 두 가지 칼을 쓰는구나. 그래서?

오스릭 폐하께서는 바바리 말 여섯 필을 거시고 그 사람과 내기를 하셨답니다. 그리고 그 사람은, 제가 일기로는, 프랑스제 징검과 단도 각각 여섯 지루와 혁대, 칼 고리, 그 밖의 부속품 모두를 걸었답니다. 그 가운데서도 검가劍架 세 개는 매우 정교하고 칼자루와도 조화가 잘되어 있어, 실로 정묘하고 창의적인 검가랍니다.

햄릿 검가가 뭐지?

호레이쇼 (햄릿에게 방백) 주석註釋 없이는 모르실 거라고 저도 생각했습니다.

오스릭 검가는, 저, 칼 고리 말씀입니다.

햄릿 허리에 대포라도 차고 다닌다면 그 말이 알맞을 것 같군. 그렇게 될 때까지는 역시 칼 고리가 좋겠어. 하지만, 계속할까! 여섯 필의 바바리 말에 대하여 프랑스제 검 여섯 자루와 모든 부속품, 그 밖에 창의적인 검가 세 개라. 그러니 덴마크 대 프랑스의 내기로구나. 그런데 그 사람은 왜 그런 물건을, 당신 말마따나, 저당으로 내놓았을까?

오스릭 폐하께서는 왕자님과 레어티스 사이에 12합을 시키되 아무리 레어티스라도 왕자님께 3합을 더 이기기는 어려울 것으로 보고 계십니다. 그래서 보통 9합이지만, 그래서는 레어티스가 불리한 것이므로 결국 12합을 시키기로 결정하셨답니다. 햄릿님께서 이 도전에 응하신다면 시합은 곧 시작되겠습니다.

햄릿 내가 싫다고 하면 어떻게 되지?

오스릭 아닙니다, 왕자님. 저는 왕자님께서 시합장에 나오시는 경우를 두고 말씀드리고 있는 것입니다.

햄릿 폐하께서 좋으시다면, 나는 이 홀을 거닐고 있겠네. 마침 내 운동시간이니까. 칼을 가져오게 하오. 레어티스도 하고 싶어하고 폐하께서도 꼭 시합을 바라신다면, 폐하를 위해서라도 되도록 이기고 싶군. 지면 창피를 당하고 따끔한 맛을 보게 될 테니까.

오스릭 가서 그렇게 아뢰리까?

햄릿 대략 그런 취지로, —— 바란다면 미사여구로 장식을 하시든지.

오스릭 (절을 하면서) 앞으로도 잘 부탁드리겠습니다.

햄릿 잘 부탁하네, 잘 부탁해. (오스릭, 한 번 더 깍듯이 절을 하고 모자를 쓴 다음 으스대며 걸어 나간다.) 자화자찬이 상책이겠지, 저런 놈을 칭찬해줄 사람은 없을 테니까.

호레이쇼 저 푸른 도요새 같은 녀석, 알껍데기를 머리에 쓰고 도망치는 격이지요.

햄릿 제 어미 젖을 빨아먹을 때 먼저 유방에 인사한 인간이라네. 저 녀석은, 아니, 저 녀석뿐 아니라 이 말세 풍조에 꺼덕거리는 숱한 놈들은 세풍에 박자를 맞추어 경박한 사교술에 정신이 없고, 거품 같은 미사여구나 잔뜩 배워가지고, 세파와 싸워온 훌륭한 사람들의 여론조차 속이고 있거든. 그러나 한번 혹 불어보게나, 거품이라 곧 꺼져버릴 테니까.

귀족 한 사람 들어온다.

귀족 왕자님, 조금 전 오스릭 청년이 전해드린 폐하의 분부에 대해 홀에서 기다리신다는 대답이셨는데, 폐하께서 저더러 다시 확인해 오라는 분부십니다. 레어티스와의 시합에 지금도 이의가 없으십니까, 아니면 잠시 미루시겠습니까?

햄릿 내 생각은 변함이 없소. 폐하의 뜻을 따를 뿐이오. 그러니 폐하께서 형편만 좋으시다면 나는 언제든지 상관없소. 지금도 좋고, 나중에 해도 좋소. 내 몸의 상태가 지금처럼 좋기만 하다면.

귀족 폐하와 왕비님을 비롯하여 모두 지금 나오시고 계십니다.

햄릿 마침 잘됐군.

귀족 왕비님께서는 시합을 시작하기 전에 왕자님께서 레어티스에게 따뜻하게 한 말씀 해주시기를 바라고 계십니다.

햄릿 낭연한 분부시오. (귀족 퇴장)

호레이쇼 이번 내기는 지실 것 같습니다, 왕자님.

햄릿 나는 그렇게 생각하지 않아. 그 사람이 프랑스로 떠난 뒤로 나도 계속 연습을 해왔으니까. 게다가 조건도 유리하니 이길 테지. 그런데 자네가 상상도 못할 정도로, 가슴 여기가 묘하게 욱신거리는군. 그렇지만 상관없어.

호레이쇼 아니, 왕자님 —

햄릿 어리석은 말에 지나지 않아. 여자 같으면 혹 이런 불안감을 꺼림칙해할는지 모르지.

호레이쇼 마음이 내키지 않거든 굳이 하시지는 마십시오. 제가 달려가 이리로 오시지 않게 하고, 왕자님께서 기분이 언짢으시다고 전하겠습니다.

햄릿 그럴 것 없네. 나는 전조 같은 것을 두려워하지 않으니까. 참새 한 마리 떨어지는 것도 신의 특별한 섭리야. 지금 오면 나중에 오지 않고, 나중에 오지 않으면 지금 오네. 올 것은 지금 안 와도 나중에 오고야 마는 거야. 요는 각오야. 언제 버려야 좋을지. 그 시기는 어차피 아무도 모르는 목숨이 아닌가? 그저 될 대로 되는 거지.

시종들 등장하여 의자, 방석 등을 갖다 놓고 좌석을 마련한다. 이윽고 나팔수와 북 치는 사람들 등장. 그다음에 왕과 왕비, 귀족들, 그리고 심판을 맡아볼 오스릭과 귀족 한 사람 등장. 심판관이 장검과 단검을 벽 앞에 있는 탁자 위에 갖다 놓는다. 끝으로 경기복을 입은 레어티스 등장.

왕 자, 햄릿, 이리 와서 레어티스와 악수해라. (레어티스의 손을 햄릿의 손에 악수 시킨다. 그런 다음 왕비와 함께 가서 자리에 앉는다.)

햄릿 용서해주게, 레어티스. 내가 잘못했네. 신사답게 용서하게. 여기 좌중이 다 알고 계시고, 자네도 이미 들었을 줄 아네만, 나는 심한 정신착란에 시달리고 있네. 내가 한 짓에 자네는 자식의 도리로서 정애와 명예와 감정이 몹시 상했을 것이네만, 내 여기서 밝히거니와 광증으로 빚어진 일이었네. 햄릿이 레어티스를 해쳤는가? 결코 햄릿이 아니야. 만일 햄릿이 자아를 빼앗기고 자아 없는 햄릿이 레어티스를 해쳤다면, 그건 햄릿이 한 짓이 아니지. 햄릿은 그것을 부인하네. 그럼 누가 했나? 그의 광증이지. 그렇다면 햄릿도 피해자의 한 사람이야. 내 무례가 고의적인 것이 아니었다는 변명을 제발 이렇게 여러분들 앞에서 너그럽게 받아들이고 양해해주게. 지붕 너머로 쏜 화살이 우연히 자기 형제를 맞힌 격이라고 생각해주게.

레어티스 자식의 도리, 오직 이 점이 복수심을 분발시킨 동기였지만 이제 마음이 풀립니다. 그러나 제 명예를 위해서는 이대로 물러서지 않겠습니다. 화해도 하지 않겠습니다. 누구, 높은 명예를 가진 선배가 가운데 서서 화해해도 좋다는 선례를 제시하고 내 체면을 세워주기 전에는. 그러나 그때까지는 햄릿님이 보여주신 우정을 우정으로 받아들이고, 그것을 어기지는 않겠습니다.

햄릿 나도 그 말을 반갑게 받아들이고 허심탄회하게 형제끼리의 시합을 하겠네. 검을 다오, 자.

레어티스 자, 내게도 하나 주시오.

햄릿 내 자네를 돋보이게 하는 구실을 하지. 서툰 나에 비하면 능숙한 자네 솜씨는 밤하늘의 별처럼 반짝일 거야.

레어티스 놀리지 마십시오.

햄릿 아니, 정말이야.

왕 두 사람에게 검을 주어라, 오스릭. (오스릭이 너덧 자루의 시합용 칼을 들고 앞으로 나온다. 레어티스가 그 가운데 하나를 집어 들고 한두 번 흔들어본다.) 얘, 햄릿, 내기를 건 것을 알고 있느냐?

햄릿 예, 잘 알고 있습니다. 친절하시게도 유리하게 조건을 정해주셨습니다.

왕 나는 염려하지 않아. 두 사람의 실력은 내가 잘 알고 있으니까. 그러나 레어티스의 실력이 많이 나아졌기에 그만큼 조건을 네게 유리하게 해놓았지.

레어티스 이건 좀 무겁군. 다른 것을 보여주시오. (탁자로 가서 끝이 뾰족하고 독이 칠해진 장검을 집어 든다.)

햄릿 (오스릭에게 검을 받아 들고) 나는 이게 마음에 드는군. 길이는 다 같겠지?

오스릭 예, 왕자님.

심판관과 시종들, 시합 준비한다. 다른 시종들이 포도주를 담은 병과 잔을 가지고 등장.

왕 그 포도주 잔을 저 탁자 위에 올려놓아라. 그리고 햄릿이 1합이나 2합에서 득점을 하거나 3합에서 비기거든 모든 성벽에서 일제히 축포를 터뜨리도록 하라. 그때 나는 햄릿의 건투를 위해 축배를 들고, 잔에는 진주를 넣겠다. 그것은 덴마크의 4대 역대 왕이 왕관에 달았던 진주보다 훌륭한 것이니라. 잔을 이리 다오. 그리고 북을 쳐서 나팔수에게 알리고 나팔수는 바깥 포수에게 알려서, 포성이 천상으로, 천상에서 대지로 은은히 울리게 하여 "지금 국왕이 햄릿을 위해 축배를 드노라." 하고 알려라. 자, 시작하라. 심판관들은 정신 차려 똑똑히 지켜보도록 하라.

잔이 왕 곁에 놓인다. 나팔 소리. 햄릿과 레어티스, 각각 갈라선다.

햄릿 자, 덤벼라.

레어티스 자, 오시오.

1회전이 시작된다.

햄릿 하나.

레어티스 아니오.

햄릿 심판?

오스릭 한 대, 정통으로 한 대입니다.

두 사람 떨어져 선다. 북 소리와 나팔 소리. 그리고 밖에서 대포 소리.

레어티스 자, 2회전을.

왕 잠깐, 술을 부어라. (시종이 잔에 술을 따른다.) 햄릿, (보석을 들어 보이면서) 진주
   는 이제부터 네 것이다. 너의 건강을 위해서 내가 축배를 드마. (왕은 잔을 비우
   고, 그 잔에다 진주를 넣는 체한다.) 햄릿에게 이 잔을 들게 하라.

햄릿 이 승부부터 먼저 내겠습니다. 잔은 잠시 거기 놔두십시오. (시종이 잔을 뒤쪽
   탁자 위에 갖다 놓는다.) 자, (2회전이 시작된다.) 또 하나. 어떤가?

레어티스 약간 스쳤소. 인정합니다. (두 사람이 떨어져 선다.)

왕 우리 아들이 이길 것 같군.

왕비 저 애는 저렇게 땀을 흘리고 숨이 가빠요. 자, 햄릿, 내 손수건이 여기 있다.
   이마를 씻어라. (수건을 햄릿에게 주고 탁자로 가서 햄릿의 술잔을 집어 든다.) 네 행

운을 위하여 내가 축배를 드마, 햄릿.

햄릿 감사합니다!

왕 거트루드, 마시지 마오.

왕비 마시겠어요. 폐하, 용서하세요. (조금 마시고 잔을 햄릿에게 준다.)

왕 (방백) 저건 독을 탄 술인데, 너무 늦었구나!

햄릿 못 마시겠어요, 어머니. 이따 마시겠습니다.

왕비 자, 네 얼굴을 닦아주마.

레어티스 (왕에게 방백) 이번엔 한 대 먹이겠습니다.

왕 글쎄.

레어티스 (방백) 아무래도 양심의 가책이 느껴지는구나.

햄릿 자, 3회전이야. 레어티스, 자네 힘이 안 들어갔군. 좀 맹렬히 찔러보게. 나를
놀리는 것 같잖은가.

레어티스 그렇게 말씀하신다면, 자, 갑니다.

3회전이 시작된다.

오스릭 무승부! (두 사람이 떨어져 선다.)

레어티스 (느닷없이) 자, 간다!

　(햄릿이 옆을 보는 틈을 노려 상처를 입힌다. 상대방의 비겁한 행동에 햄릿은 격분하여
　레어티스와 격투한다. 그러다가 두 사람은 우연히 칼을 바꿔 쥔다.)

왕 둘을 떼어놓아라. 둘 다 흥분했다.

햄릿 (레어티스를 향하여) 아니다. 자, 다시!

왕비가 쓰러진다.

오스릭 아, 왕비님을 보십시오!

햄릿이 레어티스에게 깊은 상처를 입힌다.

호레이쇼 양쪽이 다 피를! 웬일입니까, 왕자님.

오스릭 (레어티스를 안아 일으키면서) 왜 그러시오, 레어티스?

레어티스 아, 누른 도요새처럼 내 덫에 내가 걸렸소. 오스릭, 내 자신의 술책으로
　　내가 죽으니 할 말이 없소.

햄릿 왕비님께서는 어떻게 되신 것입니까?

왕 피를 보고 기절하셨다.

왕비 아니다, 아니다, 저 술, 저 술! 아, 나의 햄릿! 저 술, 저 술! 독이 들어 있었
　　다! (쓰러져 죽는다.)

햄릿 음모다! 에잇! 문을 잠가라. 흉계다! 범인을 찾아라!

레어티스 범인은 여기 있습니다. 햄릿님, 햄릿님도 목숨을 잃습니다. 이 세상의
　　어떤 약도 이제 아무 소용이 없습니다. 앞으로 반시간도 사시지 못합니다. 흉
　　기는 왕자님의 손에 쥐어져 있습니다. 뾰족한 칼끝에 독약이 묻은 흉기가. 그
　　흉계는 결국 제 자신한테로 돌아왔습니다. 보십시오, 저는 이렇게 쓰러져 있
　　습니다. 이제 다시는 일어나지 못합니다. 왕비님께서는 독살되셨습니다. 범인
　　은 왕, 저 왕.

햄릿 칼끝에 독을? 그렇다면 독약이여, 네 임무를 다하라. (왕을 찌른다.)

오스릭, 귀족들 반역이다! 반역이다!

왕 아, 이놈들아, 나를 구하라! 상처를 입었을 뿐이다.

햄릿 살인하고 강간한 이 저주받을 덴마크 왕아, 이 독배를 비워라. (술잔을 억지로
　　왕의 입에 갖다 대고 기울인다.) 네 진주가 들어 있느냐? 내 어머니를 따라가라.

(왕, 숨이 끊어진다.)

레어티스 자기 손으로 만든 독약, 마땅히 먹을 사람이 먹었습니다. 우리 서로 용
서하십시다, 햄릿 왕자님. 저나 아버님의 죽음은 왕자님의 죄가 아니고, 왕자
님의 죽음은 저의 죄가 아닙니다! (숨이 끊어진다.)

햄릿 하느님이 자네 죄를 용서하시기를! 나도 자네 뒤를 따라가네. (쓰러진다.) 나
는 죽는다, 호레이쇼. 가엾은 어머니, 안녕히! 이 참변에 파랗게 질려 떨고 있
는 여러분에게, 이 연극의 무언배우나 관객이 된 그대들에게, 시간만 있다면,
── 이 죽음의 잔인한 사자는 사정없이 나를 붙잡아 가는구나 ── 아, 해두고 싶
은 이야기가 있는데── 그러나 하는 수가 없다. 호레이쇼, 나는 가네. 자네는 살
아남아 나와 나의 입장을 올바르게 전해주게, 나를 비난하는 사람들에게.

호레이쇼 살아남다니요, 천만의 말씀입니다. 저는 덴마크인이기보다 오히려 고대
로마인이고 싶습니다. 아직 독주가 남아 있군요. (잔을 든다.)

햄릿 (일어서서) 자네가 대장부라면, 그 잔 이리 주게. 자, 놔. 제발 이리 주라니까!
(호레이쇼의 손을 쳐서 잔을 마루에 떨어뜨리고 쓰러진다.) 아, 호레이쇼, 전말을 분
명히 밝히지 않고 내버려 둔다면, 내가 죽은 뒤에 어떤 더러운 이름이 남겠는
가! 자네가 진정 나를 소중히 여긴다면, 여보게, 잠시 천상의 행복을 물리치고
고생스러울지라도 이 험한 세상에 살아남아 내 이야기를 전해주게……. (멀리
서 진군하는 소리가 들려온다. 이윽고 대포 소리. 오스릭 등장.) 저 용맹스러운 소리
는 무엇인가?

오스릭 (돌아와서) 노르웨이 왕자 포틴브라스가 막 폴란드로부터 개선해 오다가
마침 영국 사절을 만나 저렇게 용맹스럽게 예포를 쏘고 있는 중입니다!

햄릿 아, 나는 죽는다. 호레이쇼! 맹독이 내 정신을 마비시켜버렸다. 살아서 영국
의 소식도 듣지 못할 것 같다. 그러나 하나 예언해두지만, 덴마크의 대를 이을
사람은 포틴브라스밖에 없다. 죽음에 즈음하여 내 그를 추천한다. 그 사람에

게 그렇게 전해다오. 그리고 사태가 이에 이르게 된 사정도 자세하게. 그 나머지는 다 침묵이다. (숨을 거둔다.)

호레이쇼 아, 이제 그 고귀한 정신이 다 사라지고 말았구나. 편히 주무십시오, 다정하신 왕자님. 많은 천사들이 노래로 왕자님을 안식처까지 인도하리이다! (진군하는 소리) 그런데 어째서 저 북 소리가 이리로 오고 있지?

노르웨이 왕자 포틴브라스, 영국 사절, 기타 등장.

포틴브라스 어딘가, 그 현장은?

호레이쇼 무엇을 보시고 싶습니까? 비참하고 놀라운 것이라면, 더 찾으실 필요가 없습니다.

포틴브라스 이 시체더미는 무참한 살육을 말해주고 있구나. 아, 교만한 죽음아, 지하의 네 영원한 굴속에서 무슨 향연이라도 베풀겠단 말이냐, 이렇듯 많은 귀인들을 한칼로 이렇게도 무참히 쓰러뜨려놓다니!

영국 사절 차마 볼 수 없는 참상입니다. 영국에서 가져온 우리 보고도 너무 늦었습니다. 그것을 들어주실 귀는 이미 감각이 없고, 명령대로 길덴스턴과 로젠크랜츠를 사형에 처했는데 들어주실 분이 없어졌으니 치사는 어디서 받아야 합니까?

호레이쇼 왕의 입으로는 치하를 받지 못합니다. 설령 살아서 고마워할 힘이 있다 할지라도 왕은 두 사람의 사형을 명한 적이 없으니까요. 그러나 아무튼 이 유혈 참극과 때를 같이하여 이렇게 한 분은 폴란드전에서, 또 한 분은 영국에서 이곳에 도착하셨으니 이 시체들을 많은 사람들이 볼 수 있게 높은 단 위에 모시도록 명령해주십시오. 그리고 저로 하여금 이 일이 어떻게 일어났는지, 사건의 전말을 아무것도 모르는 세상 사람들에게 설명하게 해주십시오. 그러면 여러분은 잔혹한 불륜의 행위를, 우발적으로 내려진 판단과 뜻하지 않은 살해, 어쩔 수 없이 감행한 모살, 그리고 끝으로 간계가 빗나가 도리어 꾸민 자들의 머리 위에 가서 떨어지게 된 마지막 국면을 들으실 수 있습니다. 제가 사실대로 다 이야기할 수 있습니다.

포틴브라스 어서 들어봅시다. 곧 이 나라의 귀족들을 모으십시오. 나로서는 한편으로 애도하면서 이 행운을 맞이하겠소. 이 왕국에 대해서는 다소 잊지 못할 권리를 가지고 있는 이 사람이오. 이 기회에 그 권리를 주장하지 않을 수 없소.

호레이쇼 그 일에 대해서는 말씀드릴 것이 있습니다. 더구나 그것은 많은 사람들이 지지할 유력한 분의 입에서 나온 것입니다. 그러나 방금 말씀드린 일부터 처리하십시다. 인심이 소란한 이때니만큼 음모나 잘못으로 또 무슨 불상사가 일어날지 모르는 일입니다.

포틴브라스 부대장 네 명은 무인의 예를 갖추어 햄릿님을 단상으로 모시도록 하라. 때를 만났다면 세상에 보기 드문 영주英主가 되셨을 분이다. 자, 왕자님의 서거를 애도해 군악과 조포弔砲를 울려 이분의 덕을 찬양하자. 저 시체들도 들어내라. 이 같은 광경은 싸움터에는 어울릴지라도, 이 자리에서는 너무나 보기 흉하다. 누가 가서 병사들에게 조포를 쏘게 하라.

병사들이 시체를 들고 퇴장. 이 동안 장례 행진곡. 이윽고 조포가 은은히 울려 퍼진다.

OTHELLO

오셀로

오셀로

장소

베니스 및 사이프러스

등장인물

오셀로 | 베니스 정부에 근무하는 왕족 출신의 무어인

데스데모나 | 부러밴쇼의 딸, 오셀로의 아내

부러밴쇼 | 원로원 의원, 데스데모나의 아버지

캐시오 | 오셀로의 부관

이야고 | 오셀로의 기수旗手

이밀리아 | 이야고의 아내

로더리고 | 베니스의 신사

베니스 공작

다른 의원들

로도비코 | 부러밴쇼의 집안사람

그레샤노 | 부러밴쇼의 동생

몬타노 | 사이프러스의 전 총독

어릿광대 | 오셀로의 시종

비양카 | 캐시오의 정부情婦

그 밖에 수병水兵, 사자使者, 전령, 관리, 신사, 악사, 수행원 등

ACT 1

1

[제1막 제1장]

베니스의 거리.

로더리고와 이야고 등장.

로더리고 흥, 듣기 싫네. 그런 불친절이 어디 있나. 여보게, 이야고, 내 지갑을 제
  것처럼 마구 쓰던 자네가 이 일을 훤히 알고 있었으면서 시치미를 떼다니, 그
  럴 수가 있나?

이야고 제기, 막무가내로군. 내가 꿈에도 그 일을 알고 있었다면 목을 치게나.

로더리고 자넨 그자를 미워한다고 했지.

이야고 미워하다뿐인가. 장안의 세도가가 세 분이나 일부러 찾아가서 공손히 나
  를 그자의 부관으로 천거했었지. 솔직히 말해서 내 가치는 내가 알지만 그만
  한 자격은 충분하단 말일세. 허나 그 작자는 제 고집을 주장하며 잘난 체하고

싶은지라, 온통 미사여구에다 군대 용어를 섞어가며 교묘하게 회피하여, 결국
은 싹 거절하더란 말이야. "실은 부관은 이미 결정됐소." 하고. 그런데 그 부
관이 누군지 알아? 쳇, 말뿐인 전술가 마이클 캐시오라는 플로렌스 출신으로,
미인을 아내로 맞아 으스대고 있지만 머지않아 욕깨나 볼 사람이야. 그자는
실전 지휘 경험도 없고 병력 배치법도 모르는 위인이니 계집애와 다를 게 뭐
야……. 그자가 아는 건 탁상공론뿐이지. 그 정도의 전술이야 도포를 걸친 벼
슬아치들도 논할 수 있어. 입만 쌀 뿐 경험도 없이 대단한 군인인 체하는데,
그런 놈이 발탁되고 나같이 로즈 섬, 사이프러스 섬, 기타 등지 개명국, 미개
국 곳곳에서 큰 공헌을 세운 사람은 요 계산기 같은 녀석 밑에 들어가 꼼짝을
못해야 하다니. 이 주판 같은 녀석이 제꺽 부관으로 출세하고, 나는, 허, 기가
막혀서! 무어 양반의 기수란 말이거든.

로더리고 나 같으면 차라리 그 녀석의 교수형 집행인이 되겠어.

이야고 하지만 별 수 있어야지. 고용살이하자면 별별 욕을 다 봐야 하니까. 승진
은 추천장이나 정실 관계로 좌우되고, 예전같이 첫째 다음이 둘째인 세상은
아니거든. 자, 판단 좀 해보게. 이래도 내가 그 무어인한테 충성을 다하겠는
가?

로더리고 나 같으면 딱 질색이야.

이야고 아, 잠깐 잠깐. 내가 그자를 따르는 데는 실은 속셈이 있단 말씀이야. 우리
는 저마다 다 주인노릇을 할 수도 없거니와, 어디 또 주인이라고 아랫놈들이
굽실거리는 줄 아나? 세상에는 그저 굽실거리며 일평생 충성을 다하는 녀석
들도 많지만, 그 녀석들은 주인네 당나귀처럼 멍에를 메고 꼴이나 얻어먹다가
늙으면 내쫓기게 마련이거든. 그런 것들은 바보 병신이나 다름없지. 반면 충
성을 가장하여 실속은 실속대로 차리고 주인에게 굽실굽실해가며 짜낼 대로
짜내가지고 주머니가 두둑해지면, 그때는 제 자신에게 충성을 하게 되는 놈도

있거든. 이게 제정신을 가진 축들이지. 내가 바로 이런 부류의 하나란 말씀이야. 글쎄, 이봐, 내가 만약 무어 양반 같은 팔자가 된다면 지금 같은 이야고로 있을 필요야 없지. 이건 자네가 로더리고인 것만큼이나 확실한 일이야. 내, 녀석을 주인으로 받들고는 있지만 사실 주인은 나지. 그야 하늘도 알다시피 충애심에서 받드는 것이 아니라 가면일 뿐, 실은 속셈이 있지. 원, 본심을 액면대로 털어놓다가는 차라리 까마귀 보고 쪼아 먹으라고 염통을 옷소매에 달고 다니는 게 낫게……. 난 외관과는 다른 사람이라네.

로더리고 그 입술 두꺼운 놈 복도 많지 뭐야, 일이 제대로 돼간다 치면!

이야고 그 여자의 아버지를 소리쳐 깨우는 거야. 그런 다음 그치(오셀로)를 뒤쫓아가게 해서 한참 재미보고 있을 때 훼방을 놓게 하고, 한길에서 떠들어대어 여자의 친척들을 꼬드겨서 녀석이 흐뭇한 기분으로 있을 때 파리 떼가 꾀듯 들쑤시게 해놓는 거야. 그래도 당사자의 기쁨은 여전할는지 모르나, 적어도 안절부절못하여 흥이 깨지게는 해주는 걸세.

로더리고 여기가 그 여자의 아버지네 집이군. 어디 불러볼까?

이야고 불러봐, 한바탕 요란스럽게. 아닌 밤중에 이 번화가에 불이 난 것처럼 말이야.

로더리고 여보시오, 부러밴쇼님! 부러밴쇼 각하! 여보시오!

이야고 일어납쇼! 여보시오, 여, 부러밴쇼님! 도둑이야! 도둑! 도둑! 집 안을 둘러봅쇼. 따님과 돈뭉치를 찾아봅쇼! 도둑이야! 도둑!

부러밴쇼가 2층 창문에 나타난다.

부러밴쇼 왜 이렇게 사람을 깨우고 야단이냐? 대체 무슨 일이냐?

로더리고 각하, 식구들이 다 안에 계십니까?

이야고 문단속은 잘하셨습니까?

부러밴쇼 대체 그건 왜 물어?

이야고 큰일 났습니다, 각하. 댁에 도둑이 들었어요. 어서 옷이나 입으시지요. 각
하의 염통이 터지고, 혼비백산할 판입니다. 지금, 바로 지금, 시커먼 늙은 숫
양[牡羊]이 댁의 흰 양을 올라타고 있는 중이에요. 일어나시오. 어서 종을 쳐서
쿨쿨 자는 시민들을 깨우시오. 안 그러시면 그 악마가 각하의 외손자를 만들
고 말 것입니다. 자, 어서 일어나시라니까요.

부러밴쇼 뭐라고? 미쳤나?

로더리고 아, 각하, 제 음성을 아시겠습니까?

부러밴쇼 몰라. 누구냐?

로더리고 로더리고입니다.

부러밴쇼 더 괘씸하군. 내 집 근처에 얼씬대지 말라고 하잖았어? 그리고 똑똑히
들려주었잖아. 내 딸을 줄 수 없다는 얘길. 헌데 이게 뭐야? 미친놈같이 술을
잔뜩 퍼마시고 만취해가지고 엉큼스럽게 찾아와서 단잠을 깨놓다니.

로더리고 각하, 저, 글쎄…….

부러밴쇼 명심해두라고. 원로원 의원인 내 비위를 건드리면 혼이 날 줄 알아.

로더리고 좀 진정하십쇼, 각하.

부러밴쇼 도둑이라고? 여긴 베니스야. 내 집은 들판의 외딴 집이 아니야.

로더리고 부러밴쇼 각하, 저는 성심성의껏 여쭈러 찾아왔습니다.

이야고 원 이럴 수가, 각하께선 신에게 해야 할 일도 악마의 권고라면 거절하실
분이군요. 일껏 알려드리러 왔더니, 불한당 취급을 하시다니요. 아프리카산
바바리 말[馬]이 따님을 올라타게 돼버렸다니까요. 말처럼 히잉 우는 외손들이
생기게 된다니까요. 글쎄, 경주용 말, 스페인 말들의 일가친척이 되고 마시겠
다는 것인가요?

부러밴쇼 고얀 놈, 대체 네가 누구냐!

이야고 저는 말입죠, 따님과 무어 놈이 지금 잔등이 둘이고 몸은 하나인 짐승짓을
　　　하고 있다고 알려드리러 온 사람입니다.

부러밴쇼 이 악당 같으니.

이야고 각하는…… 원로원 의원입지요.

부러밴쇼 이건 자네 책임이야. 나는 자네를 알아, 로더리고.

로더리고 네, 뭐든 책임지고말고요. 하지만 각하, 그게 각하의 의향이십니까? 숙
　　　고한 끝에 동의하신 일입니까? 아마도 그러신가 본데요, 글쎄, 이 한밤중에
　　　아름다운 따님이 좌우간 사람이라고는 천한 뱃사공 하나밖에 없는 곳에서 저
　　　무어 놈에게 함부로 안겨 있습니다만……. 이걸 아시고 계시고, 또 동의하신
　　　일이라면 저희들이 주제넘은 짓을 했나 봅니다. 허나, 모르신다면 그렇게 저
　　　희들을 꾸짖으실 일이 아닙니다. 오해 마십시오. 버릇없이 각하를 조롱하거나
　　　무시하자는 건 아니니까요. 거듭 말씀드리지만, 따님이 승낙도 없이 나간 것
　　　이라면 큰 불효를 저지른 셈이지요. 자식 된 도리며, 아름다움이며, 분별이며,
　　　미래를 죄다 이곳저곳 방랑하는 떠돌이 외국인에게 내맡긴 셈이니까요. 당장
　　　살펴보십시오. 만일 이게 거짓이라면 법의 처벌을 감수하겠습니다.

부러밴쇼 불을 켜라! 여봐라, 초를 가져와! 모두 깨워! 어쩐지 꿈자리가 사납더라
　　　니. 가슴이 벌렁거리더라니. 불을 켜! 불을! (부러밴쇼 퇴장)

이야고 그럼 또 만나세. 나는 가봐야겠네. 무어의 적이 되었다간 내 입장이 난처
　　　하고 온전치 못할 테니까. 난 정부政府의 태도를 알고 있어. 글쎄, 이번 사건으
　　　로 다소의 견제는 가할망정 쉽사리 파면시킬 순 없단 말씀이야. 사이프러스에
　　　서 전쟁이 벌어졌으니, 이 전쟁도 놈이 맡게 돼 있어. 글쎄, 이 녀석 말고는 이
　　　일을 감당할 만한 인물이 아무도 없으니 말야. 그러니까 지옥의 고통을 받고
　　　있는 나이지만, 당장 살아가려니 충성의 깃발과 간판을 내걸 수밖에. 그야 물

론 가장일 뿐이지만. 그럼 사람들을 몰아가지고 놈의 숙소 새지터리로 가보게. 틀림없이 거기 있을 걸세. 나도 거기에 가 있겠어. 그럼 난 가네. (이야고 퇴장)

부러밴쇼와 횃불을 든 하인들 아래층 입구에 등장.

부러밴쇼 이거 야단났다. 딸은 가버렸어. 이제 희망 없는 여생은 슬픔만 남았구나. 여보게, 로더리고, 어디서 보았지, 내 딸을? 아, 불쌍한 것! 무어 놈하고 같이 있다고 그랬지? 이러니 어디 아비 노릇도 해먹겠나! 어떻게 알았나, 내 딸인지를? 오, 아비를 그렇게 감쪽같이 속이다니! 그 애가 자네보고 뭐라던가? 여봐라, 촛불을 더 가져와. 일가친척들을 죄다 깨워. 정말 결혼을 해버린 것 같던가?

로더리고 아마 그런 줄로 압니다.

부러밴쇼 아이구 맙소사! 대관절 어떻게 나갔을까! 혈육을 다 배반하다니! 세상의 부모들에게 일러줘야겠어. 겉만 보고 딸자식을 믿지 말라고. 젊은 처녀의 마음을 흔들어놓는 마약이 있는 모양이지? 읽은 일 있나, 로더리고? 그런 얘기를.

로더리고 네, 있습니다.

부러밴쇼 내 아우를 깨워라. 아, 자네를 사위로 삼을 것을! 자! 한 패는 이쪽으로, 한 패는 저쪽으로 가라. 자네는 아나? 어디 가면 그 애와 무어 놈을 잡을 수 있을지.

로더리고 찾아드리겠습니다. 몇 사람 호위들을 데리고 저를 따라오시면.

부러밴쇼 그럼 안내하게. 집집마다 불러 깨워야지. 대개는 내 명에 응할 것이다. 여봐라, 다들 무기를 들어라! 야경꾼을 깨워. 자, 로더리고, 수고는 잊지 않겠다. (모두 퇴장)

2

[제1막 제2장]

다른 거리.

오셀로, 이야고, 횃불을 든 수행원들 등장.

이야고 전쟁에선 살인도 했습니다만, 모살만은 양심이 허락하지 않습니다. 전 악
당이 못 돼서 가끔 손해를 보곤 하죠. 그저 몇 번을 생각했는지 모르겠습니다.
놈(로더리고)의 갈비뼈 밑을 푹 찔러줄까 하고요.

오셀로 내버려 두게.

이야고 하지만 놈이 마구 욕설을 늘어놓고 장군을 중상하잖겠어요? 성인이 못 되
어서 저는 겨우 참았습니다. 참, 결혼은 하셨습니까? 아시다시피, 그 의원님
은 대단히 인망이 있어 실력에 있어서는 베니스 공이나 다름없는 두 사람 몫
의 세력을 가진 분입니다. 그러니까 그분이 이 결혼을 취소시키거나, 또는 국
법의 한계 내에서 무슨 부당한 억압책을 강구할는지 모릅니다.

오셀로 맘대로 해보라지. 내 공로를 봐도 그분의 고소쯤은 문제도 안 돼. 그리고
이건 여태껏 아무에게도 말하지 않았지만…… 명예를 위해서 때론 자랑도 필
요하다면 이젠 입을 열겠는데…… 나는 왕족의 혈통을 받은 사람이야. 내 공
로로 봐도 이번에 얻은 행운은 정정당당히 요구할 권리가 있지. 여보게, 이야
고, 데스데모나를 사랑하지 않는다면 내 뭣 때문에 이 자유로운 처지를 가정
의 우리 속에 얽매어놓겠는가. 설사 대해의 보물을 얻는다 해도 말이야. 그런
데 저 횃불들은 무언가?

이야고 잠을 깬 아버지와 그 일당들입니다. 숨으시는 게 상책입니다.

오셀로 아냐, 당당히 만나지. 나의 기질이나 신분이나 양심, 어느 모로 보나 당당
히 행동해야지. 그 패들인가?

이야고 그들이 아닌가 본데요.

　　캐시오와 횃불을 든 몇몇 관리들 등장.

오셀로 베니스 공의 부하들과 내 부관이군! 한밤에 수고들 하네! 무슨 일인가?

캐시오 공작님으로부터의 사자입니다. 장군님을 급히 모시고 오라는 분부십니다.

오셀로 무슨 사건이 일어났나?

캐시오 사이프러스에서 무슨 정보가 온 모양입니다. 무슨 긴급한 일인가 본데, 밤
　　새 함대로부터 잇따라 보고가 들어오고 있습니다. 의원들은 거의 다 일어나
　　이미 베니스 공작 저택에 집합했습니다. 공작께선 장군님을 급히 모시고 오라
　　는 분부였지만, 숙소에 가봐도 안 계시고 해서……. 지금 원로원은 세 패로 사
　　람을 보내어 장군님을 찾고 있는 중입니다.

오셀로 만나서 잘됐네. 일러둘 말이 있어 잠깐 안에 들어갔다 나오지. 그러고 나
　　서 곧 같이 가도록 하세.

　　(안으로 들어간다.)

캐시오 여보게, 기수, 장군은 여기서 뭘 하고 계신가?

이야고 뭐, 장군님은 오늘 밤 육지를 달리는 큰 배를 한 척 약탈하셨지. 이게 합법
　　적인 전리품으로 결정된다면 복도 많지 뭐야.

캐시오 무슨 말인지 모르겠는걸.

이야고 결혼하셨다네.

캐시오 누구와?

　　오셀로 다시 등장.

이야고 왜, 저……. 아, 장군님, 가보실까요?

오셀로 음, 가세.

캐시오 또 다른 패가 장군님을 찾으러 오는군요.

이야고 부러밴쇼예요. 장군님, 조심하십쇼, 악의를 품고 온 것이니까요.

부러밴쇼, 로더리고, 횃불과 무기를 든 관리들 등장.

오셀로 정지하라! 움직이지 마라!

로더리고 각하! 무어 놈입니다.

부러밴쇼 때려눕혀라, 저 도둑놈을! *(쌍방이 칼을 빼 든다.)*

이야고 잘 만났다, 로더리고! 너는 내가 상대해주겠다.

오셀로 이야고, 번쩍이는 칼을 칼집에 꽂아라, 이슬에 녹이 슬라. 의원 각하, 그만한 연공年功이면 위령威令이 통하실 텐데요. 무기에 호소하지 않으시더라도…….

부러밴쇼 이 더러운 도둑놈 같으니! 내 딸을 어디다 감춰났냐? 이 개 같은 놈! 내 딸을 요술로 홀려내다니. 글쎄, 사리를 따져봐라. 요술에 홀리지 않고서야 그렇게도 상냥하고 아름답고 행복한 딸애가, 아니 이 나라의 유복한 귀공자와 결혼할 것도 마다하던 내 딸이 남의 웃음거리가 되려고 아비 슬하를 빠져나가 너 같은 사내의 시커먼 가슴에, 보기만 해도 소름이 끼치는 그 가슴에 안길 수가 있겠는가? 세상 사람에게 물어봐라. 뻔한 일이 아니냐. 요술을 부리지 않았느냐. 연약한 처녀를 마약으로 홀리고, 분별을 잃게 하잖았느냐. 법정에서 진상을 규명할 테다. 틀림없을 거다. 그렇지 뭐냐. 그러니 너를 체포 구금하겠다. 세상을 해치고 금지된 요술을 행사한 죄로 저놈을 결박하라. 반항하면 사정없이 저놈을 매질하라.

오셀로 손대지 마. 두 사람 다 기다려. 내가 나설 경우는 내가 알아서 하겠어. 지
시는 안 받는다. 자초지종을 해명하리다. 어디로 갈까요?

부러밴쇼 감옥에 가 있어. 규명대로 법정에 호출될 때까지.

오셀로 괜찮을까요, 그대로 복종해도? 베니스 공께서 쉽게 양해하실까요? 이렇
게 사람을 보내어 긴급한 국사로 저를 즉각 호출하고 계시는데도요?

관리 1 그건 사실입니다, 각하. 공작님께서는 회의를 소집하셨습니다. 각하께도
사람이 갔을 것입니다.

부러밴쇼 뭐? 공작께서 회의를 소집하셨다고! 이 밤중에! 저놈을 묶어. 나는 나대
로 중대한 일이니까. 공작이나 동료 의원들도 이 화를 남의 일같이 생각하지
는 않을걸. 이런 불법을 활개 치게 놔둘 거라면 이 나라 정치는 노예나 이교도
보고나 맡으라지. (모두 퇴장)

3

[제1막 제3장]

회의실.

공작과 의원들이 탁자를 에워싸고 앉아 있고, 관리 몇 명이 곁에 대령하고 있다.

공작 이 정보들은 갈피를 잡을 수 없어 믿을 수가 없구려.

의원 1 상호 일관성이 없습니다. 제게 온 서면書面에는 적 함대의 병력이 107척이
라고 되어 있소.

공작 이 서면에는 140척이라고 되어 있소.

의원 2 제게는 200척이라고 되어 있습니다. 허나, 정확히 일치하지는 않습니다
만 — 이런 경우엔 추측해서 보고하기 마련이니까 착오도 있을 법합니다 —

하여간 터키 함대가 사이프러스로 진격하고 있는 것만은 틀림없습니다.

공작 음, 있을 수 있는 일이오. 숫자에 착오가 있다 해서 안심은 할 수 없소. 사태가 어떤가 매우 우려되오.

수병 (밖에서) 여보세요! 여보세요! 여보세요!

관리 1 함대에서 전령이 왔습니다.

수병 등장.

공작 그래, 무슨 일인가?

수병 터키 함대가 로즈 섬을 향하여 항해 중입니다. 이 사실을 정부에 보고하라는 엔젤로 제독의 명령입니다.

공작 이 정세의 급변, 다들 어떻게 생각하오?

의원 1 도저히 그럴 리가 없습니다. 우리를 기만하기 위한 일종의 위장이 아닐까요? 사이프러스 섬은 터키에게는 요지要地일뿐더러, 다들 아는 바와 같이 로즈 섬 이상으로 이해관계가 있는 동시에, 요새 설비며, 장비며, 로즈 섬보다 보잘것없는 실정이니까 훨씬 용이하게 공략할 수 있는 상태에 있습니다……. 이런 이치로 미루어 본다면 티기 군이 졸렬하게 전후사를 거꾸로 하여, 쉽고 유익한 공략을 포기하고 무익한 모험을 하리라고는 도저히 생각되지 않습니다.

공작 음, 확실히 로즈 섬이 목표는 아닌 것 같소.

관리 1 또 보고가 들어왔습니다.

사자 등장.

사자 아뢰오. 로즈 섬으로 직행 중이던 터키 함대는 그 섬 부근에서 후속 함대와
　　합류했습니다.

의원 1 음, 그럴 줄 알았다. 후속 함대는 몇 척이나 된다더냐?

사자 30척가량입니다. 지금 다시 행동을 개시하여, 뒤돌아서 버젓이 사이프러스
　　를 향하여 출동하기 시작했습니다. 이상, 충성스럽고 용맹한 그 섬의 총독 몬
　　타노 각하로부터의 보고, 선처를 요청하고 계십니다.

공작 음, 확실히 사이프러스가 목표란 말이지? 마커스 럭시코스는 그곳에 없는
　　가?

의원 1 현재 플로렌스에 체류 중입니다.

공작 그분께 내 명의로 서면을 만들어서 급히 사자를 보내시오.

의원 1 마침 부러밴쇼님이 오시는군요. 무어 장군도 같이.

　　부러밴쇼, 오셀로, 이야고, 로더리고, 관리들 등장.

공작 오셀로 장군, 국적 터키 격퇴의 임무를 장군이 당장 맡아주셔야 되겠소. (부
　　러밴쇼에게) 오신 것을 몰라봤구려. 참 잘 오셨소. 오늘 밤은 귀하의 고견을 듣
　　고 조력을 받고 싶었던 참이오.

부러밴쇼 저 역시 공작 각하의 고견과 조력을 받고자 합니다. 실례지만 각하, 이
　　렇게 침상에서 일어나 온 것은 직책상도 아니요, 이 사건을 들었기 때문도 아
　　닙니다. 또는 위기를 우려해서도 아닙니다. 실은 제 개인의 비애가 다른 슬픔
　　들을 압도해버릴 만큼 어찌나 걷잡을 수 없는지 그저 그 일밖에는 어떻게 할
　　도리가 없습니다.

공작 아니, 무슨 일입니까?

부러밴쇼 딸년이! 아, 딸년이!

모두 죽었단 말이오?

부러밴쇼 네, 제게는 죽은 거나 마찬가지지요. 딸년은 농락당했습니다. 돌팔이 의사한테서 구한 마술과 마약으로 바보도 아니고 장님도 아니고 정신도 건전한 그 애가 마술에 걸리지 않았다면 이렇게 터무니없이 실수를 할 리는 없습니다.

공작 그놈이 어떤 놈이건, 그런 괘씸한 수단으로 영애의 마음을 속여 꾀어내 간 놈은 귀하 자신의 엄한 법규에 비추어 처분대로 극형에 처하시오. 설사 그 범인이 내 자식이라도 용서할 수 없는 일.

부러밴쇼 감사합니다. 바로 이 무어인이 범인입니다. 국사에 관한 각하의 특명으로 출두한 모양입니다만.

모두 그럴 수가.

공작 (오셀로에게) 당사자로서 해명할 말은 없소?

부러밴쇼 있을 턱이 없지요. 사실이 그러한데.

오셀로 존경하는 원로원 의원 여러분, 내가 이 노인의 따님을 꾀어낸 것은 사실입니다. 결혼한 것도 사실입니다. 나의 죄목은 바로 그것뿐입니다. 원래 말솜씨가 거칠고 얌전한 구변은 못 되는 이 사람입니다. 이 두 팔은 힘이 생기기 시작한 일곱 살 때부터 오늘날까지 아홉 달만 제외하곤 줄곧 싸움터에서 전력을 다해온 탓으로, 그래서 싸움 이외에는 일반 세상 관습에 대해서는 잘 모릅니다. 따라서 나 자신도 변명할 재주는 거의 없습니다. 그러나 제공께서 참고 들어주신다면 사랑의 전말을 사실대로 솔직히 말씀드리겠습니다. 대체 무슨 마약, 무슨 요술, 무슨 주문, 무슨 마술을 써서 — 내가 그 수단을 썼다고 고발당하고 있습니다만 — 내가 저분 따님의 마음을 샀는지를.

부러밴쇼 규중처녀, 그렇게도 조용하고 단정하고 행여 마음의 동요가 있을까 얼굴을 붉히던 딸이, 아니, 그런 내 딸이 천성, 연령, 나라, 체모 만사를 배반하고 보기만 해도 질겁을 할 인간을 사랑할 리가 없습니다. 병신이나 바보라면 뭐라 판단할는지 모르지만, 티끌만한 흠도 없는 여자가 인정의 법칙을 어겨 과오를 범할 리는 없소. 교활한 악마의 장난이 아니고서야 이런 해괴한 일이 어떻게 일어나겠습니까? 그러니 거듭 단언하지만, 피를 어지럽히는 무슨 강력한 약이나, 또는 마법에 의하여 그만한 약효를 발휘하는 약으로 딸을 농락한 것이 분명하오.

공작 단언만으로는 증거가 되지 않소. 좀 더 확실한 증거 없이는, 그런 빈약한 피상적 추측을 가지고 사람을 죄인 취급할 수는 없소.

의원 1 오셀로 장군이 말씀해보시오. 과연 장군은 비열한 수단으로 처녀의 마음을 유혹했소? 혹은 정당히 구애하여 마음과 마음이 이해하게 된 것이오?

오셀로 그럴 것 없이 새지터리로 사람을 보내어 당사자를 불러다가, 그 아버지 면전에서 물어보시오. 만약 그녀의 말로 미루어 내게 부당한 점이 있거든, 내가 받고 있는 신임과 지위를 박탈할 것은 물론, 사형을 선고하셔도 좋습니다.

공작 데스데모나를 불러오너라.

오셀로 기수, 안내하게. 장소는 자네가 잘 알지. (이야고와 시종 퇴장) 그녀가 올 때까지 신 앞에 나의 죄상을 참회하는 심정으로 여러분의 귀에 사실대로 말씀드리리다. 어떻게 내가 그녀의 사랑을 얻고 어떻게 그녀가 나의 사랑을 얻게 되었는지를.

공작 그럼 말해보시오, 오셀로 장군.

오셀로 그녀의 아버지는 저를 사랑하여, 종종 집으로 불러서 경력을 묻곤 했습니다……. 전투, 공성攻城, 포위, 승패 등 해마다 겪어온 운명을. 그래서 저는 어린 시절부터 명하시는 때까지의 경험을 죄다 얘기했지요. 즉 기가 막힌 모험담, 해륙에서의 가공할 사건, 위기일발 성벽을 뚫고 구사일생으로 살아난 이야기, 잔인한 적의 포로가 되어 노예로 팔렸다가 몸값을 치르고 석방된 이야기, 방랑 시절의 체험담, 예를 들면 거대한 동굴이며, 불모의 사막, 험한 돌산,

암석, 하늘을 찌르는 산악 등등이 자연 화제에 오르내리게 됐지만……. 그런 얘기를 해드렸습니다. 또 동족을 잡아먹는 식인종, 앤드로포파이자족의 얘기, 어깨 밑에 목이 달린 미개인 얘기도 해드렸지요. 그런 얘기들을 데스데모나도 열심히 듣곤 했습니다. 때때로 안으로 들어갈 일이 있으면, 얼른 일을 마쳐놓고 다시 돌아와서 열심히 얘기를 듣곤 했습니다. 그런 것을 보고 한번은 기회를 노려 그 편에서 나의 방랑의 전 생애를 진정으로 듣고 싶어하도록 넌지시 말해 오게끔 만들었지요. 그녀는 지금까지 띄엄띄엄 들었을 뿐, 일관해서는 듣지 못했으니까요. 나는 승낙하고 어렸을 때 고생하던 얘기를 꺼내어 그녀를 울리곤 했습니다. 얘기가 끝나자, 그녀는 나의 수난을 동정하며 깊은 한숨을 몰아쉬고, "원, 그런 일이." "어머나, 신기해라." "딱해라." "원, 가엾어라." 이렇게 소감을 말했습니다. 그리고 차라리 듣지 말걸 하면서도 자기도 그런 남자로 태어났더라면 좋았겠다며 내게 감사를 하고, 이렇게 부탁했습니다. 만약 내 친구 중에 그녀를 사랑하는 남자가 있거든, 나와 같은 경험담을 얘기해주도록 말입니다. 그러면 그는 그녀의 사랑을 얻을 거라고요. 이 말에 힘을 얻어 나는 사랑을 고백했지요. 그녀는 지난날의 고생을 동정하여 나를 사랑해줬고 그리고 동정해주는 까닭에 나는 그녀를 사랑했습니다. 이것이 바로 내가 사용한 요술입니다. 당사자가 왔습니다. 직접 물어보십시오.

데스데모나, 이야고, 시종들 등장.

공작 그런 얘기를 들으면 내 딸이라도 동요하겠소. 부러밴쇼, 기왕에 이렇게 된 것, 잘 해결되도록 선처하시오. 맨주먹보다는 부러진 칼이라도 있는 게 낫다 하지 않소.

부러밴쇼 어쨌든 딸년 말을 들어봅시다. 저 애한테도 죄가 없는 게 아니라면, 저 사람을 비난한 내 머리에 천벌이 내려도 좋습니다. 자, 얘야, 이렇게 여러 어른들 앞에서 묻겠는데, 너는 누구 말에 가장 복종해야 될 것으로 아느냐?

데스데모나 아버지, 저에게는 두 가지 의무가 있습니다. 아버지께선 저를 낳아주시고 길러주셨습니다. 이 은혜로 인하여 저는 아버지를 존경해야 한다는 것을 알았습니다. 아버지는 제 의무의 주인, 그러니까 저는 아버지의 딸입니다. 하지만 여기 남편이 있습니다. 어머니는 아버지를 외할아버지보다 소중히 생각하셨습니다. 그와 마찬가지로 이 딸자식도 무어님을 주인으로 섬기려 합니다.

부러밴쇼 그럼 잘 살아라! 다 끝장났다. 공작 각하, 국사를 진행시켜주십시오. 자식을 낳는 것보다 차라리 얻어다 기르는 것이 낫겠군요. 이리 오게, 무어 장군. 이렇게 된 바에야 이의 없이 내 딸을 주겠네. 아직 자네 것이 되지 않았던들 단연 거절하겠네만. 네 행실을 생각하니, 내 무남독녀이길 천만 다행이지. 글쎄, 네 탈선에 마음이 거칠어져 난폭하게 자식들에게 족쇄를 채울지 모르니 말이야. 제 일은 끝났습니다, 공작 각하.

공작 그렇다면, 내가 귀하의 입장에서 교훈을 하나 말하겠소. 뜻밖에 이것을 발판 삼아 두 사람이 화해할 날도 있으리라. 최악의 경우를 생각하면 슬픔도 끝나는 법, 섣불리 희망을 걸면 슬픔만 커질 뿐이오. 지나간 불행을 슬퍼하는 것은 새 불행을 초래하는 것, 화를 만나 항거할 길이 없을 때는 참으면 그 악행도 조소거리로 변하오. 도둑을 맞아도 미소를 짓는 자는 오히려 도둑한테서 무엇인가를 빼앗는 셈이오. 무익한 슬픔에 잠기는 자는 자기 자신을 도둑질하는 셈이오.

부러밴쇼 그럼 사이프러스를 터키 놈들에게 점령당해도 웃고만 있으면 안 뺏긴게 되겠군요. 지금 말씀은 달리 위로받을 길이 없는 사람에게는 편리하겠습니다마는, 비애를 참을 수 없는 자에게는 교훈도 고통이 될 뿐입니다. 교훈이란 이렇게도 저렇게도 해석되는 모호한 것입니다. 요컨대 말은 말이니까요. 그냥 귀로 듣기만 하고도 슬픔이 멎었다는 얘기는 자고로 들은 적이 없습니다. 그럼, 어서 국사를 진행시키십시오.

공작 터키 군이 대거 사이프러스로 향하고 있소. 오셀로 장군, 그곳 요충要衝은 장군이 잘 알고 있을 거요. 물론 매우 유능한 총독 대리가 주둔하고 있지만, 일의 성패를 좌우하는 여론으론 장군이 와줘야 안심된다는 거요. 그러니 수고스럽지만 신혼의 행복을 버리고 이 외적 소탕에 나서주어야겠소.

오셀로 의원 여러분, 습관의 위력으로 저는 간난신고艱難辛苦의 전쟁터를 오히려 포근한 깃털 잠자리같이 여깁니다. 유사시에는 금방 뛰어가고 싶은 타이오니, 터키 침략군 소탕의 임무를 완수하겠습니다. 한 가지 특청할 말씀은, 처를 부탁하온즉, 거처와 수당은 물론 그 밖의 편리들, 가문에 부끄럽지 않도록 배려해주시기 바랍니다.

공작 그 일 같으면 장인께 맡기시지.

부러밴쇼 그건 안 될 말씀.

오셀로 저도 반대올시다.

데스데모나 저 역시 싫습니다. 같이 살며 불쾌하게 해드리고 싶지는 않습니다. 공작님, 소녀의 말에 부디 귀를 기울여주십시오. 소녀의 소원을 허락해주시기 바랍니다.

공작 무슨 소원이지, 데스데모나?

데스데모나 제가 무어님을 사랑하고 같이 살고 싶어한다는 사실은, 대담하게 집을 버리고 오직 운명에 맡겨버린 이번의 제 행동으로 보아 세상이 다 알 것입니다. 원래 그이의 천직 그 자체에도 마음이 끌렸습니다. 그리고 오셀로님의 참 모습을 그 마음속에 발견하고 그이의 명예와 용맹 속에 저는 심신을 바쳤습니다. 그러니 제가 뒤에 처져 안일한 날을 보내고 남편만 출정한다면 백년가약을 한 보람도 없이, 독수공방 얼마나 외롭겠습니까. 부디 같이 가게 해주십시오.

오셀로 아내의 소원을 들어주십시오. 그러나 하늘에 맹세하건데 절대로 일신의 욕정을 채우고자 애원하는 것은 아닙니다. 혹은 정열과 혈기에 못 이겨 일신의 만족을 취하기 위한 것도 아닙니다. 오직 너그럽게 아내의 소원을 이루어주자는 것뿐입니다. 부디 지나친 염려는 하지 말아주십시오. 아내와 같이 있다고 해서 제가 중대한 국사를 등한히 하지는 않으리다. 만약 날개 가벼운 큐피드의 장난으로 긴장한 눈이 기려져 경박히게 임무를 그르치고 저버리기든 하녀들보고 제 투구를 냄비 대용으로 쓰게 하고, 온갖 비천한 재앙을 제 이름 위에 내리게 해도 좋습니다.

공작 두고 가건, 데리고 가건 장군 생각대로 하시오. 사태가 긴박하니, 급히 출발하도록.

의원 1 오늘 밤 출발하시오.

오셀로 네, 그렇게 하겠습니다.

공작 내일 아침 9시 이곳에서 다시 회합을 합시다. 오셀로 장군, 누구 장교를 하나 남겨두고 가오. 그 편에 사령장을 전달하겠소. 기타 지휘 통수統帥에 필요한 사령도 같이.

오셀로 그러면 기수를 남겨두겠습니다. 정직하고 성실한 위인입니다. 그 밖의 뭐든 보낼 필요가 있는 물건들은 그 편에 보내주십시오.

공작 그렇게 하겠소. 그럼 편히들 쉬시오. (부러밴쇼에게) 이보시오, 훌륭한 인품을 아름답다고 불러도 좋다면, 귀하의 사위는 외관은 검어도 참으로 아름다운 인물이오.

의원 1 그럼 무어 장군, 잘 다녀오시오. 데스데모나를 잘 보살피고.

부러밴쇼 무어여, 눈을 가졌거든 아내를 경계하게. 아비를 속인 여자야. 남편인들 못 속이겠나?

오셀로 아내의 절개, 이 생명을 걸죠! (공작, 의원들, 관리들 퇴장) 성실한 이야고, 내 아내를 부탁하네. 자네 부인더러 시중을 들게 하고, 때를 봐서 같이 오게. 데 스데모나, 같이 얘기할 시간은 한 시간밖에 없구려. 게다가 뒤처리며 타협할 일이 있소. 시간만은 엄수해야 하오. (오셀로와 데스데모나 퇴장)

로더리고 이야고!

이야고 아, 웬일이야?

로더리고 나는 어떻게 해야 좋겠나, 대관절?

이야고 원, 가서 주무시지.

로더리고 당장 물에 투신할까 봐.

이야고 그래 봐야 나는 시원섭섭할 뿐이야. 참 어리석은 양반이로군!

로더리고 사는 게 고통일 바에야, 산다는 게 어리석지. 처방치곤 죽는 게 상책이야, 죽는 게 약이 된다면.

이야고 못난 소리! 나는 이 세상을 4 곱하기 7은 28, 28년 동안 보아왔네. 그러나 그 사이 이해관계를 분별할 줄 알고부터는 제 자신을 아낄 줄 아는 놈을 보지 못했어. 나 같으면 그까짓 암탉 한 마리 때문에 투신자살할 바에야, 차라리 사람 노릇을 그만두고 성성이나 되어버리겠네.

로더리고 그럼 어떻게 해야 좋겠나? 정말 나는 창피해, 이렇게 녹초가 되고 보니. 하지만 내 힘으론 어떻게 할 도리가 없어.

이야고 힘이라고! 쳇! 이렇게 되고 저렇게 되는 게 다 자기 책임 아냐? 우리 육체가 정원이라면, 의지는 정원사랄까. 그러니 쐐기풀을 심든, 상추를 심든, 히소프를 기르고 독보리를 제거하든, 한 가지 풀로만 해놓든, 각종 풀을 혼식하든, 게을리 묵히든, 또는 거름을 주어 부지런히 가꾸든…… 아무튼 이렇게 하든, 저렇게 개선하든 모든 게 다 우리 의지에 있지. 인간은 저울과 한 가지로, 한쪽에 이성의 저울판이 있어 욕정의 저울판과 균형을 취해주지 않으면 비열한 본능에 사로잡혀 비참한 최후를 당하고 말지. 그러나 다행히도 이 이성이라는 것이 있어 욕정의 폭풍이며, 육욕의 유혹이며, 방종한 색욕을 식힐 수가 있거든. 그러니 아마 자네의 그 애정이라는 것도, 결국 그런 욕망의 새 순[芽]이나 한 가지일 거야.

로더리고 천만에!

이야고 그렇다면 그건 단순히 욕정의 소용돌이, 의지의 총퇴각일 거야. 여보게, 정신 바짝 차리게나. 투신자살을 하겠다고! 그런 짓은 고양이나 눈먼 강아지를 대신 시키지. 난 한번 우정을 약속한 이상 자네와는 앞으로 영원히 끊을 수 없는 친구가 됐단 말씀이야. 마침내 내가 도와줄 시기가 왔어. 지갑에다 돈을 마련하게. 싸움터로 같이 가는 거야. 가짜 수염으로 변장을 해가지고. 알겠나, 두둑이 돈을 마련하라니까. 데스데모나가 언제까지나 무어 놈을 좋아할 수야 없지 — 돈을 마련하게. 그야 무어인 쪽에서도 매일반이지. 시작이 맹렬했으니까……. 지갑에 돈을 장만하라고. 무어족이란 원래 변덕이 심하거든 — 돈을 장만해요. 지금은 로커스트 열매같이 달겠지만, 이내 콜로신드 오이같이 쓰다 하며 뱉어버릴 놈이야. 여자 또한 젊은 사람한테로 쏠릴 거야. 그 녀석의 육체를 포식하고 나면, 그때는 선택의 잘못을 깨달을 테지. 그러니까 돈을 준비하게, 돈을. 어차피 지옥에 떨어질 생각이라면, 투신자살보다는 좀 더 근사한 방법을 취해야 될 거 아냐? 돈을 긁어모으라고, 돈을. 떠돌이 야만인과 간사한 베니스 계집 사이의 그럴듯한 관계쯤, 내 지혜와 악마의 총출동에는 배겨나지 못할 테니. 그때는 자네가 여자를 즐길 수 있을 게 아니냔 말야. 그러니 돈이야, 돈. 물에 투신자살을 하다니! 안 될 소리지. 계집 하나 정복하지 못하고 투신자살을 할 바엔, 차라리 실컷 즐겨나 본 후에 교수를 당할 각오를 하시라고.

로더리고 그럼 꼭 소원을 풀어주겠나? 자네 말대로 한다면?

이야고 문제없어. 자, 돈이나 마련하게. 내가 늘 말하잖았나. 골백번이나 말했잖나. 나는 무어인이 밉다고. 내 원한은 뿌리 깊어. 자네도 마찬가지고. 자, 그러니 우리 손을 잡고 원수를 갚잔 말야. 간통에 성공한다면, 자네는 재미 많이 볼 거고, 나는 속이 시원할 거고. 시간의 뱃속에는 여러 가지 일들이 잉태돼 있어, 달이 차면 태어나게 마련이거든. 자, 어서 가서 돈을 장만하게. 그럼 내일 아침에 다시 얘기하자고. 잘 가게.

로더리고 내일 아침 어디서 만날까?

이야고 내 숙소에서.

로더리고 그럼 아침 일찍 찾아가겠네.

이야고 그럼 잘 가게. 참, 이거 봐.

로더리고 왜 그래?

이야고 제발 부탁인데 물에 빠져 죽진 말게. 정말 알겠나?

로더리고 생각을 돌렸네.

이야고 그럼 가보게. 걱정 말고 돈이나 두둑이 장만하라고.

로더리고 땅뙈기를 몽땅 팔 작정이야! (퇴장)

이야고 이렇게 해서 늘 바보가 내 돈지갑이 되거든. 어차피 저런 바보를 상대로 시간을 낭비할 바엔, 재미나 보고 실속을 차리지 못해서는 내 연마한 지식의 위신 문제지. 가증할 무어 놈 같으니. 놈이 내 이불 속에서 나 대신 무슨 짓을 했다는 소문도 나돌고 있잖은가. 사실 여부는 알 수 없지만. 허나 그런 소문을 들은 이상, 단순한 의심일 뿐이나 마치 확증이 있었던 것처럼 복수를 해주지 않고서는 시원치 않거든. 놈은 나를 철석같이 믿고 있어. 그만큼 내 목적 달성엔 안성맞춤이겠지. 캐시오는 미남, 음, 녀석의 지위를 뺏는다. 그래서 흉계에 일거양득의 효과를 올린다. 음, 음, 그러고는 조금 후에 오셀로 귀에 까바친다. 그 녀석이 사모님과 너무 친하다고. 태도가 나긋나긋하고 생김생김이 반반한 놈이니 금방 혐의를 받게 마련이지. 한편 무어 놈은 관대하고 솔직해서, 겉으로 성실하게 보이면 속도 그런 줄 알거든. 그러니 코를 잡고 나귀 모양 맘 대로 끌고 다닐 수 있지. 됐어, 그 수를 쓰자. 겨우 내 계략이 잉태되었군. 이 제 지옥과 암흑의 힘을 빌려 이 잉태된 괴물에게 세상 볕을 쐬게 하는 일만 남 았어.

ACT 2

4

[제2막 제1장]

사이프러스의 항구. 부두 근처의 공지.

몬타노와 신사 두 사람 등장.

몬타노 곶[岬]으로부터 바다에 무엇이 보이오?

신사 1 아무것도 안 보입니다. 풍랑이 심할 뿐, 하늘과 바다 사이에는 돛대 하나 보이지 않습니다.

몬타노 하긴 육지에서는 대단한 바람이 일고 있소. 이 성벽만 하더라도 그만한 질 풍은 받아본 적이 없었소. 그렇게 바다 위로 휩쓸었다면, 참나무 늑재肋材도 산사태 같은 노도에 짓눌려서 박살이 나겠지요. 대체 어떻게 된 일일까요?

신사 2 터키 함대는 산산이 흩어져버린 모양입니다. 이 파도치는 기슭에 서보십 시오. 사나운 파도는 하늘을 찌르고 바람에 뒤끓는 해면은 무서운 갈기를 풀어 헤치면서, 불타는 작은곰자리에다 물을 끼얹어 움직이지 않는 북극성을 지키는 저 별들의 빛을 꺼버릴 기세입니다. 이렇게 성난 바다는 이때까지 본 일이 없습니다.

몬타노 제아무리 터키 함대라도 항구에 들어가서 피난이라도 하고 있지 않는 한은 침몰했을 거요. 이래도 무사할 리가 없어.

신사 3 등장.

신사 3 정보가 들어왔습니다. 여러분! 전쟁은 끝났습니다. 이 폭풍우가 터키 놈들을 쳐부수고, 적의 계획은 좌절됐습니다. 베니스에서 온 우리 쪽 배는, 적 함대가 대부분 비참하게 조난당해 있는 것을 목격하고 왔다고 합니다.

몬타노 뭐! 그게 정말이오!

신사 3 우리 군함이 입항했습니다. 베로나에서 건조한 배입니다. 용감한 무어인 오셀로 장군의 부관, 마이클 캐시오가 상륙했습니다. 무어 장군은 아직 해상에 계신데, 사이프러스 수비의 전권을 위임받았다고 합니다.

몬타노 참 잘됐군. 그분은 훌륭한 장군이오.

신사 3 그런데 그 캐시오는 터키 함대의 전멸을 기뻐하면서도 한편으론 몹시 걱정되는 모양인지, 무어 장군이 무사하시길 빌고 있습니다. 이 맹렬한 폭풍우로 서로 헤어지게 됐다고 합니다.

몬타노 아무 일이 없었으면 좋겠는데. 나는 그분 밑에서 근무한 적이 있소. 참으로 대장다운 분이지요. 자, 해안으로 가봅시다! 입항하는 배를 지켜보는 동시에 바다의 푸른빛과 하늘의 푸른빛이 구별될 수 없게 될 때까지 응시하여, 오셀로 장군을 기다립시다.

신사 3 네, 그렇게 합시다. 이러고 있는 사이에도 언제 배가 들어올지 모릅니다.

캐시오 등장.

캐시오 군사 요지인 이 섬을 지키는 용감한 당신이 무어 장군을 칭찬해주시니 감
사합니다. 하느님! 장군을 이 풍파로부터 보호해주소서! 나는 위험한 해상에
서 장군을 잃고 말았습니다.

몬타노 장군의 배는 튼튼합니까?

캐시오 그 배는 구조도 튼튼하고, 선장도 경험이 많은 유능한 사람입니다. 그러니
까, 저도 안심은 되지 않지만, 틀림없이 안전하시리라 생각하고 있습니다. (안
에서 "배다, 배다!" 하는 소리)

신사 4 등장

캐시오 이 법석은 뭐요?

신사 4 시중市中은 다 비었습니다. 모두 바닷가로 몰려와서 "배가 보인다!" 외치
고들 있습니다.

캐시오 그것은 장군임에 틀림없을 거요. (대포 소리가 들린다.)

신사 2 예포禮砲를 쏘고 있습니다. 아무튼 우리 편임이 틀림없습니다.

캐시오 가서 누가 도착했는지 확인해주오.

신사 2 그렇게 하겠습니다. (퇴장)

몬타노 그런데 부관, 장군께서는 부인이 계십니까?

캐시오 확실히 운이 좋으신 분입니다. 무엇으로도 형용할 수 없고 이야기책에서
도 볼 수 없다고 할 만한 부인을 맞으셨습니다. 아무리 좋은 문구를 짜내도 따
를 수 없고, 천성의 아름다움은 어떤 명필로도 표현할 수 없다 할 만큼 대단한
부인입니다.

신사 2 다시 등장.

캐시오 어찌됐소! 누가 입항했소?

신사 2 이야고라고 하는 분입니다. 장군의 기수인.

캐시오 요행히 빨리 도착했군. 모진 바람도, 거친 파도도, 죄 없는 배를 노리는 비겁한 암초도, 그리고 여울도 아름다운 것을 알아봤는지 참혹한 본성을 숨기고, 천사와 같은 데스데모나를 무사히 통과시켜주었군.

몬타노 그건 누구입니까?

캐시오 지금 말한 장군 중의 장군 오셀로 장군의 부인이십니다. 용감한 이야고가 호위하고 있었습니다만, 우리 예상보다 일주일이나 빨리 도착하신 셈입니다. 하느님, 이제는 오셀로 장군을 보호해주소서. 그리하여 장군께서 데스데모나 품에서 격전을 달래고, 우리의 침체한 사기를 새로 불타게 하여, 사이프러스 섬 전체가 환희로 들끓게 하여주소서.

데스데모나, 이밀리아, 이야고, 로더리고, 시종 등장.

캐시오 아, 보시오, 배의 보물이 상륙합니다! 사이프러스의 여러분, 장군부인께 인사드리시오. 부인, 축하합니다! 하느님의 은총이 전후 사방으로 부인을 에워싸시옵기를!

데스데모나 고마워요, 캐시오 부관. 장군이 어떻게 되셨는지 아십니까?

캐시오 아직 도착하지 않으셨습니다. 보고도 없습니다만, 곧 무사히 도착하실 겁니다.

데스데모나 아, 그렇지만, 글쎄요……. 어떻게 해서 따로 떨어지게 되었나요?

캐시오 바다와 하늘의 서로 지지 않는 사나움 때문에 서로 떨어지게 됐습니다. 그

런데, 저 소리는! 배입니다! (안에서 "배다, 배다." 예포 소리)

신사 2 성에 대고 예포를 쏩니다. 이번에도 우리 쪽 배입니다.

캐시오 가서 알아보고 오시오. (신사 퇴장) 기수, 잘 왔소. (이밀리아에게) 부인도 잘
오셨고요. 친절이 다소 도를 넘더라도 노하지 마오, 이야고. 이렇게 대담하게
인사를 하는 것이 나의 격식이니까. (이밀리아에게 키스한다.)

이야고 나는 아내의 잔소리에 골치가 아픈데, 당신도 그 입술을 그만큼 받아본다
면 아마 진력이 날 겁니다.

데스데모나 어머, 별로 말이 없는 부인을 두고.

이야고 천만에요. 말이 너무 많아 탈이지요. 눈 좀 붙이려 할 때 더 극성입니다.
그야 부인 앞에서는 혓바닥을 가슴에 말아 넣고, 말하고 싶은 문구도 뱃속에
서 중얼거릴지도 모르겠지만요.

이밀리아 별소릴 다 들어보겠네요.

이야고 허, 허. 대체로 여자들이란, 바깥에서는 그림자같이 얌전하지만 일단 집에
돌아오면 시끄럽기가 벨[鐘] 같고, 부엌에선 꼭 살쾡이지. 나쁜 짓은 성인같이
시치미를 떼고 해내는 주제에 한번 성만 나면 마귀 같지. 정작 바쁠 때는 빈둥
거리면서 이불 속에선 바쁘게 돌아가지.

데스데모나 어머, 저런, 입도 걸기도 해라!

이야고 아니, 정말입니다. 이게 거짓말이라면 저는 터키 사람입니다. (자기 아내에
게) 당신이야말로 잠자리에서 일어나면 놀고, 드러누우면 일하는 여자지 뭐
야?

이밀리아 그렇게 칭찬 안 해줘도 좋아요.

이야고 그러니까 칭찬받게 하지 말란 말이야.

데스데모나 그럼 나를 칭찬한다면, 뭐라고 하시겠어요?

이야고 아, 부인, 그렇게 공격하지 마십쇼. 나는 입을 열면 욕이 먼저 나오는 사람

이니까요.

데스데모나 그러지 말고 어서……. 누가 부두에 나갔어요?

이야고 네, 갔습니다.

데스데모나 (방백) 조금도 재미는 없지만, 그런 내색을 하지 않고 들어봐야지. (큰 소리로) 그래, 날 칭찬해봐요. 뭐라고 하실래요?

이야고 지금 입에서 나오는 중입니다만, 그 명구名句가 머리에 붙어서 마치 끈끈 이가 헝겊에 붙은 것같이 잘 떨어지지 않는군요……. 억지로 잡아떼면 뇌 속 의 골이 튀어나올 지경이어서요. 자아, 이제 시의 여신女神이 산기産氣가 돌기 시작하는군요. 자, 낳았습니다. 자, 낳았어요, 이렇게요.

　　얼굴이 희고 지혜 있다면

　　얼굴 희니 좋고, 지혜 있으니 더욱 좋지요.

데스데모나 정말 멋있군요! 그럼 얼굴이 검고 지혜가 있다면?

이야고 얼굴이 검어도 지혜만 있다면

　　검은 얼굴에 어울리는 얼굴 흰 남편을 얻지요.

데스데모나 점점 나빠지는데요.

이밀리아 얼굴이 희어도 바보라면 어떻게 되고요?

이야고 얼굴이 흰 여자치고 바보는 없지.

　　바보짓 하더라도 손해는 없어. 뱃속에 자식을 선물받게 될 테니.

데스데모나 그런 건 모두 술집에서 바보들을 웃기는 낡은 바보 소리예요. 그렇지 않은가요? 그럼 얼굴이 검고 지혜 없는 여자에겐 뭐라고 비참하게 찬사를 하 나요?

이야고 얼굴이 검고 바보라도,

　　똑똑하고 예쁜 여자 못지않게 음탕한 장난에는 선수지요.

데스데모나 점점 모르는 소리만 하시네요! 제일 못된 것은 제일 칭찬하고. 그럼 정말 훌륭한 여자는 어떻게 칭찬해야 하나요? 정말 똑똑해서, 욕을 해주고 싶어도 칭찬을 안 하고는 못 배길 여자 말이에요.

이야고 얼굴이 예뻐도 거만하지 않고

　　　　말을 잘해도 떠들지 않고

　　　　돈이 많아도 사치 않고

　　　　맘대로 되는 일도 욕심을 버리고

　　　　성이 나고 복수를 곧 할 수 있어도 꾹 참고

　　　　게다가 머리도 여간 좋지 않고

　　　　대구가 탐난대서 연어와 바꾸지 않고

　　　　생각은 깊으나 표면에 내색하지 않고

　　　　남자들이 줄줄 따라와도 눈도 안 떠보고

　　　　그런 여자 있다면, 그런 여자는……

데스데모나 어떻게 하죠?

이야고 자식새끼 젖 빨리고 가계부나 적게 하지요.

데스데모나 어머나, 시시한 결론이네요! 이밀리아, 아무리 당신 남편이지만 곧이 듣지 말아요. 안 그래요, 캐시오? 저분은 함부로 그런 무례한 말만 하는 사람인가요?

캐시오 본래 입이 건 사람입니다, 부인. 군인이니까, 학자라고 생각하시면 안 됩니다.

이야고 (방백) 저놈이 여자의 손을 만지는구나. 그리고, 음, 귀엣말을 하는구나. 이렇게 작은 그물을 쳐놓고, 캐시오라는 큰 파리를 잡는단 말이거든. 응, 그렇게 눈웃음으로 알랑대고 있으라고. 잘한다. 저렇게 은근히 하고 있을 때, 꼼짝 못하게 만들어야지. 그래, 응, 그래. 손가락 셋을 합쳐서 키스하고 신사인 척하지만 인제 내 꾀로 부관 자리도 미끄러질 판이니, 그 짓은 안 하는 게 좋을걸.

잘한다. 멋진 키스구나! 훌륭한 인사로군! 또 손가락을 입에 갖다 대는군! 차라리 관장기灌腸器를 입에 물고 있는 게 훨씬 신상에 나을걸! (안에서 나팔 소리) 무어 장군이시다! 그분의 나팔 소리입니다.

캐시오 확실히 그렇습니다.

데스데모나 마중 나갑시다.

캐시오 여기, 벌써 오셨습니다.

오셀로와 시종들 등장.

오셀로 아, 어여쁜 전우!

데스데모나 그리운 오셀로님!

오셀로 여기 당신이 와 있는 걸 보니 놀랍기도 하지만 대단히 반갑소. 참 기쁘오! 폭풍우가 지나간 뒤 언제나 이런 고요함을 가져온다면, 바람은 사자死者를 일으켜 깨우게 할 만큼 불어도 괜찮아! 배가 아무리 희롱당하여 올림포스 산만큼 높이 쳐들려서 천국에서 지옥으로 곤두박질하더라도 상관없어! 죽는다면 지금 죽는 것이 제일 행복할는지 몰라. 뭐라고 말할 수 없이 마음이 충족되어, 이런 만족은 미지의 장래에도 두 번 다시 오지는 않을 것만 같소.

데스데모나 어쩌면, 그런 말씀을. 하느님, 우리들의 애정도 기쁨도 날이 갈수록 점점 더 깊어지게 해주소서!

오셀로 신들이여, 나도 그렇게 기도드립니다! 이 충족한 기분을 어떻게 표현해야 좋을지 모르겠군. 여기 꽉 막혀서 말이 안 나와. 과분한 기쁨이지. 이거야, 이렇게 하는 거야, 둘의 사이가 가장 벌어진 때도. (키스한다.)

이야고 (방백) 음, 지금은 장단이 잘 맞는군! 하지만 두고 봐라, 이제 곧 그 줄 조리개를 비틀어놓을 테니. 이 나의 명예를 걸어서 그렇게 해놓고말고.

오셀로 자, 성으로 갑시다. 여러분들, 들어보시오. 전쟁은 끝났소. 터키 군은 전멸
했소. 이 섬의 내 친구들이 어떻게 지내고 있소? 데스데모나, 당신도 이 사이
프러스에서 대환영을 받을 거요. 나도 대단히 환대를 받은 바 있소. 아, 두서
없는 이야기만 했군. 너무 기뻐서 혼자 떠들었어. 수고스럽지만, 이야고, 부두
에 가서 내 짐을 배에서 가져와주게. 그리고 선장을 성으로 안내해 오게. 그
사람은 좋은 사람이야. 그리고 똑똑한 사람이니 잘 대해주게. 자, 데스데모나,
이렇게 사이프러스에서 다시 만나니 기쁘기 그지없소. (오셀로, 데스데모나, 시
종들 퇴장)

이야고 (옆에 있는 시종에게) 부두에 가 있게, 나도 곧 갈 테니. (로더리고에게) 잠깐
이리 오게. 자네도 용기를 내라고……. 비천한 놈이라도 여자한테 반하면 평
소보다 훌륭해진다고 하니까……. 잘 듣게. 부관은 오늘 밤 야경夜警을 하게
됐어……. 그래서 우선 얘긴데…… 데스데모나는 분명히 그 녀석을 사랑하고
있네.

로더리고 그 녀석을! 그럴 리가 없어.

이야고 이렇게 손가락을 입에다 대고 조용히 내 말을 듣기나 해. 이것 봐, 그 여자
가 애당초 무어한테 반한 것은 단지 꿈같은 거짓말을 주워섬겼으니까 그런 거
고, 그까짓 거짓말에 언제까지 반하겠어?…… 자네 분별만 가지고도 이만한
건 알 만하지. 그 여자도 눈요기가 하고 싶을 텐데, 그 악마 같은 얼굴을 보고
있어봐야 무슨 눈요기가 되겠나? 재미를 본 뒤 열이 식으면 그걸 한 번 더 부
채질해서 싱싱한 식욕을 만족시키기 위해서는, 얼굴도 잘생기고 나이도 맞고
풍채며 외모도 근사해야 하는데, 무어의 모든 점은 낙제야. 그러니 그런 조건
이 부족하면 자기의 세심한 맘씨도 속았구나 싶어서, 여태껏 먹은 것도 토하
고 싶어지고, 무어가 싫어지고 미워지게 마련이거든. 이것이 인간의 본성이
니, 본성이 시키는 대로 어떻게 해서든지 다음 상대가 필요해지는 거야. 그래

서 말이야, 반드시 그렇다고 하면…… 이거, 뭐, 명백한 자연의 이치지만, 그렇다면 그 캐시오 녀석 외에 누가 그 행운의 계단에 다리를 디뎌놓고 있단 말인가? 혀도 머리도 잘 도는 놈이니 말야. 양심은 있지도 않아. 더러운 욕정만 가만히 만족시키고 나면 나중엔 얌전한 척 남과 같이 시치미를 떼고 더 이상은 아랑곳하지 않는 놈이야. 응, 안 그래? 간사하고 교활한 놈이야. 기회만 노리고, 조건이 나쁜 때에도 맘대로 기회를 만들어대는 수완을 가진 놈이야. 꼭 악마 같은 놈이지. 게다가 얼굴은 잘생겼것다, 나이는 젊것다, 어리석은 풋내기 계집애들이 반할 만한 조건은 모두 갖추고 있어. 완전무결하고도 지독한 악당이지. 그래서 그 여자가 눈독을 들인 거야.

로더리고 그 여자가 그렇다고는 믿어지지 않는걸. 그 여자는 천사야.

이야고 쳇, 천사라니! 그 여자가 마시는 술도 다 같은 포도로 만든 게 아닌가. 천사라면 무어 같은 것한테 반하지도 않았어. 큰일 날 천사로군! 그 여자가 캐시오의 손바닥을 만지작거리고 있는 걸 자넨 못 봤나! 눈치도 못 챘어?

로더리고 그야 봤지. 하지만 그건 단순한 인사에 지나지 않아.

이야고 생각이 달라서 그래. 틀림없어. 욕정의 서론序論, 음란한 서막이야. 입술을 그렇게 가까이 대면 입김과 입김이 서로 맞닿지 않겠어? 그게 음탕한 생각이 있어서지, 로더리고! 그렇게 진행하고 있다가, 다음은 진짜 활극을 벌여 꼭 붙어버리고 말거든. 쳇! 아무튼 내 말을 들어줘. 자네를 베니스에서 데리고 오지 않았나? 오늘 밤 야경 서러 나가세. 지휘는 내가 해줄게. 캐시오는 자네를 몰라볼 거야. 내가 가까이 있어줄 테니, 무슨 떼를 써서라도 캐시오의 비위를 잔뜩 거슬려봐. 큰 소리로 떠들든지, 그놈의 욕을 마구 해대든지, 그때 분위기에 따라 아무거나 자네 마음대로.

로더리고 알았네.

이야고 그 녀석은 발끈하는 성질이라, 자네를 때리려고 할 거야. 그렇게 나오게 하란 말이야. 그러면 내가 그걸 트집 잡아서 사이프러스의 큰 소동으로 만들어볼게. 캐시오를 파면시키지 않는 한 도저히 진압 안 될 만한 큰 소동으로 말일세. 게다가 더 좋은 방법으로, 자네 소원도 성취시키고, 장애물도 적당히 없애버려야지. 그러지 않고서는 도저히 좋은 일은 생기지 않아.

로더리고 그렇게 해보겠네. 자네가 기회만 만들어준다면.

이야고 그건 내 책임지지. 곧 또 성에서 만나세. 나는 장군의 짐을 가지러 가야겠어. 자, 그럼 잘 가게.

로더리고 그럼 또 만나세. (퇴장)

이야고 캐시오가 그 여자한테 반한 것은 틀림없어. 그 여자가 그 녀석에게 반한다는 것도 있을 수 있는 일이고. 무어란 녀석이 난 못마땅하지만, 그런대로 건실하고 인정 많고 훌륭한 놈이지. 데스데모나로 보면 아주 소중한 남편이라고 할 수 있지. 그렇지만 나도 그 여자에게 맘이 있어. 그렇다고 오직 욕정 때문만은 아냐 — 하기야 그 점도 전혀 없다고는 할 수 없지만 — 한편으로는 원수를 갚기 위해서지 — 그 음탕한 무어 녀석이 내 잠자리에 들어간 혐의가 있으니까. 그걸 생각하면 독이라도 마신 것같이 뱃속이 온통 쥐어뜯기는 것만 같아. 어떻게 해서든지 그자와 동등하게, 계집은 계집으로 복수해주지 않고서는 시원치 않겠어. 그러지는 못하더라도 적어도 무어가 사리 분별로는 억제못할 맹렬한 질투쯤은 내게 해줘야겠어. 이것을 잘 해내려면, 우선 저 베니스의 개 로더리고 놈이 몸이 달아 뛰어가는 것을 내가 잡아 매놨으니까, 그놈이 잘 맞춰준다면 마이클 캐시오는 내 맘대로 되지……. 귀 아프게 무어한테 그 녀석의 험담을 해야지. 캐시오 녀석도 내 베개에서 잤다는 혐의가 있으니까 — 그리고 무어 놈을 실컷 바보 취급하여 휘둘러서는 편안한 마음을 미칠 정도로 들쑤셔놓고서도, 나는 너에게 감사한다, 나는 네가 좋다, 사례를 하겠다 하고 말하도록 해줘야지. (이마에 손을 대고) 모든 일은 이 속에 있지만 아직은

형태를 이루지 못하고 있어. 흉계의 정체는 유사시가 아니면 분명치가 않은
법이거든. (퇴장)

5

[제2막 제2장]

거리.

포고 담당이 포고문을 들고 등장. 뒤따라 주민들 등장.

포고 담당 우리의 고귀하고 용감하신 오셀로 장군의 분부를 전달한다. 지금 터키
함대 전멸 소식이 들어왔으니 누구나 전승을 축하하라. 더욱이 이 기쁜 소식
에 겹쳐 오늘은 장군의 결혼을 축하하는 날이니, 춤을 추든, 모닥불을 피우든,
각자의 맘대로 축연을 벌여라. 이상, 장군의 말씀을 포고한다. 성내의 주방廚房
을 모두 개방해놓았으니 5시 현재부터 11시 종이 칠 때까지 음식을 자유로이
드시오. 사이프러스 섬과 오셀로 장군 만세! (모두 퇴장)

6

[제2막 제3장]

성 안의 홀.

오셀로, 데스데모나, 캐시오, 시종들 등장.

오셀로 마이클, 오늘 밤 야경을 부탁하네. 각자 주의해서 체모를 잃지 않도록 하
고, 떠들더라도 도를 넘어서는 안 되네.

캐시오 모든 일을 이야고가 잘 알아서 할 겁니다. 물론 저도 잘 감독하겠습니다.

오셀로 이야고는 정말 성실한 사람이지. 마이클, 잘 가게. 내일 아침 일찍 만나서
또 얘기하세. (데스데모나에게) 자, 데스데모나, 피로연은 끝났으니, 이제 정말
결혼이오, 당신과 나는 이제부터가 정말 즐거울 거요. (캐시오에게) 잘 가게. (오
셀로, 데스데모나, 시종들 퇴장)

이야고 등장.

캐시오 이야고, 잘 왔네. 우리는 파수를 봐야겠네.

이야고 아직 시간이 안 되었는데요, 부관님. 아직 10시 전입니다. 장군은 데스데
모나 아씨가 예뻐서 못 견디겠으니까 이렇게 일찍 들어가버리셨군요. 그도 그
럴 수밖에요. 아직 하룻밤도 달콤하게 지내지 못하셨으니까요, 저 주피터 신
도 반할 만한 미인하고.

캐시오 정말 훌륭한 부인이셔.

이야고 거기다 수단도 제법 능란하신 모양이죠, 분명히.

캐시오 정말, 깨끗하고 아름다운 분이야.

이야고 얼마나 좋은 눈을 하고 있어요! 남자의 마음을 뒤흔들어놓을 것 같잖아
요?

캐시오 사람을 끄는 것 같은 눈이야. 그래도 정말 정숙하게 보이거든.

이야고 또 그 목소리는 듣는 이로 하여금 사랑으로 유인하는 종소리 같지 않습니
까?

캐시오 정말 완전무결한 분이야.

이야고 아, 두 분의 신방에 축복 있으라! 그런데 부관님, 술 좀 준비해놨습니다.
실은 밖에서 사이프러스의 젊은 패거리 두세 명이 흑면黑面 장군 오셀로의 건

강을 축복하여 한잔하자고 기다리고 있습니다.

캐시오 오늘 밤은 안 돼, 이야고. 나는 술이 약해서 탈이야. 축하를 하더라도 어떻게 다른 방법이 없을까?

이야고 하지만 모두 우리의 좋은 친구인걸요……. 그러지 마시고 한 잔만 하십시다. 다음 잔부터는 내가 대신 마시리다.

캐시오 실은 오늘 밤 꼭 한 잔이지만, 벌써 했어. 그것도 물을 타서 마셨는데도, 이 꼴을 좀 보게. 불행히도 나는 이게 큰 약점이거든. 나 자신도 그 점을 알고 있으니까 무리를 않기로 했어.

이야고 아, 기운을 내세요! 오늘 밤은 진탕 마셔야 해요. 젊은 패들도 그걸 소망하고 있어요.

캐시오 어디들 있는가?

이야고 바로 입구에 있어요. 들어오게 합시다.

캐시오 그럼 들어와도 좋네. 별로 맘은 내키지 않지만. (퇴장)

이야고 오늘 밤 벌써 한 잔 마셨다고 했것다. 이제 한 잔만 더 먹이면 그놈은 젊은 여자들이 끌고 다니는 개 모양 이빨을 내밀고 짖어대렷다. 한편 못난 로더리고는 사랑에 눈이 어두워 앞뒤를 분간 못하고 오늘 밤은 데스데모나에게 축배를 올린답시고, 술병째 들고 퍼붓듯이 마셨것다. 그 녀석도 같이 야경을 보기로 돼 있지. 그리고 사이프러스 섬의 그 젊은이 셋, 셋 다 집안 좋고 기품 있고 명예를 존중하고 초연한 사람들이지만, 싸움 좋아하기론 이 섬의 알짜들이지. 오늘 밤 충분히 술을 먹여서 얼근하게 해놨는데, 그치들도 야경이다. 이 주정뱅이들이 모여 있는 속에서 저 캐시오를 건드려 온 섬이 떠들썩하게 만들어야지. 아, 그 패거리들이 오는 모양이다. 내 계획대로 그럴싸하게 진행만 되어준다면 내 배는 바람 좋고 물때 좋을 때 돛을 달고 떠난 격이지 뭐냐.

캐시오가 몬타노와 섬 신사들을 데리고 등장.

그 뒤를 하인이 술을 가지고 등장.

캐시오 아니, 정말 아까 실컷 했습니다.

몬타노 조그만 잔인데 뭘 그러시오? 세 홉들이도 안 되오. 정말이오.

이야고 여, 술을 가져와! (노래)

　　　술잔을 울려라, 땡그랑 땡땡

　　　술잔을 울려라, 땡그랑 땡

　　　군인도 사람이다

　　　아, 그러나 인생은 짧다

　　　그러니 군인들아, 술을 마셔라.

　　　얘들아, 술 좀 가져와!

캐시오 허, 참 재미있는 노랜데.

이야고 영국에서 배운 거지요. 거기는 모두 술이 세던데요. 덴마크 사람도, 독일
　　　사람도, 그리고 배불뚝이 네덜란드 사람도……. 여, 마셔라! 영국 사람에겐 어
　　　림도 없지.

캐시오 영국 사람들이란 그렇게 모주꾼들이던가?

이야고 암요, 덴마크 사람쯤은 문제도 안 되죠. 독일 사람을 이기는 데는 땀도 안
　　　흘리고, 네덜란드 사람 상대로는 잔뜩 먹여 토하게 만들어놓고 그들은 여유작
　　　작하게 또 한잔 기울이는 형편이지요.

캐시오 우리 장군의 건강을 위해 축배!

몬타노 부관, 내가 상대를 해주지. 정당하게 말씀이야.

이야고 아, 즐거운 영국! (노래)

　　　위대한 임금 스티븐 왕이

입으신 바지는 단돈 1크라운짜리

그래도 6펜스 비싸다고

재단사를 몹시 나무랐다나.

높으신 그분네도 그러시거늘

하물며 너는 지체가 낮아

사치는 금물이네, 나라를 위해

낡은 외투로 참고 지내세.

술을 가져와, 여!

캐시오 이건 더 재미있는 노래군.

이야고 또 한 번 부를까요?

캐시오 아냐, 그런 인색한 자는 왕으로 둘 수 없어. 아무튼 하느님이 제일 위에 계시다. 아래에 있는 영혼들은 구원받는 놈도 있고, 구원받지 못하는 놈도 있어.

이야고 옳은 말씀입니다, 부관님.

캐시오 그래서 이 나는 말이야 — 장군이나 다른 높은 귀족들께는 미안하지만 — 나는 구원받게끔 돼 있거든.

이야고 저도 그렇게 돼 있어요, 부관님.

캐시오 응, 그래도 미안하지만 나보다는 나중이야. 부관은 기수보다 먼저 구원을 받게 돼 있으니까. 이제 그 얘긴 그만두고, 우리들의 임무에 대해서 얘기하세. 하느님, 우리들의 죄를 용서하소서! 여러분, 직무를 완수합시다. 여러분, 나는 취하지 않았소. 이 사람은 내 기수요. 이 사람은 나의 오른손이고, 이 사람은 왼손이오. 취하지 않았어. 똑바로 설 수 있고 똑바로 말도 할 수 있어.

모두 그렇고말고요.

캐시오 정말 멀쩡해. 그러니까 날 취했다고 생각해선 안 된단 말씀이야. (퇴장)

몬타노 여러분, 망대로 갑시다. 자, 야경 준비를!

이야고 지금 나간 그 사람을 보셨습니까? 그 친구는 시저 옆에 서서 지휘를 해도 부끄럽지 않을 군인입니다. 그러나 그 추태는 도저히 봐줄 수 없습니다. 그런 나쁜 점과 좋은 점이 꼭 반반이라 참 가엾습니다. 오셀로 장군은 그 사람을 대단히 신용하고 계십니다만, 한번 버릇이 나오면 이 섬에 큰 소동이 일어나지 않을까 염려됩니다.

몬타노 그렇지만, 종종 그런 일이 있소?

이야고 언제나 그것이 서론이고, 그 뒤엔 자버립니다. 마시고 얼근히 취하지만 않는다면, 시계가 두 바퀴 돌아도 눈을 붙이지 않고 배겨내는 사람입니다.

몬타노 그런 사실을 장군의 귀에 들려주는 것이 좋겠소. 아마 모르고 계실 거요. 원래 선량한 성품이니까, 캐시오의 장점만 보고 약점은 못 보고 계실 거요. 그렇게 생각하지 않소?

로더리고 등장.

이야고 (작은 소리로) 어쩐 일이야, 로더리고! 자 부관을 쫓아가게, 어서. (로더리고 퇴장)

몬타노 그렇지만 저도 무어 장군쯤 되시는 분이 자기의 부관이라는 중요한 지위를 그런 깊은 결함이 있는 자에게 맡겼다는 것은 유감이군. 무어님에게 그렇게 말씀드리는 것이 오히려 타당하지 않을까?

이야고 이 훌륭한 섬 전체를 준대도 나는 말씀드릴 수 없습니다. 나는 캐시오라는 사람을 좋아하기 때문에 어떻게 해서든지 그 나쁜 버릇을 고쳐드리려고 생각하고 있으니까요. 아! 무슨 소동일까? (안에서 "사람 살려! 사람 살려!" 하는 비명 소리)

캐시오가 로더리고를 뒤쫓아 다시 등장

캐시오 이 악당! 이 불한당!

몬타노 어쩐 일이오, 부관?

캐시오 건방진 녀석이 나보고 지시를 해! 술병 속에 처넣어버릴 테다.

로더리고 나를 처넣어버리겠다고?

캐시오 그래도 지껄여, 이놈이? (로더리고를 때린다.)

몬타노 아서요, 부관. 손을 놓아요.

캐시오 놔요, 놔. 놓지 않으면 당신 대갈통을 부숴버릴 테야.

몬타노 아아, 자네 취했군.

캐시오 취했다고! (둘이서 싸운다.)

이야고 (로더리고에게 작은 소리로) 저리 가. 가서 큰일 났다고 떠들어. (로더리고 퇴장) 그만하세요, 부관님! 제발, 두 분 다! 여, 누구 손 좀 빌려줘! 아, 부관님……. 이보세요, 몬타노님……. 다들 이리 좀 와줘요!…… 이거 볼 만한 야경이 됐군! (안에서 종소리) 누구야, 종을 치는 놈은?…… 빌어먹을 녀석! 온 시내가 다 깨버리겠다. 부관님, 제발 그만두시라니까요. 일생의 수칩니다.

오셀로와 시종들 등장.

오셀로 어떻게 된 일이냐, 대체?

몬타노 제기, 피가 안 멎네. 치명상을 입었는걸. 이놈, 죽여버리고 말 테다. (다시 캐시오에게 덤빈다.)

오셀로 그만둬라, 그만두지 않으면 목숨은 없다!

이야고 참으세요, 그만둬요! 부관님…… 그리고 몬타노님…… 두 분 다…… 지위나 임무를 잊으셨습니까? 장군님의 말씀이 안 들리십니까? 그만, 그만. 창피하지 않습니까?

오셀로 뭐냐, 이게. 허! 왜 이렇게 되었어? 모두 터키인의 흉내를 내고 싶으냐? 그렇게 우리에게 칼을 든 죄로 터키 놈들은 천벌을 받고 말았는데! 그리스도 교도의 수치야. 야만적인 소동은 그만둬. 분노를 못 이기고 함부로 손을 대는 놈은, 목숨이 아깝지 않은 놈이지. 누구든 움직이면 한칼에 베어버릴 테다. 저 시끄러운 종을 그만 치게 해. 섬 사람들이 놀라서 일어날라. 웬일이냐, 둘 다? 이야고, 너는 몹시 걱정스러운 표정인데, 말해봐, 누가 시작한 거냐? 나를 위한다면 정직히 말해봐, 어서!

이야고 저는 잘 모릅니다. 이 두 사람은 바로 조금 전만 해도 사이좋은 친구로서 지금부터 신방에 들어가는 신랑 신부같이 친밀했었는데, 그게 갑작스레, 글쎄, 별의 힘에 의해 미치기라도 한 것처럼 칼을 빼 들고 서로의 가슴을 겨누고 처참한 격투를 시작했습니다만, 왜 이런 바보 같은 싸움이 시작됐는지는 모르겠습니다. 싸움이 한창일 때 겨우 기어든 이 두 다리를 차라리 화려한 전쟁에서 떳떳하게 잃고 말았더라면 좋았을 것을 그랬습니다.

오셀로 어쩐 일이냐, 마이클, 이렇게 앞뒤를 분간 못 하고 있으니?

캐시오 제발 용서해주십시오. 말씀 여쭐 면목이 없습니다.

오셀로 몬타노, 당신은 평소에 예의범절이 단정한 분이었소. 나이는 적어도 근엄하고 온후하다는 것을 세상이 모두 인정하고, 높은 분네들도 대단히 당신을 칭찬하고 있소. 대체 어떻게 된 일이오, 그런 당신이 이런 창피를 드러내고 좋은 평판도 아랑곳없이 밤중에 소동을 일으킨 것은? 대답을 해보시오.

몬타노 오셀로 장군, 저는 중상을 입었습니다. 장군의 부하인 이야고가 — 괴로워서 도저히 말이 안 나옵니다만 — 다 알고 있습니다. 아무리 생각해봐도 저는 오늘 밤 잘못된 소리를 하거나 잘못된 짓을 한 기억은 없습니다……. 폭력이 날뛸 때, 자애가 악덕이고 정당방위가 죄악이라면 몰라도.

오셀로 음, 아무리 냉정하려 해도 참을 수가 없군. 아무리 이성理性을 불러일으키려 해도 감정이 앞장서버리는군. 내가 조금만 움직인다면, 아니, 이 팔 하나만 올린다 해도, 너희들 중 어느 놈이든지 한칼에 쓰러지고 말 것이다. 말해봐, 이 더러운 소동은 왜 일어났나? 누가 시작했나? 이 사건을 만든 자는 내 쌍둥이 형제라도 용서할 수 없다. 무슨 짓이냐! 수비도 풀리지 않고, 아직 민심이 어수선하고 전전긍긍하는 이때에, 더군다나 야밤에 치안을 맡고 있는 야경대의 본부에서 같은 편끼리 사사로운 싸움을 하다니! 해괴망측하구나. 이야고, 누가 처음 시작했느냐?

몬타노 정이나 동료의 우의에서 사실을 왜곡해서 이야기한다면, 자네는 군인이라고 할 수 없어.

이야고 그렇게 윽박지르지 마세요. 마이클 캐시오에게 불리한 이야기를 할 바에는, 차라리 내 혓바닥을 빼버리는 게 좋겠어요. 허나 제 생각으론 사실대로 말해도 캐시오께 불리하진 않을 것 같습니다. 장군님, 바로 이렇습니다. 몬타노 님과 제가 이야기를 하고 있는데, 누가 사람 살리라고 소리 지르며 뛰어 들어왔습니다. 그 사람을 캐시오는 칼을 들고 뒤쫓아 와서, 찔러 죽인다고 했습니다. 그래서 이분이 캐시오를 붙들어 말리고 저는 소리 지르는 녀석을 쫓아갔습죠. 그 녀석의 소리로 시민들이 놀라서 소동하면 안 되니까요……. 허나 결국은 그렇게 되고 말았습니다만, 그런데 그놈은 어찌나 날쌔던지 따라잡지 못했습죠. 그래서 도로 되돌아왔습니다. 칼싸움하는 소리와 캐시오가 떠드는 소리가 들려왔으니까요. 이런 일은 오늘 밤이 처음입니다. 그래, 돌아와보니 — 곧 돌아왔습니다만 — 두 분이 맞붙어가지고 때리고 찌르고 야단났었습니다. 그런 짓을 다시 한 번 되풀이하는데 장군께서 떼어놓으신 겁니다. 저는 이것밖에 모릅니다. 그렇지만 인간인 이상, 성인군자도 자기를 잊어버리는 경우가 있게 마련이지요. 캐시오도 그 도망간 놈에게서 무슨 커다란 모욕을 받아 참을 수가 없었던 것 같습니다.

오셀로 이야고, 잘 알았다. 너는 성실하고 동정심이 많으니 캐시오의 죄를 가볍게 하려고 사건을 둘러대는 거야. 캐시오, 나는 너를 사랑하고 있지만, 이제 부관으로 둘 수 없네.

데스데모나, 시종을 데리고 등장.

오셀로 보아라, 내 아내까지 잠을 깨지 않았는가! 너를 본보기로 처벌하겠다.

데스데모나 무슨 일인가요?

오셀로 이제 일은 끝났소. 여보, 우리는 침실로 갑시다. 당신의 상처는 내가 직접 봐드리리다. 저쪽으로 모셔라. (몬타노, 부축되어 나간다.) 이야고, 시내를 순찰하고 이 망측한 소동으로 미친 듯이 혼란에 빠진 주민들을 진정시켜주게. 자, 갑시다, 데스데모나. 군인이란 사건이 생기면 단꿈을 꾸다가도 깨어야 하게 마련이라오. (이야고와 캐시오만 남고 모두 퇴장)

이야고 아니, 당신도 다치셨소, 부관님?

캐시오 이제 아무리 약을 써도 소용없게 됐네.

이야고 그럴 수가 있습니까!

캐시오 명예, 명예, 명예 말야! 아, 나는 명예를 잃어버렸어! 내가 가지고 있는 것 중에서 가장 소중한 것을 잃어버렸어. 이제는 짐승과 같아졌어. 나의 명예. 이야고, 나의 명예 말이야!

이야고 어디 실제로 다치신 줄 알았지요, 정말. 명예가 다친 것보다는 그쪽이 더 아픕니다. 명예란 건 쓸데없고 허망한 겉치레일 뿐이에요. 그만한 자격이 없어도 들어올 땐 들어오고, 이렇다 할 이유도 없이 나갈 때는 나가는걸요. 당신도 자신이 잃어버렸다고 생각지만 않으신다면 조금도 명예를 잃어버린 건 아닙니다. 자, 기운을 내세요! 장군님의 마음을 돌이킬 방법은 얼마든지 있지요. 순간의 역정으로 면직시키겠다고 하셨지만, 정말 미운 게 하니라 정책상의 처벌이에요. 사나운 사자를 위협하려고 죄 없는 개를 때려준 셈이지요. 한번 간청해보세요. 그분의 마음은 풀어지실 겁니다.

캐시오 간청을 한다면 차라리 경멸해달라고나 간청하겠어. 이런 못난이, 주정뱅이, 분별없는 놈이 저런 훌륭한 지휘관을 속이고 부관으로 앉아 있느니보다는. 이 주정뱅이! 쓸데없는 소리만 지껄이는 놈! 제 그림자를 보고 큰소리 탕탕 하는 이 못난 놈! 아, 사람 눈에 보이지 않는 주신酒神아, 남들은 뭐라고 부르는지 모르지만, 네놈은 악마다!

이야고 당신이 칼을 빼 들고 쫓아갔던 건 어떤 놈이었습니까? 당신에게 어떻게 했어요?

캐시오 몰라.

이야고 그럴 수가 있나요?

캐시오 여러 가지 생각이 나긴 하는데 하나도 확실치 않아. 싸움을 하긴 했는데, 왜 했는지 통 모르겠어. 아, 사람은 자기의 적을 일부러 입 속에 처넣어서 스스로 정신 나가게 하거든! 기뻐하고, 신이 나고, 떠들고, 노래하고, 그래서 자기 스스로 자기를 짐승으로 만들거든!

이야고 하지만 지금 당신은 멀쩡하잖아요? 어떻게 그렇게 감쪽같이 회복됐습니까?

캐시오 주정뱅이 악마가 쑥 들어가고, 이제는 화 귀신이 나타나셨다네. 한 가지 결함이 들어가면 다른 결함이 나오니, 정말 내가 생각해봐도 정나미가 떨어져.

이야고 원, 당신은 지나치게 고지식해요. 그야 시기로 보나, 장소로 보나 시국으로 보나, 이런 일이 생긴 건 참으로 유감이지요. 그렇지만 지나간 일은 지나간

일이고, 이젠 잘되도록 해결책을 생각하셔야죠.

캐시오 다시 한 번 복직시켜달라고 사정해봐야겠군. 그렇지만 주정뱅이라고 하실 테지! 그렇게 대답하신다면, 괴물 히드라같이 입이 여러 개 달렸어도 할 말이 없겠지. 이때까지 멀쩡했던 인간이 순식간에 바보가 되어 짐승이 돼버리고 말아! 정말 이상해! 주정뱅이에게 저주나 내려라, 술이란 건 악마다.

이야고 아니, 술도 정도껏 마시면 긴요한 것이랍니다. 너무 욕하지 마세요. 그런데 부관님, 제가 당신을 아낀다는 건 알고 계시죠?

캐시오 그야 알고 있지. 아, 취하는구나!

이야고 당신뿐이 아니라, 누구든지 살아 있으면 때로는 취하지요. 한 가지 방법을 가르쳐드리리다. 지금은요, 장군 부인이 장군인 셈입니다. 이렇게 말하는 건, 장군님은 부인이 너무나 재치 있고 아름다워 혼 나간 사람처럼 바라보고만 있고 온통 넋을 잃은 형편이라는 말입니다. 당신의 심정을 솔직히 부인에게 고백하고, 부인의 협력으로 어떻게든 복직이 되도록 사정해보세요. 부인은 그렇게도 상냥하고, 친절하고, 인정이 많고, 하느님 같은 마음씨를 가졌으니 부탁받으면 그 이상의 것을 못 해줘서 미안해할 사람입니다. 이번 일로 장군과 당신과의 사이는 관절이 빠졌다고 할 수 있겠는데, 이것은 부인더러 부목을 대서 붕대를 감아달라는 게 상책입니다. 내 이 일에 진 재산을 걸어도 좋아요. 만약에 그렇게만 한다면 한번 금이 간 것이긴 해도 장군과의 사이가 전보다 더 두터워질 거예요.

캐시오 좋은 것을 가르쳐줬네.

이야고 믿어주세요. 진심으로 당신을 위해서 이러는 거니까요.

캐시오 알았어. 날이 새면 데스데모나님을 찾아뵙고 힘이 돼달라고 부탁해봐야겠어. 그래도 안 되면, 내 운명은 글러버린 거야.

이야고 옳은 말씀입니다. 안녕히 주무십시오, 부관님. 저는 야경을 돌러 갑니다.

캐시오 그럼 잘 가게, 이야고. (퇴장)

이야고 이래도 나보고 악한이라고 하는 자가 있을까? 지금 말해준 충고는 어느
　　모로 보나 솔직하고 성의 있고 그럴듯할 뿐 아니라, 사실 무어의 마음을 돌려
　　놓을 한 가지 길이기도 하지. 데스데모나는 상냥한 여자니까, 진심으로 사정
　　하면 거절하지 않을 거야. 그 관대함은 모든 이의 볼을 스쳐주는 봄바람 같다
　　고나 할까. 더구나 그 여자로 말하자면 무어를 맘대로 움직일 수 있거든. 예를
　　들면 세례를 취소하고 속죄의 신앙을 전부 버리라 해도 싫다고 못할 만큼 온
　　통 반해 있으니, 이렇게 해라, 저렇게 하지 말라는 등 뭐든 마음대로 하느님처
　　럼 그 형편없는 작자를 조종할 수 있단 말야. 그러니까, 캐시오를 위해서 즉효
　　묘약을 권한 내가 악인일 수는 없지. 지옥의 비전秘傳에 씌어 있기를, 극악무
　　도한 대죄악을 인간에게 시킬 때는 악마는 반드시 천사로 변해가지고 나타나
　　유혹한다고 했것다. 내가 지금 하고 있는 것이 바로 그거지. 그 순진한 바보
　　녀석 캐시오가 자기 팔자를 고쳐달라고 데스데모나에게 사정을 하고, 그리고
　　그 여자도 무어에게 열심히 간청을 한다, 그 사이에 나는 무어의 귀에다 독약
　　을 부어 넣는단 말씀이야. 부인이 그 녀석을 복직시키려고 하는 것은 실은 자
　　기의 욕정 때문이라고. 그러면 데스데모나가 캐시오를 위해서 애를 쓰면 쓸수
　　록 무어는 더욱 의심하게 되렸다. 결국 그 여자의 정숙을 독으로 변질시켜놓
　　고는, 그 여자의 친절을 그물 삼아 일망타진한단 말씀이야.

　　로더리고 등장.

이야고 어쩐 일이야, 로더리고?

로더리고 이런 곳까지 따라오기는 했지만 내 역할은 사냥감을 쫓아가는 사냥개
　　역이 아니라, 다른 여러 개에 끼여 옆에서 멍멍 짖는 개 꼴밖에 안 돼. 돈은 다

써버리고, 오늘 밤은 늘씬하게 두들겨 맞았어. 말하자면 혼이 난 것 대신에 경험을 얻었다고 할 수 있지. 그리고 돈은 다 없어졌지만 그 대신 지혜는 좀 얻었으니, 이쯤에서 다시 베니스로 돌아가야겠어. 자네 생각은 어떤가?

이야고 참을성 없는 사람은 할 수 없군! 어떠한 상처도 나으려면 차차 낫는 법이야. 우리들이 하는 일은 이치에 맞게 하는 거지, 마술을 부리는 건 아니야. 이치에 닿게 하려면 시간이 지나가는 것을 기다려야 해. 얼마나 잘돼가고 있느냐 말이야. 그야, 캐시오한테 얻어맞긴 했지. 하지만 자네로 말하면, 조금 맞고 대신 캐시오를 몰아내지 않았어? 내 계획은 모두 양지 볕을 받고 있지만, 그 중에서도 맨 먼저 꽃이 핀 곳에 열매가 열린단 말씀이야. 조금만 더 참는 거야. 벌써 아침이군. 흥겹게 움직이고 있으면 시간도 빨리 가는구먼. 자, 어서 돌아가게. 정해진 부서로 돌아가 있으라고. 어서 돌아가라니까. (로더리고 퇴장) 두 가지 일을 해야겠군. 우리 여편네를 시켜서 캐시오가 부인을 만나게 해주도록 해야지! 서둘러야겠어. 그동안 나는 무어를 데리고 나와 있다가, 캐시오가 부인에게 사정하고 있는 현장에 그를 안내한단 말씀이야. 음, 바로 그 수단이지. 멀거니 지체하고 있다가 잡혀선 안 돼. (퇴장)

ACT 3

7

[제3막 제1장]

성 앞.

캐시오와 악사 몇 명 등장.

캐시오 악사들, 여기서 한 곡 하게. 돈은 충분히 내겠네. 아무거나 짧은 걸로. 그
　　　게 끝나면 "안녕하십니까, 장군님?" 하고 인사하는 거야. (음악)

　　　광대 등장.

광대 아니, 악사들, 당신네 악기는 나폴리에서 나쁜 병이라도 옮겨 왔단 말이오?
　　　그렇게 코맹맹이 소리를 내게.

악사 1 아, 왜요?

광대 좀 물어보겠는데, 이건 늘 이렇게 붕붕 소리가 나는 악긴가요?

악사 1 아, 네, 그렇습니다.

광대 아하, 뭐가 달려 있는 게로군.

악사 뭐가 달려 있다니요?

광대 붕붕 소리 나는 것 곁에는 대개 뭐가 달려 있잖소. 하지만 악사 여러분, 돈
을 드리겠소. 장군은 여러분의 음악이 어찌나 마음에 드셨는지, 제발 더 이상
소리를 내지 말아달라는 분부시오.

악사 1 네, 그럼 그만두겠습니다.

광대 소리 안 나는 음악이라면 더 해도 좋아. 장군께서 음악 듣기를 그다지 좋아
하시지는 않는다고 하니까.

악사 1 그런 음악이 어디 있어요?

광대 그럼 그 피리를 자루 속에 집어넣어요. 나는 들어갈 테니 가버리라고. 꺼져
버려요. 어서! (악사들 퇴장)

캐시오 여보게, 내 말 좀 들어봐.

광대 당신 이름은 모르겠습니다만, 당신이 말하는 건 들립니다.

캐시오 농담은 그만두게. 자, 적지만 돈이야. 장군 부인의 시중을 들고 있는 시녀
가 일어나거든, 캐시오라는 사람이 찾아와서 잠깐 만나 뵀으면 하더라고 전
해주게. 그렇게 해주겠나?

광대 그분이라면 일어나 있어요. 이곳에 나오면 그렇게 알리지요.

캐시오 부탁하네.

(광대 퇴장)

이야고 등장.

캐시오 마침 잘 왔네, 이야고.

이야고 간밤엔 못 주무신 게로군요?

캐시오 그야 물론이지. 자네하고 헤어지기 전에 벌써 날이 새지 않았나. 여보게,
나는 실례를 무릅쓰고 자네 부인을 부르러 사람을 보냈네. 용건인즉, 지금 곧
데스데모나님을 만나게 해달라는 부탁을 하려고.

이야고 곧 이리로 나오도록 하죠. 그리고 어떻게 해서든지 무어 장군을 다른 데로
데리고 나가겠습니다. 그러면 이야기를 맘 놓고 하실 수 있을 테니까요.

캐시오 그거 참 고맙네. (이야고 퇴장) 내 고장 플로렌스 사람 중에도 저렇게 친절
하고 정직한 사람은 없어.

이밀리아 등장.

이밀리아 안녕하세요, 부관님. 이번 당한 일은 참 안됐어요. 하지만 다 잘될 거예
요. 장군님과 부인이 그 이야기를 하고 계시더군요. 부인은 당신을 무척 변호
하셨어요. 그러나 무어님으로서는 부관님이 상처를 낸 상대가 사이프러스 섬
의 명사일 뿐 아니라 고위층 친척을 가진 분이어서, 온당하게 조치하자면 부
관님을 면직시키지 않으면 안 되는 거래요. 그래도 부관님을 아끼고 있으니
까, 부탁을 받지 않아도 적당한 기회를 봐서 복직시키겠다고 말씀하셨어요.

캐시오 그래도 부탁합니다. 당신이 좋다고 생각하거나 또는 가능하다고 생각하
면, 잠깐이라도 좋으니 데스데모나님과 단둘이서 얘기할 수 있게 수고 좀 해
주시오.

이밀리아 그럼 어서 들어오세요. 마음을 털어놓고 얘기할 수 있는 곳으로 안내해
드리겠어요.

캐시오 이거 참 고맙소. (두 사람 퇴장)

8

[제3막 제2장]

성 안의 어떤 방.

오셀로, 이야고, 그리고 신사 둘 등장.

오셀로 이야고, 이 서류를 선장에게 주고, 원로원에 문안 드려달라고 전해주게. 그것이 끝나면 나는 성벽 근처를 거닐고 있을 테니 그리로 오게나.

이야고 네, 잘 알겠습니다. 그렇게 하겠습니다.

오셀로 여러분, 요새要塞를 돌아볼까요?

신사 1 기꺼이 동반하겠습니다.

(모두 퇴장)

9

[제3막 제3장]

성 앞.

데스데모나, 캐시오, 이밀리아 등장.

데스데모나 안심하세요, 캐시오님. 제가 힘닿는 데까지 해보겠습니다.

이밀리아 모쪼록 그렇게 해드리세요, 아씨. 우리 주인께서도 정말 자기 일같이 걱정하고 계시답니다.

데스데모나 당신은 참 성실한 분이네요. 캐시오님, 걱정 마세요. 어떤 수단을 써서라도 주인과 당신 사이를 반드시 예전과 같이 만들어드릴 테니까요.

캐시오 고맙습니다. 부인, 이 마이클 캐시오는 어떤 일이 일어나더라도 언제나 부인께 충성을 다하겠습니다.

데스데모나 잘 알겠어요, 정말 고마워요. 당신은 우리 주인을 사랑하고, 또 오래
전부터 아는 사이니까, 안심하세요. 설사 우리 주인께서 멀리하시는 기색을
보이더라도 그건 정책상 어쩔 수 없이 그러는 것일 테니까요.

캐시오 네, 그래도 부인, 그 정책상이란 것이 오랫동안 계속되면, 그 사이에 하찮
은 뜬소문으로 마음이 동하고, 또는 쓸데없는 것에서 뿌리가 생길 겁니다. 저
는 옆에 없고, 어차피 자리는 메워질 것이고, 그렇게 되면 결국 장군은 저의
성의나 공적 같은 것도 잊게 되실 겁니다.

데스데모나 그런 걱정은 말아요. 저 이밀리아가 증인이에요. 꼭 복직되게 해드리
지요. 염려 말아요. 내가 친구가 된 이상은 어디까지나 힘이 돼드릴 테니까요.
주인을 못 주무시게 하고, 청을 들어줄 때까지 밤새껏 얘기해서 지치게 하겠
어요. 잠자리에서도 훈시를 하고, 식탁에서도 설교를 그치지 않고, 뭐든 그분
이 하시는 일에는 캐시오님의 청을 꺼내겠어요. 그러니 기운을 내세요, 캐시
오님. 청을 맡은 이상에는 죽어도 소망을 이루어드리겠어요.

오셀로와 이야고 등장.

이밀리아 아씨, 장군께서 오십니다.

캐시오 부인, 저는 실례하겠습니다.

데스데모나 캐시오님, 여기 계세요. 제가 여쭈어보고 올 테니까요.

캐시오 아니요, 부인, 지금은 마음이 편치 않아서 제 소원을 털어놓기에는 적당치
않습니다. (캐시오 퇴장)

오셀로와 이야고, 걸어 나온다.

이야고 저런, 저런! 안 되는데.

오셀로 무슨 일이냐?

이야고 아니, 아무것도 아닙니다. 실은 지금…… 아, 아무것도 아닙니다.

오셀로 지금 아내하고 헤어진 건 캐시오가 아니었나?

이야고 캐시오! 아뇨, 그럴 리가 있겠습니까? 그 사람이라면 장군님 오시는 것을
       봤다고 죄진 사람처럼 그렇게 슬그머니 달아날 리가 없습니다.

오셀로 아냐, 분명히 캐시오였어.

데스데모나 당신이군요! 지금 여기서 부탁을 가지고 온 분하고 애기하고 있었어
       요. 당신의 심기를 건드려 비관하는 사람이에요.

오셀로 누구 말이오?

데스데모나 당신의 부관, 캐시오님 말예요. 당신, 저도 이런 데 조금 참견할 수 있
       지요? 그럼 곧 그 사람을 용서해주세요. 그분은 얼마나 당신을 위한다고요.
       실수로 잘못을 저지를 수는 있을지라도, 계획적으로 나쁜 짓을 할 사람은 아
       니에요. 그건 성실한 얼굴을 봐도 누구든지 알 수 있어요. 부디 다시 복직시켜
       주세요.

오셀로 지금 여기서 나갔소?

데스데모나 네, 그래요. 하도 풀이 죽어 있어서 저끼지 슬퍼졌어요. 어보, 캐시오
       를 다시 불러주실 수 있지요?

오셀로 지금은 안 되오, 데스데모나. 두고 봅시다.

데스데모나 그래도 쉬 해주실 거죠?

오셀로 될 수 있는 대로 빨리 하지, 당신의 청이니까.

데스데모나 오늘 밤 저녁식사 때요?

오셀로 아냐, 오늘 밤은 안 돼.

데스데모나 그럼 내일 점심 때요?

오셀로　내일 점심은 집에서 안 하오. 요새에서 장교들을 만나기로 되어 있으니까.

데스데모나　아, 그럼, 내일 밤, 그렇지 않으면 화요일 아침, 아니면 화요일 낮이나 밤, 또는 수요일 아침이라도 좋으니 시간을 정해주세요. 그렇지만 사흘을 넘기시면 안 돼요. 그분은 정말 후회하고 있어요. 그리고 그분의 잘못은, 보통 생각으로는…… 그야 전쟁 때에는 제일 우수한 사람 중에서 본보기를 내야 하는 일이 있다고 하지만…… 인연을 끊을 정도의 죄는 아닐 것 같아요. 언제 부르시겠어요? 말씀해보세요. 오셀로님, 당신 분부를 제가 거절하거나, 또는 푸념한 적이라도 있었나요? 아, 마이클 캐시오님은 당신이 제게 청혼하러 오셨을 때도 같이 오지 않았어요? 그리고 제가 당신을 비난할 때도 그는 언제나 당신 편을 들곤 했어요……. 그런 사람을 복직시키는 데 이렇게 힘이 들다니……. 정말 저 같으면…….

오셀로　아, 알았소. 오고 싶을 때 오라고 하시오. 당신 청은 뭐든 들어주겠소.

데스데모나　어머나, 별로 대단치도 않은 청을 가지고. 장갑을 끼시라든가, 영양분 있는 것을 잡수시라든가, 따뜻하게 하시라든가, 몸조심하시라든가 하는 청이 잖아요? 만일 제가 청을 해서 당신의 애정을 시험해볼 참이라면, 중대하고 어렵고 걱정스러워서 여간해서는 허락될 수 없는 것을 부탁할 거예요.

오셀로　뭐든지 들어주지. 그러니까 이쪽도 청하는데, 제발 잠깐 동안 나를 혼자 있게 해줘요.

데스데모나　제가 그것을 싫다고 할 줄 아셨나요? 천만에요. 저리 가 있을게요.

오셀로　이따 만나오, 데스데모나. 곧 가리다.

데스데모나　이밀리아, 이리 와요. 당신 마음 내키는 대로 하세요. 무슨 말씀을 하셔도 전 순종하지요. (데스데모나와 이밀리아 퇴장)

오셀로　정말 귀여운 사람! 내가 당신을 사랑하지 않는다면 내 영혼에 파멸이 와도 좋다! 당신을 사랑하지 않게 되면, 그때는 다시 이 세상이 원시의 어둠으로 돌아가겠지.

이야고 장군님…….

오셀로 왜 그러나, 이야고?

이야고 마이클 캐시오는 장군님이 부인께 구혼하던 때에 장군님과 부인 사이를
알고 있었습니까?

오셀로 처음부터 끝까지 죄다 알고 있었지. 그건 왜 묻나?

이야고 그저 좀 생각난 게 있어서요. 그 이상은 별달리, 뭐.

오셀로 생각난 거라니, 뭔가, 이야고?

이야고 그 사람이 부인과 가깝게 지내고 있다는 것을 저는 모르고 있었어요.

오셀로 그야, 우리 둘 사이를 자주 왔다 갔다 했는데.

이야고 정말입니까?

오셀로 '정말입니까'라니? 응, 정말이야. 미심쩍은 데라도 있단 말인가? 그가 성
실하지 않다는 것인가?

이야고 성실하다고요?

오셀로 '성실하다고요'라니? 그야, 성실하지.

이야고 그럴지도 모르죠.

오셀로 자넨 어떻게 생각하나?

이야고 어떻게 생각하다뇨?

오셀로 '어떻게 생각하다뇨'라니! 아, 자넨 내 말을 흉내만 내는군. 무슨 생각이
머리에 있어 무서워서 남에게 말 못 하는 것같이. 무슨 곡절이 있지? 자넨 "안
되는데."라고 했지, 캐시오가 내 아내와 작별하는 것을 보고. 뭐가 안 된다는
거지? 그리고 내가 구혼할 적에도 그를 상담역으로 했다니까, 자네는 "정말
입니까?"라고 말했다. 그리고 무슨 무서운 생각을 머릿속에 담아놓고 있기라
도 한 것같이 미간에 주름을 지었다. 나를 위해준다면 지금 곧 생각하고 있는

바를 말해주게.

이야고 장군님, 물론 저는 성의를 다 바치고 있습니다.

오셀로 나도 그렇게 생각하고 있어. 자네가 성심성의껏 봉사하고 있는 것은 나도 알고 있어. 경솔하게 입 밖으로 말을 안 내는 줄도 알아. 그러니까 그렇게 자네가 입 안에서 우물우물하니 더욱 불안하단 말이야. 그런 건 거짓을 말하는 놈이 흔히 쓰는 수작이지만, 정직한 사람일 경우에는 진정으로 화가 나서 도저히 참을 수 없을 때 그러는 것이니까.

이야고 마이클 캐시오로 말하자면, 분명히 정직한 사람이라고 생각합니다.

오셀로 나도 그렇게 생각하고 있어.

이야고 사람은 모두 겉모습과 같아야 한다고 생각합니다. 그렇지 않은 자는 정직한 척하는 얼굴을 하지 말았으면 좋겠어요.

오셀로 그렇지, 사람은 겉모습과 같아야 하지.

이야고 그렇다면 물론 캐시오도 정직한 분이겠지요.

오셀로 아냐, 또 무엇인가 있어. 마음속에 되씹고 있는 것을 터놓고 이야기해봐. 어떤 괴상한 생각일지라도 솔직히 그대로 말해봐.

이야고 장군님, 용서하십시오. 직책상의 일이라면 명령에 복종하겠습니다만, 마음속의 생각을 말할 의무는 노예에게도 없습니다. 생각을 말하라고 하십니까! 원, 그것이 얼마나 더럽고 틀린 생각일지 모르잖습니까……. 아무리 훌륭한 궁중이라도 더러운 것이 때로는 들어 있지 않겠습니까? 아무리 숭고한 마음속이라도 불결한 잡념이 올바른 판단과 마주 앉아서 사람들을 심판할지도 모르잖습니까?

오셀로 친구가 모욕을 당한 것을 알면서도 그것을 귀에다 넣어주지 않는 것은, 친구를 배반하는 것과 마찬가지야, 이야고.

이야고 제발 장군님……. 사실을 말씀드리자면, 저는 나쁜 버릇이 있어 남의 과실을 캐내고, 질투심에서 엉뚱한 억측을 하곤 하는데, 저의 이번 추측 역시 억측이 아닐까 생각됩니다만……. 잘 판단하셔서 이런 망측한 추측에 개의하시거나 이런 스산하고 불확실한 관찰 때문에 고민하지 마십시오. 암만 생각해도 이 생각은 말씀 안 드리는 게 좋을 것 같군요. 장군님의 기분만 상하실 테고, 유익하지도 않을뿐더러, 저로서도 남자답지 못하고 거짓되고 천박한 사람만 되고 말 테니까요.

오셀로 대체 무슨 뜻이냐?

이야고 남자나 여자나 좋은 평판은 곧 영혼의 보배와 같습니다. 이것이 지갑 같은 것이라면 훔친 놈이나 잃은 자나 별로 대수로운 일이 못 됩니다. 그건 중요하다면 중요하지만 사소한 일이라면 사소한 일에 지나지 않지요. 내 것이 지금은 다른 놈의 것이 된 것밖에는. 돈이란 본래 이 세상을 돌고 도는 것이니까요. 그렇지만 좋은 평판은 도둑을 맞으면, 훔친 놈에게는 하나도 이득이 없는데 이쪽만 손해를 보게 됩니다.

오셀로 암만 해도 자네 생각을 들어봐야겠어.

이야고 그건 안 될 말씀입니다, 설사 제 마음이 장군님의 손바닥 안에 있다 해도. 적어도 지금은 제가 꼭 쥐고 있으니까요.

오셀로 하!

이야고 장군님, 질투는 경계하셔야 합니다. 이건 파리한 눈빛을 한 괴물인데, 사람의 마음을 먹이로 삼고 있어, 먹기 전에 마냥 조롱하는 그런 놈입니다. 설사 아내가 간통을 해도 그걸 운명이라 단념하고 아내에게 미련을 갖지 않는 남자는 행복합니다. 그러나 깊이 사랑하고 있으면서도 의심을 하고, 의심을 품고 있으면서도 더욱 열렬히 사랑하는 남자는 정말 하루하루가 얼마나 저주스럽겠습니까?

오셀로 그야 비참하겠지!

이야고 가난해도 만족하는 사람은 부자도 큰 부자지요. 그렇지만 더없는 부자라
도, 언젠가는 가난뱅이가 되는 게 아닌가 하고 벌벌 떨고 있다면 엄동설한에
벌벌 떠는 가난뱅이와 다름없죠. 아, 모든 인간이 질투만은 모르고 지냈으면
합니다.

오셀로 아니, 왜 그런 소릴 하나? 자네는 내가 앞으로 질투에 사로잡혀 달[月]이
모양을 바꿀 때마다 새로운 의심을 가질 줄 아는가? 아니네, 나는 한번 의심
을 품으면 단번에 해결을 짓는 성미라네. 내가 자네 말대로 그런 쓸데없고 허
망한 억측에 마음을 쓴다면, 나를 겁 많은 염소로 취급해도 좋아. 사람들이 내
아내를 아름답고, 사교성이 좋고, 이야기 잘하고, 노래도 음악도 춤도 잘한다
고 말한다 해서 내가 질투를 할 필요는 없지. 이런 점은 정숙하기만 하다면 더
욱더 빛나 보이는 것이거든. 또 나 자신의 약점 때문에 지레 겁을 먹어, 아내
가 바람을 피울까 봐 걱정하거나 의심하는 일은 더욱 없어. 아내는 자기 눈으
로 나를 고른 것이니까. 아니, 이야고, 나는 의심하려면 잘 보고 의심하지. 그
리고 의심한 이상은 증거를 잡지. 증거가 잡히면 방법은 하나야……. 즉시 애
정을 포기하든가, 또는 질투심을 버리든가.

이야고 그 말씀에 안심이 됩니다. 이제는 장군님에 대한 제 성의에서 나온 생각을
기탄없이 여쭐 수 있습니다. 그러니 명령에 복종하겠습니다. 들어보십시오.
하긴 확증은 없습니다만, 부인을 주의하십시오. 특히 캐시오와 같이 있을 때
를 조심하십시오. 그저 잘 지켜보시고, 의심하지도 않지만 그렇다고 신용하고
있지도 않는 식으로 말입니다. 장군님은 관대하며 고결하신 분이니, 자신의
착한 성품으로 인해 모욕을 당하신다면, 저로서도 보기 딱한 일입니다. 조심
하십시오. 저는 한 고향 사람의 기질을 잘 압니다. 베니스 여자들은 음탕한 장
난을 하느님께 들키는 한이 있더라도 남편에게는 들키지 않겠다는 식이라, 그
최고의 도덕이라는 것은 범하지 말라가 아니라 단지 들키지 않게 하라는 것뿐

이니까요.

오셀로 정말인가?

이야고 장군님과 결혼하기 위해서 아버지를 속인 부인이십니다. 장군님의 얼굴을
무서워하며 몸을 떨고 있을 때, 아마도 속으로는 깊이 사랑하고 있었을 겁니다.

오셀로 그건 그랬어.

이야고 자, 그렇다면 말씀이지요, 저렇게 젊은 나이에 그렇게 속 다르고 겉 다르
게 꾸며서 아버지의 눈도 캄캄하게 멀게 하고는 요술 때문이라고 생각하게 만
든 부인이십니다. 아니, 이거 죄송합니다. 용서하십시오. 그저 장군님을 위하
는 마음에서 이런 말까지…….

오셀로 자네 호의는 평생을 두고 잊지 않겠네.

이야고 아무래도 기분이 좀 상하신 모양인데요.

오셀로 아냐, 조금도.

이야고 아니, 아무래도 기분이 좋지 않으신 모양인데요. 제발 지금 말씀드린 건,
저의 성의에서 나온 말이라고 생각해주십시오. 말하자면 부인께서 장군님을
보고 무서워 떨고 있다고 느꼈을 때, 그때가 실은 제일 사랑하고 계셨던 때였
습니다.

오셀로 그야 그랬지.

이야고 그래서 말씀입니다, 그렇게 젊으신 분이, 그런 가면을 썼던 것 아닙니까!
그것도 아버지를 속이기 위해서 말입니다. 그러니 아버지는 그게 요술인 줄만
아셨거든요. 좀 말이 지나쳤습니다. 용서하십시오. 장군님의 기분을 너무 상
하게 한 것 같군요. 부탁입니다만, 제가 말씀드린 것은 단지 의심스럽다는 정
도로 흘려버리시고, 이 이상 확실한 결론을 캐내거나 문제를 확대시키지는 마
십시오.

오셀로 그런 짓은 하지 않겠네.

이야고 만약 그런 일을 하신다면, 장군님, 제 말에서 엉뚱한 결과가 생겨서 생각
지도 않은 일이 벌어질는지도 모릅니다. 캐시오는 소중한 친구니까요……. 장
군님, 아무래도 기분이 상하신 것 같습니다.

오셀로 아냐, 그렇지는 않아. 데스데모나가 정직한 여자라는 것 외는 아무것도 생
각지 않고 있어.

이야고 부인께서 언제까지나 그러하시기를! 그리고 장군님의 마음도 변치 않으
시기를 빕니다!

오셀로 하긴 순리를 어기고 나 같은 사람에게…….

이야고 그겁니다, 문제는 바로 그겁니다. 글쎄…… 털어놓고 말씀드리자면……
얼굴빛도 가문도 서로 같은 자기 나라 남자들의 많은 청혼을 거절하셨잖습니
까? 누구나 이런 것을 택하는 게 도리일 텐데……. 쳇! 사람이면 눈치 챌 수
있지요. 여기에는 분명 불순한 마음이 있습니다. 사실 전혀 어울리지도 않을
뿐더러 부자연스럽거든요. 용서하십시오. 저는 꼭 부인을 두고 말하는 건 아
닙니다. 그야, 걱정은 걱정이죠. 차차 분별을 차리게 되어 자기 나라 사람과
장군님을 비교해보고 후회하는 일은 없으셔야 할 텐데.

오셀로 알았네, 알았어. 뭐 더 눈치 채거든 알려주게. 자네 부인더러 감시를 하라
고 하게. 이만 물러가주게, 이야고.

이야고 (나가면서) 그럼 물러가겠습니다.

오셀로 내가 왜 결혼을 했을까? 저 정직한 친구는 분명 지금 말한 것보다 더 많이
보고 알고 있는 거야.

이야고 (되돌아서서) 장군님, 부탁입니다. 이 일은 더 캐지 마시고 되는 대로 내버
려 두십시오. 캐시오를 복직시키는 일도. 확실히 그 사람은 재질도 비상하고
충분히 임무를 완수할 수 있는 사람입니다만, 잠시 동안만 기다려보십시오.
그렇게 하시면 그 사람의 인간성과 의도를 잘 아시게 될 겁니다. 부인께서 캐

시오의 복직을 강경히 말씀하시는지 어떤지를 주의해서 보십시오. 그러면 또 여러 가지 아시게 될 겁니다. 그때까진 제 걱정은 지나친 노파심에서라고 생각해두십시오 —— 저 자신으로서는 혹시나 그렇지나 않을까 하고 의심이 가는 점이 있어서 그런 겁니다만 —— 그리고 부디 부인을 결백한 분이라고 생각해두십시오.

오셀로 내 걱정은 말게.

이야고 그럼, 이만 물러가겠습니다. (퇴장)

오셀로 저자는 지극히 성실한 사람이다. 게다가 세상 물정에 밝아서 세태 인정을 다 알고 있어. 저 데스데모나가 도저히 길들일 수 없는 매라는 것을 확실히 알게 되면, 설사 마음속에 꼭 잡아매놓고 싶더라도 나는 휘파람을 불며 깨끗이 놓아줘야지. 돌아오지 않아도 되도록 바람 부는 쪽으로 날려 보내어 제멋대로 먹이를 찾게 해야지. 혹시 내가 피부색이 검고 한량들같이 고상한 접대술이 없다고 해서, 또는 내 나이가 이미 한창때를 지났다고 해서 —— 그래도 아직 대단한 나이는 아니지만 —— 그녀가 날 버렸는지도 모르지. 나는 모욕을 당했다. 상냥한 여자를 입으로는 제 것이라고 하면서 마음속에서는 제 것이 아니거든! 사랑하는 사람을 남의 자유에 맡겨놓고, 자기는 한 모퉁이나 차지할 바에야, 차라리 두꺼비가 되어 땅속 구멍에서 습기나 마시고 사는 것이 낫지. 그렇지만 이것은 지체 높은 사람들이 받는 저주거든. 차라리 하층 계급 사람만도 못해. 죽음과 마찬가지로 이건 피할 수 없는 운명이거든. 간통하고 이마에 뿔 돋친다는 이 저주는, 어머니의 태내에서 꿈틀거리기 시작한 그 순간부터 정해진 운명인 것이거든. 아, 데스데모나가 오는군.

데스데모나와 이밀리아 등장.

오셀로 아, 저 여자가 불의를 저지르다니. 만일 그렇다면 하늘은 스스로를 속인 거야! 나는 그런 건 믿을 수 없어.

데스데모나 여보, 웬일이세요? 오셀로님! 식사 시간이에요. 당신이 초대한 이 섬의 유지들도 아까부터 기다리고 계세요.

오셀로 미안하오.

데스데모나 왜 그렇게 목소리에 기운이 없으세요? 어디 편찮으세요?

오셀로 여기 이마가 아프구려.

데스데모나 밤에 못 주무신 탓일 거예요. 곧 나을 거예요. 꼭 동여매드릴게요. 한 시간도 못 돼서 나을 거예요.

오셀로 당신 손수건은 너무 작구려.

(머리에 매어준 손수건을 풀어버린다. 그것은 바닥에 떨어진다.)

같이 들어갑시다.

데스데모나 어떡하죠? 기분이 많이 언짢으신 모양이군요.

오셀로와 데스데모나 퇴장.

이밀리아 잘됐다, 이 손수건이 손에 들어와서. 이건 부인이 무어님한테서 받은 최초의 기념품이지. 우리 집 고집통이 남편이 이걸 훔쳐내 오라고 골백번도 더 졸라댔지. 하지만 부인은 장군님께서 절대로 잃어버려서는 안 된다고 말씀하셨기 때문에 언제나 손에서 떼지 않고, 키스하고 이야기하며 그야말로 소중히 간직하고 계시지. 이 무늬를 본떠서 이야고에게 줘야지. 이걸 대체 어쩌자는 것인지 내가 신경 쓸 바는 아니지만. 나는 단지 변덕이 심한 그이의 마음을 즐겁게 해주기만 하면 되는 거니까.

이야고 등장.

이야고 난 또 누구라고! 여기서 혼자 뭘 하고 있어?

이밀리아 화내지 말아요. 당신께 드릴 물건이 있으니까요.

이야고 내게 줄 물건? 신통한 것이 있을라고…….

이밀리아 뭐라고요?

이야고 신통치 않단 말야, 바보 계집과 산다는 건.

이밀리아 그 말뿐인가요? 손수건을 드린다면 뭐라고 하시겠어요?

이야고 무슨 손수건?

이밀리아 무슨 손수건? 왜, 무어님이 처음 데스데모나님께 선사한 것, 훔쳐 오라
고 당신이 귀찮게 조르던 것 말이에요.

이야고 훔쳐냈어?

이밀리아 아녜요, 부인이 어쩌다 떨어뜨리셨어요. 그걸 운 좋게 내가 옆에 있다가
주웠어요. 봐요, 이거예요.

이야고 기특하구먼. 이리 줘.

이밀리아 대체 이걸 어쩌자는 건가요? 훔쳐내 오라고 그렇게도 야단이셨지만.

이야고 (잡아채며) 당신은 알 것 없어.

이밀리아 그다지 필요 없으면 돌려줘요. 부인은 가엾게도 그 손수건이 없어진 걸
알면, 미쳐버릴 거예요.

이야고 모르는 체하고 있어. 내게 쓸 데가 있으니까. 저리 가 있어. (이밀리아 퇴장)
캐시오 숙소에 이걸 떨어뜨려놓고 놈의 눈에 띄게 해야지. 공기같이 가벼운
일이라도 질투에 사로잡혀 있는 놈에게는 성서의 구절만큼 효력 있는 증거가
되거든. 이걸 한번 써먹어야지. 무어는 내 독약에 벌써 마음이 변해가고 있어.
위험한 억측도 원래 독약과 같아서, 처음에는 싫은 맛이 거의 안 나지만 조금

만 혈액 속에 작용하면 유황산처럼 불타오르거든. 이것 봐, 말한 대로야. 저기 오는군!

오셀로 다시 등장.

이야고 이제 아편이건, 마취제건 세상에 있는 어떤 수면제를 먹어도 어제까지처럼 편안하게 자지는 못할걸.

오셀로 아! 아! 나를 배신하다니.

이야고 아아, 장군님! 그 일은 잊어버리세요.

오셀로 꺼져! 물러가! 너는 나를 고문대에 올려놨다. 섣불리 알고 있느니, 차라리 아주 모욕당하는 게 낫겠다.

이야고 왜 이러십니까, 장군님!

오셀로 내 아내가 음탕한 짓을 했다고는 느끼지도 않았거니와 보지도 않았고 생각지도 않았어. 그래서 괴롭지도 않았다. 그다음 밤도 난 잘 잤다. 기분도 좋고 명랑했다. 그녀 입술에서 캐시오의 키스 자국은 알아내지도 못했어. 도둑맞아도 도둑맞은 줄 모르는 놈에게는 가르쳐주지 않는 편이 좋아. 그렇게 하면 도둑맞지 않은 거나 다름없으니까.

이야고 그런 말씀을 들으니 죄송스럽습니다.

오셀로 만일 온 부대의 졸병에 이르기까지 모두 그녀의 아름다운 몸을 향락했다 하더라도, 나만 아무것도 모르고 있다면 나는 행복할 거 아닌가. 아아, 평온한 마음과는 영원히 작별이구나! 만족할 줄 아는 마음도 안녕! 깃털장식을 한 군대도, 공명 수훈을 다투는 전쟁도 끝, 아, 끝이다! 울어대는 군마, 드높은 나팔 소리, 마음을 설레이는 북 소리, 귀를 꿰뚫는 피리 소리, 장엄한 군기, 그 어떤 영광스러운 전쟁의 자랑도, 찬란함도, 장관도 다 끝이다. 그리고, 아아, 위력 있는 대포야, 무서운 절규로 뇌신雷神 주피터의 성난 외침을 압도해버리는 너하고도 작별이다! 오셀로의 임무는 끝장이 났다.

이야고　왜 그런 말씀을 하십니까, 장군님?

오셀로　이놈아, 내 아내가 음탕한 계집이라면 확실히 증명을 해봐라. 증거를 보여라. 눈에 보이는 증거를 보여. (이야고의 멱살을 잡는다.) 그러지 못하면, 나의 영구 불사한 영혼에 두고 맹세하지만, 내 격분을 받느니 차라리 개로 태어났더라면 좋았을 거라고 생각하게 만들겠다.

이야고　그런 극단적인 말씀을.

오셀로　내게 증거를 보여라. 아니면 적어도 증명을 해라. 한 점의 의심을 품을 틈 바구니도 구멍도 없는 확실한 증거를 보여라. 그러지 못하면 목숨이 없을 줄 알아라.

이야고　장군님, 그건…….

오셀로　만약 있지도 않은 일로 그녀를 중상하고 나를 괴롭혔다면, 이제 와서 기도 따위는 그만둬라. 양심 같은 건 내던져버리고 죄업에 죄업을 더욱 쌓아올려라. 하늘을 울리고 땅을 놀라게 할 만한 못된 짓을 해라. 이런 죄악보다 더한 죄는 있을 수 없다.

이야고　무슨 말씀을! 너무 심하십니다. 장군님은 인간이십니까? 온전한 마음을 가지고 계십니까? 저는 사직하겠습니다. 면직시켜주십시오. 아, 못난 놈이다, 나는. 성심껏 얘기한 것인데, 그만 악당이 되어버렸어! 아, 해괴한 세상이로구나! 아, 다들 정신 차리시오. 조심하시오. 정직하면 위험한 세상입니다. 덕택에 하나 배웠습니다. 이제부터는 남에게 친절을 베풀지 않기로 했습니다. 친절을 베풀면 원망을 산다는 것을 알았으니까요.

오셀로　아냐, 기다려. 자네는 정직한 것 같다.

이야고　약아져야겠습니다. 정직한 자는 바보가 되어 땀을 흘리고 손해를 볼 것이니까요.

오셀로 사실, 나는 내 아내가 결백하다고 생각되다가도 금방 그렇지 않다고 생각되네. 자네 역시 정직한 사람이라 생각되다가 그렇지 않다고도 생각되거든. 그러니 무슨 증거가 있어야겠어. 달님의 얼굴같이 깨끗하게 생각됐던 그녀의 이름이 지금은 더러워지고 검어져서, 마치 내 얼굴빛같이 되어버렸어. 밧줄이나, 단검이나, 독약이나, 불이나, 그녀를 처박을 냇물이 여기 있다면 난 가만있지 않겠어. 아아, 증거를 봤으면, 증거를!

이야고 장군님, 너무 흥분에 사로잡혀계십니다. 말씀드린 것이 후회됩니다. 증거를 보고 싶으십니까?

오셀로 보고 싶지! 아냐, 꼭 봐야겠어.

이야고 그야 안 되는 것도 아니죠. 그러나 어떻게 해야 좋을까요? 어떻게 보시겠다는 말씀이에요? 장군님께서 설마 구경꾼이 되어 멍청하게 입을 딱 벌리고…… 보시겠습니까? 그 녀석이 장군님의 부인을 올라타고 있는 것을 말입니다!

오셀로 맙소사, 더럽다! 아아!

이야고 그 현장을 보여드리기는 좀 어려운 일이겠지요. 둘이 나란히 자고 있는 것을 남에게 보인다는 것은 당치도 않은 소리니까요! 그렇다면 어떻게 할까요? 어떻게 하라는 건지요? 어떻게 해야 만족스러운 증거가 될까요? 장군님께서 직접 눈으로 보실 수는 없는 일이지요. 설사 그분들이 염소처럼 호색적이고, 원숭이처럼 음탕하고, 암내 풍기는 늑대처럼 음란하고, 술에 취한 바보같이 못난이라도 말입니다. 하지만 만일 확실한 증거에 근거해서, 이것만 풀어가면 틀림없다고 할 만한 것이 있다면 그것에 만족하시겠습니까? 그렇다면 말씀드리겠습니다.

오셀로 내 아내가 정숙하지 못하다는 산 증거를 대라.

이야고 그런 역할은 좀 곤란한데요. 그렇지만 저도 고지식하게 충성스러운 마음
　　　　으로 여기까지 발을 들여놓고 말았으니, 이야기를 안 할 수도 없겠죠. 제가 요
　　　　전에 캐시오와 같이 자는데, 이가 쑤셔서 잠을 자지 못했습니다. 이 세상에는
　　　　자고 있을 때 주책없이 자기 일을 뇌까리는 놈이 있는데, 캐시오가 그런 축으
　　　　로, 그놈이 이런 잠꼬대를 했습니다. "귀여운 데스데모나, 조심합시다. 둘의
　　　　사랑을 남이 알지 않게 감춥시다." 그리고 글쎄, 내 손을 꽉 잡고는 "귀여운
　　　　것." 하고 소리 질렀습니다. 그러고는 내게 키스를 하지 않았겠습니까. 마치
　　　　내 입술에 키스가 돋쳐 있기라도 한 듯 그것을 뿌리째 뽑아낼 기세였습니다.
　　　　그러고는 다리를 내 가랑이 위에 척 올려놓고는, 한숨을 내쉬고 또 입 맞추고,
　　　　그리고 큰 소리로 "당신이 무어한테 가다니, 아, 참혹한 운명이다!" 하고 소
　　　　리 질렀습니다.

오셀로 아, 괘씸하다! 괘씸한 놈이다!

이야고 아니, 꿈결에 한 짓일 뿐입니다.

오셀로 하지만 전에 해본 일이 있다는 증거다. 꿈이라도 얼마든지 의심할 여지가
　　　　있어.

이야고 그리고 다른 확실치 않은 증거를 보충하는 것도 되고요.

오셀로 그년을 갈가리 찢어 죽여야지.

이야고 아아, 그렇지만 신중하셔야 합니다. 아직 현장을 잡은 건 아니니까요. 아
　　　　직 부인은 결백한지도 모릅니다. 단지 한 가지 여쭈어보겠는데요, 장군님은
　　　　부인이 딸기를 수놓은 손수건을 가지고 계신 걸 본 적이 있습니까?

오셀로 내가 그것을 그녀에게 줬다. 나의 첫 선물이지.

이야고 그런 사실은 전혀 몰랐습니다만, 그런 손수건으로, 그건 부인 것임에 틀림
　　　　없는데…… 그걸로 캐시오가 수염을 닦고 있는 것을 오늘 제가 목격했습니다.

오셀로 그게 그것이라면…….

이야고 그게 그것이 아니라도, 아무튼 부인 거라면, 이건 다른 증거도 있는 터이고, 더욱더 부인이 의심스러운 것이 되지요.

오셀로 에잇, 그 못된 놈의 모가지가 천만 개쯤 된다면 그냥 모조리! 복수를 하려 해도 하나로는 부족해, 너무 적어. 그러고 보니 틀림없을 것 같군. 봐라, 이야고, 이렇게 나는 나의 어리석은 애정을 모두 하늘로 팽개쳐버리겠다……. 날 아가버렸다. 시커먼 복수야, 지옥의 구렁텅이에서 일어나라! 아니, 마음속에 왕좌를 차지한 애정아, 왕관을 저 잔악한 증오에게 넘겨주어라. 내 가슴아, 독사의 혓바닥에서 토해진 그 독으로 퉁퉁 부어올라라!

이야고 장군님, 고정하십시오.

오셀로 아아, 피, 피다! 피를 보기까지는! 피를!

이야고 진정하십시오. 다시 마음이 변하실지도 모르니까요.

오셀로 절대로 변하지 않는다, 이야고. 폰틱 해海의 격류가 뒤로 물러서는 일 없이 곧장 프로폰틱 해에서 헬레스폰트 해협으로 흘러드는 것같이, 꼭 그렇게 피가 광란한 내 일념은 마음껏 복수를 하기 전에는 단연코 뒤를 돌아보지도 않고, 하찮은 애정 때문에 썰물같이 물러서지도 않겠다. 단연코, 지금 나는 영원히 변치 않는 하늘을 보고 (무릎을 꿇고) 경건하게 신성한 맹세를 하겠다.

이야고 아직 일어나지 마세요. (무릎을 꿇고) 영원히 하늘에서 빛나는 일월성신도 굽어살피소서. 우리를 에워싸고 있는 하늘이여, 보소서. 여기 이야고는, 내 지혜와 내 팔과 내 마음의 힘을 다해서 배신당한 오셀로 장군을 위해 봉사하겠습니다. (두 사람 일어선다.)

오셀로 자네 성의에 감사하네. 입으로만이 아니라 진정으로. 그래, 지금 여기서 명령을 하겠네. 사흘 이내로 캐시오는 살아 있지 않다는 보고를 가지고 오게.

이야고 친구지만 그놈의 목숨은 벌써 사라진 것이나 다름없습니다. 명령이 내려온 이상 해치운 거나 마찬가지입니다. 하지만 부인의 목숨만은 용서하십시오.

오셀로 가증스러운 탕녀! 아, 지옥으로 떨어져라, 지옥으로! 자, 같이 가자. 나는 집에 가서 그 아름다운 악마 계집을 빨리 없애버릴 궁리를 해야겠다. 이제부터는 자네가 부관이다.

이야고 언제까지나 충성을 다하겠습니다.

(두 사람 모두 퇴장)

10

[제3막 제4장]

성 앞.

데스데모나, 이밀리아, 어릿광대 등장.

데스데모나 이봐요, 부관 캐시오가 어디에 거주lie하시는지 아나요?

광대 그 양반이 어디서 거짓말lie을 하고 계시는지를 말할 수는 없습니다.

데스데모나 왜요?

광대 그분은 군인인데, 군인이 거짓말을 한다고 했다간 칼침을 맞게요.

데스데모나 원, 어디 묵고 계시냔 말이에요.

광대 어디서 묵고 있다고 말씀드리는 것은, 곧 어디서 거짓말을 하고 있다고 하는 것과 같습니다.

데스데모나 무슨 소릴 하는 거예요?

광대 숙소가 어딘지 저는 모르니까요. 그러니 무리하게 밝혀서 여기 거주한다, 아니, 저기 거주한다라고 말하는 건, 내 이 목구멍이 거짓말을 하는 것이 되니까요.

데스데모나 누구에게 물어서 알아볼 수는 없을까요?

광대 어디 계신지, 온 세계하고 문답을 해야겠군요. 말하자면 찾아다녀보고, 그
   러고 나서 대답하는 거지요.

데스데모나 찾아가지고, 이리 오시라고 해요. 장군님을 설득해놨으니까.

광대 그런 심부름 같으면 사람의 지혜로 되지요. 그러면 그 일을 맡기로 하겠습
   니다. (퇴장)

데스데모나 내가 어디서 그 손수건을 잃어버렸을까, 이밀리아?

이밀리아 모르겠는데요, 아씨.

데스데모나 차라리 돈이 잔뜩 든 돈주머니를 잃은 편이 나았을 것을. 무어님은 진
   실하셔서 의심 많은 사람에게서 볼 수 있는 비열한 데가 전혀 없으니 망정이
   지, 그렇지 않았다면 정말 언짢게 생각하실 거야.

이밀리아 그렇게 의심이 없으신 분인가요?

데스데모나 누구, 그분? 그분 고향의 밝은 태양이 그런 기질을 다 빨아들여버린
   모양이지.

이밀리아 아, 저기 오십니다!

데스데모나 이번에야말로 캐시오님을 불러들이겠다는 말씀이 떨어지기 전엔 결
   코 그이 곁을 떠나지 않을 테야.

   오셀로 등장.

데스데모나 당신, 기분이 좀 어떠세요?

오셀로 으응, 좋아. (방백) 아, 마음을 숨기기란 괴롭군! 당신은 어떻소, 데스데모
   나?

데스데모나 좋아요.

오셀로 손을 이리 줘봐요. 손이 매끄럽군.

데스데모나 아직 나이도 어리고 슬픔도 모르니까요.

오셀로 이 손은 관대하고 마음이 너그럽다는 것을 보여주는군. 따뜻하고, 매끄럽
고. 당신의 이 손은 들어앉아서 단식하고, 기도하고, 그리고 재계고행齋戒苦行
과 예배를 해야 할 손이오. 젊고 다정다감한 악마가 숨어 있어서, 자주 모반을
한다는 손금이니까. 좋은 손이오. 관대한 손이오.

데스데모나 그렇지요, 옳아요. 이 손으로 전 제 마음을 내드렸으니까요.

오셀로 마음이 넓은 손금이오. 옛날엔 마음을 허락하고 손을 내줬다는데, 요새 격
식은 손이 먼저거든, 마음이 아니라.

데스데모나 글쎄, 무슨 말인지 잘 모르겠군요. 그건 그렇고, 그 약속은요?

오셀로 무슨 약속?

데스데모나 제가 캐시오님을 부르러 보냈어요. 당신과 직접 이야기해보도록.

오셀로 감기가 들었는지 콧물이 자꾸 나오는군. 손수건을 이리 좀 주구려.

데스데모나 자, 여기 있어요.

오셀로 내가 준 것은?

데스데모나 지금 안 가지고 있어요.

오셀로 안 가지고 있다고?

데스데모나 네, 정말이에요.

오셀로 그건 안 되오. 그 손수건은 어머니가 이집트 여자한테서 얻은 거요. 그 여
자는 마술을 하는 여자였는데, 남의 마음을 대개는 꿰뚫어볼 수가 있어서, 어
머니께 이렇게 말했다고 하오. 이 손수건을 가지고 있는 동안은 사람들에게
귀염을 받고, 남편의 애정도 마음대로 할 수 있으나 한번 잃어버린든지 남을
주든지 하면, 남편에게 미움을 받고 남편의 마음이 새 재미를 찾게 된다고. 어
머니는 돌아가실 때 그걸 내게 주셨소. 그리고 내가 만일 결혼하게 되면 이걸
아내에게 주라고 하셨소. 그래서 그렇게 한 거요. 그러니 조심해요. 자기 눈처

럼 소중히 해요. 잃어버리든지 남에게 주든지 하면, 그야말로 재앙이 일어날 거요.

데스데모나 어머, 그럴 수가?

오셀로 정말이오, 그 헝겊에는 마력이 있소. 이 세상에서 200년이나 나이를 먹은 점쟁이가 예언을 할 때에 황홀경에 빠져 수를 놓은 것이오. 그 명주실을 뱉어 낸 것은 신성한 누에고, 그 실은 사계의 마술사가 처녀의 염통에서 뽑은 비약 秘藥으로 물들인 거요.

데스데모나 어머나! 정말인가요?

오셀로 아주 확실한 이야기요. 그러니까 조심하오.

데스데모나 그렇다면 보지 않았더라면 좋았을걸!

오셀로 뭐라고! 왜?

데스데모나 왜 그렇게 격하고 난폭한 말투를 하세요?

오셀로 없어졌어? 잃어버렸어? 어디다 내버렸어?

데스데모나 이를 어쩌나!

오셀로 뭐라고?

데스데모나 없어지진 않았어요. 하지만 만일 없어졌다면 어떻게 하실 건가요?

오셀로 뭐?

데스데모나 없어지진 않았다니까요.

오셀로 그럼, 가지고 와서 보여봐요.

데스데모나 그야 보여드릴 수 있지요. 그래도 지금은 싫어요. 내 청을 얼버무리려고 그러시는걸요. 여보, 캐시오를 복직시켜주세요.

오셀로 손수건을 가져와봐요. 어쩐지 염려되는군.

데스데모나 여보, 그만한 훌륭한 분은 다시없어요.

오셀로 손수건을 내놔.

데스데모나 캐시오님의 얘기를 하세요.

오셀로 손수건을!

데스데모나 오직 당신의 호의만 믿고 줄곧 갖은 위험을 같이 겪어온…….

오셀로 손수건을!

데스데모나 정말 너무하세요.

오셀로 듣기 싫소! (퇴장)

이밀리아 저래도 시기하지 않는 분이라고요?

데스데모나 이런 일은 처음이야. 아무래도 그 손수건에 무슨 이상한 마력이 있나 봐. 잃어버렸으니, 정말 어떡하나!

이밀리아 남자의 마음은 1년이나 2년으론 모릅니다. 남자가 밥통[胃]이라면 여자 는 음식인 셈이지요. 걸신이 들린 것처럼 먹고서는 배가 차면 토해버리니까 요. 어머, 캐시오님과 우리집 양반이 오는군요.

　　캐시오와 이야고 등장.

이야고 다른 방법은 없습니다. 부인께 부탁하는 수밖에. 아, 아, 마침 잘됐어! 자, 부탁해봐요.

데스데모나 아아, 캐시오님! 어쩐 일이세요?

캐시오 부인, 그 청입니다만, 부인의 힘으로 다시 한 번 저를 살려주십시오. 그리 고 진정으로 더없이 존경하는 장군의 사랑을 되찾게 해주십시오. 이제는 더 기다릴 수 없습니다. 만일 제 죄가 너무 커서, 이때까지의 공로나 현재의 비판 이나 또는 장래 바치려 하는 충성을 가지고도 다시 은혜를 받을 수 없는 일이 라면, 그렇다는 말씀이라도 들었으면 감사하겠습니다. 그러면 저는 억지로라 도 단념하고, 운명에 내맡겨 다른 생활 방도를 찾겠습니다.

데스데모나 아, 착하고 점잖은 캐시오님! 간청해보았지만 지금 좀 기분이 좋지 않으세요. 장군님 기분이 보통 때와 다르세요. 아주 달라지셔서 같은 사람이라고 볼 수가 없을 정도예요. 왜 그러신지 모르겠어요. 당신을 위해 지나치게 말을 해서 그런지, 끝내는 그분의 감정을 상하게 하고 말았으니 어떻게 해야 좋을지 모르겠어요! 하지만 좀 참아보세요. 될 수 있는 데까지 해볼 테니. 나 자신을 위해서라면 하지 못할 일까지도 해볼 테니까요……. 그러니, 용서하세요, 네?

이야고 장군님이 역정이 나셨나요?

이밀리아 지금 저쪽으로 가셨어요. 확실히 이상하게 안절부절못하시던데요.

이야고 그분도 역정을 내시는 일이 다 있나? 언젠가 장군의 병졸들이 중포탄을 맞아 공중으로 날아가고, 친동생이 바로 옆에서 처참하게 날아가버렸던 때에도 태연자약하신 걸 보았는데, 그런 그분도 역정을 내실 때가 있나? 그렇다면 무슨 중대한 사건이 있는 모양이로군. 가서 만나봐야지. 만일 역정을 내셨다면 필시 무슨 이유가 있을 거야.

데스데모나 그렇게 해주세요. (이야고 퇴장) 무슨 정치 일 때문일 거야. 베니스에서 무슨 소식이 왔거나, 또는 무슨 음모가 이 사이프러스에서 탄로났거나 해서, 그분의 맑은 기분을 망쳐놓은 걸 거야. 그런 경우 남자분들은 정작 상대할 것은 큰 사건이면서, 조그만 일에다 조바심 내게 마련이에요. 정말 그래요. 손가락이 아프면, 다른 멀쩡한 데까지 아픈 것같이 여겨지는 거야. 그리고 남자도 신은 아니니까, 언제까지나 결혼 당시의 상냥한 마음만 보여줄 거라고 기대해선 안 되지요. 나는 정말 부끄러워요, 이밀리아. 군인의 아내답지 않게 그분이 불친절하다고 불평하다니, 지금 생각하니 내가 나빴어. 그분은 하나도 잘못이 없는 거야.

이밀리아 정말 그런 정치 일이라면 좋겠는데요, 아씨께 관계된 당치 않은 상상이

나 질투가 아니고요.

데스데모나 왜 그런 말을 해요, 난 아무것도 안 했는데!

이밀리아 그렇지만 의심 많은 사람은 그런 대답만으로는 만족하지 않아요. 그만한 이유가 있어 의심하는 게 아니거든요. 의심하기 때문에 의심하는 것뿐이에요. 의심이란 건 저절로 잉태되고 저절로 태어나는 괴물이니까요.

데스데모나 제발 그런 괴물이 오셀로님 마음속에 들어가지 않게 하소서!

이밀리아 저도 그렇게 빌겠습니다, 아씨.

데스데모나 내가 찾아서 모시고 올게요. 캐시오님, 여기서 잠시 거닐고 계세요. 기분이 좋으신 것 같으면 당신의 청을 꺼내서 되도록 빨리 결말지어보지요.

캐시오 진정으로 감사합니다, 부인.

(데스데모나와 이밀리아 퇴장)

비양카 등장.

비양카 안녕하세요, 캐시오님!

캐시오 어떻게 왔어? 잘 있었나, 아름다운 비양카? 지금 당신을 찾아가려던 참이었는데.

비양카 나는 당신 숙소로 찾아가는 길이었어요, 캐시오. 일주일이나 따돌리기예요? 이레 낮 이레 밤이나? 168시간이나요. 기다리는 사람 쪽은 그것의 160배나 기다린 것처럼 지루해요. 아, 셈하는 데만도 지쳐버릴 지경이에요.

캐시오 미안해, 비양카. 나도 요새 우울한 일이 있어서 그랬어. 그러나 머잖아 찾아가 오래 묵으면서 오래 못 찾은 벌충을 해주지. 그런데 비양카, (데스데모나의 손수건을 주며) 이 수繡를 좀 본떠주지 않겠어?

비양카 어머, 캐시오, 이게 웬 거예요? 또 좋은 사람이 생긴 거로군요? 나를 혼자 내버려 두더니. 이젠 알았어요. 어느새 이렇게 되었군요. 좋아요, 알았어요.

캐시오 이봐, 당신은 대체 누구에게 그런 억측을 배웠는지 모르지만, 그런 건 지옥의 마귀한테나 던져줘버리라고. 어떤 여자에게서 기념으로 받은 줄 알고 강짜로군. 아니, 절대로 그렇지 않아, 비양카.

비양카 그럼 누구 거예요?

캐시오 누구 건지 몰라. 내 방에 떨어져 있었어. 나는 그 수 모양이 마음에 들어. 그래서 찾으러 오기 전에…… 반드시 누군가가 찾으러 올 거야, 그 전에 본을 떠두고 싶어. 가지고 가서 본을 좀 떠줘. 지금은 돌아가주고.

비양카 돌아가라고요! 왜요?

캐시오 여기서 장군님을 기다리고 있는 중이야. 여자하고 있어서야 체면도 그렇고, 좀 난처하지 않겠어?

비양카 그건 왜요?

캐시오 당신이 싫어서는 아니야.

비양카 아녜요, 싫어서 그러시는 거예요. 그럼 조금만 바래다주세요. 그리고 오늘 밤은 찾아오시겠다고 약속하세요.

캐시오 바래다주겠지만 멀리는 못 가. 나는 여기서 기다리고 있어야 해. 그렇지만 곧 찾아가보도록 하지.

비양카 참 고마우시군요. 그럼 할 수 없지요.

　(두 사람 퇴장)

ACT 4

11

[제4막 제1장]

사이프러스 성 앞.

오셀로와 이야고 등장.

이야고 그렇게 생각하십니까?

오셀로 그렇게 생각하느냐고? 뭐 말인가, 이야고!

이야고 말하자면, 숨어서 키스하는 것 말입니다.

오셀로 용서할 수 없는 키스지.

이야고 그럼 벌거벗고 남자 친구와 한 시간이나 그 이상을 같이 자면요? 그러면
        서도 조금의 사심邪心도 품지 않는다고 한다면요?

오셀로 벌거벗고 잔다고? 그러면서 조금의 사심도 품지 않고! 이야고, 그런 짓은
        악마라도 위선이라고 욕할 거다. 깨끗한 마음으로 그런 위험한 짓을 하는 놈

은, 곧 악마한테 유혹당해서 결국 자기가 천벌을 받지.

이야고 실제로 아무것도 안 하면 죄가 안 되지요. 그러나 제가 아내에게 손수건을 줬다고 치고…….

오셀로 그래서?

이야고 글쎄, 그렇게 되면 아내 것이지요. 그래서 그게 아내 것이 된다면, 그녀가 그걸 누구에게 주건 상관없을 것 같은데요.

오셀로 그렇지만 여자는 정조를 지켜야 한다. 그것도 아무에게나 줘도 괜찮다는 거냐?

이야고 여자의 정조란 눈에 보이지 않는 거니까요. 그리고 사실은 그렇지도 않은 데 정숙한 여인인 체하는 세상인데요. 그렇지만 그게 손수건이라면…….

오셀로 아, 그런 건 제발 잊어버리고 싶어. 자네는 나에게, 아아, 머리에서 떠나지 않아, 꼭 까마귀가 염병 앓는 집 위를 떠나지 않고 불길한 소리로 울어대는 것 같이……. 그놈이 내 손수건을 가지고 있다고 했지?

이야고 네, 그게 어쨌습니까?

오셀로 그건 안 될 말이야.

이야고 아무것도 아니잖습니까? 그놈이 장군님을 모욕하는 것을 제가 목격했다 고 말하더라도, 떠들고 다니는 것을 제가 들었다고 말하더라도 말입니다……. 그런 놈이 세상에는 있습니다만, 자기 쪽에서 구슬려서 손에 넣었든, 여자 쪽 에서 반해서 굴러들어왔든, 아무튼 떠들지 않고는 못 배기는…….

오셀로 그놈이 뭐라고 하던가?

이야고 네, 그러나 미리 말씀드리지만, 여차하면 자기는 모른다고 잡아뗄 수 있는 정도의 내용이었습니다.

오셀로 뭐라고 했어?

이야고 분명히 그자는…… 글쎄, 뭐라더라?

오셀로 뭐라고 하던가?

이아고 잤다고요…….

오셀로 내 아내하고?

이아고 같이요. 그리고 타고, 태우고, 여러 가지로.

오셀로 그놈과 같이 자! 타고, 태웠다고! 내가 속았단 말이지……. 음, 같이 잤다 고! 에잇, 더럽다! …… 손수건…… 자백…… 손수건! 먼저 자백하고, 그 결과 로 교수형을 받는 게 순서지. 하지만 놈을 먼저 목을 졸라 죽이고, 그러고 나 서 고백시켜야지. 나도 소름이 끼친다. 무슨 예감이 아니고서야 인간이 이렇 게 암담한 격정에 싸일 수는 없지. 단지 말만 듣고 이렇게 마음이 산란할 수는 없어. 웅! 코와 코를, 귀와 귀를, 입술과 입술을 비벼대고 있었구나. 그럴 수 가……. 고백했다고? 손수건에 대한 것을? 에이, 악마 같은 놈! (기절해서 쓰러 진다.)

이아고 돌아라, 내 약 기운아, 돌아라! 이렇게 하여 고지식한 바보들이 걸려든다. 훌륭하고 정숙한 여자들도 이렇게 억울하게 당하는 거야. 웬일이십니까, 이보 십시오! 장군님! 장군님! 이보십시오! 오셀로 장군님!

캐시오 등장.

이아고 아, 캐시오님!

캐시오 웬일인가?

이아고 장군께서 간질로 쓰러지셨어요. 두 번째 발작이오. 어제도 한 번 그랬지 요.

캐시오 관자놀이 부근을 문질러드리게.

이아고 아니요, 가만두는 게 좋아요. 이 병은 조용히 놔둬야 해요. 그러지 않으면 입에서 거품을 뿜고 곧 광포한 미치광이가 되거든요. 아, 움직이신다. 저리 좀 비켜주시오. 곧 의식을 회복하실 거요. 장군의 발작이 가라앉은 후에 당신과 중대한 문제를 의논하고 싶은데요. (캐시오 퇴장) 어떻습니까, 장군님? 머리가 아프십니까?

오셀로　나를 놀리는 건가?

이야고　장군님을 놀려요? 천만에요! 장군님께서 대장부답게 운명을 견디어내시도록 기도드리고 있습니다.

오셀로　간통하고 뿔이 돋친 남자는 괴물이다. 짐승이다.

이야고　그렇게 말씀하시면 큰 도회지는 짐승이나 신사인 체하는 괴물들로 득실거리게 되게요.

오셀로　그놈이 자백했나?

이야고　정신 차리세요. 생각해보세요. 대체로 결혼한 남자는 모두 장군님과 마찬가지입니다. 매일 밤 눕는 잠자리가 사실은 남의 것인데, 자기 생각으로는 제 것이라고 단정하는 남자가 수백만이나 살고 있지요. 장군님의 경우는 약과입니다. 그야말로 지옥이며, 악마의 조롱감이지요! 잠자리에서 안심하고 부정한 여자의 입술을 핥으며 정숙한 여자라고 생각한다는 것은! 아니, 저 같으면 그걸 알아두겠어요. 자신의 입장을 알면 대처하는 방법이 있을 테니까요.

오셀로　음, 자네는 현명해. 확실히 그렇다.

이야고　잠깐 이 자리를 비켜주셨으면 합니다. 잠깐만 참아주십시오. 아까 장군님께서 상심한 나머지 여기 쓰러져계셨을 때, 그건 장군님답지 않은 흥분이었습니다만, 캐시오가 왔기에 적당히 돌려보냈습니다. 기절하고 계신 데에 대해서는 잘 얼버무려놓았습니다만, 할 얘기가 있으니 다시 오라고 했더니 그러겠다고 하더군요. 그러니까 잠깐 숨어계시면서 그놈이 멸시나 조롱을 하지 않는지, 그놈의 얼굴 표정을 빠짐없이 잘 살펴봐주십시오. 제가 그 이야기를 다시

한 번 시켜보지요. 어디서, 어떻게, 몇 번, 그리고 전에 언제 부인과 만났고 또 이다음은 언제 만나기로 돼 있는지를. 아시겠습니까? 그놈의 표정을 주의해 살펴보세요. 하지만 참으셔야 합니다. 참지 않으면 감정에 빠져 형편없는 사람이 되고 마십니다.

오셀로 듣게, 이야고. 나는 누구보다도 냉정히 참아 보이겠네. 허나…… 동시에 누구보다도 잔인한 짓도 해 보이겠어.

이야고 그야 그러셔야죠. 그러나 모든 일을 너무 조바심내지 마십시오. 저리 물러 가계십시오. (오셀로 퇴장) 그러면 캐시오에게 그 비양카, 색을 팔아서 의식衣食의 길을 마련하는 매음부 이야기를 들어보자. 그 여자는 캐시오에게 반해 있거든. 이것은 갈보의 숙명이라고나 할까, 뭇 남자들을 속여도, 결국은 한 남자에게 속기 마련이니. 놈은 그 여자에 관한 이야기만 들으면 웃음을 참지 못하거든.

캐시오 다시 등장.

이야고 그 녀석이 웃으면 오셀로는 극도로 흥분하겠지. 곧 터무니없는 의심을 일으켜서, 캐시오에게는 안됐지만, 웃는 꼴이나 몸짓이나 들뜬 태도 등 모든 것을 나쁘게만 해석할 거야. 어떻게 됐습니까, 부관님?

캐시오 그 부관이란 소리는 말아주게. 그 자리가 떨어져서 죽을 지경으로 괴롭네.

이야고 데스데모나님에게 잘 부탁해보세요, 틀림없이 잘될 테니까요. (작은 소리로) 그렇지만 이 청이 비양카 힘으로 된다면, 당신 운도 빨리 펼 텐데 말씀이에요.

캐시오 흥, 그까짓 게!

오셀로 (방백) 허, 벌써 웃고 있어!

이야고 그렇게 남자를 열렬히 사랑하는 여자는 처음 봤는데요.

캐시오 쳇, 하찮은 계집이지! 나한테 반해 있는 것만은 확실하지만.

오셀로 이번엔 마지못해 부정하고, 웃으며 얼버무리는군.

이야고 그렇지만, 캐시오님?

오셀로 이제 그 얘길 시켜보려 하는군. 흠, 아주 잘하는걸.

이야고 그 여자는 당신과 결혼한다고 떠들고 다니던데요. 당신도 그럴 생각이십니까?

캐시오 핫, 핫, 핫!

오셀로 의기양양하군. 짐승 같은 놈! 그렇게 의기양양하단 말이냐?

캐시오 그것하고 결혼! 허, 매음녀하고! 미안하지만 나도 그렇게 바보는 아니네. 그렇게 얕보지 말아주게. 핫, 핫, 핫!

오셀로 그래, 그래. 의기양양한 놈은 웃는 법이지.

이야고 그렇지만 당신이 그 여자와 결혼한다는 소문이에요.

캐시오 농담은 그만두게.

이야고 농담이라뇨? 천만의 말씀.

오셀로 나를 모욕했겄다? 음.

캐시오 그것은 그 원숭이가 제멋대로 퍼뜨린 걸세. 내가 약속한 게 아니라, 혼자서 반해가지고 우쭐해서 결혼한다고 제멋대로 정한 것이지.

오셀로 이야고가 눈짓을 한다. 이제 얘기를 시작할 모양이군.

캐시오 그 여잔 방금 여기 있었어. 어딜 가나 귀찮게 쫓아다니거든. 저번에도 항구에서 베니스 사람들과 애기하는데, 못난 것이 쫓아와서, 바로 이렇게 내 목에 매달리지 않겠나…….

오셀로 "아, 사랑하는 캐시오님!"이라고 불렀겠지. 저자 몸짓 하는 걸로 봐선 꼭 그랬을 거야.

캐시오 매달리고 늘어지며 울잖겠어? 그리고 나를 막 흔들며 끌어당기겠지. 하, 하, 하!

오셀로 그렇게 해서 놈을 내 침실로 끌고 갔다는 거지? 에이, 저놈의 코를 도려서 개한테 내던져주고 싶구나.

캐시오 하지만, 언제까지나 상대해줄 수도 없지.

이야고 어럽쇼! 저기 오는군요.

캐시오 이렇다니까, 저 암캐 같은 것이! 흠, 냄새만은 향수로 코를 찌르는군.

비양카 등장.

캐시오 그렇게 나를 쫓아다니면 어쩌자는 거야?

비양카 당신 같은 사람은 악마보고나 쫓아다니라지! 지금 준 손수건은 대체 뭐 하자는 거야? 그런 걸 받다니, 나도 참 바보였지. 수를 본떠달라고요? 방에 떨어져 있었는데, 누가 떨어뜨렸는지 모른다고요! 그럴싸하군요! 어떤 바람둥이 년이 준 거겠지. 그걸 나보고 본을 떠달라고? 당신의 바람둥이 년에게나 주시구려. 어디서 가져왔는지 모르지만, 난 본떠주기 싫어요.

캐시오 이봐, 비양카! 왜 그래, 응!

오셀로 틀림없이 저건 내 손수건이다!

비양카 오늘 밤 식사하러 오세요. 만약 못 오시겠음, 이다음 부를 때나 오세요.
(퇴장)

이야고 뒤따라가봐요. 어서요.

캐시오 그래봐야지, 내버려 두면 길거리에서 떠들고 돌아다닐 게 뻔하니까.

이야고 역시 그곳에서 저녁 식사 하실 겁니까?

캐시오 음, 그렇게 할 생각이야.

이야고 그럼 저도 찾아갈는지 모릅니다. 꼭 할 얘기가 있으니까요.

캐시오 꼭 오게. 오는 거지?

이야고 아무 말 말고 어서 따라가보기나 하세요.

  (캐시오 퇴장)

오셀로 (나와서) 저놈을 어떻게 죽일까, 이야고?

이야고 나쁜 짓을 하고도 재미있어하는 걸 보셨지요?

오셀로 아아, 이야고!

이야고 손수건도 보셨지요?

오셀로 내 것이던가?

이야고 장군님 것이에요, 분명히! 부인을 꼭 바보 취급하고 있잖습니까! 부인이 주신 걸, 자기의 갈보년에게 줘버렸습니다.

오셀로 그놈을 두고두고 골탕먹이다 죽여버리고 싶어. 아내는 훌륭한 여자다! 아름다운 여자다! 상냥한 여자다!

이야고 아니요, 그건 이제 다 잊으셔야 합니다.

오셀로 음, 그년 오늘 밤 안에 썩어버려라, 꺼져 없어져라, 지옥으로 떨어져버려라! 절대로 살려두진 않을 테다. 내 염통은 돌같이 되어버렸다. 염통을 때리면 손이 부러질 것이다. 아아, 이 세상에 그렇게 귀여운 존재는 없어. 제왕 옆에 누워 그 사업을 지휘할 자격도 있는 여자지.

이야고 안 되겠습니다. 장군님답지도 않습니다.

오셀로 짐승 같은 것! 아니, 나는 사실대로 말하는 거야. 바느질 잘하고, 음악도 잘한다. 아, 아, 그것이 노래를 부르면 성난 곰도 얌전해진다. 재주 있고 재치 있고…….

이야고 그러니까 더욱 나쁘다는 겁니다.

오셀로 그래, 정말 그래……. 하지만 그토록 얌전한 여자가!

이야고 지나치게 얌전하죠.

오셀로 응, 정말 그래. 하지만 분하다, 이야고! 정말 분하다, 이야고.

이야고 부인의 부정을 알고서도 그렇게 미련을 두실 바에야, 차라리 정식으로 간
통을 허락해주시지 그러십니까? 장군님만 아무렇지 않다면, 다른 사람은 개
의할 바가 아니니까요.

오셀로 그년을 갈기갈기 찢어놓겠어……. 간통을 하다니!

이야고 정말 부인이 나쁘십니다.

오셀로 더군다나 나의 부관하고!

이야고 그러니까 더욱 나쁘지요.

오셀로 독약을 가져오게, 이야고……. 오늘 밤에 당장. 두 말할 필요 없어, 아름다
운 얼굴을 보면 결심이 무디어질 테니……. 오늘 밤에 말일세, 이야고.

이야고 독약은 안 됩니다. 목을 조르시지요, 잠자리에서, 부인께서 스스로 더럽혀
놓은 바로 그 잠자리에서 말입니다.

오셀로 음, 그래, 그게 좋겠다. 그래야겠어.

이야고 그리고 캐시오의 일은 제 처분에 맡겨주십시오. 밤중까지는 또 다른 보고
를 가지고 오겠습니다. (안에서 나팔 소리)

오셀로 좋아! 저건 무슨 나팔 소린가?

이야고 아마 베니스에서 누가 온 모양이지요. 아, 공작님이 로도비코님을 보내셨
습니다. 부인께서 같이 오시는데요.

로도비코, 데스데모나, 시종들 등장.

로도비코 안녕하십니까, 장군!

오셀로 어서 오십시오. 잘 오셨습니다.

로도비코 베니스의 공작 각하와 원로원 의원들의 안부를 전합니다. (편지를 준다.)

오셀로 편지는 감사히 받겠습니다. (편지를 뜯어서 읽는다.)

데스데모나 뭐, 별다른 소식이라도 있나요, 로도비코님?

이야고 뵙게 되어 반갑습니다, 각하. 사이프러스에 잘 오셨습니다.

로도비코 고맙네. 부관 캐시오는 잘 있는가?

이야고 네, 잘 있습니다.

데스데모나 그 사람과 우리 주인은 슬프게도 사이가 나빠졌어요. 당신이면 반드시 화해시킬 수 있을 거예요.

오셀로 정말 그럴 수 있을까?

데스데모나 네?

오셀로 (편지를 읽는다.) 〈이 일은 꼭 이행하시기 바라며, 귀하의……〉

로도비코 부르신 게 아니오. 장군은 편지에 열중하고 계시오. 장군하고 캐시오하고 사이가 나쁜가요?

데스데모나 정말 슬픈 일이에요. 두 분 사이를 전같이 해주신다면, 저는 뭐든지 하겠습니다. 저는 캐시오님이 좋으니까요.

오셀로 에잇, 빌어먹을!

데스데모나 네?

오셀로 당신은 제정신이오?

데스데모나 왜 그러실까, 역정이 나셨나 봐.

로도비코 편지에 기분이 상한 모양이오. 그것은 캐시오를 후임으로 하고 돌아오라는 편지 같으니.

데스데모나 어머, 기뻐라.

오셀로 정말이오?

데스데모나 무엇 말예요?

오셀로 나도 기뻐, 그렇게 미치는 꼴을 보여줘서.

데스데모나 무슨 말이에요, 오셀로님!

오셀로 (데스데모나를 때리며) 악마 같은 것!

데스데모나 제가 뭘 잘못했는데요?

로도비코 장군, 이것은 내가 이 눈으로 봤다고 단언해도 베니스에서는 아무도 곧
이듣지 않을 거요. 너무하십니다. 위로해드리시오. 울고 있지 않습니까?

오셀로 에이, 악마 같은 것, 이 악마야! 대지가 계집의 눈물로 임신한다면, 네년이
흘리는 거짓 눈물방울 하나하나에서 악어가 태어나겠지. 썩 꺼져버려!

데스데모나 그렇게 화가 나신다면 가지요. (가려고 한다.)

로도비코 얼마나 온순한 부인입니까? 장군, 다시 부르시오.

오셀로 이거 봐!

데스데모나 네?

오셀로 이 여자와 무슨 할 말이 있소?

로도비코 누가요? 저 말입니까?

오셀로 아, 당신이 불러달라고 하시잖았소? 이 여자는 몇 번이고 돌아서지요. 아
아, 몇 번이고 돌아눕지요. 그리고 울고요. 아주 잘 울어요. 게다가 온순하고
요. 당신 말대로 온순하고요. 암, 온순하죠. 자, 더 울어봐. — 편지는 잘 보았
습니다. — 흥, 우는 시늉도 잘도 내는군! — 나더러 귀국하라는 명령이군요.
— 당신은 들어가 있어. 이따 부를 테니. — 명령에 복종해서 베니스로 돌아
가겠습니다. — 냉큼 들어가! 꼴도 보기 싫어! (데스데모나 퇴장) 캐시오를 후
임으로 하겠습니다. 그리고 각하, 오늘 저녁 식사를 같이 하십시다. 사이프러
스에 잘 오셨습니다……. 에이, 짐승 같은 것! (퇴장)

로도비코 저 사람이, 저 의원들 전부가 이구동성으로 무엇 하나 나무랄 데 없다던
무어 장군인가? 저 사람이 바로 어떠한 감정에도 동하지 않는다는 사람인가?

지조 곧고, 어떤 사건이나 재난에도 꺾이거나 무너지지 않던 그 사람인가?

이야고 몹시 변하셨습니다.

로도비코 정신은 멀쩡한가? 머리가 돈 게 아닌가?

이야고 보시는 바와 같습니다. 장차 어떻게 되실는지 저로서는 말씀드릴 수 없습니다만, 현재로는 아직 그렇게까지 안 되셨다면, 차라리 그렇게 돼버리는 게 낫겠습니다.

로도비코 원, 부인을 때려!

이야고 확실히 그건 좋지 않았습니다. 그러나 그 정도로 끝났으면 좋겠습니다.

로도비코 늘 그런가? 혹은 그 편지를 보고 화가 나서 그런 짓을 처음 한 건가?

이야고 아, 아, 제가 보고 아는 것을 이야기 여쭙기도 난처합니다. 직접 관찰해보십시오. 제가 말씀드리지 않아도, 그분의 하는 짓으로 자연 알게 되실 겁니다. 뒤따라가셔서 거동을 살펴보십시오.

로도비코 유감스럽게도 내가 그 사람을 잘못 봤어. (두 사람 퇴장)

12

[제4막 제2장]

성 안의 어떤 방.

오셀로와 이밀리아 등장.

오셀로 그럼, 아무것도 못 봤단 말이지?

이밀리아 못 봤을 뿐 아니라 들은 적도, 미심쩍게 여긴 적도 없습니다.

오셀로 그렇지만 캐시오가 내 아내와 같이 있는 것은 봤지?

이밀리아 하지만 이상한 일은 없었어요. 그리고 그때 두 분이 말씀하시는 것은 한

마디도 **빼놓지** 않고 죄다 들었어요.

오셀로 그러나 둘이서 소곤대지 않던가?

이밀리아 아뇨, 절대로.

오셀로 혹 너를 밖으로 내보내지 않던가?

이밀리아 그런 일도 없었어요.

오셀로 아내의 부채든, 장갑이든, 마스크든, 무엇을 가져오라는 핑계 같은 것으로 말야!

이밀리아 아녜요, 장군님. 절대로 그런 일은 없었어요.

오셀로 그거 이상하군.

이밀리아 장군님, 부인이 결백하다는 것은 제가 영혼을 걸고라도 보증하겠어요. 그렇지 않다고 생각하고 계시다면, 그런 의심은 버리세요. 그런 생각은 자기 모독이에요. 그런 의심을 장군님 머릿속에 넣어드린 놈이 있다면, 그놈에게는 반드시 무서운 천벌이 내릴 겁니다! 부인께서 결백하지도, 정숙하지도, 진실하지도 않다면 행복한 남자는 하나도 없는 셈이 되지요. 아무리 마음이 깨끗한 아내라도, 그렇게 되면 죄다 더러운 것이 되고 마는 셈이니까요.

오셀로 아내를 불러오게, 어서. (이밀리아 퇴장) 저것도 말만은 제법 하는군. 그렇지만 뚜쟁이라면 바보가 아닌 이상 그 정도는 말할 수 있지. 간사한 년 같으니. 부정한 비밀 사건의 열쇠는 저것이 쥐고 있어. 그런 게 제법 무릎을 꿇고 기도를 드린단 말이야. 하지만 그것을 실제 내 눈으로 본 이상에야.

데스데모나, 이밀리아 등장.

데스데모나 부르셨어요?

오셀로 잠깐 이리 와요.

데스데모나 무슨 일이신데요?

오셀로 어디 눈 좀 봅시다. 얼굴을 좀 쳐다봐요.

데스데모나 무슨 무서운 생각을 하고 계세요?

오셀로 (이밀리아에게) 늘 하던 대로 해. 둘만 남기고 문을 닫아줘. 누가 오면 기침을 하든지, 에헴 하든지 적당히 해줘……. 장사야, 네 장사를 하는 거야. 어서 저리로 가. (이밀리아 퇴장)

데스데모나 무슨 말씀이세요? 화를 내고 계시는 건 말투로 알겠지만, 말씀의 내용은 하나도 모르겠어요.

오셀로 이봐, 당신은 대체 뭐야?

데스데모나 당신의 아내입니다. 당신의 진실하고 충실한 아내입니다.

오셀로 그래, 뭐라고 맹세해도 지옥으로 떨어질 뿐이야. 얼굴만은 천사 같으니까, 지옥의 악마들도 두려워서 감히 손을 대지 못할 테지. 그러니까 결백하다고 맹세하고, 또 하나 죄를 더하는 게 낫겠지.

데스데모나 하느님이 잘 알고 계십니다.

오셀로 하느님은 잘 알고 계시고말고, 당신이 불의를 저지르고 있다는 걸.

데스데모나 네? 누구하고요? 상대는 누군데요? 제가 무슨 불의를?

오셀로 아아, 데스데모나! 가요! 가! 가버려!

데스데모나 아아, 슬퍼요! 왜 우세요? 저 때문에 우시는 건가요? 이번 소환을 제 아버지의 계교라고 의심하실지 모르지만, 설사 그렇더라도 저를 나무라지 마세요. 당신과 제 아버지의 인연이 끊어졌다면, 저도 당신과 같이 아버지와의 인연은 끊어진 셈이니까요.

오셀로 설사 어떠한 간난신고가 닥치더라도, 또는 모든 고통과 모욕이 내 머리 위에 비같이 퍼부어 빈곤의 구렁 속에 빠져 몸과 희망이 모두 꼼짝달싹하지 못하게 된다 해도, 나는 마음 한구석에서 꾹 참고 있을 수 있다. 하지만, 아아,

아침부터 밤까지 세상의 조소에 이 몸을 드러내고 가책을 받아야 하다니! 아
니지, 그래도 나는 참을 수 있어. 잘 참을 수 있어. 하지만 당신의 가슴, 그 속
에 나는 나의 마음을 간직해두었어. 사는 것도 죽는 것도 거기에 달려 있지.
나의 생명의 강물이 흐르는 것도 마르는 것도 그 샘에 달려 있어. 거기서 추방
을 당하다니, 이 샘을 더러운 두꺼비들이 흘레질하며 새끼 치는 웅덩이로 만
들다니! 싱싱한 장밋빛 입술을 가진 인내의 천사도 이렇게 되면 얼굴빛을 바
꾸고……, 그렇다, 처참한 지옥의 형상으로 돼버려라.

데스데모나 제발 제 결백을 믿어주세요.

오셀로 암, 당신의 결백이란 푸줏간에 날아드는 여름 파리지. 방금 알을 낳았나
하면 벌써 또 배고 하는. 아, 독초 같으니. 눈도 코도 아프게 할 만큼 아름답고
향기 짙은 독초 같으니. 당신 같은 건 태어나지 않았더라면 좋았을 것을!

데스데모나 아, 제가 저도 모르는 사이에 어떤 죄를 범했다는 건가요?

오셀로 이 흰 종이는, 이 아름다운 책은 이 위에다 매음부라고 쓰이기 위해 만들
어졌는가? 어떤 죄를 범했느냐고? 범했지! 에잇, 이 창부야! 네년이 한 짓을
말로만 해도 나는 뺨이 용광로의 불처럼 달아서 수치심도 타버리고 재가 되어
버리겠다. 어떤 죄를 범했느냐고! 하늘도 코를 틀어막는다! 달도 눈을 감는다!
만나는 사람마다 키스하고 다니는 음란한 바람마저 땅 밑 굴속에서 숨을 죽이
고 들어보려 하지 않을 거다. 어떤 죄를 범했느냐고? 이 뻔뻔스러운 매음부야!

데스데모나 정말 너무하십니다.

오셀로 매음부가 아니냐, 네가?

데스데모나 네, 저는 그리스도교도입니다. 이 몸은 당신을 위해 소중히 간직하고
더러운 불의는 얼씬도 하지 못하게 해왔는데, 저를 매음부라고요? 저는 그런
여자가 아니에요.

오셀로 뭐야, 갈보가 아니야?

데스데모나 아녜요, 절대로.

오셀로 맹세코?

데스데모나 아아, 어떻게 하면 좋을까?

오셀로 그럼 대단히 미안하게 됐군. 나는 당신이 이 오셀로와 결혼한 베니스의 교
활한 창녀인가 했지. (소리를 높여서) 여, 성 베드로의 반대편에서 지옥문을 지
키는 아낙네야!

이밀리아 등장.

오셀로 너다, 너야, 그래 너지! 우리의 용무는 끝났어. 자, 수고 값을 주지. 오늘
이야기는 열쇠로 잠그고 비밀로 해줘. (퇴장)

이밀리아 아아, 그분은 뭘 생각하고 계시는 걸까? 어떻게 된 겁니까? 아, 아씨, 어
떻게 된 거예요?

데스데모나 마치 꿈을 꾸고 있는 것만 같아.

이밀리아 아씨, 도대체 어떻게 되신 겁니까, 주인님이?

데스데모나 누가?

이밀리아 주인님 말예요, 아씨.

데스데모나 주인님이라고? 누구?

이밀리아 아씨의 주인님 말예요. 아씨도, 참.

데스데모나 내게는 더 이상 주인님이 없어요. 아무 말 말아요. 울려고 해도 눈물이
안 나오지만 대답을 하면 눈물이 쏟아져 나올 것만 같아. 오늘 밤은 내 침대에
결혼 때의 이불을 깔아줘요, 잊지 말고. 그리고 당신의 남편을 좀 불러다 줘요.

이밀리아 정말 이렇게 변해버리시다니! (퇴장)

데스데모나 당연하지, 나 같은 게 이렇게 되는 건 정말 당연해. 그렇지만 내가 뭘

했을까? 왜 그이는 나의 조그만 잘못을 그렇게 세밀하게 꾸짖는지 모르겠어.

이밀리아, 이야고 등장.

이야고 무슨 용무십니까, 부인? 무슨 일이 있었습니까?

데스데모나 뭐라고 해야 좋을지 모르겠어요. 어린아이에게 가르칠 때는, 조용히
쉬운 것부터 가르치는 법이지만, 그분도 나를 그렇게 꾸중하신 셈인지도 몰라
요. 그러니까 나도 어린애처럼 꾸중을 듣고 있어야죠.

이야고 무슨 일입니까, 도대체?

이밀리아 여보, 장군님이 아씨를 매음부 취급을 하시고 차마 입에도 못 담을 말씀
을 하셨어요. 온전한 사람이라면 도저히 참을 수 없을 만큼.

데스데모나 내가 그런 여자일까요?

이야고 그런 여자라니, 부인, 뭐 말입니까?

데스데모나 나를 그렇게 말했다고 지금 저 사람이 얘기하잖아요.

이밀리아 아씨를 갈보라고 하셨어요. 술취한 거지도 자기 아내를 부를 때 그렇게
는 말하지 않을 거야.

이야고 왜 그러셨나요?

데스데모나 나로서는 모르겠어요. 나는 정말 그런 여자가 아녜요.

이야고 울지 마십시오. 울지 마십시오. 아, 어쩐 일일까!

이밀리아 그렇게 많은 좋은 혼처도, 아버지도, 태어난 고국도, 친구도 전부 버리
셨는데 매음녀란 말을 듣다니! 누군들 울지 않겠어요?

데스데모나 내 운이 나쁜 거야.

이야고 아니, 그럴 수가! 어떻게 그런 생각을 하시게 됐을까요?

데스데모나 아무도 모르는 일이에요.

이밀리아 이건 어떤 심술궂은 악한이, 비위를 맞추는 알랑꾼, 사기꾼, 거짓말쟁

이, 노예놈이 자리를 얻으려고 이런 중상모략을 꾸민 거예요. 제 말이 틀리다

면 목을 바치겠어요.

이야고 바보같이 그런 놈이 어디 있겠어? 있을 리 없어.

데스데모나 비록 그런 사람이 있더라도 하느님께서 용서해주시기를!

이밀리아 용서가 어디 있어요! 악마더러 뼈다귀까지 질경질경 씹게 해야죠! 뭐가

매음녀야? 상대는 누구라는 거야? 어디서? 어떻게? 무엇이 증거란 말이야?

무어님은 어떤 엉뚱한 나쁜 놈에게, 비겁하고 야비한 불한당에게, 어떤 몹쓸

놈에게 속으신 거야. 아아, 하느님! 그런 놈들을 양지로 끌어와주세요. 그리고

정직한 인간 하나하나에 회초리를 주어서, 그놈을 발가벗겨 세상의 동쪽 끝에

서 서쪽 끝까지 끌고 다니며 매를 때리게 해주세요!

이야고 밖에 들리겠어.

이밀리아 아, 빌어먹을 녀석들! 당신의 분별을 뒤집어놓고 나와 무어님 사이를 의

심하게 해놓은 것도 그런 녀석일 거예요.

이야고 바보 같으니, 무슨 소리를 하는 거야?

데스데모나 아, 이야고, 어떻게 해야 그이의 기분이 다시 돌아올까요? 가서 얘기

해보세요. 어째서 역정을 샀는지 도저히 모르겠어. 무릎을 꿇고 맹세하지만,

나는 마음속으로나 실제 행동으로나 그분의 사랑을 배반한 일은 절대로 없어

요. 그분 외에 다른 사람에게 나의 눈이나 귀나 다른 어떤 감각도 팔린 적은

한 번도 없어요. 지금도, 지금까지도, 지금부터 앞으로도, 영원히 그분을 진정

으로 사랑해요. 설마 비참하게 버림을 받는다 하더라도 말예요. 만일 거짓말

이라면 어떤 봉변을 당해도 좋아요. 냉대는 참을 수 없어요. 그이가 냉정하시

니 나는 살 수가 없어요. 그래도 내 애정만은 변하지 않아요. 매음녀라니, 그

런 말, 입에 담기도 싫어요. 그런 이름으로 불릴 짓은 세상에 있는 보물을 다

받는다 해도 나는 할 수 없어요.

이야고 부디 진정하십시오. 그저 일시적인 기분으로 하신 말씀이겠죠. 정치 문제가 잘 안 돼서 부인께 화풀이를 하신 거겠죠.

데스데모나 그것뿐이라면 좋겠어요!

이야고 그것뿐입니다. 틀림없어요. (안에서 나팔 소리) 저녁 식사를 알리는 나팔 소리가 납니다. 베니스에서 온 사람들이 기다리고 있습니다. 어서 가보십시오. 울지 마시고. 모든 일이 잘될 겁니다.

(데스데모나와 이밀리아 퇴장)

로더리고 등장.

이야고 여, 로더리고!

로더리고 자네는 나를 영 함부로 대하고 있네그려.

이야고 뭐, 잘못된 게 있나?

로더리고 매일 요리조리 피하고만 있잖아. 이야고, 지금 와서 생각해보니, 자네는 조금이라도 편리를 봐주기는커녕, 모든 편리를 내게서 감추고 있네그려. 더 이상 참을 수 없어. 이젠 누가 뭐라 해도 지금까지 바보 취급 당한 것을 그냥 두진 않겠어.

이야고 내 말 좀 들어보게, 로더리고.

로더리고 듣는 건 싫도록 들었네. 자네는 언행이 전혀 일치하지 않는 사람이야.

이야고 자네 비난은 정말 부당하네.

로더리고 절대로 부당하지 않아. 나는 돈을 전부 써버렸어. 데스데모나에게 준다고 자네가 가져간 보석으로 말하자면, 신심이 지극한 수녀라도 함락시킬 만한 물건이야. 그걸 그녀가 받았다고 자네가 말하잖나? 대단히 기뻐하며, 곧 친해

- 245 -

지고 싶다는 대답이었다고 자네는 말하지 않았어? 그런데 전혀 진전이 없잖아.

이야고 좋아. 흥, 대단히 좋아.

로더리고 대단히 좋다고! 흥이라고! 뭐가 흥이야? 무엇이 대단히 좋단 말이야? 비겁하잖은가, 자네는. 나도 그렇게 바보 취급만 당하고 있진 않을 거야.

이야고 대단히 좋아.

로더리고 뭐가 대단히 좋아? 나는 데스데모나에게 직접 부닥쳐볼 테야. 만일 보석을 돌려주면 나도 단념하고 무리한 사련邪戀을 뉘우치겠어. 그러나 돌려주지 않는다면 나는 기어이 자네한테 손해 배상을 청구할 테야.

이야고 그렇게 말했것다.

로더리고 분명히 말했어. 말한 이상은 반드시 실행하겠어!

이야고 음, 이제 보니 자네도 상당히 용기가 있는 사람이군그래. 지금 이 시각부터 다시 알아 모시겠네. 악수하세, 로더리고. 자네가 화를 내는 것도 무리는 아니네. 그렇지만 똑똑히 말해두는데, 이 일에 있어 나는 공명정대하게 처신해왔네.

로더리고 지금까지는 그렇게 안 보이는걸.

이야고 그야, 아직 그렇게 보이지는 않을 거야. 그리고 자네가 의심을 품는 것은 당연하고, 정당하지. 그렇지만 나는 오늘 그것을 알고 더욱 믿음직해졌는데, 자네가 가지고 있는 결심과 용기 말이야…… 그게 만약 진짜라면 오늘 밤 실증해 보이게. 그렇게 했는데도 내일 밤 자네가 데스데모나와 재미를 보지 못한다면, 나를 이 세상과 하직시켜도 좋네. 무슨 수단을 쓴다고 해도 상관이 없으니 말이야.

로더리고 그래, 뭐야, 그건? 이치에도 닿고, 할 수 있는 일이겠지?

이야고 글쎄, 베니스에서의 특명으로 오셀로 자리에 캐시오가 앉게 됐단 말씀이야.

로더리고 그게 정말인가? 그럼 뭐야, 오셀로와 데스데모나는 베니스로 돌아가게
되겠구먼.

이야고 아니, 그렇지 않아. 그 작자는 모리타니아로 간다네, 아름다운 데스데모나
를 동반하고. 하지만 무슨 사건이 일어나서 여기 더 지체할 일이 생긴다면 별
문제지. 그러기 위해서는 캐시오를 치워버리는 게 상책이란 말씀이야.

로더리고 치워버리다니, 어떻게 하라는 거야?

이야고 오셀로의 자리를 인계할 수 없게 하는 거지, 그놈의 머리를 쪼개서.

로더리고 그걸 나보고 하라는 거야?

이야고 그렇지, 자네가 자네의 이득과 권리를 위해 하겠다는 용기만 있다면. 캐시
오는 오늘 밤 갈보 집에서 저녁을 먹게 돼 있어. 나도 같이 가게 돼 있고. 그는
아직 자기가 영전된 것을 모르고 있어. 그 작자가 돌아가는 것을 지키고 있다
가, 내가 12시와 1시 사이로 시간을 마련할 테니, 자네 마음대로 요리하면 어
떻겠어? 내가 옆에서 거들어주지. 딱 독 안의 쥐지 뭔가? 자, 그렇게 멍하니
서 있지만 말고 같이 가세. 죽이지 않을 수 없는 이유를 자세히 들려줌세. 들
어보면 그럴 수밖에 없다고 생각하게 될 걸세. 벌써 저녁 식사 시간이야. 망설
이고 있다간 날이 새버려. 자, 어서 시작하세.

로더리고 그 이유를 좀 더 들려주게나.

이야고 암, 충분히 납득하도록 들려드리지.

(두 사람 퇴장)

13

[제4막 제3장]

성 안의 다른 방.

오셀로, 로도비코, 데스데모나, 이밀리아, 시종들 등장.

로도비코 이제 그만 들어가보시오.

오셀로 괜찮습니다. 나도 좀 걷고 싶어 그럽니다.

로도비코 부인, 그럼 안녕히. 너무나 잘 대접받았습니다.

데스데모나 와주셔서 참으로 고맙습니다.

오셀로 먼저 가실까요? 참, 데스데모나!

데스데모나 네?

오셀로 당신은 곧 가서 자요, 나도 곧 돌아올 테니. 시녀는 돌려보내요, 알았지?

데스데모나 네, 알았어요. (오셀로, 로도비코, 시종들 퇴장)

이밀리아 뭐라고 하세요? 아까보다는 풀리신 것 같은데요?

데스데모나 곧 돌아오신다고, 나더러 잠자리에 들어가 있으라고 하셨어. 그리고
    자네를 돌려보내라고 하셨어.

이밀리아 저를 돌려보내라고요!

데스데모나 그러셨어. 그러니까 이밀리아, 내 잠옷을 가져와요. 그리고 가서 자
    요. 지금 비위를 거스르면 안 되니까요.

이밀리아 아씨는 그분을 만나지 않았더라면 좋았을 걸 그랬어요.

데스데모나 나는 그렇게 생각하지 않아. 나는 진심으로 그이가 좋은걸. 그러니까,
    그이가 아무리 쌀쌀하게 구셔도, 꾸중을 하셔도, 기분 나쁜 얼굴을 하셔
    도…… 이 핀을 빼줘요…… 나는 좋아, 사랑해요.

이밀리아 말씀하신 홑이불은 침대에 깔아놨어요.

데스데모나 아무래도 좋아요. 참, 사람이란 왜 이렇게 어리석을까! 만일 내가 이
    밀리아보다 먼저 죽는다면 부탁이니 그 홑이불로 나를 싸줘요.

이밀리아 어머, 그게 무슨 말씀이세요!

데스데모나 우리 어머니께는 바버라라는 몸종이 있었어요. 그 애가 사랑을 했지.
그런데 상대방 남자가 미쳐서 그 애를 버렸어요. 그 애는 늘 '버들 노래'를 부
르곤 했지……. 오래된 노래야. 가사가 그 애의 운명을 말한 것 같은 노래야.
그 애는 그 노래를 부르며 죽었어요. 그 노래가 오늘 밤에 생각나는군. 나도
고개를 한쪽으로 숙이고 가엾은 바버라처럼 노래하고 싶은 생각이 간절해.
자, 어서 가봐요.

이밀리아 잠옷을 가져올까요?

데스데모나 아냐, 여기 핀이나 빼줘요. 로도비코님은 훌륭한 분이셔.

이밀리아 참 잘생기셨어요.

데스데모나 말솜씨도 좋으시잖아.

이밀리아 그분의 입술에 입을 맞출 수만 있다면 팔레스타인까지 맨발로 걸어가도
좋다고 한 여자가 있었어요.

데스데모나 (노래 부른다.)

무화과나무 그늘 아래

한숨짓는 가엾은 아가씨

부르자, 푸른 버들, 버들 노래를

가슴에 손을 얹고

무릎에 머리를 묻고

부르자, 버들, 버들, 푸른 버들 노래를

맑은 시냇물도 아가씨와 함께

슬픈 노래 부르네.

부르자, 푸르고 푸른 버들 노래를

떨어지는 눈물방울에

바위도 한숨짓네……

이것들을 저리로 치워줘요.

(노래 다시 계속)

　　버들, 버들, 버들 노래 부르자.

빨리 서둘러줘요, 그이가 곧 오실 테니…….

(또다시 노래가 이어진다.)

　　부르자, 푸른 버들 노래를

　　버들가지를 비녀 삼아

　　그를 원망 마라, 내 못난 탓이려니……

틀렸어, 그다음이……. 누굴까, 문을 두드리는 건?

이밀리아　바람이에요.

데스데모나　(다시 노래)

　　거짓 사랑 나무랐더니

　　그때 그님 하는 말이?

　　버들, 버들, 버들 노래 부르자

　　내 다른 여자 사랑하거든

　　당신도 다른 남자 데려다 자려무나.

자, 어서 가 자요. 눈이 간지럽군, 울 일이 있으려나?

이밀리아　그런 게 아니에요.

데스데모나　그렇다던데? 오오, 남자란! 남자란! 세상에 자기 남편에게 지독한 욕을 보이는 여자가 있다던데……, 이밀리아, 정말일까?

이밀리아　그야 있지요, 물론.

데스데모나　온 세상을 다 얻는다고 해도 그런 짓을 할 수 있을라고.

이밀리아　그럼, 아씨는 안 하시겠어요?

데스데모나　그야 하지 않지, 저 달님에게 맹세코!

이밀리아 저도 달님 앞에서는 하지 않지요. 캄캄한 밤에는 할 수 있어요.

데스데모나 세계를 전부 얻는다면, 자네는 그런 짓을 하겠어?

이밀리아 세계 전부라면 굉장하잖아요. 조금쯤 나쁜 짓을 해서 그만큼 많이 받는다면야 괜찮지 뭐예요?

데스데모나 아냐, 자네는 절대로 그러지 않을 거야.

이밀리아 아녜요, 틀림없이 할 수 있을 것 같아요. 그 대신, 하고 나면 하나도 흔적 없이 하지요. 그렇지만 일이 일인 만큼 가락지나, 천 몇 필이나, 옷이나, 속옷이나, 모자나, 또는 용돈 같은 것으로는 하지 않겠어요. 그러나 세계를 전부라고 하셨지요……. 그야 제 남편을 왕으로 만든다면야, 누구든지 다른 남자쯤 보지요. 저 같으면 지옥으로 떨어지는 한이 있더라도 하겠어요.

데스데모나 나는 그런 나쁜 짓은 못 해요. 세계를 다 얻는다 해도.

이밀리아 나쁜 짓이래야 이 세계에서의 일이 아닙니까. 그러니 애를 쓴 보람으로 이 세계가 손에 들어온다면 나쁜 짓쯤 자기 세계 안의 일이니까 곧 좋게 할 수 있잖겠어요?

데스데모나 그런 여자는 없을 것 같아.

이밀리아 있습니다. 한 다스나. 어디 그뿐인가요? 나쁜 짓을 해서 얻은 세상을 나쁜 짓을 해서 만든 아이들로 가득 채울 만큼 있어요. 그렇지만 여편네가 나쁜 짓을 하는 건 남편이 나빠서 그런 것 같아요. 남편 구실을 게을리하고, 여편네 주머니를 다른 년에게 털어주고, 갑자기 터무니없이 질투하기 시작하여 가두어놓고 때리고, 심술궂게 용돈을 줄이고 하니까 그러죠……. 이쪽도 화가 나지 뭐예요? 아무리 여자의 체면이 있다 해도 복수를 해주고 싶어지지요. 남편들에게 가르쳐줘야지, 여편네도 감각은 마찬가지라는 걸. 눈이나 코도, 그리고 단 거나 신 거나 맛을 아는 것도 조금도 다르지 않다는 걸. 대체 우리들을 다른 여자들과 바꿔보는 게 뭣 때문일까요? 기분전환일까요? 그럴지도 모르죠. 또는 본래 색을 좋아해서 그럴까요? 그럴 거예요. 그렇지만, 여자도 남자처럼 색을 좋아하고, 기분전환도 하고 싶고, 그만 실수를 하고 말 때가 있지요. 그러니까 남자들도 여편네를 위해야죠. 안 그러면 여자의 나쁜 짓은 모두 남자가 가르쳐준 거라고 말해줘야죠.

데스데모나   어서 가서 자요. (이밀리아 퇴장) 하느님, 부디 나쁜 짓을 봐도 나쁜 짓을 배우지 말게 하시고, 나쁜 짓을 거울 삼아 자기를 개선하게 해주소서. (퇴장)

ACT 5

14

[제5막 제1장]

사이프러스 거리.

이야고와 로더리고 등장.

이야고 여기, 이 노점대 뒤에 서 있게. 그 녀석이 곧 올 거야. 단검을 빼 들고 있어. 콱 찔러야 해. 빨리 해, 빨리. 겁낼 것 없어, 내가 바싹 곁에 있을 테니. 성공이냐, 실패냐다. 알겠나? 각오를 단단히 하게!

로더리고 곁에 있어줘. 내가 실패할지도 모르니까.

이야고 바로 곁에 있을게. 대담하게 잘해봐. (그늘에 숨는다.)

로더리고 별로 마음이 내키진 않지만, 듣고 나니 그만한 이유가 있군. 뭐, 사람 하나 없어지는 것뿐이지. 자, 뺀다. 이것으로 그 녀석도 마지막이다.

이야고 (방백) 저 풋내기 여드름쟁이 녀석을 아플 만큼 비벼놨더니, 열이 올랐군.

자, 저놈이 캐시오를 죽이든, 캐시오가 저놈을 죽이든, 같이 죽든, 어쨌든 덕을 보는 건 나야. 허나 로더리고가 살아남으면, 내가 데스데모나에게 전한답시고 받은 막대한 금과 보석을 돌려달라고 할 테니…… 그건 안 되지. 캐시오가 살아남더라도, 그 녀석이 우쭐하면 내 꼴이 말이 아냐. 게다가 무어가 사실을 말할 테니…… 이것도 대단히 위험하지. 아무래도 그놈을 죽여야겠어. 그렇게 하기로 하자. 이제 오나 보다.

캐시오 등장.

로더리고 걸음걸이로 알지. 그놈이다. 에잇, 각오해라……. (캐시오를 찌른다.)

캐시오 하마터면 큰일 날 뻔했지만, 내 옷은 네놈 것보다는 나아. 어디 네놈 것은 어떤가 보자. (칼을 빼서 로더리고를 찌른다.)

로더리고 아, 찔렸다! (이야고, 뒤에서 캐시오의 다리를 찌르고 퇴장)

캐시오 심하게 찔렸다. 사람 살려! 살인이다! 살인이다! (쓰러진다.)

오셀로 등장.

오셀로 캐시오 목소리군. 이야고, 약속을 지켰구나.

로더리고 아, 내가 나쁜 놈이었어!

오셀로 확실히 그렇다.

캐시오 아, 사람 살려, 불을 비쳐줘! 의사를 불러줘!

오셀로 그 녀석이다……. 과연 이야고는 성실하고 정직하군. 이처럼 나의 모욕을 생각해주다니! 나도 배웠어. 갈보년, 네 상대는 이렇게 죽었다. 네년의 저주받은 운명도 이제 끝장이다. 갈보년아, 기다려라. 네년의 매력도, 그 아름다운

눈도, 내 가슴에서 지워져버렸다. 음탕한 때가 낀 네 침대를 네 음탕한 피로
물들여줄 테다. (퇴장)

로도비코와 그레샤노 등장.

캐시오 어어이! 야경은 어디 있어? 행인은 없어? 살인이다! 살인이다!

그레샤노 무슨 사고가 났나 본데. 무서운 비명이군.

캐시오 사람 살려!

로도비코 저 소리는!

로더리고 아, 내가 정말 나쁜 놈이야!

로도비코 두세 사람이 신음하고 있군. 비참한 밤이군요. 무슨 계략이 있는 모양이
오. 단둘이서 저 소리 나는 곳으로 가까이 가면 위험하오. (두 사람, 비켜선다.)

로더리고 아무도 안 와주나? 이젠 틀렸어, 이렇게 출혈이 심해서야!

로도비코 저 소리!

이야고, 횃불을 들고 다시 등장.

그레샤노 셔츠바람으로 오는 사람이 있소, 횃불과 칼을 들고.

이야고 누구냐, 살인이라고 소리 지르는 놈이?

로도비코 우리들도 모르겠소.

이야고 소리 지르는 것 들었지요?

캐시오 여기야, 여기! 제발 좀 살려줘!

이야고 어떻게 된 일이오?

그레샤노 저 사람은 오셀로 장군의 기수요, 분명.

로도비코 정말 그렇습니다. 용감한 사람이오.

이야고 누구야 대체, 이렇게 야단스럽게 소리를 지르는 것이?

캐시오 이야고인가? 아, 내가 다쳤어! 악한들한테 당했어! 어떻게 좀 도와주게.

이야고 아, 부관님이시군요? 악한이라니 어떤 악한들이 이런 짓을?

캐시오 그 중 한 놈은 미처 달아나지 못하고 이 근처에 있을 거야.

이야고 괘씸한 놈들. 거기 누구요? (로도비코와 그레샤노에게) 이리 와서 거들어주시오.

로더리고 이보게, 이쪽도 부탁하네!

캐시오 저놈이 그 패들의 한 놈이야.

이야고 에잇, 살인마! 죽일 놈! (로더리고를 찌른다.)

로더리고 야, 이야고 놈! 개 같은 놈!

이야고 어둠 속에서 살인을 해! 살인자, 도둑놈은 어디로 도망쳤어? 왜 이렇게 시내가 조용할까! 어어이, 살인이다! 당신들은 누구요? 어느 편이오?

로도비코 잘 보시오, 알 수 있을 거요.

이야고 로도비코님이십니까?

로도비코 그렇소.

이야고 이거 실례했습니다. 여기 이렇게 캐시오가 악한에게 당했습니다.

그레샤노 캐시오가?

이야고 어떻게 된 겁니까, 부관님?

캐시오 다리가 두 동강이 났어.

이야고 거 야단났군! 횃불을 부탁합니다. 내 셔츠로 동여맵시다.

비양카 등장.

비양카 무슨 일이에요, 대체? 누구예요, 신음하는 분이?

이야고 거 누구냐, 떠드는 게!

비양카 아, 나의 캐시오! 소중한 캐시오, 아, 캐시오, 캐시오!

이야고 아, 바로 그 갈보로구나! 캐시오님, 당신을 누가 이렇게 난도질해놨는지 모르겠습니까?

캐시오 모르겠다.

그레샤노 이런 봉변을 당했으리라고는 생각도 안 했어. 당신을 찾아다니던 중이 었지요.

이야고 양말끈을 좀 빌려주시오. 됐소. 아, 그리고, 아, 의자 같은 게 있었으면 좋 겠어요. 가만히 운반해야겠는데.

비양카 아, 까무러치시네! 아, 캐시오, 캐시오!

이야고 여러분, 아무래도 이 여자도 수상한 가담자 같습니다. 캐시오, 잠깐만 참으 시오. 자, 잠깐 불을 이리 주시오. 이놈의 얼굴을 확인해봐야죠. 앗, 이건 내 친 구, 한 고향 사람 로더리고 아닌가? 아냐 — 확실히 그래 — 아, 로더리고다.

그레샤노 뭐, 베니스의?

이야고 바로 그잡니다, 당신도 아십니까?

그레샤노 암, 알고 있지!

이야고 그레샤노님이십니까? 이거 실례했습니다. 이런 잔인한 소동 속에서 전혀 몰라봤습니다. 용서하십시오.

그레샤노 아, 만나서 반갑다.

이야고 어떠십니까, 캐시오? 의자를, 의자를!

그레샤노 로더리고였구나!

이야고 그렇습니다, 바로 그 녀석입니다. (의자를 들고 온다.) 아, 됐어, 의자를 가져 왔군! 누가 힘이 센 사람이 가만히 메고 가야 해. 나는 장군님의 외과 의사를 불러와야겠소. (비양카에게) 아, 당신은 손대지 마시오. 캐시오, 여기 쓰러져 있는 사람은 내 친구요. 둘 사이에 무슨 원한이 있었소?

캐시오 그런 일은 전혀 없어. 난 그 사람을 모르네.

이야고 (비양카에게) 아, 안색이 파리하게 변하는군, 여, 빨리 안으로 메고 가요. (캐시오와 로더리고를 메고 간다.) 잠깐 기다려주시오. 이봐, 얼굴빛이 창백하게 변하는군. 여러분, 이것 보세요, 이 여자의 눈빛이 무섭지요? 그렇게 쏘아봐도 소용없어, 곧 실토 안 하고는 못 배길걸. 이 여자를 좀 잘 보세요. 자세히 보세요. 여러분, 아시겠지요? 그렇게 침묵해도 나쁜 짓은 저절로 탄로 나게 마련이야.

이밀리아 등장.

이밀리아 아, 웬일이에요? 어떻게 됐어요, 여보?

이야고 캐시오님이 여기 어둠 속에서 로더리고 일당에게 당했어. 다른 놈들은 다 도망쳤어. 그분은 중상을 입고, 로더리고는 죽었어.

이밀리아 어머! 그분이! 가엾게도, 캐시오님이!

이야고 그건 오입질 탓이야. 이봐, 이밀리아, 캐시오님한테 가서, 오늘 저녁 식사를 어디서 했는가 물어봐요. (비양카에게) 뭐야, 지금 내가 한 말에 왜 떠는 거야?

비양카 그분은 우리 집에서 저녁 식사를 하셨어요. 그렇지만 그 일 때문에 떠는 건 아니에요.

이야고 역시 그랬군. 자, 명령이다, 가자.

이밀리아 원 세상에, 개보다도 못한 갈보년 같으니라고!

비양카 나는 갈보가 아녜요. 당치 않은 소리 하지도 말아요. 그런 말을 하는 당신 같이 떳떳한 여자니까!

이밀리아 나같이라고! 흥! 무슨 소리야!

이야고 여러분, 캐시오님이 치료받는 걸 보러 갑시다. 비양카, 너도 따라와! 더 물어볼 게 있어. 이밀리아, 당신은 성으로 뛰어가서, 장군님과 부인께 이 사건을 보고해. 여러분, 자, 앞장을 서실까요? (방백) 오늘 밤은 성공하느냐, 완전히 파멸하느냐, 둘 중 하나다. (모두 퇴장)

15

[제5막 제2장]

성 안의 침실. 데스데모나, 침대에서 자고 있다. 오셀로, 등불을 들고 등장.

오셀로 죄 때문이다. 이것의 죄 때문이다, 순결한 별들아, 이제는 내가 이것을 입 밖에 내지 않게 해다오! 다 이것 때문이다. 그래도 아내의 피는 흘리게 하지 말자. 그 눈보다 희고, 대리석같이 매끄러운 피부에 상처는 내지 말자……. 하지만 죽여야 한다. 그러지 않으면 또 남자를 속일 것이다. 우선 이 불을 끄고, 그리고 나서 목숨의 불도 꺼야지. 그러나 등불아, 너는 한번 꺼도, 내가 뉘우치면 다시 켤 수 있지. 그렇지만 정묘한 자연이 만든 아름다운 네 육체 속에 타고 있는 불은 한번 꺼버리면 결코 다시는 켤 수 없다. 프로메테우스의 불을 찾아 어디를 헤매야 하나. (촛불을 내려놓는다.) 한번 꺾으면 장미는 이제 영영 살아날 길이 없어. 시들어버릴 수밖에 없지. 아직 가지에 있을 때 향기를 맡아 보자. (키스한다.) 아, 향기 높은 입김, 정의의 신이라도 여기서는 칼을 꺾지 않을 수 없겠구나! 한 번 더, 한 번 더. 죽어서도 이대로 있어다오. 나는 너를 죽이고, 그리고 너를 안아주겠다. 한 번만 더, 이제 마지막이다. 이렇게 사랑스러운 것이, 그렇게 나쁠 수도 있을까. 눈물을 참을 수 없구나. 그러나 잔인한 눈물이다. 아니, 신성한 눈물이다. 사랑하기 때문에 철퇴를 내리는 것이다. 잠을 깨나 보다.

데스데모나 누구? 오셀로님?

오셀로 음, 데스데모나.

데스데모나 아직 주무시지 않으세요?

오셀로 데스데모나, 오늘 밤 기도를 다 끝마쳤소?

데스데모나 네, 마쳤어요.

오셀로 아직 하느님께 용서를 빌지 않은 무슨 죄가 있거든 지금 기도해요.

데스데모나 아, 여보, 그게 무슨 뜻인가요?

오셀로 어서 해요, 간단히. 나는 여기를 거닐고 있을 테니. 마음의 준비도 없는 자를 죽이고 싶진 않아. 아냐…… 절대로 그런 짓은 할 수 없어…… 당신의 영혼까지 죽이고 싶진 않아!

데스데모나 죽인다고요?

오셀로 그래.

데스데모나 아, 하느님, 이 몸을 지켜주소서!

오셀로 아멘, 나도 진심으로 그렇게 비오.

데스데모나 그러시면 죽인다고는 하지 마세요!

오셀로 흠!

데스데모나 그래도 당신이 무서워요. 그렇게 무서운 눈망울을 하실 때는 예사롭지 않은걸요. 왜 무서운지 모르겠어요. 나쁜 짓은 안 했는데. 하지만 어쩐지 겁이 나요.

오셀로 자기 죄를 생각해봐.

데스데모나 저는 당신을 사랑한 죄뿐이에요.

오셀로 음, 그러니까 죽어야 하는 거야.

데스데모나 사랑하니까 죽어야 한다는 건 이치에 닿지 않는걸요. 아, 왜 그렇게 입
　　술을 깨무세요? 무슨 무서운 생각으로 몸을 떨고 계시나요? 그런 게 틀림없
　　어요. 그렇지만 저 때문에 그러시는 건 아니지요?

오셀로 잠자코 있어!

데스데모나 그러지요. 하지만 무슨 일 때문이죠?

오셀로 당신에게 선물한 수놓은 그 손수건, 내가 그렇게도 소중히 하던 물건인데,
　　그걸 캐시오 놈에게 줬지?

데스데모나 아녜요, 절대로! 불러서 물어보세요.

오셀로 잘 생각해봐. 거짓 맹세를 하지 않도록 해. 당신은 그 침대에서 죽어야 해.

데스데모나 거짓말은 하지 않아요. 하지만 제가 죽어야 하다니요?

오셀로 죽어야 해, 지금 곧. 그러니까 정직하게 죄를 고백하는 거야. 하나하나 맹
　　세하여 부인해봐도, 내가 이렇게 신음하는 데는 깊은 근거가 있는 거니까, 그
　　걸 제거할 수도, 누를 수도 없어. 당신은 죽어야 해.

데스데모나 아, 하느님, 저를 구원해주소서.

오셀로 아멘, 저도 그렇게 기도 올리나이다.

데스데모나 그럼 당신도 저를 도와주시지요! 저는 한 번도 당신에게 나쁜 짓을 한
　　기억이 없어요! 캐시오를 사랑한 일도 없어요. 단지 보통 생각으로 그분이 좋
　　다는 것뿐이에요. 물건을 준 일도 없어요.

오셀로 아냐, 나는 내 손수건을 그놈이 가지고 있는 것을 봤어. 이 거짓말쟁이가!
　　내 가슴을 돌같이 만드는구나! 정의를 위하여 당신을 제물로 할 작정인데, 그
　　걸 단순한 살인자로 만들겠다는 거냐! 나는 손수건을 봤어!

데스데모나 그럼 주웠겠지요. 전 절대로 준 일이 없어요. 그분을 이리 불러오세
　　요. 그리고 사실대로 고백시켜보세요.

오셀로 고백했어, 그놈은.

데스데모나 네? 뭐라고요?

오셀로 당신에게 손을 댔다고.

데스데모나 어떻게요? 불의를 저질렀다고요?

오셀로 그렇지.

데스데모나 그런 소리를 할 리가 없어요.

오셀로 아냐, 이제 그 녀석 입은 봉해졌어. 충실한 이야고가 처치해버렸으니까.

데스데모나 아, 역시! 그럼 죽었군요, 그분은?

오셀로 그놈의 머리털 한 개 한 개가 생명을 가졌다 해도 내 복수의 상대로는 부족해.

데스데모나 그분은 간계에 걸린 게로군요. 저도 이제 파멸이고요.

오셀로 꺼져, 없어져, 매음부년아! 내 눈앞에서 그놈을 위해 우는 거냐?

데스데모나 아, 저를 쫓아내셔도 좋아요, 죽이진 마세요.

오셀로 내려와, 매음부년!

데스데모나 내일 죽이세요. 오늘 밤만은 용서해주세요!

오셀로 아니, 반항하면…….

데스데모나 반시간만이라도!

오셀로 이렇게 된 이상 지체할 수 없어.

데스데모나 한마디 기도 올릴 동안만!

오셀로 이미 때는 늦었어. (아내의 목을 졸라 죽인다.)

이밀리아 (문 밖에서) 장군님, 장군님! 보세요, 보세요, 장군님, 장군님!

오셀로 뭐냐, 저 소리는……. 아직 덜 죽었나? 죽어버리지 않았나? 잔인한 짓은 해도 자비심은 가졌어. 고통을 오래 끌게 하진 않겠어. 이렇게, 이렇게.

이밀리아 (문 밖에서) 장군님! 장군님! 나와보세요.

오셀로 누구냐?

이밀리아 (문 밖에서) 아, 장군님, 잠깐 여쭐 일이 있어요!

오셀로 음, 이밀리아군. 곧 가겠다! 이제는 죽었구나. 이밀리아는 캐시오가 죽었
다는 소식을 알리러 온 모양이군……. 그 소리였군. 흥! 이젠 꿈틀거리지 않
나? 묘석처럼 고요하군. 이밀리아를 들어오라고 할까? 그래도 괜찮을까? 또
다시 꿈틀거리는 것 같은데. 아니군. 어떻게 해야 할까? 이밀리아는 들어오면
아내에게 말을 걸겠지……. 아내! 아내! 내게 아내는 없어. 아, 견딜 수 없군!
아아, 비참한 시간이다! 일식이 일어나 태양도 달도 빛을 잃고, 놀란 대지는
이 변고에 아가리를 딱 벌릴 것 같구나.

이밀리아 (문 밖에서) 부디, 여쭐 말씀이 있어요. 장군님!

오셀로 아, 깜빡 잊고 있었군. 그럼 들어와, 이밀리아. 잠깐만 기다려, 곧 열어줄
테니. 침대 커튼을 닫아야지. 이밀리아, 어디 있어? (문을 연다.)

이밀리아 등장.

오셀로 지금이 몇 신데? 무슨 일이야?

이밀리아 아, 장군님, 저쪽에서 큰 살인이 났어요.

오셀로 뭐, 지금?

이밀리아 네, 지금 방금입니다.

오셀로 달이 망령들었기 때문이야. 달이 평소의 궤도에서 지구로 가까워지면 사
람은 미치게 마련이지.

이밀리아 캐시오님이 베니스 청년 로더리고를 죽였어요.

오셀로 로더리고가 죽었어? 캐시오도 죽었나?

이밀리아 아뇨, 캐시오님은 죽지 않았어요.

오셀로 캐시오는 죽지 않았다고! 그럼 암살의 순서가 틀려버렸군. 모처럼의 복수

가 수포로 돌아갔어.

데스데모나 아, 잘못, 잘못되었어. 억울하게 살해당하는구나!

이밀리아 어머, 저게 무슨 소리지요?

오셀로 저 소리라니! 뭐 말인가?

이밀리아 어머, 저건 아씨 목소리예요! (커튼을 연다.) 누구, 누구, 여보세요! 누구
좀 오세요! 아, 아씨, 한 번만 더 말씀을! 데스데모나님!

데스데모나 나는 억울하게 죽어요.

이밀리아 아, 대체 누가 이랬습니까?

데스데모나 누가 그런 게 아니에요. 내 손으로 그랬어요. 주인님께 말씀 잘 전해
줘요. 아, 잘 있어요! (죽는다.)

오셀로 뭐야, 왜 이렇게 됐지?

이밀리아 그걸 누가 알겠습니까?

오셀로 아내가 자기를 죽인 게 내가 아니라고 그랬지?

이밀리아 그랬어요. 사실대로 알려야겠어요.

오셀로 거짓말쟁이, 저것은 지옥에 떨어졌다. 죽인 것은 나야.

이밀리아 아, 그럼 아씨는 정말 천사예요. 거기다 대면 장군님은 악마예요!

오셀로 저것은 더러운 짓을 했어. 매음부였어.

이밀리아 아씨를 그렇게 모욕하다니. 당신이야말로 악마예요!

오셀로 물같이 마음이 뜬 여자였어.

이밀리아 당신은 불같이 분별없어요. 부인이 부정하다뇨. 아, 아씨는 천사같이 진
실하셨어요!

오셀로 캐시오하고 간통했어. 믿지 못하겠다면 네 남편에게 물어봐. 이만한 엄청
난 짓을 내가 정당한 이유도 없이 했다면, 그야말로 나는 지옥의 밑바닥으로
떨어져도 좋아. 네 남편이 죄다 알고 있어.

이밀리아 제 남편이!

오셀로 네 남편이.

이밀리아 아씨가 불의를 저질렀다는 것을?

오셀로 음, 캐시오하고. 그러나 이 여자가 정숙했다면 하늘이 보석으로 완전무결
한 세계를 만들어준다 해도 바꾸지 않았을 거야.

이밀리아 제 남편이!

오셀로 그렇다, 처음 이야기해준 게 그 사람이다. 성실한 사람이니까, 불결한 행
위의 더러움을 미워하는 거야.

이밀리아 제 남편이!

오셀로 아니, 몇 번 말해야 알겠나? 네 남편이라고 하지 않았나.

이밀리아 아, 아씨, 나쁜 계략이 사랑을 함정에 빠뜨렸군요! 제 남편이 아씨를 부
정하다 했다고요?

오셀로 그렇다니까. 네 남편이다. 알았어? 내 친구요, 네 남편이요, 성실하고 성
실한 이야고 말이다.

이밀리아 그이가 그런 말을 했다면, 그놈의 사악한 영혼이 매일매일 썩어나가라!
터무니없는 거짓말쟁이! 아씨는 이런 더러운 남편을 너무도 소중히 하셨어!

오셀로 뭐?

이밀리아 마음대로 나쁜 짓을 해봐요. 과분한 부인을 이렇게 해놓은 당신 같은 사
람은 어차피 천당에는 가지 못할 테니.

오셀로 잠자코 있어. 그래야 이로울 테니.

이밀리아 어디 나를 어떻게 하겠다면 맘대로 해봐요. 아, 머저리! 아, 바보! 목석
같은 무지렁이! 당신이 한 짓은……. 칼을 무서워할까 봐? 나는 당신이 한 짓
을 알릴 거예요. 죽이려면 얼마든지 죽여봐요. 누구 좀 와줘요! 누구 좀 와줘
요! 여기 누구 좀 와줘요! 무어가 부인을 죽였어요! 살인이다! 살인이다!

몬타노, 그레샤노, 이야고 등장.

몬타노 무슨 일이냐? 어쩐 일이오, 장군?

이밀리아 아, 오셨군요, 이야고. 당신도 참 장하군요. 살인죄를 뒤집어쓰게 됐으니.

그레샤노 무슨 일이야?

이밀리아 당신도 남자라면, 이 악한에게 논박을 해보세요. 부인이 나쁜 짓을 했다
는 걸 당신에게 들었다고 하던데요. 당신은 그런 말 하지 않았을 거야. 당신은
그런 악당이 아니니까. 뭐라고 말해봐요. 나는 가슴이 답답해요.

이야고 생각한 바를 말했을 뿐이야. 그것뿐이야. 장군 스스로 과연 그럴 거라고
생각하신 것 외에는 아무것도 말하지 않았어.

이밀리아 그렇지만 아씨가 부정을 저질렀다고 당신이 장군께 말했어요?

이야고 했어.

이밀리아 거짓말, 더러운 거짓말! 무서운 거짓말이야. 정말 엉뚱한 거짓말이야!
아씨가 캐시오님하고 부정을 저질렀다고! 캐시오님하고!

이야고 그래, 캐시오하고. 입 못 다물어?

이밀리아 나는 입 다물지 못하겠어요. 떠들지 않곤 못 배겨요. 부인이 살해당했어
요, 이 침상에서.

모두 아, 큰일 났군!

이밀리아 당신의 무고 때문에 일어난 살인이에요.

오셀로 아, 모두 그렇게 놀라지 마오. 사실입니다, 전부가.

그레샤노 믿을 수 없는 일이군.

몬타노 아, 가공할 소행이군.

이밀리아 흉악해, 흉악해, 흉악해! 그래, 생각나는 게 있어. 그런 것 같더라니. 아,
흉악해! 그때도 그렇게 의심했었는데. 차라리 죽어버리고 싶어. 아, 지독해라,

너무나 지독해.

이야고 뭐야, 미쳤어? 집에 가 있어.

이밀리아 여러분, 제 말을 들어보세요. 남편 말을 순종하는 게 당연하지만, 지금
은 싫어요. 저는요, 이야고, 절대로 집에 안 가겠어요.

오셀로 아! 아! 아! (침대에 쓰러진다.)

이밀리아 그렇게 쓰러져서 몸부림치는 것이 당연해요. 세상 빛을 본 사람 중에서
둘도 없이 사랑스럽고 순진한 분을 당신이 죽였으니!

오셀로 (일어나며) 아, 저것은 간통을 했다! 숙부님이셨군요. 몰라봤습니다. 저기
질녀가 쓰러져 있습니다. 방금 이 손으로 목숨을 끊어놨습니다. 잔혹하고 끔
찍한 소행이라고 생각하시겠지요?

그레샤노 가엾은 데스데모나! 너의 아버지가 돌아가셔서 다행이다. 너의 결혼에
큰 충격을 받아 슬퍼한 나머지, 노인의 목숨줄은 끊어지셨다. 지금 만일 살아
있어 이 광경을 본다면, 무슨 짓을 하실는지 몰라. 행운의 천사까지도 떠밀어
내고 지옥 속으로 뛰어들었을지도 몰라.

오셀로 불쌍합니다. 그렇지만 이야고가 알고 있습니다. 이 여자는 수없이 캐시오
와 추잡스러운 행동을 했습니다. 캐시오가 자백했습니다. 더구나 아내는 내가
처음으로 준 사랑의 증표인 선물을 남자의 애욕에 대한 사례로 주었습니다.
난 그자가 그걸 가지고 있는 것을 보았습니다. 손수건 말입니다. 그건 내 아버
지가 어머니에게 선사한 기념품이었습니다.

이밀리아 이걸 어쩌면 좋아! 아, 하느님!

이야고 야, 주둥이 닥쳐.

이밀리아 말할 테야. 나는 말할 테야. 닥치라고? 싫어요! 북풍이 마구 불어대듯이
죄다 말해버릴 테야. 신과 사람과 악마가 죄다 몰려와서 입을 다물라고 악을
써도 말할 테야.

이야고 쓸데없는 말 하지 말고 집에 가.

이밀리아 누가 간대요? (이야고, 이밀리아를 찌르려 한다.)

그레샤노 이게 무슨 짓이오! 여자한테 칼을 갖다 대다니!

이밀리아 아, 무어님, 바보 같은 짓이에요! 당신이 말한 그 손수건은 내가 주워서
　　　　남편한테 준 거예요. 이상하게도 자꾸 심각한 태도로 그런 쓸데없는 물건을
　　　　훔쳐다 달라고 졸라대기에 말이에요.

이야고 이 망할 것이!

이밀리아 아씨가 캐시오님께 드렸다고요? 틀려요, 안 그래요. 내가 주워가지고
　　　　남편에게 줬어요.

이야고 이 망할 것아, 거짓말 작작 해!

이밀리아 하늘에 맹세코 절대로 거짓말이 아니에요. 여러분, 아, 살인자, 바보! 이
　　　　런 바보가 그렇게도 착하신 부인을 어떻게 한 거야?

오셀로 벼락이나 맞고 뒈져라, 이 흉측하기 짝이 없는 악당놈아! (이야고에게 달려
　　　　든다. 이야고, 뒤에서 이밀리아를 찌르고 퇴장.)

그레샤노 이밀리아가 쓰러졌어. 놈이 제 처를 죽이는군.

이밀리아 네, 그렇습니다. 아, 나를 아씨 옆에 뉘어주세요.

그레샤노 도망쳤군, 아내를 죽이고.

몬타노 극악무도한 악당이군. 자, 이 칼을 맡아주시오. 지금 무어 장군한테서 뺏
　　　　은 칼이오. 그리고 입구 밖에서 지키시오. 방에서 나가지 못하게 하고, 정 말
　　　　을 듣지 않으면 차라리 죽여버리시오. 나는 저 악한을 쫓아가겠소. 실로 끔찍
　　　　한 악한이군. (오셀로와 이밀리아만 남고 모두 퇴장)

오셀로 나는 이제 용기도 상실했다. 저런 풋내기까지 내 손에서 칼을 뺏어 갔다.
　　　　명예도 다 잃어버린 내가 새삼스럽게 무용을 자랑해서 무엇하랴, 이젠 아무
　　　　미련도 없다.

이밀리아 그 노래는 무슨 전조였나 보지요, 아씨? 자, 들리세요? 저는 백조같이 노래 부르며 죽어요. (노래) 버들 버들, 버들아. 무어님, 부인은 결백했어요. 당신을 사랑했어요. 참혹한 무어님. 저는 천당에 가요. 참말만 했으니까요. 생각한 대로 말하며 죽는 거예요. 아, 죽어요……. (숨이 끊어진다.)

오셀로 이 방에 또 한 자루 칼이 있었지. 스페인의 명도名刀가……. 얼음같이 찬 강물로 벼린……. 아, 여기 있군. 숙부님, 나는 밖으로 나가야겠소.

그레샤노 (문 밖에서) 그런 짓 하면 목숨은 없다. 자네는 무기도 안 가졌잖나? 조용히 하지 않으면 좋지 않을 것이다.

오셀로 이리 들어오셔서서 말씀하십시오. 그러잖으면 맨손으로라도 상대할 테요.

그레샤노 등장.

그레샤노 왜 그러나?

오셀로 보시오, 칼을 가지고 있소. 이렇게 좋은 칼은 지금까지 어떤 군인도 옆구리에 차본 적이 없소. 저도 한때는 이 빈약한 팔과 이 명도로 당신 같은 분이 스무 명, 서른 명 한 다발이 되어서 공격해 와도 무찔렀지만…… 아, 이젠 쓸데없는 큰소리지! 누가 운명을 좌우할 수 있단 말인가? 이젠 글렀소. 무서워 마시오, 칼을 가지고 있어도. 이제 내 인생의 여로는 끝났소. 마지막이오. 내 항로의 최후의 부두에 배는 닿았소. 무서워서 그렇게 뒤로 물러섭니까? 겁내지 마십시오. 갈대 한 가지가 이 오셀로 가슴에 다가와도 난 물러납니다. 그리고 이 오셀로는 어디로 가야 하나? 어디 봅시다. (침대를 돌아본다.) 당신은 어떤 얼굴을 하고 있소! 아아, 불운한 당신! 속옷같이 창백한 얼굴을 하고! 최후의 심판 날 다시 만나게 되어 당신의 이 얼굴을 보기만 해도, 내 영혼은 하늘에서 내동댕이쳐져 지옥의 마귀들에게 뜯어 먹히겠지. 차다, 얼음 같구나, 당신은! 당신의 정조도 이러했겠지. 아, 저주받은 노예놈! 지옥의 악마들아, 나를 채찍질해서 이 천사 같은 모습이 보이지 않는 곳으로 쫓아내다오. 열풍 속으로 내 몸뚱이를 흩날려다오! 유황불로 나를 태워다오! 불바다 심연 속에 나를 처넣어다오! 아, 데스데모나! 죽어버린 데스데모나! 죽어버렸구나! 아! 아!

로도비코, 몬타노, 들것에 누운 캐시오, 잡힌 이야고, 관리들 등장.

로도비코　경솔하게 불운을 자초한 당사자는 어디 있나?

오셀로　그는 오셀로라고 불리던 놈입니다. 여기 있습니다.

로도비코　그 독사 같은 놈은 어디 있나? 그 악당을 이리 끌어내라.

오셀로　어디 발을 좀 보자. 악마는 발톱이 두 쪽으로 쪼개져 있다는 건 꾸며낸 말인가? 네놈이 악마라면 내 칼은 들어가지 않을 것이다. (이야고를 찌른다.)

로도비코　칼을 빼앗아.

이야고　피는 나왔다, 그렇지만 죽지는 않아.

오셀로　나도 서운할 것 없다. 오히려 살려두고 싶다. 지금의 내 심정으론 죽는 것이 행복하니까.

로도비코　아, 오셀로, 한때는 그처럼 훌륭하던 당신이 극악무도한 놈의 간계에 걸렸소. 당신에게는 뭐라고 해야 좋을지 모르겠소.

오셀로　뭐라고 하셔도 좋습니다. 정의의 살인자라고나 해주시오. 저는 조금도 개인적인 원한으로 죽인 건 아닙니다. 정의 때문에 한 것입니다.

로도비코　이놈은 이미 죄상을 자백했소. 당신이 이놈과 공모해서 캐시오를 죽이려 했다고.

오셀로　그랬습니다.

캐시오　아, 장군님, 제게는 그렇게 당해야 할 이유가 없습니다.

오셀로 확실히 그렇소, 용서하오. 이 악마 같은 놈이 왜 그렇게 내 육체와 영혼을 덫에 걸었는지를 좀 물어봐주오.

이야고 물어볼 것 없습니다. 아실 만큼 아셨으면 되지 않습니까? 지금부터 저는 아무 말도 않겠습니다.

로도비코 뭐, 기도도 안 하겠느냐?

그레샤노 고문으로 입을 열게 하지.

오셀로 그래, 말을 안 하는 게 제일 상책이야.

로도비코 당신은 아직 모르겠지만, 이런 일이 있었소. 여기 편지가 있소. 살해당한 로더리고의 주머니 속에서 발견된 것이오. 그리고 여기 또 한 통, 여기에는 캐시오의 암살은 로더리고가 맡기로 되어 있소.

오셀로 오, 악당!

캐시오 극악무도한 놈!

로도비코 또 한 통, 불평을 적은 편지, 이것 역시 그놈 주머니에 있던 것으로 이것은 로더리고가 이 악당에게 보내려고 쓴 것 같소. 그러나 보내기 직전에 이야고가 찾아와서 그만 결말이 난 모양이오.

오셀로 아아, 천하에 몹쓸 놈! 캐시오, 그 손수건은 내 아내 것이었는데, 이걸 어떻게 자네 손에 넣었나?

캐시오 제 방에 떨어져 있었습니다. 저놈이 방금 고백했습니다. 일부러 거기 떨어뜨려놨더니, 과연 생각대로 걸려들더라고요.

오셀로 아, 바보같이! 바보였어! 바보였어!

캐시오 그리고 로더리고의 편지에서는 이야고를 비난하고 있었습니다. 전번 야경 보던 날 밤도 이놈이 로더리고를 시켜서 나하고 싸움을 하게 하고, 그 때문에 저는 면직이 됐습니다. 게다가 죽은 줄로 알았던 저 로더리고가 입을 열고 "이야고가 자기를 베었다, 부추긴 것도 이야고다."라는 말을 했습니다.

로도비코 이 방을 나와 우리들과 동행해주시오. 당신의 관직은 모두 박탈됐소. 캐시오가 이 사이프러스를 통치하게 됐소. 이 악당에게는 심한 고통을 장시간 줄 수 있는 고문 방법이 있다면, 그걸로 처벌하겠소. 당신은 베니스 정부에 죄상이 보고될 때까지 죄수로 취급하겠소. 자, 데려가라.

오셀로 잠깐, 떠나시기 전에 한두 말씀 드리겠으니 들어주시오. 나는 국가에 대해 다소의 공적이 있소. 그건 정부에서도 알고 있소. 허나 그걸 말하자는 게 아니오. 단지 원하는 건, 보고서에 이 불행한 사건을 기록할 때, 사실 그대로의 나를 전해주길 바라오. 나를 조금이라도 두둔하거나 악의를 내보이거나 하지 말아주시오. 말하자면 이렇게 적어주시오. 분별은 부족했어도 진정 깊이 아내를 사랑한 사람이었다. 경솔하게 남을 의심하지 않는 사람이었으나 속임수에 넘어가 극도로 당혹하여, 어리석은 인도인처럼 자기의 온 민족보다도 값진 진주를 그 손에서 내던져버렸다. 생전 울어보지도 않던 자가 이번만은 슬픔에 못 이겨 아라비아의 고무나무가 수액을 흘리듯이 억수같이 눈물을 쏟았다…… 이렇게 써주시오. 그리고 또 한 가지만 더 전해주시오. 언젠가 알레포에서 터번을 두른 터키 사람이 가증스럽게도 베니스 사람을 때리고 이 나라를 모욕한 것을 보았을 때, 그 이교도 개놈의 멱살을 잡고 그 목을 찔렀다고요…… 이렇게. (자기를 찌른다.)

로도비코 아, 처참한 최후로구나!

그레샤노 지금까지 얘기한 게 다 허사가 됐군.

오셀로 당신을 죽이기 전에 나는 키스했지. 지금은 이렇게밖에 할 수 없다. 내 스스로 목숨을 끊고 키스하며 죽는 길밖에. (침대에 쓰러져 죽는다.)

캐시오 이런 일을 염려했습니다만, 칼은 안 가지고 있는 줄 알았습니다. 고결한 마음을 가진 분이셨으니까요.

로도비코 (이야고에게) 이 스파르타 개 같은 놈, 어떤 고통이나 굶주림이나 험한 바다보다도 더 잔인한 놈! 침대 위에 쓰러져 있는 이 비참한 모습을 보아라……
이건 네놈의 소행이다. 눈도 멀어버릴 광경이다. 보이지 않게 가려야겠다. (침
실 커튼을 닫는다.) 그레샤노님, 이 집의 관리를 맡으시고 무어의 재산을 압수해
주십시오, 당신이 상속을 받아야 하니까. (캐시오에게) 그리고 총독, 이 극악인
의 재판을 당신에게 일임하겠으니, 때와 장소와 고문 방법을 결정하시오. 나
는 곧 배에 올라, 이 참사를 본국에 보고하겠소. (모두 퇴장)

KING LEAR

리어 왕

리어 왕

장소

브리튼

등장인물

리어 | 브리튼 왕

거너릴 | 리어의 큰딸

리건 | 리어의 둘째 딸

코델리아 | 리어의 막내딸

올버니 공작 | 거너릴의 남편

콘월 공작 | 리건의 남편

프랑스 왕

버건디 공작

켄트 백작

글로스터 백작

에드거 | 글로스터의 적자嫡子

에드먼드 | 글로스터의 서자庶子

노인 | 글로스터의 하인

오스왈드 | 거너릴의 집사

리어의 광대

신사 | 코델리아의 시종

큐런 | 정신廷臣

시의侍醫

대장 | 에드먼드의 부하

전령사

콘월의 하인

그 밖에 리어 왕의 기사, 부대장, 사자들, 병사들, 시종들

ACT 1

1

[제1막 제1장]

리어 왕의 궁전, 알현실.

켄트 백작, 글로스터 백작, 에드먼드 등장.

켄트 국왕께서는 콘월 공보다 올버니 공을 더 생각하고 계시는 것 같지요?

글로스터 정말 그런 것 같더군요. 그러나 막상 영토 분배의 결과로 봐선 어느 쪽을 더 총애하고 계시는지 도무지 분간을 못 하겠던데요. 양쪽 다 똑같이 나누어졌으니 아무리 따져봐도 우열을 가릴 수가 있어야지요.

켄트 저 사람은 아드님이 아닙니까?

글로스터 양육은, 글쎄, 내가 했습니다만, 저 애를 내 아들이라고 할 적마다 어찌나 얼굴이 뜨거운지, 원. 그렇다 보니 지금은 철면피가 돼버렸습니다.

켄트 무슨 얘긴지 알아들을 수 없는데요.

글로스터 저 애 어미는 내 말을 잘 들어 모르는 사이에 배가 점점 불룩해졌지요. 말하자면 침상에서 남편을 맞아보기도 전에 요람에 제 아이를 재우게 된 격이지요. 나의 엉뚱한 실수를 아시겠습니까?

켄트 실수라도 그런 실수라면 잘한 실수지요. 이렇게 훌륭한 열매를 맺었으니.

글로스터 그런데 내게는 적자가 하나 있어요. 특별히 귀엽지는 않지만 이놈보다 한 살 손위입니다. 이놈은 누가 기다리기도 전에 주제넘게 이 세상에 태어난 놈입니다만, 이놈의 어미는 아주 예쁜 여자라, 이놈이 생겨나기 전에는 상당히 재미를 보았지요……. 사생아지만 자식으로 인정하지 않을 수가 있어야지요. 에드먼드, 너, 이 어른을 뵌 적이 있니?

에드먼드 아뇨, 없습니다.

글로스터 켄트 백작이시다. 내가 존경하는 친구이니 앞으로 잘 모셔라.

에드먼드 인사드립니다.

켄트 반갑네. 앞으로 가까이 지내세.

에드먼드 예. 기대에 어긋나지 않도록 노력하겠습니다.

글로스터 이 애는 9년 동안을 외국에서 지냈는데 또 가기로 되어 있죠. (나팔 소리) 국왕께서 나오십니다.

왕관을 받든 자를 선두로 리어 왕, 콘월, 올버니, 거너릴, 리건, 코델리아, 시종들 등장.

리어 왕 글로스터, 프랑스 왕과 버건디 공작의 접대를 부탁하오.

글로스터 예, 분부대로 거행하겠습니다.

(글로스터와 에드먼드 퇴장)

리어 왕 그 사이 지금까지 내가 가슴속에 품고 있던 계획을 말하겠다. 그 지도를 다오. 우선 나는 내 왕국을 셋으로 나누어놓았다. 나의 계획인즉, 이제 모든 어려운 국사國事를 늙은 나의 어깨로부터 젊고 기운 있는 사람들에게 이양하고, 홀가분한 몸으로 여생을 조용히 보내려 한다. 사위 콘월 공과 또 그에 못지않게 소중히 여겨온 큰사위 올버니 공에게 말하겠는데, 나는 딸들에게 줄 재산을 발표하려고 한다. 이는 오직 뒷날 싸움의 씨를 없애기 위해서다. 프랑스 왕과 버건디 공작은 내 막내딸의 사랑을 구하여 서로 경쟁하며, 벌써 오랫동안 이 궁정에 머물러왔는데, 오늘 여기서 대답을 듣게 될 것이다. 자, 딸들아, 나는 이제부터 국가의 통치권이며 영토 소유권이며 행정 관리권 들을 모두 벗어버릴 작정인데, 대체 너희들 중 누가 제일 이 아비를 사랑하고 있는지 말해봐라. 나에 대한 사랑과 효성이 제일 큰 딸에게 나는 제일 많은 몫을 주겠다. 거너릴, 맏딸이니 너부터 먼저 말해봐라.

거너릴　저는 말로는 도저히 표현할 수 없을 만큼 아버님을 사랑합니다. 제 눈이 보이는 기쁨보다도, 무한한 공간보다도, 자유보다도, 값지고 희귀한 그 무엇보다도, 생명보다도, 사랑과 미와 건강과 명예가 구비된 생명보다도 소중한 분으로서 아버님을 모시겠습니다. 일찍이 자식이 바치고 어버이가 받은 바 있는 최대의 애정을 가지고, 숨이 차고 말이 막힐 만한 효성을 가지고, 무엇하고도 비교할 수 없는 애정을 가지고, 아버님을 모시며 효도를 다하겠습니다.

코델리아　(방백) 이 코델리아는 무어라고 말씀드릴까? 아버님을 사랑하지만 잠자코 있어야지.

리어 왕　(지도를 가리키면서) 이 경계선부터 이 선까지, 울창한 숲과 기름진 평야와 어획 많은 강과 광막한 목장이 있는 이 경계선 내의 전부를 너의 영토로 하겠다. 이것은 영원히 너와 올버니 자손의 것이다. 다음, 내가 지극히 사랑하는 둘째 딸 리건, 콘월 공의 아내인 너는 뭐라고 말하겠느냐?

리건　저도 언니와 꼭 같은 심정입니다. 그러니 가치도 동등하다고 생각하고 있어요. 정말이지 언니는 저의 효성을 그대로 표현했어요. 다만 말의 부족을 첨가

한다면, 저는 어떠한 고귀한 사람이 누리는 낙일지라도 효성 이외의 낙은 적으로 생각하고, 소중한 아버님께 대한 사랑에서만 오직 행복을 느끼고 있습니다.

코델리아 (방백) 다음은 가엾은 이 코델리아! 뭐라고 말씀드릴까? 아니야, 상관없어. 나의 애정은 말로 못할 만큼 무게가 큰 것이니까.

리어 왕 이 훌륭한 국토의 3분의 1이 너와 네 자손의 영원한 영토다. 넓이로나, 가치로나, 기쁨을 주는 데 있어서 거너릴에게 준 것에 비해 조금도 손색이 없다. 다음은 나의 기쁨인 코델리아 차례다. 막내지만 나의 사랑으로는 결코 끝자리가 아니다. 맛좋은 포도의 나라 프랑스 왕과 넓은 목장을 지닌 버건디 공작이 너의 사랑을 얻으려고 지금 경쟁하고 있는 중이지만, 언니들 것보다 더욱 비옥한 셋째 영토를 받기 위하여 너는 무어라 말하겠느냐?

코델리아 아무 할 말이 없습니다.

리어 왕 아무 할 말이 없어?

코델리아 네, 아무 할 말이 없습니다.

리어 왕 아무 할 말이 없으면 얻는 것도 없을 것이니, 다시 말해봐라.

코델리아 불행하게도 저는 제 심경을 말할 수가 없습니다. 아버님을 사랑하는 것은 자식으로서의 저의 본분이옵니다. 다만 그것뿐이옵니다.

리어 왕 뭐라고? 코델리아! 말을 좀 고쳐 함이 어떠냐, 네 재산이 손해를 입지 않도록.

코델리아 아버님, 아버님은 저를 낳으시고 기르시고 그리고 사랑해주셨습니다. 그 은혜의 보답으로 저는 당연히 할 의무를 다하겠습니다. 아버님께 복종하고, 아버님을 사랑하고, 아버님을 누구보다도 공경합니다. 언니들은 오직 아버님만 사랑한다고 하면서, 왜 남편을 맞았을까요? 아마 저는 결혼한다면, 저의 맹세를 받아줄 남편을 위해 저의 애정과 심로와 의무의 절반을 바치게 될

것입니다. 언니들처럼 오직 아버님만을 사랑하려면 저는 결혼 같은 건 하지
않겠어요.

리어 왕 그게 네 본심이냐?

코델리아 네.

리어 왕 어린 나이로 그렇게 냉정할 수가.

코델리아 어리기 때문에 이렇게 정직한 것입니다.

리어 왕 좋다. 그러면 그 정직을 네 지참금으로 삼아라! 성스러운 태양의 위광을
두고, 밤의 마귀 헤카테의 암야의 비법秘法과 우리의 생사를 좌우하는 성신星辰
의 작용을 두고 맹세하지만, 나는 아비로서의 애정도, 한 핏줄이라는 것도 모
두 부정하고, 이제부터 영구히 너를 나와는 아무 관계없는 남남으로 생각하겠
다. 스키티아의 야만인이나, 식욕을 채우기 위해서 제 육친을 잡아먹는 놈을
차라리 이 가슴에 끌어안고 측은하게 생각하여 도와주는 편이 낫겠다. 너 같
은 딸자식을 사랑하기보다는.

켄트 폐하…….

리어 왕 듣기 싫다, 켄트! 용의 노여움을 사지 마라, 나는 이 아이를 제일 사랑하
고 있었다. 이 아이의 손에 보호를 받으며 여생을 보낼까 했던 것인데, (코델리
아에게) 나가라, 보기 싫다! ……저 애와는 아비로서의 애정을 끊는 만큼, 이
제는 무덤이 내 안식처가 될 수밖에! 프랑스 왕을 불러라! 무얼 꾸물거리고 있
느냐? 버건디 공작을 불러라! 콘월과 올버니는 두 딸에게 준 재산 외에 셋째
에게 주려던 재산도 갈라 가져라. 너는 정직이라는 오만을 지참금 대신 가지
고 시집을 가려무나. 너희 둘에게만 나의 권리와 통치권과 왕위에 따르는 모
든 아름다운 의장을 일체 양도하겠다. 나는 다달이 백 명의 기사를 거느리고
너희들의 부양 아래, 한 달 교대로 두 집에 머무르면서 생활하기로 하겠다. 나
는 오직 왕이라는 명칭과 명예만을 보유하고, 국가의 통치며 수입이며 기타의

집행권을 일체 너희들 두 사위에게 맡기겠다. 그 증거로 이 자리에서 이 왕관
을 둘에게 공동용으로 주겠다.

켄트 폐하! 저는 폐하를 주군으로서 공경하고, 부친같이 경애하며, 주인으로서
따르고, 그리고 위대하신 보호자로서 그 행복을 기도해왔습니다.

리어 왕 활은 당겨졌으니, 화살에 맞지 않게 하라.

켄트 차라리 쏘십시오, 그 활에 제 심장이 뚫리는 한이 있더라도 저는 물러서지
않겠습니다! 폐하의 마음에 광기가 있으시다면 켄트도 예의만 지키고 있을 순
없습니다. 노인, 왜 이러십니까? 국왕이 아부에 굴복할 때 충신이 간언하기를
두려워한다고 생각하십니까? 왕이 어리석은 행동을 하면, 명예를 존중하는
신하라면 진언을 아니 할 수 없습니다. 왕권을 그전대로 보존하십시오. 그리
고 심사숙고하셔서 이번의 경솔 망측하신 처분을 거두십시오. 제 판단이 틀렸
다면 목숨을 내놓겠습니다만, 막내따님은 절대로 효심이 뒤떨어지는 것이 아
닙니다. 또한 목소리가 낮아 쩡쩡 울려대지 않는다 해서 진심이 비어 있는 것
은 아닙니다.

리어 왕 목숨이 아깝거든 아무 말도 마라, 켄트!

켄트 제 목숨은 폐하의 적과 싸우기 위해서 언제라도 버릴 각오입니다. 폐하의
일신을 위해서 버린다면 조금도 아깝지 않습니다.

리어 왕 물러가라, 보기 싫다!

켄트 눈을 뜨고 잘 보십시오. 그리고 항상 저를 폐하의 진정한 과녁으로 삼으십
시오.

리어 왕 정말 아폴로 신을 두고 맹세하지만……

켄트 정말 아폴로 신을 두고 맹세하지만, 폐하의 맹세는 쓸데없습니다.

리어 왕 이 불충한 것 같으니! (칼을 잡는다.)

올버니, 콘월 고정하십시오, 폐하!

켄트 이 양의良醫를 죽이고, 사례는 유행병 귀신에게 하십시오. 아까 하신 말씀, 취소하지 않으시면, 이 목에서 소리가 나오는 한 그건 단연 잘못이라고 규탄하겠습니다.

리어 왕 이 고얀 놈아! 충성을 잊지 않았다면 내 엄명을 들어봐라! 내가 이때까지 깨뜨려본 일이 없는 이 맹세를 너는 나로 하여금 깨뜨리게 하려고 했을 뿐 아니라, 불손한 태도로써 나의 선고와 왕권 사이에 방해를 놓고, 인정상으로나 지위상으로나 도저히 참지 못할 일을 나로 하여금 하게 한 것이니……. 자, 국왕의 실권이 어떠한 것인지 맛을 좀 보아라. 닷새 동안의 여유를 줄 테니, 그 동안에 세파의 재난을 피할 수 있는 준비를 해라. 그러나 엿새째는 이 왕국으로부터 그 밉살스러운 등을 돌려라. 만약 열흘 후에도 추방된 몸을 국내에 둔다면 발견하는 즉시 사형에 처하겠다. 나가라! 주피터 신을 두고 맹세하지만, 이 선고는 절대로 취소하지 않겠다.

켄트 그럼 안녕히 계십시오. 정 그러시다면 이 나라에는 자유는 없고 추방만이 있을 뿐입니다. (코델리아에게) 모든 신께서 공주님을 가호해주시옵기를……. 공주님의 마음은 정당하고, 말씀은 성실하셨습니다. (리건과 거너릴에게) 두 분의 거창한 말씀이 실행되고, 좋은 결과가 진정한 효심에서 우러나기를 빕니다. 그리고, 아, 두 분 공작 각하, 켄트는 이만 작별의 인사를 드립니다. 이제 새로운 나라에서 그전대로 살아가보겠습니다. (퇴장)

우렁찬 나팔 소리. 글로스터, 프랑스 왕과 버건디 공작을 안내하여 등장. 시종들이 따라 나온다.

글로스터 프랑스 왕과 버건디 공작이십니다.

리어 왕 버건디 공작, 공작에게 먼저 묻겠는데, 여기 계신 프랑스 왕과 더불어 내 막내딸을 두고 경쟁하는 공작은 대체 딸의 지참금으로 최소한 얼마만큼을 요구하시오? 또는 이대로 구혼을 포기하겠소?

버건디 폐하, 이미 정해놓으신 몫 이상은 바라지도 않고, 또 폐하께서 그 이하를 주시리라 생각지도 않습니다.

리어 왕 버건디 공작, 저 애가 귀여웠던 시절엔 나도 그렇게 생각했으나, 지금은 가치가 떨어졌소. 저기 저렇게 서 있소. 저 작은 몸뚱이 어딘가가, 아니 저 몸 전부가 마음에 드시거든 내 노여움밖에는 아무것도 안 가진 발가숭이니, 그리 알고 데려가시오.

버건디 폐하, 뭐라고 말씀을 드려야 할지 모르겠습니다.

리어 왕 결점투성이에다, 편들어주는 사람도 없이, 아비의 미움을 사게 되어 그 저주를 지참금으로 하는 의절당한 딸년인데, 그래도 데려가겠소, 아니면 포기하겠소?

버건디 죄송하지만 폐하, 그러한 조건으로는 도저히 연분이 될 수 없습니다.

리어 왕 그럼 포기하시오. 나를 만들어주신 신을 두고 맹세하지만, 저 애 재산은 그것이 전부니까. (프랑스 왕에게) 대왕! 대왕의 평소의 정을 생각하면, 내가 증오하는 딸을 감히 아내로 삼으라고 하지는 못하겠소. 그러니 피를 나눈 아비가 자기 자식이라고 인정하는 것조차 창피하게 여기는 몰인정한 아이보다는 더 훌륭한 여자에게 사랑을 돌리도록 하시오.

프랑스 왕 참으로 이상한 일입니다. 조금 전까지도 지극한 사랑의 대상이며, 칭찬의 주제요, 노후老後의 위안이요, 가장 크고 깊은 사랑의 대상이던 따님이 무슨 나쁜 죄를 범했기에 순식간에 그렇게도 극진하시던 총애를 잃고 말았는지요! 정녕 그 죄는 인륜에 어긋나는 해괴한 죄과이겠지요. 그렇게도 자랑하시던 사랑이 흔적도 없이 사라져버리다니. 하지만, 따님에게 그런 일이 있으리라고는, 기적이 아니고서는 이성으론 믿어지지 않습니다.

코델리아 (리어 왕에게) 폐하께 부탁드립니다……. 제가 마음에 없는 것을 술술 지 껄이지 못하는 것이 흠일지 모르지만, 저는 마음에 생각한 것은 반드시 실행 합니다……. 그러니 부디 한마디만 변명할 수 있게 해주십시오. 제가 아버님 의 총애를 상실한 것은 결코 악덕의 오명, 살인 또는 망측한 과오 때문이거나, 음탕한 짓, 혹은 불명예스러운 행동 때문이 아니라, 단지 남의 안색을 살피는 눈이나, 아첨하는 헛바닥을 가지지 않았기 때문입니다. 그런 것이 없어서 아 버님의 역정을 샀을지라도 그런 것은 없는 편이 오히려 인간으로서 훌륭하다 고 생각됩니다.

리어 왕   너 같은 딸은 차라리 태어나지 않았더라면 좋았을 것을, 아비의 마음을 거스르다니.

프랑스 왕   단지 그런 이유로? 마음먹은 것을 말하지 않고 실천하는, 말수 적은 천 성 때문에? 버건디 공작, 공작은 이 공주께 뭐라고 답변하시겠습니까? 사랑 이 본질을 떠나 타산적이라면, 그것은 진정한 사랑이 아닙니다. 결혼을 하시 겠습니까? 공주님은 인품 자체가 훌륭한 결혼 지참금입니다.

버건디   국왕 폐하, 처음 폐하께서 주시기로 한 것만이라도 주십시오. 그러면 이 자리에서 곧 코델리아 공주를 아내로 맞아, 버건디 공작부인으로 삼겠습니다.

리어 왕   아무것도 못 주겠소. 천지신명께 굳게 맹세했소. 내 마음은 요지부동이오.

버건디   그러시다면 유감스럽지만, 공주께서는 아버님을 잃었기 때문에 남편도 잃 을 수밖에 없습니다.

코델리아   안심하세요, 버건디 공작! 재산을 노리는 혼담이라면 저 역시 거절하겠 어요.

프랑스 왕   아름다운 코델리아 공주, 당신은 아무것도 없어도 가장 부유하고, 버림 받았어도 가장 소중하며, 멸시를 받았어도 가장 사랑스러운 분입니다. 미덕을 가진 당신을 나는 이 자리에서 내 손에 넣겠소. 버려진 것을 줍는 것은 괜찮겠죠. 참 이상하게도, 주위 사람들은 몹시 멸시하는데, 오히려 나의 마음은 불이 붙어 사랑이 화염과 같이 갑자기 더 일어나다니! 폐하! 지참금 없이 우연히 내게 내던져진 따님은 저의 아내, 우리 국민의 왕후, 우리 프랑스의 황비입니다. 버건디 공작이 떼를 지어 오더라도, 값을 모를 만큼 귀중한 이 아가씨를 내게서 사 가지는 못합니다. 코델리아 공주, 비록 저분들이 매정하다 하더라도, 작별 인사만은 하시오. 공주는 이 나라를 잃었지만 그 대신 더 좋은 곳을 발견하게 되었소.

리어 왕 그 애를 당신께 드리니 당신의 것으로 하시오. 나에게는 그런 딸년은 없소. 두 번 다시 보기도 싫소. 빨리 떠나라. 은혜도 애정도 축복도 못 주겠다. 우린 들어갑시다, 버건디 공작.

나팔 소리. 리어 왕, 버건디 공작, 콘월, 올버니, 글로스터, 그 밖의 시종들 퇴장.

프랑스 왕 언니들에게 작별 인사를 하오.

코델리아 아버님의 소중한 언니들, 코델리아는 눈물을 흘리며 작별하겠어요. 언니들의 본심을 잘 알지만 동생으로서 그것을 공개하기는 싫어요. 다만 아버님을 잘 모시세요. 아까 언니들이 공언한 효도에 아버님을 맡기겠어요. 아, 내가 아버님의 사랑을 잃지 않았더라면 아버님을 좀 더 좋은 곳으로 모실 수 있었을 텐데. 그럼 두 분 언니, 안녕히.

리건 우리 일을 지시할 필요는 없어.

거너릴 그것보다 네 남편의 비위나 잘 맞춰라. 자선을 한 셈치고 너를 받아들인 남편이니까. 효도가 부족한 것이니 네가 당한 곤란은 당연하지.

코델리아 가면은 때가 되면 벗겨지게 마련이에요. 나쁜 일은 아무리 감추어도 언젠가는 반드시 드러나고 마는 법이니까요. 그럼 두고두고 행복하세요.

프랑스 왕 자, 갑시다, 코델리아 공주. (프랑스 왕과 코델리아 퇴장)

거너릴 얘, 우리 둘에게 직접 관계있는 일을 좀 의논해야겠어. 아버님은 오늘 밤에 떠나실 것 같구나.

리건 그래요, 언니네 집으로. 다음 달에는 우리 집으로.

거너릴 늙으셔서 변덕이 심하시구나. 가만히 보니 망령도 어지간하시더라. 그토록 애지중지하시던 막내를 무지막지하게 추방해버리시다니, 너무 무모하시잖니?

리건 망령이 나신 거지 뭐예요? 하지만 전부터 아버님은 자신께서 하신 일을 조금도 깨닫지를 못하셨어요.

거너릴 가장 건전하셨을 때도 성미가 급하셨는데. 이제는 늙으셨기 때문에 오랫동안 굳어진 고약한 성질에다가 몸이 약해지셔서 더욱 성미를 부리시니, 걷잡을 수 없는 망령이지 뭐야? 이젠 우리가 꼼짝없이 당할 수밖에 없게 됐구나.

리건 켄트를 추방하신 것처럼 우리도 언제 무슨 화를 입을지 몰라요.

거너릴 아직 저기서는 프랑스 왕과의 작별 인사로 번잡하기 이를 데 없구나. 얘, 우리는 둘이 같이 대비하자꾸나. 만약 지금 같은 태도로 위세를 부리신다면 이번의 은퇴는 우리들에게 오히려 해가 될 뿐일 테니까.

리건 앞으로 잘 생각해보도록 해요.

거너릴 무슨 조치를 취해야겠다, 쇠뿔도 단김에 빼라고 하지 않니.

(두 사람 퇴장)

2

[제1막 제2장]

글로스터 백작의 성 안.

에드먼드, 편지를 들고 등장.

에드먼드　자연이여, 너만이 나의 여신이다. 너의 법칙에만 나는 따르겠다. 무엇 때문에 빌어먹을 습관에 복종하고, 쓸데없는 소리에 구속되어 재산 상속권을 박탈당해야 한담? 형보다 열두 달이나 열세 달쯤 늦게 태어났다고 해서? 왜 사생아란 말이냐? 무엇이 첩의 자식이란 거냐? 나 역시 육체는 균형이 잡혀 있고, 마음은 우아하고, 체격도 근사하다. 어디가 정실의 자식보다 빠지는가? 왜 우리에게 서자라는 낙인을 찍는가? 왜 첩의 자식이란 말이냐? 어째서 비천하지? 뭣이 비천하단 말이냐? 첩의 자식, 첩의 자식이라고? 건전한 자연의 본능이 남의 눈을 피해서 만든 인간이다. 체력이며, 기력이 월등한 것이 당연하지. 재미없고 김빠진 싫증난 잠자리에서, 생신지 잠결인지 모르는 사이에 만들어진 바보 무리와는 다르다. 자! 그러니 적자인 에드거 형, 형의 영토는 내가 차지해야겠어. 아버지의 사랑은 적자나 마찬가지로 서자인 이 에드먼드에게도 차별은 없어. 적자, 좋은 말이다! 자, 적자 형님, 만일 이 편지대로 일이 성공하기만 하면, 서자인 에드먼드가 적자를 누르게 되지. 나는 앞으로 성공하고 출세한다. 아, 여러 신들이여, 서자 편을 들어주옵소서!

글로스터 등장.

글로스터　켄트는 그렇게 해서 추방당하고, 프랑스 왕은 성이 나서 가버리고, 폐하께서도 밤 사이에 떠나버리시고, 왕권을 양여하시고 일정한 생활비만 받게 되셨다! 그런데 이게 다 갑자기 일어났단 말이지? 에드먼드, 무슨 일이냐? 무슨 소식이냐?

에드먼드　(편지를 감추면서) 아, 아버님, 아무것도 아닙니다.

글로스터 왜 그렇게 기겁을 해서 그 편지를 감추려고 하느냐?

에드먼드 알려드릴 만한 일은 아무것도 없습니다.

글로스터 지금 무슨 편지를 읽고 있느냐?

에드먼드 아무것도 아닙니다, 아버님.

글로스터 아무것도 아니라고? 그럼 왜 그렇게 기겁을 해서 호주머니 속에 쑤셔
넣어야 하느냐? 아무것도 아니라면 감출 필요 없잖니? 어디 좀 보자. 자, 아
무것도 아니라면 안경도 필요 없겠구나.

에드먼드 아버님, 용서해주십시오. 실은 형님께서 온 편집니다. 아직 다는 안 읽
어봤지만, 읽어본 데까지로 봐서는 아버님께서 보시면 안 될 것 같습니다.

글로스터 그 편지를 이리 내놓아라.

에드먼드 안 보여드리자니 역정을 내실 테고, 보여드려도 역정을 내실 텐데. 아직
부분적으로밖에 모르겠습니다만, 내용이 아주 좋지 않습니다.

글로스터 빨리 보자, 빨리.

에드먼드 형님을 위해 변명을 해두겠습니다만, 아마 이것은 저의 효심을 시험해
보고 떠보느라고 쓴 것 같습니다.

글로스터 (읽는다.) 〈노인을 공경하는 세상의 인습 때문에 인생을 가장 향락할 수
있는 청춘 시절을 쓸쓸하게 지내야 하고, 상속받을 재산도 쓰지 못한 채 늙어
서 참담게 맛을 즐길 수 없게 된다. 나는 노인들의 포악한 압정壓政에 복종하
는 것이 어리석은 것임을 통감하기 시작하고 있다. 노인들이 우리를 지배하는
것은 실력이 있어서가 아니라, 우리가 감수하기 때문이다. 이 일에 관해서 의
논해야겠으니 내게로 좀 와다오. 다만 내가 잠을 깨울 때까지 아버지가 주무
시기만 한다면, 아버지의 수입의 절반은 영원히 너의 몫이 될 것이며, 너는 나
의 사랑을 받는 아우로서 지내게 될 것이다. 에드거로부터.〉음! 음모로구나.
〈내가 잠을 깨게 할 때까지 주무시기만 한다면 아버지의 수입의 절반은 영원

히 너의 몫이 될 것이다.〉 아들놈 에드거가! 그놈이 이것을 썼단 말인가? 그놈이 이런 음모를 꾸밀 심장과 두뇌를 가졌던가? 언제 왔느냐, 이 편지는 누가 가져왔느냐?

에드먼드 누가 가져온 것이 아닙니다. 교묘하게도 제 방 창가에 던져져 있었습니다.

글로스터 이것은 분명 네 형의 글씨지?

에드먼드 내용이 좋다면 형님 글씨라고 단언하겠습니다만, 이래서야 그렇지 않다고 생각해두고 싶습니다.

글로스터 분명 네 형의 글씨다.

에드먼드 글씨는 형님의 글씨지만, 형님의 본심은 그렇지 않을 겁니다.

글로스터 그놈이 이 문제에 관해서 종전에도 네 마음을 떠본 일은 없었느냐?

에드먼드 그런 일은 한 번도 없었습니다. 허나 종종 이런 말은 들은 적이 있습니다. 이렇게 말하더군요. 자식이 성장하면 노쇠한 아버지는 자식의 보호를 받고, 아버지의 수입은 일체 자식이 관리하는 것이 당연하다고 말입니다.

글로스터 오, 나쁜 놈 같으니라고! 편지의 내용이 꼭 그렇다! 흉측한 짐승 같은 놈! 짐승보다 더 고얀 놈! 너는 그놈을 찾아 오너라. 그놈을 체포해야겠다. 무도한 악당놈! 그놈이 지금 어디에 있느냐?

에드먼드 잘 모르겠습니다. 잠시 노기를 참으시고, 더 확실한 증거를 잡을 때까지 형님의 마음을 살피시는 게 어떻겠습니까? 그것이 상책일 것 같습니다. 만일 형님의 뜻을 오해하고 과격한 수단을 취하신다면, 아버님 명예에 큰 흠이 생기고 형님의 효심을 산산이 짓밟게 될지도 모릅니다. 형님을 위해서 제 목숨을 걸고 보증하겠습니다만, 형님은 저의 효심을 시험하려고 이런 편지를 쓴 것이 틀림없을 겁니다. 결코 무슨 위험한 의도가 있는 것은 아닐 겁니다.

글로스터 너는 그렇게 생각하느냐?

에드먼드 아버님께서 지장만 없으시다면, 형님과 제가 이 일에 관해서 의논하는 것을 엿들을 수 있는 곳에 안내해드릴 테니, 숨어서 아버님 귀로 사실을 충분히 들어보심이 어떻겠습니까? 곧 오늘 밤이라도 안내해드리겠습니다.

글로스터 설마, 그놈이 그럴 수가!

에드먼드 절대도 그럴 리가 없습니다.

글로스터 이렇게 진심으로 사랑하는 제 아비에게! 이런 일이 있을 수가! 에드먼드, 그놈을 찾아내서, 알겠니, 그놈의 진심을 간접적으로 알아내다오. 네 지혜를 다해 수단을 부려봐라. 내 지위나 재산을 희생해서라도 확실한 진상을 알아야겠다.

에드먼드 염려 마십시오. 형님을 당장 찾아내겠습니다. 그리고 있는 수단을 다해 일을 진행시켜서 곧 진상을 알려드리겠습니다.

글로스터 최근의 일식과 월식은 불길한 징조다. 학자들은 자연의 법칙에 비쳐서 이러쿵저러쿵 이유를 붙이지만, 그런 변고 때문에 인간계人間界는 확실한 재앙을 받게 마련이거든. 애정은 식고, 우의는 깨지고, 형제는 반목한다. 도시에는 폭동이, 지방에는 반란이, 궁중에는 역모逆謀가 일어나고, 부자 사이의 의는 끊어진다. 이 흉악한 아들놈의 경우도 그 전조가 들어맞는 거지. 자식들은 아비를 배반하고, 왕은 자연의 도리에 어긋나는 행동을 하고, 아비는 자식을 버리고, 이제 세상은 말세다. 음모, 허위, 배신, 기타 모든 망조가 보이는 혼란이 무덤에까지 귀찮게 우리를 쫓아오는군. 에드먼드, 이 악당을 찾아 오너라. 네게는 조금도 손해가 가지 않게 하겠다. 용의주도하게 해라. 기품 있고 충실한 켄트가 추방당하다니. 그의 죄는 단지 정직함이란다! 기괴한 일이지. (글로스터 퇴장)

에드먼드 참 우습구나. 운수가 나빠지면 제자신의 어리석은 소행은 생각지 않고 재앙의 원인을 태양이나 달이나 별의 탓으로 돌리거든. 이건 마치 인간은 필연적으로 악한이 되고, 우린 마치 천체의 압박으로 바보가 되고, 별의 힘으로 악당이나 도둑이나 모반자가 되고, 별의 영향으로 주정꾼이나 거짓말쟁이나 간부姦夫가 되는 셈이다. 이건 호색한에게는 그럴싸한 책임 회피책이지. 음탕한 기질은 병 때문이라고 하면 그만이니까! 우리 아버지는 대룡성大龍星의 꼬리 밑에서 우리 어머니와 정을 통한 게 틀림없다. 그러니까 나는 큰곰자리 별밑에서 태어난 것이 된다. 하지만, 쳇, 내가 사생아로 태어날 때 설사 하늘에서 제일 순결한 별이 반짝이고 있었다 하더라도 나는 지금과 조금도 다르지는 않았을 것이다. 아, 에드거다…….

에드거 등장.

에드먼드 옛 희극의 끝장식으로 때마침 잘 나타나는구나! 내 역은 우울한 표정으로, 미치광이 거지 톰같이 한숨을 몰아쉬는 데서부터 시작해야지. 아아, 요사이의 일식과 월식은 그런 불화의 전조였구나. 파, 솔, 라, 미.

에드거 왜 그러니, 에드먼드? 뭘 그렇게 골똘히 생각하고 있니?

에드먼드 형님, 저는 요전에 읽은 예언을 생각하고 있어요. 요즘 있었던 일식, 월식 뒤에는 어떤 일이 일어나나 하고.

에드거 넌 그런 일에 흥미가 있니?

에드먼드 그 예언서에 씌어 있는 그대로가 불행히도 하나하나 실제로 일어나고 있는걸요. 예를 들면, 부자간의 불화, 변사變死, 기근饑饉, 오랜 우정의 파탄, 나라의 내란, 왕이나 귀족에 대한 비난과 공격, 이유 없는 의혹, 친구의 추방, 군대의 해산, 이혼 등등의 여러 가지 흉사 말입니다.

에드거 대체 언제부터 너는 점성술占星術을 연구해왔니?

에드먼드 그보다도 언제 아버님을 뵈었습니까?

에드거 간밤에.

에드먼드 같이 이야기하셨어요?

에드거 암, 두 시간 동안이나.

에드먼드 좋은 기분으로 작별하셨습니까? 아버님의 말투나 안색에 화나신 기색
은 안 보였습니까?

에드거 전혀, 그런 일은.

에드먼드 혹시 아버님의 비위를 거스르는 말씀은 안 하셨습니까? 잘 생각해보세
요. 아무튼 부탁입니다만, 아버님의 맹렬한 노여움이 누그러지실 때까지 잠시
아버님 앞을 피하십시오. 대단히 화를 내고 계시니, 형님을 해치게 될는지도
모릅니다. 그 노기가 그냥 있지는 않을 겁니다.

에드거 어떤 놈이 모략했구나.

에드먼드 그게 저도 염려하는 점입니다. 그러니 아버님의 노기가 좀 가라앉을 때
까지는 꾹 참고 계십시오. 우선 제 방에 가계십시오. 그러면 기회를 봐서, 아
버님 말씀이 잘 들리는 곳에 안내해드릴 테니까요. 자, 어서 갑시다. 열쇠는
여기 있습니다. 외출할 때는 무기를 지니고 다니도록 하세요.

에드거 무기를?

에드먼드 형님, 진정으로 형님을 생각해서 하는 충고입니다. 형님께 호의를 가진
자는 한 사람도 없습니다. 저는 보고 들은 것을 얘기한 것뿐입니다……. 하지
만 대강 얘기했을 뿐이고, 무서운 진상을 도저히 말로는 다 할 수 없습니다.
자, 어서 저리!

에드거 곧 사정을 알려주겠니?

에드먼드 이번 일은 제가 힘이 돼드리겠습니다. (에드거 퇴장) 아버지는 쉽게 곧이
듣고, 형은 마음씨가 좋지! 형은 자기가 남에게 나쁜 짓을 안 하니, 남을 의심
하지도 않거든. 그의 고지식함을 이용하면 내 계략은 쉽게 진행된다! 일은 다

된 셈이다. 혈통으로 안 된다면 꾀라도 내어 영지領地를 차지해야겠어. 목적을 위해서 수단을 가릴까 보냐. (에드먼드 퇴장)

3

[제1막 제3장]

올버니 공작 저택의 한 방.

거너릴과 그의 집사 오스왈드 등장.

거너릴 아버님의 광대를 나무랐대서, 아버님이 우리 집사를 때렸다는 거예요?

오스왈드 네, 그렇습니다.

거너릴 기가 막혀, 밤낮으로 내게 욕만 보이시는구나. 시간마다 이래저래 나쁜 짓만 하시고, 그럴 적마다 집안이 온통 난장판이구나. 이제는 참을 수 없어. 아버님의 기사들은 난폭해지고, 아버님 자신은 사소한 일에도 우리를 야단만 치시는구나. 사냥에서 돌아오셔도 나는 인사하지 않을 테야. 몸이 불편하다고 해요. 이제부터는 전처럼 받들어 모실 필요 없어요. 나무라신다면 내가 책임을 지겠어요. (무대 안쪽에서 뿔피리 소리)

오스왈드 돌아오시는 모양입니다. 소리가 들립니다.

거너릴 될 수 있는 대로 냉담한 태도로 대해요! 집사도, 그리고 다른 하인들도. 나는 그것을 계기로 삼을 테니까. 못마땅하시면 동생에게로 가시라지. 동생도 나와 같은 마음이니까, 잠자코 그냥 있지는 않을 거야. 망령 난 노인 같으니. 이미 양도한 권력을 언제까지나 휘두르겠다고! 정말 늙으면 어린애가 된다니까. 비위만 맞춰줘선 안 되지. 떼를 쓰기 시작하면 나무라야지. 지금 일러둔 말 잊지 말아요.

오스왈드 네, 명심하겠습니다.

거너릴 그리고 아버님의 기사들에게도 냉정히 대해요. 그 때문에 무슨 일이 일어 나도 상관없으니까. 다른 동료들한테도 그렇게 일러요. 나는 이것을 트집 잡 아서 말하고 싶은 것을 다 말해줄 테니. 이제 곧 동생에게 편지를 써서, 나와 보조를 맞추게 해야지. 식사 준비를 해줘요.

4

[제1막 제4장]

올버니 공작 저택.

변장을 한 켄트 등장.

켄트 딴 사람 목소리를 가장해서 내 말투를 감출 수만 있다면, 이렇게 변장을 한 목적은 충분히 달성될 수 있을 테지. 추방당한 켄트, 널 추방한 그분에게 봉사 할 수 있다면, 네가 공경하는 주군께서 너의 노고를 인정해주실 날이 반드시 올 것이다.

안에서 뿔피리 소리.

리어 왕이 기사와 시종들을 거느리고 등장.

리어 왕 곧 식사를 하겠다. 한시도 지체할 수 없다. 빨리 준비하라고 해라. (시종 한 사람 퇴장) 여봐라! 누구냐, 너는?

켄트 남자입니다.

리어 왕 넌 뭘 하는 사람이냐? 내게 무슨 용무가 있느냐?

켄트 보시는 바와 같은 사람입니다. 신용해주시는 분께는 진심으로 봉사를 합니다. 정직한 사람을 사랑하며, 말수 적고 현명한 사람과 교제하고, 신의 심판을 두려워하며, 부득이한 경우엔 싸움도 하는 사람입니다. 그리고 신앙에 따라 어육을 먹지 않습니다.

리어 왕 너는 대체 누구냐?

켄트 꽤나 정직하고 폐하와 같이 가난한 사람입니다.

리어 왕 왕이 왕으로서 어울리지 않게 구차하듯이 네가 신하로서 어울리지 않을 만큼 구차하다면, 넌 여간 가난하지가 않겠구나. 그래, 무엇이 네 소원이냐?

켄트 봉공奉公을 하고 싶습니다.

리어 왕 누구에게 봉공을 하고 싶다는 거냐?

켄트 어르신네에게요.

리어 왕 너는 나를 아느냐?

켄트 아뇨, 모릅니다. 그런데 어르신 얼굴에는 어딘지 주인어른이라고 부르고 싶은 데가 있습니다.

리어 왕 그것이 뭐냐?

켄트 위엄입죠.

리어 왕 어떤 봉공을 할 줄 아느냐?

켄트 정당한 비밀을 굳게 지킬 줄 압니다. 말도 타고, 달음질도 합니다. 꾸며댄 이야기는 엉망으로 만들지만, 꾸밈없는 전갈은 솔직하게 전할 수 있습니다. 보통 사람이 하는 일은 뭐든 합니다. 그리고 제일 좋은 장점을 말하자면, 부지런하다는 점입니다.

리어 왕 몇 살이냐?

켄트 노래 잘 부르는 여자라 해서 그 여자에게 반할 만큼 젊지는 않지만, 형편없이 여자에게 넋을 빼앗길 정도로 늙지도 않았습니다. 이 잔등에는 사십팔 년의 세월을 짊어지고 있습니다.

리어 왕 따라오너라, 내 부하로 삼겠다. 식사 후에도 내 마음에 든다면, 내 옆에
있게 하지. 여봐라, 식사를! 식사를 가져와! 내 시종은 어디 갔느냐! 내 광대
는? 너 가서 내 광대 좀 불러오너라. (시종 퇴장, 오스왈드 등장) 여, 여봐라! 내
딸애는 어디 있느냐?

오스왈드 잠깐, 실례합니다……. (퇴장)

리어 왕 저놈이 뭐라고? 저 멍청한 놈을 불러! (기사 한 사람 퇴장) 내 광대는 어디
있느냐? 여봐라! 세상이 다 잠들었느냐? (기사 다시 등장) 어떻게 됐느냐! 그 개
같은 녀석은 어디 갔어?

기사 그놈 말이 공작부인께선 몸이 편찮으시다고 합니다.

리어 왕 내가 불렀는데도 그 노예놈이 왜 안 와?

기사 몹시 난폭한 말투로 오기 싫다고 합니다.

리어 왕 오기 싫다고?

기사 폐하! 사정은 잘 모릅니다만, 제 생각엔 이전과 비교해서 폐하를 대하는 접
대가 후하지 않은 줄로 압니다. 모두가 몹시 냉담하게 대하는 것같이 보입니
다, 공작 자신과 공작부인부터 시종들에 이르기까지 전부가.

리어 왕 음! 너도 그렇게 생각하느냐?

기사 제가 잘못 생각했다면 용서하십시오. 하지만 폐하, 폐하께 소홀함이 있다고
생각될 때는 신하로서 잠자코 있을 수가 없습니다.

리어 왕 네 말을 들어보니, 나도 생각나는 바가 있구나. 요즘 매우 소홀히 대하는
기색이 보였는데, 이것은 그들이 실제로 불친절하다기보다는, 오히려 나 자신
이 너무 의심이 많고 까다로운 탓인 줄 알고 있었다. 앞으로 잘 살펴보기로 하
자. 그런데 내 광대는 어디 갔느냐? 이틀 동안이나 못 봤구나.

기사 막내 공주님이 프랑스로 떠나시고 나서부터는 광대가 몹시 풀이 죽어 있습

니다.

리어 왕 이제 그 말은 하지 마라. 나도 그건 알고 있다. 가서 딸애보고 내가 할 얘기가 있다고 전해라. (기사 퇴장) 넌 빨리 가서 광대를 이리로 불러오너라.

오스왈드 등장.

리어 왕 여봐라, 너, 너 이리 좀 오너라. 너는 나를 대체 누구로 아느냐?

오스왈드 주인마님의 아버지입죠.

리어 왕 주인마님의 아버지라? 주인의 종놈이……. 이 개 같은 놈, 노예놈, 들개 놈아!

오스왈드 실례지만 저는 그런 사람이 아닙니다.

리어 왕 이 무례한 놈아! 나를 노려봐? (상대를 때린다.)

오스왈드 나도 맞고만 있을 순 없어요!

켄트 누구한테 발길질이냐, 이 축구공 같은 놈아! (그의 발꿈치를 찬다.)

리어 왕 참 잘했다. 믿음직하다. 신세는 안 잊겠다.

켄트 이것 봐, 일어나, 꺼져버려! 위아래 구별을 알아야지. 나가, 나가! 또 한 번 길게 뻗어보고 싶거든 그렇게 그냥 있어. 그러나 가버려! 여, 이놈이 분별이 있나, 없나? (오스왈드 퇴장)

리어 왕 너는 친절한 놈이다, 고맙다. 월급을 일부 선불해주겠다. (돈을 준다.)

광대 등장.

광대 내게도 이 사람 좀 빌려줘요, 자, 이 광대 고깔을 주지. (켄트에게 광대가 쓰는 고깔을 준다.)

리어 왕 이놈아! 어떻게 된 거냐?

광대 이것 봐, 당신은 광대 모자를 쓰는 게 좋을 거야.

켄트 왜, 광대야?

광대 왜냐고? 쇠퇴해가는 사람 편을 드니 그렇지. 당신도 바람 부는 방향 따라 움 직이지 않으면, 그냥 감기에 걸려요. 자, 이 광대 고깔을 받아요. (리어 왕을 가 리키며) 저분은 두 딸을 내쫓고, 셋째 딸에게는 마음에도 없는 축복을 해줬어 요. 이런 사람 밑에 있으려면 암만해도 이런 모자를 쓰게 돼요……. 그런데 어 때요, 아저씨! 나는 광대 고깔 둘하고 딸 둘만 가졌으면 좋겠어요!

리어 왕 왜, 이놈아?

광대 나 같으면 재산은 다 딸에게 내주어도 광대 고깔만은 내가 가지고 싶으니 그렇죠. 이것은 내 거야. 가지고 싶거든 당신 딸들보고 딴 걸 달라고 해요.

리어 왕 말 조심해, 이놈아. 매를 맞을 테니.

광대 진리는 개와 같으니까, 정직한 개는 개집으로 쫓겨 가 매만 맞아야 하고, 아 첨쟁이 암캐는 따뜻한 난롯불 옆에 누워서 방귀만 뀌고 있거든요.

리어 왕 아, 아픈 데만 찌르는구나, 이놈은!

광대 좋은 교훈을 하나 가르쳐줄까요?

리어 왕 말해봐.

광대 그럼 잘 들어봐요, 아저씨!

겉치레보다 속을 채우고,

알고 있어도 말을 삼키고,

가진 것 있어도 꾸어주지 말고,

걷느니보다는 말을 타고,

들어도 다는 믿지를 말고,

따서 번 것보다 적게 걸고,

주색을 멀리하고,

그리고 언제나 집에 들어앉으면,

열의 곱인 스물보다도 돈이 많이 모인다.

켄트 쓸데없는 소리구나, 바보야.

광대 그럼 무료 변호사의 변론 같게요……. 제게 아무 보수도 안 주셨으니까요. 아저씨, 아무것도 아닌 것이라도 어디 쓸 데 좀 없을까요?

리어 왕 그야 안 될 말이지. 아무것도 아닌 것에서는 아무것도 나올 수 없으니까.

광대 (켄트에게) 제발 저 사람에게 좀 말해주세요. 영토의 소작료는 아무것도 없게 되었다고요. 바보 말은 곧이듣지 않는다니까요.

리어 왕 씁쓸한 바보로군!

광대 당신은 씁쓸한 바보와 달콤한 바보의 구별을 할 줄 아나요?

리어 왕 모른다, 좀 가르쳐줘.

광대 영토를 주어버리라고 당신께 권고한 양반을 내 옆에 데리고 와요. 그 사람이 없으면 당신이 그분 노릇을 해요. 그러면 달콤한 바보와 씁쓸한 바보가 당장에 나타날 거예요. 달콤한 바보는 여기 있고, 또 하나는 저쪽에 있어요.

리어 왕 이놈이 나보고 바보라고?

광대 하지만 다른 칭호는 전부 내줘버리고 남은 것은 타고난 것뿐이니까요.

켄트 이놈은 아주 바보는 아닌데요.

광대 그야, 영주님이나 훌륭한 분네들이 나 혼자 바보 노릇을 하게 놔둬야죠. 나 혼자 광대의 전매특허를 가지려고 해도 너도나도 몰려와서 한몫 끼겠다지 뭡니까? 귀부인네들까지 끼어들어서 나 혼자 광대짓을 하게 놔둬야 말이죠. 아저씨, 달걀 하나만 주세요. 관冠을 두 개 드릴 테니까.

리어 왕 무슨 관을 두 개?

광대 달걀 한가운데를 쪼개어 속을 먹어버리면 관이 두 개 남잖아요. 당신이 왕관을 둘로 쪼개서 두 개 다 내줘버렸을 때는, 자기가 탈 당나귀를 업고 진흙 길을 걸어간 셈이었지요. 금관을 줘버린 것은 그 대머리 골통 속에 지혜가 없어서지. 내가 하는 말을 바보 같은 소리라고 한다면, 그렇게 여긴 놈부터 먼저 매를 맞아야 되지.

(노래)

　　올해는 바보가 손해 보는 해,

　　현자가 바보 되어

　　지혜가 잘 안 돌아

　　하는 짓이 온통 실수뿐이네.

리어 왕 넌 언제부터 그렇게 노래를 잘했느냐?

광대 당신이 따님들을 어머니로 삼던 그때부터죠. 그때 당신은 따님들에게 회초리를 내주고 바지를 벗어 엉덩이를 돌려 댔으니까요.

(노래)

　　그때 그들은 기뻐서 울고,

　　나는 슬퍼서 노래 불렀지.

　　어이된 일인지 임금님께서,

　　장님 노릇하며 바보들 축에 끼어들었네.

　　아저씨, 당신의 광대에게 거짓말을 가르칠 선생 좀 불러줘요. 거짓말을 좀 배우고 싶으니.

리어 왕 거짓말하면 매 맞는다.

광대 당신과 당신 따님들은 어떤 관계인지 모르겠군요. 따님들은 내가 참말을 하면 때린다고 하고, 당신은 거짓말을 하면 때린다고 하고. 그리고 나는 때로는 말 않는다고 매를 맞고. 아, 이제 광대 노릇은 집어치우고 뭣이든 좋으니 다른 짓을 해야겠군. 하지만 당신같이 되기는 싫어. 당신은 지혜의 양쪽 끝을 너무

잘라내버려서, 가운데는 아무것도 남은 게 없으니까. 저기 잘라낸 조각 하나
가 마침 오는구나.

거너릴 등장.

리어 왕 애, 왜 그러냐? 얼굴을 찡그리고 있는 것 같구나. 요샌 줄곧 왜 그렇게 이
맛살을 찌푸리고 있느냐?

광대 당신도 딸의 찡그린 얼굴에 신경을 쓰지 않아도 좋았던 시절엔 좋은 사람이
었는데요. 이제는 숫자 없는 영零이 됐구먼. 당신보다는 내가 오히려 낫지. 나
는 이래 봬도 광대 바보지만 당신은 아무것도 아니거든. (거너릴에게) 네, 아무
말도 안 하지요. 말씀은 아니 하셔도, 얼굴빛으로 알아볼 수 있으니까요. 쉿, 쉿!

제아무리 뜬세상이 싫다곤 해도,

빵이 없어봐라, 배가 고프지. (리어 왕을 가리키며)

저것은 알맹이 빠진 콩깍지요.

거너릴 무슨 소릴 해도 상관없는 이 광대뿐 아니라, 데리고 계신 다른 기사들도
모두 뭐라고 하면 곧 트집을 잡고 시비를 걸며, 마침내는 망측하고 난폭한 것
이 참을 수 없을 지경입니다. 실은 한 번 확실히 말씀드려서 안전책을 강구하
려고 생각했는데, 요즘의 아버님 말씀이나 행동에는 이상한 점이 많습니다. 혹
시 아버님이 그런 난폭한 행동을 옹호하시고, 선동하고 계신 것이 아닙니까?
만일 그렇다면 그 과실은 당연히 비난을 받아야 하며, 또 저희들로서도 어쩔
수가 없습니다. 국가의 안녕을 위해서도 무슨 조치를 취해야겠는데, 그렇게
하면 아버님은 화를 내실 테고, 또 다른 때 같으면 저의 집도 불명예스럽겠습
니다만, 이런 부득이한 사정이라면 현명한 처사라고 세상은 인정할 겁니다.

광대 아저씨, 아시죠.

참새가 뻐꾸기를 모르고 길렀다가

끝내는 뻐꾸기 새끼에게 먹혀버렸지.

그리하여 촛불도 꺼지고 우리는 캄캄한 어둠 속에 남게 됐지.

리어 왕 네가 내 딸이냐?

거너릴 아버님께서는 본래 현명하시니, 그 좋은 지혜를 좀 잘 써주세요. 그리고
요사이처럼 아버님답지 않은 광태는 좀 버리세요.

광대 수레가 말을 끌면 당나귄들 모르겠소? 아줌마! 나는 당신에게 반했어.

리어 왕 여기 누가 나를 알아보는 자가 없나? 이것은 리어가 아냐. 리어가 이렇게
걷고, 이렇게 말을 하나? 리어의 눈은 어디 있어? 머리가 둔해지고, 분별력이
줄고 있나? 하! 깨어 있나? 깨어 있지 않나? 내가 누군지, 누가 좀 말해줄 수
없나?

광대 리어의 그림자요!

리어 왕 나는 그걸 알고 싶은 거다. 국왕의 표지로나 지력知力으로나 이성으로 판
단해서, 내게는 딸자식들이 있었던 것 같은데, 내가 잘못 알고 있었나?

광대 그 따님들이 당신을 유순한 아버지로 만들자는 거죠.

리어 왕 귀부인, 당신의 이름은?

거너릴 그렇게 놀란 체하시는 것이 다름 아닌 요사이 아버님의 망령입니다. 제발
저의 의도를 올바르게 이해해주십시오. 아버님은 존경받는 노인이시니 현명
하셔야 합니다. 아버님은 백 명의 기사와 시종을 거느리고 계시지만 그들은
정말 난폭하고 음탕하고 방종한 사람들이기 때문에 저희 저택은 그들의 행실
에 감염되어 무뢰한들의 여인숙 같습니다. 방탕하고 무례하여 이 위엄 있는
저택이 천한 주점이나 색싯집 꼴이 되었습니다. 그러니 시종들을 좀 감원해주
셔야겠습니다. 만약 이 요청을 들어주시지 않는다면, 이쪽에서 임의로 조치하
겠습니다. 그리고 남아서 아버님을 시중들 사람들은 연로하신 아버님께 알맞

고, 분별 있고, 아버님의 처지를 잘 아는 사람들로만 하겠습니다.

리어 왕 지옥의 악마 같으니! 말을 준비해라! 내 시종을 다 불러! 돼먹지 못한 계집년 같으니. 네 신세는 안 지겠다. 내게는 또 하나의 딸이 있어.

거너릴 아버님은 저의 부하들을 마구 때리시고, 아버님의 난폭한 시종 무리는 윗사람을 하인 취급합니다.

올버니 등장.

리어 왕 다 늦게 후회해도 소용없지! (올버니를 보고) 아, 왔는가? 이것은 너의 뜻이냐? 답을 듣자! 말을 준비해. 배은망덕한 돌 같은 마음을 가진 악마년, 네가 자식의 탈을 쓰고 있으니, 바다의 괴물보다 더 흉악하구나.

올버니 부디 고정하십시오.

리어 왕 (거너릴에게) 가증스러운 솔개야, 거짓말 마라! 내 부하는 모두 엄선한 사람뿐이다. 신하의 본분을 잘 분간하고, 만사를 소홀히 않고, 자기의 명예를 무엇보다도 소중히 여기는 사람들이다. 아, 아주 조그만 허물이었는데, 코델리아는 어째서 그렇게 추악하게만 보였을까? 그 허물은 마치 고문하는 도구같이, 나의 자연의 정을 있어야 할 장소에서 뽑아내어 나의 마음으로부터 모든 애정을 제거하고 증오심만 늘려놓았구나. 오, 리어, 리어, 리어! (자기 머리를 치면서) 이 문을 때릴 수밖에, 못난 생각만 끌어들이고, 귀중한 분별은 쫓아버렸으니! 자, 부하들아, 가자. (기사들과 켄트 퇴장)

올버니 저는 전혀 죄가 없습니다. 뭣 때문에 역정을 내시는지 모르겠습니다.

리어 왕 그럴는지도 모르지. 자연이여, 들어보십시오! 여신이여, 들으소서! 만약 저 인간의 몸에서 자식을 낳게 할 뜻을 가졌다면 그 뜻을 거두십시오. 제발 이년의 배는 자식을 못 가지게 하소서. 이년의 몸속에 있는 생식의 힘을 말려버리고, 그 타락한 육체는 어미로서 명예가 되는 자식을 낳지 못하게 하시고, 그 자식이 성장하여 부모를 배반하고 일생 어미의 고생의 씨가 되게 하소서. 그 애로 인해 젊은 어미의 이마에는 깊은 주름이 패고, 그 볼에는 눈물의 골이 패게 하소서. 자식을 생각하는 어미의 노고와 은혜는 죄다 모멸과 조소거리가 되게 해주소서. 그리하여 망은의 자식을 갖는 것은 독사의 이빨보다 무섭다는 것을 깨닫게 하소서! 비켜, 비켜! (리어 왕 퇴장)

올버니 대체 어떻게 된 영문이오?

거너릴 당신은 모르셔도 돼요. 실컷 마음대로 하시게 놔두세요. 망령을 부리시는 거예요.

리어 왕, 미친 모습으로 다시 등장.

리어 왕 뭐야, 나의 시종을 단번에 쉰 명이나 줄여? 이 주일도 채 못 돼서?

올버니 대체 어떻게 된 겁니까?

리어 왕 그 이유를 말하지. (거너릴에게) 에이, 가증스러운 것! 너 같은 것 때문에 대장부가 이렇게 흥분하여 우는 것은 창피하다. 너 때문에 이렇듯 뜨거운 눈물을 흘려야 하다니. 너 같은 건 독기 찬 안개에나 싸여버려라! 아비의 저주가 네 몸뚱이에 구멍을 뚫어, 모든 감각을 마비시켜버려라! 어리석은 늙은 눈아, 두 번 다시 이런 것으로 울면 너를 뽑아서 헛되이 흘리는 눈물과 함께 땅에 내던져 땅이나 적시게 하겠다. 끝내 이렇게 되고 마나? 하! 상관없다. 내게는 또 하나의 딸이 있지. 그 애는 너의 이리 같은 낯짝을 손톱으로 할퀴어놓을 것이다. 두고 봐라, 나는 다시 이전같이 되어 보일 테니. 너는 내가 영구히 왕위를 내던져버린 거라고 생각하고 있지만. (리어 왕 퇴장)

거너릴 지금 보셨지요?

올버니 당신은 물론 나의 소중한 아내지만, 편파적으로 사물을 판단할 수는 없소.

거너릴 당신은 좀 가만히 계세요……. 이봐요, 오스왈드! (광대에게) 너는 광대라
기보다 악당이다. 주인 따라 썩 나가거라!

광대 리어 아저씨, 리어 아저씨, 기다리세요! 광대를 데리고 가요.

　　　이것이 만약 여우라면,

　　　여우가 만약 딸이라면,

　　　틀림없이 교수형 신세이건만,

　　　내 모자 팔아서는 밧줄 못 사니,

　　　그래서 광대는 뒤를 쫓아간다오. (광대 퇴장)

거너릴 아버님한테는 좋은 충고가 됐지요! 기사를 백 명이나 두다니. 그야 안전
책이겠지요, 무장한 기사를 백 명이나 거느리는 것은. 글쎄, 꿈자리가 좀 사납
다든가 뜬소문, 공상, 불평, 불만이 있으면 언제든지 그 사람들을 방패 삼아
망령기를 빙자하고 우리들의 생명을 제압할 수 있을 테니까요. 오스왈드, 거
기 없나요?

올버니 그건 너무 지나친 염려가 아닐까?

거너릴 과신하는 것보다는 안전하죠. 해를 입지 않을까 하고 언제나 두려워하는
것보다, 걱정거리가 되는 위험물을 제거해버리는 게 상책이에요. 아버님의 속
셈은 빤히 들여다보여요. 아버님이 하신 말을 편지로 동생에게 알려주기로 했
어요. 만일 그렇게 설명해줘도, 동생이 못 알아듣고 노인과 시종 백 명을 부양
한다면……. (오스왈드 등장) 오스왈드, 어떻게 됐어요? 동생에게 보낼 편지는
다 썼나요?

오스왈드 네, 다 됐습니다.

거너릴 동행을 데리고 곧 말을 타고 떠나요! 동생에게 내가 특히 걱정하고 있는
점을 샅샅이 이야기해요. 그것을 더욱 신빙성 있게 하기 위해서라면 당신 의

견을 적당히 보충해도 좋아요. 어서 떠나요. 그리고 속히 돌아와요. (오스왈드 퇴장) 안 돼요. 당신의 친절한 방법을 나쁘다고 말할 수는 없지만, 그래도 세상은 당신의 방법을 온건하다고 칭찬하기보다는 분별이 없다고 비난하고 있어요.

올버니 당신의 선견지명이 어디까지 맞을지 의문이구려. 잘하려고 서두르다가 오히려 나쁘게 되는 일도 종종 있으니까.

거너릴 염려 마세요, 그렇게 된다면…….

올버니 좋소, 좋아. 결과를 한번 두고 봅시다.

(두 사람 퇴장)

5

[제1막 제5장]

같은 저택의 안뜰.

리어 왕, 켄트, 광대 등장.

리어 왕 너는 이 편지를 가지고 한 발 먼저 글로스터(이곳에 콘월 공의 저택이 있다)에게 가라. 딸이 편지를 읽고 나서 묻는 말 이외에는 네가 아는 이야기라도 하지 마라. 빨리 가지 않으면, 내가 먼저 도착하고 말 거야.

켄트 이 편지를 전할 때까지는 한잠도 자지 않겠습니다. (켄트 퇴장)

광대 사람의 뇌수가 발뒤꿈치에 달려 있다면 그것이 틀 염려가 없을까?

리어 왕 그야 물론 트겠지.

광대 그럼 안심하세요. 당신은 터서 슬리퍼를 신어야 할 뇌수도 없으니까요.

리어 왕 하, 하, 하!

광대 두고 봐요, 또 하나의 따님도 천성대로 대해줄 테니. 말하자면 두 분 자매는 밭능금과 산능금 정도의 차이일 뿐이거든요. 난 다 알고 있어요.

리어 왕 대체 네놈이 뭘 알고 있다는 거야?

광대 이쪽과 저쪽은 맛이 같죠. 능금은 다 맛이 같듯이요. 그런데 인간의 코가 왜 얼굴 한가운데에 있는지, 아저씨는 아세요?

리어 왕 모른다.

광대 그야, 코 양쪽에 눈을 붙여놓기 위해서죠. 그렇게 해서 냄새를 맡아내지 못할 때는 눈으로 알아보게 하기 위해서죠.

리어 왕 내가 그 애한테 잘못했어.

광대 굴은 어떻게 껍데기를 만드는지 아세요?

리어 왕 몰라.

광대 저도 몰라요. 하지만 달팽이는 왜 집을 가지고 있는지, 그거라면 알아요.

리어 왕 왜 그렇지?

광대 머리를 감춰 넣기 위해서 그렇죠, 뭐. 그것을 딸들에게 내주지 않고 또 뿔을 넣을 장소를 잃어버리지 않기 위해서죠.

리어 왕 이젠 자식이라고 생각지 말아야지! 그렇게도 귀여워해주었건만! 말은 준비됐나?

광대 당나귀 같은 바보 하인들이 준비를 하러 갔어요. 북두칠성은 왜 일곱 개밖에 안 되느냐 하는 데에는 재미있는 이유가 있거든.

리어 왕 그야 여덟 개가 아니니까 그렇지.

광대 맞아. 당신도 제법 그럴듯한 광대가 될 수 있겠는걸.

리어 왕 영토를 도로 빼앗아야지! 배은망덕한 것 같으니!

광대 아저씨, 당신이 내 광대라면 내가 좀 갈겨주겠는데요. 나이보다 너무 빨리 늙어버렸으니까.

리어 왕 그게 무슨 소리냐?

광대 똑똑해지기 전에 늙어버리면 안 되잖아요.

리어 왕 아, 하느님, 제발 제정신을 갖게 해주십시오. 미치광이가 되고 싶지는 않
  습니다!

　　신사 한 사람 등장.

리어 왕 어떻게 됐느냐! 말 준비는 다 됐느냐?

신사 준비 다 됐습니다.

리어 왕 자, 가자.

광대 내가 떠나는 것을 보고 깔깔 웃는 숫처녀는 조심들 해요. 언제까지나 숫처
  녀로 있지는 못할 거야, 내가 아들놈을 단속하기 전에는.

　　(모두 퇴장)

ACT 2

6

[제2막 제1장]

글로스터 백작의 성 안뜰

에드먼드와 큐런, 좌우에서 등장.

에드먼드 안녕하시오, 큐런?

큐런 안녕하시오? 지금 춘부장을 뵙고 알려드리고 오는 길입니다만, 오늘 밤 콘
    월 공과 부인이 이곳으로 오신다는 소식입니다.

에드먼드 어쩐 일일까요?

큐런 글쎄, 저도 모릅니다. 세간의 소문은 들으셨지요? 아주 비밀리에 수군대는
    정도의 뜬소문입니다만.

에드먼드 아직 못 들었는데, 대체 무슨 소문인가요?

큐런 쉿, 전쟁이 날지도 모른다는 소문을 못 들으셨나요, 콘월 공작과 올버니 공작

사이에?

에드먼드 전혀 못 들었소.

큐런 그럼 차차 듣게 될 거요. 안녕히 계시오. (큐런 퇴장)

에드먼드 공작이 오늘 밤 이곳에 온다고? 잘됐다! 더없이 잘됐어! 이것이 반드시 내 일에 도움이 되도록 해야지. 아버님은 형님을 체포하려고 수배를 해놓았지. 그런데 한 가지 어려운 일이 있어. 그것을 꼭 해내야겠다. 당장 착수하여 행운을 맞이하자! (2층을 향하여) 형님! 잠깐만 내려오세요! 형님!

에드거 등장.

에드먼드 아버님이 감시하고 있습니다. 자, 빨리 도망가세요! 형님이 여기 숨어 있는 것이 탄로 났어요. 밤이니까, 잘됐습니다. 형님은 혹시 콘월 공의 험담을 하신 일이 없습니까? 공작이 여기 오신답니다. 오늘 밤 갑자기. 부인인 리건님도 함께요. 그분의 편을 들어, 올버니 공의 욕을 하신 일은 없습니까? 생각해보세요.

에드거 전혀 그런 말 한 일이 없는데.

에드먼드 아버님이 오시나 봅니다. 용서하세요, 형님께 칼을 빼 들어야겠어요. 형님도 칼을 빼 들고 방어하는 척하세요. 자, 용감하게 싸우는 척하세요. (큰 소리로) 항복해! 아버님 앞에 나와. 여봐라, 횃불을 가져와, 여기다! (작은 소리로) 빨리 달아나세요. (큰 소리로) 횃불! 횃불을 가져와! (작은 소리로) 안녕히 가세요. (에드거 퇴장) 조금 피가 나 있는 것이 아주 분전한 것같이 보이겠지. (자기 팔에 상처를 낸다.) 주정꾼들을 보니, 장난으로 이 이상의 짓도 하더군……. 아버님, 아버님! 여깁니다, 여기예요! 거, 누구 없나?

글로스터와 횃불을 든 하인들 등장.

글로스터 얘, 에드먼드, 그놈은 어디 있니?

에드먼드 지금까지 여기 어둠 속에 서서 칼을 빼 들고, 괴상한 주문을 외며, 달님
       더러 사호해달라고 기도하고 있었습니다.

글로스터 그래서 어디로 갔느냐?

에드먼드 보십쇼, 이렇게 부상을 입었습니다.

글로스터 그놈이 어디 갔어, 에드먼드?

에드먼드 이쪽으로 달아났어요. 결국 제가 ―

글로스터 여봐라, 쫓아가라! 놓치지 마. (하인들 퇴장) 결국 어쨌다는 거냐?

에드먼드 결국 제가 아버님을 살해하는 일에 동의하지 않았기 때문입니다. 그 일
       에 대해 저는 제 아비를 죽이는 자에게는 복수의 신들이 벼락을 내린다고 설
       명하고, 또 자식이 아버지께 입은 은혜는 광대무변하다고 설명했지요⋯⋯. 그
       랬더니 자기의 무도한 계획을 제가 끝내 반대하는 것을 본 형은, 갑자기 맹렬
       히 공격해 와서 무방비인 저를 습격하고 제 팔을 찔렀습니다. 그러나 저도 저
       의 정당함에 분기하여 지지 않고 분전했기 때문인지, 또는 제가 큰소리를 질
       러 놀랐는지, 별안간 도망쳐버렸습니다.

글로스터 멀리 도망친다면 몰라도, 이 나라에 있는 한 제가 잡히지 않고 배길쏘
       냐? 잡히는 날에는 살려두지 않겠다. 오늘 밤 나의 은인, 귀중한 주인인 공작
       님이 오신다. 그분의 권위를 빌려 포고를 낼 테다. 이 악한을 잡아서 끌고 오
       는 자에겐 상금을 주고, 숨기는 자는 사형에 처한다고.

에드먼드 형님더러 그런 계획을 중지하도록 충고해봤으나, 막무가내이기에 저는
       심한 말로 계획을 폭로하겠다고 위협했지요. 그랬더니 형의 대답은 이랬습니
       다. "야, 유산 상속도 못 받을 서자놈아, 내가 반대하면, 누가 네 말을 곧이듣
       거나 너를 유덕하고 유능한 인간이라고 생각해줄 줄 아느냐? 천만에, 내가 부
       인否認만 하는 날엔 ― 물론 이번 일도 부인하겠지만, 설사 네가 내 필적을 꺼

내놓아 뵈어도— 나는 그것을 전부 네놈의 유혹, 모략, 간교라고 오히려 뒤집어씌울 테다. 내가 죽으면 너한테 돌아오는 이익이 대단히 크기 때문에 그것이 분명히 강력한 박차가 돼서 나를 죽이려 한다는 것을 세상이 모른다고 생각한다면, 너는 이 세상을 너무 잘못 본 거야."라고요.

글로스터 지독하고 철저한 악당이구나! 그래, 제 편지도 모른다고 잡아떼? 그런 놈은 내 자식이 아냐. (안에서 나팔 소리) 저것 봐, 공작님의 나팔 소리다! 왜 오시는지 모르겠다. 좌우간 항구는 모두 닫아버리게 해야겠다. 그놈이 도망가지 못하도록. 공작님은 그것을 허락해주실 거다. 그리고 그놈의 초상화를 각처에 보내어 나라 안의 모든 사람들이 그놈의 얼굴을 알아보게 해야지. 그리고 내 영토는 효심이 지극한 네가 상속받게 해주겠다.

콘월, 리건, 시종들 등장.

콘월 웬일이오? 지금 막 여기 오니 이상한 소문이 들리던데.

리건 그게 사실이라면, 그 죄인에게는 어떠한 엄벌을 내려도 부족해요. 어떻게 된 일인가요?

글로스터 아, 부인, 이 늙은이의 가슴은 터질 것만 같습니다.

리건 뭐! 그럼 우리 아버님이 이름을 지어준 아이가 당신의 생명을 노렸어요? 우리 아버님이 이름을 지어준 그 에드거가?

글로스터 아, 부인, 부끄럽기 짝이 없습니다!

리건 그 사람은 혹시 우리 아버님께 시중들고 있는 기사들과 한패가 아니었던가요?

글로스터 그건 모르겠습니다. 그러나 너무나 쓰라린 일입니다.

에드먼드 그렇습니다. 바로 그 사람들과 한패였습니다.

리건 그렇다면 그 사람이 그런 흉악한 생각을 갖게 됐다 해도 이상할 건 없습니다. 그 패예요, 그 사람을 충동해서 노인을 죽이려고 한 것. 그들은 노인의 재산을 가로채려고 계획한 거예요. 오늘 저녁 언니가 보내 온 편지에 그 기사들 얘기가 자세히 적혀 있었어요. 그들이 우리 집에 와서 묵게 되면 집을 비우라고 권고해 왔습니다.

콘월 그래서 나는 이렇게 집을 비우게 된 거요. 에드먼드, 이번에 아버지께 효도가 극진했다더구나.

에드먼드 아니에요. 그저 저의 의무를 다했을 뿐입니다.

글로스터 저 애가 그놈의 흉계를 알아냈지요. 그래서 그놈을 잡으려다가, 보시는 바와 같이 상처까지 입었습니다.

콘월 그놈을 추격 중인가요?

글로스터 네, 그렇습니다.

콘월 체포만 하면, 다시는 위해를 가하지 못하게 하겠소. 내 이름을 마음대로 이용해도 좋소. 에드먼드, 너의 효심에는 감복했다. 당장 이 자리에서 나의 부하로 삼겠다. 이런 믿음직한 부하가 필요하거든. 우선 너를 부하로 삼겠다.

에드먼드 부족한 점이 많습니다만, 진심으로 충성을 다하겠습니다.

글로스터 저로서도 대단히 감사합니다.

콘월 아직 모르시죠, 왜 우리가 이렇게 찾아왔는지를?

리건 글로스터 백작, 이런 시간에 어두운 밤길을 온 것은 좀 중대한 용건이 있어서인데, 당신의 훌륭한 의견을 들어봐야겠어요. 아버님께서도, 언니도, 두 분 사이에 불목하게 된 이유를 편지로 보내 왔습니다. 나로서는 집을 떠나서 답장을 내는 것이 좋을 것 같아서, 어느 쪽에나 사자(使者)는 여기서 보내려고 대기시켜놓았습니다. 당신의 낙심은 잘 알겠습니다만, 우리를 위해서 필요한 충고를 해주세요. 그 충고를 당장에 좀 들어봐야겠으니까요.

글로스터 잘 알았습니다. 두 분 모두 참 잘 오셨습니다.

　　　(나팔 소리, 모두 퇴장)

7

[제2막 제2장]

글로스터 백작의 성 앞.

켄트와 오스왈드, 좌우에서 등장.

오스왈드 이봐요, 밤새 안녕하시오? 당신은 이 집 사람이오?

켄트 그렇소.

오스왈드 어디다 말을 매는 거요?

켄트 저기 저 도랑에 매는 게 좋겠죠.

오스왈드 이봐요, 같은 사람끼리 그러지 말고 좀 가르쳐주시오.

켄트 나는 같은 사람이 아니오.

오스왈드 그럼 마음대로 해야지.

켄트 당신을 립스베리 가축 우리에 처넣어두면 그렇게 못할걸.

오스왈드 왜 이렇게 욕을 하나, 알지도 못하는 사람에게?

켄트 그래, 미안하지만 나는 너를 잘 알고 있기 때문이야.

오스왈드 나를 어떻게 알아?

켄트 불한당, 악한, 먹다 남은 찌꺼기나 얻어먹는 놈이지. 비열하고, 오만하고, 경솔하고, 거지 근성이 있고, 일 년에 세 벌밖에 옷을 못 얻어 입으며, 연수입은 백 파운드밖에 안 되고, 더러운 털양말이나 신는 악당. 겁 많고, 얻어맞으면 소송을 거는 놈! 사생아, 거울이나 들여다보는 건달, 주제넘게 참견하는 놈, 까다로운 놈, 재산이라곤 가방 하나밖에 없는 종놈, 주인을 위한답시고 뚜쟁이 노릇이라도 불사하는 놈, 악한, 거지, 겁쟁이, 뚜쟁이, 이것들을 뒤범벅한 놈. 잡종 암캐의 맏아들놈. 지금 내가 늘어놓은 이름을 한 자라도 아니라고 부인만 해봐, 깽깽거리도록 패줄 테니.

오스왈드 별 괘씸한 놈을 다 보겠네. 서로 알지도 못하는 사이면서 욕을 퍼붓다니!

켄트 이 철면피 같은 종놈아, 그래, 나를 모른다고 잡아떼! 폐하 앞에서 내가 네 발꿈치를 걷어찬 지 불과 이틀도 안 됐다. 자, 어서 칼을 빼라, 이 악당놈아! 밤은 밤이지만 달밤이니 잘되었다. 네 피로 명월탕明月湯을 끓여놓겠다. 이 기생오라비 같은 야비한 놈아! 썩 칼을 빼라니까! (칼을 뺀다.)

오스왈드 저리 비켜! 너한테는 일 없어!

켄트 칼을 빼라, 이놈아! 폐하께 불리한 편지를 가지고 왔지? 인형극으로 말하자면 허영 많은 여자의 편을 들어 그 여자 아버지의 왕좌를 뒤집어엎을 놈이다. 칼을 빼라, 악당아! 빼지 않으면 네 정강이의 살코기를 저며낼 테다! 빼, 악당놈아! 자, 덤벼라!

오스왈드 사람 살려! 살인이다! 사람 살려!

켄트 덤벼라, 이 노예놈아! 맞서봐라, 이 악당아! 맞서봐. 이 능글맞은 노예놈아! 덤벼라!

(켄트가 오스왈드를 때린다.)

오스왈드 사람 살려! 살인이다! 살인!

에드먼드, 칼을 빼 들고 등장.

에드먼드 웬일이오? 웬 싸움이오? 이러지 마오!

켄트 풋내기야, 소원이라면 상대하마! 자, 피 맛을 좀 보여주마. 이리 와, 젊은 양반!

글로스터, 콘월, 리건, 하인들 등장.

글로스터 칼을 빼 들고, 대체 이게 웬 소동이냐?

콘월 생명이 아깝거든 조용히 해라! 그래도 싸우는 놈은 사형이다. 대체 무슨 일이냐?

리건 언니의 사자와 아버님의 사자군요!

콘월 왜 싸움질이냐? 말해봐.

오스왈드 저는 숨도 제대로 쉴 수 없습니다.

켄트 그야 그럴 테지, 너무 용기를 내셨으니까. 비겁한 악한아, 네놈은 자연의 신이 만든 인간이 아니라 재단사가 만든 놈이야.

콘월 이상한 소릴 하는구나, 재단사가 인간을 만들어?

켄트 암요. 석수石手나 화가라면 저렇게 서툰 것을 만들진 않았을 겁니다. 배운 지 2년밖에 안 된 신출내기라 할지라도.

콘월 그런데 어떻게 싸움이 벌어졌나?

오스왈드 저 늙은 놈의 흰 수염이 불쌍해 목숨을 살려줬더니…….

켄트 야, 이 뒈지다 만 사생아놈아! 나으리, 만약 허락하신다면 이 거친 놈을 밟아 뭉개어 회반죽을 만들어 변소간의 벽을 바르겠습니다. 늙은 놈의 흰 수염이 불쌍해서라고? 이 방아깨비 같은 놈이!

콘월 입 닥쳐, 짐승 같은 것. 예의도 모르느냐?

켄트 잘 압니다. 그러나 화날 때는 별문제입니다.

콘월 왜 화가 났지?

켄트 염치도 없는 저런 노예놈이 다 칼을 차고 있으니까요. 저렇게 싱글거리는 놈은 끊으려야 끊을 수 없는 신성한 골육의 핏줄을 쥐새끼 모양 끊어놓습니다. 저런 놈은 주인의 마음속에 뒤끓는 감정이란 감정에 모두 아첨하여 불에는 기름을, 얼음 같은 마음에는 눈을 던집니다. 아니라고 했다가 그렇다고 하고, 단지 주인 기분에 따라 물총새의 주둥아리 모양 자유자재로 방향을 바꾸며, 개 모양 주인을 따라다니는 것밖에 모르는 놈입니다. (오스왈드에게) 왜 간질병자 같은 낯짝을 하나? 이놈이 내 말에 웃어? 나를 광대로 아나? 이 거위 같은 놈아, 만약 세이럼 벌판에서 너를 만났다면, 꽥꽥 울게 하여 캐멜롯까지 곧장 몰고 갔을 텐데.

콘월 이 늙은 놈이 미쳤나?

글로스터 왜 싸움이 됐느냐? 그걸 말해.

켄트 아무리 원수라도, 나와 저 악당만큼 상극은 없습니다.

콘월 왜 악당이란 말이냐? 저자가 무얼 어쨌다는 거냐?

켄트 저 낯짝이 마음에 안 들어요.

콘월 그럼 내 얼굴도, 저자 얼굴도, 내 아내의 얼굴도 모두 마음에 안 들겠구나.

켄트 정직하게 말하는 게 제 소임입니다만, 저는 이 순간에 제 앞에 보이는 어느 누구의 어깨 위에 얹혀 있는 얼굴보다도 훌륭한 얼굴을 보며 살아왔습니다.

콘월 이놈은 솔직하다고 칭찬을 받으니까 우쭐해서 일부러 난폭한 짓을 하고, 자기 천성과도 맞지 않는 행동을 하는 놈이다. 아첨을 못 한다고! 정직하고 솔직하니까 사실을 말 안 하고는 못 배긴단 말이지! 세상 사람들이 그것을 받아주면 좋고, 안 받아줘도 솔직하게 할 말은 한다는 거지? 이런 종류의 악당은 나도 알고 있어. 솔직함을 간판으로 내걸고 뱃속에는 흉측한 계획을 감추고 있거든. 윗사람에겐 언제나 쩔쩔매고 굽실대면서 주인의 비위를 맞추는 무리보다도 더 간악하고 흉측한 놈이야, 이런 놈은.

켄트 공작 각하, 성심성의를 다하여 말씀드립니다만, 각하의 위광은 빛나는 태양신의 이마를 둘러싸는 후광과도 같사오며—

콘월 무슨 말이냐?

켄트 공작님 마음에 안 드시는 것 같아 제 말버릇을 고쳐보자는 겁니다. 저는 아첨은 할 줄 모릅니다. 솔직한 말투로 속이는 놈은 진짜 악한입니다. 그런데 저는 그런 놈이 될 수는 없습니다. 설사 공작님이 역정을 내시며 절 보고 "그런 놈이 돼보라."고 말씀하시게 할 수는 있어도 말입니다.

콘월 (오스왈드에게) 그런데 무엇 때문에 저놈을 화나게 했지?

오스왈드 저는 잘못이 없습니다. 며칠 전 저놈의 주인인 왕께서, 오해로 인해서 저를 때린 일이 있습니다. 그때 저놈이 한패가 되어가지고 왕의 역정에 비위를 맞추어 뒤에서 제 발을 걸어찼습니다. 그래서 제가 쓰러지자 의기양양하여 조롱하고, 마치 영웅이나 된 것같이 우쭐대고, 그것이 대견하다는 듯 왕은 칭찬을 했습니다. 일부러 져준 것을 가지고 그 엉뚱한 공로에 맛을 들였는지, 여기서 또 칼을 뺐답니다.

켄트 비겁한 거짓말쟁이야, 에젝스*가 무색할 지경이다.

콘월 차꼬를 가져오너라! 이 고집통이 늙은 악한, 나잇값도 못하는 허풍쟁이, 버릇을 고쳐주겠다.

켄트 너무 늙어서 이제 배울 수는 없습니다. 차꼬는 채우지 마시오. 저는 왕의 시종입니다. 폐하의 일로 여기 왔습니다. 왕의 일로 온 사람을 형틀에 채우면 왕의 위덕에 대해 불경일 뿐 아니라, 너무나도 명백한 역심逆心을 표시하는 일이 될 것입니다.

---

* 트로이 전쟁에 출전한 그리스 용사

콘월 빨리 차꼬를 가져오너라! 나의 생명과 명예를 두고 엄명한다! 이놈을 정오까지 차꼬에 채워놓아라.

리건 정오까지요? 밤까지, 아니 밤새도록 채워놓으세요.

켄트 부인, 제가 아버님의 개라도 그런 하대는 하지 않을 것입니다.

리건 아버님이 데리고 있는 악한이니까 그렇지.

콘월 이놈이 바로 처형의 편지에 있는 그 패거리다. 빨리 차꼬를 가져오너라.

(하인들, 차꼬를 들고 온다.)

글로스터 공작님, 그러지 마십쇼. 저놈의 죄는 크지만, 주인인 왕께서 응징을 하실 겁니다. 각하의 처벌은 비열하고 비루한 악당들이 좀도둑질이나 그 밖에 흔해빠진 범죄를 저질렀을 때 받는 처벌입니다. 폐하께서 사자가 그렇게 칼에 차인 것을 아시면 필경 화를 내실 게 아닙니까?

콘월 그 책임은 내가 지겠소.

리건 언니야말로 성을 낼 거야, 자기 사자가 욕을 당하고 습격을 당했다는 걸 알면. 저 다리를 차꼬에 채워요. (켄트, 차꼬에 차인다.) 여보, 이제 우린 가요. (글로스터와 켄트만 남고 퇴장)

글로스터 참 안됐구려. 공작의 뜻이니 어쩔 수 없어. 그분의 고집은 누구나 알다시피, 아무도 말리거나 막을 수 없으니까요. 그러나 내가 한번 용서를 청해보리다.

켄트 그만두시오. 밤새 자지 않고 걸어왔더니 몹시 고단합니다. 한잠 푹 자고 나서 잠이 깨면 휘파람이나 불겠소. 세상에는 착한 사람이라도 운이 기우는 법이 있으니까요. 그럼 안녕히 주무시오!

글로스터 이것은 공작님의 잘못이야. 왕은 화를 내실 거야. (글로스터 퇴장)

켄트 하늘의 축복을 버리고 뙤약볕으로 나간다…… 왕은 이 격언을 몸소 체험하셔야 하는군. 하계下界를 비치는 등불이여, 어서 오라. 네 빛의 도움으로 이 편지를 읽고 싶다. 불운에 부닥치지 않고서는 기적이란 거의 볼 수 없는 거지. 이것은 확실히 코델리아님의 편지다. 내가 이렇게 변장을 하고 있다는 것을 다행히도 알고 계시는 모양이구나. 시기를 보아서 이 난세로부터 나라를 구하고, 손실을 보상해주실 모양이구나. 피로와 밤샘으로 녹초가 되었다. 졸음이 와서 눈이 무거워지는 것이 천만 다행이다. 이 굴욕적인 잠자리(차꼬)는 보지 말자. 운명의 신이여, 안녕. 후일 다시 미소를 보여주고 행운의 수레바퀴를 돌려다오! (켄트, 잔다.)

8

[제2막 제3장]
글로스터 백작의 성 근처에 있는 벌판. 에드거 등장.

에드거 내가 지명 수배되어 있는 모양인데, 다행히 나무 구멍 속에 숨어서 잡히는 건 면했다. 항구는 모두 봉쇄되고, 나를 체포하기 위해 엄중한 경계망이 쳐져 있지 않은 곳이라곤 없다. 도망치는 데까지 도망쳐서 생명을 보전해야지. 그리고 궁핍이 인간을 모멸하여 짐승처럼 만들어놓은 듯 비천하고 구차한 꼴을 해야겠다. 얼굴에는 숯검정을 바르고, 허리에는 남루한 걸레를 두르고, 머리칼은 엉키게 하고, 그리고 풍우風雨나 한서寒暑에도 벌거벗고 지내야겠다. 이 나라에서 베들럼*의 미치광이 거지들이 좋은 본보기다. 그들은 무서운 소리로 떠들며 마비되어 무감각해진 자기 팔에 바늘, 나무꼬챙이, 못, 로즈메리 나뭇가지를 꽂고는 해. 그리고 그런 무서운 꼴로 구차한 농가나, 가난한 마을이나

---

* 정신병원

양 우리나, 물방앗간 등을 찾아다니며 때로는 미친놈의 저주도 해보고 때로는 기도도 외며 적선해달라고 볶아대지. "불쌍한 거지 털리고드, 불쌍한 거지 톰입니다!" 이렇게 하면 연명할 수 있겠지! 그러나 에드거라면 안 되지. (퇴장)

9

[제2막 제4장]

글로스터의 성 앞.

켄트는 차꼬에 채워져 있다. 리어 왕, 광대, 신사 등장.

리어 왕 이상하군, 이렇게 갑자기 집을 비우고, 더욱이 내 사자도 돌려보내지 않는다는 것은.

신사 제가 들은 바로는, 어젯밤까지도 그다지 떠나시려는 의향은 없었다고 합니다.

켄트 어서 오십시오, 폐하!

리어 왕 에잇! 너는 그런 모욕을 가만히 당하고 있었느냐?

켄트 천만의 말씀입니다.

광대 하, 하, 하! 지독한 양말끈을 하고 있구나. 말은 머리를, 개와 곰은 모가지를, 원숭이는 허리를, 사람은 다리를 묶이는군. 다리를 함부로 쓰면 나무 양말을 신기게 마련이지.

리어 왕 너의 신분을 몰라보고 그렇게 한 놈은 누구냐?

켄트 두 분입니다, 따님과 사위분.

리어 왕 그럴 리가 없어.

켄트 아니, 그렇습니다.

리어 왕 아냐, 그럴 리 없어.

켄트 제 말은 사실입니다.

리어 왕 아냐, 아냐. 그런 짓을 할 사람들이 아냐.

켄트 그렇지 않습니다, 실제로 그랬습니다.

리어 왕 주피터를 두고 맹세하지만 그렇지 않아!

켄트 주노를 두고 맹세하지만 그랬습니다.

리어 왕 그들이 감히 그럴 리 없어. 하지도 못하겠지만, 하려고도 안 할 거야. 국
왕의 사자에게 감히 이런 난폭한 짓을 하다니, 살인보다도 더 괘씸한 짓이다.
자세한 내용을 빨리 말해봐라. 무슨 곡절이 있어서 내 사자인 네가 이런 처벌
을 자초했는지, 또는 그들이 이런 처벌을 주었는지.

켄트 제가 그 댁에 도착해서 두 분께 폐하의 친서를 전하느라 무릎을 꿇고 있을
때, 제가 자리에서 채 일어나기도 전에 마침 사자 한 사람이 뛰어왔습니다. 그
자는 급히 달려오는 바람에 땀범벅이 돼가지고 숨을 헐떡거리며 자기 주인 거
너릴님의 안부를 전하고자 저를 제쳐놓고 편지를 내놓았습니다. 두 분은 그
자리에서 그걸 읽어보고 나서 별안간 하인들을 불러 모아 말을 타고 떠나버렸
습니다. 그리고 저보고는 "뒤따라오라, 틈이 나는 대로 답장을 쓰겠다."라고
하시고, 싸늘한 눈초리로 노려보셨습니다. 그리고 여기 와서 다른 사자를 만
났습니다만, 그 자식의 인사에 저는 기분을 잡쳐버렸습지요. 글쎄, 그 자식이
요전번에 폐하의 어전에서 무례하게 군 놈이어서 칼을 뺐습죠. 그랬더니 그
겁쟁이 놈이 비명을 질러 이 집 사람들을 죄다 깨워버렸습니다. 폐하의 사위
와 따님은 제 죄과가 이런 욕을 보아도 당연하다고 보신 겁니다.

광대 겨울은 아직 안 지나갔구나, 기러기들이 저리 날아가는 걸 보니.

　　아비가 누더기를 걸치면

　　자식은 모르는 척하지만,

아비가 돈주머니 차고 있으면

자식들은 모두 다 효자.

운명의 여신은 이름난 창녀라

구차한 사람에겐 문을 열지 않는다.

하지만 당신은 따님들한테서 일 년 내내 헤아려도 못 다 헤아릴 만큼 불[火] 주

머니를 얻은 겁니다.

리어 왕 아, 이 가슴속에 화가 치미는구나! 화 덩어리야! 내려가거라! 치미는 슬

픔아! 네가 있을 곳은 뱃속이다! 딸애는 어디 있느냐?

켄트 백작과 같이 안에 계십니다.

리어 왕 너는 따라오지 말고 여기 있어. (퇴장)

신사 지금 말씀하신 것 외에는 아무런 무례한 짓도 하지 않으셨습니까?

켄트 전혀 하지 않았습니다. 그런데 폐하가 데려온 시종이 왜 이렇게 적습니까?

광대 그런 것을 묻다가 발고랑을 차게 된 거라면 그거야 당연한 노릇이지.

켄트 어째서냐, 광대?

광대 개미에게 가서 배워. 겨울에는 일 안 하잖아. 코가 향한 데로 가는 놈도 장

님 아니면 모두 눈을 믿고 가지. 어떤 코라도 악취를 맡아내지 못하는 코는 하

나도 없어. 커다란 수레바퀴가 산에서 굴러 내릴 때는 매달리지 말아야 되지.

매달리고 있으면 못이 부러지고 말 테니까. 하지만 그 커다란 수레바퀴가 올

라갈 때는 누구보고 뒤에서 밀어달라고 해야 해. 현명한 사람이 와서 이보다

더 좋은 것을 가르쳐주면, 지금 내가 가르친 말은 내게 도로 돌려줘. 이것은

악한보고나 지키라고 해야지, 광대가 한 충고니까.

돈이 탐이 나서 굽실거리며

겉으로만 부하인 척 따르는 놈은,

비라도 내리면 보따리 싸니,

주인만이 혼자 남아 흠뻑 젖는다.

그러나 나는, 광대는 이대로 남아 있겠다.

똑똑한 놈은 달아난대도.

달아나는 악당은 바보가 돼도,

광대는 절대로 악당이 되지 않는다.

켄트 광대, 너는 어디서 그런 것을 배웠나?

광대 바보같이 발고랑 차고 배운 건 아니야!

리어 왕, 글로스터 등장.

리어 왕 면회 사절? 이 나에게? 둘이 다 병이 났다고? 피로하다고? 밤새 여행을 했다고? 순전히 둘러대는 것이다. 아비를 배신하여 버리려는 징조다. 더 좋은 회답을 가지고 와.

글로스터 폐하, 아시다시피 공작은 불같은 기질이라, 한번 말하면 요지부동입니다.

리어 왕 경을 칠 것! 염병이나 걸려라! 죽어버려! 박살이 나버려라! 불같다고? 기질이 어쩌고 어째? 이것 봐, 글로스터, 글로스터! 내가 콘월 부부를 만나려고 하는 거야.

글로스터 네, 그렇게 말씀드렸습니다.

리어 왕 말씀을 드렸다? 자네는 내가 누군지 알고 있나?

글로스터 잘 알고 있습니다.

리어 왕 국왕이 콘월하고 할 이야기가 있다는 거다. 아비가 딸하고 할 이야기가 있다는 거다. 오라고 명령하는 거야. 이 말을 둘에게 전했느냐? 아니, 뭐라고? 불같다고? 불같은 공작이라고? 불같은 공작에게 이렇게 말을 전해. 내가……, 아냐, 정말 몸이 불편한지도 모르지. 건강한 사람이면 자진해서 하는 일도, 병이 나면 태만해지게 마련이거든. 피로 때문에 육체만이 아니라 정신까지도 고통을 받게 되면 우리는 본성을 잃게 마련이야. 음, 참자. 병자의 발작을 건강한 사람과 같이 생각하다니, 나의 이 성급한 성질이 나빴다. (켄트를 보고) 내 권세도 땅에 떨어졌구나! 뭣 때문에 저 사람을 이렇게 해놓는 거냐? 이걸 보면 공작 부부가 나를 멀리하는 것도 뭔가 흉계가 있는 것이 틀림없어. 저 하인을 풀어놓아라. 공작 부처에게 내가 할 이야기가 있다고 전해. 자, 빨리 나와서 내 말을 들어보라고 해. 안 나오면 침실 입구에 가서 북을 쳐서 잠을 쫓아줄 테니.

글로스터 부디 화목하게 지내셨으면 좋겠습니다. (퇴장)

리어 왕 아이고, 울화통이 치미는구나. 울화통이! 진정해라.

광대 얼마든지 소리를 질러요, 아저씨. 점잖 빼는 여편네가 뱀장어 요리를 하려고 산 뱀장어를 밀가루 반죽에 넣을 때처럼 말야. 기어 나오는 뱀장어 대가리를 때리며 "이놈아, 들어가, 들어가!" 하듯이 말야. 그 여자의 오라비 또한 말이 귀엽다고 꼴에다 버터를 발라준 괴짜라지 뭐예요?

콘월, 리건, 글로스터, 하인들 등장.

리어 왕 내외가 다 잘 있었느냐?

콘월 폐하께 인사 여쭙니다! (시종들이 켄트를 풀어준다.)

리건 오랜만에 뵙게 되어 기쁩니다.

리어 왕 그렇겠지, 리건! 당연히 그래야지. 만일 만난 것이 기쁘지 않다면 네 어머니가 간부인 셈이니 그 무덤을 파내어 이혼을 해야겠지. (켄트를 보고) 오, 풀려났느냐? 그 문제는 나중에 얘기하고……, 리건, 너의 언니는 지독한 년이더구나. 아아, 리건, 그년은 독수리같이 예리하고도 매정한 부리로 여기를 쪼았

다. (자기 가슴을 가리킨다.) 말로는 설명할 수도 없다. 믿어지지 않을 거다. 얼마
나 비열한 수단으로……. 아, 리건!

리건 제발 진정하세요. 언니의 심정을 오해하신 것이 아닌가 합니다. 언니가 효
성을 소홀히 할 리는 없습니다.

리어 왕 뭐? 그건 무슨 뜻이냐?

리건 언니가 조금이라도 효도를 게을리했다고는 생각되지 않습니다. 혹시 언니
가 아버님 시종들의 난폭함을 막았다면, 거기에는 충분한 근거와 정당한 목적
이 있었을 테고, 언니에게는 잘못이 없다고 생각됩니다.

리어 왕 그 망할 년!

리건 아, 아버님은 늙으셨습니다. 아버님은 고령이시고 기력도 얼마 안 남으셨으
니 자신보다 사정을 더 잘 아는 분별 있는 사람에게 의지하고 그 지도를 따르
셔야 해요. 그러니 제발 언니에게로 돌아가서, 용서를 빌고 잘못했다고 말
씀하세요.

리어 왕 그년에게 용서를 빌라고? 그것이 아비가 할 짓이란 말이냐! "얘야, 나는
늙어빠졌다. 늙은이는 소용이 없지. (무릎을 꿇으며) 이렇게 무릎을 꿇고 애원한
다. 부디 옷과 잠자리와 먹을 것을 좀 다오!"라고 빌라고!

리건 그만두세요! 그건 보기 흉한 장난이세요. 언니에게로 돌아가세요.

리어 왕 (일어서면서) 절대로 안 가겠다. 그년은 내 부하를 반으로 줄인 데다가 눈
으로 나를 무섭게 노려보고, 독설을 휘둘러서 독사같이 이 가슴을 물어뜯었다.
하늘에 저장돼 있는 모든 복수가 그년의 머리 위로 쏟아져 내려라! 하늘의 독
기여, 그녀의 아직 태어나지 않은 자식들에게 스며들어 절름발이로 만드소서!

콘월 무슨 그런 말씀을!

리어 왕 날쌘 번개야, 눈을 멀게 하는 네 번갯불로 오만한 그년의 눈을 찔러다오!
강렬한 일광에 뿜어 오르는 수렁의 독기야, 내려와서 그년의 미모를 짓무르게

하고, 그년의 오만을 꺾어버려라!

리건 아, 무서워! 내게도 저렇게 악담을 하시겠지, 화가 나면?

리어 왕 아니다, 리건, 너를 저주하는 일은 절대로 없을 거다. 너는 본래 착한 마음씨를 지니고 있으니까, 몰인정한 짓은 하지 않겠지. 그년 눈은 사납지만, 네 눈은 부드러워 사람을 노하게 만들지 않는다. 너는 나의 기쁨을 훼방하거나, 하인을 줄이거나, 꽥꽥 말대답을 하거나, 부양료를 깎거나, 그리고 끝내는 내가 찾아가는 것이 싫어서 문을 잠그거나 하지는 않을 테지. 너는 잘 분간할 거다. 인간의 본분이나, 자식 된 책임이나, 예의범절이나, 은혜를 갚는 길들을 말이다. 내가 왕국의 반을 준 것을 너는 잊지 않았을 테니까.

리건 아버님, 이제 용건을 말씀하세요.

리어 왕 내 사람을 차꼬에 채운 놈은 누구냐? (안에서 나팔 소리)

콘월 저 나팔 소리는?

리건 분명히 언니일 거예요. 편지로 알려 온 대로, 벌써 오시는군요.

오스왈드 등장.

리건 공작부인이 오셨소?

리어 왕 요놈, 여우 같은 놈, 변덕스러운 여주인의 총애를 믿고 우쭐해서 잘난 체 뻐기는 놈. 썩 물러가라, 종놈아! 꼴도 보기 싫다!

콘월 왜 그러십니까?

리어 왕 내 사람에게 고랑을 채운 놈은 누구냐? 리건, 너는 아니겠지?

거너릴 등장.

리어 왕 누구냐, 오는 건? 아, 하늘이여! 늙은이를 가엾게 여기시고, 온 세계를 다 스리시는 자애로운 당신께서 효심을 가상하게 여기신다면, 또는 당신 자신이 늙으셨다면, 부디 저를 보호해주시고, 하늘의 사자를 내려보내어 저를 도와주소서! (거너릴에게) 너는 이 수염을 봐도 부끄럽지 않으냐? 오, 리건! 너는 그년의 손을 붙든단 말이냐?

거너릴 손을 붙들어서 무엇이 나쁩니까? 제가 무슨 무례한 짓을 했습니까? 분별 없는 사람이 생각하는 무례, 망령 난 분이 말하는 무례, 그것이 그대로 모두 다 무례일 수는 없어요.

리어 왕 아, 이 가슴아, 너는 어지간히 질기구나! 용케 터지지 않는구나! 왜 내 하인에게 고랑을 채웠어?

콘월 제가 채웠습니다. 그놈의 무례한 행동은 한층 더한 처벌을 받아 마땅합니다.

리어 왕 뭣이, 네가? 네가 했어?

리건 아버님, 아버님은 연로하시니까, 연로하신 분답게 처신하세요. 이제 돌아가셔서, 한 달이 지날 때까지 언니 집에 계시다가 시종들을 반으로 줄여가지고 오세요. 저는 지금은 집을 떠나 있으니, 아버님을 모시려고 해도 필요한 준비가 돼 있지 않습니다.

리어 왕 저년한테 돌아가라고? 그리고 시종 쉰 명을 내보내라고? 싫다. 그보다는 차라리 두 번 다시 한 지붕 밑엔 살지 않겠다. 늑대나 올빼미의 벗이 되어 궁핍의 고통을 달래는 것이 낫지. 저년한테 가라? 저년한테 갈 바에야 막내딸을 알몸으로 데려간 저 혈기왕성한 프랑스 왕 앞에 무릎을 꿇고 비천한 신하처럼 여명을 이어갈 연금을 얻어 쓰는 것이 낫지. 저년한테 돌아가라고? 차라리 (오스왈드를 가리키며) 이 더러운 종놈의 노예가 되라고, 짐말이 되라고 해라.

거너릴 그럼 마음대로 하세요.

리어 왕 (거너릴에게) 부탁이니, 제발 나를 미치게 하지 마라. 이제 네 신세는 지지 않을 테다. 잘 있거라. 두 번 다시 널 만나지 않겠다. 다시는 너와 얼굴을 맞대지 않겠다. 하지만 너는 내 살과 피를 나눠 가진 딸이다. 아니, 내 살 속에 있는 병이지. 그래도 내 것이라고 하지 않을 수는 없지. 너는 내 썩은 피 속에 생긴 종기다. 곪아 터진 악성 종기다. 퉁퉁 부은 부스럼이다. 그러나 나는 너를 책하지 않겠다. 뇌성의 신에게 사살해달라고 부탁하지도 않겠다. 숭고한 심판자 주피터 신에게 너를 고발하지도 않겠다. 개심할 때가 오면 개심해라. 기회를 봐서 좋은 사람이 되어라. 나는 참을 수 있다. 리건에게 가 있으면 돼, 나와 내 백 명의 기사는.

리건 그렇게는 안 됩니다. 저는 아직 아버님이 오실 줄 몰랐고 맞아들일 준비도 돼 있지 않아요. 언니 말을 들으세요. 그렇게 화내시는 모습을 냉정하게 뵙고 있자니 역시 나이가 드신 탓이라고 여기지 않을 수 없습니다. 그러니, 하여간 언니는 자기가 하는 일을 잘 알고 있을 겁니다.

리어 왕 진정으로 그런 말을 하는 거냐?

리건 네, 진정으로 말씀드리는 거예요. 시종이 쉰 명이라고요? 그만하면 되었지 뭐예요? 그 이상 둘 필요가 있나요? 아니, 그것도 많지요. 그렇게 수가 많으면 비용으로나 위험성으로나 보통 일이 아닙니다. 한 집 안에 두 주인 밑에서 어떻게 그 많은 하인이 평화스럽게 지낼 수 있겠어요? 어려워요. 거의 불가능하지요.

거너릴 동생의 하인이나 제 하인을 부리면 안 되시나요?

리건 왜 안 되나요? 만일 하인이 불손하다면, 저희들이 얼마든지 단속하지요. 만약 이번에 저희 집에 오시려면, 글쎄, 그런 위험성이 내다보이니까 말예요. 제발 하인들을 스물다섯 명으로 줄이세요. 그 이상에게는 내줄 방도 없고 치다꺼리도 해줄 수 없으니까요.

리어 왕 너에게 모든 것을 주었는데…….

리건 정말 적당한 시기에 잘 주셨습니다.

리어 왕 그리고, 너희들을 후견인으로 하여 일체의 권력을 맡겼다. 그 대신 일정한 수의 시종을 꼭 둔다는 조건이었는데, 뭐, 스물다섯 명밖에 안 된다고? 리건, 진정으로 그리하는 거냐?

리건 다시 한 번 말하겠어요. 그 이상은 절대로 안 돼요.

리어 왕 나쁜 것도 옆에 더 나쁜 것이 나타나면 좋게 보이게 마련이지. 최악이 아닌 것이 다소는 가치가 있는 셈이 되니까. (거너릴에게) 네게로 가겠다. 네가 말한 쉰 명은 스물다섯 명의 배니까. 네 효심이 저년의 갑절이다.

거너릴 잠깐 기다리세요. 시종은 스물다섯 명이고, 열 명이고, 아니, 다섯 명이고 둘 필요가 뭐가 있어요? 집에는 그 갑절이나 되는 하인들이 있으니까, 언제든지 아버님 시중을 들 수 있잖아요.

리건 한 명도 필요 없을 것 아녜요?

리어 왕 오, 필요로 따지지 마라! 아무리 비천한 거지라도 아주 하찮은 물건일망정 여분을 가지고 있다. 자연이 필요 이상의 것을 인간에게 허용하지 않는다면 사람의 생활은 짐승과 다를 것이 없다. 너는 귀부인이지. 만일 옷을 따뜻하게 입는 것이 사치라면, 네가 입고 있는 별로 따뜻하지도 않은 사치스러운 옷이 인간으로서 무슨 필요가 있단 말이냐. 그러나 정말로 필요한 것은 — 하늘의 신들이여, 내게 인내를 주십시오 — 내게는 인내가 필요합니다! 신들이여, 나는 이렇게 불쌍한 늙은이입니다. 슬픔은 가슴에 가득 차고 나이는 늙어서 어차피 불쌍한 신셉니다. 이 딸년들의 마음이 아비를 배반케 하는 것이 당신의 뜻일지라도, 내게 그것을 참고 견디게 할 만큼 바보 취급은 하지 말아주십시오. 나에게 의분을 일으켜주십시오! 여자가 무기로 쓰는 눈물방울로 이 사내의 볼을 더럽히지 않도록 해주십시오. 이 흉악한 마녀 같은 것들아! 반드시 복수를 하겠다. 두고 봐라, 꼭 할 테다. 어떻게 할지 아직은 나도 모르겠다만,

온 세상이 벌벌 떨게 할 테다. 네년들은 내가 울 줄 알겠지! 절대로 울지 않는
다. 울 이유야 충분히 있지만. (폭풍 소리) 하지만 이 심장이 산산조각이 나버리
기 전에는 울지 않을 테다. 아아, 광대야, 나는 미칠 것 같다! (리어 왕, 글로스
터, 켄트, 광대 퇴장)

콘월 자, 안으로 들어갑시다. 폭풍우가 일어날 것 같소.

리건 이 집은 비좁아서 그 늙은이와 시종들이 다 들어갈 수 없어요.

거너릴 자업자득이지. 스스로 편한 것을 버렸으니까, 바보짓의 맛을 봐도 싸지
뭐야.

리건 아버님 한 분만이라면 기꺼이 환영해드리겠는데, 시종은 한 사람도 안 돼요.

거너릴 나도 그럴 결심이란다. 글로스터 백작은 어디 갔을까?

콘월 늙은이를 따라갔소. 아, 돌아오는군.

(글로스터 다시 등장)

글로스터 왕께서는 대단히 노하셨습니다.

콘월 어디로 가셨소?

글로스터 말을 준비하라고 하셨습니다만, 어디로 가실는지 모르겠습니다.

콘월 내버려 두는 게 좋아. 고집대로 하지 않으면 직성이 풀리지 않는 분이니까.

거너릴 백작, 절대로 만류하지 마세요.

글로스터 아아, 밤은 오고, 사나운 바람이 몹시 불어옵니다. 이 근처 몇 마일은 거
의 덤불 하나 없습니다.

리건 아, 고집쟁이에게는 스스로 부른 고생이 좋은 약이 돼요. 성문을 닫으세요.
아버님은 난폭한 시종들을 데리고 있어요. 그들이 아버님을 부추겨 무슨 짓을
할는지 몰라요. 그러니 경계해야 해요.

콘월 문을 닫으시오. 오늘 밤은 날씨가 험하군요. 리건 말이 옳아. 자, 폭풍우를
피합시다. (모두 퇴장)

ACT 3

10

[제3막 제1장]

황야.

천둥, 번개, 폭풍. 켄트와 한 신사가 좌우에서 등장.

켄트 누구냐? 이 험한 날씨에.

신사 험한 날씨와 같이 마음이 몹시 불안한 사람이라오.

켄트 난 또 누구라고. 폐하는 어디 계시오?

신사 폭풍우와 싸우고 계시오. 바람을 보고, 이 대지를 바닷속으로 날려버리든
가, 소용돌이치는 파도가 육지로 밀려와 천지를 뒤엎고 모든 것을 없애버리든
가 하라고 호통을 치고 계십니다. 당신의 백발을 쥐어뜯고 계시는데, 사정없
이 불어닥치는 광풍은 폐하의 백발을 움켜잡고 조롱하고 있습니다. 사람의 몸
이라는 소우주小宇宙를 가지고 혹심한 폭풍우와 상대하려고 발버둥을 치고 계

십니다. 젖을 다 빨린 허기진 어미 곰도 제 집에 들어 있고, 사자나 굶주린 늑대도 비에 젖지 않으려고 하는 이 밤에, 모자도 안 쓰시고 뛰어다니며 될 대로되라고 외치고 계십니다.

켄트 곁에 누가 있지요?

신사 광대가 있을 뿐입니다. 그놈은 열심히 익살을 부려서 폐하의 상한 마음을 위로해드리려고 애를 쓰고 있습니다.

켄트 나는 노형의 인품을 잘 알고 있소. 그래서 당신을 믿고 중대한 일을 부탁하오. 서로 교묘하게 가면을 쓰고 있어서 아직 표면에 나타나 보이지는 않지만, 실은 올버니 공작과 콘월 공작 사이는 깊은 금이 가 있소. 그렇지만 두 공작의 하인 중에는 — 하기야 운명의 힘으로 왕위나 높은 지위에 오른 사람에게는 그런 것이 붙어 있게 마련이지만 — 겉으로는 충복인 척하지만 프랑스 왕의 간첩으로, 우리나라의 정보를 몰래 프랑스로 보내는 자가 있소. 그래서 그 정보로 알아낸 두 공작의 압력이나 음모, 또는 착한 노왕에 대한 두 공작의 가혹한 행실, 또 그런 표면상의 이유 속에 숨어 있는 어떠한 깊은 비밀이나 그 모든 것들이 샅샅이 보고되고 있는 것이오⋯⋯. 아무튼 프랑스 군이 분열된 우리나라를 공격해 올 것이 확실합니다. 실제로 그들은 우리가 방심한 틈을 타, 몰래 우리나라의 어느 항구에 이미 상륙하여 공공연하게 이리로 진격해 올 태세요. 그러니 부탁이오. 나를 믿고 지금 곧 도버로 가서, 폐하가 얼마나 학대를 받고 있으며 미칠 것 같은 비탄에 빠져계시는지를 정확히 보고해준다면, 당신의 노고에 보답할 사람이 있을 것이오. 이렇게 말하는 나는 혈통으로나 가문으로나 어엿한 신사입니다. 당신에 대해서는 다소 알고 있고, 신원도 확인해두었기 때문에 이 일을 부탁하는 것이오.

신사 더 자세히 설명을 들려주셔야지요.

켄트 염려 마시오. 내가 외모와는 다른 신분이라는 증거로 이 돈주머니를 당신에게 드리리다. 만일 코델리아님을 뵙거든 — 꼭 뵙게 될 것입니다만 — 이 반지를 보여드리면, 지금은 모르는 이 사람이 누군지를 코델리아님께서 직접 말씀해주실 거요. 웬 비바람이 이렇게 심하담! 폐하를 찾으러 가봐야겠소.

신사 자, 악수를. 더 하실 말씀은 없소?

켄트 한 마디만 더. 제일 중요한 것이오. 폐하를 만나거든 — 당신은 저쪽으로 나는 이쪽으로 가니 — 처음 만나는 사람이 큰소리를 질러서 신호를 보내기로 합시다. (따로따로 퇴장)

11

[제3막 제2장]

황야의 다른 곳.

폭풍우, 리어 왕과 광대 등장.

리어 왕 바람아, 불어라! 내 뺨을 찢어라! 날뛰어라! 불어닥쳐라! 폭포수 같은 호우야, 회오리바람아, 억수같이 퍼부어서 높이 솟아 있는 첨탑을 침수시키고 첨탑 꼭대기에 달린 팔랑개비를 익사시켜버려라! 머릿속을 스치는 생각처럼 재빠른 유황불이여, 참나무를 두 동강 내는 천둥의 선도자인 번개여, 내 백발을 불태워라! 천지를 진동하는 뇌성이여, 둥근 지구를 때려 부수어 납작하게 만들어라! 인간 창조의 모태를 찢어발기고, 배은망덕한 인간을 만드는 씨를 모조리 부숴 없애버려라.

광대 오, 아저씨, 비 안 맞는 집 안에서 아첨하는 것이 밖에서 비 맞는 것보다는 나아요. 아저씨, 돌아가서 따님들더러 축복해달라고 빌어요. 이런 밤은 똑똑한 놈에게나 바보에게나 동정하지 않으니까요.

리어 왕 힘껏 울려라! 불길아, 타라! 비야, 쏟아져라! 비도 바람도 천둥도 번개도
내 딸은 아니다. 자연이여, 너희들을 불효하다고 책하지 않겠다. 너희들에게
는 영토를 주지도 않았다. 너희들을 내 딸이라고 부른 적도 없었다. 너희들은
내게 복종할 의무가 없어. 그러니 마음대로 무서운 짓을 하여라. 나는 너희들
의 노예다. 이렇게 가엾고, 무력하고, 쇠약하고, 천대받는 늙은이다. 그러나
나는 너희들을 비겁한 첩자라고 부르겠다. 저 악독한 두 딸의 편을 들어서, 이
런 불쌍한 늙은이의 백발이 된 머리 위에 하늘의 군대를 끌고 오다니! 아, 너
무하는구나.

광대 머리를 들이밀 집이 있다는 것은 머리가 좋다는 증거지.

　　집도 절도 없는데,

　　자식새끼 만들면,

　　부모 자식 모두가

　　비렁뱅이 신세 된다.

　　애지중지 소중한 것(코델리아)

　　차 던지면,

　　애꿎은 발가락의 티눈만 아파

　　긴긴 밤들을 울며 새운다.

　　그렇지. 어떤 미인도 거울 앞에서는 온갖 얼굴을 지어 보이거든.

　　켄트 등장.

리어 왕 아니야, 나는 인내의 모범이 되어야지. 아무 말도 말아야겠다.

켄트 누구냐?

광대 윗사람과 아랫사람이다. 글쎄, 똑똑한 사람과 바보 말야.

켄트 아이고, 여기 계셨군요. 밤을 즐기는 짐승도 이런 밤을 싫어하지요. 이렇게 날씨가 험해서야, 어둠 속을 헤매 다니는 맹수들조차 겁이 나서 굴 속에 숨어 꼼짝도 하지 않을 것입니다. 이렇게 처참한 번개, 이렇게 무서운 천둥, 이렇게 뒤끓는 폭풍우의 울부짖음, 태어나서 아직 한 번도 당해본 일이 없습니다. 사람의 몸으로는 도저히 이런 고통이나 공포를 감당할 수 없을 것입니다.

리어 왕 우리 머리 위에 이렇게 무서운 폭풍우를 쏟고 있는 위대한 신들이여, 한시 빨리 그 적을 발견하소서! 무서워 떨어라. 너 비밀의 죄를 가슴속에 안고 있으면서도 아직껏 정의의 회초리를 받지 않고 있는 죄인아. 숨어봐라, 너 살인자야, 너 위증자야, 너 간음을 범하고도 근엄한 척하는 놈아. 손발이 떨어지도록 덜덜 떨어봐라. 교묘하게 남의 눈을 속여 사람을 모살謀殺하려고 한 악당아, 마음속에 깊이 숨어 있는 죄업들아, 너희들을 싸서 숨기고 있는 가슴패기를 찢고 나와 이 무서운 호출자에게 자비를 빌어라. 나는 네게 죄를 범했다기보다 침범을 당한 사람이다.

켄트 아아, 모자도 안 쓰시고. 폐하, 근처에 오두막이 하나 있습니다. 비바람을 피하시는 데는 다소 도움이 될 것입니다. 거기서 잠깐만 쉬고 계십시오. 그동안 제가 그 냉혹한 집 — 그것을 지은 돌보다도 차가운 집, 아까도 폐하를 찾았더니 들어오지 못하게 하던 집 — 그 집에 다시 가서, 억지로라도 예의를 지키게 해보겠습니다.

리어 왕 내 정신이 미칠 것만 같구나. 얘야, 왜 그러느냐, 광대야, 추우냐? 나도 춥구나. (켄트에게) 네가 말한 그 짚자리는 어디 있느냐? 곤궁은 신기한 마술을 가졌거든, 천한 것도 귀한 것으로 해주니까. 그 오두막으로 가자. 얘, 광대놈아, 나는 마음 한구석에 너를 몹시 불쌍하게 생각하고 있다.

광대 (노래한다.)

　　지혜가 모자라는 사람이라도

바람 부는 날이나 비오는 날도

운으로 생각하고 체념하여라.

날마다 비만 내리더라도.

리어 왕 네 말이 맞다, 광대야. 자, 그 오두막으로 안내해라. (리어 왕과 켄트 퇴장)

광대 탕녀蕩女의 욕정을 식히기엔 안성맞춤인 좋은 밤이다. 나가기 전에 예언이나

한마디 해야겠다.

신부神父가 수도보다 아첨을 먼저 배우게 될 때,

술장수가 물로 누룩을 망치게 될 때,

귀족이 재봉사의 선생이 되게 될 때,

이교도 대신에 기생서방만이 화형당하게 될 때,

소송이 모두 정당히 판결될 때,

빚에 쪼들리는 신하 없고, 가난한 기사 없게 될 때,

욕이 남의 혀에 오르지 않게 될 때,

소매치기가 사람들 틈에서 나타나지 않게 될 때,

고리대금업자가 들판에서 돈을 계산하게 될 때,

그리고 뚜쟁이나 갈보들이 교회를 세우게 될 때,

그때는 앨비온*이라는 나라에

큰 혼란이 일어나지.

그때까지 살아보면 알게 되겠지만,

발은 걷는 데 쓰자는 것이지.

이런 예언은 멀린 예언자가 해야 되지, 나는 그보다는 전 시대 사람이니까. (광

대 퇴장)

---

* 영국

12

[제3막 제3장]

글로스터 백작의 성 안.

글로스터와 에드먼드, 횃불을 들고 등장.

글로스터 아아, 이럴 수가 있느냐, 에드먼드? 그렇게 의리도 인정도 없는 처사는 처음 봤구나. 가엾게 생각하여 도와드리려고 공작 부부께 애원하다가 나는 집을 몰수당해버렸다. 그뿐 아니라 만약 다시 왕의 이야기를 꺼내든지, 왕을 위해서 탄원하든지, 또는 어떠한 방법으로나 원조를 하든지 하면, 영원히 자기들의 노염을 살 각오를 하라는 불호령이 내렸다.

에드먼드 지독하게 인정머리 없는 불효막심한 사람이군요!

글로스터 아서라, 아무 말 마라. 두 공작 사이에는 지금 금이 가 있다. 거기다가 더 불행한 일이 일어나고 있다. 오늘 밤 나는 한 통의 밀서를 받았는데 이걸 입 밖에 내는 건 위험하다. 밀서는 장롱 속에 감추어 자물쇠를 걸어뒀다. 지금 왕이 받고 계신 학대에 대해서는 철저한 복수가 있을 것이다. 벌써 군대가 일부 상륙했어. 우리는 왕의 편을 들어야 한다. 지금부터 찾아가서 비밀리에 도와드려야지. 너는 가서 공작님을 상대해라, 나의 생각을 눈치 채지 않게 하기 위해서 말이다. 내 얘기를 묻거든 몸이 불편해서 누워 있다고 해라. 이 일로 목숨을 잃더라도 ── 사실 그렇게 위협도 당했다만 ── 오랫동안 섬겨온 왕이시니 꼭 도와드려야겠다. 에드먼드, 꼭 무슨 일이 일어날 것만 같구나. 부디 몸조심해라. (퇴장)

에드먼드 이 금지된 충성을 공작에게 바로 알려야겠다. 밀서 건과 함께. 이건 큰 공적이 되겠는데. 그러면 저분이 잃은 재산은 몽땅 내 차지가 되지. 젊은이가 일어서는 건 늙은이가 쓰러질 때다. (퇴장)

13

[제3막 제4장]

황야의 오두막집 앞.

리어 왕, 켄트, 광대 등장.

켄트 여기입니다. 자, 들어가십시오. 캄캄한 황야에 쏟아지는 폭풍우는 사람으로서는 견디지 못합니다.

리어 왕 내 염려는 하지 마라.

켄트 들어가십시오.

리어 왕 내 가슴을 찢어놓겠단 말이냐?

켄트 오히려 제 가슴을 찢고 싶습니다. 부디 들어가십시오.

리어 왕 이렇게 몰아닥치는 폭풍우로 흠뻑 젖은 것을 너는 대단한 일로 알고 있군. 네게는 그럴 테지. 하지만 사람이란 큰 병을 앓고 있으면 작은 병은 느껴지지 않는 법이다. 곰을 보면 누구든지 도망치지만 앞에 파도치는 바다가 가로막고 있으면 으르렁대고 있는 곰에게 대적할 것이다. 마음에 고민이 없을 때는 육체의 고통이 예민하게 느껴지지. 내 가슴속에는 폭풍우가 일고 있기 때문에 육체는 아무 감각도 없어. 이 가슴을 치는 소리밖에 느껴지지 않는다. 불효자식! 음식을 갖다 주는 자기 손을 입으로 물어뜯는 격이 아닌가? 실컷 응징을 해줘야지! 아냐, 이제는 울지 않겠다. 이런 밤에 나를 내쫓다니. 비야, 억수같이 쏟아져라. 나는 끝내 참겠다. 이런 밤에? 아, 리건, 거너릴! 아낌없이 이 모두를 내준 늙고 인자한 아비를. 아, 그것을 생각하면 미칠 것만 같다. 이젠 생각하지 말아야지! 그만두자.

켄트 부디 어서 들어가십시오.

리어 왕 너나 들어가서 편히 쉬어라. 이 폭풍우 덕분에, 더욱 몸에 해로운 일들을 돌이켜 생각해보지 않아도 되겠구나. 그러나 들어가자. (광대를 보고) 들어가자, 너 먼저 들어가라. 집도 없는 가난뱅이…… 너 먼저 들어가라. 나는 이제 빈자貧者를 위하여 기도를 올리고, 그리고 자겠다. (광대 들어간다.) 헐벗고 불쌍한 가난뱅이들아, 지금 너희들이 어디 있든 이런 무자비한 폭풍우에 시달리며, 머리를 넣을 집도 없이, 굶주린 배를 안고, 구멍 난 누더기를 걸치고 어떻게 이렇게 험한 날씨를 감당하느냐? 아, 나는 이제까지 너무도 무관심했다. 영화를 누리고 있는 자들이여, 이것을 약으로 삼아라. 폭우에 시달려보고 가난뱅이들의 처지를 경험해봐라. 그러면 너희들도 여분의 것을 그들에게 나눠주고, 하늘의 정의正義를 보여주게 될 것이다.

에드거 (안에서) 한 길 반이다, 한 길 반이다! 나는 불쌍한 톰입니다. (광대, 놀라며 오두막에서 뛰어나온다.)

광대 들어가지 마세요. 아저씨, 귀신이야. 사람 살려, 사람 살려!

켄트 내 손을 붙잡아. (안에다 대고) 누구냐, 거기 있는 건?

광대 귀신이야, 귀신! 불쌍한 톰이라고 그랬어요.

켄트 거기 짚자리에 앉아서 중얼거리는 놈은 누구냐? 이리 나와라.

미치광이로 가장한 에드거 등장.

에드거 저리 갓! 아, 악마가 쫓아온다! 가시 돋친 산사나무 가지 사이로 찬 바람이 분다. 흥! 악마야, 찬 잠자리로 들어가서 몸뚱이를 녹여라.

리어 왕 너도 두 딸에게 모두 줘버렸느냐? 그래서 이 지경이 됐느냐?

에드거 누가 적선을 좀 해주지 않겠습니까? 이 불쌍한 톰에게. 악마가 톰을 끌고 다닙니다. 불 속, 불꽃 속, 개울 속, 여울 속, 늪, 수렁 위로 끌고 다닙니다. 악마는 베개 밑에 칼을 넣어놓거나, 복도에 목매달아 죽을 밧줄을 걸어놓고 있습니다. 혹은 죽 그릇 옆에 쥐약을 갖다 놓고, 혹은 교만한 마음을 일으키게 하여 다섯 치밖에 안 되는 다리[橋]를 밤색 말로 건너게 하고, 반역자를 잡는답시고 제 그림자를 쫓게 하는 것도 그놈의 짓이야. 신의 가호로 당신은 미치지 마십시오! 톰은 추워요. 아, 떨려라. 신의 가호로 당신은 회오리바람도 별의 독기도 받지 말고, 악마에 들리지도 마십시오! 불쌍한 톰에게 적선 좀 해주세요. 톰은 악마가 들려 있습니다. 자, 이번에는 꼭 악마를 붙잡아야지! 여기, 여기다! 아니, 저기다. (여전히 폭풍우)

리어 왕 뭐야, 이놈도 제 딸 때문에 이 꼴이 되었나? 너도 네 몫을 아무것도 남겨 놓지 않았느냐? 모두 주어버렸느냐?

광대 담요 한 장은 남겨놨군그래. 그것마저 줘버렸더라면 이쪽이 창피해서 못 볼 거야.

리어 왕 공중에 떠돌며 죄지은 사람들 위에 내리 덮치는 독기여! 네 딸들의 머리 위로 떨어져라!

켄트 저 사람에게는 딸이 없습니다.

리어 왕 죽어라, 반역자야! 불효하는 딸이 없고서야, 인간이 저렇게 망측하게 될 리가 있나? 버림받은 아비들이 저렇게 자기 육체를 무자비하게 취급하는 것은 요새 세상의 유행이냐? 당연한 벌이지! 제 아비의 피를 빨아먹는 펠리컨 같은 딸을 낳은 것은 본래 이 살[肉]이었으니까.

에드거 필리콕*이 필리콕 언덕 위에 앉아 있구나. 여기, 여기, 쉬잇, 쉬잇!

광대 이런 추운 밤엔 모두 바보나 미치광이가 돼버릴 거야.

에드거 악마를 조심해요. 부모 말을 잘 듣고, 약속을 꼭 지켜요. 함부로 맹세하지 말고, 남의 아내를 범하지 말고, 좋은 옷에 정신 팔지 말아요. 톰은 춥다.

---

* 남근이라는 뜻

리어 왕 너는 전에 무엇을 했느냐?

에드거 이래 봬도 여간 아닌 건달이었지요. 머리는 지지고, 모자에는 애인한테 받
은 장갑을 달고, 주인아씨 색정을 맞춰주며 숨은 짓도 좀 하고요. 입만 열었다
하면 맹세를 하고는 하느님의 인자한 얼굴 앞에서 깨뜨려버리고, 자리 속에
있을 때는 성욕을 만족시킬 궁리를 하고, 눈을 뜨면 그것을 실행하고요. 술은
고래고, 노름에는 미치고, 여자에 있어서는 터키 왕을 뺨칠 정도로 호색이고
요. 거짓말쟁이고, 귀는 얇고, 손은 잔인하고, 게으르기론 돼지요, 교활하기로
는 여우요, 욕심 많기론 이리요, 미치광이 같기론 개요, 잡아먹기론 사자였지
요. 구두 소리가 나고 비단옷 스치는 소리가 난다고 여자에게 한눈을 팔아서
는 안 됩니다. 갈보 집에는 발을 들여놓지 말고, 치마 속에는 손을 넣지 말고,
고리대금업자의 장부에는 사인을 하지 말고, 악마는 쫓아버리세요. 산사나무
사이를 찬 바람이 불고 있군, 윙, 윙, 윙 하고. 야, 이 난봉꾼아! 자, 통과시켜
줘라! (폭풍우 계속)

리어 왕 넌 차라리 무덤 속으로 들어가버리는 게 낫지 않겠나? 이런 사나운 비바
람을 알몸뚱이로 대하고 있느니. 사람이 저런 꼴밖에 될 수 없느냐? 그를 봐
라. 너는 누에에게서 비단도 얻지 못했고, 짐승에게서 가죽도, 양에게서 털도,
고양이에게서 사향도 얻지 못했구나. 하! 여기 세 사람은 타락한 가짜들인
데, 너만이 진짜다. 옷을 벗으면 인간은 너같이 불쌍하고 발가벗은 짐승에 불
과해! 벗어라. 버리자, 빌어 입은 이런 것들은! 얘, 이 단추를 좀 빼라. (리어
왕, 옷을 벗으려고 몸부림친다.)

광대 아이구, 아저씨, 좀 참아요. 오늘 밤은 날씨가 나빠 헤엄은 못 쳐요. 넓은 벌
판에 작은 불이 하나 있어봤자 색골 늙은이의 심장 같은 거야. 조그만 불똥만
하나 있을 뿐, 몸뚱이 전부는 차디차거든. 저것 봐, 불이 이쪽으로 걸어온다.

글로스터, 횃불을 들고 등장.

에드거 이것은 악마 플리버티지벳이로구나. 저놈은 인경 칠 때 나타나서, 첫닭 울 때까지 떠돌아다니거든. 우리를 삼눈쟁이, 사팔뜨기, 언청이로 만드는 것은 저놈의 짓이야. 밀 이삭을 썩히고 흙 속의 약한 벌레를 곯리는 것도 저놈의 짓이야.

　　마귀 쫓는 성자가 벌판을 세 번 돌다가,

　　꿈에 본 마귀와 그 부하를 만났지.

　　성자는 이렇게 꾸짖었다네.

　　마귀야, 내려오너라.

　　약속을 맹세해라.

　　마귀야, 나가거라, 썩 꺼져 없어지거라!

켄트 왜 이러나?

리어 왕 저것은 누구냐?

켄트 거기 누구냐? 무얼 찾느냐?

글로스터 너는 누구냐? 네 이름을 대라.

에드거 불쌍한 톰입니다. 이놈은 물에 노는 청개구리도, 두꺼비도, 올챙이도, 도마뱀도, 도롱뇽도 모두 먹습니다. 악마가 지랄을 하면 이놈은 화가 나서 푸성귀 대신 쇠똥을 먹고, 썩은 쥐나 하수구에 빠져 죽은 개도 삼키고, 웅덩이 물을 푸른 이끼째 마셔버립니다. 이놈은 매를 맞고 마을에서 마을로 쫓겨 다니며 차꼬에 차이고 감옥에 갇히고 하는 놈인데, 이래 봬도 윗도리를 세 벌, 셔츠를 여섯 벌 가졌던 놈입니다. 말도 타고 칼도 차고 다녔지요.

　　새앙쥐와 들쥐들이

　　기나긴 일곱 해 동안 톰의 음식이었지.

나를 따라다니는 놈을 조심해. 가만있어, 악마 스멀킨아. 가만있어, 이 악마야!

글로스터 이럴 수가, 폐하께서 이런 놈하고 함께 계셨습니까?

에드거 염라대왕은 신사지요! 그 이름은 모도우라고도 하고 마후라고도 해요.

글로스터 폐하, 살과 피를 나눈 자식들까지 몹시 악독해져서, 낳아준 부모를 미워하는 세상이 됐습니다.

에드거 불쌍한 톰은 추워요.

글로스터 자, 가시지요. 저는 폐하의 신하로서 따님들의 무정한 명령에 복종할 수는 없습니다. 저의 성문을 닫고 폐하를 이 밤중의 폭풍우 속에 고생하시도록 그냥 놔두라는 따님들의 엄명이었습니다만, 그럴 수는 없습니다. 저는 폐하를 뵙고 따뜻한 불과 식사가 준비돼 있는 곳으로 안내해드리려고 찾아왔습니다.

리어 왕 먼저 이 학자하고 문답을 해보자. 천둥은 어째서 생기느냐?

켄트 폐하, 저분의 말대로 하십시오. 그 집으로 들어가십시오.

리어 왕 나는 이 박식한 그리스 학자와 얘기가 하고 싶다. 무엇을 연구하고 있느냐?

에드거 악마 퇴치법과 빈대 잡는 방법입니다.

리어 왕 네게 가만히 한마디 물어볼 것이 있다.

켄트 (글로스터에게) 한 번 더 권해보시오. 실성하기 시작하신 것 같습니다.

글로스터 어디 노왕 잘못이겠습니까? (여전히 폭풍우) 딸들이 노왕을 죽이려고 하니 말이오. 아! 그 훌륭한 켄트! 가엾게 추방당한 그 사람은 꼭 이렇게 되리라고 말했지! 당신은 왕이 실성하기 시작한 것 같다고 말하지만, 실은 나도 미칠 것 같소. 내게도 자식이 하나 있었는데, 지금은 의절해버렸소. 그놈이 내 목숨을 노리잖았겠소? 최근, 아주 최근의 일이오. 나는 그놈을 사랑했었지요. 어떤 아비가 그렇게 사랑했겠소. 실은 그 설움 때문에 나는 미치게 된 것 같소. 대체 무슨 밤이 이럴까! (리어 왕에게) 폐하, 제발 부탁입니다.

리어 왕 아, 용서하게. (에드거에게) 너도 같이 가자.

에드거 톰은 추워요.

글로스터 너는 이 오두막 속에 들어가. 그 속에서 몸을 녹여.

리어 왕 자, 같이 들어가자.

켄트 이쪽으로 오십쇼.

리어 왕 아니야, 저 사람하고 같이 가겠다. 이제부터 나는 항상 저 철학 선생하고
　　　같이 있고 싶으니까.

켄트 하자는 대로 놔두시고, 저 사람을 데리고 가게 해드리시오.

글로스터 그럼 데리고 오시오.

켄트 따라와. 같이 가자.

리어 왕 자, 가자, 그리스 학자 선생.

글로스터 조용히, 조용히, 쉿!

에드거 젊은 기사 롤랜드가 껌껌한 탑에 도착했을 때, 거인의 입버릇은 그전이나
　　　다름없었다.
　　　"흐, 흥, 영국 사람의 피 냄새가 나는군."

　　　(모두 퇴장)

14

[제3막 제5장]

글로스터의 성 안.

콘월과 에드먼드 등장.

콘월 이 집을 떠나기 전에 기어코 복수를 하고 말 테다.

에드먼드 부자간의 정을 어기면서까지 충성을 바쳐야 하느냐고 비난받을 일을 생각하니 어쩐지 두렵기만 합니다.

콘월 이제야 알았다. 네 형이 아비의 목숨을 노린 것도 네 형의 흉악한 성질 때문만은 아니었구나. 아비에게도 비난받을 만한 점이 있어서, 그것이 아들에게 살의를 일으키게 한 이유가 된 거로구나.

에드먼드 정당한 일을 하면서 그걸 뉘우쳐야만 하는 저의 운명은 얼마나 기구합니까! 이것이 아버지가 얘기하신 밀서입니다만, 이것으로 보아 아버지는 프랑스 군을 돕는 첩자라는 것이 판명된 것입니다. 아, 아! 이런 반역이 없었더라면 좋았을 텐데. 아니면 내가 밀고자가 되는 일이 없었더라면 좋았을 텐데!

콘월 같이 공작부인에게로 가자.

에드먼드 이 서면 내용이 사실이라면 공작께서는 대사건을 치러야 되시겠습니다.

콘월 사실이든 아니든 이제 네가 글로스터 백작이 되었다. 부친의 거처를 빨리 알아내 곧 체포할 수 있게 하라.

에드먼드 (방백) 잘됐어. 왕을 돕고 있는 장면이라도 발각되면 혐의는 더욱더 짙어지는 거다. (콘월에게) 저는 어디까지나 충성을 다할 각오입니다. 충과 효 사이의 갈등이 제아무리 고통스럽더라도.

콘월 나는 너를 신임하겠다. 그리고 부친 이상으로 너를 사랑하겠다. (두 사람 퇴장)

15

[제3막 제6장]

글로스터의 성 부근 농가.

글로스터와 켄트 등장.

글로스터 이래도 한데보다는 나을 테니 조금만 참아주시오. 저로서는 국왕을 좀

더 편안히 모실 수 있도록 최선을 다해볼 생각이오. 곧 돌아오리다.

켄트 극심한 울화로 인해서 온통 분별력을 상실하셨습니다. 당신의 친절은 정말

로 감사합니다.

(글로스터 퇴장)

리어 왕, 광대, 에드거 등장.

에드거 악마 프라테레토가 나를 부른다. 뭐, 네로 황제가 지옥의 호수에서 낚시질

을 하고 있다고. (광대에게) 바보야. 기도를 해서 악마를 빨리 쫓아버려.

광대 아저씨, 좀 가르쳐주세요. 미친놈은 귀족인가요, 저주인가요?

리어 왕 왕이지, 왕이야!

광대 아냐, 귀족 아들을 가진 지주야. 다들 그러잖아요. 자기보다 먼저 아들을 귀

족이 되게 한 지주는 미친놈이라고.

리어 왕 몇 천의 악마들이 새빨갛게 단 부젓가락을 들고 그년들에게 덤벼들었으

면 좋겠다.

에드거 악마가 내 잔등을 물어뜯고 있어요.

광대 늑대가 온순하다고 생각하고, 말을 병 없는 짐승이라고 믿고, 소년의 사랑

이나 갈보의 맹세를 참말이라고 믿는 놈은 미친놈이지.

리어 왕 그래, 그렇게 덤벼들게 하자. 곧 법정에서 심판하겠다. (에드거에게) 자, 박

식한 재판장님은 이리 앉아요. (광대에게) 현명한 당신은 여기에. 그리고 요 암

여우들!

에드거 저기 악마가 버티고 서서 노려보고 있어요. 부인, 저것들이 재판을 구경하

고 있는데, 괜찮습니까? (노래)

강 건너 이리 오라, 베시야.

광대 (노래)

　　배가 물이 새네요.

　　그이의 배는

　　건너려 해도 못 건너는

　　사랑의 강이라오.

에드거　악마가 꾀꼬리로 둔갑해서 불쌍한 톰에게 달라붙어 있어요. 악마 호프댄스는 톰의 뱃속에서 날 청어를 두 마리 달라고 야단입니다. 꿀꿀거리지 마라, 시커먼 악마야! 네게 먹일 것은 아무것도 없으니까.

켄트　왜 그러십니까? 왜 그렇게 멍하니 서계십니까? 자리에 누워 좀 쉬십시오.

리어 왕　먼저 그년들을 재판해야지. 증인을 불러와. (에드거에게) 법관복을 입은 재판장님, 착석하시오. (광대에게) 당신은 배심원이군요. 그 옆에 앉아주시오. (켄트에게) 당신은 특명에 의한 순회재판관이군요. 당신도 앉아주시오.

에드거　재판은 공평하게 합시다.

　(노래)

　　잠이 들었느냐, 목동아!

　　네 양이 보리밭을 망치고 있다.

　　소리높이 휘파람을 불어라.

　　양이 덫에 걸리지 않게.

　　야옹! 어이쿠, 잿빛 고양이가 나왔네.

리어 왕　먼저 저년을 호출해. 거너릴 말야. 여기 훌륭한 분들 앞에서 맹세합니다. 이년은 자기 아비인 불쌍한 왕을 발길로 찼습니다.

광대　이리 나와. 네가 거너릴이냐?

리어 왕　아니라곤 못 하지.

광대 이거 실례했어. 잘 만들어진 걸상인 줄만 알았지.

리어 왕 여기 또 하나 있다. 그 일그러진 낯짝은 심장이 돌로 되어 있다는 좋은 증
　　　거다. 붙잡아, 그년을! 칼을 가져와, 칼을! 베어버려! 화형에 처해라! 법정까
　　　지도 매수되었나! 이봐, 부정한 재판관, 왜 저년을 놓쳤어?

에드거 제발 실성하지 마시기를!

켄트 아, 가엾어라! 그렇게도 여러 번 장담하시던 그 인내는 어디다 두셨나요?

에드거 (방백) 폐하의 입장을 생각하니 눈물이 쏟아진다. 이러다간 연극을 망치고
　　　말겠는걸.

리어 왕 요놈의 강아지들까지. 트레이도, 블랜치도, 스위트하트까지도 죄다 날
　　　보고 짖어대는구나.

에드거 톰이 쫓아드리죠. 저리 가, 이놈의 들개들아!

　　　(노래)

　　　　콧등이 흰 놈이든 검은 놈이든
　　　　물면 이빨에 독이 있는 놈이든
　　　　집개, 사냥개, 잡종개든
　　　　큰 개, 작은 개, 암캐, 수캐든
　　　　꼬리가 없는 개든, 기다란 개든
　　　　톰이 한바탕 혼을 내줄 테다.
　　　　이렇게 머리로 박치기하면
　　　　개들은 뛰어서 도망쳐 간다.

　　　어허, 춥다 추워. 자! 자, 출발이다. 밤잔치 자리로, 시장으로 가자. 불쌍한 톰
　　　아, 네 동냥 주머니가 텅텅 비었구나.

리어 왕 다음은 리건을 해부할 차례다. 그년의 심장에 무엇이 나 있는지 살펴보도
　　　록 해라. 이렇게 냉혹한 심장이 만들어진다는 것은 자연 그 자체 속에 원인이

있는 것이 아닐까? (에드거에게) 얘, 너를 시종 백 명 중의 한 사람으로 등용하겠다. 다만 그 옷차림이 보기 흉하구나. 페르시아식이라고 할는지는 모르지만, 그건 바꿔 입어라.

켄트 폐하, 누워서 잠깐 쉬십시오.

리어 왕 (눕는다.) 조용히 해줘, 커튼을 쳐라. 그래, 그래, 됐다. 날이 새거든 저녁을 먹자.

광대 그러면 나는 해가 돋으면 자러 가야지.

글로스터 등장.

글로스터 이리 좀 나오시오. 국왕께서는 어디 계시오?

켄트 여기 계십니다. 하지만 조용히 하십시오. 실성하셨으니까요.

글로스터 어서 왕을 안아 일으키시오. 지금 막 암살 음모가 있다는 소문이 들어왔소. 여기 들것이 준비돼 있소. 그것에 태워 빨리 도버로 모시고 가시오. 거기로 가면 환영과 보호를 받을 것이오. 어서 왕을 안아 일으키시오. 반시간만 지체해도 왕의 목숨은 물론, 당신의 목숨도, 왕을 도와드리려고 하는 모든 사람들의 목숨까지도 달아나고 말 것이오. 빨리 안아 일으키시오. 빨리! 그리고 나를 따라오시오. 여행에 필요한 물건을 놓아둔 곳으로 안내할 테니!

켄트 피로에 지쳐 곤히 잠드셨군요. 이렇게 쉬고 계시면 어지럽던 신경도 다시 치유될지 모르겠으나, 형편상 휴식이 허락되지 않는다면 도저히 회복될 가망은 없습니다. (광대에게) 자, 좀 거들어라. 주인을 안아 일으키자. 너도 뒤에 처져서는 안 돼.

글로스터 자, 자, 갑시다! (글로스터, 켄트, 광대, 리어 왕을 안고 퇴장)

에드거 지체 높은 어른도 우리와 마찬가지로 고통을 당하는 것을 보니, 나의 불행

따위는 원망할 수도 없는 것 같구나. 남들이 안락하게 지낼 때 자기 혼자만 고통을 받는 것이 제일 고통스럽지. 허나 슬픔에도 동료가 있고 고통에도 친구가 생기면 마음의 고통도 한결 수월해지지. 지금은 나의 고통도 가벼워져서 견디기 쉬워진 것 같구나. 나를 굽히게 하는 것이 왕의 고개도 수그리게 하고 있으니 말이다. 폐하는 딸들 때문에! 나는 아버지 때문에! 톰아, 물러가라! 귀인들 간의 소동을 보고 있다가 때가 오면 나오너라. 네 명예를 더럽힌 오명이 벗겨지고, 원래의 신분으로 회복될 날이 머지않아 반드시 올 것이다. 오늘 밤이 이상 무슨 일이 일어나더라도, 제발 폐하께선 무사하시기를! 자, 숨자, 숨어. (퇴장)

16

[제3막 제7장]

글로스터 성의 한 방.

콘월, 리건, 거너릴, 에드먼드, 하인들 등장.

콘월 (거너릴에게) 급히 돌아가서, 부군께 이 편지를 보여드리십시오. 지금 막 프랑스 군이 상륙했습니다. (하인에게) 여봐라, 모반자 글로스터를 빨리 찾아오너라.

리건 당장 교수형에 처하세요.

거너릴 눈을 뽑아버리는 게 좋아.

콘월 처분은 내게 맡기시오. 에드먼드! 너는 처형妻兄을 모시고 가라. 모반자인 너의 부친에게 우리가 하는 보복을 네가 보는 것은 좋지 않다. 올버니 공 댁에 도착하거든, 긴급히 전쟁 태세를 갖추라고 전해라. 이쪽도 곧 준비를 하겠다.

앞으로는 전령을 보내 신속한 정보를 전달하도록 하겠습니다, 처형, 안녕히 가십시오. 그럼 잘 부탁하네, 글로스터 백작.

오스왈드 등장.

콘월 어떻게 됐느냐? 왕은 어디 계시냐?

오스왈드 글로스터 백작이 모시고 가버렸습니다. 왕의 기사 서른대여섯 명이 열심히 왕의 행방을 찾다가 성문 앞에서 만나 백작의 하인 수십 명과 합류하여 왕을 경호하고 도버를 향해 떠나버렸습니다. 거기에는 자기네 편 군대가 기다리고 있다고 큰소리치고 있었습니다.

콘월 부인이 타고 가실 말을 준비해라.

거너릴 그럼, 잘 있어요, 두 사람 다.

콘월 에드먼드, 잘 가시오. (거너릴, 에드먼드, 오스왈드 퇴장) 모반자 글로스터를 체포해 오너라. 강도같이 두 손을 결박해가지고 이리 끌고 오너라. (시종들 퇴장) 재판의 관례를 거치지 않고 사형을 선포하는 것은 옳지 않은 일이지만, 홧김에 권력을 휘두른다면 누구도 방해할 수는 없지. 비난하는 놈은 있겠지만.

하인들이 글로스터를 끌고 들어온다.

콘월 누구냐? 반역자냐?

리건 배은망덕한 여우! 바로 그자군요.

콘월 그 말라빠진 두 팔을 꼭 묶어라.

글로스터 왜 이러십니까? 잘 생각해보시오. 두 분은 제 집의 손님이 아니십니까? 부당한 처사는 삼가십시오.

콘월 빨리 묶지 못하느냐? (하인들, 글로스터를 결박한다.)

리건 꽁꽁 묶어라. 더러운 반역자!

글로스터 무자비한 분이군요, 부인께선. 나는 반역자가 아닙니다.

콘월 이 의자에다 묶어라. 이 악당아, 본때를 보여주겠다. (리건이 그의 수염을 쥐어
  뜯는다.)

글로스터 자비로우신 신들께서는 이 철면피 같은 소행에 놀라실 겁니다. 수염을
  쥐어뜯다니, 너무나 무도합니다.

리건 그래, 그렇게 흰 수염을 하고서 모반을 해?

글로스터 잔혹한 분이군요. 당신이 이 턱에서 뽑은 수염은 다시 살아나서 당신을
  저주할 거요. 적어도 나는 이 집 주인이 아닙니까? 주인의 얼굴에다 날도둑
  같은 손으로 폭행을 하는 것은 너무 심하잖습니까. 왜 이러십니까?

콘월 이봐, 최근에 프랑스로부터 무슨 편지를 받았지?

리건 솔직히 자백해요, 증거를 잡고 있으니까.

콘월 그리고 최근에 이 나라에 상륙한 모반자들과 결탁해서 무슨 음모를 꾸미고
  있는 거냐?

리건 미친 왕을 누구에게 넘겨줬는지…… 말해요.

글로스터 추측에 근거하여 쓴 편지를 받긴 받았습니다만, 그것은 어느 쪽에도 속
  하지 않는 제삼자로부터 온 것으로, 적에게서 온 것은 아닙니다.

콘월 핑계 대지 마.

리건 거짓말쟁이!

콘월 왕을 어디로 보냈어?

글로스터 도버로 보냈습니다.

리건 왜 보냈지요? 단단히 엄명해두었잖아요. 만약에 그런 짓을 하면…….

콘월 왜 도버로 보냈나? 그걸 대답해봐.

글로스터 말뚝에 매인 곰 꼴이구나. 이렇게 된 이상 제아무리 개 떼들이 습격해 와도 꾹 참아내야지.

리건 왜 도버로 보냈지요?

글로스터 왜라뇨, 당신의 잔인한 손톱이 불쌍한 노왕의 눈을 뽑는 꼴이며, 흉포한 당신의 언니가 멧돼지 같은 어금니로 신성한 옥체玉體를 쓰러뜨리는 것을 차마 볼 수 없어서지요. 모진 폭풍우와 지옥 같은 밤의 어둠 속에서 맨머리로 고생하셨는데, 그런 폭풍우에는 바다라도 하늘로 솟구쳐 올라가서 별의 광채를 꺼버렸을 테지만, 가엾게도 왕은 오히려 비 오는 것을 도우셨소. 그런 무서운 밤이면 설사 늑대가 문전에 와서 구원을 요청하며 짖더라도 〈문지기, 문을 열어줘.〉해야 할 것 아닌가요? 맹수들도 무서워서 떠는데 당신만은……. 그러나, 두고 보시오, 그런 딸들에게는 반드시 복수의 여신이 내리 덮칠 것이니.

콘월 두고 보라고? 당치 않은 소리. 여봐라, 그 의자를 꽉 붙들고 있어. 너의 그 눈알을 짓밟아주겠다.

글로스터 오래 살고 싶은 사람은 나를 좀 도와주시오. 아, 너무하다! 아, 하느님!

리건 한쪽 눈이 다른 쪽 눈을 보고 비웃고 있어요. 내친김에 그쪽 눈도 마저 뽑아버려요!

콘월 복수의 여신이 보고 싶다면…….

하인 1 나리, 그러지 마십시오! 저는 어릴 적부터 나리를 모셔왔습니다만, 지금 이것을 말리지 않는다면 하인으로서 면목이 없습니다.

리건 무엇이 어째, 이 개 같은 것이!

하인 1 그 턱에 수염만 있다면 사정없이 잡아 뜯어주겠는데.

리건 뭐라고?

콘월 이 종놈이? (칼을 빼 든다.)

하인 1 (단검을 빼 든다.) 그럼 해봅시다, 상대해드리죠. 어디 이 성난 검을 당해낼 수 있거든 받아보시오.

리건 (다른 하인에게) 이 상놈이 어딜 감히 대들어. 칼을 이리 줘. (칼을 받아 들고 뒤에서 그를 찌른다.)

하인 1 아, 치명상이다. 백작님, 남은 눈 하나로 잘 보셨을 겁니다. 내가 상대방에게 입힌 상처를. 아! (죽는다.)

콘월 이제 다시는 보지 못하도록 미리 막아버려야지. 에잇, 더러운 썩은 생굴 같구나! 이제 네놈의 광채는 어디 갔지?

글로스터 온통 캄캄하고, 의지할 곳 없구나! 내 아들 에드먼드는 어디 있느냐? 에드먼드, 네 효성의 불길을 모두 일으켜 이 무서운 짓에 복수해다오.

리건 이 몹쓸 반역자야! 너를 미워하는 아들을 불러봐도 소용없어. 너의 모반을 밀고해준 사람이 바로 네 아들이다. 네 아들은 너무도 선량해서 너 같은 걸 동정하지 않는다.

글로스터 아, 내가 어리석었구나! 그러면 에드거는 모략을 당했구나. 자비로운 신들이여, 저의 잘못을 용서하시고, 그 애에게는 행운을 내려주소서.

리건 이놈을 대문 밖으로 밀어내라, 냄새나 맡아가며 도버까지 가도록. (하인들이 글로스터를 끌고 퇴장) 여보, 왜 그러세요? 안색이 왜 그래요?

콘월 상처를 입었소. 나를 따라오오. (하인에게) 저 눈 없는 악한을 쫓아내버려라. 그리고 이 뒈진 놈은 쓰레기통에다 던져버려라. 리건, 나는 출혈이 심하오. 생각지 못한 부상을 당했어. 나를 좀 부축해줘요. (리건의 부축을 받으며 콘월 퇴장)

하인 2 내 무슨 나쁜 짓이라도 서슴지 않고 하겠다, 저런 것들이 행복하게 산다면.

하인 3 저런 여자가 오래 살아서 남과 같이 왕생한다면, 여자들은 모두 괴물이 돼버릴 거야.

하인 2 저 노백작님을 뒤따라가서, 어디라도 그분의 손을 끌고 다녀달라고 베들

럼의 그 거지에게 부탁하자고. 미치광이 거지는 떠돌아다니는 것이 본업이니

까, 어디라도 가줄 수 있을 거야.

하인 3 그게 좋겠어. 나는 베[麻布]와 달걀흰자를 가져다가 저 피투성이 얼굴에 발

라드려야지. 하느님, 저분을 지켜주옵소서! (퇴장)

ACT 4

17

[제4막 제1장]

황야.

에드거 등장.

에드거 차라리 이렇게 경멸당하고 있다는 사실을 자신이 알고 있는 편이 훨씬 낫다. 입으로만 간사하게 아첨을 받고 속으로는 항상 조소당하는 것보다는. 곤궁에 빠지고 운명에 버림받아 가장 천한 역경에 처하면, 항상 희망은 있어도 두려운 것은 없어. 슬퍼할 것은 최선의 처지로부터 몰락하는 경우다. 역경의 밑바닥에 떨어지면 다시 웃음이 돌아온다. 바람아, 불어라. 너는 내 눈에는 보이지도 않는데 내 몸에는 느껴지는구나. 너로 말미암아 불운의 구렁으로 떨어진 불쌍한 몸이지만, 네가 아무리 불어와도 이젠 하나도 무섭지 않다.

글로스터, 한 노인에게 이끌려 등장.

에드거 누가 오나 보다. 아버님이 아닌가, 가엾게도 눈이 어떻게 되신 모양이다! 아, 이럴 수가! 무슨 세상이 이렇단 말인가! 아아, 세상, 이 세상아! 덧없이 변해가는 이 세상을 보고 있자니 그만 싫증이 나서 오래 살고 싶은 생각이 없어지는구나.

노인 백작님, 저는 선대 때부터 80년 동안이나 하인 노릇을 해온 사람입니다.

글로스터 비켜라! 부탁이다, 물러가라! 네가 도와준다 해도 내게는 소용이 없어. 오히려 너마저 화를 입는다.

노인 그렇지만 길을 못 보시잖아요.

글로스터 나는 갈 길이 없으니까 눈은 필요 없어. 눈으로 볼 때에는 오히려 잘 넘어졌다. 흔히 있는 일인데, 어중간하게 있으면 오히려 방심하게 되거든. 아무 것도 없는 것이 차라리 낫다. 아, 내 아들 에드거! 속아 넘어간 아비의 노기에 희생되었구나! 내 생전에 너를 한번 만져볼 수만 있다면, 나는 시력을 되찾은 거나 마찬가지라고 말하겠다.

노인 누구냐? 거기 있는 사람은?

에드거 (방백) 아, 신이여! 〈지금이 제일 비참하다〉고 누가 말할 수 있겠는가! 나는 전보다 더욱 비참해졌구나.

노인 미친 거지 톰이구나.

에드거 (방백) 앞으로 더욱 비참해질지도 몰라. 〈지금이 제일 비참하다〉고 할 수 있는 동안은 아직 제일 비참한 게 아니야.

노인 이놈아, 어디를 가?

글로스터 거지인가?

노인 미친 거지입니다.

글로스터 거지 노릇을 할 수 있다면 완전히 미치지는 않았겠군. 어젯밤 폭풍우 속에서 그런 놈을 봤어. 그걸 보고 사람도 벌레 같다는 생각이 들더군. 그때 언뜻 자식 생각이 떠올랐는데, 그때는 아직 나는 마음속의 노염이 풀리지 않았어. 허나 그 후 여러 가지 소문을 들어서 알게 됐지. 장난꾸러기들이 잠자리를 다루듯이 신들은 마음대로 인간을 다루거든. 신들은 장난 삼아 우리 인간들을 죽이거든.

에드거 (방백) 대체 어떻게 해서 이렇게 됐을까? 슬픔에 빠져 있는 사람들을 상대로 광대 노릇을 해야 하는 건 가슴 아픈 일이다! 그건 나도 괴롭고 상대도 괴로운 일이다……. 안녕하십니까, 영감님!

글로스터 저놈이 벌거벗었나?

노인 그렇습니다.

글로스터 그럼 자네는 이제 그만 돌아가게. 나를 위해서 1마일이나 2마일쯤 따라와줄 생각이 있다면 그 친절 대신 저 벌거숭이에게 입힐 옷을 좀 갖다 주게, 나는 저놈에게 안내를 부탁할 테니.

노인 하지만 저놈은 미친놈인데요.

글로스터 미친놈이 장님의 길잡이가 되는 것도 시대의 역명逆命 탓이지. 내가 하라는 대로 해. 싫으면 마음대로 해! 하여간 너는 어서 집으로 돌아가줘.

노인 그럼 빨리 달려가서 저의 제일 좋은 옷을 한 벌 가지고 오겠습니다. 그로 인해 제게 어떤 재앙이 떨어진다 해도 저는 아무렇지도 않습니다. (퇴장)

글로스터 이것 봐, 벌거숭이!

에드거 불쌍한 톰은 추워요. (방백) 이젠 더 숨길 수 없구나.

글로스터 애, 이리 오너라.

에드거 (방백) 하지만 그래도 안 숨길 수가 없어. 아, 눈에서 피가 나고 있어.

글로스터 도버로 가는 길을 아나?

에드거 다 알지요. 담장이나, 큰문이나, 말 다니는 길이나, 사람 다니는 길이나 무엇이든지 모르는 게 없어요. 불쌍한 톰은 악마놈에게 홀려서 제정신을 **빼앗겼**어요. 귀족 집안의 자제님, 당신일랑 악마에게 홀리지 않도록 조심하세요. 가없은 톰에게는 악마가 한꺼번에 다섯 마리나 달라붙었어요. 오비디커트는 음란의 악마, 홉비디덴스는 벙어리의 악마, 마후는 도둑의 악마, 모도우는 살인의 악마이고, 플리버티지벳은 입을 실룩샐룩하는 악마로, 이 맨 끝의 놈은 요즈음에는 궁녀나 시녀들에게 달라붙어 있어요. 그럼 영감님, 조심하세요.

글로스터 얘, 이 돈주머니를 받아라. 너는 천재天災를 달갑게 여기고 모든 불운을 잘 참아 견디고 있구나. 예전에는 잘 몰랐는데 내가 불행해지고 보니 그만큼 너를 행복하게 해주고 싶어졌구나. 하늘이시여, 언제나 그렇게 공평하게 처리해주십시오! 한껏 쓰고도 남을 만큼 가지고 있고 게다가 포식을 하고, 그리고 신의 뜻을 자기의 노예인 양 생각하고, 자기가 느끼지 않는다 하여 남의 가난을 돌보지 않는 자에게는 당장에 당신의 위력을 보여주십시오! 그러면 분배는 과잉 없이 골고루 돌아가게 되고, 그렇게 되면 모두가 풍족하게 될 테니까요. 도버로 가는 길을 아나?

에드거 네, 압니다.

글로스터 그곳에는 절벽이 있는데, 보기만 해도 무섭게 솟아 있는 그 꼭대기는 절벽으로 가로막힌 바다를 눈 아래 내려다보고 있다. 그 절벽 앞턱까지만 데려다다오. 그러면 내 몸에 지니고 있는 값나가는 물건으로 네가 짊어지고 있는 비참함을 없애주겠다. 그 후론 안내해주지 않아도 좋다.

에드거 손을 이리 주십시오. 불쌍한 톰이 안내해드리겠습니다. (퇴장)

18

[제4막 제2장]

올버니 공작 저택 앞.

거너릴, 에드먼드 등장.

거너릴 집까지 바래다주셔서 고마워요. 그런데 웬일일까, 사람 좋은 우리 그이가 어째 마중도 안 나오시고.

오스왈드 등장.

거너릴 주인어른은 어디 계세요?

오스왈드 안에 계십니다만, 딴 사람같이 변해버렸습니다. 적군이 상륙했다고 전하니까 빙그레 웃으시기만 하고, 부인이 돌아오셨다고 여쭈어도 대답은 "아아, 귀찮아." 하시고, 글로스터 백작의 모반과 그 아드님의 충성을 말씀드렸더니 "네놈은 바보야." 하시며, 그리고 "이야기가 정반대야." 하시곤 꾸중을 하셨습니다. 가장 싫어해야 할 것이 오히려 맘에 들고, 가장 맘에 들어야 할 것이 오히려 울화증을 나게 하는 것 같습니다.

거너릴 (에드먼드에게) 그럼 당신은 돌아가주세요. 그 양반은 겁쟁이가 되어놔서 무슨 일을 대담하게 해내려고 하질 않아요. 보복을 해야 할 모욕을 받아도 모르는 체하는 사람인걸요. 오는 도중 얘기한 일은 우리 희망대로 실현될 거예요. 에드먼드님, 콘월 공에게로 돌아가세요. 급히 군대를 소집케 해서 그 군대를 지휘하세요. 내가 대신 칼을 들고 남편 손에는 물레를 쥐어주겠어요. 이 사람은 믿을 수 있으니 우리들 사이의 연락을 맡게 하겠어요. 당신만 대담하게 용기를 내시면 머잖아 한 부인으로부터 명령을 받게 되실 겁니다. (반지를 주면서) 이것을 지니세요. 아무 말 마세요. 고개 좀 수그리세요. 이 키스가 말을 한 다면 당신은 틀림없이 용기백배가 되실 거예요. 아시겠지요? 그럼 안녕.

에드먼드 당신을 위해서라면 죽음도 불사하겠습니다.

거너릴 나의 사랑하는 글로스터! (에드먼드 퇴장) 원, 같은 남자라도 이렇게 다를 까! 당신한테 여자의 정성을 다 바치겠어요. 우리 집 바보는 내 몸을 새치기하 고 있을 뿐이에요.

오스왈드 마님, 나리께서 오십니다. (오스왈드 퇴장)

올버니 등장.

거너릴 전에는 마중 나와 휘파람 정도는 불어주셨잖아요.

올버니 오, 거너릴, 당신은 거친 바람이 당신 얼굴에 밀어붙이는 먼지만도 못한 사람이오! 걱정이 되는 건 당신의 그 성질이오. 자기를 낳아준 부모조차 업신 여기는 근성으로는 자기 본분을 지킬 수가 없을 거요. 자기를 길러준 어미나 무에서 그 가지인 제 몸을 잘라내는 여자는 반드시 시들어서 마침내는 땔감밖 에 못 되게 마련이오.

거너릴 듣기 싫어요! 그런 바보 같은 설교는.

올버니 악한 자에게는 성인군자의 가르침도 악하게만 들리게 마련이오. 더러운 것들은 더러운 것만 마음에 들지. 당신이 한 짓은 뭐요? 그것은 사람의 딸이 한 짓이 아니라 호랑이가 한 짓이지! 아버지를, 더구나 인정 많은 노인을 당신 은 미치게 했소. 쇠사슬로 목을 잡아매여 끌려다니는 곰조차도 그 어른의 손 을 핥을 것을, 그렇게도 잔인하고 그렇게도 창피한 짓이 어디 있단 말이오? 콘월 공도 그것을 가만히 보고만 있지는 않을 거요. 그 사람은 노왕에게 큰 은 혜를 입고 그 덕택으로 왕족이 된 사람이니까! 만일 하늘이 눈에 보이는 신령으로 하여금 이런 흉악무도한 자들을 당장에 응징하도록 하지 않으신다면, 반드시 인간들도 동족을 잡아먹고, 바다의 괴물처럼 되고 말 것이오.

거너릴 비겁한 사람! 뺨은 얻어맞기 위해서 갖고 있고, 머리는 모욕당하기 위해서 달고 있는 거예요? 이마에 눈을 둘씩이나 달고도 창피와 명예도 분간 못하나요? 악인이 아직 죄를 범하기도 전에 처벌되는 것을 보고 측은해하는 건 바보나 하는 짓이라는 것도 모르는 사람, 고수敵手는 어디 있어요? 프랑스 왕은 조용한 이 나라에 군기를 휘날리고 투구에 꽂은 깃털도 자랑스럽게 당신의 나라를 위협하기 시작하고 있는데, 당신은 설교나 하기 좋아하는 바보같이 가만히 앉아서, "아, 왜 이러는 거야." 하고 소리나 지르겠단 말이세요?

올버니 악마 같으니, 반성 좀 해봐요! 진짜 악귀보다 당신 같은 계집의 모습을 한 악귀가 더 무서워.

거너릴 정말 어리석은 바보 같으니!

올버니 여자로 둔갑하여 본성을 감추고 있는 악마 같으니, 창피를 안다면 악마의 본체本體를 숨겨두도록 해라! 만일 홧김에 이 팔을 휘두르는 날에는 당신의 살과 뼈는 박살이 날 줄 알아. 당신은 악마지만, 여자 형태를 하고 있으니 살려둔다.

거너릴 어머! 그 용기 대단하시군! 살쾡이 같구려!

사자 등장.

올버니 무슨 일이냐?

사자 공작님, 콘월 공이 돌아가셨습니다, 글로스터님의 남은 눈을 마저 빼려다가 하인에게 찔려서.

올버니 글로스터의 눈을!

사자 어릴 때부터 부리고 있던 하인이 보다 못해 말리려다가 자기 상전인 콘월 공에게 칼을 빼 들었습니다. 공작께서 노하여 달려들자 마님 뒤에서 그를 찔러 죽였습니다만, 그때 공작 자신께서도 치명상을 입었기 때문에 곧 세상을 하직하고 마셨습니다.

올버니 이거야말로 좋은 증거다. 하늘에는 우리들을 심판하는 신들이 계시다는 좋은 증거다. 이렇게 속히 하계의 죄악을 응징하시는구나! 허나, 아, 가엾은 글로스터! 그래, 한쪽 눈을 잃으셨단 말이냐?

사자 두 눈, 두 눈 다 잃으셨습니다. 마님, 이 편지는 답장이 시급하답니다. 아우 님의 편지입니다.

거너릴 (방백) 한편으로 생각하면 잘됐군. 허나 동생이 과부가 됐으니 동생이 나의 에드먼드를 자기 곁에 두고 있어서는 내가 모처럼 쌓아올린 꿈속의 누각이 무참하게 무너지고, 나에게 남은 것은 무미건조한 인생뿐이 아닐까? 그래도 생각에 따라서는 그리 고통스러운 소식은 아니야. (사자에게) 곧 읽어보고 답을 쓰겠어요. (퇴장)

올버니 글로스터가 눈을 뽑힐 때 그의 아들은 어디 있었느냐?

사자 마님을 모시고 이 댁으로 오셨습니다.

올버니 이곳엔 안 왔는데.

사자 예, 돌아가시는 걸 도중에서 만났습니다.

올버니 그 사람은 이 잔인한 소행을 알고 있느냐?

사자 알다뿐이겠습니까, 자기 부친을 밀고하여 그 지경을 만든 건 그분이었습니 다. 아무런 구애 없이 처벌이 행해질 수 있도록 일부러 그 자리를 피하셨는 데요.

올버니 글로스터여, 내가 살아 있는 한은 국왕에게 바친 당신의 충성을 감사히 생 각하고, 당신 눈의 원수를 갚아드리겠소. 이쪽으로 가까이 오너라. 또 아는 것이 있으면 자세히 말해보아라.

(두 사람 퇴장)

19

[제4막 제3장]

도버 근처의 프랑스 군 진영.

켄트와 신사 등장.

켄트 프랑스 왕이 왜 그렇게 갑자기 귀국하셨는지 당신은 그 이유를 아시오?

신사 본국에 두고 온 미결 문제가 있는데, 출진 후 갑자기 생각이 나서 그냥 두었다간 국가의 안위에 관계되는 중대한 일인 만큼 부득이하게 귀국하셨습니다.

켄트 누구를 지휘관으로 남겨놓으셨소?

신사 원수 라파르 장군을 남겨놓으셨습니다.

켄트 왕비께서는 그 편지를 보시고 슬픈 표정이시던가요?

신사 네, 그렇습니다. 왕비께서는 편지를 받아 들고 그 자리에서 읽으셨는데, 이따금 굵은 눈물방울이 아름다운 뺨을 줄줄 흘러내렸습니다. 보기에도 왕비께서는 깊은 슬픔을 억제하려 하는 듯하셨습니다만, 그 슬픔이 반역자같이 왕비님의 명령을 듣지 않는 것 같았습니다.

켄트 그럼 그 편지에 감동하셨군요.

신사 그러나 이성을 잃을 정도는 아니었습니다. 자제심과 슬픔이 누가 왕비를 가장 아름답게 하는가 보자고 서로 다투고 있는 것 같았습니다. 햇빛이 나면서 비가 오는 일이 있지요. 흡사 그러했습니다, 왕비께서 미소를 지으며 눈물을 흘리시는 모습은. 그러한 왕비님의 모습은 더욱더 매력적이었습니다. 그 아름다운 입술의 행복한 미소는 눈에 어떤 손님이 와 있는지를 모르는 것 같았고, 그리고 그 손님이 두 눈에서 떠나는 모습은 진주가 다이아몬드에서 떨어져 나가는 것만 같았습니다. 정말 슬픔처럼 아름답고 희귀한 것은 없다고나 할까요, 누구에게나 그렇게 잘 어울릴 수만 있는 거라면 말입니다.

켄트 무슨 말씀은 없었소?

신사 네, 한두 번, "아버님." 하고 안타까운 듯이 숨 가쁘게 부르셨습니다. 그리고 우시면서 "언니들, 언니들! 여자의 수치예요! 언니들! 켄트! 아버지! 언니들! 아아, 폭풍우 속을! 밤중에! 자비는 이 세상에 없단 말인가!" 하시고는 그 맑은 눈에서 성수聖水 같은 눈물을 흘리시고 나서 혼자 가서 슬픔을 달래려고 자리에서 일어나셨습니다.

켄트 별들이야, 천상의 별들이야, 인간의 성질을 지배하는 것은. 그렇지 않고서야 한 부부 사이에서 이렇게 성질이 다른 자식들이 생겨날 리가 없어. 그 후 만나 뵌 일은?

신사 없습니다.

켄트 이번 일은 프랑스 왕이 귀국하시기 전이었습니까?

신사 아니요, 귀국하신 후였습니다.

켄트 실은 가엾게도 실성을 하신 리어 왕은 지금 이 시市에 계십니다. 이따금 정신이 드실 때는 우리들이 왜 이 시에 와 있는지를 기억하시지만, 그러나 따님과의 대면은 한사코 승낙을 하시지 않습니다.

신사 왜 그러실까요?

켄트 더할 나위 없는 치욕으로 압도당하신 때문이죠. 자신의 무자비로 아버지로서의 축복도 주지 않으시고 이국의 낯선 땅으로 추방하여 위험을 당하게 했을 뿐 아니라, 그토록 애지중지하시던 따님의 중대한 권리를 개보다도 못한 잔인한 다른 딸들에게 내줘버렸으니……. 이런 일 저런 일이 독사의 이빨처럼 마음을 깨물어 그 상처의 아픔이 창피로 불타올라 코델리아님과의 대면을 회피하고만 계십니다.

신사 아아, 불쌍한 어른!

켄트 올버니와 콘월의 군대에 관해서는 얘기 못 들었소?

신사 벌써 출진했다고 합니다.

켄트 그럼 국왕에게로 안내를 하겠으니 시중을 들어주시오. 나는 깊은 사연이 있어서 당분간 신분을 감추고 있어야 하지만, 머잖아 신분을 밝히는 날에는 이렇게 나와 알게 된 것이 후회되지는 않을 것이오. 그럼, 자, 같이 갑시다. (두 사람 퇴장)

20

[제4막 제4장]

프랑스 군의 진영.

고수와 기수를 선두로 코델리아 등장. 시의와 병사들이 뒤따라 등장.

코델리아 아아, 그것은 아버님이에요. 지금 막 만났다는 사람의 얘기로는 파도가 심한 바다같이 광란하여 큰소리로 노래하고, 머리에는 무성한 현호색玄胡索이며 밭이랑에 자라는 잡초, 들 우엉, 헴록, 쐐기풀, 들 미나리아재비, 독보리, 그리고 밀밭 사이에 무성한 쓸데없는 잡초들을 관처럼 쓰고 계시댔어요. 곧 한 중대의 병대를 풀어 우거진 들을 샅샅이 뒤져 아버님을 이 눈앞에 모셔오세요. (장교 퇴장) 어떻게 해서든지 의술의 힘을 빌려 아버님의 실성을 고칠 수는 없을까요? 아버님을 치료해주시는 사람에게는 이 몸이 지니고 있는 패물을 무엇이든 다 드리겠어요.

시의 치료 방법이 있습니다. 사람의 생명을 양육하는 것은 안면安眠입니다만, 폐하께서는 그게 부족하십니다. 수면을 가져오게 하는 약초는 여러 가지 있으니, 그 힘을 빌면 고민하는 마음에도 편안한 수면이 찾아올 수 있습니다.

코델리아 이 세상의 고마운 온갖 비약秘藥, 아직 세상에 알려지지 않은 모든 특효 약초가 내 눈물에 젖어 자라나 그 훌륭한 분의 고민을 치유하는 데 도움이 되어주기를! 빨리 찾아와요, 실성하시어 분별이 없으시니 스스로 목숨을 버리실지도 모르니까요.

사자 등장.

사자 아룁니다! 영국 군이 이곳으로 진격해 오고 있습니다.

코델리아 알고 있소. 요격할 태세는 다 돼 있소. 아, 아버님! 이번 출진은 아버님을 위한 것입니다. 그래서 프랑스 왕은 울며 애원하는 저를 동정해주셨어요. 엉뚱한 야심에 차서 거사를 한 것은 아닙니다. 단지 자식으로서, 진심으로 연로하신 아버님의 권리를 되찾아드리고자 한 것뿐입니다. 아, 아버님! 얼른 목소리를 듣고, 뵙고 싶어요!

(모두 퇴장)

21

[제4막 제5장]

글로스터의 성.

리건과 오스왈드 등장.

리건 형부네 군대는 출진했어요?

오스왈드 네, 출진했습니다.

리건 그분 자신도 친히?

오스왈드 네, 권유에 못 이겨 겨우 출진하셨습니다. 언니 되시는 분이 훨씬 더 홀 륭한 군인다우셨습니다.

리건 에드먼드는 그곳에서 형부와 만나지 않았나요?

오스왈드 네, 그렇습니다.

리건 언니가 에드먼드에게 보내는 편지의 내용은 뭘까요?

오스왈드 글쎄요, 모르겠습니다.

리건 실은 그분은 중대한 일로 갑자기 떠나셨어요. 글로스터의 눈만 빼내고 죽 이지 못한 것이 큰 실수였지. 그는 가는 곳마다 사람들의 마음을 자극하여 우 리의 적으로 만들고 있어요. 에드먼드가 떠난 것은 부친의 비참한 꼴을 보다 못해, 암야와 다름없는 목숨을 처치해버릴 겸, 적군의 실력도 정찰하기 위해 서일 거야.

오스왈드 저는 이 편지를 들고 그분을 뒤쫓아 가봐야겠습니다.

리건 우리 군대도 내일 출진하기로 되어 있어요. 하루쯤 묵었다 가도록 해요. 위 험하니까.

오스왈드 그렇게는 안 됩니다. 이 일에 있어서는 마님의 엄명이 계셨으니까요.

리건 왜 에드먼드에게 편지를 쓴 걸까? 용건을 당신에게 말로 부탁해도 되지 않 아요? 아마 무슨 곡절이 있는 모양이지. 무슨 일인지는 모르지만. 당신한테 섭섭잖게 해줄 테니…… 그 편지를 좀 뜯어보게 해주지 않겠어요?

오스왈드 그것은 좀…….

리건 다 알고 있어요, 당신 주인마님은 남편을 사랑하지 않아요. 확실히 그래요. 그리고 요전번 여기 왔을 때도 에드먼드에게 이상야릇한 눈짓이며 의미심장한 표정을 해 보였어요. 누가 모를 줄 알아요? 당신은 우리 언니의 심복이지요?

오스왈드 제가요?

리건 다 알고 말하는 거예요. 당신은 우리 언니의 심복이야. 다 알아요. 그러니 내가 하는 말을 명심해둬요. 우리 주인은 죽었어요. 그리고 에드먼드와 나와의 약속은 다 되어 있어요. 그분은 당신 주인마님하고 결혼하는 것보다는 나하고 결혼하는 것이 유리하게 돼 있어요. 이만큼 말하면 다 알겠지. 그분을 만나면 그 점을 얘기해드려요. 그리고 당신 주인마님이 당신으로부터 그런 사정 얘기를 듣게 될 때는 분별을 차리도록 당부해줘요. 그럼 잘 가요. 만일 그 눈먼 모반자의 거처라도 알아내어 목을 베어 오는 사람이 있다면 출세는 따놓은 당상이지.

오스왈드 제가 그 사람을 만나게 되면 좋겠습니다! 그러면 제가 어느 편인가를 보여드릴 수 있을 테니까요.

리건 잘 가요.

(두 사람 퇴장)

22

[제4막 제6장]

도버 근처의 시골.

글로스터와 농부 차림의 에드거 등장.

글로스터 언제쯤이나 그 언덕 꼭대기에 닿을까?

에드거 지금 그 언덕에 올라가고 있어요. 자, 이렇게 힘이 들잖습니까.

글로스터 평지 같은데그려.

에드거 무서운 비탈길인데요. 봐요, 파도 소리가 들리지 않습니까.

글로스터 아냐, 아무것도 안 들리는데.

에드거 그럼 눈이 아픈 바람에 다른 감각까지도 둔해졌나 보죠.

글로스터 하긴 그런지도 모르지. 그리고 보니 네 음성도 달라진 것 같다. 전보다 말씨도 좋아졌고, 온당한 말을 하게 된 것 같아.

에드거 그건 잘못 아신 겁니다. 달라진 거라곤 입고 있는 옷뿐입니다.

글로스터 말씨가 좋아진 것 같은데.

에드거 자, 여기입니다. 가만히 계십시오. 이렇게 아래쪽을 내려다보니 무서워서 눈이 어찔어찔합니다! 중간쯤을 날고 있는 까마귀나 갈가마귀는 크기가 딱정 벌레만큼밖에 안 돼 보입니다. 절벽 중턱에 매달려서 갯미나리를 캐고 있는 사람이 있네. 참 위험한 직업도 다 있군! 몸뚱이가 머리 크기만큼밖에 안 돼 보이는데요. 모래밭을 걷고 있는 어부가 모두 새앙쥐같이 작아 보여요. 저기 닻을 내리고 있는 큰 배는 거룻배만하게 보이고, 또 거룻배는 부표浮漂 같아서 눈에 들어오지도 않는데요. 밀려오는 파도는 모래밭에 널려 있는 조약돌에 부 딪치고 있으나, 여기까지는 그 파도 소리가 들려오지 않아요. 이제 보는 것은 그만둬야지. 머리가 빙빙 돌고, 눈이 아찔해서 거꾸로 곤두박질칠 것만 같은 데요.

글로스터 네가 서 있는 곳에 나를 세워다오.

에드거 손을 주십시오. 자, 이제 한 발짝이면 낭떠러지입니다. 이 세상을 다 준다 해도 여기서는 못 뛰어내리겠는데요.

글로스터 손을 놔라. 자, 돈주머니를 또 하나 주겠다. 이 속에는 가난뱅이가 갖기 에는 지나칠 정도의 보석이 있다. 요정妖精이나 신의 혜택으로 이것이 네게 복 이 되기를 빈다! 멀찍이 저리로 가라. 나에게 인사하고 물러가는 네 발소리를 들려다오.

에드거 그러면 영감님, 안녕히 계십쇼.

글로스터 잘 가거라.

에드거 (방백) 아버님의 절망을 이렇게 우롱하는 것도 결국은 그것을 고쳐드리고
싶기 때문이다.

글로스터 (무릎을 꿇고) 아, 위대하신 하늘의 신들이여! 저는 이 세상을 하직하고
당신들이 보시는 앞에서 이 몸에 내려진 크나큰 고민을 조용히 털어내겠습니
다. 제가 고민을 더 참으며, 거역하지 못한 당신들의 큰 뜻에 대하여 원망을
하지 않는다 하더라도, 타다 남은 양초 심지나 한가지로 지긋지긋한 이 잔명殘
命은 머지않아 타 없어지게 마련입니다. 에드거가 아직 살아 있다면, 아 그 애
에게 축복을 내려주소서! 여, 그럼 잘 있거라.

에드거 이렇게 떨어져 있습니다. 안녕히 계십쇼! (글로스터, 앞으로 몸을 던지고 기절
한다.) 사람이 목숨을 끊고 싶다고 생각할 때는, 착각에서 시작해 보배 같은 생
명을 실제로 잃는 일도 있지. 생각하시던 곳에 실제로 와 있었다면, 아버님은
지금쯤은 생각하는 힘이 벌써 사라지고 말았을 거야. (큰 소리로) 살아계시나,
돌아가셨나? 여보세요, 노인! 여보세요! 안 들립니까? 말 좀 해보세요. (방백)
정말 이대로 돌아가실지 모르겠구나. 아니, 살아계시다. (큰 소리로) 당신은
누구시오?

글로스터 저리 가, 나를 죽게 내버려 둬.

에드거 대체 당신은 거미줄이오, 새털이오, 공기요? 그렇게 여러 길 낭떠러지에
서 떨어졌으면 달걀같이 박살이 났을 것 아니오. 그런데 당신은 숨을 쉬며 몸
도 아무렇지도 않고, 피도 안 나며, 말도 하고, 멀쩡하구려. 돛대 열 개를 이어
도, 당신이 거꾸로 떨어진 높이만큼은 못 될 거요. 생명을 건진 것은 기적이
오. 한 번 더 말을 해보시오.

글로스터 대체 난 떨어진 거냐, 안 떨어진 거냐?

에드거 이 흰 벽 같은 절벽의 꼭대기에서 떨어졌어요. 위를 쳐다보세요. 날카로운
소리로 노래하고 있는 종달새는 너무 멀어 보이지도 들리지도 않습니다. 자,
좀 쳐다보세요.

글로스터 아아, 보고 싶어도 나에게는 눈이 없어. 불행한 놈은 죽음으로 불행을
면하는 것조차 허락되지 않는단 말인가? 자살로써 폭군의 분노를 비웃어주
고, 그 오만한 의도를 꺾을 수 있다면 그래도 다소는 위안이 되겠는데.

에드거 부축해드리죠. 자, 일어서시오. 됐어요, 어때요? 다리가 말을 잘 듣나요?
설 수 있군요.

글로스터 설 수 있어, 아무렇지도 않아.

에드거 참 기적이군. 이 절벽 꼭대기에서 당신과 헤어진 자는 누구였습니까?

글로스터 불쌍한 거지였어.

에드거 여기 서서 쳐다보니 그놈의 눈은 두 개의 보름달 같고 코는 천 개나 되며
뿔은 파도치는 바다같이 꼬불꼬불하게 꼬인 것 같던데요. 그건 악마였어요. 그
러니 당신은 운이 좋은 사람입니다. 무엇에나 공정하신 신들은 인간이 할 수
없는 일들을 해냄으로써 존경을 받는데, 그 신들이 아저씨를 구해주신 겁니다.

글로스터 그러고 보니 생각나는 게 있다. 이제부터는 고민이란 놈이 "이젠 틀렸
어." 하고 비명을 지르며 뻗어버릴 때까지 꾹 참아야지. 네가 말한 악마를 난
사람인 줄만 알았구나. 하긴 그놈은 여러 번 "악마, 악마." 하더라. 아무튼 그
놈이 나를 저곳까지 데려다 줬다.

에드거 심로하지 마시고, 진정하십시오.

야생화로 관을 만들어 쓴 리어 왕 등장.

에드거 아, 누가 오는구나. 정신이 성하다면 저런 꼴은 하지 않을 거야.

리어 왕 내가 돈을 위조해도 나를 체포하진 못한다. 난 이 나라 왕이니까.

에드거 아, 저 모습, 가슴이 터질 것만 같구나!

리어 왕 그 점에 있어서는 인위보다는 천부의 권리가 낫지. 자, 계약금을 받아라. 저놈의 활 쏘는 솜씨는 허수아비 같아. 힘껏 시위를 당겨봐! 저 봐, 생쥐다! 쉬, 쉬, 이 구운 치즈 조각이면 미끼로는 안성맞춤이다. 자, 이 장갑을 던지겠다, 내 도전의 표시물이다. 상대가 거인이라도 뒤로 물러서진 않겠다. 창을 든 병사를 불러라. 아, 잘 날아가는구나, 새처럼 과녁에 맞았구나, 과녁에. 휙! 암호를 말해.

에드거 꽃박하.

리어 왕 통과.

글로스터 저 음성은 귀 익은 음성이다.

리어 왕 하아, 거너릴이구나, 흰 수염을 달고? 그것들은 개처럼 내게 알랑거리면서 내가 수염도 나기 전부터 수염이 흰 노인처럼 현명한 분이라고 말했어. 내가 하는 말에는 뭣에나 덮어놓고 "네." 또는 "옳은 말씀입니다." 하고 맞장구를 쳤것다! 허나 그 〈네〉도 〈옳은 말씀입니다〉도 진심에서 나온 말은 아니었지. 언젠가 비에 흠뻑 젖고, 바람이 불어 이가 딱딱 부딪칠 때, 천둥보고 가만히 있으라고 해도 말을 안 들었어. 그때 나는 그것들의 정체를 알아냈었지! 쳇, 그것들의 말을 믿을 수가 없어. 그것들은 나를 만능이라고 했어. 새빨간 거짓말이지……. 나 역시 학질에는 꼼짝 못 하잖는가.

글로스터 저 음성의 특징을 나는 잘 알고 있지. 왕이 아니실까?

리어 왕 그렇다, 머리부터 발끝까지 어디로 보나 왕이다! 내가 노려보면 신하들이 벌벌 떠는 꼴을 보라. 저놈의 목숨은 살려주지. 네 죄목은 뭐냐? 간통이냐? 죽이지는 않겠다. 간통을 했다고 사형을 해? 안 될 말이지! 굴뚝새도 그 짓을 한다. 그리고 조그만 금파리도 내 눈앞에서 흘레질을 하잖느냐. 밀통을 마구 시켜야 돼. 실제로 글로스터의 사생아는 엄연한 정실과의 사이에서 난 내 딸들보다 효자가 아니냐. 난장판으로 음란한 짓을 해라! 병사도 부족하다. 저기 선웃음을 치고 있는 부인 좀 봐라. 그 얼굴로 봐선 사타구니 사이까지 눈같이 흴 것만 같고, 정숙한 체 시치미를 떼고, 정사라는 말만 들어도 고개를 내젓지만 음란한 짓을 하는 데는 암내 나는 고양이나 사나운 말보다도 더하잖은가. 저것들은 반인반수半人半獸의 괴물이지, 허리 밑은 말이고 윗도리는 여자 탈을 쓰고 있는, 단지 허리띠까지만 신의 영역領域이고, 그 밑은 죄다 악마의 것이지. 여기는 죄다 지옥이다. 암흑이다, 유황이 타고 있는 나락이다. 이글이글 탄다. 화상을 입는다. 썩어 문드러져서 악취가 난다. 에이, 참을 수가 없구나, 퉤, 퉤! 여, 약장수, 사향麝香 한 온스만 가져다줘, 속이 메스꺼우니. 자 돈은 여기 있어.

글로스터 아, 그 손에 입 맞추게 해주십시오!

리어 왕 우선 손을 좀 씻어야겠어. 시체 냄새가 나니까.

글로스터 아, 대자연의 걸작이 마침내 폐허가 되었구나! 이 위대한 세계는 이렇게 무無로 돌아가고 만단 말인가? 저를 알아보시겠습니까?

리어 왕 나는 그 눈을 잘 기억하고 있지. 네가 나에게 추파를 던지는 거냐? 오냐, 실컷 음탕한 눈짓을 해봐라, 눈 없는 큐피드야. 그래도 나는 여자에게 반하지는 않아. 이 결투장을 읽어봐. 그 글씨체를 똑똑히 봐줘.

글로스터 한 자 한 자가 태양이라도, 저에게는 한 자도 보이지 않습니다.

에드거 (방백) 남에게 전해 들었다면 도저히 믿어지지 않겠지마는, 틀림없는 사실이다. 아, 이 내 심장이 터질 것만 같구나.

리어 왕 읽어보라니까.

글로스터 아니, 껍데기밖에 없는 이 눈으로요?

리어 왕 어허, 그렇단 말이지? 얼굴에 눈이 없고 주머니에 돈이 없다? 눈은 중환
重患이고 주머니는 빈털터리란 말이지. 하지만 세상 돌아가는 꼴쯤은 볼 수 있
을 테지.

글로스터 느낌으로 알아볼 수 있습니다.

리어 왕 뭐! 그럼 너는 미쳤구나? 눈이 없더라도 이 세상 돌아가는 것쯤은 알 수
있어. 귀로 보는 거야. 봐라, 저기 재판장이 미천한 도둑을 야단치고 있잖냐.
귀로 듣는 거야. 하지만 두 사람이 자리를 바꾼다면, 어느 쪽이 재판관이고 어
느 쪽이 도둑인지 가려내겠나? 농부의 개가 거지를 보고 짖는 것을 본 일이
있지?

글로스터 네, 본 일이 있습니다.

리어 왕 그런데 그 거지는 개를 보고 달아났지? 거기에 권력이라는 것의 위대한
모습이 있는 거야. 개라도 직책이랍시고 짖으면 사람이 복종한다. 여, 되지 못
한 순경, 그 잔학한 손을 가만! 왜 그 갈보를 매질하는 거야? 네 자신의 등을
치려무나. 갈보라 해서 매질하고 있지만, 네 자신이야말로 계집을 사고 싶어
흥분하고 있잖느냐? 고리대금업자가 사기꾼을 교수형에 처하는군. 누더기의
뚫어진 구멍으로는 조그만 죄악도 들여다보이지만, 법복法服이나 털가죽 외투
면 모든 것이 다 감춰진다. 죄악에다 금으로 만든 갑옷을 입혀봐, 법의 날카로
운 창도 들어가지 않고 부러진다. 누더기로 싸면, 난쟁이의 지푸라기 화살로
도 뚫린다. 죄지은 사람은 없어, 한 사람도 없어, 없는 거야. 내가 보증할 테
야. 내 얘기 좀 들어봐. 나는 고소인의 입을 틀어막을 권리를 가지고 있는 사
람이야. 그대는 유리 눈이라도 해 박지 그래? 그리고 비열한 모사꾼같이, 보
이지 않는 것도 보이는 척해봐. 자, 자, 자, 자! 내 장화를 좀 벗겨줘. 세게, 더!
됐어.

에드거 (방백) 이치에 맞는 말과 맞지 않는 말이 마구 뒤섞여 있군. 광기 속에도 이

성이 들어 있는 모양이군!

리어 왕 나의 불행을 울어주겠다면 내 눈을 주겠다. 나는 너를 잘 안다. 네 이름은 글로스터지. 너도 참아야 한다. 우린 울면서 이 세상에 태어났어. 너도 알다시 피 우리가 처음으로 이 세상의 공기를 마실 때 으앙으앙 울잖아? 네게 일러주 겠으니, 잘 들어둬!

글로스터 아, 이럴 수가!

리어 왕 우리들이 태어날 때, 바보들만 있는 이 큰 무대에 나온 것이 슬퍼서 우는 거야. 이건 꽤 좋은 모자다. 음 나사羅紗 천으로 기마대에게 신을 만들어 신긴 다는 것은 기막힌 착안이다. 나도 한번 시행해봐야지. 그리고 이 사위놈들을 몰래 습격할 수 있게만 된다면, 사정없이 죽여, 죽여라, 죽여라, 죽여라!

신사, 시종들을 데리고 등장.

신사 오, 여기 계시군! 붙들어. 폐하, 공주님께서…….

리어 왕 아무도 구원해주는 사람은 없나? 뭐, 포로가 됐어? 나는 세상에 태어난 이래 운명의 조롱만 받아왔다. 나를 잘 대우해줘, 보석금을 낼 테니까. 의사를 불러다 줘. 뇌 속을 다쳤어.

신사 무엇이든지 분부대로 하겠습니다.

리어 왕 누가 구하러 안 오느냐? 나 혼자뿐이냐? 이러다간 울보 녀석이 되겠군. 사람의 눈을 뜰의 물뿌리개 대신으로 삼자는 거군. 음, 가을날에 먼지 안 나게 말이야. 나는 화려한 옷차림을 하고 죽을 테야, 말쑥한 새신랑같이. 뭐, 즐겁 게 하자꾸나. 여, 여, 나는 국왕이다. 너희들은 아느냐?

신사 네, 국왕이십니다. 분부대로 하겠습니다.

리어 왕 그럼 나는 아직 살 수 있겠구나. 자, 잡을 테면 달려와서 잡아봐라. 자,

자, 자. (뛰어서 나간다. 시종들도 뒤따라 퇴장.)

신사 미천한 사람도 저렇게 되면 불쌍한데, 더구나 국왕의 신분이고 보니 어이가 없구나! 두 따님으로 해서 천륜天倫은 이런 것인가 하고 모든 사람의 저주를 받았지마는, 다행히 이 따님은 그 저주를 씻어줄 것입니다.

에드거 여보십시오. 안녕하십니까?

신사 안녕하시오? 그런데 무슨 일이오?

에드거 혹시 전쟁이 일어난다는 소문을 못 들었습니까?

신사 그건 틀림없는 일이오. 누구나 다 알고 있소. 귀가 있는 사람이면 다 듣고 있소.

에드거 하지만 좀 가르쳐주십시오. 저쪽 군사는 어디까지 다가와 있습니까?

신사 바로 가까이까지 다가와 있소. 더구나 파죽지세요. 그리고 주력 부대도 곧 쏟아져 들어올 거요.

에드거 고맙습니다. 그것만 알았으면 됐습니다.

신사 특별한 이유 때문에 왕비께서는 여기 머물러계시지만 군대는 출동해 있습니다.

에드거 고맙습니다. (신사 퇴장)

글로스터 언제나 자비하신 신들이여, 제발 이 목숨을 끊어주십시오. 내 마음속에 있는 악마의 꼬임을 받아 당신의 부르심을 받지 않고 죽음을 택하는 일이 두 번 다시 없도록!

에드거 아저씨, 기도 잘하셨습니다.

글로스터 너는 누구냐?

에드거 전혀 쓸모없는 사람입니다. 운명의 매질에 갖가지 뼈아픈 슬픔을 경험해 왔기 때문에 남의 불행에도 잘 동정합니다. 손을 주십시오. 쉬실 곳으로 안내 해드리겠습니다.

글로스터 정말 고맙다. 하느님의 은총과 축복이 더욱더 너에게 내리기를 빈다.

오스왈드 등장.

오스왈드 현상 붙은 수배자구나! 재수 좋다! 너의 눈 없는 그 머리는 본래 내 출세
를 위해서 만들어진 것이다. 이 불행한 늙은 반역자야, 빨리 네 죄를 돌이켜
생각하고 각오해라. 칼을 뺐다, 네 목숨은 내 것이다.

글로스터 오, 그 자비의 손으로 힘껏 찔러다오. (에드거가 막는다.)

오스왈드 무례한 농부놈아. 반역자로 공포된 놈을 뭣 때문에 옹호하려 드는 거
냐? 비켜. 비키지 않으면 그자의 불운에 너도 같이 말려든다. 빨리 비켜!

에드거 못 놓겠어, 그 따위 이유로는.

오스왈드 놔, 이 노예놈아, 놓지 않으면 네 목숨이 없는 줄 알아.

에드거 여보시오, 자기 갈 길이나 가고 불쌍한 사람들에게 참견 마시오. 그 따위
엄포로 목숨이 없어진다면 나는 벌써 두 주일 전에 없어졌게. 안 돼, 이 노인
옆으로는 한 발짝도 못 가. 비켜, 비키라니까. 안 비키겠다면 시험을 해보자,
네 대갈통과 내 몽둥이와 어느 것이 딱딱한가. 나는 거짓말은 절대로 안 해.

오스왈드 입 닥치지 못해, 이 쓰레기 같은 자식아! (두 사람 싸운다.)

에드거 그럼 네 앞니를 분질러놓고 말겠다. 자, 덤벼봐. (오스왈드를 때려눕힌다.)

오스왈드 노예놈, 네놈 손에 내가 죽는구나. 임마, 이 돈주머니를 받아둬라. 앞으
로 잘되고 싶거든 내 시체를 좀 묻어줘. 그리고 내 주머니 속에 있는 편지를
글로스터 백작 에드먼드님께 전해줘. 영국 군 진영에 가서 찾으면 안다. 아!
때아닌 죽음을 당하는구나! 여기서 이렇게 죽을 줄이야! (죽는다.)

에드거 나는 너를 잘 안다……. 악당이었으나 충성을 다한 놈이었지. 네 주인마님
의 나쁜 짓을 위해서는 충실하기가 이를 데 없는 놈이었지.

글로스터 뭐, 그놈이 죽었나?

에드거 아저씨, 거기 앉아서 잠깐 쉬십시오. 이자의 호주머니 속을 좀 뒤져봐야겠습니다. 그 편지라는 게 우리에게 도움이 될지도 모르니까요. 저놈은 이제 죽었습니다. 다만 사형집행리의 손에 죽게 하지 못한 것이 유감입니다. 그럼 봉랍封蠟을 좀 뜯어보자. 예법에 좀 실례를 하자. 적의 마음속을 알려면 적의 심장까지도 찢어야 하는 판에 편지 정도를 뜯어보는 것쯤이야 어떨라고. (편지를 읽는다.) 〈서로가 맹세한 것 잊지 말아주세요. 그 사람을 없애버릴 기회는 얼마든지 있을 거예요. 그 사람이 만일 승리하여 개선하는 날이면 모두 수포水泡로 돌아갑니다. 그리고 나는 죄인이 되고, 그 사람과의 잠자리는 나의 감옥이 됩니다. 그 숨 막히는 잠자리에서 저를 구해내시고, 그 노고의 대가로 그 자리에 대신 들어오세요. 당신을 남편같이 그리워하는 거너릴.〉

아, 여자의 욕정이란 한이 없군! 저 덕망 높은 남편의 목숨을 빼앗고, 내 동생과 바꿔치기하자는 흉계로구나! (오스왈드의 시체를 향해) 여기 모래 속에 너를 묻어주겠다. 남의 목숨을 노린 색골들의 더러운 심부름꾼아. 그리고 시기를 기다려서 이 흉측한 편지를 내보이고 모살을 당할 뻔한 공작님의 눈을 깜짝 놀라게 해드려야지. 그분에게는 다행이다. 너의 최후의 꼬락서니와 너의 임무를 내가 이야기할 수 있게 됐으니.

글로스터 폐하는 실성하셨다. 그런데 하찮은 내 목숨은 얼마나 질기기에 이렇게 버티어 커다란 슬픔을 뼈아프게 느끼고만 있는 걸까! 차라리 미치기나 했으면 좋겠다. 그렇게 되면 자신의 슬픔은 생각지 않게 되고, 갖가지 불행도 느끼지 않을 것 아니냐. (먼 곳에서 북 소리)

에드거 손을 붙들어드리죠. 멀리서 북 치는 소리가 나는 것 같군. 자, 아저씨, 어디 아는 집을 찾아가서 보호를 부탁해봅시다. (두 사람 퇴장)

23

[제4막 제7장]

프랑스 군의 진영

코델리아, 켄트, 시의, 신사 등장.

코델리아 아아, 켄트 백작님, 저는 얼마나 오래 살아서 얼마나 노력을 해야 백작의 충성에 보답할 수가 있을까요? 그러기에는 생명이 너무 짧고, 또 무슨 방법으로도 그 충성에는 따르지 못할 것만 같습니다.

켄트 그렇게 알아주시는 것만으로도 과분한 보수입니다. 지금 말씀드린 것은 사실 그대로입니다. 한마디 보태지도 줄이지도 않은 사실 그대로입니다.

코델리아 그 옷을 갈아입으세요. 그 옷은 이때까지의 불행을 생각나게 합니다. 부디 그 옷을 벗어버리세요.

켄트 용서하십시오. 지금 저의 정체가 드러나서는 모처럼의 계획이 틀어집니다. 적당한 시기가 올 때까지 저를 아는 체 말아주십시오. 제발 부탁드립니다.

코델리아 그럼, 그렇게 하죠. (시의에게) 폐하의 용태는?

시의 그대로 주무시고 계십니다.

코델리아 아, 인자한 신들이여, 학대받은 아버님 마음의 큰 상처를 치료해주소서! 자식들의 불효 때문에 헝클어지고 장단이 맞지 않는 아버님의 마음의 줄을 부디 다시 죄어주소서!

시의 폐하를 깨워도 상관없겠습니까? 오랫동안 주무셨습니다.

코델리아 당신의 판단에 맡기겠습니다. 좋도록 해주세요. 옷은 갈아입히셨습니까?

신사 네, 곤히 주무시는 사이에 새 옷으로 갈아입혀드렸습니다.

시의 깨워드릴 때 바싹 곁에 계셔주십시오. 틀림없이 정신은 회복되어 있을 것입니다.

코델리아 그렇게 하지요.

의자에 잠든 리어 왕이 운반되어 나온다. 조용한 음악.

시의 더 가까이 오십시오. (안쪽을 보고) 음악을 더 크게!

코델리아 아, 아버님, 저의 입술에 아버님을 회복시키는 묘약이 있어, 두 언니가 아버님께 입힌 큰 상처가 이 키스로 치유되기를 바랍니다!

켄트 착하고 효성이 지극하신 공주님!

코델리아 설사 자기네들의 아버지가 아니었더라도 이 백발은 그 사람들에게 측은 함을 느끼게 했을 텐데. 이것이 사나운 비바람과 맞싸워야 할 얼굴이었나요? 그리고 천지를 뒤흔들며 무섭게 벼락을 치는 천둥과 맞서셨다죠, 더구나 날쌔 게 하늘을 가로지르는 번갯불이 하늘을 찢으며 번뜩이는 그 속을? 한잠도 못 주무시고 — 목숨을 건 보초병같이 — 이렇게 맨머리로? 나를 물어뜯은 원 수네 집 개였다 할지라도, 그런 밤이면 그 개를 난로 곁에 있게 했을 텐데. 그 런데 가엾게도 아버님은 돼지나 떠돌아다니는 거지와 함께 곰팡내 나는 지푸 라기를 뒤집어쓰신 채 오두막에서 용케 주무셨어요. 아아, 아아! 목숨과 정신 이 단번에 끊어지지 않으신 게 기적입니다. 잠이 깨셨나 보니, 말씀 여쭈어보 세요.

시의 왕비께서 말씀해보시는 것이 좋겠습니다.

코델리아 폐하, 어떠십니까? 폐하, 기분이 어떠십니까?

리어 왕 무덤 속에서 나를 끌어내는 것은 실례지. 당신은 천상의 영혼이군. 나는 지옥의 불 수레에 결박당해 있어. 그래서 내 눈물은 녹은 납같이 내 뺨을 태우 고 있지.

코델리아 저를 알아보시겠습니까?

리어 왕 당신은 망령이야, 언제 죽었소?

코델리아 아직, 아직도 착란이 심하세요!

시의 아직 잠이 덜 깨셨습니다. 잠시 놔두십시오.

리어 왕 내가 여태껏 어디 있었나? 여기는 어딘가? 햇빛이 비치나? 나는 기막히게 속고 있어. 남이 이런 꼴을 당하는 것을 본다면 불쌍해서 나는 견딜 수 없을 거야. 뭐래야 좋을지 알 수 없구나. 이건 내 손인가? 정말 내 손이야? 어디 바늘로 찔러보자. 아프다, 아파. 지금 내가 어떻게 됐는지 확실히 알고 싶구나.

코델리아 (무릎을 꿇고) 아! 저 좀 보세요. 그 손을 들어 저를 축복해주세요. (왕이 무릎을 꿇으려고 하는 것을 보고) 아니에요, 아버님, 무릎을 꿇으시면 안 돼요.

리어 왕 제발 나를 놀리지 마오. 나는 어리석은 바보 늙은이야. 나이는 여든 고개를 넘었지만, 그 이상도 그 이하도 아니야. 그리고 정직하게 말해서 정신이 성하진 않은 것 같아. 당신이나 이분을 나는 알 것 같은데 확실치가 않아. 글쎄, 여기가 어딘지 전혀 모르겠구나. 그리고 아무리 돌이켜 생각해봐도 이 옷은 기억에 없고 어젯밤 어디서 잤는지도 생각이 안 나는구면. 비웃을지도 모르지만, 이 부인은 내 딸 코델리아같이 생각되는구면.

코델리아 그렇습니다, 그렇습니다!

리어 왕 눈물을 흘리고 있느냐? 오, 역시 그렇군, 제발 울지 마라. 네가 독약을 준다 해도 나는 마시겠다. 너는 나를 원망하고 있을 게다. 내 기억에 의하면 너의 언니들은 나를 몹시 학대했다. 너 같으면 이유가 있겠지만 그들에게는 아무런 이유도 없는데 말이다.

코델리아 없습니다, 저에게도 이유 같은 건 아무것도 없습니다.

리어 왕 나는 프랑스에 와 있느냐?

켄트 폐하의 영토 안에 계십니다.

리어 왕 속이지 말게.

시의 안심하십시오, 왕비님. 보시는 바와 같이 심한 정신 착란은 진정되셨습니다. 그러나 지금까지 있었던 일들을 되새기게 하는 것은 아직은 위험합니다. 안으로 모십시다. 그리고 좀 더 진정되실 때까지 편안하게 해드리는 것이 좋겠습니다.

코델리아 안으로 들어가지 않으시렵니까?

리어 왕 나를 부디 용서해줘야겠어. 이제 모든 것을 잊고 용서해다오. 나는 늙어서 바보가 되어 있으니까.

　　　(켄트와 신사만 남고 모두 퇴장)

신사 콘월 공작이 피살되었다는 게 사실입니까?

켄트 틀림없는 사실이오.

신사 그럼 그분 군대의 지휘자는 누굽니까?

켄트 소문에는 글로스터의 서자라고 합니다.

신사 듣자니 추방당한 영식 에드거와 켄트 백작은 독일에 가 있다는 소문이던데요.

켄트 세간의 소문은 믿을 수가 있어야죠……. 그런데 경계해야 할 시기가 왔소. 영국 군이 급속도로 진격해 오고 있소.

신사 이번 결전은 피비린내 나는 싸움이 되겠습니다. 그럼 안녕히 계시오. (신사 퇴장)

켄트 목숨을 건 내 계획이 들어맞느냐, 들어맞지 않느냐, 그것은 오늘의 결전으로 결판이 나겠지. (켄트 퇴장)

ACT 5

24

[제5막 제1장]

도버 근처의 영국 군 진영.

고수와 기수들을 선두로 에드먼드, 리건, 신사들, 병사들 등장.

에드먼드 공작에게 알아보고 오너라. 일전의 결의에 변경이 없으신지, 또는 그 후
　　　로 형편상 방침을 변경하셨는지를. 공작은 노상 자기 자신을 책망하는 마음에
　　　흔들리고 계시니까, 최후의 결심을 알아가지고 오너라. (장교 퇴장)

리건 언니의 그 하인은 사고를 당한 것이 틀림없어요.

에드먼드 그런지도 모릅니다.

리건 헌데, 에드먼드. 내가 당신에게 호의를 가지고 있는 것은 아시지요? 하지만
　　　말씀해보세요, 사실대로. 아무튼 사실대로 말씀해보세요. 당신은 언니를 사랑
　　　하고 계시는 게 아니에요?

에드먼드 공명정대한 사랑이라고 한다면, 그렇다고 할 수 있습니다.

리건 하지만 당신은 형부밖에 들어가지 못하는 장소까지 들어가보시지 않았어요?

에드먼드 그건 부당한 말씀입니다.

리건 내게는 언니와 너무 가까워 이미 언니 사람이 된 듯한 느낌이 드는데요?

에드먼드 내 명예를 두고 맹세하지만, 절대로 그렇지 않습니다.

리건 언니라고 가만두지는 않을 거예요. 에드먼드, 당신은 언니하고 가까이하지 말아주세요.

에드먼드 염려 마십시오. 아, 언니와 그 부군 공작께서 오십니다.

　　고수와 기수들을 앞세우고 올버니, 거너릴, 병사들 등장.

거너릴 (방백) 동생에게 저 사람을 뺏길 바에는 차라리 전쟁에 지는 편이 낫지.

올버니 콘월 공작부인, 반갑소! (에드먼드에게) 그런데 듣자니 국왕은 막내딸에게로 가고, 우리의 정치를 원망하는 일당도 따라갔다 하오. 나는 공명정대하지 않은 경우엔 용감할 수 없는 사람이지만, 이번 일은 프랑스 왕이 우리나라를 침략하려고 하는 것이고, 리어 왕과 그 일당을 원조하기 위해서가 아니기 때문에 우리는 결코 무시할 수가 없소. 하긴 리어 왕과 그 일당들에게는 중대하고 정당한 이유가 있어서 우리에게 대항하는 것이겠지만.

에드먼드 지당한 말씀이십니다.

리건 새삼스럽게 왜 그런 말씀을 하십니까?

거너릴 같이 합세해서 적을 무찌릅시다. 집안끼리의 사사로운 시비는 여기서 말할 성질이 못 되잖아요.

올버니 그럼 노련한 장교들을 소집하여 작전 계획을 세우기로 합시다.

에드먼드 곧 공작님의 막사로 가겠습니다.

리건 언닌 나와 같이 가요.

거너릴 싫다. 난 안 가.

리건 그래야 되겠으니, 나와 같이 가요.

거너릴 (방백) 호호, 그 수수께끼는 나도 알지……. 그럼 같이 가지.

　　　　모두 퇴장하려고 할 때, 변장한 에드거 등장.

에드거 이렇게 비천한 사람입니다만, 공작님께서 허락해주신다면 긴히 한 말씀
　　　　올릴 것이 있습니다.

올버니 먼저들 가시오. 곧 뒤따라가겠소. 자, 말해봐라. (올버니와 에드거만 남고 모
　　　　두 퇴장)

에드거 전투 개시 전에 이 편지를 뜯어보십시오. 만약 공작님께서 승리를 거두실
　　　　때는 나팔을 불게 하여 이 편지를 가져온 저를 불러내주십시오. 비천한 사람
　　　　으로 보이겠지만, 이 편지에 씌어 있는 것이 거짓이 아니라는 것을 칼을 가지
　　　　고 증명해 보이겠습니다. 그러나 만일 당신이 전사하신다면 속세의 번거로움
　　　　도 끝장이 나고, 따라서 음모도 사라지고 말 것입니다. 무운 장구하시기를 빕
　　　　니다.

올버니 그럼 읽어볼 테니 기다려라.

에드거 그럴 수는 없습니다. 시기가 왔을 때, 전령을 시켜 불러내십시오. 반드시
　　　　나타나겠습니다.

올버니 그럼 잘 가라. 편지는 꼭 읽어보겠다.

　　　　(에드거 퇴장)

ACT 5

에드먼드 등장.

에드먼드 적군이 나타났습니다. 단단히 대비하십시오. 성실한 척후斥候가 정찰한 적의 병력과 군비에 관한 보고서가 여기 있습니다. (편지를 내준다.) 그러나 빨리 하셔야 되겠습니다.

올버니 곧 출전하겠소. (올버니 퇴장)

에드먼드 언니에게도 동생에게도 나는 사랑을 맹세해버렸다. 자매가 서로 경계하는 꼴은, 독사한테 물린 사람이 독사를 경계하는 꼴과 같구나. 어느 쪽을 택할까? 양쪽 다? 한쪽만? 양쪽 다 그만둘까? 양쪽 다 살아남아서는 어느 쪽도 내 것으로 마음 놓고 향유할 수 없지. 과부 쪽인 리건을 택하면 언니인 거너릴이 환장해서 미칠 거야. 그렇다고 해도 그녀의 남편이 살아 있어서는 이쪽의 승산은 거의 없거든. 그러나 전쟁에는 그 남편의 위력을 이용해야지. 전쟁이 일단 끝나면 남편을 방해물로 알고 있는 그 여자로 하여금 곧 남편을 없애버리게 해야지. 그 사람은 리어 왕과 코델리아에게 자비를 베풀 계획인 모양이지만, 전쟁이 끝나고 부녀가 우리 쪽 포로가 됐을 때는 사면赦免을 하게 가만 놔두진 않을 테다. 지금의 내 입장으로선 자신을 방어하는 일이 첫째지. 이치를 따지고 있을 때가 아니야. (에드먼드 퇴장)

25

[제5막 제2장]

양군 진영 사이의 평야.

경보警報, 프랑스 군 등장. 코델리아가 리어 왕의 손을 끌고 등장하여, 무대를 가로질러서 퇴장.

에드거가 글로스터의 손을 끌고 등장.

에드거 자, 아저씨, 여기 이 나무그늘에서 쉬고 계세요. 그리고 정당한 편이 이기
　　도록 기도하세요. 만일 다시 무사히 돌아오게 되면 기쁜 소식을 가지고 올게요.
글로스터 너에게 신들의 은총이 있기를 빈다! (에드거 퇴장)

　　경보와 퇴각의 나팔 소리, 에드거 등장.

에드거 아저씨, 도망가요. 손을 주세요. 도망가요. 리어 왕은 싸움에 지고, 왕과
　　함께 공주님은 포로가 됐어요.
글로스터 이젠 안 가겠다. 여기서도 썩어 없어질 수 있다.
에드거 아니, 또 나쁜 생각을 하십니까? 사람은 태어날 때나 마찬가지로 이 세상
　　을 하직할 때도 뜻대로 되는 것이 아니니 참아야 합니다. 무엇보다도 중요한
　　것은 기회를 기다리는 일입니다. 자, 가십시다.
글로스터 듣고 보니 그 말도 옳구나.
　　(두 사람 퇴장)

26
[제5막 제3장]
도버 근처의 영국 군 진영. 승리한 에드먼드, 고수와 기수를 선두로 등장. 포로가 된 리어 왕
과 코델리아 등장.
부대장과 병사들 등장.

에드먼드　장교 몇 명은 이 두 사람을 끌고 가라. 처분에 대해서는 상관들의 명령
이 있을 때까지 기다리기로 하고 엄중히 감시해라.

코델리아　최선을 다하고도 최악을 초래한 것은 우리들이 처음은 아닙니다. 하지
만 국왕이신 아버님의 고생을 생각하면 저는 맥이 풀립니다. 저 혼자라면 믿
지 못할 운명의 여신의 찡그린 얼굴쯤은 노려봐줄 수도 있습니다. 저 따님들,
언니들을 한번 만나보시지 않겠습니까?

리어 왕　아냐, 아냐, 만나지 않겠다, 절대로 만나지 않겠다! 자, 감옥으로 가자꾸
나. 둘이서만 조롱 속의 새같이 노래를 부르자꾸나. 네가 나보고 축복을 해달
라면, 나는 무릎을 꿇고 네게 용서를 빌겠다. 우리는 그렇게 날을 보내고 기도
하고, 노래하고, 옛날이야기를 하고, 화려한 나비들을 보고 웃고, 불쌍한 놈들
이 얘기하는 궁중 소문을 듣자꾸나. 그리고 그들을 상대해서 누가 실각하고,
누가 득세하고, 누가 등용되고, 누가 쫓겨났는지를 그놈들하고 얘기하자꾸나.
그리고 우리가 제법 신의 밀사이기나 한 것처럼 세상에 일어나는 불가사의를
아는 척하고, 감옥의 벽에 둘러싸여서 달과 더불어 차고 기우는 귀족들의 이
합집산을 조용히 보고 지내자꾸나.

에드먼드　둘을 데리고 나가라.

리어 왕　코델리아, 너와 같은 희생에 대해서는 신들 자신이 향을 올려주실 거다.
나는 너를 붙잡고 있느냐? 우리를 떼어놓으려고 하는 놈은 하늘에서 햇불을
가지고 와서 우리를 여우같이 그을려 내몰아야 하렷다. 눈물을 닦아라. 그것
들이 염병에 걸려서 살과 껍질이 썩어 문드러지기 전에는 울지 말아야지! 그
것들이 굶어 죽는 꼴을 우린 봐야지. 자, 가자. (리어 왕, 코델리아 퇴장)

에드먼드　부대장, 이리 오라. 이것을 가지고 감옥까지 두 사람의 뒤를 따라가라.
(쪽지를 준다.) 너는 1계급 승진시키기로 되어 있다. 이번에 그 안에 씌어 있는
것을 실행한다면 네 앞날은 확 트인 것이다. 명심해라. 사람은 시세에 순응해

야 한다. 인정 많은 것은 칼을 찬 군인에게는 어울리지 않는다. 이번의 중대한 임무는 왈가왈부를 허용치 않는다. 그럼 수락하겠느냐, 아니면 다른 방법으로 출세를 하려느냐?

대장 명령대로 하겠습니다.

에드먼드 그럼, 곧 착수하라. 그리고 끝나면 행운아가 될 것이다. 알았냐…… 곧 착수하라. 그 안에 씌어 있는 대로 처리하라.

대장 말같이 짐수레를 끌거나, 말린 귀리를 먹거나 할 순 없지만, 사람이 하는 일이라면 뭐든지 하겠습니다. (대장 퇴장)

나팔 소리. 올버니, 거너릴, 리건, 병사 등장.

올버니 오늘은 확실히 당신의 용맹한 혈통을 증명하셨소. 또 무운도 좋으셨소. 그리고 오늘의 격전 목표인 두 사람을 포로로 잡은 것은 대단한 공훈이오. 그 두 사람의 처분에 대해서는 두 사람의 죄와 우리의 안전으로 보아서 공명하게 결정이 내려졌다고 생각될 수 있도록 처리해주시오.

에드먼드 저 비참한 노왕을 어디 적당한 곳에 유폐하여 감시인을 붙여두는 것이 적당하다고 생각했습니다. 그 고령에 매력이 있고 그 신분에는 더욱 매력이 있기 때문에 어리석은 국민들은 동정을 하고, 우리가 징집한 병사들까지도 그 창을 지휘자인 우리의 눈으로 돌릴까 봐 우려되었습니다. 프랑스 왕비도 같이 유폐해놨습니다. 이유는 같습니다. 그리고 내일이나 그 후에나 법정에 호출할 때에는 언제든지 출두하도록 해놓았습니다. 그러나 우리는 지금 땀과 피에 젖어 있습니다. 친구는 친구를 잃었습니다. 전쟁의 가혹함을 느낀 사람은 그 전쟁을 저주하게 마련입니다. 코델리아와 그 부친의 문제는 후일 적당한 기회에 다시 논하는 것이 좋을 것 같습니다.

올버니 실례지만, 나는 이번 전쟁에서 당신을 나의 부하로 생각하고 있을 뿐이오.
동료로는 생각지 않소.

리건 그 자격은 제가 이분께 드리고 싶었던 거였어요. 그 말을 하시기 전에 제 의
사를 물어봤어야 옳다고 생각돼요. 이분은 저의 군대를 지휘하시고, 저의 지
위와 신분을 위임받아 계셨어요. 저와는 이 정도 사이니까 당연히 이분은 형
부와 어깨를 견줄 만한 처지라고 할 수 있습니다.

거너릴 그렇게 흥분하지 마라! 네게서 자격을 받지 않아도 저분은 자기 자신의 가
치로 높은 지위에 올라갈 분이야.

리건 아니에요. 내가 준 권리로 이분은 높은 사람에게 뒤지지 않는 신분이 될 수
있는 거예요.

거너릴 그렇다면 차라리 네 남편으로 삼지 그래?

리건 농담이 진담이 될지 누가 알아요?

거너릴 저것 봐! 그런 소리를 하는 사람의 눈은 역시 사팔뜨기로군.

리건 언니, 지금 나는 몹시 아파서 가만히 있지만, 그렇지 않다면 왈칵 성을 내고
대들었을 거예요. (에드먼드에게) 장군, 나는 당신에게 부하 장병과 포로와 상속
재산을 모두 맡기겠어요. 마음대로 처리하세요, 그리고 이 몸도. 이 몸은 당신
의 것입니다. 성도 내드리겠어요. 저는 이 자리에서 당신을 나의 남편, 나의
주인으로 선언합니다.

거너릴 그렇게 네 맘대로 될 줄 알고?

올버니 어쨌거나 당신이 참견할 일이 아니오.

에드먼드 당신 역시 참견할 수는 없을 겁니다.

올버니 서자놈아, 그건 당치 않은 소리다.

리건 (에드먼드에게) 북을 울리게 하여 저의 자격이 당신의 것이 됐음을 증명하세요.

올버니 잠깐 기다려. 얘기할 게 있다. 에드먼드, 너를 대역죄로 체포하겠다. 너를

체포함과 동시에 이 금빛 독사 거너릴도. 어여쁜 리건, 당신의 요구에 대해서는 아내를 대신하여 내가 반대합니다. 내 아내는 벌써 이 귀족과 재혼할 약속이 돼 있소. 그러니 나는 그녀의 남편으로서 당신의 혼담에 이의가 있소. 남편이 필요하다면 차라리 내게 구혼하시오. 내 아내에게는 이미 약속이 되어 있으니까.

거너릴 그런 서툰 연극은 집어치워요!

올버니 에드먼드, 아직도 무장을 하고 있구나. 나팔을 불게 하라. 네가 범한 흉악하고 명백한 가지가지 대죄를 증명하려고 너에게 결투를 신청할 사람이 나타날 게다. 만일 나타나지 않는다면 내가 상대하겠다. (장갑을 땅에 던지며) 네 악업은 지금 내가 너에게 여기서 선언한 것 이상으로 끔찍하다는 것을 네 염통을 도려내어 증명해 보일 테다. 그러기 전에는 나는 빵조차도 입에 대지 않을 테다.

리건 아아, 괴롭다, 가슴이 아파!

거너릴 (방백) 그렇지 않다면 약효도 믿을 수 없게.

에드먼드 그 대답은 이거다! (장갑을 던진다.) 나를 반역자라고 부르는 놈은 대체 어떤 놈인지 모르지만, 악당 같은 거짓말쟁이다. 나팔을 불어서 불러내라. 나타나는 놈이 누구든 상대를 가리지 않겠다. 나의 결백과 체면을 확고하게 증명해 보일 테다.

올버니 여봐라, 전령사!

에드먼드 전령사, 전령사, 거기 없느냐!

올버니 네 자신의 용기만 믿어라. 내 명의로 징집된 너의 부하 장병들은 다 내 명의로 해산시켰으니.

리건 아이구, 죽겠다!

올버니 참말로 아픈 모양이군, 내 막사로 데리고 가라.

(리건, 부축을 받으며 퇴장)

전령사 등장.

올버니 이리 와, 전령사. (대장에게) 나팔을 불게 하라. (전령사에게) 이것을 읽어라. (나팔 소리)

전령사 (읽는다.) 〈우리 군대 내에 지체나 지위 있는 자로서 글로스터 백작을 참칭하는 에드먼드에 대하여 그자가 갖가지 대죄를 범한 대모반자라는 것을 결투로 증명할 수 있는 자는, 세 번째 나팔 소리를 신호로 출두하라. 에드먼드는 도전에 응하겠다고 한다.〉 불어라! (첫 번째 나팔 소리) 또 한 번! (두 번째 나팔 소리) 한 번 더! (세 번째 나팔 소리, 안에서 화답하는 나팔 소리)

무장한 에드거, 나팔수를 앞세우고 등장.

올버니 (전령사에게) 물어보아라, 왜 나팔 소리에 응하여 나타났는지를.

전령사 당신은 누구요? 이름을 대시오. 신분을 말하시오. 또, 무슨 이유로 이 부름에 응했소?

에드거 이름은 없습니다. 반역자의 이빨에 물어뜯기고 벌레에 좀 먹히고 말았습니다. 허나 태생은 여기 칼을 맞대고 싸우려는 상대자에게 못지않은 귀족 출신입니다.

올버니 그 상대자란 누구냐?

에드거 글로스터 백작 에드먼드란 자는 어디 있느냐?

에드먼드 바로 나다. 할 말이 뭐냐?

에드거 칼을 빼라. 내 말이 귀족인 너의 비위에 맞지 않는다면, 칼을 가지고 정의를 증명해봐라. 나는 칼을 빼겠다. 굳은 맹세로 명예 있는 기사騎士가 된 특권을 가지고 나는 너의 면전에 단언하건데, 네가 아무리 힘이 세고 지위가 높고 젊다 하더라도, 그리고 또 싸움에 이겨 행운의 절정에 있다 하더라도, 또 제아무리 용기와 담력이 있다 해도, 네놈은 모반자다. 네놈은 신과 형과 아버지를 배반하고 여기 이 공명 높으신 공작의 목숨을 노리는, 머리끝에서 발바닥의 때와 먼지에 이르기까지 두꺼비만도 못한 더러운 모반자다. 네가 그걸 부정한다면 내 칼, 내 팔, 내 용기가 네 염통을 도려내어 사실을 증명해 보이겠다. 그리고 그 염통에 대고 나는 말하는 거다. 너는 거짓말쟁이라고!

에드먼드 법도에 따라 마땅히 성명을 물어봐야 하겠지만 보아하니 의젓하고, 용감하며, 말씨도 어딘지 명문가 출신 같구나. 기사도의 예법에 의하면 당연히 거절해도 좋은 결투지만 그렇게 하기도 싫다. 모반자라는 오명을 네 머리에 되던져주고, 지옥같이 가증한 그 거짓말을 가지고 네 가슴을 눌러놓겠다. 허나 그 오명도 네 가슴을 스칠 뿐 거의 상처조차 입히지 않을 것이니, 그 오명을 이 칼로 네 가슴에 새겨두고 영원히 그곳에 남아 있게 하겠다. 자, 나팔을 불어라. (경보의 나팔 소리. 두 사람이 싸워 에드먼드 쓰러진다.)

올버니 가만, 죽이지 마라!

거너릴 이것은 음모예요, 글로스터. 기사도의 예법에 따라 이름도 안 밝힌 상대에게 응할 필요가 없었던 거예요. 당신은 진 게 아니에요. 계략과 속임수에 빠진 거예요.

올버니 입 닥쳐. 닥치지 않음 이 편지로 입을 틀어막아버릴 테다 ── (에드먼드에게) 여, 기다려! (거너릴에게) 이 무도한 악인아, 네 죄상을 읽어봐라. 찢지 마라! 알고 있는 모양이군.

거너릴 그래서 어떻다는 거예요? 국법은 내 것인데요. 당신 자유로는 안 될걸요. 그걸로 누가 날 고발할 수 있어요?

올버니 정말 지독한 계집이로군! 그럼 이 편지는 확실히 네 것이로구나?

거너릴 내가 알고 있는 것을 묻지 말아요. (거너릴 퇴장)

올버니 뒤따라가봐. 무슨 짓을 할지 모르니, 못 하게 해. (장교 한 사람 퇴장)

에드먼드 당신이 열거한 죄목은 분명히 내가 범한 죄상이오. 이외에도 많이 있는
데 시기가 오면 다 알게 되겠지. 그러나 다 지난 과거 일이다. 나는 이제 과거
의 사람이 되었다. 허나 나를 이긴 너 행운아는 대체 누구냐? 문벌 있는 사람
이라면 용서하겠다.

에드거 서로 용서하자. 나는 혈통에 있어서는 너에게 지지 않는 사람이다, 에드먼
드. 만약 혈통이 너보다 우월하다면 나에 대한 네 죄는 그만큼 더욱 무겁다.
나는 에드거다. 너와 똑같은 아버지의 자식이다. 신은 공평하시다. 그리고 우
리의 쾌락을 가지고 우리를 벌하는 도구로 삼으신다. 아버지는 컴컴하고 부도
덕한 잠자리에서 너를 만든 대가로 두 눈을 잃으셨다.

에드먼드 그래, 그 말이 맞아. 운명의 수레바퀴는 한 바퀴 돈 모양이다. 이렇게 나
는 제자리에 와 있어.

올버니 (에드거에게) 자네의 거동만 보고서도 어딘지 고귀한 가문의 태생임을 알아
볼 수 있었네. 자, 이 가슴에 안게 해주게. 만일 내가 한 번이라도 자네나 자네
부친을 미워했다면, 슬픔 때문에 이 가슴이 둘로 쪼개져도 좋네.

에드거 공작님, 잘 알고 있습니다.

올버니 지금까지 어디에 숨어 있었는가? 어떻게 부친의 불행을 알았는가?

에드거 그 불행을 보살펴왔습니다. 간단히 말씀드리겠습니다. 그리고 다 말씀드
리고 나면, 아, 심장이 터져도 상관없습니다! 가혹한 선고가 내린 뒤에 바싹
뒤쫓아 오는 포졸의 눈을 피해서 ─ 아, 목숨은 소중합니다. 단번에 죽느니보
다는 일각일각 죽음의 고통을 당하더라도 연명하려고 합니다! ─ 생각한 바
있어 누더기를 입고, 개도 깔보는 꼴로 미친 거지로 변장을 했지요. 그런 꼴로

우연히 아버님을 만났는데, 그때 그분의 피를 흘리는 눈구멍은 보석 같은 두 눈알을 갓 잃고 난 때였습니다. 그 후로 그분의 손을 이끌고, 길잡이가 되어 그분을 위해서 동냥도 하고 절망으로부터 구원도 해드렸습니다. 반시간 전 갑옷을 입을 때까지는 그간 쭉 이름을 밝히지 않았습니다만, 지금 생각하니 큰 잘못이었습니다. 그런데 이번 이 결투에 있어, 이기리라고는 생각하면서도 승패의 판가름이기에 어딘지 불안하여, 부친께 축복을 구하고 지금까지의 자초지종을 얘기했지요. 그랬더니 이미 금이 가 있는 부친의 심장은 기쁘고도 슬픈 감정의 충격을 감당하지 못하셨던지…… 기쁨과 슬픔 양 극단의 격정 사이에서 빙그레 웃으며 숨을 거두고 마셨습니다.

에드먼드 그 이야기에는 나도 감동했소. 이제 나도 개과천선할 수 있을 것 같소. 다음을 계속해주시오. 이야기가 더 있을 것 같소.

올버니 슬픈 이야기일 테지. 더 얘기 말게. 그 이야기만으로도 나는 눈물이 쏟아질 것 같으니.

에드거 슬픔을 싫어하는 사람에게는 이것이 끝으로 보이겠지만, 또 하나 이야기가 있습니다. 이것을 자세히 말하면 벌써 많은 슬픔에다 슬픔을 더하여 극도의 슬픔이 될 것입니다. 제가 통곡을 하고 있는데 누가 나타났습니다. 이분은 이전에 저의 비참한 거지꼴을 봤을 때는 소름이 끼치는 듯 저를 피했던 분인데, 이때는 슬픔을 참고 있는 사람이 누군지를 알아보고, 억센 두 팔로 내 목에 매달리고 하늘을 찢을 듯이 통곡하며 몸을 제 부친의 시체 위에 내던지고 리어 왕과 자기의 슬픈 신상을 이야기했는데, 그렇게도 슬픈 이야기는 세상에 둘도 없습니다. 그 이야기를 하면서 그분은 슬픔을 감당하지 못하여 당장에 생명의 줄이 끊어질 것만 같았습니다. 그때 두 번째 나팔 소리가 들렸기 때문에 그분을 실신한 채 놔두고 이곳으로 나왔습니다.

올버니 그분은 대체 누구지?

에드거 켄트 백작, 추방당한 켄트 백작입니다. 변장을 하고, 자기를 적대시한 왕을 따라 노예로서도 하지 못할 시중을 들어온 분입니다.

신사, 피가 묻은 단검을 들고 등장.

신사 큰일 났습니다! 아, 큰일 났습니다!

에드거 뭐가 큰일 났단 말이오.

올버니 빨리 말해.

에드거 무슨 일이오, 그 피 묻은 칼은?

신사 아직 따뜻하고 김이 오릅니다. 지금 막 가슴에서 뽑아 왔습니다……. 아, 돌아가셨습니다.

올버니 누가? 빨리 말해!

신사 마님, 마님께서! 그리고 동생도 마님에게 독살당했습니다. 마님이 그렇게 자백했습니다.

에드먼드 나는 둘에게 다 결혼 약속을 해놓았으니 이제는 셋이 같이 혼례를 올릴 차례구나.

에드거 켄트 백작이 오십니다.

켄트 등장.

올버니 죽었든 살았든 두 사람을 이리 옮겨 오너라. (신사 퇴장) 이 천벌은 우리를 떨게는 할지언정 우리에게 연민의 정을 일으켜주지는 않는다. (켄트를 보고) 아, 이분이 그분인가? 실례가 되는 줄 알면서도 사태가 이러하니 인사말은 줄이겠습니다.

켄트 주군이신 폐하께 영원한 작별을 하러 왔습니다. 여기 안 계십니까?

올버니 큰일을 잊고 있었소! 말해라, 에드먼드, 왕은 어디 계신가? 그리고 코델리
아는? (하인이 거너릴과 리건의 시체를 운반해 온다.) 켄트 백작, 저걸 보시오.

켄트 아아, 이게 웬일입니까?

에드먼드 아무튼 이 에드먼드는 사랑을 받았소. 나 때문에 언니는 동생을 독살하
고, 그리고 자살을 했소.

올버니 사실이 그렇소. 시체의 얼굴을 덮어라.

에드먼드 숨이 차오는구나. 난 이제까지 나쁜 일만 해왔지만, 죽기 전에 하다못해
한 가지라도 좋은 일을 해두고 싶소. 성으로 빨리 사람을 보내시오. 급히 보내
시오. 리어 왕과 코델리아를 죽이라는 명령이 내려 있소. 늦지 않게 빨리 보내
시오.

올버니 뛰어가라, 뛰어가라, 아, 빨리 뛰어가라!

에드거 누구에게 가야 합니까? (에드먼드에게) 누가 명령을 맡았어? 명령을 취소할
증거를 줘.

에드먼드 잘 생각해내셨소. 이 칼을 가지고 가서 대장에게 주시오.

올버니 빨리 뛰어가라, 목숨을 걸고 빨리! (에드거 퇴장)

에드먼드 당신 부인과 내가 명령을 내려 보냈습니다. 코델리아를 감옥 속에서 교
살해놓고, 절망한 나머지 자살한 것처럼 뒤집어씌우도록 하라는 명령을.

올버니 신들이여, 코델리아를 지켜주소서! 저 사람을 데리고 나가라. (시종들이 에
드먼드를 메고 나간다.)

리어 왕이 절명한 코델리아를 두 팔에 안고 등장. 대장 기타 뒤따라 등장.

리어 왕 울부짖어라, 울부짖어라, 울부짖어라! 너희들은 목석 같은 인간들이냐!

내가 너희들 같은 혀와 눈을 가졌다면 이것들을 사용하여 창공이 무너지도록 저주를 해줄 텐데! 이 애는 죽어버렸다. 사람이 죽었는지 살아 있는지는 나도 안다. 이 애는 죽어서 흙같이 돼버렸다. 거울을 빌려줘. 거울이 입김으로 흐려지든지 희미해지든지 하면, 아직 살아 있는 거야.

켄트 이것이 이 세상의 종말인가?

에드거 또는 그 가공할 날의 그림자를 보고 있는 걸까?

올버니 하늘도 무너지고 시간도 멈춰버려라!

리어 왕 이 깃털이 움직인다. 이 애는 살아 있다. 만약 살아 있다면 이제까지 내가 겪은 불행은 죄다 보상될 것이다.

켄트 아, 고정하십시오!

리어 왕 저리로 가줘!

에드거 폐하의 충신 켄트 백작입니다.

리어 왕 다들 뒈지거라, 네놈들은 다 살인자, 반역자다! 나는 이 애를 살릴 수 있었는데, 이제는 모두 끝났어! 코델리아, 코델리아, 아직 가면 안 된다. 잠깐 기다려라, 앗! 말을 하나? 이 애의 목소리는 언제나 부드럽고 상냥하고 나직했지. 여자로서는 더할 나위 없었지. 너를 목 졸라 죽인 그 노예놈은 내가 죽여버렸다.

대장 그렇습니다. 폐하께서 죽여버렸습니다.

리어 왕 내가 그랬다고? 나도 한때는 날카로운 큰 칼을 휘둘러서 닥치는 대로 몰아내던 일이 있었지. 그러나 이젠 늙고, 이렇게 고생을 해온 탓으로 기운이 빠졌어. 너는 누구냐? 눈이 잘 보이지 않는구나. 허나 곧 알아볼 수 있을 거야.

켄트 운명의 신이 더없이 사랑하고 더없이 미워한 사람이 둘 있었다고 한다면, 폐하와 저는 서로가 그 한 사람을 보고 있는 셈입니다.

리어 왕 눈이 잘 보이지 않아. 너는 켄트가 아닌가?

켄트 네, 그렇습니다. 폐하의 신하 켄트입니다. 폐하의 신하 카이어스는 어디 있습니까?

리어 왕 그놈은 좋은 놈이야, 정말이야. 그놈은 칼을 잘 쓰지. 날쌔고, 놈도 죽어서 썩어버렸어.

켄트 아닙니다. 죽지 않았습니다. 제가 바로 그 카이어스입니다.

리어 왕 그럼 곧 알게 되겠지.

켄트 불우하게 되신 시초부터 폐하의 슬픈 발자국을 줄곧 따라다닌 사람입니다.

리어 왕 참 잘 왔다.

켄트 제가 바로 그 사람입니다. 이 세상엔 이제 기쁨도 없고 암흑 같은 죽음의 세계입니다. 손위 따님 두 분은 스스로 목숨을 끊고 자포자기의 최후를 마쳤습니다.

리어 왕 음, 그랬을 거야.

올버니 지금 형편으로는 어떤 것도 잘 모르시는 모양이오. 이래서는 우리들의 이름을 대드려도 소용없어.

에드거 아무 소용없습니다.

대장 등장.

대장 에드먼드님이 돌아가셨습니다.

올버니 이런 때에 그런 것은 대수롭지 않아. 귀족이며 나의 친구이신 두 분은 나의 의도를 알아두시오. 실의에 빠진 이 왕을 도와드리기 위해서라면 어떤 수단이라도 강구하겠습니다. 나로서는 노왕이 생존해계시는 동안은 나의 통치권을 돌려드리겠습니다. (에드거와 켄트에게) 그리고 두 분께는 본래의 권리 외에도, 이번의 공훈에 충분히 보답될 만한 여러 영예와 특권을 수여하겠습니다. 친구는 모두 공적으로 해서 상을 받을 것이며, 원수는 모두 처벌의 고배를 맛보게 될 것이오. 저런, 저런!

리어 왕 나의 귀여운 것이 목 졸려 죽었다! 인제, 인제, 생명은 끊어졌어! 개나 말이나 쥐에게도 생명은 있는데, 왜 너는 숨도 안 쉬느냐, 너는 이제 돌아오지 않는구나. 영영, 영영, 영영! 이 단추 좀 풀어다오. 고맙다. 이걸 봐라! 이 애 얼굴을! 이 애 입술을, 이걸 봐라, 이걸!

에드거 기절하셨습니다. 정신 차리십시오, 폐하!

켄트 가슴이 터질 것 같구나! 어서 터져버려라.

에드거 얼굴을 드십시오, 폐하.

켄트 영혼을 괴롭히지 마시오. 왕생하시도록 놔두시오. 이 완고한 현세라는 고문대 위에서 이 이상 수족을 고문당하는 것을 오히려 원망하실 겁니다.

에드거 정말 운명하셨습니다.

켄트 용케 지금까지 오래 견디셨습니다. 천수天壽 이상으로 연명하셨습니다.

올버니 유해를 내가거라. 우리들의 당면한 임무는 온 나라가 그분의 죽음을 애도하는 것이오. (켄트와 에드거에게) 나의 마음의 벗인 두 분은 이 나라를 다스리시고 어지러운 국토를 회복시켜주시오.

켄트 저는 곧 길을 떠나야 합니다. 주인님이 부르시니 마다할 수 없습니다.

에드거 이 비통한 시대의 고통을 우리는 달게 받아야 합니다. 어떤 말이 이 자리에 어울릴지는 모르겠으나 우리는 가슴에 느껴지는 생각을 서로 말합시다. 가장 늙으신 분이 가장 많이 참으셨습니다. 우리 젊은이들은 이만큼 고생도 하지 않을 것이요, 또 이만큼 오래 살지도 못할 것입니다.

(모두 퇴장. 장송곡.)

MACBETH

맥베스

맥베스

장소

스코틀랜드 및 잉글랜드

등장인물

던컨 | 스코틀랜드 왕

맬컴, 도날베인 | 왕자

맥베스 | 장군, 뒤에 스코틀랜드 왕

맥베스 부인

뱅코 | 장군

플리언스 | 뱅코의 아들

맥다프, 레녹스, 로스, 맨티스, 앵거스, 케스네스 | 스코틀랜드의 귀족

맥다프 부인

소년 | 맥다프의 아들

시워드 | 노덤벨런드 백작, 잉글랜드 군의 장군

젊은 시워드 | 시워드의 아들

시튼 | 맥베스의 휘하 장교

부대장部隊長

문지기

노인

맥베스 부인의 시녀

시의侍醫 | 스코틀랜드 왕실 의사

자객 세 사람

전의典醫 | 잉글랜드 왕실 의사

마녀魔女 세 사람

헤카테 | 지옥의 마귀

환영幻影

그 밖에 귀족, 신사, 장교, 병사, 시종, 사자

ACT 1

1

[제1막 제1장]

황야.

천둥, 번개. 마녀 셋 등장.

마녀 1　언제 우리 셋이 다시 만날까? 천둥 울릴 때, 번개 칠 때, 아니면 비 올 때?

마녀 2　법석이 끝나고, 싸움의 승부가 끝난 다음에.

마녀 3　그건 해지기 전이 될 거야.

마녀 1　장소는?

마녀 2　그 들판.

마녀 3　거기서 맥베스를 만나자.

마녀 1　곧 갈게. 늙어빠진 고양이야!

마녀 2　두꺼비가 부르는구나.

마녀 3   곧 간다니까! 모두 고운 건 더럽고, 더러운 건 곱다. 자아, 날아서 가자,
안개 속 탁한 공기 속을 헤치고. (안개 속으로 사라진다.)

2

[제1막 제2장]
포레스 부근의 진영陣營.
나팔 소리. 던컨 왕이 왕자 맬컴과 도날베인, 귀족 레녹스 및 시종들을 거느리고 등장. 다른
쪽에서 부상 입은 부대장이 나온다.

던컨   온통 피투성이가 된 저 사람은 도대체 누구냐? 저 모습으로 보아, 저 사람은
　　　잘 알고 있겠구나, 반란군의 움직임을. 새로운 정보를 들을 수 있겠군!
맬컴   바로 저 사람입니다, 제가 포로가 될 뻔했을 때 훌륭한 무사답게 용감히 싸
　　　워 위기에서 구해준 이가. 여어, 잘 왔소. 용감한 친구! 그대가 보고 온 전황戰
　　　況을 빠짐없이 그대로 폐하께 아뢰시오.
부대장   승부는 실로 판단하기 어려웠습니다. 마치 헤엄치던 두 사나이가 기진맥
　　　진하여 서로 부둥켜안고 어쩔 줄 모르듯이. 그 무도한 맥도널드는 — 인간의
　　　온갖 악행을 모조리 한 몸에 지닌 역적인지라 — 서쪽의 여러 섬에서 민병民兵
　　　과 정규병正規兵들을 동원해 왔으며, 게다가 운명의 여신마저 그의 흉책에 추
　　　파를 던지고 역적의 정부情婦가 된 듯싶었습니다. 그러나 어림없는 일, 용감한
　　　맥베스 장군이 그 용맹에 어긋나지 않게 운명을 무시하고 피 묻은 검을 휘둘
　　　러, 무신武神의 총아寵兒답게 적병들을 물리치고 쳐들어가 마침내 적장과 맞섰
　　　습니다. 그리하여 맞서기가 무섭게 다짜고짜 적장의 배에서 턱까지를 한칼에
　　　잘라 그 목을 성벽 위에다 걸어놓았습니다.

던컨 오오, 과연 내 사촌이다! 실로 훌륭하도다.

부대장 하오나 해가 뜨는 동녘에서 배를 난파시키는 폭풍과 무서운 뇌성이 일어나듯, 기쁨이 솟을 듯 보이던 바로 그 샘에서 뜻하지 않은 비운悲運이 솟아오르고 말았습니다. 다름이 아니오라, 폐하! 용기로 무장한 정의의 군이 궤주하는 적병들을 추격하고 있을 때, 때마침 기회를 염탐하고 있던 노르웨이 왕이 신예 무기와 새 병력을 투입하여 공격을 개시해 왔습니다.

던컨 그것을 보고 당황하진 않았는가, 맥베스와 뱅코 두 장군은?

부대장 네. 독수리가 참새에게, 사자가 토끼에게 쫓기는 격이었다고 할까요? 솔직히 아뢰면, 두 장군은 마치 두 배의 탄약을 잰 대포와도 같이 적에게 두 배의 공격을 가했습니다. 피바다에서 목욕을 할 참이었는지, 골고다 언덕을 또다시 이 세상에 재현할 참이었는지 실로 알 수 없을 지경이었습니다. 아아, 이젠 정신이 아찔해지고 상처가 쑤셔서 견딜 수가 없습니다.

던컨 네 보고는 상처에 못지않게 훌륭하고 장하다. 어서 의사를.

(시종이 부대장을 부축하여 퇴장)

로스와 앵거스 등장.

맬컴 로스 영주입니다.

레녹스 당황한 저 얼굴빛! 무슨 심상치 않은 일을 사뢸 것만 같습니다.

로스 폐하의 만수무강을 비옵니다.

던컨 으음…… 로스 영주, 어디서 오는 길이오?

로스 파이프에서 오는 길입니다. 폐하, 그곳은 노르웨이 군의 깃발이 하늘을 위압하여 우리 백성들의 간담을 서늘하게 하고 있습니다. 노르웨이 왕은 저 대역적 코더 영주의 원조를 얻어, 손수 대군을 거느리고 맹공격을 개시해 왔습니다. 그러나 맥베스 장군은 전쟁의 여신 벨로나를 아내로 삼은 저 군신軍神 마르스처럼 갑옷을 몸에 두르고 용감히 맞서, 칼에는 칼로, 완력에는 완력으로, 그의 오만불손을 봉쇄하여 마침내 아군을 승리로 이끌었습니다.

던컨 참으로 다행한 일이오.

로스 그리하여 지금 노르웨이 왕 스위노는 강화를 청하고 있사오나, 아군 측은 세인트 콤 섬에서 노르웨이 왕으로부터 1만 달러의 배상금을 받기 전에는 전사자의 매장조차 허락하지 않겠다고 말하고 있습니다.

던컨 이제는 코더 영주가 짐을 더 이상 배신하지 못할 것이오. 가서 곧 그에게 사형을 선고하오. 그리고 그의 작위를 맥베스에게 내리고 그를 영접해주기 바라오.

로스 황공하옵니다.

던컨 코더가 잃은 것은 맥베스가 얻게 되었다.

(모두 퇴장)

3

[제1막 제3장]

황폐한 광야.

천둥. 마녀 셋 등장.

마녀 1 애, 어딜 쏘다니다 왔니?

마녀 2 돼지 잡으러 갔지.

마녀 3 넌?

마녀 1 뱃사람 여편네가 앞치마 자락에 밤톨을 싸가지고 아기작아기작 먹고 있기에 "좀 다오." 했더니 그 뚱뚱한 계집이 "꺼져, 마녀야!" 하고 소리치지 않겠어? 서방은 알레포에 가 있는데, 타이거 호의 선장이래. 쳇바퀴를 타고 바다를 건너가서 꼬리 없는 쥐로 둔갑해가지고 실컷 곯려줄 테야.

마녀 2 내가 바람을 빌려줄게.

마녀 1 고맙다.

마녀 3 내 바람도 빌려줄게.

마녀 1 그 밖의 바람은 모두 내 손아귀에 있어. 그 바람들이 불어가는 항구란 항구, 뱃사람의 지도에 나와 있는 바람들이 아는 온갖 구석구석, 그곳들은 내 마음대로 불어댈 수가 있지. 그년의 서방을 건초같이 말려놓고 말 테야. 그 녀석의 눈꺼풀 위에 밤이고 낮이고 잠이 깃들지 못하게 해야지. 저주받은 사람 모양 이레 낮 이레 밤의 구구 팔십 일을 배에서 허덕이다 수척하게 여위어 말라비틀어지게 만들어놓고 말 테야. 배를 파선시킬 수는 없지만 폭풍에 실컷 시달리게 하고 말 테야. 이봐, 이것 좀 봐.

마녀 2 어디 봐, 어디?

마녀 1 이건 뱃길잡이의 엄지손가락이야. 고국으로 돌아오다가 파선당하여 물에 빠져 죽은 놈의 거야.

(안에서 북 소리)

마녀 3 북 소리다. 북 소리다. 맥베스가 온다.

셋은 손을 맞잡고 춤추며 점점 빨리 맴돈다.

모두 (노래 부른다.) 운명을 조종하는 자매 셋이서
　　　손에 손을 맞잡고 마음껏 돌자.
　　　바다든 물이든 뜻대로 돌자.

너도 세 번, 나도 세 번, 또 너도 세 번,

그러면 모두 합해 아홉 번이 되누나.

쉬! 마술은 걸렸다.

(별안간 춤을 멈추고 모두 안개 속에 몸을 감춘다.)

맥베스와 뱅코 등장.

맥베스 이렇게 좋은 날에 이토록 나쁜 날씨는 처음 봤는걸.

뱅코 포레스까지는 얼마나 되오? (안개가 차차 걷힌다.) 아니, 저것은 무엇일까? 저
렇게들 말라빠지고, 옷차림이 괴상하니. 지상의 생물 같지가 않은데, 그래도
저기 땅 위에 있잖은가? 그래, 너희들은 살아 있는 것들이냐? 인간과 말을 할
수 있느냐? 내 말을 알아듣는지, 거칠게 튼 손가락을 다들 저마다 시들어빠진
입술에 갖다 대는구나. 여자 같아 보이는데 수염이 나 있으니, 참 알 수가
없군.

맥베스 말을 해봐라. 대체 무엇들이냐, 너희들은?

마녀 1 만세, 맥베스! 만세, 글래미스 영주!

마녀 2 만세, 맥베스! 만세, 코더 영주!

마녀 3 만세, 맥베스! 장차 왕이 되실 분.

뱅코 왜 놀라시오? 두려워하시는구려, 듣기에 그렇게도 좋은 일을. 그런데 대체
너희들은 허깨비냐, 아니면 눈에 나타나 보이는 그대로냐? 나의 귀한 동료를
너희들은 현재의 칭호와 높은 작위와 왕이 될 희망이 있다는 예언으로 환영하
니, 저분은 저렇게 어리둥절하고 있잖느냐? 그래, 나에게는 아무 말도 안 해
줄 테냐? 너희들이 시간 속에 든 씨앗을 꿰뚫어보는 힘을 가지고, 어떤 씨앗
이 자라나고 어떤 씨앗이 자라나지 못하는지를 예언할 수 있거든, 자, 말해봐

라. 너희들의 호의를 청하거나 증오를 두려워할 내가 아니다.

마녀 1 만세!

마녀 2 만세!

마녀 3 만세!

마녀 1 맥베스만은 못하나 위대하신 분.

마녀 2 운이 그만은 못하나 행운이 있으신 분.

마녀 3 왕이 되지는 못하나 자손 대대 왕을 낳으실 분. 그러니, 만세, 맥베스와 뱅코!

마녀 1 뱅코와 맥베스 만세! (안개가 더 짙어진다.)

맥베스 게 있거라, 말이 모호하구나. 똑똑히 말해봐라. 나의 선친 시넬의 사망으로 내가 글래미스 영주가 된 것은 알고 있다만, 코더 영주라니 웬 말이냐? 코더 영주는 아직 당당히 생존해 있지 않느냐? 더구나 왕이 되다니, 코더 영주가 된다는 말보다 더 믿지 못할 일. 대관절 어디서 그런 괴상한 소식을 얻어 왔느냐? 어째서 이 황야에서 길목을 가로막고 이상한 예언을 가지고 인사를 하는 거냐? 자, 말해봐라. (마녀들, 안개 속으로 사라진다.)

뱅코 땅에도 물 위같이 거품이 있는 모양이구려. 지금 저것들 말이오. 대체 어디로 사라져버렸을까?

맥베스 공중으로. 형체가 있는 것같이 보이더니 그만 입김처럼 바람 속으로 사라지고 말았소. 좀 더 잡아두고 싶었는데!

뱅코 실제로 그것들이 눈앞에 나타났던 것일까요? 혹은 우리가 미치는 풀뿌리를 먹고 이성을 마비당한 것은 아니오?

맥베스 장군의 자손들이 왕이 된다고?

뱅코 장군은 장군 자신이 왕이 되신다고 하지 않았소?

맥베스 그리고 코더 영주가 된다고도 그랬소?

뱅코 확실히 그렇게 말했소. 그런데 저들이 누굴까?

    로스와 앵거스 등장.

로스 맥베스 장군, 폐하께서는 장군의 승전을 가상히 여기고 계시오. 더욱이 장
    군이 적중에서 용전하신 보고를 읽으시고는, 경탄과 찬양이 뒤섞인 심정으로
    어찌할 바를 모르셨소. 그냥 묵묵히 다음 전황을 훑어보시고는 장군께서 완강
    한 노르웨이 군 진중에 쳐들어가시어, 닥치는 대로 시체의 산을 쌓으시면서
    도, 조금도 두려워하는 기색이 없었다는 사실을 아시었소. 빗발같이 잇따라
    들어오는 전령傳令들은, 누구나 다 호국의 대공을 이루신 장군에 대한 찬양을
    어전에 퍼붓듯이 아뢰었소.
앵거스 우리 두 사람은 폐하의 치사를 전하고 어전으로 장군을 안내하러 왔을 뿐
    이오. 은상은 따로 분부가 계실 것입니다.
로스 앞으로 더 큰 영예를 내리실 약속조로 장군을 코더 영주라고 부르라고 분부
    하셨습니다. 그러니 축하를 드리오, 코더 영주님.
뱅코 아니, 마귀의 말이 들어맞다니?
맥베스 코더 영주는 생존해계시잖소? 왜 내게 남의 옷을 입히려 하시오?
앵거스 코더 영주였던 그분은 아직 살아는 있지만, 폐하의 엄벌로 생명을 잃게 되
    었소. 과연 노르웨이 군과 결탁을 했는지, 아니면 비밀 원조와 편의를 반란군
    에 제공했는지, 아니면 그 양쪽 수단을 다하여 국가의 전복을 꾀하였는지 알
    수는 없으나, 아무튼 대역죄가 명백히 규명되어 몰락당했소.
맥베스 (방백) 글래미스와 코더 영주다. 이젠 제일 큰 것만 남아 있구나……. (로스
    와 앵거스에게) 아, 수고들 하셨소……. (뱅코에게) 장군의 자손들이 왕이 된다는
    것도 거짓말은 아니겠구려. 내게 코더 영주를 안겨다 준 그것들이 장군께도

그만한 약속을 했으니까!

뱅코 그 말을 곧이들으시면, 코더 영주 외에 왕관까지 욕심이 나시겠습니다. 아무튼 이상한 일이오. 그러나 흔히 악마의 앞잡이들은 사람을 해치고자 하찮은 진실을 가지고 유혹을 하나, 참으로 중대한 순간엔 우리를 배반한다오. 두 분, 잠깐만 이리 좀 오시오. (로스와 앵거스, 뱅코 쪽으로 다가선다.)

맥베스 (방백) 두 가지는 맞았다. 왕위를 건 웅장한 무대의 멋진 서막이랄까? (큰 소리로) 두 분 수고하셨소. (방백) 이 이상한 유혹은 흉조도 길조도 아니다. 만일 그것이 흉조라면 먼저 진실을 보여 미래의 성공을 보증할 리는 만무할 게 아닌가? 나는 코더 영주가 되었다. 그러나 그것이 만약 길조라면 왜 내가 그런 유혹에 빠지는 걸까? 그 무서운 환상에 머리칼이 곤두서고, 안정된 나의 심장은 갈빗대를 두드리며, 평소의 내 심정이 아니잖은가? 마음속 공포에 비한다면 눈앞의 불안쯤은 문제도 아니다. 아직은 공상에 불과하면서, 살인이란 생각은 내 약한 인간성을 왜 이리 뒤흔드는지, 심신心身의 기능이 망상 때문에 마비되고, 환상밖에는 아무것도 눈앞에 보이지가 않는구나.

뱅코 저것 좀 보시오. 내 동료는 무언가를 정신없이 생각하고 있구려.

맥베스 (방백) 만일 운명이 나를 왕이 되게 한다면, 내가 가만있어도 운명이 내게 왕관을 갖다 줄 게 아닌가?

뱅코 새 영예는 내렸으나 새로 입은 의복처럼 몸에 잘 맞지 않는가 보군. 한참 입어서 익숙해져야지.

맥베스 (방백) 제기랄, 될 대로 되라지. 아무리 험악한 날이라도 시간은 지나간다.

뱅코 맥베스 장군, 이젠 가보실까요?

맥베스 아, 용서하시오. 멍하니 잊었던 일을 돌이켜 생각하고 있던 참이었소. 두 분의 수고는 마음속의 수첩에 적어두고 매일같이 펴 보리다. 자, 폐하를 뵈러 갑시다. (뱅코에게) 오늘 일 잊지 마시오. 잘 생각해두었다가 뒷날 서로 흉금을 터놓고 이야기합시다.

뱅코 잘 알았소.

맥베스 오늘은 이만……. 자, 다들 갑시다.

(모두 퇴장)

4

[제1막 제4장]

포레스, 궁전의 한 방.

나팔 소리. 왕, 맬컴, 도날베인, 레녹스, 시종들 등장.

던컨 코더의 사형은 집행했는가? 집행자는 아직 돌아오지 않았는가?

맬컴 네, 아직 돌아오지 않았습니다. 그러나 사형을 목격한 사람의 말을 전해 듣
자면, 코더는 대역의 죄상을 솔직히 인정하고, 폐하의 대사大赦를 애원하며 깊
이 참회의 뜻을 나타냈다 합니다. 더욱이 그 최후의 태도는 전 생애를 통하여
가장 훌륭한 것이었다고 합니다. 마치 죽음의 장면을 연습이라도 해둔 것처럼
소중한 생명을 초개처럼 버리고, 태연스럽게 세상을 하직했다고 합니다.

던컨 얼굴만 보고는 사람의 마음속을 알아볼 길이 없구나. 그는 바로 짐이 가장
신임하였던 사람이 아니냐.

맥베스, 뱅코, 로스, 앤거스 등장.

던컨 오, 맥베스인가! 그대에 대한 망은의 죄를 지금도 짐은 미안하게 생각하고
있던 중이오. 그대의 공적은 너무 앞질러 나아가기 때문에 아무리 날개가 빠

른 은상일지라도 따라갈 수가 없구려. 차라리 적이 좀 더 적었다면 짐이 충분한 감사와 보답을 할 수 있었을 텐데 말이오! 결국 장군의 공적은 어찌나 큰지 무엇을 가지고도 보답하기 어렵다고 할 수밖에 없구려.

맥베스 소신의 충근忠勤은 신하 된 자의 본분인즉, 의무로써 이를 수행하는 기쁨이 곧 포상인가 합니다. 폐하께서는 오직 신들의 의무를 받아들이시기만 하면 되시옵니다. 신들은 국왕의 신하, 국가의 충복으로 매사에 폐하의 은총을 입고 있사오니 그 보답으로 저희 할 일을 다하고 있을 따름입니다.

던컨 잘 왔소. 이제 그대에게 새 지위를 주었으니, 잘 성장하도록 짐도 힘을 기울이겠소. (뱅코에게) 뱅코, 그대의 공적도 못지않소. 세상은 이를 마땅히 인정해야 할 것이오. 자, 이 가슴속에 꼭 안게 해주오.

뱅코 폐하의 품안에서 소신이 성장한다면, 그 수확은 폐하께 바치겠습니다.

던컨 기쁨이 넘쳐흘러 몸 둘 바를 몰라, 도리어 슬픔의 눈물 속으로 숨고자 하는구려……. 왕자들이여, 가까운 친척들이여, 영주들, 그 밖의 측근 여러분들이여! 지금 선포하노니, 맏아들 맬컴을 태자로 책봉하여 앞으로는 컴벌랜드 공이라고 부르겠소. 물론 이 영광은 태자 한 사람이 지닐 것이 아니라, 수많은 영예가 모든 공신들 위에 무수한 별과 같이 빛을 내게 하리라……. (맥베스에게) 그럼 이제부터 장군의 성 인버네스로 행차하여 더 수고를 끼쳐야겠소.

맥베스 휴식보다도 일을 하는 편이 폐하를 위하는 길이라면 더욱 행복합니다. 소신은 즉시 앞질러가서 폐하의 행차를 알려 아내를 기쁘게 해주겠습니다. 그럼, 이만 물러가겠습니다.

던컨 믿음직하오, 코더 영주.

맥베스 (방백) 컴벌랜드 공이라! 이 한 계단! 내가 헛디뎌서 엉덩방아를 찧느냐, 아니면 뛰어넘느냐. 어쨌든 내 앞길을 가로막고 있다. 별들아, 빛을 감추어라! 빛은 나의 지옥같이 시커먼 야망을 엿보지 말고, 눈은 손이 하는 짓을 보지 마

라. 그러나 단행해야 한다, 눈이 그 결과를 보면 질겁할 일을. (퇴장)

던컨 사실 그렇소, 뱅코. 맥베스는 참으로 용감한 위인이오. 그 사람을 칭찬하는 소리를 들으면 짐은 만족을 느끼오, 향연을 받는 것과도 같이. 자, 뒤를 따릅시다. 저렇듯 앞서 가서 환대할 준비를 하겠다는구려. 그는 내 친척 중에 누구보다도 훌륭한 사람이오. (나팔 소리, 모두 퇴장)

5

[제1막 제5장]

인버네스, 맥베스의 성 앞.

맥베스 부인, 편지를 들고 읽으며 등장.

맥베스 부인 (편지를 읽는다.) "그것들을 만난 것은 개선하던 날이었소. 완전히 신뢰할 만한 정보에 의하여 후에 알았지마는, 그들은 인간 이상의 불가사의한 지혜를 지닌 자들이오. 좀 더 자세히 묻고 싶은 마음에 불탔는데, 그들은 홀연히 공중으로 사라져버렸소. 그래서 내가 놀라움에 잠겨 망연히 서 있노라니, 그때 마침 폐하의 사신이 와서, 나를 〈코더 영주〉라고 부르며 축하했소. 앞서 그 운명의 마녀들이 이 칭호로 내게 인사를 하였고, 〈만세, 머지않아 왕이 되실 분!〉이라고 예언을 해주었던 것이오. 나는 가장 사랑하는 당신에게 이 일을 알리는 게 좋겠다고 생각했소. 당신의 미래에 약속된 영광을 당신이 알지 못하고, 따라서 응당 누릴 기쁨을 잃어서는 안 된다고 생각했기 때문이오. 이 일을 명심해두기 바라오. 이만." 당신은 글래미스 영주이며 또한 코더 영주가 되셨습니다. 그러니 예언된 지위도 장차 차지하게 될 것입니다. 하지만 당신의 성품이 염려돼요. 당신은 본디 인정이라는 달콤한 젖이 많아 지름길을 취하지

는 못하는 위인. 당신은 훌륭하게 되길 원하며 야심이 없는 것도 아니지만, 그
것에 필요 불가결한 잔인성이 없어요. 높은 지위는 탐이 나면서도 신성하게
얻으려 하고, 나쁜 짓을 하기는 싫으면서 어떻게 해서라도 이기고 싶어하는
분이에요. 글래미스 영주님, 당신이 소원하는 그것이 이렇게 외치고 있습니
다. 〈소원하거든 단행하라〉고. 그런데 당신은 단행하기가 무서운 거예요, 단
행하고 싶지 않은 것이 아니라. 어서 돌아오세요. 저의 결심을 당신 귀에 불어
넣어드리겠어요. 그리고 이 혀의 채찍을 휘둘러 혼을 내줄 거예요, 당신으로
부터 황금의 관을 방해하는 모든 것들을. 지금 운명과 마력은 서로 협력하여
그 금관을 당신 머리 위에 씌워주려고 하지 않습니까?

하인 등장.

맥베스 부인 무슨 일이냐?

하인 폐하께서 오늘 밤 이곳으로 행차하신다는 분부십니다.

맥베스 부인 무슨 정신 나간 소리! 영주님은 폐하와 함께 오시지 않는단 말이냐?
그렇다면 준비를 하라고 미리 기별이 있었을 텐데.

하인 죄송합니다만 사실입니다. 영주님께서도 지금 함께 돌아오시는 중이랍니
다. 저의 동료 한 사람이 영주님을 앞질러 방금 도착했는데, 숨이 끊어질 듯
헐떡거리며 간신히 이 소식만 전했습니다.

맥베스 부인 그를 잘 보살펴주어라. 굉장한 소식을 전해 왔구나. (하인 퇴장) 까마
귀까지도 목쉰 소리로 울어대는구나, 던컨 왕이 죽으러 이 성에 들어온다
고……. 자, 악심惡心을 돕는 악령들아, 나에게 있는 이 여자의 마음을 버리게
하고, 이 머리 꼭대기에서 발끝까지 잔인한 마음으로 가득 차게 해다오! 온몸
의 피를 혼탁하게 하여 회한의 길을 틀어막고, 연민의 정이 흉악한 계획을 동

요시키지 못하게 하여, 실행과 계획 사이에 타협이 오가지 않도록 해다오. 자, 살인의 악마들아, 이 품안에 들어와 내 젖을 담즙으로 바꾸어다오. 너희들은 도처에서 보이지 않는 형체로 인간의 재앙을 돕지 않느냐! 어두운 밤아, 오너라. 어서 와서 네 자신을 지옥의 시커먼 연기로 휩싸거라. 나의 예리한 칼이 낸 상처를 칼 자신도 보지 못하도록. 그리고 하늘이 암흑의 장막 사이로 들여다보면서 "안 돼, 안 돼!" 소리치지 못하도록.

맥베스 등장.

맥베스 부인 글래미스 영주님! 코더 영주님! 장래에는 이보다 더 훌륭하게 되실 어른! 당신의 편지를 읽은 저는 이 미지未知의 현재를 뛰어넘어 대뜸 황홀한 미래로 뛰어든 듯한 심정입니다.

맥베스 나의 사랑하는 부인, 던컨 왕이 오늘 밤 이곳에 행차하시오.

맥베스 부인 그러면 언제 이곳을 떠나실 예정이십니까?

맥베스 내일이오, 예정은.

맥베스 부인 (얼굴이 질린다.) 오, 태양은 영원히 그 내일을 보지 못할 것입니다! 나의 영주님, 당신의 얼굴은 수상한 내용이 적혀 있는 책 같아요. 세상을 속이려면 세상 사람들과 같은 얼굴을 하고, 눈과 손과 혀에 환영의 표정을 나타내세요. 겉으로는 무심한 꽃같이 보이게 하고, 그 꽃 밑에 숨은 독사가 되세요. 찾아오는 손님을 맞을 준비를 해야지요. 오늘 밤 큰일은 제게 맡기세요. 성공하면 앞으로 평생 밤낮 없이 왕권과 지배력은 우리의 것이 됩니다.

맥베스 이따가 다시 의논합시다.

맥베스 부인 그저 명랑한 얼굴을 하세요. 수상한 표정은 마음속에 두려움이 있다는 증거입니다. 모든 일은 제게 맡기세요. (두 사람 퇴장)

6

[제1막 제6장]

같은 곳.

오보에 소리와 함께 던컨 왕, 맬컴, 도날베인, 뱅코, 레녹스, 맥다프, 로스, 앵거스, 시종들 등장.

던컨 이 성은 좋은 곳에 자리 잡고 있소. 공기가 맑고 상쾌하여 기분이 좋구려.

뱅코 사원을 찾아오는 저 여름의 길손인 제비가 저렇게 집을 지어놓은 것을 보니, 이 부근 하늘의 미풍이 향기로운 모양입니다. 추녀 끝, 서까래 옆, 벽 받침, 그 밖의 구석구석 어디에나 집을 지어 요람을 만들고 있습니다. 제비들이 모여들어 새끼를 치는 곳치고 공기가 상쾌하지 않은 곳은 없습니다.

맥베스 부인 등장.

던컨 오! 이 댁 부인이 나오는구려! (부인을 향하여) 호의도 지나치면 때로는 귀찮을 수도 있으나, 역시 호의는 기쁘게 마련이오. 그러니 부인께 수고를 끼치는 짐을 위하여 신의 축복을 빌어주고, 귀찮게 하는 짐에게 감사를 해야 할 것이오.

맥베스 부인 왕실에 대한 저희들의 봉사, 그 하나하나를 배로 하고 그것을 또 배로 하더라도 폐하께서 저희 집에 내려주신 넓고 깊은 영예에 비하면 오직 빈약하고 하찮을 뿐입니다. 종전의 직위에다 이번에 또 직위를 하사하시었으니, 저희는 이 은혜를 어떻게 갚아야 할지 모르겠습니다.

던컨 코더 영주는 어디 있소? 즉시 그의 뒤를 쫓아와 먼저 도착하여 그를 맞이할 생각이었으나, 워낙 승마에 능한 데다 충성심이 박차를 가하여 결국 영주가 먼저 도착하고 말았구려. 아름답고 기품 있는 부인, 오늘 밤은 댁의 손님이 되 겠소.

맥베스 부인 폐하의 종복인 저희들은 저희 집 가신家臣, 저희 자신, 그리고 저희들 의 재산 할 것 없이 모두 폐하로부터 빌어 가지고 있는 것이오니, 분부가 계시 면 언제라도 도로 바칠 생각이옵니다.

던컨 자, 손을 이리. 주인께 짐을 안내하오. 짐은 그를 극진히 사랑하오. 앞으로 도 그에 대한 짐의 총애는 영원히 변치 않을 것이오. 자, 그러면 실례하겠소, 부인. (왕은 맥베스 부인의 손을 잡고 성 안으로 들어간다.)

7

[제1막 제7장]

맥베스 성의 안뜰.

노천露天. 안쪽 좌우에 입구. 왼편 입구는 성문으로 통하고, 오른편 입구는 성 안의 방으로 통한다. 이 좌우의 입구 사이, 정면 안쪽에는 커튼이 쳐진 제3의 입구가 있고, 반쯤 열린 그 커튼 사이로 그 방의 내부가 보이는데, 거기에는 2층으로 통하는 계단이 있고, 그 계단 전면 벽 앞에는 의자와 탁자가 놓여 있다. 오보에 소리와 횃불. 접시와 식기 등을 든 하인들이 무 대를 가로질러 간다. 이들이 오른편 입구를 출입할 때마다, 안에서 축연 소리가 떠들썩하게 새어 나온다. 이윽고 맥베스가 등장한다.

맥베스 단행해서 일이 끝난다면 당장 단행함이 좋을 것이다. 암살이 사후 사태를 일망타진하고, 왕의 절명으로 모든 일이 결말난다면, 그리고 또 이 일격으로 모든 것이 해결되기만 한다면 ── 현세, 그렇다, 시간의 이쪽 언덕이고 여울인 현세만으로 끝이 난다면 내세쯤은 무시해버릴 수 있잖겠는가? 그러나 이런 일은 반드시 현세에서 심판을 받기 마련인 것 — 살생이란 한번 본보기를 보여주면 그걸 배워가지고, 반대로 가르친 자에게 되갚아준다. 그리하여 이 공정한 정의의 손은 독배毒盃를 마련한 자의 입에 퍼부어 넣는다. 왕은 나를 굳게 믿고 이곳에 왔다. 첫째, 나는 그의 가까운 친척이요, 신하이니, 어느 모로 보나 도저히 시역弑逆은 안 될 말, 또한 나는 주인으로써 문을 닫아걸고 암살자를 막아내야만 옳을 터인데 나 자신이 칼을 들려 하다니. 더욱이 던컨 왕은 온화한 왕이며 대임 수행에 전혀 오점이 없으니, 지금 그를 살해한다면 평소의 덕망은 천사가 부는 나팔과도 같이 그 대죄를 천하에 호소할 것이다. 그리하여 사람들의 가슴에 깃드는 연민의 정은 열풍을 타고 태어난 벌거숭이 갓난아이나 눈에 보이지 않는 천마天馬를 탄 천사같이 그 가공할 악행을 모든 사람들 눈 속에 남김없이 불어넣어, 폭풍도 잠재울 눈물의 억수를 쏟게 할 것이다. 나의 계획에 박차를 가할 자극이 없어지고 만다. 있는 것이라곤 날뛰는 야심뿐, 도가 지나치면 저편으로 나가떨어지고 말 것이다.

맥베스 부인 등장.

맥베스 웬일이오? 무슨 일이 생겼소?

맥베스 부인 지금 식사가 끝나갑니다. 왜 자리를 뜨셨어요?

맥베스 폐하께서 나를 부르셨소?

맥베스 부인 부르셨어요, 모르고 계셨나요?

맥베스 이 일은 더 추진하지 맙시다. 이번에 폐하는 내게 영예를 내렸소. 게다가 나는 모든 사람들로부터 황금의 인기를 얻고 있소. 모처럼 손에 넣은 새로운 광채의 의복을 입어보지도 않고 일부러 팽개쳐버릴 필요는 없지 않소?

맥베스 부인 그럼, 지금까지 지니고 있던 희망은 술에 취하여 잠을 자고 있었나요? 그래서 이제야 잠에서 깨어나 전에는 대담한 눈으로 보던 것을 그렇게 파랗게 질린 얼굴로 보십니까? 저도 이제부턴 당신의 애정이 그런 것인 줄로 알겠어요. 당신은 마음속으론 갈망하고 있으면서도, 용감하게 행동으로 나타내기를 겁내고 계시지요? 인생의 꽃이라고 생각하는 그것을 갖고는 싶으면서도, 당신은 스스로 비천한 생활을 앞으로 계속해나가겠단 말씀이세요? 속담에 나오는 저 가련한 고양이처럼 〈탐은 나지만〉 그러나 〈안 되지〉 하고 그만두겠단 말씀인가요?

맥베스 여보, 좀 조용히 하오. 나는 인간다운 짓이라면 뭐든지 하겠소. 그러나 그 이상의 짓을 하는 놈은 인간이 아니오.

맥베스 부인 그러면 당신은 이 계획을 제게 알릴 때 무슨 짐승이셨나요? 당신이 그런 결심을 말씀하셨을 때야말로 훌륭한 대장부셨어요. 그러니 그때 이상의 존재가 되면 더한층 대장부답게 되십니다. 그때는 시간과 장소가 모두 여의치 않았는데도 당신은 그 두 가지 조건을 다 만들려고 결심하고 계셨어요. 이제는 그 두 가지가 다 갖추어지고 기회가 무르익었는데 당신은 그만 용기를 잃어버리시는군요. 저는 젖을 먹여보아서, 자기 젖을 빠는 아기가 얼마나 귀여운지를 잘 알고 있습니다. 그러나 갓난것이 엄마의 얼굴을 보며 방글방글 웃고 있을지라도, 보드라운 잇몸에서 젖꼭지를 잡아 **빼고** 그 머리통을 박살낼수 있어요. 만일 제가 당신처럼 그렇게 맹세를 했다면 말예요.

맥베스 그러나 만일 실패하면?

맥베스 부인 실패라니요? 용기를 짜내야 해요. 그러면 실패는 없을 거예요. 왕이 잠들면 ── 그 침실을 지키는 두 사람을 제가 포도주로 취하게 해놓겠어요. 그러면 뇌수를 지키는 기억력은 연기같이 몽롱해지고, 이성理性의 그릇은 증류기같이 되고 말 거예요. 이렇게 두 사람이 죽은 듯이 취해 쓰러져서 돼지처럼 잠들어버리면, 당신과 저 둘이서 무슨 짓인들 못 하겠어요? 상대는 무방비 상태인 던컨 왕 혼자뿐인데요. 그리고 시역의 대죄는 만취한 그 두 사람에게 덮어씌울 수 있지 않겠어요?

맥베스 당신은 사내아이만 낳으시오! 그 대담한 기질로는 사내아이밖에 만들지 못하겠구려. 그건 그렇고, 왕의 침실에서 함께 자고 있는 두 사람에게 피칠을 해주고 그자들의 단도를 사용한다면, 결국은 그들의 소행으로 생각될 것이다?

맥베스 부인 누구든지 그렇게 생각하고말고요. 더욱이 우리는 왕의 죽음을 전해 듣고서 대성통곡할 것이니까요.

맥베스 결심을 했소. 온몸의 힘을 분기시켜 이 무서운 일을 단행하겠소. 자, 들어가서 온화한 표정으로 가장합시다. 마음속의 허위는 가면으로 숨길 수밖에.

(축하연 자리로 다시 들어간다.)

ACT 2

8

[제2막 제1장]

같은 곳.

한두 시간 뒤. 정면 입구에서 뱅코 등장. 그의 아들 플리언스가 횃불을 들고 부친을 안내한다. 두 사람은 입구를 닫지 않은 채, 무대 정면으로 나온다.

뱅코 몇 시나 되었느냐?

플리언스 (하늘을 쳐다보며) 달은 졌는데, 시간 알리는 소리는 못 들었습니다.

뱅코 달은 자정에 진다.

플리언스 자정은 지났으리라 생각됩니다.

뱅코 애야, 이 검을 좀 받아라……. (단도 혁대를 풀어서 아들에게 맡긴다.) 하늘은 참 인색도 하구나. 별의 촛불을 모두 꺼버리시다니……. 이것도 좀 들어라. 졸음이 무거운 납같이 엄습해 오는구나. 그러나 자고 싶지는 않다. 인자한 천사들아, 부디 망상을 억제해다오. 잠이 들면 살그머니 찾아오는 망상을! (인기척에 깜짝 놀라며) 칼을 이리 다오!

오른편 입구에서 맥베스와 횃불을 든 하인 등장.

뱅코 누구냐?
맥베스 친구요.
뱅코 아니, 아직 안 주무셨소? 폐하는 침실에 드셨습니다. 폐하는 자못 만족하시어, 댁의 하인들에게도 많은 선물을 하사하셨소. 그리고 이 금강석은 극진한 환대를 받은 감사의 표시로, 장군 부인께 내리신 선물이오. 아무튼 무한히 만족스러운 하루를 보내신 것 같소.
맥베스 갑자기 준비하느라 만사가 여의치 않고 부족할 뿐이오. 여유만 있었다면 충분히 환대할 수 있었을 것을.
뱅코 원, 무슨 말씀을, 모든 것이 다 잘되었소. 나는 간밤에 그 운명의 세 마녀 꿈을 꾸었소. 그것들이 한 말이 장군에게 일부 실현되었소.
맥베스 아, 나는 깜빡 잊고 있었구려. 하지만 한 시간쯤 여유가 생기면 그 일에 관해서 같이 좀 상의하고 싶은데, 형편이 어떠신지?
뱅코 언제라도 좋습니다.
맥베스 시기가 왔을 때 나를 지지해주시면 당신께도 보답이 돌아가리다.
뱅코 섣불리 영예를 더하려다가 도리어 잃고 마는 것만 아니라면, 그리고 또 언제까지나 마음의 결백을 유지하며 충성에 결함만 생기지 않는 일이라면, 어느 때라도 상의에 응하리다.
맥베스 그럼, 편히 쉬시오.
뱅코 아, 감사하오. 장군도 편안히! (뱅코와 플리언스, 자기네 방으로 퇴장)

맥베스 여봐라, 가서 마님께 여쭈어라. 술이 마련되거든 종을 쳐주시란다고. 그리고 가서 자거라. (하인 퇴장. 맥베스, 탁자 옆에 앉는다. 그러자 갑자기 허공에 단검의 환상이 보인다.) 아, 저건 단검이 아니냐, 칼자루를 내 손 쪽으로 향하고 이 눈앞에 나타난 것은. 자, 잡아보자. 잡히지 않는구나. 그래도 눈에는 보이는구나. 불쌍한 환상 같으니, 이놈, 실체가 없느냐? 너는 눈에는 보이면서 손에는 잡히지 않는 것이냐? 아니, 마음의 단검, 흥분된 상태에서 생겨난 공상의 산물이냐? 그래도 아직 눈에 보이는구나. (허리에서 자기 단검을 뽑아 든다.) 지금 이 손에 쥔 실물의 단검과 똑같은 형태를 하고 있구나. 그래, 네가 길을 안내하겠단 말이지, 내가 가려는 곳으로. 바로 너다, 내가 쓰려고 생각하고 있는 것은! (의연히 일어선다.) 이 눈이 어떻게 되어버린 것이냐, 아니면 눈만이 멀쩡한 것이냐? 아직도 보인다. 이젠 날과 자루에 피가 생생하게 엉겨 있구나. 아까는 그렇지 않았는데. (제정신으로 돌아온다.) 아니, 그런 것이 있을 리 없다. 잔인한 짓을 계획하니까 그런 것이 눈에 어른거리는 것이다……. 지금 이 세상의 반은 만물이 죽은 듯하고, 장막 속에 든 잠은 악몽에 시달리고 있다. 그리고 마녀들은 파리한 헤카테 여신에게 제사를 드리고 있고, 말라빠진 자객은 파수병 늑대의 울부짖음에 잠이 깨어, 이렇게 살금살금 로마의 정숙한 여자를 능욕하러 간 타이퀸의 걸음걸이로 목표를 향해 간다. 마치 유령처럼. 요지부동한 대지여, 이 발이 어디를 향하든지 발소리를 행여 듣지 말아다오. 발밑의 작은 돌들도 내가 가는 곳을 소문내지 말고, 지금 이 안성맞춤의 처참한 정적을 파괴하지 말아다오. 그러나 이렇게 입으로 위협의 말을 늘어놓아보았자 그는 죽지 않는다. 말은 실행의 열의에다 차디찬 바람을 불어넣어줄 뿐이 아닌가! (안에서 종이 울린다.) 자, 가자, 가면 끝장이 난다. 종이 부르잖는가! 듣지 마라, 던컨, 저 종소리를. 저건 너의 조종弔鐘이다. 너를 천국 아니면 지옥으로 들어가게 하는. (열려 있는 정면 입구로 발소리를 죽이며 들어가 한발 한발 계단을 올라간다.)

9

[제2막 제2장]

같은 곳.

맥베스 부인, 술잔을 들고 오른편 입구에서 등장.

맥베스 부인 침실을 지키는 두 사람을 취하게 한 이 술로 나는 대담해졌다. 술로 그들은 잠이 들었지만, 내 마음은 불타오른다. (멈칫한다.) 무슨 소릴까? 쉿! 저 것은 올빼미, 불길한 한밤중에 날카로운 목소리로 어둠 속에 숨어드는 밤의 인사. 그렇다. 지금 단행하는 중인가 보다. 문은 열려 있다. 두 사람의 호위병 은 자기들 임무도 잊은 채 코만 드르렁거리고 있구나. 술에 약을 탔더니 생과 사가 그들 속에서 싸우고 있구나, 살릴 것이냐, 죽일 것이냐 하고.

맥베스 (안에서) 거기 누구냐? 무엇이냐!

맥베스 부인 어떻게 하나! 그들이 잠을 깬 것이라면. 아직 단행하지 못했는지도 모른다. 하려다가 실패하면 우리는 파멸한다. 쉿! 단검은 두 자루 다 내놓았 으니 그자가 아버님 얼굴과 닮지만 않았던들 내가 해치워버렸을 것을. (부인이 계단 쪽으로 가려다가 돌아서자, 맥베스가 2층 입구에서 나타난다. 그의 양팔은 피투성 이가 되어 있고, 왼손에는 두 자루의 단검이 쥐어져 있다. 휘청거리며 내려온다.) 여보!

맥베스 (중얼거리는 목소리로) 해치웠소……. 무슨 소리가 나지 않았소?

맥베스 부인 올빼미와 귀뚜라미 우는 소리밖에 나지 않았어요. 그런데 당신, 무어 라고 말씀하시지 않았어요?

맥베스 언제?

맥베스 부인 지금 방금.

맥베스 계단을 내려올 때 말이오?

맥베스 부인 네.

맥베스 쉿! (두 사람, 가만히 귀를 기울인다.) 옆방에 자고 있는 사람은 누구요?

맥베스 부인 도날베인이에요.

맥베스 이 비참한 꼴 좀 보라!

맥베스 부인 무슨 그런 어리석은 말씀을. 비참한 꼴이라니요?

맥베스 한 놈은 잠결에 웃고, 한 놈은 "살인이야!" 하고 소리쳤는데 그 바람에 잠을 깨버렸소. 나는 가만히 서서 엿듣고 있었지. 그러나 그들은 기도를 중얼거리고는 다시 잠이 들어버렸소.

맥베스 부인 그 방에는 두 사람이 같이 자고 있었어요.

맥베스 한 녀석은 "신이여, 자비를!" 하고 외치고, 또 한 녀석은 "아멘!"이라고 했소. 이 사형집행리 같은 피 묻은 손을 한 나를 보고나 있는 듯이. "신이여, 자비를!" 하는 그 공포의 부르짖음을 듣고도 나는 "아멘!"이라고 하지 못했소.

맥베스 부인 너무 심각하게 생각하지 마세요.

맥베스 하지만 왜 "아멘!"이라고 하지 못했을까? 나야말로 신의 자비가 절실하게 필요한 사람인데, "아멘!" 소리가 목에 걸려 나오질 않았소.

맥베스 부인 이런 일을 너무 깊이 생각하지 마세요. 그렇게 생각하시다간 미쳐버리겠어요.

맥베스 누가 이렇게 외치는 소리가 들리는 것 같구려. "이젠 잠이 들지 못하리라! 맥베스는 잠을 죽여버렸다."라고……. 아, 천진난만한 잠, 고민으로 엉킨 실타래를 풀어주는 잠, 그날그날의 생명의 죽음인 잠, 노고를 씻어주는 잠, 상처난 마음의 영약靈藥인 잠, 자연이 베푸는 제2의 생명, 인생의 향연에 제일 중요한 자양분인 잠을.

맥베스 부인 그게 어쨌단 말이에요?

맥베스 온 집안을 향하여 자꾸만 "영영 잠들지 못하리라!"라고 외치는구려. "글래미스는 잠을 죽였다. 그러니까 코더는 영영 잠을 자지 못한다!"라고.

맥베스 부인 외치다니, 대체 누가 그런단 말이에요? 이것 보세요, 영주님. 대장부다운 기력을 잃게 되십니다, 그렇게 미칠 듯이 생각을 하면. 자, 어서 물을 떠다가 손에 묻은 그 더러운 핏자국을 씻어버리세요. 그 단검은 왜 가지고 오셨어요? 거기 그냥 놓아두지 않고. 어서 도로 가지고 가서 자고 있는 시종들에게 피칠을 해놓으세요.

맥베스 이젠 못 가겠소. 내가 한 일이 무서워지오. 나는 다시 볼 수가 없소.

맥베스 부인 그렇게 마음이 약하세요? 단검을 이리 주세요. 자는 사람이나 죽은 사람은 그림과 마찬가지예요. 그림에 그려진 마귀를 보고 무서워하는 건 어린 아이들이나 할 짓이에요. 아직 그가 피를 흘리고 있으면 시종들 얼굴에 발라줘야지, 죄를 뒤집어씌울 수 있도록. (부인은 계단을 올라간다. 이때 문 두드리는 소리가 들려온다.)

맥베스 저 문 두드리는 소리는 어디서 나는 것일까? 웬일일까, 소리만 조금 나도 깜짝깜짝 놀라게 되니? 이 손 꼴이 뭐란 말이냐? 눈알이 빠져나오는 것 같구나! 넵튠*의 대양의 물을 다 가지면 내 손의 이 피가 씻어질 수 있을까? 아니다, 오히려 이 손이 망망대해를 붉게 물들여, 푸른 바다를 핏빛으로 만들고 말리라.

맥베스 부인, 문을 닫으며 나온다.

맥베스 부인 제 손도 당신과 같은 빛이 됐어요. 하지만 저의 심장은 당신같이 창백해지지는 않았어요. (문 두드리는 소리) 문 두드리는 소리가 나는군요, 남쪽 문에서. 자, 침실로 물러갑시다. 물만 조금 있으면 죄다 말끔히 씻어질 거예요.

* 로마신화에 등장하는 해신海神

(문 두드리는 소리) 아, 또 문 두드리는 소리가 나는군요. 어서 잠옷으로 갈아입으세요. 만약에 불려 나갈 경우, 아직 안 자고 있었다고 의심받으면 곤란하니까요. 그렇게 맥없이 멍청히 서계시지 마세요!

맥베스 저지른 죄를 인식하느니보다는, 자신을 멍청히 잊고 있는 게 낫지. (문 두드리는 소리) 그 문 두드리는 소리로 던컨을 깨워라. 제발 깨워다오!

10

[제2막 제3장]

같은 곳.

문 두드리는 소리가 점점 높아진다. 술에 취한 문지기가 안뜰에 나타난다.

문지기 원, 무던히도 두드려대는군! 이게 지옥의 문지기라면 열쇠를 돌려대느라 잠시도 틈이 없겠다. (문 두드리는 소리) 탕 탕 탕! 누구냐? 지옥의 대장을 대신해서 묻겠다. 곡식을 매점해놓았다가 풍년이 들 것 같아 목매달아 죽은 농부인가 보다. 때마침 잘 왔다. 수건이나 넉넉히 준비해둬라, 진땀깨나 뺄 테니. (문 두드리는 소리) 탕 탕! 대관절 누구냐? 또 한 놈의 악마 이름으로 묻는다만, 옳지, 양쪽에 다 통하는 서약을 얼버무리는 사기꾼이 왔나 보다. 하느님의 이름으로 반역을 해먹은 사기꾼 같으니. 그러나 천국에선 그 사기도 통하지 않으렷다. 자, 들어오시지, 사기꾼 양반. (문 두드리는 소리) 탕 탕 탕! 대체 누구냐? 음! 프랑스식 홀태바지에서조차 옷감을 잘라먹는, 영국의 재단사가 왔나 보다. 들어오시오, 재단사 나으리. 여기선 지옥의 불로 다리미쯤은 달굴 수가 있다오. (문 두드리는 소리) 탕 탕 탕! 그칠 줄 모르는구나! 대체 누구란 말이냐? 그런데 여긴 지옥치고는 너무 춥구나. 지옥의 문지기 노릇은 그만 하직해야겠다. 향락의 오솔길을 걸어 영겁의 업화業火를 향해 가는 놈이면 직업을 막론하고 몇 놈쯤 통과시켜주려고 했다만. (문 두드리는 소리) 네네, 곧 갑니다! 제발 이 문지기를 잊지 말아주시오. (대문을 연다.)

맥다프와 레녹스 등장.

맥다프　간밤에 늦게들 잤나, 이렇게 늦잠을 자는 걸 보니?

문지기　네, 두 번째 홰를 칠 때까지 마셨습지요. 그런데 이것 보십시오. 술은 세 가지 큰 자극을 줍니다그려.

맥다프　술이 특별히 세 가지 자극을 주다니, 무엇인가?

문지기　네, 코가 빨개지고, 졸음이 오고, 그리고 오줌이 마렵지요. 그러나 성욕은 그놈이 자극시키기도 하고 안 시키기도 합니다. 욕정은 일어나나 힘이 있어야지요. 그러니까 과음은 색에 대해서는 두 말 하는 사기꾼이랍니다. 욕망을 일으키게 했다가는 죽여버리고, 자극시켰다가는 물러서게 하고, 용기를 주었다가는 실망케 하고, 시작하게 해놓고는 꽁무니를 빼게 하고, 결국은 속임수로 꿈나라에 보내서 사람을 넘어뜨려놓고 맙니다그려.

맥다프　간밤에 자넨 술에 넘어간 모양이군그래.

문지기　네, 바로 목덜미를 붙잡혀 넘어갔습지요. 하지만 넘어간 대신 보복을 해줬답니다. 저도 그놈에게 상당히 강하니까, 결국은 놈을 말끔히 토해서 넘어뜨려버렸습지요. 이따금 다리를 붙들어 넘어질 뻔하기는 했습니다만.

맥다프　주인 나으리는 일어나셨나?

이때 맥베스가 잠옷을 걸치고 등장.

맥다프 문 두드리는 소리에 잠을 깨셨나 보군. 여기 나오시는군.

레녹스 밤새 안녕하십니까, 영주님?

맥베스 아, 안녕히 주무셨소, 두 분?

맥다프 폐하께서는 일어나셨습니까?

맥베스 아직.

맥다프 일찍 깨워달라는 분부셨는데, 하마터면 늦을 뻔했습니다.

맥베스 자, 안내해드리리다. (두 사람, 정면 입구를 향해 걸어간다.)

맥다프 이번 수고는 기쁜 수고이신 줄은 압니다만, 그래도 수고가 너무 크십니다.

맥베스 즐겨서 하는 일은 고통이 되지 않습니다. (계단으로 통하는 입구를 손가락으로
가리킨다.) 여기가 침소로 들어가는 문입니다.

맥다프 무엄하지만 들어가 뵈어야겠습니다. 분부받은 직책이니까. (들어간다.)

레녹스 폐하께서는 오늘 출발하십니까?

맥베스 네, 그러신다는 분부셨소.

레녹스 간밤은 어수선한 밤이었지요. 우리 숙소에서는 굴뚝이 바람에 쓰러졌습니
다. 소문에 의하면 공중에서 곡성이 들려오고, 죽음의 이상한 신음소리가 났
으며, 그리고 이 불행한 세상에 가공할 혼란과 변고가 일어날 징조를 예언하
는 소리가 무섭게 들리고, 올빼미가 밤새도록 울었답니다. 또한 대지가 열병
에 걸린 것처럼 진동했다고도 합니다.

맥베스 아주 험한 밤이었지요.

레녹스 젊은 저로서는 처음 당하는 괴이한 밤이었습니다.

맥다프 다시 등장.

맥다프 아이구, 끔찍한 일이, 이렇게 끔찍한 일이 또 있을 수 있을까! 입으로 표현

할 수도, 마음으로 상상할 수도 없는 무서운 일이……

맥베스, 레녹스 대체 무슨 일이오?

맥다프 파괴의 손이 마침내 다시없는 보물을! 극악무도한 시역. 신성한 신의 궁宮을 두들겨 부수고 거기서 그 생명을 훔쳐가버리고 말았소.

맥베스 뭐라고? 생명이라고요?

레녹스 폐하의?

맥다프 침소에 가보시오. 두 눈 뜨고 볼 수 없는 괴녀怪女 고르곤의 모습이오. 나한테는 묻지 마시오. 가서 직접 보고 말하시오. (맥베스와 레녹스, 급히 계단을 올라간다.) 일어나시오! 일어나시오! 경종을 울려라. 살인이다, 시역이다! 뱅코! 도날베인! 맬컴! 일어나시오! 죽음의 가면인 포근한 잠을 떨어버리고, 죽음 그 자체를 보시오! 일어나시오! 일어나서 최후의 심판의 현장을 보시오. 맬컴! 뱅코! 무덤에서 일어난 유령처럼 걸어오시오, 그러지 않고는 이 끔찍한 광경에 도저히 어울리지 않을 테니! (경종이 울린다.)

맥베스 부인, 잠옷 차림으로 등장.

맥베스 부인 무슨 일이에요? 그렇게 무섭게 종을 울려 고이 잠든 집안사람들을 불러내고 있으니? 말씀하세요, 말씀을!

맥다프 오, 부인! 제가 설사 그 말씀을 드릴 수 있다 해도 부인께서는 들으시면 안 됩니다. 부인네들은 귀에 들려주기만 해도 즉시 기절해버릴 겁니다.

뱅코, 실내복을 걸치고 허둥지둥 등장.

맥다프 오, 뱅코! 뱅코! 폐하께서 시역을 당하시었소!

맥베스 부인 어머나, 큰일 났네! 아니, 바로 저희 집에서요?

뱅코 어디서고간에 너무도 잔인한 일이오. 여보시오, 맥다프. 제발 지금 하신 말을 취소하시오, 아니라고 말씀해주시오.

맥베스와 레녹스 등장.

맥베스 차라리 내가 한 시간 전에 죽었던들 행복한 일생이었을 것을. 이제 인생의 중요한 것이라곤 하나도 남지 않고 없어져버렸구나. 온갖 것은 다 장난감에 불과하다. 명예와 자비도 죽어버렸다. 생명의 술은 다 쏟아버리고, 자랑할 것이라곤 단지 술찌끼밖에 남아 있지 않구나, 이 술 창고 같은 세상에는.

두 왕자 맬컴과 도날베인, 오른편 입구로 허둥지둥 등장.

도날베인 무슨 변이 일어났습니까?

맥베스 아직 모르시고 계시지만, 왕자님들의 신상에 큰일이 일어났습니다. 왕자님들 혈통의 원천, 그 샘이 말라버렸습니다. 그 근원이 막혀버리고 말았습니다.

맥다프 부왕께서 시역을 당하셨습니다.

맬컴 아니, 누구한테?

레녹스 침소에서 시중을 들던 자의 소행인 것 같습니다. 둘 다 얼굴과 손이 온통 피투성이고 단검도 피가 묻은 채 베개 밑에 놓여 있었습니다. 두 놈 다 눈을 멍청하게 뜨고, 마치 실성한 것 같았습니다. 사람의 생명을 그런 자들에게 맡긴 것이 화근입니다.

맥베스 아아, 후회가 됩니다. 분개한 나머지 그 두 놈을 죽여버린 것이.

맥다프 왜 죽여버렸소?

맥베스 대체 누가 당황한 가운데 지각을 차리고, 분개하며 절도를 지키고, 충성하면서 냉정할 수가 있겠소? 불타는 충성의 조급한 행동이 그만 주저하는 이성을 앞서버렸습니다. 던컨 왕은 이쪽에 쓰러져 은빛 피부에는 금빛 핏발이 무늬 놓이고, 입을 벌린 상처는 파괴의 무참한 입구, 인체의 갈라진 틈만 같았소. 한편 저쪽에는 하수인들이 시역의 증거로 역력히 피에 잠겨 있고, 단검은 무엄하게도 칼집에서 나와 피가 묻은 채 곁에 뒹굴어 있었소. 그것을 보고 누가 참을 수 있겠습니까? 충성심이 있고, 그것을 행동에 옮길 용기를 가진 사람이라면.

맥베스 부인 (기절하는 듯이 꾸미며) 아, 나를 빨리 저리로 좀 데리고 가주세요!

맥베스, 부인 곁으로 온다.

맥다프 어서 부인을 돌봐드리시오.

맬컴 (도날베인에게 방백) 왜 우리는 입을 다물고 있을까, 우리가 제일 문제 삼아야 할 일을?

도날베인 (맬컴에게 방백) 지금 무슨 말을 하겠어요? 악은 이 송곳 구멍 같은 틈 사이에 숨어 있다가, 언제 튀어나와서 덤벼들지 모르는데. 자, 어서 피합시다. 눈물은 아직 간직해둡시다.

맬컴 (도날베인에게 방백) 격렬한 비애도 그대로 가슴속에 눌러두자.

맥베스 부인의 시녀들 등장.

뱅코 (시녀들에게) 부인을 보살펴드려라. (시녀들이 부인을 부축해 나간다.) 자, 우리도 밤바람에 내놓은 이 반나체의 몸을 가린 다음, 다시 곧 모여서 이 잔인한 사건의 진상을 규명합시다. 공포와 의혹에 몸이 덜덜 떨립니다. 나는 신의 손을 대신하여 이 대역죄의 음모와 단호히 싸우겠소.

맥다프 아무렴, 싸우고말고.

모두 싸우다뿐이겠소?

맥베스 속히 무장을 하고 즉시 회의실로 모입시다.

모두 그렇게 합시다. (맬컴과 도날베인만 남고 모두들 퇴장)

맬컴 어떻게 할 것인가? 저들과 같이 행동할 수는 없다. 마음에도 없이 애통해하는 것은 부정한 인간들이 흔히 하는 짓, 난 잉글랜드로 가겠다.

도날베인 나는 아일랜드로 가겠습니다. 피차 헤어져 있는 것이 도리어 안전할 것 같습니다. 이곳에는 미소 속에도 칼날이 숨어 있습니다. 핏줄이 가까운 놈일수록 태연히 피를 흘리니까요.

맬컴 살인의 화살은 이미 시위를 떠났으나 아직은 하늘을 날고 있다. 아무튼 그 겨냥을 피하는 것이 가장 안전한 길이니 어서 말에 오르자. 작별 인사를 하고 있을 때가 아니다. 곧 여기를 빠져나가자. 여기 있다가는 어떤 위험이 닥칠지 모른다. 여기를 피했다 해서 그 행위에 부끄러울 건 없으니까.

(두 사람 퇴장)

11

[제2막 제4장]

맥베스 성 앞.

몹시 음침한 날씨. 로스와 노인 한 사람 등장.

노인 저는 칠십 평생의 일을 잘 기억하고 있습니다만, 그 오랜 세월 동안에는 무서운 때도 있었고 괴이한 일도 많이 당했습니다. 그러나 간밤의 처참함에 비하면 그런 일들은 아무것도 아닙니다.

로스 (하늘을 쳐다보며) 노인장, 인간의 소행에 마음이 괴로운지 하늘도 저렇게 이 살육의 무대를 위협하고 있구려. 지금은 대낮인데도 암흑의 밤이 태양의 빛을 지우고 말았소이다. 밤이 패권을 쥐고 있는지, 낮이 부끄러워하는지, 생생한 빛이 대지에 입을 맞춰야 할 시각에 암흑이 지면을 덮고 있소이다.

노인 간밤의 사건도 그렇습니다만, 모든 것이 자연의 이치에 어긋난 일들뿐입니다. 지난 화요일에는 의기양양하게 하늘 높이 날아오른 매가 쥐나 잡아먹는 올빼미에게 습격당하여 죽었답니다.

로스 그뿐 아니라, 던컨 왕의 말들은 — 참으로 괴이한 일이지만 사실입니다 — 늠름한 준마駿馬로 가장 귀염을 받고 있던 것들이, 별안간 사나워져서 일제히 마구간을 부수고 뛰쳐나와 달려들었답니다. 그것들은 흡사 사람에게 도전하려는 것 같았답니다.

노인 말들끼리 서로 물어뜯기도 했다고 하더군요.

로스 그렇습니다. 그 광경을 보곤 정말이지 나도 놀랐습니다.

맥다프가 성에서 나온다.

로스 오오, 맥다프, 그 뒤로 세상은 어떻게 돌아가고 있습니까?

맥다프 (하늘을 가리키며) 저것이 안 보이오?

로스 그 극악무도한 시역자는 판명되었습니까?

맥다프 맥베스가 죽인 그 두 사람이지요.

로스 저런! 대체 왜 그런 짓을 했을까요?

맥다프 매수당한 것이지요. 맬컴과 도날베인, 두 왕자는 비밀리에 도피해버렸소.

그래서 혐의를 받고 계십니다.

로스 이 또한 자연에 역행하는 짓! 이 무슨 더러운 야욕일까요? 감히 자기 생명
의 근원을 탐식하려 들다니! 이젠 필시 왕위는 맥베스 장군께로 돌아가겠군요.

맥다프 벌써 추대되어 대관식을 올리러 스콘 사원으로 떠나셨소.

로스 던컨 왕의 유해는?

맥다프 콤 킬에 모셨소. 역대 조상의 선산이며 대대로 유골을 안치하고 있는 종묘
宗廟인.

로스 형님은 스콘으로 가시겠습니까?

맥다프 아니, 나는 파이프로 돌아가겠소.

로스 그렇습니까? 나는 스콘으로 가보겠습니다.

맥다프 그럼, 거기 모든 일이 잘되기를 빌겠소. 잘 가시오! (방백) 낡은 옷이 새 옷
보다 입기 편한 사태가 벌어지지 않도록!

로스 안녕히 가시오, 노인장.

노인 두 분에게 신의 축복이 내리시기를! 그리고 또 악을 선으로, 원수를 친구로
삼는 사람들에게도! (모두 뿔뿔이 헤어진다.)

몇 주일이 지나간다.

ACT 3

12

[제3막 제1장]

포레스 궁전의 알현실.

뱅코 등장.

뱅코 드디어 되었구나, 너는. 왕도, 코더 영주도, 글래미스 영주도 다, 마녀들이
    약속한 대로 되었구나. 실로 더러운 수단으로 얻은 것 같긴 하다만. 그러나 이
    는 네 후손에게까지 전해질 것이 아니고, 대대로 왕의 근원이며 조상이 될 사
    람은 나라고 마녀들이 예언하였것다. 만일 마녀들의 말이 맞다면 —— 그들의
    예언이 맥베스 너에게 들어맞은 것처럼 —— 진실이 너에게 실현된 것을 보면,
    내게도 그것이 신탁神託이 아닐 리는 없으리라. 그러니 희망을 걸어도 좋을 것
    이 아닌가? 그러나 쉿! 더 말을 말고 삼가도록 하자.

나팔 소리. 왕이 된 맥베스, 왕비가 된 맥베스 부인, 레녹스와 로스, 귀족들, 시종들 등장.

맥베스 여기에 계시는군, 우리의 주빈이.

맥베스 부인 이분을 잊어서는 우리의 축연에 구멍이 뚫리어 모든 것이 어울리지 않게 되어버립니다.

맥베스 오늘 밤 만찬회가 있으니 부디 참석하기 바라오.

뱅코 어명이시라면 오직 순종하는 것이 신의 직책인 줄 아옵니다.

맥베스 장군은 오늘 오후에 말을 타고 어디 나가시오?

뱅코 네, 폐하.

맥베스 그러지 않으면 오늘 회의에서 장군의 의견을 들으려고 했는데. 장군의 고견은 언제나 무게 있고 유익하니까요. 그러나 내일로 미룹시다. 그래, 멀리 나가시오?

뱅코 네, 지금 떠나면 만찬회 시간에 돌아올 만한 거리입니다. 만일 말이 잘 달려주지 않는 경우에는 밤의 컴컴한 시간을 한두 시간 더 빌게 될 것 같습니다.

맥베스 축연을 잊지 말아주시오.

뱅코 네, 꼭 참석하겠습니다.

맥베스 듣자니 짐의 저 잔인한 친척, 두 왕자는 각각 잉글랜드와 아일랜드에 망명해 있다는데, 그 잔악한 부친 살해 죄를 자백하기는커녕, 도리어 괴이한 낭설을 유포하고 있다 하오. 그러나 이 일은 내일 상의해야 할 국사와 더불어 다시 의논합시다. 어서 말에 오르오. 잘 가시오. 돌아오면 밤에 만납시다. 플리언스도 같이 가오?

뱅코 네, 이제 출발할 시각이 되었으니 물러가겠습니다.

맥베스 그대들의 말이 빠르고 발이 튼튼한 놈이길 바라오. 그럼, 말 등에 맡기리다. 잘 다녀오시오. (뱅코 퇴장) 이제부터는 다들 자유 시간을 갖도록 하시오.

밤 7시까지 오늘 모임을 한결 즐겁게 하기 위하여 짐은 만찬 때까지 혼자 있겠소. 다들 물러가오. 그때 다시 봅시다! (맥베스와 시종 한 명만 남고 모두 퇴장) 여봐라, 이리 좀 오너라. 그 사람들은 대기하고 있느냐?

시종 네, 궁성 문밖에 대기하고 있습니다.

맥베스 이리 불러들여라. (시종 퇴장) 이것으로는 아무것도 아니지, 이것으로 안전하지 않은 한. 두려운 것은 뱅코다. 그자의 저 왕자다운 성격이 불안을 느끼게 한다. 그는 몹시 대담하다. 그리고 그 대담한 마음에다, 자기의 용기를 안전하게 행동에 옮기는 지력을 지니고 있다. 내가 두려워하는 것은 뱅코뿐이다. 그의 곁에서는 내 수호신이 맥을 못 춘다. 안토니우스의 수호신이 시저 앞에서 그랬다는데, 그것과 꼭 같다. 마녀들이 처음 나를 왕이라 불렀을 때, 그는 그들을 꾸짖고 자기에게도 말을 하라고 명령했다. 그러자 그들은 예언자인 양 그를 미래 역조歷朝의 조상으로서 환영했것다. 나의 머리에는 열매 없는 왕관을 씌워주고, 손에는 불모不毛의 홀笏을 쥐어주었으니, 이것들은 결국 직계 후계자가 아닌 남의 자손에 빼앗기게 될 것이다. 그렇다면 나는 뱅코의 자손들을 위하여 인자한 던컨 왕을 시역한 셈이 아닌가! 그들 뱅코의 자손들로 왕을 삼기 위하여 불멸의 보배인 영혼을, 인류의 적 악마의 손에 넣어준 셈이 아닌가! 그렇게 될 바에야 차라리 승부를 내자. 운명아, 오너라. 나와 결판을 내자. 거기 누구냐?

시종이 자객 두 명을 데리고 등장.

맥베스 너는 문밖에 나가서 대령하고 있거라, 부를 때까지. (시종 퇴장) 어제였지, 내가 너희들과 함께 이야기한 것은.

자객 1 네, 폐하.

맥베스 그러면 나의 말을 잘 생각해보았는가? 지금까지 너희들을 불행하게 한 것은 실은 그자이다. 너희들은 오해하고 있는 모양이지만 나는 전혀 관계가 없다. 이는 어제 이야기로 충분히 알았을 것이다. 너희들이 어떻게 기만과 학대를 받고 있는지, 앞잡이는 누구이고 누가 이를 조종하고 있는지, 그 밖의 모든 것을 잘 설명해주었다. 그러니 설령 바보 미치광이일지라도 진상을 납득했을 것이 아니냐? 〈그건 뱅코의 짓이다〉라는 것을.

자객 1 잘 알아듣고 있습니다.

맥베스 그건 그렇고, 좀 더 할 이야기가 있는데, 그것이 오늘 다시 만난 목적이다. 너희들은 그것을 그대로 내버려 둘 만큼 인내심이 강한가? 아니면 그 알뜰한 양반과 그의 자손들을 위해 기도를 드릴 만큼 신앙심이 깊단 말이냐? 그의 손에 핍박받아 너희들은 무덤 속으로 내쫓기고, 처자들은 길거리를 헤매는 신세가 되었는데도?

자객 1 저희들도 사람입니다, 폐하.

맥베스 음, 적어도 이름으로는 사람 축에 들 테지. 사냥개, 그레이하운드, 잡종, 스파니엘, 들개, 삽살개, 땅개, 불독 같은 개들도 다 개라는 이름으로 불리듯이. 그러나 가격표에서는 빠른 놈, 느린 놈, 영리한 놈, 집개, 사냥개 등등 풍부한 자연이 부여해준 특징에 따라 일일이 나뉘어져 특별한 명칭을 받고 있으니, 다 같이 적혀져 있는 명부에서는 성질이 다르게 구별되기 마련이다. 사람도 마찬가지다. 자, 너희들도 인간 가격표에 기재되어 있는 이상, 최하 등급에 속하지 않는다면, 그렇다고 말을 하여라. 그러면 내가 비밀 용건을 너희들에게 부탁하겠으니, 이를 실행하면 너희들은 너희들의 원수를 제거하게 될 뿐 아니라, 나의 신임과 총애를 받게 되리라. 그자가 살아 있는 한 나는 반쯤 병든 것이나 같으니, 그자가 없어져야만 비로소 나의 건강은 회복될 것이다.

자객 2 소인은 세상의 지독한 천대와 학대에 분통이 터질 지경이므로, 세상에 대한 분풀이라면 무슨 짓이든지 하겠습니다.

자객 1 소인도 어찌나 불행에 시달리고 악운에 부대껴왔는지, 이제는 잘되든 못되든 생명을 걸고 운명을 시험해볼 작정입니다.

맥베스 두 사람 다 이제는 알았을 것이다, 뱅코가 너희들의 원수임을.

자객들 네, 알다뿐이겠습니까?

맥베스 그자는 나의 원수이기도 하다. 그리고 그와 나는 서로 겨루는 사이라, 그가 살아 있는 한순간 한순간이 나의 생명의 핵심을 찌르는 것 같다. 물론 나는 왕권으로 공공연히 내 눈앞에서 그를 없애버리고 나의 의지를 정당화시킬 수도 있지만, 이를 삼가야 할 까닭이 있다. 즉 그에게도 친구이고 나에게도 친구인 사람들이 있는데, 나로서는 그들의 호의를 잃고 싶지 않다. 그러므로 그를 이 손으로 쓰러뜨려놓고 오히려 애통해하지 않으면 안 된다. 그래서 이렇게 너희들의 조력을 구하는 것이다. 그 밖에 여러 가지 중대한 사정이 있어서 그러니, 이 일은 아무도 모르게 실행해줘야겠다.

자객들 폐하의 지시대로 반드시 실행하겠습니다.

자객 1 비록 저희들의 생명이…….

맥베스 너희들의 본심은 잘 알았다. 늦어도 한 시간 이내에 너희들이 잠복할 장소를 알려주겠다. 오늘 밤 안으로 궁성에서 멀찍이 떨어진 곳에서 단행해야 되겠다. 그리고 내가 혐의를 받게 되어서는 안 된다는 것을 항상 명심해라. 그런데 그자와 더불어 — 일을 깨끗이 처리하기 위하여 — 그의 아들 플리언스가 동행할 것이니, 그 아들마저 컴컴한 시간의 운명을 알게 해줘라. 그럼, 둘이서 결심을 하도록 해라. 곧 다시 만나자.

자객들 결심은 벌써 되어 있습니다.

맥베스 곧 부르겠다. 안에서 기다려라. (두 자객 퇴장) 계획은 끝났다. 뱅코, 네 영혼이 천당에 가기를 원한다면, 오늘 밤에는 천당으로 가는 길을 찾아야 할 것

이다. (다른 쪽 입구로 퇴장)

13

[제3막 제2장]

같은 곳.

맥베스 부인, 하인 한 명을 거느리고 등장.

맥베스 부인 뱅코는 궁을 나갔느냐?

하인 네, 밤에 다시 돌아오실 예정입니다.

맥베스 부인 폐하께 가서 아뢰어라, 드릴 말씀이 있으니 시간이 있으시거든 좀 뵙

잔다고.

하인 네. (퇴장)

맥베스 부인 모든 것이 허무하고 소용없는 일이다, 욕망이 이루어져도 만족이 없

는 한은. 살인을 하고 얻은 명예도 이렇게 불안스러운 기쁨밖에 누리지 못할

바에야 차라리 살해당하는 신세가 더 편하겠구나.

맥베스, 생각에 잠겨 등장.

맥베스 부인 어머나, 폐하! 왜 언제나 혼자 외로이 하찮은 공상을 벗 삼아, 생각지

않으면 자연히 소멸되어버릴 망상을 하고 계세요……. 어쩔 수 없는 일은 무

시해버리는 수밖에 없습니다. 지난 일은 지난 일이에요.

맥베스 우리는 독사를 난도질했을 뿐이지 죽이지는 못했소. 머지않아 다시 소생

할 것이니, 못된 장난을 한 우리는 언제 다시 그 뱀의 독아毒牙에 물리게 될지

알 수 없는 일이오. 그러나 우주가 산산이 부서지고 천지가 무너지는 한이 있더라도, 불안 속에서 식사를 하고, 잠을 자며, 밤마다 저 악몽에 시달리며 떨수는 없지 않겠소? 양심의 가책 아래 이렇게 미칠 듯이 불안하게 사느니보다는 차라리 우리 자신이 평화를 구하여, 평화의 나라로 보내버린 그 사람과 같이 죽어버리는 편이 낫지 않겠소? 던컨은 지금 무덤 속에 있소. 인생의 끊임없는 열병을 다 치른 뒤에 편안히 잠들어 있소. 시역은 그에게 모든 것에 마지막을 고해주었소. 이제는 어떠한 칼날도, 독약도, 내란도, 외환도, 그를 더 이상 괴롭히지는 못할 것이오.

맥베스 부인 자, 가십시다. 폐하, 그 험상궂은 얼굴을 펴시고 명랑하고 즐겁게 오늘 밤 손님들을 대하세요.

맥베스 그렇게 하리다. 당신도 부디. 그리고 뱅코에게는 특별한 관심을 가지고, 눈으로나 입으로나 주빈으로 접대하시오. 도저히 안심이 안 되오. 왕의 존엄성을 아첨의 개울 속에 담고, 마음에다 가면을 씌워 본심을 은폐해야 하는 동안은 마음을 놓을 수가 없소.

맥베스 부인 폐하, 그런 생각은 되도록 하지 마셔야 합니다.

맥베스 아아, 내 마음속에는 독충들이 우글대고 있는 것 같소. 아무튼 뱅코와 그의 아들 플리언스는 아직 살아 있으니 말이오.

맥베스 부인 하지만 그들의 생명이 영원한 것은 아니잖아요.

맥베스 그것이 다소 위안이 되오, 그들도 습격을 면할 수는 없을 테니까. 그러니 당신도 마음을 쾌활하게 가지시오. 박쥐가 사원 안을 날아다니고, 갑충이 마녀 헤카테의 부름에 딱딱한 날개 소리를 내며 졸린 듯이 잠을 재촉하는 밤의 종을 울려댈 무렵까지는, 중대하고도 무서운 일이 일어나기로 되어 있으니까.

맥베스 부인 일어나다니요, 무슨 일이?

맥베스 당신은 모르고 있다 결과나 칭찬하구려……. 자, 오너라, 눈을 어둡게 하는 밤아, 인자한 낮의 부드러운 눈을 가리고, 너의 잔인한 보이지 않는 손으로 나를 두렵게 하는 그자의 생명의 증서를 지워버리고 갈가리 찢어버려라. 빛은 어두워지고, 까마귀는 숲속 보금자리로 날아들고 있다. 낮의 선량한 자들은 머리를 수그리고 잠들기 시작하고, 밤의 악한 무리들은 먹이를 찾아 일어난다. 내 말이 이상하게 들리는 모양이구려. 그러나 당신은 가만히 있으시오. 악으로 시작한 일은 악으로 튼튼하게 하는 수밖에. 자, 함께 갑시다.

(두 사람 퇴장)

14

[제3막 제3장]

궁전 밖.

숲의 언덕길. 궁 안의 정원으로 통하고 있으나, 궁전에서는 좀 떨어져 있다.

두 자객, 잇따라 또 한 명의 자객이 등장.

자객 1 대관절 당신은 누구의 명령에 의해 이렇게 따라오는 거요?

자객 3 맥베스 왕의 명령이오.

자객 2 이자를 의심할 필요는 없을 것 같네. 우리의 직책과 할 일을 하나도 빠짐 없이 일일이 일러주는 걸 보니.

자객 1 그럼, 합세하시오. 서녘 하늘엔 아직 석양빛이 가물거리고, 길 가던 나그네는 제 시간에 여인숙을 찾아들려고 말을 재촉하는 무렵이다. 그러니 우리가 기다리는 주인공도 이제 곧 나타날 것이다.

자객 3 쉿! 말발굽 소리가 들려온다.

뱅코 (멀리서) 애, 플리언스. 그 횃불을 이리 다오! 내가 드마.

자객 2 바로 그자다. 초대를 받은 다른 사람들은 벌써 다 궁성에 들어가 있다.

자객 1 말이 길을 돌아서 가는 모양이다.

자객 3 음, 1마일쯤. 그러나 뱅코는 보통—— 다른 사람들도 그렇지만—— 여기서 부터는 대궐까지 걸어서 간다.

이윽고 뱅코와 횃불을 든 플리언스가 언덕길을 올라온다.

자객 2 횃불이 보인다, 횃불이!

자객 3 놈이다!

자객 1 조심해!

뱅코 비가 올 모양이지, 오늘 밤은?

자객 1 오고말고. (횃불을 쳐서 꺼버린다. 동시에 다른 두 사람은 뱅코를 습격한다.)

뱅코 아, 살인이다! 플리언스, 달아나거라, 빨리 달아나라, 빨리! 복수를 해다오. 이 아비의 원수를 갚아다오. 으윽, 고약한 놈! (죽는다. 플리언스, 도망간다.)

자객 3 누가 횃불을 껐나?

자객 1 잘못했나?

자객 3 한 놈밖에 해치우지 못했어. 아들놈은 달아나버렸다.

자객 2 중대한 임무의 반을 놓쳐버렸구나.

자객 1 자, 어서 가서 한 일만이라도 보고하도록 하자.

15

[제3막 제4장]

궁전의 홀.

정면이 한 단 높게 되어 있고, 그 좌우에 입구가 있다.

단 위는 옥좌, 그 앞에는 식탁이 있다. 그리고 이 식탁과 T자 모양으로 맞대어 긴 식탁이 무대 중앙에 놓여 있다.

맥베스, 맥베스 부인, 로스, 레녹스, 귀족, 시종들 등장.

맥베스 각기 순서대로 앉으시오. 모두 다 잘 와주었소.

귀족들 황공하옵니다.

맥베스는 부인을 옥좌로 안내한다. 귀족들은 긴 식탁 양쪽에 각기 자리 잡고 앉는다. 그 가운데 한 자리는 주인을 위해 비어 있다.

맥베스 짐도 같이 섞여서 겸손하게 주인 노릇을 하겠소. (맥베스, 옥좌에서 내려온다.) 여주인은 왕비석에 앉아 있지만, 곧 기회를 보아 여러분들에게 환영 인사를 하도록 하겠소.

맥베스 부인 폐하께서 저를 대신하여 여러분께 인사말을 전해주세요. 저는 충심으로 여러분을 환영하고 있으니까요.

맥베스가 왼편 입구 앞을 지날 때 자객들이 입구에 나타난다.

그때 귀족들이 일어서서 부인에게 절을 한다.

맥베스 자, 보시오. 모두들 진심으로 기쁘게 답례를 하는구려. 양쪽 좌석의 인원수가 같구나. 그러면 나는 여기 한가운데 앉겠소. 자아, 마음껏 즐기시오. 이제 곧 축배를 돌리겠소. (입구로 다가가 자객에서 낮은 목소리로) 네 얼굴에 피가 묻어 있다.

여기서 맥베스와 자객, 낮은 목소리로 서로 방백을 교환한다.

자객 1 뱅코의 피입니다.

맥베스 네 얼굴에 묻어 있는 편이 나을 것이다. 그자의 몸 안에 머물러 있기보다는. 그래, 잘 해치웠느냐?

자객 1 네, 목을 잘랐습니다. 이 손으로.

맥베스 너는 목 따는 명수로구나! 그러나 플리언스를 처치한 자도 칭찬해주어야지. 그것도 네가 했다면, 너야말로 천하무적의 명수이다.

자객 1 죄송합니다. 플리언스는 달아나버렸습니다.

맥베스 그렇다면 또 불안의 발작이 엄습해 오겠구나. 그놈마저 처치해주었더라면 나는 안전했을 텐데. 대리석같이 견고하고, 바위같이 부동하고, 만물을 둘러싼 대기와도 같이 자유분방해졌을 것이다. 그러나 이제 나는 좁은 곳으로 밀려들어가 감금되고, 열 겹 스무 겹으로 결박을 당했구나, 한없는 의혹과 공포의 포로로서. 그런데 뱅코만은 틀림없느냐?

자객 1 네, 틀림없습니다. 머리에 스무 군데나 깊은 상처를 입고, 개천 속에 처박혀 있습니다. 그 가장 작은 상처만으로도 목숨은 무사하지 못합니다.

맥베스 수고했다. 아비 뱀은 죽었구나. 달아난 새끼 뱀은 머지않아 독을 지니게 되겠지만, 지금 당장은 독이 없다. 그만 물러가거라, 내일 다시 이야기를 하자.

(자객 퇴장)

맥베스 부인 폐하, 환대가 모자랍니다. 모처럼의 축연도, 식사 도중에 자주 환대의 뜻을 나타내지 않으면 음식점에서 식사를 하는 것이나 다름이 없습니다. 먹기만 하는 것이라면 자기네 집이 제일이지요. 자기 집에서와 다른 것은 환대라는 양념이 아니겠어요? 환대 없는 연회는 아무런 의미도 없습니다.

　　이때 뱅코의 유령이 나타나서 맥베스의 자리로 걸어가 앉는다.

맥베스　참 그렇구려! 자, 다들 많이 마시고 잘 소화시키고 더욱 건강하기를!

레녹스　폐하께서도 착석하시옵기를.

맥베스　이제 전국의 고귀한 분들이 모두 한자리에 모였구려. 저 훌륭한 뱅코 장군
　　만 빼고. 그러나 차라리 그분의 무성의를 책하게나 되었으면 좋겠소만, 혹시
　　무슨 재앙이라도 있을까 염려가 되는구려.

로스　그분의 결석은 약속 위반입니다. 황공하오나 폐하께서도 같이 앉아주시옵
　　기를.

맥베스　좌석이 다 차 있는데.

로스　여기 마련되어 있습니다.

맥베스　어디?

레녹스　여기 있습니다. ……아니, 폐하께서는 왜 그렇게 놀라십니까?

맥베스　누구의 장난이냐, 이것은?

귀족들　대관절 무슨 말씀입니까?

맥베스　아니다, (유령에게) 내가 한 것이 아니다. 그 피투성이 머리털을 이쪽에 대
　　고 흔들지 마라.

　　(맥베스 부인, 자리에서 일어선다.)

로스　여러분, 모두 일어납시다. 폐하께서 편찮으신 것 같습니다.

맥베스 부인　(단에서 걸어 내려오며) 여러분, 부디 앉으세요. 폐하께서는 이런 일이
　　가끔 계십니다, 젊을 때부터. 그냥 앉아계세요. 발작은 일시적이라 곧 다시 나
　　으십니다. 그렇게 유심히 바라보고 있으면 도리어 심해져서 발작이 오래 지속
　　됩니다. 어서 잡수세요, 염려 마시고. (맥베스에게) 이러고도 대장부라고 할 수
　　있겠어요?

여기서 맥베스 부부는 낮은 목소리로 한참 방백을 주고받는다.

맥베스 암, 대단한 사람이지, 악마라도 질겁할 물건을 노려볼 수 있는.

맥베스 부인 참으로 장하시군요! 그건 마음이 불안해서 생겨난 환각이에요. 그때 공중에 떠올라 왕의 침소로 안내했다는 저 환상의 단검과도 같은. 조금도 두려울 것이 없는데 그렇게 흥분하고 놀라시는 것은, 기껏해야 겨울날 화롯가에서 아낙네들이 지껄이는, 옛날 할머니에게서 들은 도깨비 이야기하고나 어울려요……. 부끄럽지도 않으세요! 왜 그런 얼굴을 지으세요? 저건 결국 의자에 지나지 않아요.

맥베스 아니, 저것 좀 보오, 저기, 저것은! 어떻소? 뭐, 뭐가 무섭담? 머리를 끄덕일 수 있다면 어디 말을 해봐라. 일단 땅속에 매장된 것을 납골당이나 무덤이 다시 토해놓고 만다면, 소리개의 밥통을 무덤으로 삼아야 할 판이 아니겠느냐? (유령이 사라진다.)

맥베스 부인 아아, 어째서 그런 환영을 보고 놀라시는 거예요?

맥베스 내가 여기 이렇게 서 있는 것이 사실이라면 나는 확실히 이 눈으로 보았소.

맥베스 부인 어리석은 말씀을!

맥베스 (이리저리 걸어 다니며) 지금까지 헤아릴 수 없이 많은 사람의 피가 흘렀다. 인도적인 법률이 생겨나 이 세상을 정화시키기 이전인 태곳적에도 그전에도 듣기에도 가공할 살육은 있었지. 그러나 예전에는 골이 터져 나오면 죽어버리고 끝장이 났는데, 지금은 머리에 스무 군데나 치명상을 입고도 다시 살아나 사람을 의자에서 밀어낸다. 이것은 예전의 살육보다도 더 괴이한 일이다.

맥베스 부인 (맥베스의 팔을 잡으며) 자, 귀한 손님들이 기다리고 있습니다.

맥베스 아, 그만 잊고 있었구려……. 나를 이상하게 생각하지들 마시오. 여러분, 나는 이상한 병이 있는데, 나를 아시는 분들은 예사롭게 생각하오. 자, 여러분

의 건강을 비오. 그럼, 나도 자리에 앉겠소. 나에게도 술을 주시오. 철철 넘치
도록. (맥베스, 잔을 들자 등 뒤에서 유령이 다시 나타난다.) 모두의 건강을 위하여
축배를 듭시다. 유감스러운 일이오! 자, 축배를 듭시다. 그를 위하여, 여러분
을 위하여, 모두의 건강을 빌며.

귀족들 (잔을 들면서) 우리 모두의 충성을 맹세하며 축배를 듭시다.

맥베스 (앉으려고 의자를 돌아본다.) 에잇, 꺼져라! 물러가라! 땅속으로 사라져라! (잔
을 떨어뜨린다.) 너의 뼈에는 골수가 없고, 피는 차디차게 식었다. 그렇게 노려
봐도 네 눈동자에는 시력이 없다!

맥베스 부인 괜찮습니다, 여러분. 이건 늘 있는 일이에요. 모처럼의 흥이 깨져 죄
송합니다.

맥베스 인간이 하는 일이라면 무엇이라도 해 보이겠다. 텁수룩한 러시아 곰이건,
뿔 돋친 물소건, 허케니어의 범이건 무슨 모양이든 하고 나오너라. 지금의 그
모양만 아니라면 나의 이 건강한 힘줄이 꼼짝이나 할까 보냐? 그러지 않으면
다시 살아 나와, 황야에서 칼을 들고 대결해봐라. 그래도 내가 만일 겁을 낸다
면 어린 계집아이가 낳은 자식이라고 불러도 좋다. 물러가라, 징그러운 유령
같으니! 실체 없는 환상, 에잇, 물러가라! (유령이 사라진다.) 음, 이제 사라졌구
나. 사라지기만 하면 나는 다시 대장부가 될 수 있다. 자, 여러분, 그냥들 앉으
시오.

맥베스 부인 당신 때문에 유쾌했던 흥은 깨지고 좋은 회합은 엉망이 되고 말았
어요.

맥베스 그러한 것이 여름날 구름같이 느닷없이 엄습해 오는데 어찌 놀라지 않을
수가 있겠소? 나는 내 자신을 모르겠소. 그런 걸 보고도 모두들 태연히 안색
도 변하지 않는데 나만이 공포에 질려 얼굴이 창백해지니 말이오.

로스 그런 것이라니, 무엇을 말씀하시는 겁니까?

맥베스 부인 제발 아무 이야기도 하지 마세요. 다시 또 나빠지십니다. 이야기를 시키면 흥분하게 됩니다. 여러분, 오늘은 이만합시다. 안녕히들 가세요, 어서. 퇴석의 순서는 개의치 마십시오. (귀족들, 모두 일어선다.)

레녹스 안녕히 주무십시오. 폐하께서 속히 쾌유하시기를!

맥베스 부인 여러분, 안녕히 가세요. (맥베스와 맥베스 부인만 남고 모두 퇴장)

맥베스 아무래도 피를 보고야 말 것인가. 피는 피를 부른다고 한다. 실제로 묘석이 움직이고, 수목이 말을 한 적도 있었다. 무시무시한 징조나 뜻있는 어떤 상태가 까치나 까마귀들을 이용하여 비밀의 살인자를 알아낸 적도 있었지 않았는가. 밤은 얼마나 깊었소?

맥베스 부인 새벽이 다 되었을 시간입니다.

맥베스 어떻게 생각하오, 짐의 대명을 거역하고 참석하지 않은 맥다프를?

맥베스 부인 사람을 보내보셨습니까?

맥베스 아니, 간접적으로 들었소. 그러나 사람을 보내겠소. 내가 매수한 하인이 없는 집은 하나도 없소⋯⋯. 내일 아침 일찍 저 마녀들을 찾아가봐야겠소. 이렇게 된 바에야 최악의 수단을 써서라도 최악의 결과를 미리 알아야만 하겠소. 나의 이익을 위해서는 무슨 짓이라도 할 테요. 어차피 나는 피비린내 나는 일에 발을 들여놓고 말았으니, 더 이상 건너가지 않으려 해도, 돌아서 나오기가 건너가는 것보다 더 어렵게 되었소. 지금 이 머릿속에는 괴이한 생각들이 떠오르고 있소. 그것을 곧 실행에 옮기고 싶소. 천천히 앞뒤를 재고 있을 겨를이 없소.

맥베스 부인 쉬셔야만 합니다. 잠은 삶에 필요한 자양분, 폐하께서는 그것이 부족하십니다.

맥베스 그렇소, 가서 잡시다. 이렇듯 환영에 현혹되는 것은 초심자의 불안 탓이오. 더 수련을 쌓아야지, 우리는 아직 미숙해. (두 사람 퇴장)

16

[제3막 제5장]

황야.

천둥. 마녀 셋 등장하여 헤카테와 만난다.

마녀 1 아니, 웬일이시오, 헤카테님. 화나셨수?

헤카테 화가 안 나게 됐어? 건방지고 뻔뻔스러운 노파들 같으니. 어째서 제멋대로인 맥베스와 거래를 하는 거냐, 생사에 관한 수수께끼를 던져서. 그리고 너희들 마술의 여주인이며 온갖 재앙을 비밀리에 고안하는 나를 무시한 채, 우리의 현란한 마술을 과시하지 못하게 하는 거냐? 그뿐이냐, 더욱 괘씸하게도 너희들이 한 짓은 저 심술궂고 성 잘 내는 고집쟁이만을 위한 것이었다. 그자 역시 다른 놈들과 마찬가지로 자기 일만 생각하고 너희들은 돌아보지도 않는데. 자, 이젠 그 속죄를 해라. 지금 즉시 이곳을 출발하여 지옥의 아케론 강 동굴로 가서 새벽녘에 만나자. 맥베스는 그곳으로 자신의 운명을 알아보러 올 것이다. 너희들의 마술과 도구를 준비해두어라. 주문呪文과 그 밖의 모든 것도 함께. 나는 공중으로 날아가마. 오늘 밤에는 가공할 치명적인 일을 저질러야 겠다. 큰일은 정오 안에 끝마쳐야 한다. 저 달 한구석에는 증기 같은 물 한 방울이 괴어 있는데, 땅에 떨어지기 전에 그것을 받아서 마법으로 증류시키면 요상한 정령들이 나타나고, 그 환영幻影의 힘에 끌려 그놈은 파멸되고 말 것이다. 그는 운명을 박차버리고, 죽음을 조소하며, 야망을 안고, 지혜도 은총도 공포도 무시한 채, 헛된 희망을 가지게 될 게다. 알다시피 방심은 인간의 가장 큰 적이다.

음악. 〈오너라 헤카테, 오너라 헤카테〉 하는 노래. 구름이 내려온다.

헤카테 쉿, 나를 부르고 있다. 저것 봐, 나의 꼬마 정령들이 안개같이 뿌얀 구름 위에 앉아 나를 기다리고 있구나. (훌쩍 구름을 타고 날아간다.)

마녀 1 서두르자. 곧 돌아올 테니. (모두 퇴장)

17

[제3막 제6장]

스코틀랜드 어느 성.

레녹스와 귀족 한 사람 등장.

레녹스 내가 지금 한 이야기는 당신 생각과 부합되나 좀 더 깊이 해석할 여지가 있소. 아무튼 모든 일이 참으로 기묘하게 되었구려. 인자하신 던컨 왕은 맥베스의 애도를 받았소. 그러나 그는 이미 돌아가신 분이오. 그리고 용맹한 뱅코는 밤길을 걷다가, 글쎄…… 그분을 플리언스가 죽였다고도 할 수 있겠지요. 플리언스는 달아났으니까. 밤늦게 나다닐 것이 아니구려. 원, 맬컴과 도날베인 두 왕자가 인자하신 자기 부친을 살해했다고 하니 괴이하게 생각지 않을 사람이 어디 있겠소? 천벌을 받을 일이지! 맥베스가 얼마나 애통해하였겠소! 그래서 의분에 못 이겨 당장 그 두 역적을 베어버린 것이 아니겠소? 술의 노예가 되고 잠의 종이 된 그들을. 훌륭한 처사였지요. 암, 현명한 처사이고말고요. 그자들이 자기네 소행이 아니라고 변명하는 것을 들으면 분개하지 않을 사람이 없을 것이니 말이오. 그러니 맥베스는 모든 일을 다 잘 해치운 셈이지요. 그리고 생각하니, 두 왕자가 체포되는 날에는 — 설마 그렇게 될 리는 없겠지만 — 부친 살해 죄의 대가를 톡톡히 맛보게 될 거요. 플리언스 역시 그렇고. 그러나 가만있자! 단지 솔직히 할 말을 하고, 폭군의 축연에 불참한 탓으로 맥다프는 지금 노여움을 사고 있다지 않소. 그런데 그분은 지금 어디에 은신 중인가요?

귀족 저 폭군에게 왕위 상속권을 찬탈당한 던컨 왕의 태자는 현재 잉글랜드 궁정 에서 경건한 에드워드 왕의 후대를 받아, 불운한 처지에도 불구하고 그의 존 엄성은 조금도 손상이 없으시다고 합니다. 맥다프는 이미 그곳으로 찾아가 그 성스러운 왕에게 호소하여, 그의 도움으로 태자를 위해 노덤벨런드 백작과 그 의 용감한 아들 시워드를 궐기시킬 계획인즉 — 다행히 하느님이 용납하신다 면 — 그 원군으로 우리는 다시 성찬과 안면安眠을 취하고, 축연과 연석에서 잔인한 비수를 제거하여 충성을 다하고, 정당한 명예를 받을 수 있게 될 것이 오. 지금 우리는 이 모든 것을 갈망하고 있는 바이오. 그런데 이 소식을 듣고 격분한 맥베스 왕은 전쟁 준비에 착수했소.

레녹스 맥다프에게 사자를 보냈던가요?

귀족 보냈답니다. 그러나 〈돌아가지 않겠다.〉는 단호한 거절에 불쾌해진 사자는 홱 돌아서면서 〈머지않아 후회하리다, 그런 대답을 하다니.〉라고나 말하는 듯 무어라 중얼거렸다고 합니다.

레녹스 그렇다면 그건 그분께 경고를 해준 셈이로군요, 지혜를 다하여 멀리 몸을 피하도록. 어떤 하늘의 천사가 맥다프보다 먼저 잉글랜드 궁정으로 날아가서, 그 임무를 전달해주었으면 좋겠소. 저주받은 손 아래에서 신음하는 이 나라에 어서 속히 축복이 내리도록 말이오.

귀족 나 역시 그 천사 편에 기도를 전하고 싶소. (퇴장)

ACT 4

18

[제4막 제1장]

동굴.

동굴 중앙에는 불길이 오르고 있는 구멍이 있고, 그 위에 끓는 가마솥이 걸려 있다. 천둥 소리와 더불어 불길 속에서 세 마녀가 차례로 나타난다.

마녀 1   세 번 울었다, 얼룩괭이가.

마녀 2   내 고슴도치는 세 번하고 한 번 더 울었어.

마녀 3   괴조怪鳥도 자꾸 운다, 〈어서 어서〉 하고.

마녀 1   가마솥 가를 빙빙 돌며 독 있는 내장을 집어넣자. (모두 가마솥 주위를 왼쪽으로부터 돌기 시작한다.) 차디찬 돌 밑에서 서른 하루 동안 밤낮 없이 잠을 자면서 독을 빚어대는 두꺼비, 이놈을 먼저 마법의 솥에다 끓이자!

마녀들   불어나라, 늘어나라, 고통과 쓰라림아! 타올라라, 불길아! 끓어라, 가마솥아! (솥 속을 휘젓는다.)

마녀 2 늪에서 잡은 뱀의 토막살아! 끓어라, 구워져라, 가마솥 속에서. 도롱뇽의 눈알과 개구리 발가락, 박쥐의 털과 개 혓바닥, 독사의 혓바닥과 독충의 침, 도마뱀의 다리와 올빼미 날개, 무서운 재앙의 부적이 되도록 지옥의 찌개처럼 펄펄 끓어라.

마녀들 불어나라, 늘어나라, 고통과 쓰라림아! 타올라라, 불길아! 끓어라, 가마솥아! (솥 속을 휘젓는다.)

마녀 3 용 비늘, 늑대 이빨, 마녀의 미라, 굶주린 상어 목구멍과 밥주머니, 한밤에 캐낸 독 있는 당근뿌리, 신을 모독하는 유대놈의 간, 염소 쓸개와 월식할 때 꺾는 소방목 나뭇가지, 터키 사람의 코, 타타르 사람의 입술, 창부가 낳아서 목 졸라 죽여 도랑에 버린 갓난애 손가락, 죄다 넣어서 진하게 끓이자. 한 가지 더, 호랑이 내장까지 솥의 국 속에 넣자꾸나, 더욱 진하게.

마녀들 불어나라, 늘어나라, 고통과 쓰라림아! 타올라라, 불길아! 끓어라, 가마솥아! (솥 속을 휘젓는다.)

마녀 2 자, 식히자, 성성이 피로. 이제는 마력의 효험이 이루어졌다.

헤카테, 다른 마녀 셋을 데리고 등장.

헤카테 아, 잘들 했다. 이익을 얻으면 고루고루 나누어주마. 자, 가마솥을 돌며 노래 부르자. 꼬마 요정 큰 요정 다 함께 원을 짓고, 집어넣은 물건에다 마술을 걸며.

음악과 노래, 〈검은 정령이……〉로 시작된다. 헤카테 퇴장.

마녀 2 이 엄지손가락이 쑤시는 걸 보니 어떤 악한 놈이 오는가 보다. 열려라, 자물쇠야. 문을 두드리는 자, 누구이건!

문이 열리고 맥베스의 모습이 나타난다.

맥베스 (걸어 들어오면서) 오, 너희들, 캄캄한 밤중에 몰래 다니며 흉악한 비밀을 행하는 마녀들아! 대체 지금 무엇을 하고 있는가!

마녀들 입으로는 말할 수 없는 비밀!

맥베스 어떻게 예언할 수 있게 되었는지는 모르지만, 너희들만이 아는 그 지식을 가지고 내가 묻는 말에 대답해다오. 그 대신 폭풍을 풀어 교회당을 넘어뜨리든, 거품 이는 파도가 선박을 부수어 삼켜버리든, 바람에 보리 이삭이 쓰러지고 수목이 넘어지든, 성벽이 파수병의 머리 위로 넘어져 떨어지든, 궁성의 탑이 기울어져 땅 위로 넘어지든, 만물을 낳는 소중한 자연의 종자種子가 엉망이 되어 우주 그 자체가 사라져 없어지든 상관없으니 그저 내가 묻는 말에만 대답해다오.

마녀 1 말씀해보세요.

마녀 2 물어보세요.

마녀 3 대답해드리겠어요.

마녀 1 우리들한테 들으시겠소, 우리 스승님께 들으시겠소?

맥베스 그 스승님을 불러다오, 만나고 싶으니!

마녀 1 제 새끼를 아홉 마리나 잡아먹은 암퇘지의 피를 넣자. 살인자가 교수대에서 흘린 기름을 불길 속에 넣자.

마녀들 지옥에 있는 모든 마녀들아, 이리 나와 마술을 부려 할 일을 다해라.

천둥. 환영 1, 맥베스와 같은 투구를 쓰고 솥 속에서 나타난다.

맥베스 네가 무슨 힘을 지녔는지는 모르나, 자, 나에게 말을 해라.

마녀 1 저쪽은 당신 마음을 잘 알고 있어요. 듣기만 하세요.

환영 1 맥베스! 맥베스! 맥베스! 경계하라, 맥다프를, 파이프의 영주를……. 그만
가야겠다. 할 말은 다 했다. (솥 속으로 사라진다.)

맥베스 네가 무엇인지는 모르나 그 충고는 고맙다. 너는 내 불안을 알아맞혔다.
그러나 한 가지만 더…….

마녀 1 명령을 해봐야 소용없어요. 또 하나가 나온다, 처음 것보다 더욱 신통한
것이.

천둥.
환영 2, 피투성이가 된 아이의 모습을 하고 나타난다.

환영 2 맥베스! 맥베스! 맥베스!

맥베스 내 귀가 세 개일지라도, 다 기울여 네 말을 듣고 싶다.

환영 2 잔인하고 대담하고 단호하게 행하라. 인간의 힘일랑 일소에 붙여라. 여자
몸에서 태어난 자로 맥베스와 맞설 자는 없느니라. (솥 속으로 사라진다.)

맥베스 그러면 맥다프여, 살아 있으라. 너 같은 걸 무서워할 필요는 없다. 그러나
거듭 분명히 해두기 위해서는, 운명에게 증서를 한 장 받아둬야겠다. 맥다프,
역시 너를 살려둘 수는 없다. 이제 나는 비겁한 공포심에 호통을 쳐서 천둥이
으르렁거리는 속에서도 잠들 수 있게 되어야겠으니.

천둥. 왕관을 쓴 환영 3, 손에 나뭇가지를 들고 어린아이의 모습으로 등장.

ACT 4

맥베스 이것은 무엇이냐, 왕자인 양 그 조그마한 머리에 왕의 면류관을 쓰고 있지
       않느냐?
마녀들 그러면 잠자코 듣기만 하시오, 한마디도 말을 걸지 말고.
환영 3 사자 같은 기개를 지니고 용감하라. 그리고 개의치 말라, 누가 분개하건,
       누가 초조해하건, 어디서 반역자가 나타나건. 맥베스는 영원히 패하지 않으니
       라. 버넘의 대삼림이 단시네인의 높은 언덕까지 맥베스를 쳐들어오지 않는
       한. (사라진다.)
맥베스 그건 있을 수 없는 일. 대체 누가 숲을 징집할 수 있으며, 대지에 뿌리박은
       나무에게 뽑히라고 명령할 수 있겠는가? 멋진 예언이로구나! 그렇다, 반역자
       의 시체는 다시는 소생하지 못할 것이다. 버넘 숲이 움직이기 전에는 옥좌에
       올라앉은 이 맥베스는 천수를 다하고, 때가 오면 모든 사람들과 마찬가지로
       죽음에게 생명을 고이 바치게 되겠구나. 그러나 한 가지 더 알고 싶어 가슴이
       두근거린다. 어디 말해봐라, 너희들 마술의 힘으로 말할 수 있는 것이라면. 과
       연 뱅코의 자손이 장래 이 나라에 군림하게 될 것인가?
마녀들 이젠 더 묻지 마세요.
맥베스 기어이 알아야겠다. 만약 이를 거절한다면 너희들에게 영겁의 저주가 내
       리리라. 어서 말을 해봐라.

       피리 소리와 더불어 솥이 땅속으로 가라앉는다.

맥베스 저 솥은 왜 가라앉는가? 그리고 이 소리는 무엇인가?
마녀 1 나타나라!
마녀 2 나타나라!
마녀 3 나타나라!

마녀들 나타나서 눈에 보여주어 마음을 슬프게 해주어라. 그림자같이 나타났다가 그림자같이 사라져라.

여덟 왕의 그림자가 하나씩 동굴 안으로 가로질러 간다. 마지막 왕은 손에 거울을 들고 있다. 그 뒤에 뱅코의 망령이 나타난다. 이 환영이 있는 동안, 맥베스는 대사를 말한다.

맥베스 마치 뱅코의 망령 같구나, 너는 꺼져라! 네 왕관을 보니 내 눈알이 타는 것 같다. 그리고 또 다른 왕관을 쓴 놈, 네 머리칼 역시 처음 놈과 같구나. 셋째 놈도 먼저 놈과 같다. 더러운 마녀들 같으니! 왜 이런 것을 내게 보이는가! 넷째 놈! 눈알아, 튀어나오라! 제기랄, 이 행렬은 최후의 심판 날까지 계속되는 것이냐? 또 한 놈! 일곱째! 이젠 보기 싫다. 또 여덟째가 나타난다. 손에다 거울을 들고 점점 더 많이 비쳐내 보이는구나. 그 중 어떤 놈은 구슬 두 개와 홀 세 개를 들고 있잖은가. 무서운 광경이다……. 이제 보니 사실이구나, 머리칼이 피에 엉긴 뱅코가 나를 보고 웃으면서, 저것들을 제 자손이라고 가리키고 있다. 이것이 모두 틀림없는 사실이란 말이냐?

마녀 1 네네, 사실이에요. 그런데 맥베스님은 왜 그렇게 멍하니 서계시지요? 얘들아, 우리들의 즐거운 놀이를 보여 이분의 기분을 돋우어드리자. 나는 마술로 공중에서 음악이 나오게 할 터이니 너희들은 색다른 원무圓舞를 추어라. 그러면 이 위대하신 왕이 우리의 영접을 고맙다고 치사하실 것 아니냐?

음악. 마녀들 춤을 추며 사라진다.

맥베스 어디로 갔나? 사라져버렸나? 이 불길한 순간은 달력에서 영원히 저주받는 시각이 되리라. 들어오너라, 밖에 누구 없느냐?

레녹스 등장.

레녹스 무슨 일이십니까?

맥베스 마녀들을 보지 못했소?

레녹스 네, 보지 못했습니다.

맥베스 그대 옆을 지나가지 않던가?

레녹스 네, 아무것도 지나가지 않았습니다.

맥베스 그것들이 타고 다니는 공기는 썩어버려라! 그것들의 말을 듣는 놈들은 지옥에 떨어져라! 조금 아까 말발굽 소리가 났는데, 온 사람이 누구냐?

레녹스 네, 그것은 맥다프가 잉글랜드로 도망갔다는 소식을 가지고 온 자들입니다.

맥베스 잉글랜드로 도망갔다고?

레녹스 네, 폐하.

맥베스 (방백) 시간아, 네가 선수를 쳤구나. 이제 가공할 일을 하려던 참이었는데. 실행 없는 계획은 어찌나 빠른지 따라갈 수가 없거든. 이 순간부터는 마음이 낳는 것은 손도 곧 낳도록 해야겠다. 음, 이제라도 생각에 행동의 관을 씌우기 위해, 당장 계획하고 실천해야겠다. 맥다프의 성을 습격하여 파이프를 점령하고, 모조리 칼날 맛을 보여주리라. 그자의 처자와 그자와 혈연관계가 있는 불운한 놈들을 남김 없이. 바보같이 호언장담만 하고 있을 것이 아니다. 실행에 옮겨야지, 계획이 빗나가기 전에. 이제 환영은 보기 싫다! (큰 소리로) 그 사람들은 어디 있느냐? 자, 가보자, 그리로.

(모두 퇴장)

19

[제4막 제2장]

파이프에 있는 맥다프의 성.

맥다프 부인과 그의 아들, 이어서 로스 등장.

맥다프 부인 고국을 떠나야 하다니, 주인이 대체 무슨 짓을 했습니까?

로스 참으셔야 합니다, 형수님.

맥다프 부인 못 참는 쪽은 오히려 주인 쪽이지요. 도망치다니 미친 짓이에요. 아무런 행동도 하지 않았는데, 두려움 때문에 역적의 누명을 쓰게 되는 거예요.

로스 분별이 있어서 그런 것인지, 제 풀에 놀라서 그런 것인지, 형수님은 아직 모르십니다.

맥다프 부인 분별이라고요! 처자를 버리고, 성과 영지를 버리고, 혼자 달아나는 것이? 그이는 처자를 사랑하지 않습니다. 인륜의 애정이 없는 사람이에요. 새 중에 가장 작은 굴뚝새조차 둥지 안의 제 새끼를 위해서는 올빼미와 싸우는데, 그이는 공포심뿐 애정이라곤 전혀 없는 사람이에요. 분별은 무슨 분별이에요? 아무런 일도 없는데 달아날 필요가 어디 있어요?

로스 형수님, 좀 진정하십시오. 그 어른은 고결하고 현명하고 분별이 있으며, 시국의 병통을 통찰하고 계시는 분입니다. 자세히 말씀드리진 못하겠습니다만, 아무튼 고약한 세상입니다. 지금 우리는 자기도 모르는 사이에 역적으로 몰리고, 두려움 때문에 풍설을 믿고 있으나, 대관절 무엇이 무서운지 자기 스스로도 모르는 형편입니다. 거칠고 사나운 해상을 정처 없이 표류하고 있는 격입니다. 그럼, 이만 실례하겠습니다. 머지않아 다시 찾아뵙겠습니다. 재앙도 고비에 이르면 제일 심합니다. 그러나 고비만 넘으면 원상 복귀될 것입니다. (사내아이에게) 귀여운 아가야, 잘 있거라.

맥다프 부인 엄연히 아비가 있으면서도, 아비 없는 자식이 되었습니다.

로스 나도 정말 바보야. 이 이상 지체하고 있다가는 추태를 부려 형수님을 난처하게 만들고 말겠습니다. (허둥지둥 퇴장)

맥다프 부인 얘야, 아버지는 돌아가셨다. 이제부터 어떻게 할 테냐? 어떻게 살아 갈 테냐?

소년 새같이 살지요, 어머니.

맥다프 부인 뭐, 벌레나 파리를 잡아먹고?

소년 무엇이든지 잡히는 대로, 새같이 말예요.

맥다프 부인 가엾어라! 그물도, 끈끈이도, 함정도, 새덫도 무섭지 않나 보구나.

소년 무섭긴 뭐가 무서워요, 어머니. 불쌍한 새한테는 그럴 리 없어요. 어머니는 그렇게 말씀하시지만 아버지는 돌아가시지 않았어요.

맥다프 부인 아니다, 돌아가셨다. 아버지가 돌아가셨으니 너는 어떻게 하지?

소년 그럼, 어머니는 남편이 없이 어떻게 살아가실 거예요?

맥다프 부인 왜, 남편쯤은 시장에서 얼마든지 살 수 있단다.

소년 그럼, 어머니는 그것을 샀다 파시게요?

맥다프 부인 있는 지혜를 다 짜내는구나. 어쩌면 너 같은 애가 그런 말을 다 하느냐?

소년 아버지는 역적인가요, 어머니?

맥다프 부인 그렇단다.

소년 역적이 무엇인가요?

맥다프 부인 그건, 맹세를 깨뜨리는 사람을 가리키는 말이란다.

소년 그렇게 하는 사람은 다 역적인가요?

맥다프 부인 그렇다, 역적은 모두 목을 매달아 죽인단다.

소년 그럼, 맹세를 깨뜨린 사람은 다 목매달아 죽이나요?

맥다프 부인 그래, 누구든 다.

소년 누가 목을 매달아 죽이나요?

맥다프 부인 그야 정직한 사람들이지.

소년 그럼, 거짓말쟁이나 맹세하는 이는 다 바보로군요. 거짓말쟁이나 맹세하는
이는 얼마든지 있으니까요, 정직한 사람들쯤 때려눕혀서 도리어 목을 매달아
죽여버리면 되잖아요.

맥다프 부인 원, 이 애가, 아아, 가엾은 원숭이 같으니! 하지만 아버지도 없이 불
쌍한 너는 어떡할 테냐?

소년 아버지가 정말 돌아가셨다면 어머닌 우실 거 아니에요? 울지 않는 걸 보니
제게 곧 새아버지가 생길 것 같네요.

맥다프 부인 애도, 참, 못 하는 말이 없구나!

　　사자 등장

사자 안녕하십니까, 마님! 처음 뵙지만 마님의 신분을 알고 있습니다. 마님의 신
변에 위험이 닥친 것 같습니다. 미천한 이 사람의 충고를 들어주신다면, 어서
자제분들을 데리고 이곳을 피하십시오. 이렇게 놀라시게 하는 것이 몹시 무례
한 것 같습니다만, 이보다 더 참혹한 일이 신변에 다가왔습니다. 하느님의 가
호가 있기를! 이젠 더 지체할 수 없습니다! (퇴장)

맥다프 부인 어디로 피하나? 나는 아무 잘못도 저지르지 않았는데. 하지만 이제
돌이켜 생각하니 여기는 인간 세계로구나. 인간 세계에선 악한 일이 흔히 칭
찬을 받고, 어쩌다 있는 선한 일은 위험한 바보짓 취급을 당하기 마련이다. 이
를 어쩌나? 아무 힘도 없다고 아무리 변명을 해보았자 무슨 소용이 있겠는가!

　　자객들 등장.

맥다프 부인 저 사람들이 누굴까?

자객 주인은 어디 있나?

맥다프 부인 너희 같은 인간들이 찾아낼 수 있는 더러운 곳에는 안 계실 거다.

자객 그는 역적이다.

소년 거짓말쟁이, 삽살개 같은 악당놈!

자객 요 녀석 좀 보게. (칼로 찌른다.) 송사리 역적 같으니!

소년 사람을 죽여요, 어머니. 어머니는 어서 달아나세요. (죽는다.)

　　맥다프 부인은 "살인이다!" 부르짖으며 달아난다.
　　자객들이 쫓아 들어간다.

20

[제4막 제3장]

잉글랜드. 에드워드 왕의 궁성 앞.

맬컴과 맥다프 등장.

맬컴 어서 쓸쓸한 그늘진 곳을 찾아가서 슬픈 가슴이 시원토록 울어나 봅시다.

맥다프 아니, 그보다도 징벌의 칼을 들고 용사답게 쓰러져가는 조국을 구하십시
　　다. 아침이 올 때마다 새로운 과부가 통곡을 하고, 새로운 고아가 아우성을 치
　　고, 새로운 비탄이 천상에 울려 퍼지고 있습니다. 하늘도 스코틀랜드의 비운
　　에 공명共鳴하는지, 같이 비통한 소리로 울려대고 있습니다.

맬컴 믿을 수 있는 일이라면 나는 슬퍼하겠소. 아는 일이면 믿기도 하겠소. 그리
　　고 구원할 수 있는 일 같으면, 좋은 시기를 만나면 구원도 하겠소. 그대가 말

한 것이 사실인지도 모르오. 그 이름을 입에 올리기만 해도 혀가 부르터 오르는 저 폭군도 한때는 정직한 인간이라고 생각되었던 사람이오. 그대 자신도 전에는 그자를 퍽 존경했고, 그자 역시 그대에게는 손을 대지 않았었소. 나는 나이 어린 사람이오. 그러나 나를 이용하면 그자의 환심을 살 수 있으리다. 노한 신을 달래자면, 약하고 불쌍하고 죄 없는 양을 제물로 바치는 것이 현명한 수단일 거요.

맥다프 저는 반역자가 아닙니다.

맬컴 그러나 맥베스가 반역했소. 선량하고 유덕한 성품도 제왕이라는 위세 앞에서는 무너지게 마련이오. 그러나 용서하시오. 그대의 인품이 내 생각에 따라 변하는 것은 아닐 거요. 가장 빛나는 천사가 타락했을지라도 천사는 역시 천사인 것이오. 비록 온갖 추한 것이 덕의 가면을 쓸지라도, 참된 덕은 역시 덕으로 보일 수밖에 없는 것이오.

맥다프 저는 희망을 잃고 말았습니다.

맬컴 그 점에서도 나는 의혹을 느끼고 있소. 어째서 그대는 그런 위험 속에다, 저 소중한 인정의 근원이며 애정의 강한 매듭인 처자를 떼어놓고 왔소? 작별의 인사도 없이. 내 의심을 모욕으로는 생각하지 마시오. 이건 나의 자기 방어일 뿐이니까. 실은 그대가 한 일이 옳았는지도 모르오, 내가 어떻게 생각하든.

맥다프 피를 흘려라, 피를. 불행한 조국아! 무서운 학정아! 지반을 튼튼히 다져라. 선도 이제는 너를 저지하지 못하리니, 네 멋대로 포악을 행하라. 이제 너의 권리는 확인되었으니. 이만 물러가겠습니다, 왕자님. 저는 왕자님께서 의심하시는 그런 악인이 되고 싶지는 않습니다. 저 폭군이 쥐고 있는 전 국토에다 풍부한 동방東方을 덧붙여 준다 할지라도.

맬컴 노하지 마시오. 그대를 의심해서 이런 말을 한 것은 아니외다. 나 역시 잘 알고 있소. 조국이 압제 밑에 가라앉아 울며 피를 흘리고, 이전의 만신창이에다 매일같이 새로운 상처를 더해가고 있다는 것을. 한편 나는 또 나를 위해 일어나줄 사람들도 있으리라는 것을 알고 있소. 사실은 인자하신 잉글랜드 왕으로부터 정예精銳 수천의 원조 제의도 받고 있소. 그러나 그건 그렇다 치고, 내가 저 폭군의 수급首級을 짓밟고, 또는 그것을 칼끝에 찔러 높이 쳐들게 되더라도, 역시 불행한 조국은 전보다 더한 갖가지 고난을 겪게 되리다. 새 계승자로 인해.

맥다프 새 계승자라니요?

맬컴 나 자신 말이오. 나 스스로도 알고 있지만, 이 몸에는 온갖 악덕이 접목接木되어 있어서, 그것들이 움트는 날이면 시커먼 맥베스도 백설처럼 순백하게 보일 것이오. 그리고 불행한 국민들은 그를 양같이 생각하게 될 것이오, 한없는 나의 악덕과 비교하여.

맥다프 무서운 지옥의 악마들 무리 중에도, 악에 있어서는 맥베스를 감히 능가할 놈이 있을 수 없습니다.

맬컴 사실 그는 잔인하고, 여색女色을 밝히고, 탐욕스럽고, 거짓되고, 속임수를 잘 쓰고, 악의를 지닌 온갖 죄악이란 죄악은 죄다 가지고 있는 놈이오. 그러나 나의 음욕으로 말하자면 밑바닥이 없소. 남의 아내건, 처녀건, 나이 많은 여자건, 그 모든 것을 가지고도 내 정욕의 물통을 채우지는 못하오. 나의 욕정은, 나의 만족을 방해하는 모든 장애물을 넘치는 물로 모조리 떠내려 보내고 말 것이오. 이러한 통치자보다는 그래도 맥베스가 낫소.

맥다프 한없는 방탕은 인성人性에 대한 일종의 포악입니다. 이 때문에 행복한 왕위가 뜻밖에 전복을 당하고, 숱한 국왕이 멸망을 당하였습니다. 그러나 당연한 권리를 행사하시는 데 두려워할 것은 없습니다. 쾌락도 얼마든지 은밀히 만족시키면서 시치미를 딱 떼고 세상을 속일 수도 있잖습니까? 자진하여 응해 올 여자도 얼마든지 있습니다. 국왕의 의향을 눈치 채면 스스로 몸을 바치는 여자는 부지기수, 아무리 탐욕해도 도저히 다 상대하실 수 없으실 겁니다.

맬컴 그뿐인가, 타고난 나쁜 근성 속에는 한없는 탐욕이 성장하여, 내가 왕이 되는 날에는 귀족들의 목을 베어 영지를 몰수하고, 이 사람의 보석, 저 사람의 저택을 탐내고, 뺏으면 뺏을수록 탐욕은 구미를 돋우어, 결국 부당한 시비를 걸어서 재산을 노려 충성스러운 사람들을 멸망케 하고 말 거요.

맥다프 탐욕이란 여름철 같은 욕정보다도 더 뿌리가 깊고, 더 해롭습니다. 사실 오늘날까지 숱한 국왕들이 탐욕이라는 칼에 쓰러지지 않았습니까? 그러나 염려 마십시오. 스코틀랜드에는 왕자님 자신의 영지만으로도 왕자님의 욕망을 충족시킬 만한 자원이 있으니까요. 그런 건 다른 미덕으로 보상만 되면 모두 문제될 것이 없습니다.

맬컴 그러나 나에게는 그러한 미덕이 전혀 없소. 왕자다운 미덕, 가령 긍정, 진실, 절제, 지조, 관용, 불굴, 자비, 겸손, 경건, 인내, 용기, 용맹 등의 미덕은 전혀 갖추지 못한 채, 도리어 죄악이란 죄악은 죄다 지니고서, 사실 여러 면으로 범하고 있소. 아니, 내가 만일 권력을 잡으면, 화목의 단 젖은 지옥에 쏟아버리고, 세계의 평화를 교란하여 지상의 온갖 질서를 혼란에 빠뜨려놓고 말 것이오.

맥다프 아아, 스코틀랜드! 스코틀랜드!

맬컴 그러한 인간이 사람을 다스릴 자격이 있는지, 어디 말해보시오. 이 사람은 그러한 위인이오.

맥다프 다스릴 자격이라고요, 천만에! 살아 있을 자격조차 없소이다. 아아, 가련한 겨레여! 피 묻은 홀笏을 쥔 찬탈자의 지배를 언제쯤 벗어나 다시 편한 날을 볼 것인가? 왕실의 정통正統은 계승권을 스스로 저주하며 자기의 혈통을 비방하고 있잖은가? 부왕께서는 성자 같은 왕이셨소. 그리고 생모 왕후께서는 서 있는 시간보다도 더 많이 신 앞에 꿇어앉아 내세를 위한 고행의 생활을 하셨소. 그럼, 안녕히 계십시오! 왕자님이 친히 고백하신 그 악덕들 때문에 저는 스코틀랜드로부터 영영 추방되고 말았습니다. 아아, 나의 가슴아, 이제는 희망도 끊어져버렸구나!

맬컴　맥다프 경, 진실한 마음에서 나온 그 고결한 비탄은 내 마음속에서 시커먼 의혹을 씻어주어, 내 영혼은 경의 성의와 고결한 마음을 믿게 되었소. 저 악마 같은 맥베스는 이제까지 갖가지 술책으로 나를 손아귀에 넣으려고 꾀하여왔소. 그래서 나도 경솔히 사람을 믿지 않으려고 경계해온 것이오. 그러나 하느님, 이젠 우리 두 사람의 증인이 되어주옵소서! 이제부터 나는 경의 지도에 따르고, 앞서 말한 나의 비방들을 모두 취소하겠소. 그리고 내가 나 자신에 가한 결점과 비난은 나의 본성과는 전혀 무관함을 이 자리에서 맹세하겠소. 나는 아직 여자를 모르는 동정이오. 위증은 해본 적이 없소. 내 물건조차 탐내보지 않았소. 신의를 깨뜨려본 적도 없소. 상대가 악마일지라도 배신하지 않았소. 진실을 생명처럼 애호하는 사람이오. 거짓말은 아까 경에게 한 그것이 태어나서 처음 한 것이오. 이 진실된 나를 이제 경과 불행한 조국의 지시에 맡기겠소. 실은 경이 이곳에 도착하기 전에 노老 시워드 경이 장비를 갖춘 1만의 정예부대를 거느리고 이미 출동했소. 자, 우리도 함께 떠납시다. 성공의 기회는 우리의 대의명분과 일치하리라! 왜 아무 말이 없소?

맥다프　희망과 절망이 이렇게 함께 찾아오니, 어떻게 조화시켜야 할지 모르겠습니다.

전의典醫가 궁성에서 나간다.

맬컴　그럼, 나중에 또. (전의에게) 국왕께서 행차하시오?

전의　네, 한 떼의 불쌍한 사람들이 폐하의 치료를 기다리고 있답니다. 그들의 병

은 의술로도 효험이 없으나, 폐하께서 한번 손을 대시기만 하면 — 신의 영험
을 받으신 손인지라 — 환자는 곧 나아버립니다.

맬컴 고맙소, 전의. (전의 퇴장)

맥다프 무슨 병 말씀입니까?

맬컴 소위 연주창이라는 것이오. 저 인자하신 왕이 행하는 비상한 기적을 나도
잉글랜드에 온 뒤 종종 목격했소. 어떻게 하여 그런 영험을 얻으셨는지는 왕
자신만이 알고 계시오. 아무튼 괴상한 병에 걸려, 차마 볼 수 없을 정도로 부
어서 곪은, 의사도 속수무책인 환자들을 국왕은 치료하십니다. 환자의 목에
금화 한 닢을 걸고 성스러운 기도를 올려주심으로써. 그리고 듣자니 이 복된
요법은 대대로 국왕에게 물려진다 하오. 이 신기한 영험뿐 아니라 폐하께서는
천부의 예언력을 지니고 계시며, 또 갖은 축복이 옥좌를 둘러싸고 있으니, 이
는 폐하께서 신의 축복을 받고 계신 증거입니다.

로스 등장.

맥다프 저기 누가 옵니다.

맬컴 고국 사람인 듯한데 누군지 모르겠구려.

맥다프 아, 로스 아닌가……? 잘 왔네.

맬컴 오, 이제야 알았소. 하느님, 우리들 동포의 사이를 소원케 하는 원인을 속히
제거해주소서!

로스 아멘!

맥다프 스코틀랜드의 형편은 여전한가?

로스 아, 비참한 조국! 제 모습을 알리기조차 두려워지는, 모국이라기보다는 무
덤입니다. 천치 아니고는 누구 하나 웃는 낯을 보이는 사람이 없습니다. 하늘

을 찢는 탄식, 신음, 규탄이 귀를 울려도 아무도 관심을 갖지 않습니다. 격심한 비탄도 예사롭게 생각됩니다. 장례식의 종소리가 울려도 누가 죽었는지 물어보는 사람조차 없습니다. 선량한 사람들의 목숨은 모자에 꽂은 꽃보다도 쉽사리 시들고, 병도 안 걸린 채 죽어갑니다.

맥다프 아아, 너무도 상세한, 그러나 너무도 진실한 이야기!

맬컴 최근의 슬픈 소식은 무엇이오?

로스 한 시간 전에 일어난 일을 이야기하는 사람은 조롱을 당합니다. 일 분마다 새로운 참사가 일어나고 있습니다.

맥다프 내 아내는?

로스 그저, 무사합니다.

맥다프 애들은?

로스 역시 잘들 있지요.

맥다프 폭군도 내 처자의 평화만은 깨뜨리지 않았구나!

로스 네, 무사했습니다, 저와 헤어질 때까지는.

맥다프 왜 그렇게 말이 인색한가? 대체 어떻게 되어가고 있나?

로스 제가 슬픈 소식을 가지고 이곳에 올 때 들은 소문인데 수많은 의사義士들이 궐기했답니다. 폭군의 병력이 속속 출동하는 것을 보아도, 이 소문은 더욱 사실인 것 같습니다. 마침내 도와야 할 시기가 왔습니다. 왕자님께서 스코틀랜드에 나타나시기만 하면, 군대가 곧 편성되고 비참한 고통을 제거하기 위하여 여자들까지도 일어나 싸울 것입니다.

맬컴 이제는 동포들이 안심해도 좋소. 이제 우리는 조국을 향하여 출발할 참이오. 인자하신 잉글랜드 왕은 명장 시워드와 1만의 병력을 빌려주셨소. 그만한 노 명장은 어느 기독교 국가에서건 둘도 없는 분이오.

로스 아아, 뜻밖의 이 기쁜 소식에 같은 기쁜 소식으로 답할 수 있다면 얼마나 좋겠습니까? 그러나 제 소식은 들을 사람이 없는 황야에서나 외쳐야 할 성질의 것입니다.

맥다프 대체 무슨 내용인가? 일반적인 것인가, 아니면 누구 한 사람에 관한 개인적인 슬픔인가?

로스 참된 사람이면 누구나 다 그 슬픔을 다소는 같이하지 않을 수 없을 것입니다. 그러나 주로 형님 개인에 관한 것입니다.

맥다프 나에 관한 것이라면 숨기지 말고 얼른 말해주게.

로스 형님의 귀가 저의 혀를 언제까지나 원망하지 마시기를! 생전 처음 들으실 슬픈 소리를 들려드리겠습니다.

맥다프 음, 짐작하겠다.

로스 형님의 성은 습격을 당하고, 형수님과 어린 조카들은 참살되었습니다. 그 광경을 설명했다가는, 저 참살당한 사람들의 시체 위에 형님 시체까지 쌓는 격이 될 것입니다.

맬컴 아아, 하느님! 이것 보오! 그렇게 모자로 얼굴을 가리지 말고 눈물로 슬픔을 토해내시구려. 토할 길 없는 슬픔은 벅찬 가슴에 속삭이고, 마침내 가슴을 터지게 하고 만다오.

맥다프 어린 것들까지?

로스 네, 형수님, 조카들, 하인 할 것 없이 눈에 띄는 대로 모조리.

맥다프 그런데 나는 그곳을 떠나 있어야 하다니! 아내도 역시 참살당했다고?

로스 네, 그렇습니다.

맬컴 진정하시오. 자, 우리의 원수를 크게 갚을 약을 조제해서 죽음과도 같은 이 비통을 치료하도록 합시다.

맥다프 으음, 그에게는 자식이 없다. 나의 귀여운 아이들을 모조리 죽였다고 하였지? 오, 지옥의 독수리 같으니! 모조리? 아아, 귀여운 병아리와 어미닭을 단번에 죄다 채갔단 말인가?

맬컴 대장부답게 참으시오.

맥다프 참으리다. 하지만 대장부 역시 슬퍼하지 않을 수 없습니다. 돌이켜 생각하지 않을 수 없구나, 나에게 보배 같은 처자들이 있었던 것을. 하늘은 가만히 보고만 계셨단 말인가? 죄 많은 맥다프, 너 때문에 모두들 참살되지 않았는가? 나는 나쁜 놈이다. 아무 죄도 없이, 오직 내 죄 때문에 그들이 살육당하다니. 그들의 영혼 위에 안식을 내리소서!

맬컴 이 일을 칼을 가는 숫돌로 삼고, 슬픔을 분노로 돌리시오. 마음을 무디지 않게 분발시키시오.

맥다프 아, 눈으로는 여자같이 울고, 혀로는 허풍쟁이같이 떠들 수 있다면 얼마나 좋겠습니까! 그러나 하느님, 온갖 장애물을 없애주시어 속히 저를 저 스코틀랜드의 악마와 맞서게 하옵소서. 그놈을 이 칼이 닿는 곳에 갖다 놓아주옵소서. 만약 그가 그 칼을 피할 수 있다면 그때는 그놈을 용서해주셔도 좋습니다.

맬컴 참으로 대장부다운 말씀이오. 자, 국왕 폐하의 어전으로 갑시다. 군대는 출동 대기 중이고, 남은 것은 작별 인사뿐이오. 맥베스는 이제 다 익어 있으니 흔들면 떨어질 것이오. 천사군天使軍은 우리를 격려하고 있소. 마음껏 기운을 돋웁시다. 아무리 긴 밤이라도 날은 밝습니다.

ACT 5

21

[제5막 제1장]

단시네인 성의 한 방.

시의와 시녀 등장.

시의 이틀 밤이나 함께 지켜보았으나, 말한 바와 같은 사실을 볼 수 없구려. 대체
　　왕비님께서 요즈음 그렇게 걸어 다니신 것이 언제부터였소?

시녀 왕이 출진하신 뒤부터 저는 목격해왔습니다. 왕비님께서는 침상에서 일어
　　나시어 자리옷을 걸치시고는, 무언가 글을 쓰셔서 읽어보신 다음, 봉해가지
　　고 침상으로 돌아가셨습니다. 그런데 그렇게 하시는 동안 내내 깊은 잠에 빠
　　져계시더라니까요.

시의 심한 정신 착란인가 보오. 수면의 은혜를 받는 동시에 깨어계실 때와 같이
　　행동을 하시다니! 그런데 그 몽유夢遊 상태로 걸어 다니면서 여러 가지 일들을

ACT 5

하실 때에, 무슨 말씀을 하시는 것을 들은 적은 없소?

시녀 네, 하지만 말씀드리기 거북한 내용이에요.

시의 내게야 상관없잖소, 이야기를 하시오.

시녀 안 돼요. 시의님에게든 누구에게든 말씀드릴 수 없습니다. 직접 보지 않고
는 제 이야기를 믿을 사람은 아무도 없어요.

맥베스 부인, 촛불을 들고 등장.

시녀 저것 보세요, 나타났습니다! 바로 저런 모양이에요. 정말이지, 깊은 잠에 빠
져계시다니까요. 주의해서 보세요, 여기 숨어서.

시의 저 촛불을 어떻게 손에?

시녀 머리맡에 있는 촛불이에요. 머리맡에 켜두라고 분부를 하시거든요.

시의 저것 봐요, 눈을 뜨고 계시군.

시녀 네, 하지만 의식은 닫혀 있어요.

시의 대체 무얼 하시는 겁니까? 저렇게 손을 문지르고 계시니.

시녀 저렇게 늘 손 씻는 시늉을 하신답니다. 15분가량이나 계속하는 경우도 있
어요.

맥베스 부인 아직도 여기에 흔적이.

시의 가만, 말을 하시는군! 하시는 말을 적어두어야겠다, 기억을 충분히 뒷받침
하기 위해.

맥베스 부인 지워져라, 이 망할 흔적 같으니! 지워지라니까! 하나, 둘, 2시다. 이
제 단행할 시간이다. 지옥은 컴컴하기도 하구나! 아니, 폐하, 무인武人이 그렇
게 겁을 내세요? 누가 알까 봐 겁낼 게 뭐예요? 우리의 권력을 재판할 자가
어디 있어요? 하지만 그 늙은이가 그토록 피가 많을 줄이야 누가 생각인들 했

겠어요?

시의 (시녀에게) 듣고 있소?

맥베스 부인 파이프의 영주는 아내가 있었지. 그 부인은 지금 어디 있을까? 이제 이 손은 도저히 말끔하게 씻어지지 않는단 말인가? 그만두세요. 이제 제발 그만두세요. 그렇게 겁을 내시면 일을 죄다 망치고 만다니까요.

시의 저런, 저런, 알아서는 안 될 일을 알고 말았군.

시녀 왕비님께서 해서는 안 될 말씀을 하셨습니다. 그것은 아는 사람이나 알 내용이에요.

맥베스 부인 아직도 피비린내가 나는구나. 아라비아의 온갖 향수를 가지고도 이 작은 손 하나를 말끔히 씻어내지는 못할 것이다. 아, 아, 아!

시의 무슨 탄식을 저렇게 하실까! 마음이 무거우신 모양이로군.

시녀 온몸에 여왕의 권위를 다 가진다 해도, 가슴에 저런 탄식을 갖는 건 싫어요.

시의 암, 암, 그렇고말고…….

시녀 부디 낫게 해드리세요, 시의님.

시의 이 병은 내 힘으로는 고칠 도리가 없소. 하긴 몽유병자 중에도 편안히 운명한 분들이 없지도 않소만.

맥베스 부인 손을 씻고 자리옷을 입으세요. 그렇게 질린 얼굴을 하지 마시고, 뱅코는 이미 파묻힌 사람이에요. 무덤에서 살아 나올 수는 없습니다.

시의 음, 그렇구나.

맥베스 부인 자, 침실로, 누가 문을 두드리고 있군요. 자, 자, 손을 이리 주세요. 해버린 일은 어찌할 수 없잖아요. 자, 침실로 가서 쉽시다.

시의 이젠 침실로 가시는 건가요?

시녀 네, 곧장.

시의 흉측한 소문이 퍼지고 있소. 순리를 어기면 부자연스러운 혼란이 생기게 마런이오. 병이 든 마음은 귀 없는 베개에다 심중의 비밀을 누설하는 법, 왕비님께는 의사보다도 목사가 더 필요하오. 하느님, 우리 중생을 용서하옵소서! 잘 돌보아드리시오. 위험한 도구일랑 곁에서 치우고 항상 지켜보시오. 그럼, 안녕. 내 의식은 희미해지고 눈은 혼란에 빠졌소. 생각은 있어도 말을 할 수가 없구려.

시녀 시의님, 안녕히 주무세요.

(두 사람 퇴장)

22

[제5막 제2장]

던시네인 부근의 시골.

북과 군기를 든 병사들에 이어 맨티스, 케스네스, 앵거스, 레녹스, 병사들 등장.

맨티스 잉글랜드 군이 다가오고 있소. 맬컴과 그의 숙부 시워드, 그리고 용감한 맥다프의 지휘 아래. 그분들은 복수심에 불타고 있소. 사실 그분들의 절실한 원한을 안다면 지하에 계신 선왕의 차디찬 시체라도 분기하여 처참한 공격에 가담할 것이오.

앵거스 아마도 버넘 숲 근처에서 우리와 만나 합세하게 될 것 같소. 저 길로 진격해 오고 있는 것을 보니.

케스네스 도날베인 왕자도 그 형님과 같이 있는지, 누구 아시오?

레녹스 분명히 같이 계시지는 않소. 나는 명문 출신 자제의 명부를 모두 가지고 있소. 그 중에는 시워드의 영식을 비롯하여 아직 수염도 나지 않은 수많은 젊은이들이 끼여 있지만 그 왕자님은 없소.

맨티스 폭군 맥베스의 정세는 어떻소?

케스네스 단시네인 성의 방비를 강화하고 있다고 하오. 그가 미쳤다고 보는 사람
도 있지만, 그를 덜 증오하는 사람들은 그것을 격분한 용기라고도 하오. 그러
나 아무튼 그 미쳐 날뛰는 마음을 자제력의 혁대 안에 죄어둘 수 없는 것만은
분명하오.

앵거스 이젠 그도 느낄 것이오, 자기의 비밀스러운 살육이 손에 달라붙어 떨어지지
않고, 시시각각으로 반란이 일어나 그의 불의를 책하고 있다는 것을. 그의 휘
하에 있는 사람들은 하는 수 없이 명령에 움직이고 있을 뿐, 절대로 충성된 마
음에서 움직이는 것이 아니오. 지금은 그도, 거인의 옷을 난쟁이가 훔쳐 입은 격
으로, 왕의 칭호가 자기 몸에 맞지 않는다는 것을 절실히 느끼고 있을 것이오.

맨티스 하긴, 그의 고뇌에 찬 마음이 동요되고 놀라는 것도 무리는 아니오, 그의
마음 자체가 자기 존재를 저주하는 판이니.

케스네스 자, 그럼 진군하여 진심으로 복종해야 할 분에게 충성을 바칩시다. 병든
이 나라를 치료할 국수國手를 어서 만나, 그분과 더불어 나라를 정화하기 위하
여 최후의 한 방울까지 우리의 피를 바칩시다.

레녹스 물론이오. 우리의 피를 바쳐 군주의 꽃을 이슬로 적시고, 잡초란 잡초는
모두 송두리째 뽑아버립시다. 자, 그럼, 버넘으로 진군합시다. (진군하며 퇴장)

23

[제5막 제3장]
단시네인 성의 안뜰.
맥베스, 시의, 시종들 등장.

맥베스 보고는 이제 그만 가져오너라. 달아날 놈은 다 달아나거라. 버넘 숲이 단
시네인으로 움직여 오지 않는 한 겁날 것은 하나도 없다. 애송이 맬컴이 다 뭐
냐? 여자가 낳은 놈이 아닌가? 인간의 운명을 환히 알고 있는 정령들이 내게
확언한 바 있다. "두려워 말라, 맥베스. 여자에게서 태어난 자로, 그대에게 맞
설 자는 없느니라."라고. 그러니 믿지 못할 영주놈들아, 멋대로 달아나고 멋대
로 도망쳐서 잉글랜드의 놈팡이들과 한패가 되려무나. 내가 좌우하는 의자가,
내가 지닌 용기가, 의심과 불안 따위로 꺾일까 보냐? 흔들릴까 보냐!

하인 등장.

맥베스 악마한테 끌려가 시커멓게 화장되어라! 그 새파래진 낯짝이 뭐냐, 바보놈
같으니! 어디서 그런 거위 같은 상통을 주워 왔느냐?

하인 약 1만의…….

맥베스 거위가 왔단 말이냐, 응?

하인 적의 군사들 말씀입니다, 폐하.

맥베스 그 낯가죽을 벗겨서라도 그 겁쟁이 얼굴을 빨갛게 해줄 테다. 겁쟁이놈 같
으니. 무슨 군사 말이냐, 못난 놈아? 죽어 없어져버려라! 그 하얗게 질린 낯짝
을 보면, 멀쩡한 사람까지 겁쟁이가 되겠다. 무슨 군사 말이냐, 겁을 먹어 낯
짝이 새파래진 녀석아?

하인 황송하오나, 잉글랜드의 군사입니다.

맥베스 그 낯짝 보기 싫다. 썩 꺼지지 못하겠느냐. (하인 퇴장) 여봐라, 시튼! (명상
에 잠겨서) 속이 메스껍다니까, 그런 낯짝을 보면 ── 시튼, 거기 없느냐? ──
이번 일전으로 나는 영원히 기쁨을 누리거나, 몰락을 당하거나 할 것이다. 이
제는 살 만큼 살았다. 나의 생애도 황색 낙엽기에 접어들었다. 더욱이 노년의

벗이라 할 명예니, 애정이니, 복종이니, 친구니 하는 것은 나와 전혀 인연이 없다. 아니, 반대로, 소리는 낮으나 뿌리 깊은 저주와 아첨, 빈말 따위가 달라붙어, 물리치려고 해도 마음이 약해서 물리칠 수가 없다. 시튼!

시튼 등장.

시튼 무슨 분부이십니까?

맥베스 또 무슨 소식이 없느냐?

시튼 지금까지의 보고가 모두 사실임이 판명되었습니다.

맥베스 으음, 나는 싸울 테다, 이 뼈에서 살이 깎여질 때까지. 갑옷을 다오.

시튼 아직은 그렇게까지 하실 필요가 없다고 봅니다.

맥베스 아니다, 입어야 한다. 기마대를 더 내어 전국을 순찰시켜라. 공포감을 조장하는 놈들은 교수형에 처해버려라. 당장 갑옷을 갖다 다오. (시튼, 갑옷을 가지러 나간다.) 시의, 환자는 어떠한가?

시의 네, 병환이라기보다는 격심한 괴로운 망상에 사로잡혀 안식을 얻지 못하시는가 합니다.

맥베스 그러니 그것을 고쳐달라는 거요. 그래, 그대는 마음의 병은 치료하지 못한단 말이오? 뿌리 깊은 근심을 기억에서 뽑아내고, 뇌수에 찍힌 고뇌를 지워줄 수 없단 말이오? 상쾌하고 감미로운 망각의 잠자리에 눕혀, 마음을 짓누르는 위험물을 답답한 가슴에서 없애줄 좋은 약이 없단 말이오?

시의 그것은 환자 자신이 치료해야 합니다.

시튼이 갑옷을 들고 무구武具 담당자와 함께 등장.
무구 담당자는 곧 맥베스에게 갑옷을 입히기 시작한다.

맥베스 의술 따위는 개에게나 던져줘라, 나에게는 필요 없으니. 자, 갑옷을 입혀라. 지휘봉을 이리 다오. 시튼, 군대를 더 파견하라. 시의, 영주들이 달아나고들 있다. 자, 어서 입혀라. 시의, 그대 힘으로 이 나라의 병세를 진찰하고 병증을 짚어내어 독을 완전히 씻어내고 다시 회복시킬 수 있다면 나는 당신을 찬양하겠소. 그 찬양하는 소리가 메아리쳐 울리고, 그 메아리가 다시 이쪽으로 울려올 정도로—— 그것은 벗기라니까—— 대황大黃이나 센나* 또는 다른 어떤 하제라도 써서 잉글랜드 놈들을 이곳에서 모조리 쓸어낼 도리는 없을까? 그 놈들 소문을 들었소?

시의 네, 폐하께서 전쟁 준비를 하시어 저희들도 그들의 소문을 들었습니다.

맥베스 그 갑옷을 나중에 가져오너라. 이제는 죽음도 파멸도 무섭지 않다, 버넘 숲이 단시네인으로 옮겨 오지 않는 한. (맥베스 퇴장. 시튼도 무구 담장자와 함께 뒤따라 퇴장)

시의 이 단시네인에서 탈출할 수만 있다면 아무리 좋은 수가 생긴다 해도 누가 다시 돌아올까 보냐. (퇴장)

24

[제5막 제4장]

버넘 숲 부근의 시골.

북과 군기. 맬컴, 시워드, 시워드의 아들, 맥다프, 맨티스, 케스네스, 레녹스, 로스, 병사들 진군하며 등장.

---

* 콩과의 소관목. 작은 잎 조각을 모아 건조시킨 것은 센나잎이라 하여 하제下劑로 씀.

맬컴 여러분, 이젠 자기 집에서 편히 쉴 날도 머지않은 것 같소.

맨티스 그것은 의심할 여지가 없습니다.

시워드 저기 저 숲은?

맨티스 버넘 숲.

맬컴 병사들에게 각기 나뭇가지를 하나씩 꺾어서 앞에 들게 합시다. 그렇게 하면 이쪽 병력이 숨겨져 적의 척후병이 잘못된 보고를 가져갈 것이오.

병사들 네, 잘 알았습니다.

시워드 듣자니, 자신만만한 폭군은 단시네인에 농성하면서 아군의 포위를 막아내려고 하는 모양이오.

맬컴 그것만이 그자의 유일한 희망일 거요. 기회만 있으면 지위가 높은 자건 낮은 자건 할 것 없이 반란을 일으키고 있으니까. 이제는 할 수 없이 붙어 있는 자들밖에 없는데, 그들의 마음 역시 들떠 있소.

맥다프 우리 쪽 판단의 정확 여부는 결과로써 판명되리라. 아무튼 우리는 용사로서의 직분을 다합시다.

시워드 때는 다가왔소, 우리가 얻은 것과 잃은 것이 무엇인지를 정확히 심판하여 줄 때가. 흔히들 불확실한 희망적인 추측을 하지만, 확실한 결과는 공격만이 판정해줄 것이오. 자, 전투를 하러 갑시다.

(모두 진군하면서 퇴장)

25

[제5막 제5장]

단시네인 성의 안뜰.

맥베스, 시튼, 북과 군기 등을 든 병사들 등장.

맥베스 군기를 바깥 성벽에 매달아라. 여전히 "적이 온다!" 함성을 지르고들 있다. 이 성은 난공불락, 포위가 다 뭐냐. 내버려 두어라, 기아와 질병에게 모조리 다 잡아먹혀버릴 때까지. 반역자들만 놈들에게 가세하지 않았던들, 이쪽에서 쳐나가 수염을 맞대고 싸워, 놈들을 제 나라로 쫓아버릴 수 있었을 것을. (안에서 여자들의 비명) 저 소리는 무엇이냐?

시튼 부인들의 울음소리입니다. (퇴장)

맥베스 이제는 공포의 맛도 거의 다 잊어버렸구나. 밤에 비명을 들으면 가슴이 서늘해지던 시절도 있었다. 무서운 이야기를 들으면 머리칼이 살아 있는 듯 뻣뻣이 곤두선 적도 있었다. 공포도 실컷 맛본 나다. 그러나 이젠 살인의 기억도 예사가 되어버리고, 아무리 무서운 일에도 나는 끄떡하지 않는다.

시튼 다시 등장.

맥베스 무엇 때문에 우느냐?

시튼 왕비님께서 운명하셨습니다.

맥베스 지금이 아니라도 언젠가는 죽어야 할 사람, 한 번은 그런 소식이 있고야 말 것이 아닌가. 내일, 내일, 또 내일은 매일 살금살금 인류 역사의 최후 순간까지 기어들고, 우리의 어제라는 날들은 모두 어리석은 자들이 무덤으로 가는 길을 비쳐왔다. 꺼져라, 꺼져, 짧은 촛불아! 인생이란 한낱 걷고 있는 그림자, 가련한 배우. 제 시간엔 무대 위에서 활개치고 안달하지만, 얼마 안 가서 영영 잊혀버리지 않는가. 그것은 천치가 떠들어대는 이야기 같다고나 할까. 고래고래 고함을 지른다, 아무런 의미도 없이.

사자 등장.

맥베스 혓바닥을 놀리러 왔구나. 어서 말해보라.

사자 폐하, 이 눈으로 확실히 본 일을 아뢰어야겠습니다. 그러나 어떻게 아뢰어
야 좋을지는…….

맥베스 얼른 말해보라.

사자 소인이 언덕 위에서 망을 보며 서 있다가 버넘 숲 쪽을 바라보니, 느닷없이
숲이 움직이는 듯한 느낌이 들었습니다.

맥베스 고얀 거짓말쟁이 같으니!

사자 사실이 아니라면 어떠한 노여움이라도 감수하겠습니다. 3마일 이내의 지점
에서 확실히 이쪽으로 오고 있습니다. 숲이 움직이며 접근해 오고 있습니다.

맥베스 만약 거짓말이라면 근처 나무에다 너를 산 채로 매달아 굶어죽게 할 테다.
그러나 네 말이 사실이라면 네가 나를 그렇게 해도 좋다. 나의 결심이 흔들리
는구나! 악마들이 그럴듯하게 참말같이 꾸며대어 거짓말을 한 게 아닐까, 〈
염려하지 마라. 버넘 숲이 단시네인을 향해 쳐들어오지 않는 한〉이라고. 지금
그 버넘 숲이 단시네인을 향해 쳐들어온다고 하지 않는가. 무기를, 무기를, 무
기를 들고 나서라! 자, 출격이다! 저놈이 한 말이 사실이라면 이젠 피할 수도
지체할 수도 없다. 이젠 태양도 쳐다보기 싫다! 경종을 울려라! 바람아, 불어
라! 파멸이여, 오라! 갑옷이라도 등에 걸머지고 죽겠다.

(허둥지둥 퇴장)

26

[제5막 제6장]

단시네인 성문 앞.

북과 군기. 맬컴, 시워드, 맥다프, 휘하 군대, 나뭇가지를 앞에 들고 등장.

맬컴 자, 다 왔소. 이제는 위장물들을 다 내던지고 본 모습을 나타내시오. 숙부님은 저의 사촌인 아드님과 더불어 제1진을 지휘해주십시오. 맥다프와 저는 나머지 전부를 맡겠습니다, 작전 계획대로.

시워드 잘 가오. 오늘 밤 폭군의 군대를 만나면 분전합시다, 목숨을 걸고.

맥다프 나팔을 불어라, 힘차게. 유혈과 살육을 요란히 고하는 나팔을.

　　나팔 불며 진군.

27

[제5막 제7장]

같은 장소.

맥베스, 성에서 나온다.

맥베스 나는 말뚝에 매여 있는 격이다. 달아나려 해도 달아날 수가 없으니. 이젠 곰같이 발광을 해주는 수밖에 별 도리가 없다. 대체 여자가 낳지 않은 놈이 누구란 말이냐? 그놈밖엔 난 무서운 놈이 없다.

　　젊은 시워드 등장.

젊은 시워드 누구냐, 이름을 대라!

맥베스 이름을 들으면 너는 질겁할 게다.

젊은 시워드 천만에! 지옥의 악마보다 더 무서운 이름을 대도 두려울 것이 없다.

맥베스 내 이름은 맥베스다.

젊은 시워드 악마가 제 이름을 대도 내 귀에는 이보다 더 밉살스럽지 못할 것이다.

맥베스 그렇지. 이보다 더 무서운 이름은 없을 것이다.

젊은 시워드 듣기 싫다. 흉악한 폭군아! 이 칼로 네 허풍을 증명해 보일 테다. (두 사람 맞싸운다. 젊은 시워드가 살해당한다.)

맥베스 너도 여자가 낳은 놈이로구나. 어떠한 검을 휘둘러도, 어떤 무기를 들고 오더라도, 상대가 여자가 낳은 놈이라면 모든 것이 우스울 따름이다.

맥베스 퇴장하자, 곧 그 안에서 몹시 격렬하게 싸우는 소리가 들려온다. 반대 방향에서 맥다프 등장.

맥다프 저쪽에서 떠들썩한 소동이. 폭군아, 얼굴을 드러내라! 네가 죽더라도 내 칼에 죽지 않으면, 나는 처자의 망령으로부터 영원히 괴로움을 받을 것이다. 고용되어 창을 든 비참한 민병民兵을 베어서 무엇하랴? 맥베스, 네놈이 상대가 아니면 칼날이 명분을 잃고 칼집에 도로 들어갈 수밖에. 저기 있나 보다. 저 요란한 소리는 어떤 큰 놈이 있다는 증거. 운명이여, 제발 그놈을 만나게 해다오! 그 이상은 어떤 것도 더 바라지 않는다.

(맥베스를 쫓아 퇴장. 안에서 요란한 북, 종, 나팔 소리.)

맬컴과 노 시워드 등장.

시워드 이쪽이오. 성은 간단히 함락되었소. 폭군의 부하들은 두 파로 분열되어 맞 싸우고, 영주들도 용감히 싸우고 있소. 말할 것도 없이 오늘의 승리는 이제 왕 자님의 것, 다시 할 일도 별로 없는 것 같소.

맬컴 적병들을 만났는데, 다들 마지못해 싸우는 형편이오.

시워드 자, 입성하십시오. (두 사람, 성문으로 들어간다. 북과 나팔 소리.)

28

[제5막 제8장]

같은 장소.

맥베스 등장.

맥베스 어째서 내가 로마의 못난이들같이 자결을 해야 한단 말인가? 살아 있는
동안이나 눈에 띄는 대로 베는 것이 상책이 아니겠는가.

맥다프가 뒤를 쫓아 등장.

맥다프 돌아서라, 지옥의 마귀 같으니, 돌아서라.

맥베스 많은 적 중에서 너만은 피해오던 참이다. 도망가라, 자, 내 영혼은 이미 네
일족의 피로 짐이 너무 무겁다.

맥다프 너 같은 놈과는 말할 필요도 없다. 이 칼이 네 말을 대신하리라. 말로는 형
용 못할 이 극악한 악당 같으니! (두 사람, 격렬하게 싸운다. 안에서 북과 나팔 소리.)

맥베스 헛수고 마라. 너의 그 예리한 칼은 벨 수 없는 공기에 칼자국을 낼 수는 있
을지언정 내 몸에 상처를 내지는 못한다. 그 칼로 벨 수 있는 머리나 베려무나.
내 생명에는 마력이 들어 있어 여자가 낳은 놈에게는 절대 굴복하지 않는다.

맥다프 그까짓 마력은 단념해라. 네가 늘 믿어온 마녀에게 물어봐라, 이 맥다프는
달이 차기 전에 어머니 배를 가르고 나왔다고 일러줄 게다.

맥베스 그 따위 말을 하는 혓바닥은 저주나 받아라! 그 말 한마디에 사나이다운

내 용기가 꺾이는구나. 요술쟁이 악마들 같으니, 이젠 누가 더 믿을까 보냐?
두 가지 의미로 사람을 속여 약속을 지키는 척하다가는 막판에 이르러 깨뜨리
다니. 맥다프, 너와는 싸우기 싫다.

맥다프 비겁한 자야, 그러면 항복을 해라. 그리고 목숨을 보전하여 세상의 웃음거
리나 되어라. 진기한 괴물인 양 너의 화상을 막대기 끝에 걸어가지고, 그 아래
에 〈폭군을 보라.〉 하고 써 붙이겠다.

맥베스 누가 항복할까 보냐! 풋내기 맬컴의 발목 앞에서 땅을 핥고, 어중이떠중
이들의 저주에 욕을 보지는 않을 테다. 설사 버넘 숲이 단시네인으로 올지라
도, 그리고 여자가 낳지 않았다는 너와 대적할지라도, 나는 최후의 힘을 다해
볼 테다. 맥다프, 도중에 먼저 〈손들었다.〉 하고 우는 소릴 하는 자는 지옥행
이다. (두 사람이 성벽 아래서 결전 끝에 맥베스가 살해되고 만다.)

29

[제5막 제9장]

단시네인 성 안.

전투 중지를 알리는 나팔 소리. 북과 군기, 이어 맬컴, 시워드, 로스, 그 밖의 영주, 병사들
등장.

맬컴 지금 여기 보이지 않는 전우들이 무사히 돌아와주었으면 좋겠는데.

시워드 약간의 희생은 어쩔 수 없는 일이오. 그러나 이만한 대승리에 희생은 극히
적은 것 같습니다.

맬컴 맥다프가 보이지 않는구려. 그리고 장군의 아드님도…….

로스 영식께서는 무인武人의 의무를 다하셨습니다. 그는 이제 겨우 성년이 된 나

이로, 일보도 물러나지 않고 분전하여, 무용武勇으로 대장부임을 실증하자마
자 용사답게 전사하였습니다.

시워드 그 애가 전사했다고?

로스 네, 유해는 이미 싸움터에서 옮겨놓았습니다. 전사의 슬픔을 영식의 인격으
로 계량하지 마십시오. 그렇게 하시면 슬픔은 한이 없습니다.

시워드 상처는 정면에 입었던가요?

로스 네, 이마에.

시워드 아, 그렇다면 신의 용사가 되리라! 설사 머리털 수만큼 많은 자식을 가졌
다 할지라도 그보다 더 장한 죽음은 바라지 않겠소. 이것으로 그 애에 대한 애
도는 끝났소.

맬컴 더 슬퍼해주어야 합니다. 내가 대신 애도해주겠습니다.

시워드 이것으로 충분하오. 용감히 싸워 무인의 의무를 다했다지 않소. 오직 신의
가호를 빌 뿐이오! 저기 새로운 기쁜 소식이 있는 것 같구려.

맥다프, 맥베스의 목을 장대에 베어 들고 등장.

맥다프 국왕 폐하 만세! 이젠 국왕이십니다. 보십시오. 여기 왕위 찬탈자의 가증
스러운 머리가 있습니다. 이제는 천하태평, 진주 같은 이 나라의 정수들이 지
금 폐하의 주위에 모두 둘러서서 저와 똑같은 축하를 마음속으로부터 외치고
있습니다. 자, 다들 같이 소리 높여 외칩시다. 스코틀랜드 국왕 만세!

모두 스코틀랜드 국왕 만세! (우렁찬 나팔 소리)

맬컴 많은 시일을 지체하지 않고 여러분의 충성을 각각 헤아려서 응분의 보답을
할 작정이오. 나의 영주들과 근친들, 지금 여러분을 백작으로 봉하노니, 이는
스코틀랜드가 처음 수여하는 명예로운 칭호가 될 것이오. 이제 앞으로 시국에

맞추어 새로 확립시켜야 할 일들, 즉 극악무도한 폭군의 함정을 피하여 해외로 망명한 동포들을 불러오고, 참수된 이 살인 왕과 제 손으로 독살스럽게 생명을 끊었다는 마귀 같은 왕비의 잔학한 수하들을 잡아내고, 그 밖의 모든 필요한 일들을 신의 가호 아래 시간과 장소를 가려 적절하게 실행하겠소. 끝으로 여러분 모두에게, 그리고 한 분 한 분께 감사를 드리오. 그럼 스콘에서 거행될 대관식에 참석해주기 바라오. (우렁찬 나팔 소리. 모두 행진하며 퇴장.)

ROMEO
AND
JULIET

로미오와
줄리엣

로미오와
줄리엣

장소

베로나와 만투아

등장인물

몬터규 | 양쪽 원수 집의 가장

캐퓰릿 | 양쪽 원수 집의 가장

로미오 | 몬터규의 아들

줄리엣 | 캐퓰릿의 딸

몬터규 부인

캐퓰릿 부인

유모 | 줄리엣의 유모

로런스, 존 | 프란체스코파派 신부

에스컬러스 | 베로나의 영주

머큐시오 | 영주의 집안사람, 로미오의 친구

벤볼리오 | 몬터규의 조카

티볼트 | 캐퓰릿 부인의 조카

패리스 | 청년 귀족, 영주의 집안사람

밸더자 | 로미오의 하인

샘슨, 그레거리 | 캐퓰릿 집안의 하인

에이브러햄 | 몬터규 집안의 하인

피터 | 유모의 하인

영감 | 캐퓰릿의 친척

약방 영감

악사 3명

패리스의 시동侍童, 또 한 명의 시동, 관리 한 명

그 밖에 시민들, 양쪽 집의 일가들, 야경꾼들, 하인들, 시종들

ACT 1

프롤로그

프롤로그 담당자 등장.

프롤로그 담당자 양쪽 다 세도 있는 두 집안이

　　　아름다운 베로나를 무대로 하여

　　　오랜 원한에서

　　　또 싸움을 벌여

　　　평화로운 시민의 피를 흘리게 합니다.

　　　이 숙명적인 두 원수의 집안에서

　　　한 쌍의 불우한 연인이 태어납니다.

　　　그 사랑의 슬프고 불운한 파멸은

　　　죽음으로써 두 집안 부모들의 갈등을 매장합니다.

죽음으로 끝나는 그들의 슬픈 이야기와
자식들이 죽고서야 풀어진 두 집안 부모들의 끈질긴 불화
이것이 지금부터 두어 시간 상연됩니다.
여러분이 참고 보아주신다면 모자라는 점은
배우들이 노력해서 메울 것입니다. (퇴장)

1

[제1막 제1장]

베로나 광장. 캐퓰릿 집안의 하인 샘슨과 그레거리, 칼과 방패를 들고 등장.

샘슨 이봐, 그레거리, 이젠 더 못 참겠어.

그레거리 그래, 못 참겠으면 석탄 짐이나 날라 먹어야지.

샘슨 아냐. 화가 나면 쓱 칼을 뽑겠단 말일세.

그레거리 글쎄, 살아 있는 동안 자네 모가지가 뽑히지 않도록 조심하게.

샘슨 나는 손이 빨라. 화가 났다 하면 당장 칼을 뽑을 걸세.

그레거리 웬걸, 자네가 어디 그렇게 쉽사리 화가 나야 말이지.

샘슨 아냐, 몬터규네 강아지 새끼만 봐도 화가 나는걸.

그레거리 화가 나면 법석을 떨게 되고, 기운이 나면 버티게 마련이야. 그러니까 자넨 화가 나면 법석을 떨고 뺑소니칠 수밖에.

샘슨 그 집 강아지 새끼만 봐도 화가 나서 못 견디겠다니까. 몬터규네 것들이라면 년놈 할 것 없이 길 가운데 진창으로 밀어내고, 나는 담 쪽 좋은 길을 차지할 테야.

그레거리 그게 자네가 약하다는 증거지. 가장 약한 자가 담 쪽으로 가거든.

샘슨 옳아, 그래서 약한 여자는 담 쪽으로 밀려나게 마련이로군. 그럼 난 몬터규
　　네 녀석들을 담에서 밀어내고 여자들은 담 쪽으로 밀어붙이겠네.

그레거리 싸움은 주인과 우리네 하인들끼리, 즉 남자들끼리 하는 싸움이 아니던가.

샘슨 마찬가지일세. 난 실컷 포악 좀 부리겠어. 녀석들하고 싸움이 끝나면 여자
　　들도 맛 좀 보여줘야지 ── 그것들, 급소를 찔러놓고 말 테다.

그레거리 여자들의 급소를?

샘슨 암, 그것들의 급소, 처녀들의 거기 말야. 자네 맘대로 생각하게나.

그레거리 고것들이 아픈 맛 톡톡히 보겠군그래.

샘슨 내가 버티고 서는데 고것들이 아프지 않고 배기나. 이래 봬도 내 물건은 꿍
　　장하거든.

그레거리 생선이 아닌 게 다행이군. 생선이었더라면 기껏해야 간대구였을 테니
　　까. 자, 칼을 뽑게. 저기 몬터규 것들이 오네.

　　몬터규네 하인 에이브러햄과 또 한 명의 하인 등장.

샘슨 자, 칼을 뽑았네. 시비를 걸어. 내가 거들 테니.

그레거리 흥, 뒤로 도망치려고?

샘슨 내 걱정은 마.

그레거리 천만에. 내가 자네 걱정까지 해?

샘슨 그럼 우리 편은 가만히 있고, 그들이 시비를 걸어 오게 하세.

그레거리 그럼 내가 저 녀석들 옆으로 지나가면서 얼굴을 찡그리겠어. 어떻게 생
　　각하든 마음대로 하라지.

샘슨 아냐, 그건 저 녀석들의 배짱 나름이야. 나는 엄지손가락을 씹어서 녀석들
　　을 모욕해줘야지. 그래도 가만있다면 자기네 체면 문제니까.

에이브러햄 이봐요, 왜 우릴 보고 손가락을 씹는 거요?

샘슨 난 내 손가락을 씹고 있소.

에이브러햄 아니, 우리를 보고 손가락을 씹는 게 아니오?

샘슨 (그레거리에게) 그렇다고 말해줘도 별 탈 없을까?

그레거리 안 돼.

샘슨 천만에요. 난 당신을 보고 씹은 게 아니고 그저 내 손가락을 씹었을 뿐이오.

그레거리 당신, 시비 거는 거요?

에이브러햄 시비라고요? 천만에.

샘슨 해볼 테면 해봐. 나도 당신네만큼 훌륭한 주인을 섬기는 사람이니까.

에이브러햄 우리만 못할걸.

샘슨 글쎄.

　　벤볼리오 등장.

그레거리 (샘슨에게) 더 훌륭하시다고 그래. 마침 주인 한 분이 오신다.

샘슨 암, 더 훌륭하고말고.

에이브러햄 거짓말 마!

샘슨 대장부라면 칼을 빼보시지. 그레거리, 자네의 그 날랜 칼솜씨 좀 부탁하네.

　　(그들 싸운다.)

벤볼리오 갈라서라, 바보 같은 녀석들! 거두어라. 무슨 짓을 하는지도 모르는구나.

　　티볼트 등장.

티볼트 아니, 이 비겁한 하인 녀석들 틈에 끼어 칼을 빼 들고 있어? 벤볼리오, 돌아서라, 내가 너를 죽여주마.

벤볼리오 난 싸움을 말리고 있을 뿐이다. 네 칼이나 거두어라. 그러지 않으려면 그 칼로 나와 같이 이들을 뜯어말리든지.

티볼트 뭐, 칼을 빼 들고 싸움을 말려? 지옥도, 몬터규네 족속도, 그리고 너도 다 밉살스럽다. 자, 칼을 받아라. 이 비겁한 놈아!

이들 싸운다. 두 집안 사람 몇몇 등장하여 싸움에 가담한다. 이어 몽둥이를 쥔 시민들 등장.

시민 몽둥이다. 단창이다. 도끼다! 놈들을 때려눕혀라. 몬터규 놈들이건 캐퓰릿 놈들이건 때려눕혀라!

실내복 바람으로 캐퓰릿 영감이 부인과 함께 등장.

캐퓰릿 이게 웬 소동이냐? 이리 다오, 내 장검長劍을 어서!

캐퓰릿 부인 아니에요, 지팡이를 가져와요! 칼은 왜 찾으세요?

캐퓰릿 칼을 달라니까! 늙은 몬터규 놈이 나 보란 듯이 칼을 휘두르며 오고 있잖소.

몬터규 영감과 그의 부인 등장.

몬터규 이 악당 캐퓰릿 놈아! 이것 놔라. 잡지 마라.

몬터규 부인 싸우시겠다면 한 발짝도 못 떼게 붙들겠어요.

영주 에스컬러스가 부하를 거느리고 등장.

영주 치안을 어지럽히는 불온한 것들! 이웃끼리 피로 칼을 물들이는 것들아! 내
말을 들어라! 에이, 짐승만도 못한 것들! 흉악한 분노의 불을 너희 핏줄에서
흐르는 붉은 피로 끄겠단 말이냐! 고문이 두렵거든 그 피에 젖은 손에서 흉기
를 땅에 던지고 성난 너희 영주의 말을 들거라. 너희들 캐퓰릿과 몬터규 두 늙
은이는 실없는 말로 세 번이나 싸워서 조용한 시중을 시끄럽게 하여, 베로나
노인들은 그 몸에 어울리는 지팡이를 내던지고 평화에 녹슨 낡은 창을 역시나
늙은 손으로 휘둘러 너희들 마음속의 녹슨 증오를 제거하려고 애를 쓰고 있
다. 앞으로 또다시 시중을 시끄럽게 하는 날이면, 치안을 어지럽힌 죄로 너희
목숨이 없을 것이다. 이번만은 다들 그대로 물러가라! 그러나 캐퓰릿, 그대는
나와 같이 가고, 몬터규, 그대는 오늘 오후 프리타운의 법정에 나와 이번 사건
에 관해서 좀 더 나의 의향을 듣도록 하라. 한 번 더 일러두거니와, 죽음이 무
섭거든 다들 썩 물러가라!

몬터규, 몬터규 부인, 벤볼리오만 남고 모두 퇴장.

몬터규 대체 누가 이 묵은 싸움을 또다시 터뜨려놓았느냐! 너는 처음부터 있었느
냐! 말해보아라.
벤볼리오 저 원수의 하인들과 백부님의 하인들이 이곳에서 막 싸우고 있을 때 제
가 왔습니다. 그래서 제가 칼을 빼 들고 말리자, 바로 그때 성깔이 불같은 티
볼트가 칼을 뽑아 들고 와서 대들며 머리 위에서 바람을 가르며 칼을 휘두르
지 않겠어요? 그러나 그 칼에 아무도 다치지 않고 조롱하듯 바람 소리만 났습
니다. 그렇게 우리가 한창 칼로 치고받는 사이에 자꾸만 사람들이 모여들어서

떼를 지어 싸우게 되었지요. 그때 마침 영주님이 오셔서 말리셨습니다.

몬터규 부인 아, 로미오는 어디 있느냐? 너 오늘 그 애를 보았느냐? 로미오가 이 싸움에 끼지 않아서 참으로 다행이구나.

벤볼리오 백모님, 숭고한 태양이 동쪽 하늘의 황금빛 창문을 내다보기 한 시간 전, 저는 마음이 산란하여 밖으로 나가 거닐었는데, 이 도시 서쪽의 우거진 단풍나무 숲 아래로 그 이른 시간에 로미오가 거닐고 있었습니다. 제가 가까이 다가가니 알아채고 숲속으로 슬쩍 숨어버리지 않겠어요? 저는 로미오의 마음을 제 경우에 비추어 짐작했지요. 괴로운 몸은 홀로 있어도 너무나 스산해서 가장 인기척 없는 곳만 찾게 마련이거든요. 그래서 저는 그의 뒤를 쫓아가지 않고 제 뜻에 따라, 저를 피하려는 사람을 기꺼이 피해주었습니다.

몬터규 그 애는 새벽이면 자주 그곳에 가서 신선한 아침 이슬 위에 눈물을 뿌리고 한숨을 지어 구름에 구름을 더 보태는 모습이 이따금 눈에 띈다는구나. 하지만 만물에 기쁨을 주는 태양이 저 머나먼 동녘에서 새벽 여신의 침상으로부터 검은 포장을 걷기 시작하기가 무섭게, 우울한 아들 녀석은 빛을 피하여 살며시 돌아와 혼자 제 방에 틀어박혀서 창문을 모두 내려 밝은 햇빛을 가로막고 일부러 밤을 만든다. 이런 마음은 좋지 못한 징조임에 틀림없다. 잘 타일러서 그 원인을 없애버렸으면 좋겠다만.

벤볼리오 백부님, 그 이유를 아십니까?

몬터규 모른다. 어디 알 도리가 있어야지.

벤볼리오 어떻게든 물어보셨습니까?

몬터규 나뿐 아니라 여러 친구들도 해보았지. 그러나 그 녀석은 제 의논 상대는 자기 자신인 양 — 그게 어디까지 진실한지는 알 수 없지만 — 하여간 저 혼자 비밀을 꾹 간직하고 있으니, 도저히 가늠해 알아낼 길이 없구나. 마치 꽃봉오리가 향기로운 꽃잎을 대기 속에 피우고 그 아름다운 자태를 태양에 비치기도 전에 심술궂은 벌레에게 먹히고 마는 것 같구나. 그 슬픔의 뿌리만 알 수 있다면 아는 대로 당장 치료를 해주겠다만…….

로미오 등장.

벤볼리오 저기 로미오가 옵니다. 잠깐 비켜주세요. 거절당할지 모르지만 그의 고민을 알아보겠습니다.

몬터규 네가 여기 머물러 있다가 그의 마음속의 고민을 들을 수 있게 된다면 오죽이나 좋겠느냐. 여보, 부인, 우리는 물러갑시다.

몬터규와 그의 부인 퇴장.

벤볼리오 일찍 나왔구나!

로미오 지금이 그렇게 이른 시각이야?

벤볼리오 지금 막 9시를 쳤어.

로미오 아, 슬픈 시간은 지루하게 느껴지나 보지. 방금 바쁘게 나가신 분은 아버님이었나?

벤볼리오 응. 그런데 무슨 슬픔이 로미오를 그처럼 지루하게 할까?

로미오 내 것이 되면 시간도 짧아질 텐데, 그걸 못 가지니 그렇지.

벤볼리오 사랑을 하고 있나?

로미오 아냐, 사랑은…….

벤볼리오 이루지 못하고 있나?

로미오 사랑하는 여자의 마음을 얻지 못하고 있어.

벤볼리오 보기엔 그토록 상냥한 사랑이 알고 보니 그렇게도 포악하고 무정하단 말인가!

로미오 아, 눈이 가려져 있는 그 사랑이란 놈은 눈 없이도 제 길을 잘 찾아가거든. 식사는 어디서 할까? 아니, 여기서 무슨 소동이 일어났지? 아냐, 말하지 않아도 좋아. 나도 다 알고 있으니까. 이것은 미움 때문에 일어난 소동이지만 사랑과도 깊은 관계가 있지. 그렇다면, 아, 미워하면서 하는 사랑. 아, 사랑하면서 하는 미움. 본디 무無에서 생겨난 유有! 아, 침울한 경쾌함, 진지한 허영, 겉치레는 근사하나 꼴사나운 혼돈, 납덩이 같은 솜털, 빛나는 연기, 차디찬 불, 병든 건강, 늘 눈이 떠 있는 잠, 그것이면서 그것이 아닌 것! 이게 내가 하는 사랑이란 말이야. 사랑하면서 사랑받지 못하는 사랑. 우습잖아?

벤볼리오 아니, 오히려 울고 싶어.

로미오 울고 싶다니, 왜?

벤볼리오 네 착한 마음이 고민하고 있으니.

로미오 원, 그건 지나친 애정이야. 내 슬픔만으로도 이 가슴에 벅찬데 네 것마저 덧붙여서 짓눌러줄 참인가. 그런 네 애정은, 그렇잖아도 큰 내 슬픔을 더 크게 만들 뿐이야. 사랑이란 한숨으로 된 연기, 그 연기가 가시면 연인의 눈 속에서 불꽃이 번쩍이고, 흐리면 연인의 눈물로 바다가 되지. 그게 사랑 아닌가? 가장 분별 있는 미치광이 짓, 또한 숨 막히는 쓴 약인가 하면, 생명을 간직하는 감로이기도 해. 그럼 잘 있어.

벤볼리오 잠깐, 같이 가! 나를 두고 가면 너무하잖아.

로미오 쯧쯧, 나 자신도 어디다 두고 와서 없는걸. 난 여기 없어. 이 사람은 로미오가 아니야. 그는 어디 다른 데 가 있다고.

벤볼리오 솔직히 말해봐. 네가 사랑하는 여자가 누구야?

로미오 뭐야? 고통으로 끙끙 앓고 있는 나에게 뭘 말하라는 거야?

벤볼리오 끙끙 앓다니, 무슨 소리야? 정말 상대가 누군지 말해보란 말이야.

로미오　슬픔으로 앓고 있는 환자에게 유서를 쓰라는 거나 다름없지. 다 죽어가는 환자에게 하는 말치고는 너무하지 않을까! 그런데 사실은 난 어떤 여자를 사랑하고 있어.

벤볼리오　나도 그렇게 짐작했지. 내 생각이 어지간히 들어맞은 것 같군.

로미오　용케 알아맞혔어. 하여간 내가 사랑하는 여자는 미인이야.

벤볼리오　그렇게 두드러진 목표라면 단번에 쏘아 맞힐 수 있을 것 아냐?

로미오　그런 네 생각은 과녁을 빗나가게 하지. 그녀는 큐피드의 화살에도 맞지 않아. 게다가 다이애나*의 지혜를 가지고 있고 순결이란 갑옷으로 무장하고 있으니 애들 장난감 같은 보잘것없는 사랑의 화살에 어디 상처를 입어야지. 달콤한 구애의 말에도 끄떡없고, 추파의 집중 공격에도 태연하거든. 그뿐인가, 성자聖者도 눈이 머는 황금에도 치마를 벌리지 않아. 아, 풍요로운 미모의 여인이지만 결국은 가난해질 뿐이야. 죽으면 그 아름다움의 보고寶庫도 함께 사라져버릴 테니 말이야.

벤볼리오　그럼 그 여자는 독신으로 지낼 맹세라도 했단 말이야?

로미오　그래, 그런 인색은 오히려 큰 낭비지. 미美가 금욕으로 굶주리면 자자손손의 미까지 끊게 되잖아. 너무나 아름답고 너무나 영리하고, 헌데 그렇게 아름답고 영리한 여자가 나를 이렇게 절망 속에 몰아넣고 어디 복을 받을 수 있겠어? 그녀는 사랑을 않기로 맹세했다는데, 그 맹세 때문에 지금 말하고 있는 난 산송장이나 다름없어.

벤볼리오　내 말을 잘 듣고 — 그녀를 잊어버려.

로미오　아, 어떡하면 잊을 수 있나, 좀 가르쳐줘.

벤볼리오　네 눈에 자유를 줘. 다른 아름다운 여인들을 보는 거야.

---

* 월신月神

로미오 그건 그녀의 뛰어난 미모를 더욱 생각나게 할 뿐이야. 아름다운 여인의 이마에 입맞춤하는 저 복된 가면도 검기 때문에 도리어 우리는 그 속에 가려진 미모를 생각하게 되잖나. 별안간 눈이 먼 자는 그 귀한 잃어버린 시력을 못 잊는 법이야. 절세미인이 있다면 보여줘. 그러나 그까짓 미모가 무슨 소용 있을라고? 오히려 그 절세미인보다 뛰어난 미인을 생각나게 하는 것밖에는 안 될 테니까. 그럼, 잘 있어. 너는 내게 잊을 방법을 가르쳐주지 못할 거야.

벤볼리오 그 말에 대해 내 꼭 갚음을 하고 말겠어. 빚지고 죽지는 않을 테니까.

2

[제1막 제2장]

캐퓰릿, 패리스 백작, 캐퓰릿의 하인 등장.

캐퓰릿 하지만 나뿐 아니라 몬터규 역시 같은 벌을 받았소. 하기야 우리 같은 늙은이가 싸움을 삼가는 일쯤은 어렵지 않은 일인 줄 아오.

패리스 다 같이 이름난 두 분이신데, 긴 세월을 두고 그렇게 불화하시니 유감스럽습니다. 그런데, 저의 청혼은 어떻게 되었습니까?

캐퓰릿 이제껏 해온 말을 되풀이할 수밖에 없군. 딸년은 아직 세상을 모르고, 게다가 열네 살이 다 차지도 않았소. 적어도 앞으로 두어 여름쯤 넘겨야 온전한 신붓감이 될까.

패리스 그보다 더 어린 나이에 행복한 어머니가 된 분도 있는데요.

캐퓰릿 너무 일찍 자식을 낳으면 쉽게 늙는 법이오. 다른 자식들은 다 죽고 남은 것은 그 애뿐, 그 애만이 나의 하나밖에 없는 희망이라오. 그러나 패리스 백작이 직접 구애하여 딸년의 마음을 사보구려. 그 애가 승낙하면 내 의향은 들으나 마나고, 그렇게 되면 나 역시 그 애가 택한 대로 기꺼이 찬성할 수밖에 없소. 오늘 밤 내 집에서 연회를 열게 되어 가까운 분들을 많이 초대해놓았으니 백작께서도 손님으로 참석해준다면 그만큼 연회도 더욱 성황을 이룰 것이고, 한층 더 빛나는 모임이 될 것이오. 보잘것없는 집이지만 오늘 밤 참석하여 컴컴한 하늘도 환하게 빛낼 기라성 같은 아름다운 여인들을 보시오. 성장盛裝을 한 4월이 절뚝거리는 겨울 뒤꿈치를 쫓아오고 있을 때 팔팔한 젊은이들이 느끼는 기쁨 같은 것을, 오늘 밤 내 집에서 꽃봉오리 같은 처녀들 사이에 끼여 맛보게 되리다. 두루 듣고 보신 다음, 가장 으뜸가는 여자를 사랑하시오. 잘 눈여겨보면 내 딸도 그 가운데 하나일 테니 머릿수 중에는 들겠지만, 어디 손꼽힐 만하려고요. 자, 그럼 같이 갑시다. (하인에게) 여봐라, 어서 아름다운 베로나를 뛰어다녀라. 여기 이름이 적혀 있으니, (하인에게 쪽지를 준다.) 찾아가서 내 집에 와주시기 바란다고 전해라. (캐퓰릿과 패리스 퇴장)

하인 (종이쪽지를 만지작거리면서) 여기 적혀 있는 귀족들을 찾아가라고! 구둣방은 잣대를, 양복점은 구두틀을, 낚시꾼은 화필畵筆을, 그림쟁이는 그물을, 제각기 자기 연장을 가지고 일을 해야 한다고 씌어 있군. 그러나 여기 적힌 귀족들을 찾아가라고 하지만, 제기랄, 누구 이름들이 적혀 있는지 알 수가 있어야지. 글을 읽을 줄 아는 분께 가봐야겠군. 아, 마침 잘됐다!

벤볼리오와 로미오 등장.

벤볼리오 쯧쯧, 이봐. 새 불이 타오르면 지금까지 타던 불이 꺼지듯이, 하나의 고통도 다른 더한 고통이 오면 덜해지게 마련이야. 한쪽으로 돌다가 어지러울 때는 거꾸로 돌면 나아지는 법이고, 하나의 고민도 다른 고민을 만나면 나아지는 법이야. 네 눈에 무슨 새 병이 걸리게 해봐, 묵은 병의 고약한 독소는 사라져버릴 테니.

로미오 그런 것에는 질경이 잎이 묘약이지.

벤볼리오 그런 것이라니?

로미오 정강이 다친 데는 말이야.

벤볼리오 아니, 로미오, 미쳤어?

로미오 미치다니, 천만에! 하지만 미치광이 이상으로 묶여 있다고. 감옥에 갇혀
서 얻어먹지도 못하고 매를 맞고 고문을 당하고 있단 말이야. —— 아, 뭔가?

하인 안녕하십니까, 나으리. 글 읽을 줄 아시죠?

로미오 그래, 내 불행한 운명쯤은 읽을 수 있지.

하인 그거야 책을 읽지 않아도 다 아는 일입죠. 그런 것이 아니라, 글을 보고 읽
을 줄 아시느냔 말씀인뎁쇼.

로미오 그래, 읽을 수 있다. 글자와 말만 안다면야.

하인 옳은 말씀입니다. 그럼 안녕히 계십쇼. (하인 돌아선다.)

로미오 이봐, 거기 있어. 읽을 줄 안다. (명단을 읽는다.) 마르티노 씨와 영부인 및
영애들, 안셀름 백작과 그의 아름다운 누이들, 비트루비오 미망인, 플라첸시
오 씨와 그의 사랑스러운 조카딸들, 머큐시오와 동생 발렌타인, 캐퓰릿 숙부
님과 숙모님 및 사촌누이들, 조카 로절린과 리비아, 발렌시오 씨와 사촌 티볼
트, 루시오와 헬레나 양. 성대한 모임이군. 어디로 모이나?

하인 저기요.

로미오 어디?

하인 저희 집입죠. 만찬회가 있습니다.

로미오 뉘 댁인데?

하인 주인댁입니다.

로미오 참, 그걸 먼저 물었어야 했구나.

하인 안 물으셔도 말씀드리죠. 저희 주인댁은 저 위대하신 갑부 캐퓰릿 댁입니다. 나으리들께서도 몬터규네 사람들만 아니시라면, 부디 오셔서 약주나 한잔 드시죠. 그럼 안녕히 계십쇼. (하인 퇴장)

벤볼리오 캐퓰릿 집안 잔치엔 네가 그처럼 연모하는 로절린도, 베로나의 이름난 미녀들도 모두 참석할 거야. 거기 가서 맑은 눈으로 그녀의 얼굴과 내가 보여주는 얼굴을 비교해봐. 네가 백조라고 생각한 것이 까마귀였구나 하고 여겨지게 될 테니.

로미오 경건한 신앙처럼 우러러보는 내 눈이 그런 거짓을 간직한다면, 거짓말쟁이로서 불타 죽어라. 나의 연인보다 아름답다고? 만물을 다 보는 태양도 천지개벽 이래 그만한 미인은 못 보았을걸.

벤볼리오 쯧쯧, 옆에 아무도 없고, 네 두 눈이 그 여자만 보아서 미인으로 보인 거야. 하지만 오늘 밤 모임에서 빛나는 다른 미인을 보여줄 테니, 너의 그 수정 같은 눈 저울에 네가 연모하는 여자와 함께 올려놓고 비교해보란 말이야. 지금은 으뜸으로 보이는 그 여자도 별것 아닐 테니.

로미오 함께 가기로 하지. 하지만 그런 미인들을 보기 위해서가 아니라, 내 연인의 아름다움을 즐기기 위해서야. (두 사람 퇴장)

3

[제1막 제3장]

캐퓰릿 부인과 유모 등장.

캐퓰릿 부인 유모, 줄리엣은 어디 있지? 좀 불러줘.

유모 제 열두 살 적 숫처녀의 표적을 두고 맹세하지만, 오라고 일렀는데요. 새끼

양 아가씨! 무당벌레 아가씨! — 어머, 나 좀 봐! 이 아가씨가 어디 갔지? 줄리엣 아가씨!

줄리엣 등장.

줄리엣 왜요, 누가 부르세요?

유모 어머니가요.

줄리엣 어머니, 여기 있어요. 왜요?

캐퓰릿 부인 딴 게 아니라 — 유모는 잠깐 자리를 비켜줘요. 우리끼리 얘기 좀 해야겠으니 — 아냐, 유모. 그냥 있어요. 유모도 우리 얘기를 같이 들어두는 게 좋을 것 같으니까. 유모도 알겠지만 이 애도 그럭저럭 결혼할 나이가 되었어.

유모 그럼요, 따님 나이라면, 시간까지도 댈 수 있습죠.

캐퓰릿 부인 열네 살이 아직 안 됐지.

유모 제 이[齒] 열네 개를 두고 맹세해도 좋지만, 슬프게도 제 이는 네 개밖에 없네요 — 아가씬 열네 살이 안 되죠. 그런데 수확제까지는 며칠이나 남았죠?

캐퓰릿 부인 2주일하고 며칠 더 남았지.

유모 더 남았거나 덜 남았거나 일 년 모든 날 가운데 이번 수확제 전날 밤이 되면 아가씬 열네 살이 되죠. 수전과 아가씨는 — 하느님, 죽은 자의 영혼에 자비를 내리소서! — 동갑이죠. 글쎄, 수전은 천당에 가 있지만 내게는 과분한 애였어요. 말씀드렸듯이 수확제 전날 밤이면 아가씬 열네 살이 되지요. 정말이에요. 제가 잘 기억하고 있는걸요. 지진이 일어난 지 11년이 되는데, 아가씬 바로 그날 젖이 떨어졌어요 — 그 일은 잊히지도 않아요. 일 년 열두 달, 하고 많은 날 가운데에서 바로 그날이었어요. 전 젖꼭지에다 약쑥 즙을 발라놓고 비둘기집 담 밑에서 햇볕을 쬐고 있었지요. 주인어른과 마님께서는 만투아에 가계시고, 그래요, 전 아직도 기억력이 좋죠. 그런데 글쎄 아가씬 젖꼭지에서 약쑥 맛이 나니까 써서 귀엽게 칭얼거리며 젖꼭지와 승강이를 하지 않겠어요. 그때 비둘기집이 덜컹덜컹 흔들린 거예요! 그러니 나가라는 말 들을 것도 없이 급히 도망쳤죠. 그리고 벌써 11년이 지났어요. 그때 아가씬 혼자서 곧잘 서기도 하고, 아니, 아장아장 걸음마도 하고 뛰어다니기도 했죠. 그 전날만 해도 이마에 생채기가 났는데, 우리 집 그이가 — 하느님, 그이의 영혼과 함께하소서. 그인 재미있는 사람이었죠 — 아가씨를 번쩍 안아 들고서 하는 말이 "아이구, 앞으로 넘어졌구나? 나이가 차면 뒤로 넘어지겠지. 그렇잖아, 우리 아가씨?" 하고 말하니까, 글쎄, 귀여운 아기가 울다 말고 "응." 하잖아요. 그때 농담이 정말이 되다니! 참말이지 내가 천 년을 살더라도 그 말만은 잊지 않을 거예요. 우리 집 그이가 "그렇잖아요, 아가씨?" 하고 말하니까 귀여운 아기가 울다 말고 "응." 하던 것을요.

캐퓰릿 부인 이제 됐어요. 제발 좀 그만해요.

유모 네, 마님. 하지만 아기가 울다 말고 〈응.〉 하던 것을 생각하니 웃지 않을 수 없잖아요. 아가씬 이마에 병아리 불알만한 혹이 생겼지요. 참 위험한 상처였어요. 무척 울었지요. 우리 집 그이가 "아이구, 앞으로 넘어졌구나? 나이가 차면 뒤로 넘어지겠지. 그렇잖아, 우리 아가씨?" 하고 말하니까, 아가씨가 울다 말고 "응." 하고 대답했어요.

줄리엣 유모, 그만해요, 제발 좀.

유모 화내지 말아요. 이제 끝났어요. 아가씨의 축복을 빌겠어요! 아가씬 내가 기른 아기 가운데서 가장 귀여웠죠. 살아 있는 동안 아가씨 시집가는 것만 본다면 내가 뭘 더 바라겠어요.

캐퓰릿 부인 그래, 내가 말하고 싶은 것도 바로 그 〈결혼〉 얘기야. 애, 줄리엣, 말해보렴. 결혼에 대한 네 생각은 어떠냐?

줄리엣 그건 꿈에도 생각지 않은 명예예요.

유모 명예라고요! 아가씨의 유모가 나 혼자만이 아니었더라면, 그런 말 재치는 아가씨가 유모 젖꼭지에서 빨아 마신 거라고 말하고 싶어요.

캐퓰릿 부인 그럼, 이젠 결혼에 대해 생각해봐라. 이 베로나에는 너보다 어린 명문 댁 규수들이 벌써 어머니가 되어 있다. 너는 아직 처녀지만, 네 나이에 나는 네 어미가 되어 있었어. 하여간 간단히 말하마. 그 늠름한 패리스님이 너를 아내로 맞이하겠다는구나.

유모 그분이, 아가씨! 그분은 마치 온 세상이 ── 정말 인형 같은 분이에요.

캐퓰릿 부인 그래, 베로나의 여름에도 그분같이 아름다운 꽃은 피지 않는다.

유모 그럼요. 그분은 꽃, 참말로 꽃 가운데의 꽃이죠.

캐퓰릿 부인 어떠냐, 그분을 사랑할 수 있겠니? 오늘 밤 잔치 때 그분을 보게 될 테니 책을 읽듯 젊은 패리스님의 얼굴을 잘 살펴서, 아름다움의 붓끝이 그려놓은 기쁨을 찾아내보렴. 얼굴 생김이 어떻게 조화되어 있나 살피고, 서로가 어떻게 도와서 그 알맹이를 돋보이게 하고 있는지 보아라. 그 예쁜 얼굴의 책에도 나타나 있지 않은 것은, 눈이라는 여백에서 찾아보려무나. 이 소중한 사랑의 책은 제본이 안 된 연인 같은 것, 표지만 붙이면 그분의 아름다움은 완벽한 것이 된다. 물고기가 바다에 사는 것은 당연한 것, 겉보기에 아름다운 것은 속에 아름다움을 간직하고 있는 것이 큰 자랑거리다. 많은 사람의 눈에 찬양받는 책이란 황금의 고리로 황금의 이야기를 담고 있는 책이야. 그분을 남편으로 모시면 네 것은 조금도 줄지 않고 그분 것은 모두 네 것이 될 게다.

유모 줄다뇨? 아녜요, 더 커지죠. 여자는 남자로 인해서 커진답니다.

캐퓰릿 부인 한마디만 해봐라. 패리스님을 사랑할 수 있을 것 같으냐?

줄리엣 뵌 뒤에 좋아지도록 해보겠어요. 이 눈이 마음을 움직일 수 있다면요. 하지만 제 눈은 어머니가 허락하신 곳까지만 보고, 그보다 더 깊이는 제 눈의 화살을 날리지 않겠어요.

하인 등장.

하인 마님, 손님들이 오셨습니다. 상은 다 준비되었고, 사람들은 마님을 부르고,
안에선 젊은 아가씨를 찾고, 주방에선 유모를 욕하고, 온통 야단법석입니다.
저는 가서 접대를 해야겠습니다. 얼른들 가보십시오.

캐퓰릿 부인 곧 가마. (하인 퇴장) 줄리엣, 백작님이 기다리고 계시단다.

유모 자, 아가씨. 가서 행복한 낮에 이은 행복한 밤을 찾도록 하세요. (모두 퇴장)

4

[제1막 제4장]
로미오, 머큐시오, 벤볼리오, 가면을 쓴 사람 대여섯 명, 횃불을 든 사람, 그 밖의 많은 사람
들 등장.

로미오 무슨 구실을 대면 될까? 아니면 양해 없이 마구 들어가버릴까?

벤볼리오 그런 수작을 부릴 시대는 지났어. 큐피드 흉내를 내어 수건으로 얼굴을
가린 채 타타르인의 얼룩덜룩한 장난감 활을 들고 허수아비처럼 여자들을 놀
라게 하지도 말자. 들어가기 위해 무대 뒤에서 읽어주는 대사를 간신히 따라
외는 개막사 따위도 그만두자. 그들 맘대로 생각하게 하고 우린 한바탕 춤이
나 추고 나오는 거야.

로미오 횃불 이리 줘. 난 그럴 기분이 안 나. 마음이 침울하니 횃불이나 들겠어.

머큐시오 아니야, 로미오. 너는 춤을 춰야 해.

로미오　나는 안 돼, 정말이야. 너는 바닥이 가벼운 무도화를 신고 있지만, 내 마음
　　　속 바닥은 납덩어리라 땅에 달라붙어서 움쭉달싹할 수가 있어야지.

머큐시오　너는 사랑을 하고 있잖아. 그러니 큐피드의 날개라도 빌어 타고 하늘 높
　　　이 활짝 날아봐.

로미오　나는 큐피드의 화살에 너무 아프게 맞아서 그 가벼운 날개로는 하늘 높이
　　　날 수가 없어. 게다가 사랑의 반석에 워낙 꽁꽁 묶여서 이 나른한 슬픔을 뛰어
　　　넘을 수도 없고, 사랑의 무거운 짐에 깔려 가라앉을 뿐이야.

머큐시오　네가 그 짐에 깔려 가라앉는다면 그 사랑은 너무 벅찬 짐이야. 그러면
　　　우아한 사랑은 무거운 짐이 될 뿐이야.

로미오　사랑이 우아하다고? 사랑은 너무나 거칠고 무정하고 잔인하며, 가시처럼
　　　사람을 찌른단 말이야.

머큐시오　사랑이 거칠거든 너도 사랑을 거칠게 다루고, 찌르거든 너도 찔러주는
　　　거야. 그리고 때려눕히는 거야. 내 얼굴에 쓸 가면을 줘. 보기 흉한 얼굴에 보
　　　기 흉한 가면! 상관있나, 이 못난 상판이 그토록 신기하다면 얼마든지 보라지.
　　　불룩 나온 가면의 이마빼기가 나 대신 얼굴을 붉혀주겠지.

벤볼리오　자, 노크하고 들어가자. 들어가면 곧 다들 춤을 추자.

로미오　햇불을 줘! 속 편한 놈팡이들이나 무심한 골풀을 뒤꿈치로 간지르게 하라
　　　지. 옛 속담에도 있듯이, 난 촛대를 들고 구경이나 하겠어. 분위기가 한창 무
　　　르익을 때 그만두겠단 말이야.

머큐시오　쯧쯧, 그만두는 순경 나으리가 잘 쓰는 말투군. 그렇다면, 네가 빠져 있
　　　는 사랑의 수렁에서 건져내주지 ─ 미안한 말이지만 ─ 귀밑까지 빠져 있는
　　　사랑의 수렁에서 말이야. 자, 대낮에 햇불을 켜고, 호, 들어가자.

로미오　아냐, 그렇지 않아.

머큐시오　내 말은 우물쭈물하고 있으면 대낮의 등잔 격으로 불이 아깝다는 뜻이

야. 말을 선의로 받아들이라고. 그게 다섯 가지 지혜를 쓸 때 한 번이 아니라 다섯 번이나 나타나는 분별이라는 거야.

로미오 우리가 가면무도회에 나가는 것은 좋은 뜻에서지만 그다지 슬기로운 일은 아니야.

머큐시오 어째서?

로미오 간밤에 꿈을 꾸었지.

머큐시오 나도 꾸었어.

로미오 그래, 어떤 꿈을 꾸었나?

머큐시오 꿈을 꾸는 사람은 흔히 거짓말쟁이라는 꿈이야.

로미오 침상에 누워서 꾸는 꿈은 참꿈이지.

머큐시오 아, 그럼 너는 요정의 여왕 맵하고 동침했군. 맵은 꿈을 꾸게 하는 요정들의 산파로, 시참사의원 나리 손가락에 반짝이는 저 마노瑪瑙 알보다도 작은 꼴을 하고서 난쟁이 떼에 끌려 자는 사람의 코 위를 지나가지. 맵의 수레는 개암 껍질, 아득한 옛날부터 요정들의 수레를 만들어온 다람쥐나 늙은 풍뎅이가 만들었지. 수레바퀴 살은 기다란 거미 다리, 포장은 메뚜기 날개, 밧줄은 가장 가느다란 거미줄, 목걸이는 물기 어린 달빛, 회초리는 귀뚜라미 뼈요, 채찍은 엷은 막, 마부는 잿빛 외투를 입은 파리매인데, 크기는 게으른 젊은 여자의 손가락에서 비집고 나오는 조그만 구더기의 절반도 안 된다고. 이렇게 해서 맵은 밤마다 나들이하는데, 그녀가 연인들 머릿속을 지나가면 그들은 사랑의 꿈을 꾸고, 벼슬아치들의 무릎 위를 지나가면 당장 넙죽 절하는 꿈이요, 법률가 손가락 위를 지나가면 곧 사례금을 받는 꿈, 숙녀들 입술 위를 지나가면 당장에 입 맞추는 꿈을 꾸지. 그런데 맵 여왕은 숙녀들 입에서 사탕과자 냄새가 나면 곧 화를 내며 입술에 물집을 만들어준다나. 이따금 맵이 벼슬아치의 콧잔등을 달리며 지나가면 벼슬아치는 벼슬을 얻는 꿈을 꾸고, 어쩌다 교회세教會

^稅로 받은 돼지 꼬리로 잠자는 목사님 코를 간질이면 목사님은 헌금이 느는 꿈을 꾸지. 때로 병사의 목덜미를 달리면 그는 적병의 목을 자르는 꿈으로부터 시작해 돌격, 복병, 스페인 장도 칼의 꿈, 나아가서는 난잡한 축배의 꿈을 꾸고, 큰북 소리 홀연히 귓전에 울리면 깜짝 놀라 잠을 깨고는 두려운 생각에 한두 마디 기도를 중얼거리고 다시 잠이 들지. 바로 이 맵이 밤중에 망아지 갈기도 땋아놓고 추한 계집 헝클어진 머리칼도 뭉쳐놓곤 하는데, 이게 풀리면 굉장한 불행이 찾아온다나. 그리고 처녀들이 반듯이 누워 자고 있을 때, 가슴 위에서 짓눌러 무거워도 참는 걸 익히게 해주고, 남편 상대 잘하는 아낙네로 만들어주는 것도 이 맵의 장난이라네. 또 맵 여왕은……

로미오 그만, 그만해, 머큐시오, 그만해! 부질없는 소리를 하는구나.

머큐시오 사실이야, 꿈에 관한 이야기니까. 터무니없는 공상에서 나오는 꿈이란 사람 머리에서 태어난 아이거든. 공기처럼 실속 없고, 주책없기로는, 금방 북쪽의 언 가슴을 구슬리다가도 발끈 성을 내고 휙 돌아서서 이슬로 촉촉이 젖은 남쪽으로 방향을 돌리고 마는 바람보다 더하지.

벤볼리오 네가 말하는 그 바람에 날려서 우리는 할 일을 잊고 있어. 만찬도 끝나고, 너무 늦지 않는지 몰라.

로미오 오히려 너무 이르지 않을까? 어쩐지 불길한 생각이 드는구나. 아직도 운명의 별에 서리어 있는 어떤 큰일이 오늘밤 연회를 실마리로 무서운 운행을 시작하여, 이 가슴속에 간직된 울적한 내 생명의 기한을 예기치 않은 죽음 같은 흉한 형벌로 끝낼지도 모른다는 생각이 들어. 그러나 내 인생 항로의 키를 잡으신 하느님께 앞날의 항해를 맡길 수밖에! 자, 우리 씩씩하게 들어가자.

벤볼리오 북을 쳐라, 북을. (모두 집 안으로 들어간다.)

5

[제1막 제5장]

악사들이 기다리고 있다. 하인들이 냅킨을 들고 등장.

하인 1 설거지도 안 거들고, 포트팬은 어디 갔나? 나무쟁반 하나 치우길 했나! 나무쟁반 하나 닦기를 했나!

하인 2 예절을 아는 사람은 한두 사람뿐이고, 게다가 그들은 손도 씻지 않았으니 더러울 수밖에.

하인 1 의자는 걷어서 치우고, 찬장도 들어내고, 식기도 잘 치워놔. 이봐, 내가 먹게 편도과자 한 조각 남겨둬. 그리고 문지기한테 가서 수전 그린드스톤과 넬을 좀 들여보내달라고 전해줘. (하인 2 퇴장) 이봐, 앤토니, 포트팬! (하인 두 사람 등장)

하인 3 아, 여기 있어.

하인 1 큰 홀에서 자넬 찾고, 부르고, 어디 갔느냐, 어디 있느냐, 야단들이야.

하인 4 한꺼번에 여기 있고 저기 있고 할 수야 있나. 자, 기운을 내게. 잠시니까 열심히 일하라고. 그리고 오래 살아야 다 차지하는 거야. (하인 3, 4 퇴장)

캐퓰릿과 그 부인, 줄리엣, 티볼트, 유모, 그 밖의 모든 남녀, 손님들과 함께 가면 쓴 사람들을 맞이한다.

캐퓰릿 잘 오셨습니다. 신사 여러분! 발가락에 티눈이 안 박힌 숙녀들께서 여러분과 춤을 추어주실 것입니다. 자, 숙녀 여러분, 여러분 가운데 춤을 추지 않겠다는 분은 안 계시지요? 얌전빼는 분은 틀림없이 티눈이 생긴 분입니다. 내말이 맞지요? 잘 오셨소. 신사 여러분! 나도 한창때는 가면을 쓰고 아름다운 여인의 귓전에 달콤한 얘기를 속삭였다오. 다 먼 옛날, 옛날 일이지. 잘들 오셨소, 신사 여러분! 자, 악사들, 연주를 시작해요. 자리를 넓혀라, 자리를 틔워라! 넓혀! 아가씨들은 춤을 추시고. (음악이 연주되고 춤이 시작된다.) 여봐라, 불을 더 밝혀라. 그 테이블도 치우고. 난롯불은 꺼라, 방이 너무 덥다. 허어, 뜻밖에 흥겹게 됐군. 아이구, 아저씨, 어서 오십시오. 자, 앉으십시오. 앉으세요. 아저씨와 저는 이제 춤을 출 때가 지났군요. 아저씨하고 같이 가면을 쓰고 마지막으로 춤을 춘 지가 몇 해나 되었지요?

캐퓰릿 집안사람 글쎄, 30년은 됐을걸.

캐퓰릿 예? 그렇게는 안 됐어요. 그렇게는 안 됐어. 루첸시오 결혼 뒤부터니까. 성령강림절이 아무리 빨리 온다 해도 25년쯤 됐겠지요. 우리가 같이 가면무도회에 나간 지가.

캐퓰릿 집안사람 더 되지, 더 돼. 지금 루첸시오 아들이 그보다 더 나일 먹었으니까. 아마 서른 살은 됐을걸.

캐퓰릿 설마! 그 애는 이태 전만 해도 아직 미성년이었는걸요.

로미오 (하인에게) 저기 저 기사와 손을 잡고 있는 여인은 누구냐?

하인 모르겠는뎁쇼.

로미오 아, 저 아름다운 여자는 횃불이 더 밝게 타는 방법을 알고 있는 것 같구나! 마치 이디오피아인의 귀에 반짝이는 보석처럼, 밤의 볼에 매달려서 반짝이는 보석 같구나. 저 아름다움은 일용에 쓰기에는 너무 값지고 속세의 것이기엔 너무 고귀하다! 다른 여자들 속에 섞인, 저 아름다운 까마귀 떼에 백설 같은 비둘기를 보는 것 같구나. 저 여자가 서 있는 곳을 잘 봐뒀다가 춤이 끝나면 거친 이 손으로 그녀의 손을 잡는 기쁨을 누려보자. 내 가슴이 이제껏 사랑을 하고 있었나? 내 눈아, 제발 아니라고 부정해라! 오늘 밤에야 비로소 나는 참된 아름다움을 보았으니.

티볼트 저 목소리는 틀림없이 몬터규 집안 놈이야. 애, 내 칼을 가져오너라. 이 망할 놈, 감히 가면을 쓰고 나타나서 우리 잔치를 우롱하자는 심보냐? 가문의 명예를 위해서 저놈을 죽여야겠다.

캐퓰릿 애야! 너는 왜 그렇게 화가 났지?

티볼트 고모부님, 원수 몬터규 집안 놈입니다. 오늘 밤의 잔치를 우롱하려고 뻔뻔스럽게 나타난 놈입니다.

캐퓰릿 그 젊은 로미오냐?

티볼트 네, 로미오입니다.

캐퓰릿 진정해라, 애야. 그리고 내버려 둬라. 점잖지 않다. 사실인즉, 베로나에서는 저 애가 자랑거리이니라. 품행이 좋고 얌전한 청년이라고 말이다. 시중의 전 재산을 다 준다고 해도 내 집에서 저 사람을 해칠 수는 없다. 그러니 꾹 참고 못 본 체해라. 이게 내 뜻이다. 내 뜻을 존중한다면, 좋은 낯을 하고 이맛살을 펴도록 해라. 잔치에는 걸맞지 않는 얼굴이다.

티볼트 저런 망할 자식이 손님입네 하고 와 있으니까 걸맞지 않은 얼굴 표정을 지을 수밖에요. 전 못 참겠습니다.

캐퓰릿 참아야 한다. 원, 녀석도. 참아야 한다니까. 대체 주인이 누구냐? 나냐, 너냐? 바보같이 못 참겠다고? 별일을 다 보겠구나. 손님들 앞에서 난장판을 벌이겠다는 거냐! 뒤죽박죽을 만들겠다는 거냐! 그리고 한번 뻐겨보겠단 말이냐?

티볼트 하지만 고모부님, 이건 치욕입니다.

캐퓰릿 바보 같은 소리, 너는 버릇없는 놈이구나. 그게 정말 치욕이란 말이냐? 그러다가 네게 화가 미쳐. 내 말을 거스르다니! 어처구니가 없어서 — 이제 시간이 어지간히 되었구나 — 여러분, 좋아요! — 글쎄, 잠자코 있으라니까 — 불을 더 켜라, 더! — 부끄러운 줄 알아라! 혼을 내줄까 보다! — 자, 여러분, 즐겁게들…….

티볼트 화를 억지로 참으려니 성이 나서 온몸이 부들부들 떨리는구나. 나는 물러 가야겠다. 하지만 이번 침입이 지금은 달콤하겠지만, 머잖아 쓰디쓴 맛을 보 여줄 테다. (티볼트 퇴장)

로미오 (줄리엣에게) 만일 내가 천한 이 손으로 당신 집을 더럽히고 있다면, 그 죄 의 보상으로 내 입술이 얼굴을 붉힌 두 순례자처럼 부드러운 입맞춤으로 그 거친 자국을 깨끗이 씻으려고 이렇듯 수줍게 기다리고 있습니다.

줄리엣 착한 순례자님, 그것은 손에 대해 너무하신 말씀. 순례자님의 손은 이처럼 점잖게 신앙심을 보여주고 있잖아요. 본디 성자聖者의 손은 순례자가 만지기 위해서 있는 것이니, 손바닥을 서로 맞대는 것이 거룩한 순례자들의 입맞춤이 아니겠어요?

로미오 성자나 거룩한 순례자나 입술이 있지 않습니까?

줄리엣 아아, 순례자님. 그것은 기도를 올리기 위한 입술이지요.

로미오 아, 성녀聖女님. 손으로 하는 입맞춤을 입술로 하게 해주십시오. 내 입술이 기원합니다 — 허락하소서, 내 신앙이 절망으로 변하지 않도록.

줄리엣 성자의 마음은 움직이지 않는답니다. 설령 기원을 들어주는 일이 있더 라도.

로미오 그럼, 움직이지 말고 계십시오. 내 기원의 효험을 받는 동안. (키스한다.) 이 렇게 하여 내 입술의 죄는 당신의 입술로 깨끗이 씻어졌습니다.

줄리엣 그럼 제 입술이 그 죄를 짊어지게요?

로미오 내 입술의 죄? 아, 달콤한 꾸짖음! 그럼 내 죄를 돌려주십시오. (키스한다.)

줄리엣 입맞춤에 일일이 이유를 붙이시는군요.

유모 아가씨, 어머님이 잠깐 하실 말씀이 있으시대요.

로미오 어머님이라니, 누구신가요?

유모 어머나, 도련님도! 어머님은 이 댁 마님이시죠. 착하고 얌전하신 마님이시죠. 지금까지 얘기하신 그 따님을 제가 길렀답니다. 아가씨를 차지하는 분은 정말 돈 보따리를 안는 거예요.

로미오 캐퓰릿의 딸이라? 아, 비싼 거래를 했구나! 내 목숨은 원수의 손에 있는 채권이 되었구나.

벤볼리오 잔치의 흥이 한창이니 이제 돌아가자.

로미오 그래, 그런 것 같아. 그래서 더욱 불안하구나.

캐퓰릿 아니, 여러분. 그렇게 서두르지 마십시오. 하찮은 다과나마 마련해놓았으니. (가면 쓴 사람들이 캐퓰릿의 귀에 속삭이며 사과한다.) 아, 그러십니까? 그럼 여러분, 고맙습니다. 감사합니다. 신사 여러분, 안녕히 가십시오. 여봐라, 여기 불을 더 밝혀라! 자, 슬슬 자러 가볼까. 이런, 정말 밤이 깊었군. 그럼 나는 가서 자런다. (줄리엣과 유모만 남기고 모두 퇴장)

줄리엣 이리 좀 와봐, 유모. 저기 저 신사는 누구지?

유모 티베리오 영감님의 맏아드님이시죠.

줄리엣 지금 막 문을 나가시는 분은?

유모 글쎄요, 페트루치오 도련님인가 본데요?

줄리엣 춤도 안 추시고, 지금 그 뒤를 따라가는 분은?

유모 모르겠는데요.

줄리엣 가서 이름 좀 물어봐. — 만일 그분이 결혼하셨다면 무덤이 나의 신방이 될 거야.

유모 저분 이름은 로미오라고, 몬터규 집안이에요. 아가씨 댁 원수의 외아들이랍니다.

줄리엣 오직 하나의 내 사랑이 오직 하나의 내 미움에서 싹트다니! 모르고 너무 일찍 보아버렸고, 알고 나니 너무 늦었네! 원수를 사랑해야 하다니, 나로서는 앞날이 염려되는 사랑의 탄생이야!

유모 뭐라고요, 뭐라고 하셨죠?

줄리엣 방금 배운 노래의 가사야. 같이 춤춘 분이 가르쳐줬어.

안에서 "줄리엣!" 하고 부른다.

유모 네, 네, 곧 갑니다. 자, 안으로 들어갑시다. 손님들은 모두 돌아갔어요. (두
사람 퇴장)

프롤로그

프롤로그 담당자 이제 묵은 정열은 무덤 속에 누워버리고
새로운 애정이 그 뒤를 이으려고 싹이 틉니다.
목숨을 걸고 사랑한 미인도
아름다운 줄리엣에 비하면 미인이 아닙니다.
이제는 로미오도 사랑을 주고받는 몸,
서로의 미모에 매혹당한 까닭입니다.
그러나 로미오는 원수의 딸에게 애태워야 하고
줄리엣도 무서운 바늘에서
달콤한 사랑의 밥을 훔쳐야 합니다.
원수의 몸이라, 그는 가까이 가서
연인들이 늘 하는 맹세를 속삭일 길이 없고,
그녀 또한 연모하는 마음 못지않으나
연인을 만날 길은 더욱 까마득합니다.

그러나 정열은 힘을, 시간은 수단을

그들에게 주어 만나게 하여,

커다란 고난을 이겨 지극한 사랑의 기쁨을 맛보게 합니다. (퇴장)

ACT 2

6

[제2막 제1장]

로미오 혼자서 등장.

로미오 내 마음이 여기 있는데 어떻게 이대로 지나갈 수 있는가? 이 둔한 흙덩이
같은 몸뚱이야, 돌아서서 네 생명의 중심을 찾아가라.

로미오, 담에 기어 올라가 정원 안으로 뛰어내린다. 벤볼리오와 머큐시오, 길에 등장.
로미오는 담 안에서 듣고 있다.

벤볼리오 로미오! 로미오! 로미오!
머큐시오 영리한 녀석이야. 아마 지금쯤 집에 가서 누워 자고 있을걸.
벤볼리오 이쪽으로 달려와서 이 정원 담을 뛰어넘어갔어. 이봐, 머큐시오, 좀 불

러봐.

머큐시오 아냐, 주문을 외어서 불러내야겠어. 로미오! 변덕쟁이! 미치광이! 정열
가! 연인아! 한숨짓는 모습으로 나타나거라. 한마디 노래라도 불러라. 그러면
족하다. 아아, 한마디만 소리쳐라. 〈사랑아〉라든지 〈비둘기야〉라든지 한마디
만이라도 해라. 나의 수다쟁이 비너스에게 한마디 상냥한 말이라도 건네다오.
비너스의 눈먼 맏아들인 저 활의 명수 젊은 큐피드에게 별명이나 하나 지어주
려무나. 코페튜아 왕은 큐피드의 화살에 정통으로 맞아 거지 아가씨를 사랑하
게 되었잖나. 이 녀석, 듣지도 않고 꼼짝도 않고 나타나지도 않는구나. 이 원
숭이놈이 죽었나, 정말로 주문을 외워야겠군. 자, 로미오, 나타나라. 내가 너
를 부르노라. 로절린의 반짝이는 두 눈으로, 그 빼어난 이마와 빨간 입술로,
그 예쁜 발과 그 곧은 다리와 바르르 떠는 넓적다리와 그 언저리의 으슥한 금
단禁斷의 안뜰로 그대를 부르노니, 자아, 본디의 모습으로 어서 나타나라.

벤볼리오 그 말을 들으면 화를 내겠는걸.

머큐시오 이건 해낼 수 없겠지. 가령 자기 여자의 둥근 원 속에 이상한 남자의 혼
령을 불러 세워놓고, 그 여자가 주문을 외워 쓰러뜨릴 때까지 서 있게 한다면
화를 내겠지. 거기에는 악의가 있으니까. 그러나 내 주문은 정정당당해. 난 그
녀의 이름을 빌어 그 녀석더러 나타나라고 주문을 외고 있는 것뿐이니까.

벤볼리오 자, 로미오는 이 수목 속에 몸을 숨기고 밤이슬에 촉촉이 젖고 싶은 모
양이지. 사랑에 눈이 멀었으니 어둠이 가장 알맞을지도 몰라.

머큐시오 사랑이 맹목이라면, 사랑의 화살은 과녁을 맞히지 못하지 않겠나? 지금
쯤 그는 비파나무 밑에 앉아 자기 연인이 비파나무 같았으면 좋으련만, 하고
생각하고 있을걸. 처녀들은 비파 이름을 불러보며 혼자 웃는다나? 아, 로미
오, 네 여인은, 아, 그녀는 벌어진 비파 열매가 되고 너는 길쭉한 배[梨]가 됐으
면 싶을 테지. 로미오, 잘 자라. 나는 오두막 침상으로 가서 자련다. 이 노천

침상은 너무 추워서 어디 잘 수가 있겠나. 자, 가볼까?

벤볼리오 그래, 가자. 들키지 않으려고 숨은 사람을 찾아봐야 헛수고니.

(두 사람 퇴장)

7

[제2막 제2장]

로미오, 앞으로 나타난다.

로미오 상처의 아픔을 모르는 자는 남의 상흔을 비웃는다.

(줄리엣이 2층 창문에 나타난다.)

하지만 쉿, 저기 저 창문에서 흘러나오는 빛은 무얼까? 저기는 동쪽, 그렇다면 줄리엣은 태양이다. 아름다운 태양이여, 떠올라 샘바리 달을 죽여다오. 달의 시녀인 당신이 달보다 훨씬 아름다워, 달은 이미 슬픔에 병이 들어 창백해졌소. 제발 달의 시녀 노릇은 하지 마오. 달님은 샘바리니 달의 처녀가 입는 옷은 창백하게 병든 초록색이오. 어릿광대가 아니면 누가 그걸 입겠소. 벗어버리시오. 오오, 그대는 나의 연인, 나의 사랑! 아, 그대도 그대가 나의 사랑임을 알아주었으면! 입을 여는구나. 그래도 아무 말이 없나? 그게 무슨 상관인가? 저 눈이 말하지 않는가? 그럼 대답을 해볼까? 그건 너무 뻔뻔스럽지. 내게 말을 건넨 것도 아닌데. 온 밤하늘에서 가장 빛나는 별 둘이 볼일이 있어, 저 두 눈에 청하여 자기들이 돌아올 때까지 대신 자기들 별자리에서 반짝여달라고 부탁한 것 같구나. 만일 저 두 눈과 그 두 별이 자리를 바꾼다면 어떻게 될까? 저 밝게 빛나는 그녀의 볼을 보고 두 별은 햇빛 아래 등불처럼 빛을 잃고 말겠지. 하늘로 간 저 두 눈은 창공에 한껏 빛날 테니, 지저귀는 새들도 밤이 아닌 줄 알고 노래 부를 거야. 저것 봐, 볼을 두 손에 갖다 대는군. 아, 내가 저 손에 낀 장갑이라면 저 볼에 닿을 수 있을 것을!

줄리엣 어쩌나!

로미오 말을 하는구나. 아, 빛나는 천사여, 한 번 더 말해주시오! 오늘 밤 내 머리 위에서 빛나는 당신 모습은 천천히 흘러가는 구름을 타고 허공을 두둥실 떠가는 모습을 보려고 뒷걸음질 치며 우러러 쳐다보는 인간의 눈에 비치는 날개 가진 하늘의 천사 같구나.

줄리엣 아, 로미오, 로미오! 왜 당신은 로미오인가요? 아버지와 관계없고, 그 이름이 아니라고 말씀하세요. 그렇게 못 하신다면, 저를 사랑한다고 맹세만이라도 해주세요. 그러면 저는 캐퓰릿이라는 성을 버리겠어요.

로미오 (혼잣말로) 좀 더 듣고 있을까, 말을 걸어볼까?

줄리엣 당신의 이름만이 내 원수예요. 몬터규 집안이 아니라도 당신은 당신. 대체 몬터규가 뭐예요? 손도 아니고, 발도 아니고, 팔도, 얼굴도 아니고, 사람의 몸 어느 부분도 아니잖아요. 오, 다른 이름이 되어주세요. 이름에 뭐가 있죠? 우리가 장미라고 부르는 꽃을 다른 이름으로 불러도 역시 향기로울 거예요. 그러니 로미오 역시 로미오라 부르지 않더라도, 그 이름과는 관계없이 그리운 그 완벽한 모습은 그대로 남을 거예요. 로미오, 그 이름을 버리시고 당신의 몸과는 아무 관계도 없는 그 이름 대신 이 몸을 고스란히 가지세요.

로미오 그 말씀대로 당신을 갖겠습니다. 나를 연인이라고만 불러주십시오. 그러면 새로 세례를 받은 듯이 나는 이제부터 로미오가 아닌 딴 사람이 될 겁니다.

줄리엣 당신은 누구신가요, 이렇게 어둠 속에 숨어서 남의 비밀을 엿듣는 분은?

로미오 이름으로는, 내가 누구라고 해야 할지 알 수 없습니다. 성녀님, 나도 내 이름이 밉습니다. 그것은 당신의 원수니까요. 어디에 적혀 있는 이름이라면 갈기갈기 찢어버리고 말 겁니다.

줄리엣 그 입에서 나온 말을 제 귀는 아직 백 마디도 안 들었지만, 그래도 저는 그 음성을 알아요. 몬터규 댁 로미오님 아닌가요?

로미오 아름다운 당신이 싫다면 그 어느 쪽도 아닙니다.

줄리엣 여길 어떻게, 그리고 무얼 하러 오셨어요? 담은 높아서 기어오르기 어렵고, 당신 신분으로 봐서 우리 집 사람들에게 들키면 이곳은 죽음의 장소가 될 텐데.

로미오 이까짓 담은 사랑의 가벼운 날개를 타고 뛰어넘었지요. 돌담이 어떻게 사랑을 막을 수 있겠습니까? 사랑할 수만 있다면 무엇이든 해낼 것이오. 그러니 당신 가족들도 나를 막지 못할 겁니다.

줄리엣 하지만 우리 집 사람들이 보면 당신을 죽일 거예요.

로미오 아아, 그들의 칼 스무 자루보다도 당신의 눈이 더 무섭습니다. 당신만 정다운 눈짓으로 보아주신다면, 그들의 악의쯤 아무렇지도 않습니다.

줄리엣 무슨 일이 있어도 이곳에서 들키지 않도록 하세요.

로미오 나는 밤의 외투로 몸을 가렸으니 그들의 눈에 띄지 않을 겁니다. 그러나 당신의 사랑을 못 받는다면 차라리 이대로 들키고 싶습니다. 당신의 사랑 없이 쓸쓸히 살다 죽느니 차라리 그들의 미움으로 목숨을 끊는 것이 낫겠습니다.

줄리엣 누구의 안내로 여기를 오셨어요?

로미오 사랑의 안내지요. 당신을 찾으라고 먼저 재촉한 것도 사랑이고, 지혜를 빌려준 것도 사랑입니다. 난 눈만 빌려주었지요. 난 수로水路 안내인은 아니지만 당신 같은 보물을 찾아서라면 바닷물이 출렁거리는 아득한 해안처럼 머나먼 곳이라도 기어이 찾아갈 것입니다.

줄리엣 이렇게 밤의 가면이 제 얼굴을 덮고 있으니 망정이지, 그렇지 않았더라면 이 볼은 수줍은 처녀의 마음으로 빨갛게 물들었을 거예요. 오늘 밤 당신은 제 말을 엿들으셨거든요. 저도 체면을 차리고 싶고, 아까 한 말은 거짓말이라고 부정도 하고 싶어요. 하지만 이제 격식은 싫어요. 저를 사랑하세요? 그렇다고 대답해주시겠지요? 그 말씀을 믿겠어요. 하지만, 아무리 맹세를 하시더라도 거짓일지 모르잖아요. 연인들의 거짓말은 주피터 신도 웃고 만답니다. 아, 그리운 로미오님, 저를 사랑하신다면 진정으로 그렇다고 말씀해주세요. 혹시 너무 쉽게 저를 손에 넣었다고 생각하시나요? 그렇다면 저는 얼굴을 찡그리고 토라져서 당신을 거절할래요. 그래도 당신은 다시 사랑을 애걸해 오셔야 해요. 그러지 않으시면 저도 안 그럴래요, 절대로. 그리운 몬터규님, 진정 저는 너무나 사랑하고 있어요. 그런 저를 당신은 경박한 여자라고 생각하실 거예요. 하지만 저를 믿어주세요. 저는 쌀쌀한 체 잔꾀를 부리는 여자들보다 훨씬 더 진실한 여자임을 증명해 보이겠어요. 참다운 사랑의 고백을 저도 모르게 당신이 엿듣지만 않았더라도 정말 저는 좀 더 쌀쌀하게 굴었을 거예요. 그러니 용서하시고, 행여 들뜬 사랑에서 이처럼 마음을 허락한 것이라고 꾸짖지는 마세요. 밤의 어둠 때문에 도리어 드러난 사랑이니까요.

로미오 아가씨, 이곳 과일나무 가지를 온통 은빛으로 물들이고 있는 저 밝은 달을 두고 맹세하겠습니다.

줄리엣 아, 저 변덕스러운 달을 두고 맹세하지 마세요. 둥근 궤도를 돌면서 다달이 변하는 달이라, 당신의 사랑마저 그처럼 변할까 두려워요.

로미오 그럼 무엇에 두고 맹세할까요?

줄리엣 아예 맹세하지 마세요. 기어이 맹세를 하시려거든, 당신 자신을 두고 맹세하세요. 당신은 제가 우상처럼 받드는 하느님이시니, 당신을 믿겠어요.

로미오 만약 내 가슴에 사무치는 사랑이—

줄리엣 역시 맹세하지 마세요. 당신의 마음을 알아 기쁘기는 하지만 오늘 밤의 이런 맹세는 즐겁지 않아요. 너무나 당돌하고, 너무나 경솔하고, 말할 새도 없이 사라져버리는 번갯불만 같아요. 그럼, 안녕히 가세요! 사랑의 꽃봉오리가 여름날의 입김에 마냥 부풀어 다음에 우리가 만날 때에는 아름답게 꽃피어 있기를 바라겠어요. 안녕히 가세요. 안녕히! 달콤한 안식이 제 가슴속과 마찬가지로 당신의 마음속에도 깃드시기를!

로미오 이렇게도 섭섭하게 저를 두고 들어가시려 합니까?

줄리엣 어떻게 하면 섭섭하지 않으시겠어요?

로미오 서로 진실한 사랑의 맹세를 나누는 것입니다.

줄리엣 당신이 청하시기 전에 벌써 제 것을 드렸습니다. 하기야 한 번 더 드리고 싶지만.

로미오 그걸 되돌려달라는 건가요? 왜 그러시는지요?

줄리엣 다만 아낌없이 한 번 더 드리고 싶어서예요. 하지만 이건 제가 가지고 있는 것을 제가 탐내고 있는 것이나 같네요. 제가 드리고 싶은 마음은 바다처럼 끝이 없고, 사랑도 바다처럼 깊어요. 당신께 드리면 드릴수록 더 많아져요. 두 가지 다 끝이 없으니까요. 안에서 무슨 소리가 나요. 그럼 안녕히! (유모가 안에서 부른다.) 응, 곧 갈게, 유모! ― 그리운 몬터규님, 변치 마세요. 잠깐만 계세요. 곧 돌아올게요. (줄리엣, 안으로 들어간다.)

로미오 아, 참으로 행복한 밤이구나. 지금은 밤이라 이게 모두 꿈이 아닌지 두렵다. 너무나 기뻐서 사실이 아닌 것만 같구나.

줄리엣, 다시 2층 창문에 나타난다.

줄리엣 한 마디만 더요, 로미오님! 그리고 안녕히 가세요. 당신의 애정이 진실되고 결혼할 생각이시라면, 내일 사람을 보내겠으니, 어디서 언제 결혼식을 올릴 것인지 알려주세요. 그러면 운명을 송두리째 당신 발아래 내던지고, 당신을 낭군으로 맞아 세계 어느 곳이라도 따라가겠어요.

유모 (안에서) 아가씨!

줄리엣 응, 가요. —— 하지만 진심이 아니시라면, 제발 저……

유모 (안에서) 아가씨!

줄리엣 곧 갈게. 이런 일은 이제 이것으로 그치시고, 저 혼자 슬픔에 잠겨 있도록 내버려 두세요. 내일 사람을 보낼게요.

로미오 내 영혼에 맹세코!

줄리엣 부디, 부디, 안녕히 가세요! (줄리엣, 들어간다.)

로미오 그대의 빛을 잃으니 조금도, 조금도 즐겁지가 않구나. 사랑을 보러 갈 때는 학교 수업이 끝난 어린애처럼 날아갈 듯이 기쁘더니, 연인과 헤어질 때는 침울한 얼굴빛으로 학교에 가는 것 같구나.

줄리엣, 다시 2층 창문에 나타난다.

줄리엣 쉿, 로미오님, 쉿! 아, 매를 다시 불러오는 매 사냥꾼의 목소리, 부러워라! 갇힌 몸이 목소리마저 쉬어 큰 소리도 낼 수 없네. 그렇지만 않다면, 나의 로미오님, 하고 허공에 울리는 메아리가 내 목소리보다 더 쉴 때까지 되풀이해, 메아리가 사는 동굴이 떠나가도록 큰 소리로 불러보련만.

로미오 내 이름을 부르는 것은 나의 영혼, 밤에 듣는 연인의 목소리는 은방울 소리처럼 영롱하구나. 부드러운 음악처럼 내 귀에 울린다!

줄리엣 로미오님!

로미오 네?

줄리엣 내일 몇 시에 사람을 보내면 될까요?

로미오 9시까지 보내주십시오.

줄리엣 꼭 보내겠어요. 스무 해나 앞날처럼 먼 것 같아요. 그런데 제가 왜 당신을
불렀는지 깜빡 잊었어요.

로미오 다시 생각이 날 때까지 여기 서 있도록 하지요.

줄리엣 그대로 거기 서계시도록 저도 잊고 있을래요. 당신 곁에 있는 것이 얼마나
좋은지 생각하면서요.

로미오 그러면 당신이 그냥 잊고 있도록 나도 이 자리에 이대로 서 있지요. 여기
이외에 다른 곳은 다 잊어버리고.

줄리엣 벌써 날이 새나 봐요. 이제 보내드려야겠어요. 하지만 멀리 가시게는 안
하겠어요. 장난꾸러기 계집아이가 사슬에 매인 가엾은 죄수처럼 손에 쥐인 새
를 조금 놓아주었다가 새의 자유로운 퍼덕임이 귀엽기도 하고 샘도 나서 비단
실을 다시 확 잡아당기는 것처럼요.

로미오 당신의 그 새가 되었으면.

줄리엣 저도 그랬으면 좋겠어요. 하지만 너무 귀여워하다가 죽게 할지도 몰라요.
안녕, 안녕히 가세요! 헤어지기가 이처럼 달콤하고 슬프니 날이 샐 때까지 안
녕이란 인사를 계속 하고 싶어요. (줄리엣 퇴장)

로미오 당신의 두 눈엔 잠이, 가슴엔 평화가 깃들기를! 내가 그 잠이 되고 평화가
되어 고요히 당신의 눈과 가슴에서 쉬고 싶구나! 이 길로 나는 신부님의 성당
으로 가서 도움을 청하고 내 행운을 알려드려야겠다. (로미오 퇴장)

8

[제2막 제3장]

로런스 신부, 바구니를 들고 등장.

신부 감색 눈을 한 아침이 찌푸린 밤에 보시시 웃고, 동녘 하늘의 구름을 빛줄기
로 물들이고 있다. 얼룩진 어둠은 주정뱅이처럼 비틀거리면서 태양신의 수레
바퀴로 생긴 해의 길에서 흩어져 달아난다. 자아, 태양이 그 불타는 눈을 쳐들
고 낮의 기운을 주어 축축한 밤이슬을 말리기 전에, 독초며 귀한 약즙이 든 꽃
잎을 이 바구니에 가득 꺾어 담자꾸나. 자연의 어머니인 대지는 자연의 무덤
이기도 하고, 자연의 무덤인 그 대지는 또한 자연의 모태이기도 하지. 그리고
그 모태에서 갖가지 자식들이 태어나 다정한 대지의 젖가슴에서 젖을 빤다.
그 초목 가운데에는 훌륭한 여러 가지 약효를 지닌 것이 많고, 어느 것 하나
무슨 약효를 지니지 않은 것이 없으며, 그 약효 또한 모두 다르다. 아, 나무,
풀들 할 것 없이 그 본질 속에는 신기하고도 강력한 약효가 들어 있으니 참으
로 놀랍다. 무릇 이 세상의 생물로서 아무리 해로운 것일지라도 무언가 특수
한 이로움을 세상에 주지 않는 것이 없고, 아무리 좋은 것도 그 용도를 그르치
면 본성에 어긋나 남용의 해를 면치 못하는 법. 덕도 잘못 쓰면 악으로 변하
고, 악도 쓰기에 따라서는 선이 될 수 있다. (로미오, 등장하여 엿듣는다.) 이 가련
한 꽃봉오리 속에는 독도 들어 있고 약의 힘도 들어 있다. 맡으면 몸의 여러
부분이 상쾌해지지만 먹으면 모든 감각이 심장과 함께 멎는다. 초목뿐 아니라
사람의 마음속에도 미덕과 악의 두 왕이 맞서고 있어, 악이 성하면 인간과 수
목은 죽음이라는 독벌레에게 바로 먹히고 만다.

로미오 (앞으로 나서며) 신부님, 밤새 안녕하셨어요?

신부 축복을 받으시라. 이렇게 이른 아침에 정다운 목소리로 나에게 인사하는 분
이 누구시오? 아, 너로구나. 이렇게 일찍 잠자리를 떠난 것을 보니 네 마음이
꽤나 괴로운가 보구나. 모든 늙은이들의 눈은 근심걱정으로 밤을 지새우지.
걱정이 있는 곳엔 잠이 없게 마련이거든. 허나 정신과 마음에 상처 없는 젊은
이가 온몸을 펴는 곳에는 황금의 잠이 지배하는 법이야. 이렇게 일찍 일어난

것을 보니 너는 무슨 고민으로 잠을 이루지 못한 것이 분명하다. 그렇지 않다면 우리 로미오가 간밤에 잠자리에 들지 못한 게지. 어때, 맞지?

로미오 예, 맞습니다. 하지만 잠보다 더 달콤한 휴식을 가졌지요.

신부 하느님 맙소사! 그럼 로잘린하고 같이?

로미오 로잘린이요? 아닙니다, 신부님. 저는 그 이름도, 그 이름이 주는 고민도 다 잊어버렸습니다.

신부 그것 기특하구나. 그럼 어디 가 있었느냐?

로미오 다시 물으시기 전에 말씀드리겠습니다. 실은 원수의 집 연회에 갔었는데 어떤 자가 갑자기 저에게 상처를 입혀서 저도 그에게 상처를 주었습니다. 우리 두 사람의 치료는 신부님의 도움과 거룩한 손길에 달려 있습니다. 신부님, 저는 아무 원한도 없습니다. 보십시오, 저의 애원은 원수 편에도 약이 됩니다.

신부 애야, 똑똑하게 말해라. 수수께끼 같은 고해는 수수께끼 같은 용서밖에 받지 못하느니라.

로미오 그럼 똑똑히 말씀드리겠습니다. 저는 그 재산 많은 캐퓰릿 댁의 아름다운 따님에게 제 사랑을 바치기로 굳게 마음먹었습니다. 제가 그렇듯이 그녀도 저를 사랑하게 되었습니다. 우리의 마음은 완전히 맺어졌습니다. 다만 신부님께서 이제 하느님 앞에서 저희들을 맺어주시는 일만 남았습니다. 저희들이 언제, 어디서, 어떻게 만나 사랑을 속삭이고 맹세를 나누었는가는 가면서 얘기하겠습니다만, 부디 오늘 안으로 저희들을 결혼시켜주겠다고 승낙해주십시오.

신부 아, 하느님 맙소사! 이게 웬 변화냐! 네가 그토록 사랑하던 로잘린을 이렇게도 쉽사리 잊었단 말이냐? 젊은이들의 사랑은 과연 마음속에 있지 않고 눈 속에 있나 보구나. 허, 기가 막히구나! 너는 로잘린 때문에 그 얼마나 많은 눈물로 파리한 뺨을 적셨더냐? 맛없는 사랑에 간을 하려고 얼마나 많은 소금물을 헛되이 쏟았더냐! 태양은 아직 네 한숨을 하늘에서 거두지 않았고, 신음소리도 아직 이 늙은 귀에 울리고 있다. 보아라, 네 볼에는 묵은 눈물 자국이 아직도 지워지지 않고 남아 있지 않느냐. 네 자신에 변함이 없고 그 슬픔도 네 슬픔이었을진대, 너 자신도, 그 슬픔도, 모두 로절린 때문이 아니었더냐? 아니, 사람이 변했느냐? 이런 속담이라도 외워보아라. 사나이도 못 믿을 세상일진대 여자의 변심쯤이야 탓할 것도 못 된다는 속담 말이다.

로미오 로절린을 사랑한다고 신부님은 자주 꾸짖으셨잖습니까?

신부 사랑에 빠지지 말라고 했지, 사랑하지 말라고는 하지 않았다.

로미오 그리고 사랑을 파묻어버리라고 하셨습니다.

신부 다른 하나를 파내기 위해서 그것을 묻으라고는 하지 않았다.

로미오 제발 꾸짖지 마십시오. 이번에 제가 사랑하는 여자는 성의에는 성의로, 사랑에는 사랑으로 보답해주는 여자입니다. 로절린은 그렇지 않았습니다.

신부 로절린은 잘 알고 있었거든. 너의 사랑은 내용 없이 겉핥기로 외워대듯 하는 사랑이라는 것을. 아무튼 가자, 이 젊은 바람둥이야. 나와 같이 가자. 나도 한 가지 생각이 있으니, 너를 도와주겠다. 이 연분으로 다행히 두 집안의 원한을 진정한 애정으로 바꿀 수 있을지도 모르니까.

로미오 아, 어서 가세요. 저는 안절부절못하겠습니다.

신부 슬기롭게 천천히. 급히 달리는 자는 넘어지게 마련이다. (두 사람 퇴장)

9

[제2막 제4장]

거리. 벤볼리오와 머큐시오 등장.

머큐시오 이 로미오 녀석, 대체 어디 갔지? 간밤에 집에 안 들어왔나?

벤볼리오 안 들어왔대. 하인에게 물어보았지.

머큐시오 그 창백하고 무정한 여자, 로절린 때문에 너무 고민하다가 끝내 미쳐버

릴지도 모르겠구나.

벤볼리오 캐퓰릿 영감의 처조카 티볼트가 로미오의 집에 편지를 보내왔다는군.

머큐시오 도전장일 거야, 틀림없어.

벤볼리오 로미오는 물론 응할 거야.

머큐시오 그야 글을 아는 사람이라면 편지에 답하는 것이 당연하지.

벤볼리오 그게 아니라, 도전을 받은 이상 그 도전에 응하겠다는 답장을 도전장의

주인에게 보낼 것이란 말이야.

머큐시오 아, 가엾은 로미오, 그는 벌써 죽은 것이나 다름없어! ── 허연 계집의

새까만 눈에 찔렸지, 사랑의 노래로 귀는 꿰뚫렸지, 심장 한가운데에는 눈먼

큐피드의 화살이 박혀 있거든. 이런 인간이 티볼트를 상대할 수 있겠나?

벤볼리오 아니, 티볼트가 대체 어떤 녀석인데?

머큐시오 고양이 임금보다 한술 더 뜨는 녀석이지. 아, 그 녀석, 용감한 무예의 달

인이야. 악보를 보고 노래라도 부르듯이 시간과 거리와 박자를 맞춰서 싸우

지. 하나, 둘 하고 쉬고 셋으로 대뜸 가슴패기야. 비단 단추를 찌르는 데는 명

수지. 굉장한 녀석이야. 칼 쓰기로는 일류요, 또한 집안의 신사라 결투에도 일

일이 첫째 이유, 둘째 이유를 들먹이는 인간이야. 아, 그 앞찌르기의 묘기! 반

전 뒤찌르기! 그리고 다시 한 수!

벤볼리오 다시 뭐?

머큐시오 되지 못한 말을 괴상하게 떠벌리는 빌어먹을 녀석들, 점잔을 **빼면서** 신

식 말을 지껄여대는 꼴 좀 보라지! "거참, 훌륭한 칼이외다, 참으로 훌륭하시

외다! 참으로 훌륭한 창녀이외다!" 이봐, 아저씨, 정말 한탄할 일이잖아. 그런

괴상한 파리 같은 녀석들한테 우리가 이렇게 시달려야 하다니. 밤낮 유행만

쫓아다니고, 같은 말이라도 외국어라야 하고, 무엇이나 신식이라야 되며, 낡은 걸상에는 엉덩이가 아파 편히 앉아 있지도 못하는 인간들한테 말이야. 아, 녀석들의 외국 숭배가 이만저만이라야지!

로미오 등장.

벤볼리오 로미오가 온다, 로미오가 와!

머큐시오 알을 빼 말린 청어 같군. 아, 고기야, 고기야, 어쩌면 그렇게 생선 꼴이 되었나! 저 친구 페트라르카의 시라도 짓겠다는 표정이잖아. 그의 애인 로라도 자기 애인에 비하면 부엌데기나 다름없다는 듯이 — 하지만 로라는 자기에게 노래를 불러주는 더 나은 연인을 가졌었지 — 디도는 초라한 여자, 클레오파트라는 집시, 헬렌과 히로도 하찮은 매춘부, 푸른 눈인가 뭔가를 가졌다는 티스베 역시 명함도 내밀지 못한다는 식이야. 로미오님, 봉주르! 네가 프랑스식 바지를 입었으니 인사도 프랑스식으로 해야지. 그런데 너 간밤에 우리를 톡톡히 골탕먹였지?

로미오 아, 다들 잘 있었나? 그런데 내가 무슨 골탕을 먹였지?

머큐시오 바람을 맞혔단 말이야, 바람을.

로미오 용서해줘, 머큐시오. 워낙 중대한 일이었어. 이런 경우 조금쯤 실례할 수 있잖아.

머큐시오 그럼 너 같은 경우 나도 억지로 무릎을 꿇어야 한다는 말이군.

로미오 그건 절을 하는 게 아닌가.

머큐시오 그거 어지간히 맞혔군.

로미오 참 점잖은 해석인걸.

머큐시오 이래 봬도 난 점잖기론 노른자위라고.

로미오 꽃 같은 노른자위?

머큐시오 맞아.

로미오 하긴 내 신에도 꽃무늬가 잔뜩 놓여 있지.

머큐시오 맞아! 그럼 이런 내 농담을 따라와보겠나? 네 신이 닳아빠질 때까지. 그 때는 얄팍한 한 꺼풀 신발 바닥은 다 닳아도 농담만은 보기 좋게 남을 게 아 닌가.

로미오 아, 그거 참 보기 좋게 한 장 남은 농담이로군.

머큐시오 나 좀 도와줘, 벤볼리오! 내 재치는 이제 기진맥진이야.

로미오 채찍질을 하고 박차를 가하라고! 그러지 않으면 결판이 났다고 외칠 거야.

머큐시오 그런 바보 같은 기러기 경주에는 두 손 들었어. 너는 그 기러기 같은 재 치를, 내가 다섯 가지고 있는 것보다 하나 더 많이 가지고 있으니까. 어때, 이 만하면 나도 너 못지않은 바보지?

로미오 너야 언제고 나하고 있을 때는 바보 소리밖에 더 하나?

머큐시오 그 따위 소리 다시 해봐라. 귀를 깨물어줄 테니까.

로미오 착한 기러기님, 제발 깨물지 말아요.

머큐시오 네 독설은 몹시 맵군. 제법 톡 쏘는 양념이야.

로미오 그렇다면 기러기 요리엔 알맞지 않겠나?

머큐시오 아, 양피洋皮 같은 재치 좀 봐. 한 치가 한 자로 쭉쭉 늘어나는군.

로미오 그럼 실컷 어디 늘여볼까? 기러기 말이 나왔으니 말인데, 너는 아무리 봐 도 이 세상에 다시없는 바보 기러기라니까.

머큐시오 어때, 실연으로 끙끙 앓는 것보다는 낫잖아? 오늘은 제법인데. 이제 너 다워졌어. 가문으로 보나, 천성으로 보나, 진짜 로미오로 돌아왔구나. 사랑에 찔찔 짜며, 빳빳이 세운 작대기를 구멍 속에 감추려고 혀를 늘어뜨리고 어쩔 줄 몰라 뛰어다니는 녀석은 바보지 뭐야.

벤볼리오 그만둬, 그만둬!

머큐시오 이만큼 기분을 돋우어놓고 그만두라니, 내 이야긴 뭐야?

벤볼리오 그냥 뒀다간 이야기가 끝이 없겠는걸.

머큐시오 아, 잘못 봤어! 난 간단히 끝내려는 거야. 이제 내 이야기도 바닥이 나서
　　　더 이상 늘어놓을 생각이 없었으니까.

로미오 거 잘됐군.

　　유모와 피터 등장.

머큐시오 배다, 배가 온다!

벤볼리오 두 척이다. 두 척! 셔츠와 고쟁이다.

유모 피터!

피터 예.

유모 내 부채 이리 줘, 피터.

머큐시오 피터, 그녀가 얼굴을 가린다. 부채가 얼굴보다 곱거든.

유모 안녕들 하세요, 도련님들?

머큐시오 점심 잡수셨나요, 아름다운 부인?

유모 벌써 그런 시간이 되었수?

머큐시오 암요, 저 음탕한 해시계의 손이 지금 정오의 거기를 꾹 누르고 있거든요.

유모 원, 상스럽게도! 무슨 사람이 이럴까?

로미오 아니, 부인. 이 사람은 자기 자신을 부수기 위해 태어난 사람이랍니다.

유모 참, 농담도 잘하셔. 〈자기 자신을 부수기 위해〉 태어났다고요? 그런데 여러
　　　분께서는 혹시 어딜 가면 로미오 도련님을 만날 수 있는지 알고 계세요?

로미오 내가 알지요. 그러나 로미오 도련님을 찾았을 때는 지금보다 더 늙어 있을

겁니다. 그 이름으론 내가 가장 젊지요. 그다지 신통치는 않지만.

유모 재미있는 말을 하시네.

머큐시오 아니, 신통치 못하다는데 재미있다고? 참 이해를 잘하시는군. 똑똑하셔, 똑똑해.

유모 댁이 로미오 도련님이시라면, 친히 여쭐 이야기가 있는데요.

벤볼리오 만찬에 초대할 모양이로군.

머큐시오 토끼다, 토끼! 와, 나왔다!

로미오 뭐가 나왔다고?

머큐시오 보통 토끼는 아냐. 사순절四旬節 파이에 들어가는 토끼가 아니라, 먹기도 전에 상해 곰팡이가 피는 토끼야.

(머큐시오가 걸어 나오면서 노래를 부른다.)

   곰팡이 핀 늙은 토끼,

   곰팡이 핀 늙은 토끼,

   사순절 음식으론 맛있지만

   곰팡이 핀 토끼는

   먹기도 전에 상하여

   돈을 치르기에는 너무 아까워.

   로미오, 집에 돌아갈 건가? 너희 집에서 식사나 같이 해야겠다.

로미오 나중에 갈게.

머큐시오 안녕히 가십시오, 할머니. (노래조로) 〈부인이여, 부인이여, 부인이여.〉

(머큐시오와 벤볼리오 퇴장)

유모 잘 가세요. 천박한 소리만 늘어놓고 무슨 사람이 저래? 어쩌면 저렇게도 천연덕스럽죠?

로미오 자기가 떠드는 소리를 듣는 걸 좋아하는 사람입니다. 한 달이 걸려도 못

다할 말을 일 분이면 다 지껄일 사람이지요.

유모 내 욕만 해봐, 가만 안 둘 테니까. 제 까짓것, 아무리 힘이 세더라도 스무 명
은 문제없어. 내가 못 당하면 해치울 사람을 불러오지 뭐. 망할 녀석! 나를 제
놀림감인 줄 아나 봐. 나는 그런 녀석을 상대할 천한 여자가 아니라고요. (피터
를 보고) 너도 그렇지, 어쩌자고 멀거니 보기만 하고 있는 거냐? 그 녀석 맘대
로 나를 희롱하는데.

피터 아무도 아주머닐 맘대로 희롱하지 않았는데요. 그렇다면야 벌써 칼을 번개
같이 뺐지요. 싸움판이 벌어지고 우리 쪽에 잘못만 없다면 정말 칼 빼기론 남
에 뒤질 내가 아니니까요.

유모 참말 너무도 분해서 온몸이 부들부들 떨리는구나. 망할 녀석! 헌데 도련님,
아까도 말씀드렸듯이 우리 집 아가씨가 저더러 도련님을 찾아가보라고 했어요.
아가씨 말씀은 저 혼자만 알고 있지만서도. 하지만 세상 사람들 말마따나, 도련
님이 우리 집 아가씰 바보의 천당에라도 꾀어 가시겠다면, 세상 사람들 말마따
나 그건 이만저만한 행패가 아니죠. 우리 아가씨는 아직 젊어요. 그런 아가씨를
농락한다면 참말로 부녀자한테 못된 행패지요. 아주 비열한 짓이고요.

로미오 아가씨에게 이렇게 전해주십시오. 유모 앞에 맹세하지만, 나는…….

유모 예, 예, 꼭 그렇게 전할게요. 아, 우리 아가씨가 얼마나 기뻐하실까!

로미오 아니, 대체 뭐라고 전하겠다는 겁니까? 내 말은 아직 듣지도 않고서.

유모 제가 보기에 도련님은 참 신사답게 맹세하시더라고 전하죠.

로미오 자, 이렇게 전해주십시오. 오늘 오후 어떻게 해서든지 고해성사에 나오면
로런스 신부님의 성당에서 고해성사를 마치고 난 다음 곧 결혼식을 올리겠다
고요. 자, 받아요. 이건 수고비입니다.

유모 아녜요, 한 푼도 안 받겠어요.

로미오 자아, 받아두십시오.

유모 오늘 오후라고 하셨죠? 네, 꼭 그렇게 전하겠어요.

로미오 그리고 유모는 성당 담 뒤에서 기다려주십시오. 한 시간 안으로 내 하인이 사다리같이 얽은 줄을 가지고 갈 것입니다. 밤중에 은밀히 나를 행복의 절정 으로 올려다 줄 것입니다. 그럼 안녕히 가십시오. 잘 부탁합니다. 사례는 하지 요. 아가씨께 안부 전해주십시오.

유모 하느님의 축복이 있으시기를! 그런데 도련님…….

로미오 뭐 말씀입니까, 유모?

유모 도련님 하인은 믿을 수 있나요? 속담에도 두 사람의 비밀은 새지 않지만 세 사람의 비밀은 샌다잖아요.

로미오 걱정 마십시오. 내 하인은 강철처럼 믿을 수 있는 사람이니까.

유모 그런데 우리 집 아가씬 정말 귀여운 처녀랍니다. 정말이지 아가씨가 아직도 귀여운 아기였을 때 — 아 참, 이 도시의 귀족 패리스라는 양반이 아가씨한테 홀딱 반해 있지만, 귀엽게도 아가씬 그 양반을 보느니 차라리 두꺼비를 — 바 로 그 두꺼비를 보는 게 낫겠다고 하잖겠어요? 나는 가끔 — 패리스님이 더 미남이 아니냐고 말해서는 아가씨를 화나게 만든답니다. 하지만 그런 말만 하 면 이건 어찌된 셈인지, 얼굴이 하얀 천처럼 새하얘지고 마는 거예요. 그런데 로즈메리와 로미오는 같은 글자로 시작되는 게 아닌가요?

로미오 그런데, 그건 왜 묻지요? 둘 다 R로 시작되지요.

유모 어머, 농담을 다! 그건 개 이름인데, R자는, 저……. 아냐, 뭐 다른 글자로 시작할 거야. 나도 알지. 헌데 아가씨는 도련님의 이름자와 로즈메리 꽃을 붙 여서 훌륭한 글귀를 지었죠. 그걸 꼭 한번 들어보세요.

로미오 그럼, 아가씨께 안부 전해주십시오.

유모 예, 천 번이라도 전하죠. (로미오 퇴장) 이봐, 피터!

피터 예.

유모 앞서거라, 어서 가자. (두 사람 퇴장)

10

[제2막 제5장]

캐퓰릿 집의 정원. 줄리엣 등장.

줄리엣 유모가 나갈 때 9시였지? 30분 뒤면 꼭 돌아오겠다고 했는데, 혹시 그이
를 만나지 못한 건 아닐까? 그렇지 않을 거야. 아, 절름발이 같은 유모! 사랑
의 심부름꾼은 역시 사랑의 화살이 해야 틀림없는 것을. 사람의 마음은 어두
운 산 저편으로 그림자를 몰아내고 달리는 햇빛보다 열 배나 빠르잖아. 그렇
기에 날개가 가벼운 비둘기가 수레를 끌고, 큐피드에겐 바람처럼 빠른 날개가
있는 거야. 이제 태양은 하룻길의 맨 꼭대기에 올라가 있고, 9시부터 12시까
지는 벌써 세 시간이나 지나갔는데 아직도 유모는 돌아오지 않고 있어. 유모
도 애정과 끓는 피를 가졌다면 공처럼 재빨리 움직이며 나의 말로 사랑하는
그이에게 날아가고, 그이 말로 다시 나에게 날아오고 할 텐데. 그런데 늙은 사
람들은 대개가 죽은 이처럼 — 다루기 힘들고, 느리고, 둔하고, 납처럼 창백
하거든. (유모와 피터 등장) 어머나, 돌아왔어! 아, 착한 유모. 소식은? 그이를
만났어? 그 사람은 좀 나가 있으라고 해요.
유모 피터, 넌 문에서 기다려. (피터 퇴장)
줄리엣 자, 착한 유모 — 아니, 왜 그렇게 슬픈 얼굴빛이지? — 슬픈 소식이라도
기쁘게 이야기해줘. 좋은 소식도 그렇게 슬픈 얼굴로 이야기해서야, 음악처럼
달콤한 소식을 망치잖겠어?
유모 아, 고단해. 잠깐만 내버려 둬요. 원, 뼈마디가 왜 이렇게 아프지! 무던히도

뛰어다녔네.

줄리엣 내 뼈를 대신 줄 테니, 어서 소식을 전해줘. 자, 얼른 말해봐요. 착한 유모, 얼른.

유모 맙소사, 성미도 급하셔라! 잠시도 못 기다리시나요? 내가 이렇게 숨이 찬 것도 모르시겠어요?

줄리엣 숨이 차다고 말할 숨이 있으면서 어떻게 숨이 차요? 미적미적 변명하는 시간이 대답하는 시간보다 더 기네. 좋은 소식이야, 나쁜 소식이야? 어서 대답해봐요. 가부간 말 좀 해봐요. 딴 이야기는 나중에 들어도 좋으니, 어서 궁금증을 풀어달라니까. 좋아, 나빠?

유모 글쎄요, 아가씨는 어리석은 선택을 했어요. 아가씬 남자를 고를 줄 모르셔. 로미오라고요? 안 돼요, 그 사람은. 얼굴은 누구에게도 안 빠지고, 다리도 누구보다도 훌륭하지만, 그리고 손발과 몸도 말할 나위 없지만, 그러나 남과 비교할 수 없을 정도로 뛰어나긴 했어. 예의범절의 꽃이라고는 할 수 없어도 어린 양처럼 얌전하더구먼. 아가씨, 어서 가서 하느님께 열심히 기도 드려요. 그래, 점심은 드셨어요?

줄리엣 아니, 아직. 그런 이야기는 나도 다 알고 있어. 우리 결혼 말이야, 그이가 뭐라고 했어, 응? 뭐라고 하더냐고.

유모 아이구, 골치야! 웬 골치가 이럴까? 스무 조각이라도 난 것처럼 골치가 아프군. 그리고 또 내 등―― 아이구, 등이야. 아이구, 등 아파라! 내 참, 아가씨 심부름하느라고 이곳저곳 뛰어다니다가 죽게 됐네.

줄리엣 편찮다니 미안해요. 내가 가장 좋아하는 착한 유모, 그이가 뭐라고 했지?

유모 아가씨의 연인은 참 솔직한 신사답게 말씀하시대요. 얌전하고, 친절하고, 미남이고, 또 참말로 예의바르고 신사답고요―― 그런데 어머님은 어디 계시죠?

줄리엣 어머님이 어디 계시냐고? 안에 계시지, 뭐. 다른 데 어디 계실라고. 대답

도 참 이상하네. 〈아가씨의 연인은 참 솔직한 신사답게 말씀하시대요. 어머님
은 어디 계시죠?〉라니.

유모 아이구, 맙소사! 그렇게도 몸이 다시나. 아니, 어찌된 거예요? 이게 내가 뼈
마디 쑤시는 데 대한 약인가요? 앞으로 아가씨 심부름은 아가씨가 하세요.

줄리엣 어지간히 수선 떨고 있네. 그래, 로미오님이 뭐라고 하셨어?

유모 아가씨는 오늘 고해성사에 나갈 승낙을 얻어놓았나요?

줄리엣 응.

유모 그럼 얼른 로런스 신부님의 성당으로 가보세요. 거기 아가씨를 아내로 삼을
서방님이 기다리고 계실 테니까. 저것 봐, 벌써 두 볼이 붉게 물드네. 그 볼은
무슨 말만 들어도 금방 빨개지거든. 얼른 성당으로 가보세요. 난 줄사다리를
가지러 다른 길로 가봐야겠어요. 아가씨의 서방님은 어두워지면 그 줄사다리
를 타고 새의 보금자리로 올라가시게 돼요. 난 아가씨를 기쁘게 해드리기 위
해선 어떤 고생도 마다 않겠어요. 하지만 곧 밤이 되면 아가씨가 책임져야 해
요. 어서 가세요. 난 뭘 좀 먹어야겠어요. 얼른 성당으로 가보세요.

줄리엣 행복 찾아 어서 가자! 착한 유모, 안녕.

11

[제2막 제6장]

신부와 로미오 등장.

신부 하느님, 이 거룩한 식을 축복해주시고, 뒷날 슬픔으로 우리를 나무라지 마
옵소서.

로미오 아멘, 아멘. 그러나 슬픔이여, 오려거든 오라. 어떤 슬픔이 닥쳐오더라도

그녀를 보는 순간 서로가 나누는 기쁨에는 당하지 못합니다. 신부님, 거룩한 말씀으로 저희들의 손을 맞잡게 해주십시오. 그런 다음 사랑을 잡아먹는 죽음 보고 무슨 짓이든 하라지요. 그녀를 내 것이라 부르게만 된다면 그것으로 족하니까요.

신부 그와 같이 격렬한 기쁨은 격렬하게 끝날 것이며, 불과 화약이 닿자마자 폭발하듯 승리의 순간 죽는 법. 지나치게 단 꿀은 달기 때문에 도리어 역겹고, 그 맛을 보면 입맛을 잃는다. 그러니 사랑은 적당히 해야 한다. 그래야 그 사랑이 오래간다. 너무 서둘면 천천히 가는 것보다 오히려 더디니라. (줄리엣 등장) 아가씨가 오는구나. 아, 저토록 가뿐한 걸음걸이니, 저 단단한 바닥 돌은 조금도 닳지 않겠구나! 사랑을 하는 자는 여름날 바람에 하늘거리는 거미줄 위를 걸어도 떨어지지 않는다는데, 사랑이란 그렇게도 헛되고 가벼운 것일까!

줄리엣 신부님, 안녕하세요?

신부 로미오가 우리 둘 몫의 인사를 할 게다.

줄리엣 그럼, 로미오님도 안녕하세요? 이렇게 하지 않으면 로미오님의 인사가 너무 황송해서. (둘이 껴안는다.)

로미오 아, 줄리엣. 당신과 나의 기쁨의 양은 같더라도 그 표현에 있어 당신이 위라면, 제발 당신의 호흡으로 우리 언저리의 공기를 향기롭게 해주십시오. 그리고 지금 이렇게 즐거이 만나 서로가 나누는 꿈 같은 행복을 풍요한 음악 같은 당신의 말로 표현해주십시오.

줄리엣 말보다 내용이 충실한 생각은 겉치레보다 실속을 자랑하는 거예요. 가난한 사람만이 가진 재산을 헤아릴 수 있어요. 저의 참된 사랑은 너무나 커서 그 절반도 헤아릴 수 없어요.

신부 자, 나와 함께 가서 어서 일을 마치자. 좀 안된 이야기다만, 성당이 두 사람을 하나로 맺어주기 전에는 너희들끼리만 놔둘 수가 없구나. (모두 퇴장)

ACT 3

12

[제3막 제1장]

머큐시오, 벤볼리오, 그리고 하인들 등장.

벤볼리오 제발, 머큐시오. 우린 이제 돌아가자. 날씨는 무덥고, 캐퓰릿네 것들이
　　　나다니고 있어. 마주치면 싸움을 피하지 못할 거야. 이렇게 더운 날씨엔 피도
　　　미칠 듯이 끓을 테니까.

머큐시오 술집에 들어서서 칼을 테이블 위에 내던지며 "너 같은 건 필요 없다." 하
　　　고서는, 두 잔째 술이 돌자마자 그야말로 필요도 없이 칼을 **빼는** 자가 있는데,
　　　네가 바로 그런 사람이구나.

벤볼리오 내가 그런 자와 같다고?

머큐시오 이봐, 이봐, 이 이탈리아 천지에 너처럼 화 잘 내는 친구도 없어. 금방
　　　성이 나서 발끈하고, 금방 발끈해서 성을 내거든.

벤볼리오 뭣에 말이야?

머큐시오 뭣이고 간에, 너 같은 친구가 둘만 있다면 서로 아웅다웅하다가 곧 둘 다 없어지고 말 거야. 너 같은 자는 말이야, 상대편 턱수염이 너보다 털이 하나 더 많다고, 또는 하나 더 적다고 시비를 걸고, 호두 까는 사람만 봐도 네 눈알이 호두라는 이유만으로 승강이를 벌일 거야. 그런 눈이 아니고서야 어디 그런 시비를 캐낼 수 있나? 네 머린 달걀에 속이 가득 차 있듯이 싸움할 생각만 가득 차 있는 데다가, 싸울 때마다 얻어맞아 곪은 달걀처럼 터져 있단 말이야. 언젠가도 거리에서 누가 기침을 해서 햇볕에 졸고 있는 너의 개를 깨웠다고 그자와 싸웠지. 너는 또 재봉사가 부활제 전에 새 옷을 맞춰 입었다고 시비하지 않았어? 또 누구하곤 새 신에 헌 끈을 맸다고 싸웠지. 그러고서도 나더러 싸우지 말라고 설교를 해!

벤볼리오 내가 너처럼 싸우기 좋아한다면, 그리고 누가 만일 내 생명을 산다면, 1시간 15분도 안 갈걸.

머큐시오 네 생명을 사? 바보 같은!

티볼트와 그 밖의 사람들 등장.

벤볼리오 저것 봐, 캐퓰릿네 것들이 온다.

머큐시오 그렇군. 올 테면 오라지.

티볼트 내 뒤에 바싹 따라와. 저것들한테 말을 건네볼 테니까. 여러분, 안녕하시오! 자네들 가운데 어느 분하고 한마디 이야기를 나누고 싶은데.

머큐시오 우리들 가운데 누구와도 이야기를 나누고 싶어? 말의 짝을 좀 채우지 그래? 한마디와 한바탕이라고 말이야.

티볼트 자네들 쪽에서 기회를 마련해준다면야, 그냥 물러설 나도 아니지.

머큐시오 이쪽에서 마련해주지 않더라도 그쪽에서 마련할 수 없나?

티볼트 머큐시오, 너 로미오 놈하고 어울려 다니면서…….

머큐시오 어울려 다녀? 우리를 거지 악사 패거리인 줄 아나? 그래, 거지 악사로
봐도 좋다. 그렇다면 시끄러운 불협화음을 들려주마. 자, 춤을 추게 해주지.
제기랄, 어울려 다닌다고?

벤볼리오 여기는 사람이 많이 모이는 한길이야. 어디 조용한 곳에 가서 자네의 불
만을 차분히 따지든지, 아니면 이대로 그냥 헤어지든지 하세. 사람들의 눈이
모두 우리를 보고 있네.

머큐시오 사람의 눈은 보라고 달려 있는 거야. 마음대로 보라지. 난 남의 비위를
맞추자고 물러설 생각은 없어.

로미오 등장.

티볼트 자, 자네와는 화해하겠다. 저 녀석이 나타났으니.

머큐시오 건방진 소리! 로미오가 언제 네 종놈 옷이라도 입었더냐? 어서 앞장서
서 결투장으로 나가보시지. 그러면 로미오가 따라갈 테니까! 그렇게 해서나
로미오를 저 녀석이라고 부를 수 있겠지.

티볼트 로미오, 내가 네놈에게 아첨한다 해도 이보다 더 좋은 말을 할 수는 없을
거다. 너는 악당이다.

로미오 티볼트, 나는 자네를 아껴야 할 까닭이 있어서 그 무례한 인사에도 화를
낼 수가 없네. 나는 악당이 아니야. 그러니 잘 가게. 자네는 나를 잘 모르는
것 같아.

티볼트 야, 그걸로 네가 나한테 준 모욕이 씻어질 줄 아느냐? 그러니 이쪽으로 돌
아서서 칼이나 뽑아라.

로미오 분명히 말하지만, 나는 자네를 모욕한 적이 없어. 오히려 나는 자네가 상
상도 못할 만큼 자네를 사랑한다고. 그 까닭은 차차 알게 될 거야. 그러니 여
보게, 캐퓰릿 그 이름부터가 내 이름만큼 소중하게 여겨지는데 그만 진정하게.

머큐시오 뭘 그토록 얌전하고 비굴하게 비위를 맞춰? 한 방이면 끝장날 텐데. 티
볼트, 이 쥐잡이야. 기어나와보겠나?

티볼트 날 어떡하자는 건가?

머큐시오 이 고양이족의 임금아, 네 아홉 개 생명 가운데서 하나만을 갖자는 거
다. 앞으로 네 태도에 따라서는 나머지 여덟 개의 생명마저 때려잡을 거다. 칼
자루를 쥐고 칼집에서 칼을 뽑아보겠나? 어서 해라, 안 하면 이 칼이 네놈 귀
밑으로 날아간다.

티볼트 좋다. 상대해주마. (칼을 뺀다.)

로미오 이봐, 머큐시오, 칼을 치워.

머큐시오 자, 덤벼라. 찌르는 솜씨 좀 보자. (둘이 싸운다.)

로미오 벤볼리오, 칼로 이 친구들의 칼을 쳐서 떨어뜨려. 창피하잖나. 자네들! 이
런 난폭한 짓을 하면 안 돼! 티볼트, 머큐시오, 베로나 거리에서 이런 소동을
벌이지 말라고 영주님이 엄명하셨다. 그만해라, 티볼트! 머큐시오! (티볼트가
로미오의 팔 밑으로 머큐시오를 찌르고 달아난다.)

머큐시오 난 다쳤다. 너희들 두 집안 다 망해버려라! 난 가망이 없어. 그놈은 달아
나버렸나, 상처도 안 입고?

벤볼리오 뭐, 다쳤어?

머큐시오 그래, 할퀴었어, 할퀴었어. 그래도 무시 못할 상처야. 내 시동은 어디 있
나? 이놈아, 가서 의사를 모셔 와. (시동 퇴장)

로미오 머큐시오, 기운을 내. 상처는 대단치 않아.

머큐시오 그래, 이 상처가 샘만큼 깊지 않고 교회 문만큼 넓지야 않지. 그러나 상

처치곤 큰 걸세. 증세가 나타날 거야. 내일 나를 찾아봐. 점잖게 무덤 속에 있을 거야. 그래, 마침내 이 세상도 하직이다. 두 집안 다 망해버려! 제기랄, 개가, 쥐가, 생앙쥐가, 고양이가, 사람을 다 할퀴어 죽이나? 수학책을 들여다보듯 하면서 칼싸움질하는 허풍선이, 악당, 왈패 녀석 같으니. 너는 어쩌자고 그 사이에 뛰어들었지? 난 네 팔 밑으로 찔렸어.

로미오 다 좋게 하자는 것이었어.

머큐시오 벤볼리오, 어디 집 안으로 날 좀 데려다 줘. 기절할 것 같아. 두 집안 다 망해버려라! 그놈들이 나를 구더기 밥으로 만들어버렸어. 나는 다쳤어. 그것도 꽤 깊이. 네놈들 두 집안 다! (벤볼리오가 그를 부축해서 나간다.)

로미오 영주님의 친척이자 내 친한 친구인 머큐시오는 나 때문에 저렇게 치명상을 입었다. ── 내 명예도 티볼트의 욕설로 흐려져버렸다. ── 한 시간 전에 내 처족이 된 티볼트인데. 아, 줄리엣. 당신의 아름다움이 나를 나약하게 만들고 강철 같은 나의 용기를 무디게 해놓았구나!

벤볼리오 등장.

벤볼리오 아, 로미오, 로미오. 용감한 머큐시오는 죽었다! 그 늠름한 영혼은 너무나 일찍 이 세상을 비웃고 구름을 동경하여 올라가버렸다.

로미오 오늘의 불행은 두고두고 화근이 되겠구나. 이것은 재앙의 시작. 재난도 반드시 끝이 오고 말리라.

티볼트 다시 등장.

벤볼리오 티볼트가 불같이 화가 나서 돌아온다.

로미오 머큐시오를 죽이고도 살아서 의기양양해하는구나! 관용이고 뭐고 다 하늘에 팽개치고 이제 눈에서 불을 뿜는 분노에 몸을 맡기련다. 야, 티볼트. 아까 너는 나를 〈악당〉이라고 불렀지? 자, 도로 찾아가거라. 머큐시오의 영혼은 우리 머리 바로 위에서 너와 같이 가려고 기다리고 있다! 너 아니면 내가, 혹은 둘 다 그를 따라가리라.

티볼트 이 풋내기야. 이 세상에서 네가 그놈과 잘 어울려 다녔으니, 저승에도 같이 가거라.

로미오 그것은 이 칼이 정해줄 거다.

(둘이 싸우다 티볼트가 쓰러진다.)

벤볼리오 로미오, 어서 피해! 사람들이 웅성거리기 시작했어. 티볼트는 쓰러졌어. 멍하니 서 있지 말고. 체포되면 영주가 사형을 내릴 거야. 어서, 달아나!

로미오 아, 나는 운명에 희롱당하는 바보로구나.

벤볼리오 뭘 꾸물거리고 있어? (로미오 퇴장)

시민들 등장.

시민 머큐시오를 죽인 녀석은 어디로 도망쳤나? 살인자 티볼트는 어디로 달아났어?

벤볼리오 저기 누워 있소.

시민 이봐, 일어나서 같이 가자. 영주님의 이름으로 명령한다.

영주, 몬터규, 캐퓰릿, 이들의 부인들, 시민들 등장.

영주 이 소동을 먼저 일으킨 못된 녀석은 어디 있느냐?

벤볼리오 오, 영주님. 이 무서운 싸움의 불행한 자초지종을 제가 말씀드리겠습니다. 저기 쓰러져 있는 자는 로미오 청년이 죽였습니다. 그리고 영주님의 친척인 용감한 머큐시오는 저자가 죽였습니다.

캐퓰릿 부인 티볼트, 내 조카! 아, 오빠의 아들! 아, 영주님. 아아, 조카야! 여보, 우리 일가의 피가 쏟아졌어요. 공정하신 영주님, 우리의 피 값으로 몬터규네 피도 쏟아주세요. 아, 티볼트, 티볼트!

영주 벤볼리오, 이 피비린내 나는 싸움을 누가 먼저 시작했느냐?

벤볼리오 여기 쓰러져 있는 티볼트입니다. 그는 로미오의 손에 죽었습니다. 로미오는 싸움이란 쓸데없는 것이라며 점잖게 타이르고 간곡히 달랬습니다. 상냥한 말과 부드러운 낯빛으로 무릎을 꿇어가며 달랬지만 그런 화해의 말에는 귀기울이지 않고 막무가내로 덤벼드는 티볼트의 분노를 가라앉히지는 못했습니다. 그리고 갑자기 티볼트는 예리한 칼로 용감한 머큐시오의 가슴에 일격을 가해 왔습니다. 역시 흥분한 머큐시오도 칼을 빼 들고 비웃으면서 한 손으론 싸늘한 죽음의 칼날을 쳐내고, 다른 손으로 되받아 쳤는데, 티볼트도 대단한 솜씨라 그 칼끝을 피했습니다. 이때 로미오가 "그만해라! 친구들아, 친구들아, 그만 떨어져!" 하고 외치며 날쌘 팔로 그들의 필사적인 칼끝을 쳐 내리고는 그들 사이에 뛰어들었습니다. 이때 로미오의 팔 밑으로 티볼트의 흉측한 칼이 늠름한 머큐시오에게 치명적인 일격을 준 것입니다. 티볼트는 달아났다가 곧 되돌아왔는데, 이제 로미오도 복수심에 불타올라 두 사람은 번개처럼 맞붙어 싸웠습니다. 그리하여 제가 칼을 빼 들고 말릴 겨를도 없이 늠름한 티볼트는 쓰러지고 로미오는 돌아서서 이 자리를 떠났습니다. 이상이 진상입니다. 거짓이 있다면 이 벤볼리오를 죽이십시오.

캐퓰릿 부인 이 사람은 몬터규네 집안 사람이에요. 인정으로 그 편을 두둔해서 거짓 진술을 하고, 결코 진실을 말하지 않았습니다. 영주님, 부디 공정하게 판결

해주십시오. 로미오는 티볼트를 죽였으니, 그를 살려둘 수 없습니다.

영주 로미오는 티볼트를 죽였고, 티볼트는 머큐시오를 죽였소. 그럼 머큐시오의 값진 피의 대가는 누가 치를 것인고?

몬터규 그것은 로미오가 아닙니다. 영주님, 로미오는 머큐시오의 친구였습니다. 로미오가 티볼트를 죽인 것은 잘못이지만, 그는 법률이 처단할 일을, 티볼트의 목숨을 끊는 일로 대신했을 뿐입니다.

영주 그럼 그 죄로 당장 로미오를 추방한다. 그대들 두 집안의 갈등에 나까지 말려들어서 그 망측한 싸움으로 이렇게 우리 일가의 피까지 흘리게 하고 말았다. 이제 그대들 모두 내 손실을 후회할 엄벌을 내릴 것이다. 간청이나 변명 따위는 일체 듣지 않을 것이다. 울고 빌어도 용서하지 않을 것이니 그런 수작은 아예 하지 말라. 곧바로 로미오를 여기서 추방하라. 그러지 않고 만약 들키는 날이면 그것이 마지막인 줄 알아라. 이 시체는 치우고 내 처분을 기다려라. 살인자를 용서하는 너그러움은 살인을 부추기는 것과 같으니라. (모두 퇴장)

13

[제3막 제2장]

캐퓰릿의 집. 줄리엣 등장.

줄리엣 훨훨 타는 불의 발을 가진 망아지들아, 어서 태양신의 잠자리로 달려가라! 그 신의 아들 페이톤 같은 마부라면 너희들을 채찍질하여 서쪽으로 몰아서 당장에 캄캄한 밤을 가져다주련만. 사랑을 이루는 밤의 어둠이여, 빈틈없는 장막을 둘러쳐다오. 떠돌이의 눈이 가려져서 로미오님이 남의 눈에 띄지 않고 남의 입에도 오르내림이 없이 곧장 이 가슴에 뛰어들 수 있도록. 연인들은 그들의 아름다움을 등불 삼아 사랑을 영위할 수 있다. 만일 사랑이 맹목이라면 밤의 어둠이 가장 안성맞춤이지. 점잖은 밤이여, 노부인처럼 검은 옷을 수수하게 차려입은 밤이여, 순결한 처녀와 총각이 씨름하여 이기고도 지는 법을 좀 가르쳐다오. 이 볼에 울렁이며 가볍게 떨리는 순정의 피를 너의 검은 망토로 가려다오. 그러면 지금은 수줍은 사랑도 대담해져서 참된 사랑의 영위를 정말 아무렇지 않게 여기게 되겠지. 어서 와다오. 밤이여, 어서 와다오! 밤의 날개를 타고 오는 당신은 까마귀 등 위에 갓 내린 눈보다 더 흴 테지. 어서 와다오, 부드러운 밤이여. 나의 로미오님을 데려다 다오. 그리고 그이가 죽으면 데리고 가서 작은 별들을 만들어다오. 그러면 하늘이 참으로 아름답게 빛날 것이고, 그리하여 온 세계는 밤과 사랑을 하여 저 찬란한 태양을 숭배하지 않게 되겠지. 아, 나는 사랑의 집을 사놓고도 살아보지 못하고, 팔린 몸이면서도 아직 귀여움을 받아보지 못하고 있구나. 오늘 낮은 왜 이렇게 지리할까? 명절날 밤에 새 옷을 받아놓고도 입어보지 못하는 어린애처럼 안타깝구나. 어머나, 유모가 돌아오네.

(유모가 줄사다리를 들고 등장)

무슨 소식을 가지고 왔을 거야. 누구든 로미오의 이름만 말해주어도 그 혀는 하늘 위의 말을 전하는 거나 같지. 자, 유모. 무슨 소식을 가지고 왔어! 들고 온 건 뭐지? 그이가 들고 가라고 준 사다리야?

유모 예, 예. 줄사다리예요. (줄사다리를 던져놓는다.)

줄리엣 아니, 그런데 왜 그렇게 손을 비벼대는 거야?

유모 끔찍해! 그가 죽었어요. 그가 죽었어요. 그가! 우린 이제 다 틀렸어요. 아가씨, 이제 다 틀렸어요! 아아, 그가 세상을 떠났어요. 살해당했어요. 죽었어요!

줄리엣 설마 하늘이 그렇게 무정할 수 있을까?

유모 하늘은 그럴 수 없어도, 로미오는 그럴 수 있었지요. 아, 로미오, 로미오! 그렇게 될 줄을 누가 상상이나 했겠어요. 로미오, 글쎄!

줄리엣 망할 유모, 나를 이렇게 괴롭힐 수 있어? 그런 잔인한 말은 어두운 지옥에 나 가서 떠들어요. 그래, 로미오님이 자살이라도 했어? 〈예〉면 〈예〉라고만 대답해봐. 〈예〉라는 그 한마디가 나에게는 단번에 사람을 죽인다는 코카트리스 독사보다 더 무서운 독이 될 테니. 만일 그런 〈예〉가 있다면 나는 이제 내가 아니고, 혹은 딴 유모더러 〈예〉 하고 대답하게 하는 그 눈은 감겨 있을 거야. 만일 그이가 살해되었다면 〈예〉 하고, 그렇지 않으면 〈아니요〉라고 해요. 그 짤막한 한마디로 나의 행, 불행이 결정되니까.

유모 나는 상처를 보았어요. 그 남자다운 가슴에서, 아, 끔찍해라! 내 눈으로 보았어요. 불쌍한 시체, 가엾게도 피에 젖은 시체, 잿빛처럼 창백해지고 온통 피투성이가 되어 온몸에 피가 말라붙어 있었어요. 난 그걸 보고 기절했어요.

줄리엣 아, 이 가슴아, 터져라! 가엾은 파산자야. 당장 터져버려라! 이 눈은 감옥으로 가서 다시는 자유를 보지 마라! 더러운 흙 같은 이 육체는 흙으로 돌아가서 여기서는 삶의 율동을 멈춰라. 그리하여 로미오와 함께 하나의 관을 무겁게 만들어라!

유모 아, 티볼트, 티볼트, 나의 가장 친한 친구! 얌전하고 착한 티볼트, 내가 살아남아 그의 죽음을 보게 되다니!

줄리엣 아니, 별안간 거꾸로 부는 폭풍은 뭐예요? 로미오는 살해되고 티볼트는 죽었다고? 나의 가장 사랑하는 오빠와 그보다 더 사랑하는 남편이? 그렇다면 나팔아, 최후의 심판을 알려라! 두 분이 없는 세상에 누가 살 의욕을 갖는단 말이냐!

유모 티볼트는 세상을 떠났고, 로미오는 추방당했어요. 그를 죽인 로미오는 추방당했어요.

줄리엣 오, 맙소사, 로미오의 손이 티볼트의 피를 흘리게 했단 말이야?

유모 그래요! 그렇답니다.

줄리엣 아, 꽃 같은 얼굴에 감춰진 독사의 마음, 무서운 용이 그렇게도 아름다운 동굴 속에 산 적이 있었던가? 아름다운 폭군! 천사 같은 마귀! 비둘기 깃을 가진 까마귀! 늑대같이 탐욕스러운 양 새끼! 겉보기와는 정반대의 야비한 속성! 저주받은 성자! 고결한 불한당! 아, 자연이여, 너는 이 세상의 낙원 같은 그 아름다운 육체 속에 악마의 혼을 깃들게 하였으니, 지옥에서는 대체 무엇을 하고 있느냐? 그토록 아름다운 장정에 그렇게도 추악한 내용을 담은 책이 일찍이 있었던가? 아, 그토록 호화로운 궁전에 그런 거짓이 살 줄이야!

유모 남자는 신용도 명예심도 없고, 믿을 수도 없어요. 모든 맹세는 거짓이고, 모든 맹세는 안 지키고, 모두 진실하지 않고, 모두 위선자거든요. 그런데 하인 녀석은 어디 갔지? 술 좀 다오. 이런 비탄과 불행과 슬픔 때문에 내가 늙는다니까. 로미오란 녀석, 망신이나 당해라!

줄리엣 그런 악담하는 유모의 혓바닥이나 썩으려무나. 그이는 그런 수치를 당할 분이 아니에요. 그이 이마에는 수치가 부끄러워서 감히 앉지도 못해요. 그것은 천하를 홀로 다스리는 군주의 명예가 왕좌로 쓰기에 딱 맞는 옥좌예요. 아, 몹쓸 내가 어쩌자고 그이를 책망했을까.

유모 그럼 아가씬 외사촌 오빠를 죽인 사람을 좋게 말하겠어요?

줄리엣 그럼, 내 남편인 그이를 내가 욕해야 하는 거야? 아, 가엾은 사람. 세 시간 전에 당신의 아내가 된 내가 당신의 이름을 더럽혀놓았으니 무슨 말로 그것을 회복시킬 수 있을까? 하지만 나쁜 사람, 무엇 때문에 외사촌 오빠를 죽였나요? 그러나 그러지 않았더라면 못된 오빠가 로미오님을 죽였을지도 모르지. 눈물아, 그만 네 본디의 우물로 돌아가라. 네가 흘려야 할 눈물방울은 본디 슬픔을 위한 것, 그것을 잘못 알고 기쁨에 바치고 있구나. 티볼트가 죽었을 내 남편은 살고, 내 남편을 죽였을 티볼트 오빠는 죽었어. 이건 기쁨인데 어쩌자고 내가 울지? 티볼트의 죽음보다 더 나쁜 한마디가 나를 죽였어. 그 한마디를 잊어버렸으면. 그러나, 아, 죄지은 마음을 무서운 죄악이 자책하듯, 그 한 마디가 내 머릿속을 붙어 다니는구나. 〈티볼트는 죽고 로미오는 추방되었어 요.〉 그 〈추방되었다〉는 〈추방〉이라는 한마디는 만 명의 티볼트를 죽인 것이 나 다름없는 것. 티볼트의 죽음은 그것만으로도 안된 죽음이지만, 쓰라린 슬 픔이 벗을 좋아하여 다른 슬픔과 꼭 짝을 지어야 하겠다면 〈티볼트가 죽었다〉 고 유모가 말했을 때, 왜 아가씨의 아버님이든가, 어머님이든가, 아니면 두 분 다라는 말이 뒤따르지 않았을까? 그랬으면 흔해빠진 통곡만으로 그칠 게 아 냐. 그러나 티볼트가 죽었다는 말끝에 〈로미오는 추방되었다〉고 했으니, 그런 말은 아버지도, 어머니도, 티볼트도, 로미오도, 줄리엣도 모두 죽임을 당하고 모두 죽었다고 하는 거나 다름없어. 〈로미오는 추방되었다〉 — 이 한마디가 뜻하는 죽음의 무서움에는 밑도 끝도 없고, 한계도 양도 없어. 그런 슬픔을 달 리 표현할 말이라곤 없어. 그런데 유모, 아버지와 어머니는 어디 계시지?

유모 티볼트님 시체를 붙들고 울고 계세요. 가보시겠어요? 데려다 드릴게요.

줄리엣 두 분은 오빠의 상처를 눈물로 씻으려나 보군. 두 분의 눈물이 마르거든 내 눈물은 로미오의 추방을 위해서 흘리겠어. 그 줄사다리는 치워줘. 가엾은 줄사 다리, 너와 나는 속았구나. 로미오님은 추방되셨단다. 그이는 너를 내 침실로 통하는 통로로 만드셨지만 나는 처녀 과부로 죽을 거야, 줄사다리야. 자, 유 모, 나는 신방으로 가겠어. 그리고 로미오가 아닌 죽음에 내 처녀를 바치겠어.

유모 아가씨, 어서 방으로 가요. 내가 로미오님을 찾아서 아가씨를 기쁘게 해드 릴게요. 그분이 계신 곳을 잘 알고 있어요. 아시겠어요? 아가씨의 로미오님은 틀림없이 오늘 밤 여기 오시게 돼요. 그분한테 갔다 올게요. 그분은 로런스 신 부님의 성당에 숨어계세요.

줄리엣 아, 그이를 찾아줘! 그리고 그리운 그이에게 이 반지를 드리고 마지막 작 별을 하러 꼭 오시라고 전해줘. (두 사람 퇴장)

14

[제3막 제3장]

신부 등장.

신부 로미오, 이리 나오너라. 자, 이리 나오너라. 겁에 질린 사람아. 재앙이 네 재
  간에 반했다고나 할까, 넌 재앙과 인연을 맺었구나.

로미오 등장.

로미오 신부님, 무슨 소식이 있습니까? 영주님의 선고는요? 제가 아직 모르는 어
  떤 슬픔이 저와 사귀고 싶어하고 있습니까?

신부 너는 그런 슬픔과 너무도 깊이 사귀어왔어. 영주님의 선고를 알아 왔다.

로미오 영주님의 선고는, 사형 말고는 없겠지요?

신부 그보다 너그러운 판결을 영주님은 내리셨어. 사형이 아니라 추방이야.

로미오 아니, 추방이요? 제발 자비롭게 〈사형〉이라고 말씀해주십시오. 추방은 사
  형보다도 훨씬 더 무섭습니다. 제발 추방이라는 말씀은 하지 말아주십시오.

신부 이 베로나에서 추방된 거야. 꾹 참아라, 세상은 넓고 크니라.

로미오 베로나 성 밖에는 세상이 없고 오직 연옥과 고문의 지옥이 있을 뿐입니다.
  이곳에서의 추방은 세상에서의 추방이고, 세상에서의 추방은 곧 죽음입니다.
  그러므로 〈추방〉은 사형의 허울 좋은 이름이지요. 사형을 〈추방〉이라고 부르
  는 것은 금도끼로 목을 치고, 나를 죽인 솜씨에 빙그레 웃는 격입니다.

신부 이런, 무서운 죄받을 소리! 이런 무례한 배은망덕을 보게. 너의 죄는 법으로
  는 마땅히 사형이지만 인자하신 영주님은 네 편을 들어 법을 굽히시고 〈사형〉
  이라는 불길한 말 대신에 추방이라는 말을 하셨단 말이야. 이것은 참으로 관

대하신 자비야. 그것을 모르는구나, 너는.

로미오 이것은 고문이지 자비가 아닙니다. 줄리엣이 사는 이곳이 천국입니다. 모
든 고양이와 개와 새앙쥐들과 온갖 하찮은 것들도 이곳 천국에 살면서 줄리엣
을 볼 수 있는데 로미오에게는 그것이 허락되지 않습니다. 썩은 살에 날아드
는 파리 떼들이 로미오보다 훨씬 더 큰 가치, 더 명예로운 지위, 더 의젓한 신
분을 누립니다. 그것은 줄리엣의 하얀 손 위에도 앉을 수 있고, 순진하고 순결
한 처녀의 수줍음으로 위아래 입술이 서로 닿는 것조차 죄스러워, 언제나 빨
개져 있는 그 입술에서 영원의 축복을 훔치곤 합니다. 파리들에게조차 허락되
는 행복을 로미오는 버리고 도망쳐야 합니다. 그래도 신부님은 추방을 사형이
아니라고 하십니까? 로미오는 그 행복을 누리지 못하고 추방됩니다. 파리들
은 허락된 행복을 누릴 수 있는데 저는 거기에서 달아나야 합니다. 파리들은
자유의 몸, 저는 추방되는 몸입니다. 신부님은 배합해놓은 독약이나, 날카롭
게 간 칼, 그 밖에 아무리 비루한 방법이라도 당장에 내 생명을 끊을 무슨 방
법이 없습니까? 그래서 저를 〈추방〉으로 죽이시려 하십니까? 오, 신부님, 그
것은 저주받은 자가 지옥에서 쓰는 말입니다. 그 말에는 울부짖는 소리가 따릅
니다. 성직에 몸을 두시고, 참회를 들으시고, 죄를 용서하시며, 더구나 저의 친
구라고 공언하신 신부님께서 어찌 〈추방〉이라는 말로 저를 난도질하십니까?

신부 네가 돌았구나. 내 말을 좀 더 들어보아라.

로미오 아, 또 추방 말씀을 하시겠지요.

신부 그 말을 막아낼 갑옷을 — 역경의 달콤한 젖인 철학을 줄까 해서 그런다.
추방당하더라도 네게 위로가 될 수 있도록.

로미오 또 〈추방〉입니까? 철학은 필요 없습니다. 철학이 줄리엣을 만들 수 있고,
도시를 옮겨놓을 수 있고, 영주의 선고를 뒤집을 수 있다면 또 모르겠지만 그
렇지 않다면 그건 아무 소용 없고, 아무런 힘도 되지 않습니다.

신부 이런, 미친 자는 귀도 없나 보구나.

로미오 똑똑한 사람들도 눈이 없는데, 미친 자가 어떻게 눈이 있겠습니까?

신부 어디, 네 입장을 함께 이야기해보자꾸나.

로미오 신부님이 직접 당해보지 않으시고는 말씀하실 수 없습니다. 신부님도 저
처럼 젊고 줄리엣 같은 애인하고 결혼한 지 한 시간 만에 티볼트를 죽이고서,
저처럼 사랑에 넋을 잃은 데다가, 역시 저처럼 추방되어보십시오. 그때는 신
부님도 말하실 수가 있고, 머리칼을 쥐어뜯으면서 저처럼 이렇게 땅바닥에 나
자빠져서 아직 파놓지도 않은 무덤의 크기를 재실 수 있습니다. (무대 뒤에서 문
두드리는 소리)

신부 일어나라. 누가 문을 두드린다. 자, 로미오, 어서 숨어라.

로미오 싫습니다. 이 비통한 신음의 입김이 안개처럼 저를 둘러쳐서 사람의 눈으
로부터 가려준다면 모르지만. (또 문 두드리는 소리)

신부 저것 봐라, 저렇게 문을 두드리고 있다. ── 거, 누구시오 ── 자, 로미오, 일
어나라. 붙잡히겠다 ── 잠깐 기다리시오! 어서 일어나라니까. (더 크게 문 두드
리는 소리) 얼른 서재로 피해라. ── 예, 곧 갑니다! ── 허, 이런 어리석게도!
── 예, 갑니다, 가요! (그래도 계속 문 두드리는 소리) 누가 이렇게 요란스레 문을
두드리시오? 어디서 오셨소? 무슨 일로 오셨소?

유모 (밖에서) 문을 열어주세요. 들어가서 얘기하겠습니다. 줄리엣 아가씨의 심부
름을 온 사람이에요.

신부 그럼, 어서 들어오시오.

유모 등장.

유모 아, 신부님, 말씀해주세요. 신부님, 우리 아가씨의 서방님이 어디 계신지요?

로미오님이 어디 계시죠?

신부 저기 바닥에 제 눈물에 취해 있소.

유모 어머나, 아가씨와 똑같구먼! 아가씨가 꼭 저 모양인데.

신부 슬픈 마음의 일치, 참으로 가엾은 신세들이로구나.

유모 아가씨도 꼭 저렇게 엎드려서 울고 흐느끼고, 또 흐느끼며 울고 야단이랍니
다. 일어나세요, 일어나! 대장부답게 일어나세요. 줄리엣 아가씨를 위해서 제
발 일어나세요. 어쩌자고 그렇게 엎드려서 끙끙 앓고 있어요?

로미오 (일어나면서) 유모…….

유모 아, 예, 예! 죽으면 모든 일이 다 끝장이랍니다.

로미오 줄리엣 이야기를 했지? 그녀는 지금 어떻게 하고 있어요? 갓 싹이 튼 우
리의 행복을 그녀의 근친의 피로 얼룩지게 해놓았으니, 나를 상습적인 살인자
로 알고 있겠죠. 그녀는 어디 있어요? 잘 있나요? 내 비밀의 아내는 우리의
깨진 사랑에 대해 뭐라고 말하던가요?

유모 아, 아가씨는 아무 말 없이 그저 울고만 있어요. 침대에 쓰러지는가 하면 벌
떡 일어나서 티볼트를 부르고, 로미오를 부르짖고 또다시 쓰러지곤 해요.

로미오 마치 잘 겨눈 무서운 총구에서 튀어나온 총알처럼 그를 죽였구나. 그 이름
을 가진 자의 손이 그녀의 오빠를 죽였으니. 아, 말씀해주십시오. 신부님, 내
몸의 어느 망측한 곳에 내 이름자가 들어 있는지 말씀해주십시오. 그 밉살스
러운 것을 당장 도려내버리겠습니다. (로미오가 자기 몸을 찌르려 하자, 유모가 단
도를 잡아챈다.)

신부 이 무슨 난폭한 짓이냐! 네가 대장부냐? 겉모습은 대장부 같다만 그 눈물은
아녀자의 눈물, 이 흉포한 짓 또한 분별없는 짐승의 흥분이야. 겉보기는 남자
지만 속은 꼴불견의 여자로구나. 인간의 모습을 하고서도 근성은 창피스러운
짐승이구나. 정말이지 네가 그런 인간인 줄 몰랐다. 너는 티볼트를 죽였지?

그런데 자살을 하겠단 말이냐? 그렇게 네 저주스러운 마음으로 자신을 죽여서 너를 생명으로 아는 네 아내마저도 죽이겠단 말이냐? 어쩌자고 너는 너의 탄생과 하늘과 땅을 저주하느냐? 탄생과 하늘과 땅, 이 셋이 하나로 조화되어 곧 너라는 인간이 존재하게 된 것인데 그것들을 한꺼번에 팽개치겠단 말이냐? 허허, 너의 용모와 애정과 이성이 부끄럽다. 이런 것들을 모두 충분히 가지고 있으면서도, 마치 구두쇠처럼 너의 용모와 애정과 이성을 빛내줄 올바른 곳에는 하나도 쓰지 않는구나. 대장부의 용기에서 벗어나면 네 훌륭한 용모도 한낱 밀랍 세공품에 지나지 않는다. 네가 소중히 하겠다고 맹세한 사랑도 그 연인을 죽인다면 헛되이 거짓 맹세를 한 것에 지나지 않는다. 네 용모와 애정을 꾸며주는 네 이성도 그 둘의 지도를 그르칠 경우에는 서툰 병사의 화약통 속 화약처럼 제 자신의 어리석음으로 불이 붙어 자신을 지키는 무기로 스스로를 파멸시키는 법이다. 정신 차려라, 로미오! 금방 네가 죽어도 좋을 듯이 사랑한 줄리엣은 살아 있으니 그나마 다행한 일이 아니냐. 티볼트는 너를 죽일 뻔했으나 오히려 네가 티볼트를 죽였으니, 이 또한 다행한 일이다. 사형을 내려야 할 법도 네 편을 들어 추방으로 바뀌었으니 이 역시 다행한 일이다. 축복의 보따리가 네 등 위에 쏟아지고 행복의 여신도 성장을 하고 네게 추파를 던지고 있다고 할까. 그런데도 버릇없는 계집아이처럼 너는 네 행운과 사랑을 향해 입을 삐죽거리고 있구나. 아서라. 그러다간 비참하게 죽는다. 자, 정해진 대로 어서 연인에게로 가거라. 그녀의 방으로 올라가서 위로해줘라. 그러나 야경이 돌 때까지 있다가는 만투아로 떠날 수 없게 되니 명심해야 한다. 너는 만투아에 가서 살아라. 그러면 우리가 때를 보아 너희들의 결혼을 공포하고, 두 집안을 화해시켜, 영주님의 용서를 얻어서 너를 부르겠다. 그때는 네가 슬픔 속에서 떠난 것보다 20만 배나 더 기쁠 게 아니냐. 유모는 먼저 가시오. 아가씨에게 안부 전하오. 아무튼 깊은 상심에 젖어 있었으니 곧 잠이 들 테지만.

로미오는 곧 갈 것이오.

유모 아, 밤이 새도록 여기 앉아 좋은 말씀을 듣고 싶네요. 참으로 지식이란 좋기
도 해라. 도련님, 그럼 오신다고 아가씨께 전하겠어요.

로미오 그렇게 하세요, 그리고 날 꾸짖을 준비도 하고 계시라고 전해주세요.

유모, 나가려고 하다가 다시 돌아선다.

유모 저, 아가씨가 도련님께 전해드리라는 반지예요. 밤도 퍽 깊었으니 어서 서
두르세요. (유모 퇴장)

로미오 이제 기분이 아주 좋아졌습니다.

신부 자, 가봐라. 잘 가거라. 네 지금부터의 처지는 이렇다. 오늘 밤 야경이 돌기
전에 떠나거나, 아니면 내일 새벽에 변장을 하고 빠져나가는 것이다. 잠시 만
투아에 가 있으면 내가 사람을 구하여 여기서 일어난 일을 빠짐없이 알려주
마. 네 손을 이리 다오. 밤이 깊었다. 그럼 잘 가거라. 잘 자라.

로미오 기쁨보다 더한 기쁨이 저를 부르지 않는다면 이처럼 섭섭하게 신부님과
헤어지는 것이 얼마나 슬픈 일이겠습니까! 그럼, 신부님, 안녕히 계십시오.

(퇴장)

15

[제3막 제4장]

캐퓰릿, 그의 부인, 그리고 패리스 등장.

캐퓰릿 뜻밖에 너무나 불행한 일이 일어나서, 딸아이와 이야기할 틈도 없구려. 아

시다시피 그 애는 제 외사촌 오빠 티볼트를 무척 사랑했소. 나도 물론 그렇지만. 하기야 인간은 태어나서 한 번은 죽게 마련이오. 밤도 꽤 깊었으니 이제 그 애는 내려오지 않을 거요. 정말이지 당신께서 와주지 않았다면 나는 벌써 한 시간 전에 잠들었을 거요.

패리스 이렇게 불행한 때이고 보니 청혼을 할 수도 없습니다. 그럼, 부인, 안녕히 주무십시오. 따님께 안부 전해주십시오.

캐풀릿 부인 네, 그러죠. 그리고 내일 아침 딸의 마음을 떠보겠어요. 오늘 밤에는 온통 슬픔에 파묻혀 있어서요.

　　　패리스가 나가려고 하자 캐풀릿이 그를 다시 불러들인다.

캐풀릿 패리스 백작, 난 무슨 일이 있어도 내 딸을 당신에게 드리기로 결심했소. 내 말이라면 그 아이는 뭣이고 들어줄 것이오. 그 점은 조금도 걱정하실 것 없소. 여보, 자러 가기 전에 그 애에게 가서 우리 사위 패리스의 사랑을 알려주구려. 그리고 이렇게 이야기하오. 오는 수요일에, 그런데 가만있자, 오늘이 무슨 요일이더라?

패리스 월요일입니다.

캐풀릿 월요일이라고! 하, 하! 그럼 수요일은 너무 이르군. 목요일로 하지. 그럼 그 애에게 목요일에 이 백작님과 결혼식을 올린다고 일러놓으시오. 백작님 쪽 준비는 되겠습니까? 이렇게 서둘러도 괜찮으신지. 너무 부산스럽지 않게, 몇몇 친구만 초대하겠소. 글쎄, 티볼트가 죽은 지 얼마 되지도 않아 너무 성대하게 잔치를 벌이면 집안에서 고인을 소홀히 한다는 비난도 있을 것이니 친구들을 대여섯 정도로만 청하겠소. 그것으로 그치겠소. 그런데 댁에서도 목요일이 괜찮을는지요?

패리스 그 목요일이 내일이었으면 좋겠습니다.

캐퓰릿 좋소. 안녕히 가시오. 그럼 목요일로 정합시다. 여보, 당신은 자러 가기 전에 줄리엣에게 가서 결혼에 대비케 하시오. 그럼, 살펴 가시오. 여봐라, 내 방에 불을 밝혀라. 허, 밤이 이렇게 깊었으니 조금만 있으면 날이 새겠는걸. 그럼 안녕히 주무시오. (모두 퇴장)

16

[제3막 제5장]

로미오와 줄리엣이 2층 창문에 등장.

줄리엣 벌써 가시려고요? 날이 밝으려면 아직 멀었는데. 겁먹은 당신의 귀를 뚫고 들려온 저 소리는 종달새가 아니라 밤꾀꼬리 소리였어요. 밤꾀꼬리는 밤마다 저기 저 석류나무 가지 위에 앉아서 노래를 불러요.

로미오 그것은 아침을 알리는 종달새였소. 밤꾀꼬리가 아니었소. 저것 보시오, 심술궂은 빛줄기가 저기 저 동녘 하늘에서 구름 조각 사이로 내쏘이고 있소. 밤의 촛불들도 다 타고 즐거운 아침이 안개 깊은 산마루에서 발돋움질하고 있소. 나는 여기를 떠나서 살든가, 아, 아니면 그냥 머물러 있다가 죽든가 하는 수밖에 없소.

줄리엣 저기 저 빛은 아침 햇살이 아니에요. 제가 더 잘 알고 있어요. 태양이 토해내는 어떤 빛인데, 오늘 밤 당신에겐 횃불잡이가 되어 만투아로 가시는 길을 비춰줄 거예요. 그러니 좀 더 있어줘요. 서두르실 필요 없어요.

로미오 그렇다면 나는 잡혀도 좋고, 죽어도 좋소. 그것이 당신의 뜻이라면 나는 만족하오. 저기 저 뿌연 빛도 아침의 눈이 아니라 달의 여신의 이마에서 반사

되는 창백한 빛이라고 해둡시다. 우리 머리 위 높은 창공을 울려대는 저 소리
도 종달새가 아니지요. 나도 이대로 더 있고 싶소, 떠나기 싫소. 자, 죽음이여,
오너라. 너를 기꺼이 맞이하리라. 그것이 줄리엣의 소원이란다. 어떻소, 줄리
엣? 이야기나 합시다. 아직 날이 밝지 않았으니까.

줄리엣 밝았어요. 밝았어요. 떠나세요, 어서. 어서 떠나세요! 저렇게 제 멋대로 마
구 지저귀는 건 종달새예요. 종달새 소리는 아름답다고 사람들이 그러는데,
저 소리는 그렇지가 않아요. 우리를 떼어놓는걸요. 종달새와 징글맞은 두꺼비
는 서로 눈을 바꾸었다지요. 아, 그렇다면 소리까지 바꾸었으면 좋았을 것을!
저 소리는 맺어진 우리의 팔을 갈라놓고 일어나라는 아침의 신호가 되어 당신
더러 어서 떠나라고 재촉하고 있잖아요. 자, 이제 떠나세요! 점점 더 밝아와요.

로미오 점점 더 밝아올수록 우리의 마음은 점점 더 어두워지는구려.

　　유모 등장.

유모 아가씨!

줄리엣 유모?

유모 어머님께서 지금 이리로 오고 계십니다. 날이 밝았어요. 잘 살피고 조심하
　세요. (유모 퇴장)

줄리엣 그럼, 창문이여, 빛을 넣어주고 생명을 내보내다오.

로미오 잘 있어요, 잘 있어! 한 번 더 입맞춤을. 그리고 나는 내려가겠소.

　(로미오, 줄사다리를 타고 내려간다.)

줄리엣 그렇게 가버리시는 거예요, 사랑하는 당신? 날마다, 시간마다, 소식 주셔
야 해요. 저에게는 일 분이 며칠이나 다름없는걸요. 아, 그렇게 헤아리다가는
이다음 당신을 만날 때 나는 무척 늙어 있을지도 모르겠어요.

로미오 잘 있어요! 기회만 있으면, 줄리엣, 반드시 소식 전하겠소.

줄리엣 아, 하지만 다시 만날 수 있을까요?

로미오 물론, 나는 확신하오. 그리고 그때는 지금의 슬픔이 모두 지나간 달콤한
이야깃거리가 될 것이오.

줄리엣 아, 왜 이렇게 마음이 두근거릴까? 그 아래 서계시는 당신이 꼭 무덤 속의
시체처럼 보여요. 제 눈이 약해서 그런지, 당신 안색이 창백해서 그런지.

로미오 그러고 보니 정말, 내 눈에는 당신이 그렇게 보이오. 메마른 슬픔이 우리
의 피를 빨아 마신 것이오. 잘 있어요, 그럼 안녕히! (로미오 퇴장)

줄리엣 아, 운명의 여신이여, 사람들은 당신의 변덕이 심하다고 하더군요. 그러나
그렇기로서니 성실하고 이름난 그이와 당신이 무슨 관계가 있나요? 변덕을
부릴 테면 부려요. 운명의 여신이여. 그러면 당신도 그이를 오래 붙들어놓지
않고 곧 돌려보내주겠지요.

캐퓰릿 부인 (문밖에서) 애, 줄리엣, 일어났니?

줄리엣 (줄사다리를 끌어올려 감춘다.) 누가 부를까? 어머니로구나. 아직도 안 주무
셨나, 아니면 벌써 일어나셨을까? 무슨 심상찮은 일로 이렇게 찾아오셨을까?

캐퓰릿 부인 등장.

캐퓰릿 부인 줄리엣, 이제 좀 어떠니?

줄리엣 어머니, 저 몸이 좋지 않아요.

캐퓰릿 부인 여지껏 오빠의 죽음을 슬퍼하고, 아니, 눈물로 무덤의 오빠를 떠내려
가게 할 참이냐? 설사 그럴 수 있다 하더라도 다시 살릴 수는 없다. 이제 그만
울어라. 알맞게 슬퍼하는 것은 깊은 애정의 표시지만, 지나치게 슬퍼하는 것
은 분별이 부족한 증거다.

줄리엣 그래도 실컷 울게 해주세요.

캐퓰릿 부인 네 마음을 알겠다만 그렇다고 죽은 사람이 살아나는 것도 아니잖니.

줄리엣 그 슬픔이 너무나 커서 울 수밖에 없어요.

캐퓰릿 부인 그래, 너는 오빠의 죽음이 슬퍼서라기보다 오빠를 죽인 악당이 살아 있는 것이 분해서 우는 거지?

줄리엣 (혼잣말로) 악당과 로미오는 하늘과 땅 차이지 — 오, 하느님, 그이를 용서해주세요! 저도 진정으로 용서하겠어요. 하지만 그이만큼 제 마음을 슬프게 하는 사람은 없어요.

캐퓰릿 부인 그 배신자, 그 살인자가 버젓이 살아 있기 때문이지?

줄리엣 그래요, 어머니. 그가 이 손이 안 닿는 곳에 살아 있기 때문이에요. 오빠의 죽음을 나 혼자만이 복수했으면 좋겠어요.

캐퓰릿 부인 염려 마라. 원수는 갚고 말 테니까. 그러니 그만 울어라. 추방당한 그 도망자가 살고 있는 만투아에 사람을 보내어 이상한 효력이 있는 독약을 그놈에게 먹여 곧 티볼트를 따라가게 할 참이다. 그러면 너도 만족하겠지.

줄리엣 그를 내 눈으로 볼 때까지 — 그가 죽는 것을 볼 때까지 저는 결코 만족하지 않을 거예요. 가엾게도 제 가슴은 그 사람 생각으로 가득 차 있어요. 어머니, 누구 독약을 가져갈 사람만 구하시면 로미오가 그걸 마시자마자 곧 잠들어버릴 독약으로 제가 조제하겠어요. 아, 분해라, 그 이름을 들으면서도 곁에 가서 오빠에 대한 애정의 분풀이를 그 살인자에게 한껏 해주지 못하다니!

캐퓰릿 부인 조제는 네가 하렴, 사람은 내가 구할 테니. 줄리엣, 그건 그렇고, 이제 기쁜 소식을 전해주겠다.

줄리엣 어머나, 이렇게 슬픈 때에 기쁜 소식이라니. 반가워라, 무슨 소식인데요, 어머니? 얼른 말씀해주세요.

캐퓰릿 부인 그래, 그래. 너는 참으로 좋은 아버지를 가졌어. 아버님은 네 슬픔을 덜어주시려고 갑자기 너나 나나 생각지도 않은 기쁜 날을 택하셨단다.

줄리엣 아이, 좋아, 어머니! 무슨 날인데요?

캐퓰릿 부인 실은 다음 목요일 아침 일찍 그 늠름하고 젊고 고귀한 패리스 백작님이 성 베드로 성당에서 너를 행복한 신부로 맞이하게 되었단다.

줄리엣 성 베드로 성당과 성 베드로를 두고 단언하지만, 저는 그분과 결혼하지 않겠어요! 왜 그렇게 서두르시는지 모르겠군요. 남편 될 사람이 청혼도 오기 전에 결혼을 해야 하다니. 어머니, 제발 아버님께 여쭈어주세요. 전 아직 결혼할 생각이 없어요. 정 하게 된다면, 분명히 말씀드리지만, 패리스보다는 차라리 어머니도 아시다시피 제가 미워하는 로미오와 결혼하겠어요. 그런 게 기쁜 소식이라고요?

캐퓰릿 부인 마침 아버님이 오신다. 네가 직접 말씀드리고, 네 말을 아버님이 어떻게 생각하시는지 들어보려무나.

캐퓰릿과 유모 등장.

캐퓰릿 해가 떨어지면 땅에 이슬이 내리게 마련이지만, 조카가 세상을 뜨고 나니 마구 비가 쏟아지는구나. 어찌되었느냐? 그래, 네가 분수탑이란 말이냐? 여태까지 울고 있으니, 그칠 줄 모르는 소나기란 말이냐? 너의 그 작은 몸에 배 [船]와 바다와 바람을 간직하고 있구나. 네 눈을 바다라고 할까, 눈물이 썰물과 밀물을 이루고 있어. 네 몸뚱이는 배, 그 짜디짠 눈물의 홍수 속에서 떠다니고 있구나. 그리고 한숨은 바람, 바람은 눈물의 파도로 사나워지고, 눈물은 바람에 흩날려서 거칠게 일고 있으니 당장에 바람이 자지 않으면 폭풍에 시달리는 네 몸뚱이가 뒤집히겠구나. 여보, 우리 결정을 이야기했소?

캐퓰릿 부인 네, 했어요. 하지만 고맙기는 해도 싫답니다. 바보 같으니. 차라리 무덤하고나 결혼하라지.

캐퓰릿 음, 그럼 여보. 좀 더 알아듣게 말해봐요, 알아듣게. 뭐, 싫다고? 고맙지
않다고? 명예가 아니라고? 변변찮은 것이 우리가 애써서 훌륭한 신랑을 마련
해주는데도 행복하게 생각지 않는단 말이지?

줄리엣 아버님의 수고를 명예롭게 생각지 않아도 고맙게는 생각해요. 싫은 것을
명예로 여길 순 없지만, 싫어도 호의니까 고맙게는 생각해요.

캐퓰릿 저런, 저런, 저런, 저런 궤변을 봤나. 뭐야? 〈명예〉라느니, 〈고맙다〉느니,
〈고맙지 않다〉느니, 〈명예가 아니다〉, 건방진 것 같으니. 고마워할 것도 없고
명예로워할 것도 없다. 팔다리나 다듬어서 오는 목요일에 성 베드로 성당에서
패리스와 결혼할 준비나 해라. 정 싫다면 죄수를 나르는 수레에라도 싣고 갈
테다. 꺼져, 이 썩은 송장 같은 것아! 꺼져버려, 이 말괄량이야! 이 파렴치한
낯짝아!

캐퓰릿 부인 아니, 여보, 당신 미쳤어요?

줄리엣 아버님, 이렇게 무릎 꿇고 빌겠어요. 부디 참으시고 제 말을 한 마디만 들
어주세요.

캐퓰릿 듣기 싫다! 이 불효막심한 것 같으니! 분명히 말해둔다── 목요일에 교회
로 가든가, 싫다면 다시는 내 앞에 나타나지 마라. 변명이나, 대꾸, 대답 다 소
용없다. 손끝이 근질근질하군. 여보, 하느님께서 이 딸년 하나만 주신 것을 원
망도 했는데, 이제 보니 하나도 너무 많소. 이런 한심스러운 딸년을 갖다니!
꼴도 보기 싫다, 못된 것 같으니.

유모 어머나, 가엾은 아가씨! 아가씨를 그렇게 꾸짖으시면 안 됩니다.

캐퓰릿 이건 뭐야, 똑똑한 체 나서서! 잘난 체하지 말고 입 닥치지 못해? 자네는
가서 수다쟁이들하고나 노닥거려!

유모 저는 해로운 말씀을 드리지는 않았습니다.

캐퓰릿 아, 저리 가라니까!

유모 말도 못 하나요?

캐퓰릿 듣기 싫다! 누구 앞에서 뭘 중얼거리고 있어, 바보 같으니! 그런 소리는 수다쟁이들한테 가서 술이나 홀짝이면서 뇌까려. 여기서는 소용없으니까.

캐퓰릿 부인 당신 너무 흥분했어요.

캐퓰릿 당연하잖소. 미칠 노릇이군. 밤낮 자나 깨나 언제고 사시사철, 일할 때나 놀 때나, 혼자 쉴 때나 사람들 속에 끼여 있을 때나, 늘 내 딸의 혼인만을 걱정해왔소. 그런데 집안 좋고, 재산 있고, 젊고, 교양 있고, 또 사람들 말대로 지덕을 겸비하여 뭐 하나 나무랄 데 없는 사람을 신랑으로 골라주니까 어리석게도 분에 넘치는 복인 줄도 모르고 징징 울면서 〈결혼이 싫다〉는 둥, 〈사랑할 수 없다〉는 둥, 〈너무 어리다〉는 둥, 〈용서해달라〉는 둥 늘어놓는단 말이야! 그래, 정 결혼하기 싫다면 그렇게 해라. 그러나 네 맘대로 나가서 살아라. 이 집에서 같이 살 수는 없다. 그러니 잘 생각해봐라. 농담이 아니니까. 목요일은 금방이다. 가슴에 손을 얹고 잘 생각해봐. 네가 내 딸이라면, 내가 고른 사위에게 너를 주겠다. 네가 내 자식이 아니라면, 길에 나가서 목을 매든 빌어먹든 죽든 상관없다. 나는 결코 너를 내 자식으로 인정하지 않을 테고, 단 한 푼도 너를 위해 쓰지 않을 것이다. 그렇고말고. 잘 생각해봐라. 결코 한 말을 취소하지 않겠다. (캐퓰릿 퇴장)

줄리엣 이 슬픈 마음속을 들여다보아주시는 자비의 신은 저 구름 속에도 계시지 않나요? 아, 정다운 어머님, 저를 버리지 마세요. 이 결혼을 한 달만이라도, 일주일만이라도 미뤄주세요. 그것도 안 되시겠다면 제 신방을 티볼트가 자고 있는 저 컴컴한 무덤 속에 마련해주세요.

캐퓰릿 부인 아무 말 하지 마라. 너하고 말하고 싶지 않다. 네 맘대로 하려무나. 너하고는 이제 다 끝장이니까. (캐퓰릿 부인 퇴장)

줄리엣 오, 하느님! 아, 유모. 이 일을 어떻게 하지? 내 남편은 이 세상에 살아 있
고 내 맹세는 하늘에 가 있는데. 그 남편이 세상을 떠나 하늘에 가서 돌려보내
주지 않는 한, 그 맹세가 어떻게 이 세상에 되돌아올 수 있겠어? 나를 위로해
줘. 어떻게 하면 좋을지 가르쳐줘. 아, 아, 하느님도 무정하셔라. 이렇게 연약
한 나에게 이런 짓궂은 짓을 하시다니! 유모는 어떻게 생각해? 내가 기뻐할
만한 말 없어? 나를 좀 위로해줘요, 유모.

유모 예, 있어요. 로미오님은 추방됐으니 무슨 일이 있어도 다시 아가씨를 찾으
러 오지 못해요. 설사 온다 해도 남몰래 올 수밖에요. 그렇다면 사정이 이러하
니까, 역시 아가씨는 백작님과 결혼하는 게 좋을 것 같아요. 참, 그 어른 잘생
긴 청년이더군요. 그분과 비교하면 로미오 같은 분은 걸레조각밖에 안 되지.
아가씨, 패리스님의 눈은 얼마나 푸르고 싱싱하고 아름다운지 독수리 눈도 어
림없지요. 정말 이 두 번째 결혼은 행복하실 거야. 첫 번째보다 훨씬 낫거든
요. 설사 그렇지 않더라도 첫 번째 남편은 돌아가셨잖아요— 살아계셔도 아
가씨에게 아무 소용 없으니 이 세상에 없는 거나 마찬가지지요.

줄리엣 유모, 진심으로 하는 말이야?

유모 진심이고말고요. 진심이 아니라면 천벌을 받죠.

줄리엣 그랬으면 좋겠어?

유모 예?

줄리엣 아냐. 유모는 정말 좋은 말로 나를 위로해줬어. 들어가서, 나는 아버님의
노여움을 샀으니 참회를 하고 죄를 용서받으러 갔다고 어머님께 말씀드려줘.

유모 예, 그럴게요. 잘 생각하셨어요. (유모 퇴장)

줄리엣 망할 늙은이! 아, 망측한 마귀 같은 것! 그렇게 하여 나더러 맹세를 깨뜨
리게 하려고 하다니. 비할 사람이 없다고 몇 천 번이나 침이 마르도록 칭찬하
던 바로 그 혀로 내 남편을 욕하다니. 이 둘 가운데 어느 쪽이 더 큰 죄일까?

가버려! 여태까지는 유모에게 일일이 의논했지만 이제부터는 유모와 내 마음
은 남남이야. 신부님을 찾아가서 무슨 좋은 방법이 없는지 알아보자. 길이 다
막히더라도 아직 자살할 힘만은 남아 있어. (줄리엣 퇴장)

ACT 4

17

[제4막 제1장]

로런스 신부의 거실.

로런스 신부와 패리스 백작 등장.

신부 목요일이라고 하셨지요? 시일이 매우 급하군요.

패리스 장인 캐퓰릿님이 그렇게 바라시는군요. 저 역시 그걸 뒤로 미룰 만한 아무
　런 이유가 없고 해서요.

신부 규수의 마음은 모른다고 하셨지요? 흔치 않은 일이군요. 걱정되는군요.

패리스 티볼트의 죽음을 너무나 슬퍼하고 있어서 사랑에 관한 이야기는 별로 해
　보지 못했습니다. 아름다움의 여신 비너스도 눈물의 집에서는 웃지 않는다고
　하잖습니까? 부친께서 딸이 그렇게까지 슬픔에 잠겨 있는 것을 위험하다고
　보고, 또한 딸의 홍수 같은 눈물을 멈추게 하자는 뜻에서 현명하게도 우리의

결혼을 서두르신 겁니다. 넘치는 눈물도 혼자 있으면 점점 더할 뿐이지만 동무라도 생기면 거두어질 것입니다. 이젠 이렇게 서두르는 까닭을 아시겠지요?

신부 (혼잣말로) 그것을 미루어야 할 까닭을 몰랐으면 좋으련만. 아, 마침 아가씨가 이곳으로 오는구려.

줄리엣 등장.

패리스 이거 내 아가씨를, 내 아내를 마침 잘 만났습니다.

줄리엣 혹시 제가 백작님의 아내가 된다면 그때나 그렇게 부르세요.

패리스 그 〈혹시〉가 오는 목요일엔 반드시 이루어집니다.

줄리엣 반드시 이루어질 일이라면 이루어지겠지요.

신부 그거 명답이군.

패리스 신부님께 고해를 하러 오셨습니까?

줄리엣 그 말씀에 대답하면 백작님께 고해하는 게 되게요.

패리스 나를 사랑하고 있다는 사실을 신부님께 숨기지 마십시오.

줄리엣 당신에게 고백하지만, 저는 신부님을 사랑하고 있어요.

패리스 그럼 나를 사랑하고 있다는 것도 고백하시겠지요.

줄리엣 고백을 하더라도 면전에서 하는 것보다는 모르게 하는 편이 더욱 값질 거예요.

패리스 가엾게도 당신 얼굴은 눈물로 온통 얼룩져 있군요.

줄리엣 그렇더라도 눈물로서는 그리 큰 자랑거리가 못 될 거예요. 눈물이 더럽히기 전부터 어지간히 볼품없는 얼굴이었는걸요.

패리스 그건 눈물 이상으로 당신 얼굴을 모욕하는 것이오.

줄리엣 모욕이 아니라 사실이 그래요. 그리고 그 말은 제 얼굴에 대해서 한 말이
에요.

패리스 당신 얼굴은 내 것이오. 그런데 당신은 그 얼굴을 모욕했소.

줄리엣 그럴지도 모르죠, 이 얼굴은 내 것이 아니니까요―― 신부님, 지금 틈이 있
으세요? 아니면 저녁 미사 때 뵐까요?

신부 깊은 수심에 잠겨 있구나. 지금 마침 한가하다……. 백작님, 우리는 좀 실례
해야겠습니다.

패리스 물론 신부님의 근행을 방해할 생각은 조금도 없습니다. 줄리엣, 목요일 아
침 일찍 깨우러 가겠습니다. 그럼 그때까지 안녕히. 그리고 그때까지 이 거룩
한 키스를 간직해주시오. (패리스, 입맞춤하고 퇴장.)

줄리엣 아, 문을 닫아주세요! 닫으시거든 이리 오셔서 저와 함께 울어주세요. 이
제 희망도, 수단도, 구제할 방법도 없어요.

신부 아, 줄리엣, 네 슬픔은 나도 이미 알고 있다. 나도 여간 걱정이 아니지만 내
지혜로는 어쩔 도리가 없구나. 오는 목요일에 백작과 결혼해야 하고 미룰 방
도가 없단 말이지?

줄리엣 신부님이 일을 막아낼 방법을 가르쳐주시지 못한다면, 이 이야기를 들었
다고 말씀하지 마세요. 신부님의 지혜로도 저를 도와주실 수 없다면, 제 결심
을 장하다고나 말씀해주세요. 이 비수로 당장 해결을 짓겠어요. 하느님은 제
마음과 로미오님의 마음을 맺어주시고, 신부님은 저희들의 손을 맞잡게 해주
셨어요. 신부님에 의해 로미오님과 맺어진 이 손이 다른 증서에 도장을 찍거
나, 혹은 저의 참된 마음이 딴 마음을 먹고 다른 사람에게로 돌아서느니 차라
리 이 비수로 손과 마음을 둘 다 없애버리겠어요. 그러니 긴 인생의 경험으로
어서 좋은 방법을 가르쳐주세요. 그러지 않으시면, 보세요. 신부님의 오랜 경
험과 지혜로도 정당한 해결을 가져다주지 못하는 저의 어려운 문제를 이 잔인

한 비수에게 결말을 지어달라고 하겠어요. 어서 말씀해주세요. 신부님이 그렇게 못하신다면 저는 차라리 죽어버리고 싶어요.

신부　가만있어, 줄리엣. 한 가닥 희망이 없는 것은 아니다. 하지만 우리가 막아낼 일이 필사적인 것인 만큼 그 실행에도 필사적인 결심이 필요하다. 패리스 백작과 결혼하느니 차라리 자살하겠다는 비장한 각오라면 이 치욕을 면하기 위해서는 죽음과도 같은 이 일을 해낼 수 있겠군. 죽음과 맞부딪쳐서라도 치욕을 면하자는 너니까. 그래, 네게 그럴 용기가 있다면, 그 해결 방법을 가르쳐주지.

줄리엣　아, 패리스와 결혼하느니 차라리 저더러 저 높은 탑 꼭대기에서 뛰어내리라고 하세요. 아니면 도둑이 득실거리는 길을 걸어가라고 말씀하세요. 아니면 뱀의 소굴에 가서 살라고 명령하세요. 으르렁거리는 곰과 함께 저를 매어두시든지, 혹은 덜거덕거리는 송장의 뼈나 악취가 코를 찌르는 정강이뼈나 턱이 떨어져나간 누르스름한 해골들이 잔뜩 쌓여 있는 납골당에 밤마다 찾아가 숨어 있으라고 명령하세요. 혹은 갓 만들어진 새 무덤 속에 들어가서 수의에 싸인 송장과 함께 누워 있으라고 하세요. 예전엔 이야기만 들어도 무서워서 벌벌 떨었지만 이제는 사랑하는 남편에게 지조를 지키기 위해서라도 아무 불안이나 두려움 없이 해내겠어요.

신부　그럼, 내 말을 잘 들어라. 집에 돌아가서 패리스와 결혼하겠다고 말해라. 내일은 수요일, 내일 밤은 혼자 자는 거야. 유모와 한 방에서 자선 안 돼. 이 약병을 가지고 가서 잠자리에 들거든 약을 따라 마셔라. 마시자마자 싸늘한 졸음이 온 핏줄에 퍼져서 여느 때 뛰던 맥박은 멈추고, 체온과 호흡도 전혀 산 사람 같지 않을 것이고, 장밋빛 입술과 볼은 바래서 허연 잿빛이 될 것이며, 죽음이 생명의 빛을 닫아버리듯 두 눈의 창문도 닫아버릴 거야. 온몸이 생기를 잃고 굳어서 차디찬 시체처럼 될 게다. 그렇게 위축된 가사假死 상태를 42시간

겪은 다음 너는 상쾌한 잠에서 깨어나듯 눈을 뜨게 돼. 아침에 신랑이 깨우러 왔을 때, 너는 죽어 있을 게야. 그러면 이 나라 풍습대로 가장 좋은 옷을 입혀서 뚜껑을 하지 않은 관에 넣어 캐퓰릿 집안의 조상들이 잠들어 있는 오랜 묘소로 메고 갈 테지. 한편 나는 네가 깨어날 시각에 맞춰 로미오에게 편지로 우리 계획을 알려서 이곳으로 오게 하여, 나와 둘이서 네가 깨어나기를 기다리고 있다가, 그 밤으로 곧 너를 로미오와 같이 만투아로 떠나게 할 생각이다. 그러면 너는 이 치욕을 벗어날 수 있겠지. 하지만 변덕이나 여자의 불안으로 인해 막상 실행에 옮길 때 용기를 잃어서는 안 된다.

줄리엣 그 약을 주세요. 어서 주세요! 아, 무서워한다는 말씀은 하지도 마세요.

신부 좋아, 그럼 가거라. 결심을 단단히 하고, 잘해야 한다. 나는 믿을 만한 수도사 한 사람을 급히 만투아로 보내어 네 남편에게 편지를 전하게 하마.

줄리엣 사랑이 저에게 용기를 주고, 용기가 저를 도와줄 거예요. 그럼 신부님, 안녕히 계세요. (두 사람 퇴장)

18

[제4막 제2장]

캐퓰릿의 집. 캐퓰릿, 캐퓰릿 부인, 유모, 하인 두어 사람 등장.

캐퓰릿 여기 적혀 있는 손님을 초대하도록 해라. (하인 1이 받아 들고 퇴장) 여봐라, 너는 가서 솜씨 좋은 일류 요리사를 스무 명쯤 불러오너라.

하인 2 엉터리는 한 명도 불러오지 않겠습니다, 나으리. 제 손가락이나 빨 줄 아는가 시켜보고 데려오겠습니다.

캐퓰릿 그걸로 어떻게 알 수 있단 말이냐?

하인 2 제 손가락도 못 빠는 놈은 엉터리 요리사입죠. 그러니 손가락을 빨지 못하는 녀석은 불러오지 않겠습니다.

캐퓰릿 어서 가거라. (하인 2 퇴장) 이번에는 준비가 충분하지 못하겠는걸. 그런데 그 애는 로런스 신부님께 갔나?

유모 예.

캐퓰릿 음, 그분이 잘 지도해줄지도 모르겠군. 고집쟁이 같으니.

줄리엣 등장.

유모 저것 보세요. 아가씨가 고해를 하고 즐거운 표정으로 돌아왔습니다.

캐퓰릿 웬일이냐, 이 고집쟁이야! 어디를 헤매다 오느냐?

줄리엣 아버님 말씀을 거스른 불효의 죄를 뉘우치고 왔습니다. 로런스 신부님은 아버님 앞에 이렇게 무릎 꿇고 용서를 빌라고 말씀하셨어요. 제발 저를 용서하세요! 앞으로는 말씀대로 따르겠어요.

캐퓰릿 백작에게 사람을 보내어 내일 아침에라도 식을 올려야겠다고 전해라.

줄리엣 그 백작님은 로런스 신부님 성당에서 보았어요. 그래서 너무 지나치지 않게 제 마음의 애정을 보여드렸어요.

캐퓰릿 거 잘했다, 잘했어. 일어나거라. 암, 그래야지. 백작을 곧 만나봐야겠다. 여봐라, 얼른 가서 패리스 백작을 모시고 오너라. 실로 이 도시 사람들은 그 거룩한 신부님의 덕을 톡톡히 보고 있거든.

줄리엣 유모, 내 방에 같이 가서 내일 치장하는 데 필요한 장식물을 좀 골라주지 않겠어?

캐퓰릿 부인 아니, 그건 목요일에 해도 된다. 시간은 얼마든지 있으니까.

캐퓰릿 같이 가보게, 유모. 내일은 우리 모두 성당에 가야 하니까. (유모와 줄리엣

퇴장)

캐퓰릿 부인 준비가 부족하지 않을까요? 벌써 날이 저물었는데.

캐퓰릿 무슨 소리! 내가 뛰어다니면 다 순조롭게 될 테니 그리 염려 마오. 여보, 당신은 줄리엣에게 가서 치장 준비 좀 도와주구려. 오늘 밤은 한잠도 안 잘 생각이오. 내 걱정은 마오. 이번만은 내가 안주인 노릇을 하리다. 여봐라! 아니, 다들 나갔나? 그럼 내가 직접 백작에게 가서 내일의 준비를 하도록 해야겠군. 고집쟁이 딸이 이렇게 마음을 돌리고 보니, 내 마음이 이렇게도 후련하구나.

(모두 퇴장)

19

[제4막 제3장]

줄리엣과 유모 등장.

줄리엣 응, 그 옷이 제일 좋아. 그런데 유모, 부탁이야. 오늘 밤은 부디 나 혼자 있게 해줘. 유모도 알겠지만, 나는 성격이 올바르지 않아 죄를 많이 졌으니 하느님께 용서를 빌고 행복을 주십사 빌려면 많은 기도를 올려야 하거든.

캐퓰릿 부인 등장.

캐퓰릿 부인 그래, 바쁘냐? 좀 거들어주련?

줄리엣 아녜요, 어머니. 내일 식에 필요한 물건은 죄다 골라냈어요. 그러니 이젠 제발 저를 혼자 있게 놔두시고, 오늘 밤 유모는 어머니 방에 있게 하세요. 일이 워낙 갑작스러워서 어머니가 무척 바쁘실 거예요.

캐퓰릿 부인 그럼, 잘 자거라. 자리에 누워서 아침 해가 뜰 때까지 푹 쉬어라. 너는 푹 쉬어야 하니까. (부인과 유모 퇴장)

줄리엣 안녕히 계세요! 언제 또 만나 뵙게 될는지. 현기증 나는 싸늘한 공포가 오싹오싹 핏줄 속을 돌고, 마치 생명의 열기마저 거의 얼어붙는 것 같구나. 어머니와 유모를 다시 불러서 위로를 받을까? 유모! ─ 아니, 유모가 지금 무슨 소용 있담? 이 무서운 장면은 나 혼자 해내야 한다. 자, 약병아. 만일 이 약이 안 들면 어쩌지? 그때는 정말 결혼을 해야 하나? 아니야, 아니야! 그래, 그것은 이 비수가 막아줄 거야. 비수야, 너는 거기 있거라. (비수를 꺼내 밑에 내려놓는다.) 하지만 만일 이게 독약이면 어쩌지? 신부님은 먼저 나와 로미오를 결혼시켰으니 이번 일로 불명예스러운 일을 당하지 않으시려고 나를 죽일 셈으로 은밀히 조제한 독약이나 아닐까? 걱정이 되는구나. 하지만, 설마 그럴 리야. 지금껏 성자로 이름난 신부님이신데. 하지만 내가 무덤 속에 누워 있을 때, 로미오님이 날 구하러 오기 전에 눈을 뜨게 되면 어떡하지? 아아, 무서워! 무덤의 스산한 입구는 공기도 안 통한다던데, 그 무덤 속에서 그이가 미처 오기도 전에 숨이 막혀 죽지나 않을까? 아, 설사 내가 살아 있다 하더라도 죽음과 밤의 무서운 생각, 게다가 장소는 무덤이라는 말만 들어도 무서운 곳이고, 몇 백 년 동안 묻힌 조상의 뼈가 가득 차 있는 납골당 안인 데다가, 묻힌 지 얼마 안된 피투성이의 티볼트가 수의에 싸여서 썩어가고 있는 곳. 또 밤에는 일정한 시간이 되면 온갖 망령들이 모여든다는데 ─ 아아, 내가 눈을 너무 일찍 뜨게 된다면 ─ 그 악취와 땅에서 뽑힐 때의 소리만 들어도 사람이 미친다는 광인 狂人의 비명 같은 소리로 눈을 뜨면, 온통 그런 두려움 속에 싸인 나는 결국 미쳐버리지나 않을까? 그리고 미친 나머지 조상들의 뼈를 가지고 놀기도 하고, 칼 맞은 티볼트를 수의 속에서 끌어내기도 하며 있게 되지나 않을까? 또 어느 훌륭한 조상의 뼈를 몽둥이 삼아 절망한 내 머리통을 내 손으로 부수

지나 않을까? 오, 저기 좀 봐! 로미오의 칼끝에 찔린 티볼트의 망령이 로미오를 찾고 있다. 거기 있어, 티볼트. 거기 있으라니까! 로미오, 로미오, 로미오! 여기 약이 있어요. 당신을 위해서 이걸 마시겠어요. (줄리엣, 약을 마시고 커튼에 가려진 침대 위에 쓰러진다.)

20

[제4막 제4장]

캐퓰릿 집의 큰 방. 캐퓰릿 부인과 유모 등장.

캐퓰릿 부인 유모, 이 열쇠를 가지고 가서 향료들을 더 가지고 와요.

유모 주방에선 대추와 은행을 더 가져오라는데요.

캐퓰릿 등장.

캐퓰릿 자, 서둘러요, 서둘러! 두 번째 닭도 울었고, 새벽종도 쳤어. 3시야. 이봐요, 앤젤리커, 고기파이 좀 잘 만들어요. 비용은 아끼지 말고.

유모 참견 그만하시고 주무세요! 이렇게 밤샘을 하시다간 참말로 내일은 병나시겠어요.

캐퓰릿 천만에. 전에는 대수롭잖은 일에도 걸핏하면 밤샘을 했지. 그래도 아무렇지도 않았어.

캐퓰릿 부인 그럼요, 당신도 한창때에는 여자 꽁무니깨나 쫓아다녔지요. 하지만 이제 그런 밤샘은 내가 감시할걸요. (부인, 유모와 함께 퇴장)

캐퓰릿 원, 이 샘바리 좀 보게나! (하인 서너 명이 꼬챙이, 장작, 바구니 들을 들고 등장)

ACT 4

아니, 그게 뭐냐?

하인 1　요리사가 쓸 물건이라는데 저도 뭔지 모르겠는데요.

캐퓰릿　어서 해라, 어서. (하인 1 퇴장) 여봐라, 더 잘 마른 장작을 가져오너라. 피터를 불러라, 그 녀석이 장작 있는 곳을 아니까.

하인 2　저도 대가리가 있으니까 장작쯤을 찾아낼 수 있습니다. 뭐, 이까짓 일로 피터에게까지 수고 끼칠 건 없지요.

캐퓰릿　그래, 말 잘했다. 재미있는 녀석이군. 통나무 대가리 같은 녀석 좀 보게나. (하인 2 퇴장) 이런! 벌써 날이 밝았구나. 백작이 곧 악대를 데리고 나타나겠다. 그러겠다고 했으니까. (음악 소리가 난다.) 아니, 벌써 가까이 온 모양이구나. 유모! 여보, 마누라! 어디 있소! 어디 있어, 유모! (유모 등장) 가서 줄리엣을 깨워요. 그리고 옷을 갈아입혀요. 나는 가서 패리스와 이야기하고 있을 테니까. 어서 해, 어서 해! 신랑이 벌써 왔단 말이오. 어서, 어서 서둘라니까. (두 사람 퇴장)

21

[제4막 제5장]

유모 등장.

유모　아가씨, 아가씨! 줄리엣 아가씨! 원, 아가씨도 잠에 취했나 봐. 염소 아가씨! 아가씨, 이런 잠꾸러기 좀 봐! 아가씨, 예쁜 새색시, 일어나세요, 이제. 어째 아무 말도 없담? 한 푼어치라도 더 자두자는 건가? 한 주일 몫이라도 자두구려, 오늘 밤 패리스 백작님은 단단히 마음먹고 아가씨를 재우지 않을 테니. 어머나, 나 좀 보게! 그런데, 참 잘도 자네. 그러나 깨워야겠어. 아가씨, 아가씨, 아가씨! 응, 백작님을 불러다가 침대에서 껴안게 할까 보다. 그러면 깜짝 놀라 일어나겠지? 안 그래요? (침대의 커튼을 젖힌다.) 어머나, 새 옷을 입은 채로 다시 누웠나 봐. 깨워야지. 아가씨, 아가씨, 아가씨! (흔들어 깨운다.) 아이쿠, 사람 살려요, 사람 살려! 아가씨가 죽었어요! 아니, 이게 웬일이람. 정신 깨는 술 좀 가져와요! 마님! 마님!

캐퓰릿 부인 등장.

캐퓰릿 부인 웬 소란이지?
유모 아, 슬퍼라!
캐퓰릿 부인 무슨 일이야?
유모 보세요, 저것 좀 보세요! 아, 가엾어라.
캐퓰릿 부인 아이구, 아이구머니나! 내 딸아, 나의 하나밖에 없는, 내 생명과도 같은 딸아! 다시 살아나 눈을 떠라. 안 그러면 나도 같이 죽을 테다. 사람 살려요, 사람 살려! 어서 사람을 불러!

캐퓰릿 등장.

캐퓰릿 원, 창피하게. 어서 줄리엣을 데리고 나와요. 신랑은 벌써 와 있소.
유모 아가씨가 죽었어요. 돌아가셨어요. 아, 슬퍼라. 아가씨가 죽었어요!
캐퓰릿 부인 오, 딸애가 죽었어요.
캐퓰릿 뭣이? 어디 보자. 아, 이런, 차디차구나, 피는 멈추고 손발은 굳었구나. 입술에서 생기가 떠난 지 오래고 아름다운 한 송이 꽃에 때아닌 서리가 내리듯이 이 아이 위에 죽음이 덮쳤구나.
유모 아, 슬퍼라!

캐퓰릿 부인 아아, 애통해!

캐퓰릿 딸을 잡아가고 나를 비탄 속에 빠뜨린 죽음이 내 혀마저도 묶어놓고 말도 못 하게 하는구나.

로런스 신부, 백작, 악사들 등장.

신부 자, 신부를 모시고 갈 준비는 다 되었습니까?

캐퓰릿 다 되었으나 다시는 돌아오지 못하는 여행의 준비입니다. 오, 사위여, 결혼 전날 밤에 죽음의 신이 신부와 함께하였네. 저것 보게, 꽃 같은 그 애를 죽음이 꺾어버렸네. 죽음의 신이 내 사위요, 내 상속자가 되었네. 죽음의 신이 내 딸을 신부로 맞이하였다네! 나도 죽어서 그놈에게 모든 것을 물려줄 참이네. 생명이고, 재산이고, 이제 모두 죽음의 것이네.

패리스 그토록 오랫동안 이날이 오기를 기다렸는데, 이런 광경을 보게 될 줄이야.

캐퓰릿 부인 이 얼마나 저주스럽고 불행하고 망측하고 끔찍한 날인가! 흐르고 흐르는 세월 가운데 이토록 비참한 시각이 있을 줄이야! 귀엽고 가엾은 외동딸! 단 하나의 위안거리인 외동딸을 무정한 죽음이 내 눈앞에서 채가고 말다니!

유모 아, 애통해라! 아, 슬프고 애통하고 비통해라! 이렇게 슬프고 애통한 날을 내 생전에 볼 줄이야. 아, 끔찍한 날! 이렇게 불행한 날이 어이 또 있을까. 아, 애통해라, 애통해!

패리스 속고 버림받고 멸시당하고 미움받아 죽었구나! 밉살스러운 죽음아, 네놈한테 속았다. 잔인무도한 네놈 때문에 신세를 망쳤다. 아, 생명 같은 내 신부여! 생명 없이 죽어 있는 신부여!

캐퓰릿 멸시당하고, 고통받고, 미움받고, 박해받고 죽음을 당했구나. 무정한 시간아, 하필이면 지금 와서 이 혼례식을 망쳐놓느냐? 아, 내 딸, 내 딸아! 내 딸이 아니라, 나의 영혼아, 너는 죽었구나! ─ 아, 내 딸은 죽었구나. 내 딸과 함께 나의 기쁨도 묻혀버렸구나!

신부 제발 진정하십시오. 그렇게 떠든다고 불행이 해결되는 것은 아닙니다. 이 아름다운 따님은 하늘과 당신의 공동 소유였소. 그것을 이제는 하늘이 모두 맡아 갔으니, 따님께는 오히려 잘된 일입니다. 당신은 따님에 대한 당신 몫을 죽음으로부터 막아낼 수는 없지만 하늘은 그 몫에 영원한 생명을 줄 수가 있습니다. 당신이 가장 바랐던 것은 따님이 잘되는 것이었습니다. 그것은 당신에게 천당인 셈이니까요. 그런데 따님이 구름 위 하늘 높이 올라가는 것을 보고 우신단 말인가요? 따님의 그런 것을 보고 미친 듯이 행동하시다니, 그것은 자식에 대한 진정한 사랑이 아닙니다. 결혼해서 오래 사는 여자가 좋은 결혼을 한 것이 아니라 결혼하여 젊어서 죽는 여자가 오히려 가장 행복한 결혼을 한 것입니다. 눈물을 씻고, 이 아름다운 시체를 로즈메리 꽃으로 꾸미십시오. 그리고 관습대로 가장 좋은 옷을 입혀 성당으로 옮기십시오. 어리석은 인정으로는 슬퍼하지 않을 수 없는 일이지만, 감정의 눈물은 이성의 웃음거리일 뿐입니다.

캐퓰릿 잔치에 쓰려고 마련한 것들이 모두 불길한 초상에 쓰이게 되었구나. 축하의 음악은 우울한 소리로, 혼례의 잔칫상은 슬픈 장례의 연회로, 결혼 축가는 음울한 장송곡으로, 신방을 꾸미려던 꽃은 매장되는 시체를 꾸미기 위해 쓰게 되었구나. 모든 것이 정반대로 바뀌는구나.

신부 자, 안으로 들어가십시오. 부인도 같이. 그리고 패리스님도 들어가시오. 다들 이 아름다운 시체를 따라 무덤으로 갈 준비를 하시오. 무슨 잘못이 있었기에 하느님이 노하신 것입니다. 더 이상 하느님의 뜻을 거역해서 하느님의 노여움을 불러들여서는 안 됩니다. (모두 퇴장하고 유모만 남아 시체 위에 로즈메리 꽃을 뿌린 다음 커튼을 닫는다. 악사들 등장한다.)

악사 1 그럼 우리는 피리를 집어넣고 물러가도 되겠구먼.

유모 여러분들, 집어넣으세요, 집어넣어! 보시다시피 이렇게 딱한 사정이랍니다.

악사 2 정말 그렇군요. 악기라면 고쳐서나 쓰지.

피터 등장.

피터 여러분, 악사 양반들. 〈마음을 편하게〉, 〈마음을 편하게〉를 좀 연주해주게. 날 살려주려거든 제발 〈마음을 편하게〉를 연주해달라니까.

악사 1 〈마음을 편하게〉는 왜?

피터 아, 내 마음이 〈내 마음은 슬프도다〉를 연주하고 있거든. 그러니까 명랑한 곡을 연주해서 날 좀 위로해달라는 거요.

악사 1 싫소. 음악을 연주할 때가 아니라고요.

피터 그럼, 연주하지 않겠다고?

악사 1 물론.

피터 한 대 먹여줄까 보다.

악사 1 뭘 먹여주겠다는 거요?

피터 돈은 아냐. 욕이지. 이 떠돌이 악사야.

악사 1 흥, 이 머슴 녀석이!

피터 그럼 그 머슴 녀석의 칼로 대가리를 꽝 한 대 갈겨줄까? 나는 이런 변덕스러운 소리는 싫어한다고. 당신들을 도레미파로 공격해주지. 내 말 알아듣겠나?

악사 1 우리를 도레미파로 공격하면 당신도 알겠지?

악사 2 이봐, 칼은 집어넣고 말솜씨로 해보시지.

피터 좋다고! 쇠칼을 치우는 대신 쇠 같은 말솜씨로 갈겨줄까 보다. 자, 사내답게 받아봐.

쥐어짜는 슬픔에 가슴은 아프고
구슬픈 우수가 마음을 억누를 때
은銀 소리 같은 음악은……

어째서 〈은 소리〉지? 어째서 〈은 소리 같은 음악〉이냐고? 이봐, 바이올린 양반. 대답해봐.

악사 1 그야 은이 아름다운 소리를 내니까 그렇지.

피터 그럴듯하군. 여보게, 바이올린 양반. 자네는 어때?

악사 2 그야 악사가 은화를 받으니까 〈은 소리〉지.

피터 그것도 그럴듯해. 그럼 기러기 발 양반, 자넨?

악사 3 난 모르겠는걸.

피터 거, 미안하게 됐어. 자넨 소리꾼이지. 내가 대신 말해주지. 〈은 소리 같은 음악〉은, 악사들이 아무리 연주를 해도 금화를 받지 못하니까 그런 거야.

은 소리 같은 음악에
울적한 마음이 금방 풀어지네.

(피터 퇴장)

악사 1 이런, 얄미운 녀석 봤나!

악사 2 뒈져라, 망할 자식! 자, 우리도 들어가서 문상객들이 올 때까지 기다렸다가 한잔 얻어먹기로 하세. (모두 퇴장)

ACT 5

22

[제5막 제1장]

로미오 등장.

로미오　달콤한 꿈을 진실로 믿어도 좋다면, 내 꿈은 무슨 희소식이 올 징조임에 틀림없다. 이 마음의 주인인 사랑의 신은 그 왕좌에 사뿐히 내려앉아, 오늘 진종일 여느 때 없는 즐거운 기분으로 마음 설레게 하여, 두둥실 하늘로 떠오르는 것 같구나. 꿈에 줄리엣이 찾아와서 죽은 나를 보고 — 죽은 사람이 무엇을 생각할 겨를이 있다니, 이상한 꿈이기도 하지 — 아무튼 줄리엣이 내 입술에 입 맞추어 생명을 불어 넣어준 덕에 내가 다시 살아나 제왕이 된 꿈이었지. 아, 사랑의 그림자만으로도 이토록 기쁨에 겨운데 참된 사랑이 이루어진다면 얼마나 좋을까!

로미오의 하인 밸더자가 승마화를 신은 채 등장.

로미오　베로나에서 소식이 왔구나! 어찌되었느냐, 밸더자? 신부님의 편지는 안
가지고 왔느냐? 아가씨는 어떻더냐? 아버님도 안녕하시고? 다시 묻는다만,
줄리엣 아가씨는 어떻게 지내시더냐? 아가씨만 무사하시다면 더 이상 걱정할
게 없다.

밸더자　예, 아가씨는 무사하시고 만사태평이십니다. 아가씨 시체는 캐퓰릿 집안
묘소에 잠들어계시고 영혼은 천사님과 함께 계십니다. 저는 아가씨가 조상의
묘소에 깊이 묻히는 것을 보는 대로 곧 이 사실을 도련님께 알리려고 역마驛馬
로 급히 달려왔습니다. 이렇게 나쁜 소식을 가져온 저를 용서해주십시오. 하
지만 무슨 소식이든 빠짐없이 전하라는 도련님의 분부에 하는 수 없이……。

로미오　그게 사실이냐? 그렇다면 운명의 별아, 멋대로 하려무나. 밸더자, 내 숙소
를 알지? 가서 잉크와 종이를 가져오너라. 그리고 역마를 빌려놓아라. 오늘
밤에 떠나야겠다.

밸더자　도련님, 제발 부탁입니다. 진정하십시오. 안색이 창백하시고 심상치 않으
신데, 혹시 불행한 일이 일어나지 않을까 염려됩니다.

로미오　아냐, 네가 잘못 봤어. 상관하지 말고 시킨 일이나 얼른 해라. 신부님의 편
지는 없단 말이지?

밸더자　예, 없습니다.

로미오　상관없다. 그럼 어서 가서 역마를 구해놓아라. 곧 가마. (밸더자 퇴장) 그럼
줄리엣, 오늘 밤에는 그대와 함께 잠들겠소. 자, 그 방법을 찾아야겠는데, 오,
재앙아, 너는 재빨리도 절망한 자의 머릿속에 들어오는구나. 그래, 약장수 영
감이 있었지. 이 언저리 어디에 사는가 본데, 요전에 보니 누더기 옷에 숭숭한
눈썹을 찌푸리고 약초를 고르고 있었는데, 가난에 지쳐 앙상하게 뼈만 남아

참으로 비참한 몰골이었어. 상점에는 거북이와 박제한 악어, 그 밖에 보기 흉한 생선껍질들이 매달려 있고 선반에는 빈 상자, 푸른 항아리, 갖가지 방광, 곰팡이 핀 씨앗, 끄나풀 부스러기, 말린 장미꽃잎들이 여기저기 흩어져서 겨우 약방 꼴을 이루었지. 그 측은한 꼴을 보고 난 생각했어. '만투아에서 독약을 파는 자는 사형이라지만, 지금 누가 독약이 필요하다면 저 가난뱅이 영감은 팔아줄 거야.'라고. 오, 그러고 보니 그런 생각을 한 것은 바로 이런 경우를 예고해준 것이었구나. 그래, 그 가난뱅이 영감더러 독약을 꼭 팔라고 부탁해야겠다. 아마 이 집이었지. 휴일인지 이 초라한 상점도 닫혀 있군. 여보시오, 약방 영감님!

약방 영감 등장.

약방 영감　누구요, 그렇게 큰 소리로 부르는 사람은?
로미오　영감, 이리 좀 나오시오. 내 보기에 당신은 꽤 어려운 것 같은데, 자 여기 40더컷이 있소. 이 돈을 받고 독약을 좀 주시오. 먹으면 곧바로 핏줄에 퍼져 마치 불 당긴 화약이 백발백중 대포 뱃속에서 맹렬히 터져 나오듯이 육체에서 당장 호흡을 거두어 삶에 지친 나를 금방 쓰르드려줄 독약 말이오.
약방 영감　그런 무서운 독약이 있기는 있죠. 하지만 그걸 파는 사람은 만투아 법에 따라 사형을 당합니다.
로미오　그렇게 옹색하고 비참하게 살면서 죽기를 두려워한단 말이오? 당신의 두 볼에는 굶주림이 붙어 있고, 그 두 눈에는 가난이 덕지덕지 담겨 있으며, 등에는 모멸과 빈곤이 매달려 있소. 여보시오, 세상도, 세상의 법률도, 당신 편은 아니오. 세상은 당신이 부자가 될 법률을 만들어주지는 않소. 그러니 가난에 빠져 있지 말고 법을 외면하고 이것을 받으시오.

약방 영감 그럼 받겠습니다만, 가난이 받지 내 마음이 받는 것은 아닙니다.

로미오 나 역시 이 돈을 당신의 마음에 주는 것이 아니라 가난에 치르는 거요.

약방 영감 이것을 좋아하시는 음료에 타서 마시십시오. 그러면 당신은, 설사 스무 명을 이겨내는 장사라 할지라도 곧 생명의 줄이 끊어지고 말 거요.

로미오 자, 돈 받으시오. ― 인간의 영혼에는 이게 더 나쁜 독이지. 당신이 팔지 못하는 이 하찮은 독약보다도 사실 이것이 이 더러운 세상에서 더 많은 살인을 하고 있소. 그러니 독약을 판 것은 나요. 당신은 아무것도 팔지 않았소. 잘 있으시오. 음식이랑 사서 먹고 그 몸에 살 좀 붙여보시오. (약방 영감 퇴장) 자, 독약아, 아니 강심제야, 나와 함께 줄리엣의 무덤으로 가자꾸나. 그곳에서 너를 써야겠다. (로미오 퇴장)

23

[제5막 제2장]

존 신부 등장.

존 신부 프란체스코 수도회의 로런스 신부님, 여보세요!

로런스 신부 등장.

로런스 신부 그 목소리는 바로 존 신부의 것이로구나. 만투아에서 오셨군. 수고했소. 로미오가 뭘 합디까? 회신을 받았으면 이리 주시오.

존 신부 사실은 맨발로 다니는 우리 종파의 현제 한 분과 함께 가려고 찾아갔다가, 마침 시내 어느 환자를 문병하고 나온 자리에서 그분을 만났는데, 그때 시검역관들이 우리 두 사람이 그 전염병 환자 집에 있은 줄 알고 문을 닫아버리는 바람에 그만 만투아행이 늦어지고 말았습니다.

로런스 신부 그럼 내 편지는 누가 로미오에게 전했소?

존 신부 보내지 못하고 이렇게 도로 가지고 왔습니다. 신부님께 돌려보내고 싶어도 병이 전염될까 봐 모두들 두려워하여 아무도 시킬 사람이 없었어요.

로런스 신부 이 무슨 불운이오! 그 편지는 예사로운 것이 아니라 매우 중요한 용건이오. 소홀히 다루었다간 장차 어떤 위험한 일이 벌어질지도 모르오. 존 신부님, 어서 가서 쇠 지렛대를 하나 구해서 이곳으로 갖다 주시오.

존 신부 예, 곧 가서 구해 오겠습니다. (존 신부 퇴장)

로런스 신부 그럼 나 혼자서 묘소에 가봐야겠다. 이 세 시간 안에 줄리엣이 눈을 뜬다. 이 일을 로미오에게 알리지 못한 것을 알면 줄리엣은 나를 무척 원망할 테지. 아무튼 만투아에는 다시 편지를 보내고, 로미오가 올 때까지 줄리엣을 이 성당에 숨겨두기로 하자. 가엾게도 산송장이 되어 무덤 속에 갇혀 있다니!

(로런스 신부 퇴장)

24

[제5막 제3장]

패리스와 그의 시동, 횃불과 꽃다발을 들고 등장.

패리스 그 횃불을 이리 주고, 너는 저만큼 물러가 있거라. 아, 아니다. 그 불을 꺼라. 남의 눈에 띄고 싶지 않다. 너는 저기 저 주목 밑에 엎드려서 텅 빈 땅바닥에 귀를 대고 있거라. 무덤을 판 뒤라 땅이 무르고 굳지 않아 묘지를 걷는 발소리가 네 귀에 들릴 게다. 들리거든 누가 온다는 신호로 휘파람을 불어라. 그

꽃다발은 나에게 주고, 시킨 대로 해라. 자, 가보아라.

시동 (혼잣말로) 무서워서 이런 묘지에 혼자 서 있지 못할 것 같아. 그래도 그렇게 해봐야지. (시동 퇴장)

패리스 꽃 같은 아가씨여, 당신의 신방에 꽃을 뿌려드리겠소! 아, 슬퍼라. 당신의 관 뚜껑은 흙과 돌이구나. 밤이면 내가 향긋한 물로 당신의 신방을 적셔주고, 그것이 없으면 한탄으로 증류된 눈물을 뿌려드리리라. 내가 당신을 위해서 해 드릴 수 있는 추도의 행사는 밤마다 당신의 무덤에 꽃을 뿌리고 눈물을 쏟는 것이오. (시동이 휘파람을 분다.) 휘파람 소리가 나는 것을 보니 누가 오는 모양 이구나. 오늘 밤 이런 데 어슬렁거리며 나타나서 남의 추도와 사랑의 의식을 방해하는 자가 누구일까? 아니, 횃불까지 들고? 그럼 밤의 어둠이여, 잠시 나 를 좀 숨겨다오. (패리스, 물러선다.)

로미오와 밸더자가 횃불, 곡괭이, 쇠 지레 등을 들고 등장.

로미오 그 곡괭이와 쇠 지레를 이리 줘. 가만있어라. 이 편지를 들고 가서 내일 아 침 일찍 아버님께 꼭 전하도록 해라. 횃불은 이리 주고. 내가 엄명한다만, 네 가 무엇을 듣고 보더라도 모르는 체하고 내가 하는 일을 방해하지 마라. 내가 이 죽음의 자리로 들어가는 이유는, 아가씨의 얼굴을 보기 위해서이지만 실은 그녀의 손가락에서 귀한 반지를 뽑다가 어떤 중대한 일에 쓰자는 것이다. 그러니 너는 물러가 있거라. 만일 내가 하는 일을 이상히 여기고 들어와서 엿 보기만 하면, 맹세한다만, 네 녀석의 팔다리를 갈가리 찢어 이 굶주린 묘지에 흩어놓겠다. 때마침 밤중이라 내 마음도 굶주린 호랑이나 들끓는 바다보다 더 포악해져 있으니, 그리 알아라.

밸더자 예, 저는 물러가서 말씀대로 하겠습니다.

로미오 그래야 내 충복이지. 자, 이걸 받아라. (돈지갑을 내준다.) 가서 잘 살아라. 그럼 잘 가거라.

밸더자 (혼잣말로) 그렇게 말씀하셨지만 이 언저리에 숨어 있어야겠다. 안색도 걱정되고 어쩐지 수상하거든. (밸더자, 물러간다.)

로미오 너, 보기 싫은 배때기, 죽음을 잉태하는 모태야. 이 세상 제일가는 맛난 음식을 삼켰구나. 자, 네놈의 썩은 아가리를 이렇게 벌리고, (무덤 뚜껑을 열기 시작한다.) 원한으로 더 많은 음식을 처넣어주마.

패리스 (혼잣말로) 저건 추방당한 건방진 몬터규로구나. 저자가 내 연인의 외사촌 오빠를 죽였지. 그 슬픔으로 아름다운 줄리엣도 죽었는데 저 녀석이 시체에까지 모욕을 주려고 여기에 나타났구나. 저 녀석을 붙잡아야지. (앞으로 나선다.) 너, 이 몬터규 녀석아, 그런 못된 짓을 그만두지 못하겠느냐! 죽이고도 시체에까지 복수를 하겠다는 거냐? 이 죄받을 녀석아, 너를 체포하겠다. 순순히 따라와. 너는 마땅히 죽어야 한다.

로미오 사실이오. 나는 죽어야 하오. 그래서 여기 온 것이오. 이보시오, 젊은 분, 당신도 신사니까 절망한 인간을 건드리지 말고 여기를 떠나 나를 혼자 있게 해주시오. 이 시체처럼 되지 않으려거든 좀 두려운 줄 아시오. 이보시오, 제발 나를 성나게 하여 내 머리 위에 또 하나의 죄를 이지 않게 해주시오. 아, 어서 가시오! 정말이지 나는 당신을 내 몸보다 더 아끼오. 나는 나 자신을 죽이려고 온 것이니까요. 뭉기적거리지 말고 어서 가시오. 살아남은 뒤에, 미치광이 덕분에 모면했다고 말하시오.

패리스 그 따위 부탁을 누가 들어줄 줄 알고? 너를 중죄인으로 곧 체포하겠다!

로미오 기어이 내 울분을 터뜨려놓겠단 말이냐? 그럼 간다, 받아라! (둘이 싸운다.)

시동 아이구, 싸움이 벌어졌구나! 야경을 불러야겠다. (시동, 달음질쳐 나간다.)

패리스 아, 찔렸다! (쓰러진다.) 당신에게 조그만 자비라도 있거든 무덤을 열고 나를 줄리엣 곁에 묻어주오. (죽는다.)

로미오 그래주마. 그런데 어디 얼굴이나 좀 보자. 아니, 이건 머큐시오 집안의 귀족, 패리스 백작이 아니냐? 말을 타고 오는 길에 마음이 산란하여 귀담아듣지 않았지만, 밸더자가 뭐랬더라? 패리스와 줄리엣이 결혼할 뻔했다고 한 것 같은데, 아니면 내가 그런 꿈을 꾸었나? 아니면 내가 미쳐서 줄리엣 이야기가 나오는 바람에 그렇게 착각한 것일까? 이봐요, 악수합시다. 당신도 나와 같이 쓰라리고 불행한 운명의 명단에 오른 사람! 내가 영광의 무덤 속에 묻어드리지. 무덤? 아니지! 쓰러진 젊은이여, 여기는 무덤이 아니라 빛의 탑이라오. (로미오, 무덤을 연다.) 이곳에는 줄리엣이 누워 있고, 그녀의 아름다움은 이 무덤 속을 빛도 찬란한 향연의 궁궐로 만들고 있소. 죽은 이여, 죽기로 한 자의 손으로 묻으니 여기 고이 잠드시오. (패리스의 시체를 무덤 속에 누인다.) 사람은 죽기 직전에 흔히 명랑해진다는데, 임종을 지켜보는 사람들은 그것을 임종의 섬광이라고 부르지. 하지만, 아, 이것을 어떻게 섬광이라 부를 수 있겠는가! 아, 나의 연인, 나의 아내여! 꿀처럼 달콤한 당신의 숨을 다 빨아먹은 죽음의 신도 당신의 아름다움을 파괴할 힘은 아직 없는 것 같소. 당신은 정복당하지 않았소. 두 입술과 볼에는 아름다움의 깃발이 아직도 빨갛게 나부끼고 있고, 죽음의 파리한 깃발은 아직 여기까지 와 있지 않소. 티볼트, 자네도 거기 피 묻은 옷에 잠겨 누워 있구나. 아, 자네의 청춘을 두 동강 낸 바로 이 손으로 자네의 원수인 내 자신의 청춘을 찢어버리려 하는데, 내가 자네에게 이보다 더한 호의를 베풀 수야 없지 않겠나? 용서하게, 티볼트! 아, 사랑하는 줄리엣. 당신은 왜 아직도 이렇게 예쁘오? 혹시 그 육체를 가지지 않은 죽음의 마귀까지도 당신에게 매혹당하여 그 말라깽이 괴물이 당신을 이곳 암흑 속에 가두어두고 정부로 삼자는 게 아닐까? 그럴지도 모르니 나는 언제까지나 당신과 함께 있기로 하겠소. 이 컴컴한 밤의 궁전을 다시는 떠나지 않겠소. 나는 당신의 시녀인

구더기들과 함께 여기 이곳에 머물겠소. 오, 나는 이곳을 영원한 안식처로 삼고 이 세상에 지친 이 육신에서 기구한 운명의 별들의 멍에를 떨쳐버리겠소. 자, 나의 눈아, 마지막으로 보아라! 나의 팔아, 마지막 포옹을 해라! 오, 그리고 호흡의 문, 입술아, 정당한 키스로 도장을 찍어 만물을 독점하는 죽음과 영원한 계약을 맺어라! 자, 쓰디쓴 길잡이야, 맛없는 안내자야! 너, 절망의 수로水路 안내인아! 바다에 지친 너의 배를 당장 바위에 부딪쳐라! 나의 사랑하는 사람을 위해서! (독약을 마신다.) 오, 정직한 약장수 영감! 그대의 약효는 참 빠르구나. 이렇게 입맞춤을 하고 나는 죽는다. (쓰러진다.)

로런스 신부가 등불, 곡괭이, 삽을 들고 등장.

신부 성 프란체스코여, 저를 도와 빨리 가게 하소서! 오늘 밤에는 왜 이렇게 자꾸만 이 늙은이의 발이 무덤에 걸리는고! 거 누구요?

밸더자 수상한 자가 아닙니다. 신부님을 잘 알고 있는 사람입니다.

신부 너로구나! 그런데, 말해다오. 구더기와 눈깔 없는 해골들을 쓸데없이 비치고 있는 저 횃불은 무엇이냐? 캐퓰릿 집안의 묘소에서 타고 있는가 본데.

밸더자 그렇습니다. 신부님이 사랑하시는 우리 도련님이 저곳에 계십니다.

신부 누구라고?

밸더자 로미오님 말입니다.

신부 언제부터 거기 있었느냐?

밸더자 반시간쯤 될 겁니다.

신부 나와 함께 저 묘소에 가보자.

밸더자 안 돼요. 로미오님은 제가 간 줄로만 알고 계십니다. 제가 만일 여기 머뭇거리고 서서 거동을 엿본다면 죽이겠다고 위협하셨습니다.

신부 그럼 여기 있어라. 혼자 가겠다. 그런데 왜 이렇게 불안할까? 꼭 무슨 끔찍한 일이라도 일어난 것 같구나.

밸더자 제가 이 주목 밑에서 졸고 있는데, 그때 누가 우리 도련님하고 싸우더니, 도련님이 그분을 죽이는 것 같았습니다.

신부 로미오! (앞으로 나온다.) 아, 아니, 이게 웬 피냐! 이 무덤의 돌 입구를 이렇게 물들이고 있는 피가? 이건 또 웬일이냐, 주인 없는 칼들이 평화의 이 안식처에 피에 젖어 나뒹굴고 있으니? (무덤 안으로 들어간다.) 로미오! 오, 창백하구나! 저건 또 누군가? 아니, 패리스도? 피투성이가 아닌가! 아, 무정한 시간. 이렇게도 비통한 짓을 한꺼번에 저질러놓다니! 줄리엣이 깨어나는구나. (줄리엣이 눈을 뜬다.)

줄리엣 아, 고마우신 신부님. 그인 어디 있지요? 저는 제가 지금 어디 있는지 잘 알고 있어요. 여기가 그곳이죠? 저의 로미오님은 어디 있어요? (밖에서 소리가 난다.)

신부 아, 밖에서 무슨 소리가 난다. 자, 줄리엣. 죽음과 전염병과 부자연스러운 잠의 자리에서 나가자. 사람의 힘으로 막을 수 없는 그 어떤 커다란 힘이 우리의 계획을 망가뜨려놓고 말았다. 자, 어서 나가자. 그대의 남편은 그대 가슴 위에 쓰러져 죽어 있고, 패리스도 죽었다. 자, 너를 수녀원에 부탁하여 맡겨야겠다. 야경꾼이 오는 모양이니, 아무 말 말고 어서 이곳을 빠져나가자. 착한 줄리엣, (다시 사람 소리) 아, 이 이상 더 망설이고 있을 수 없다.

줄리엣 신부님이나 나가세요. 저는 나가지 않겠어요. (신부 퇴장) 이게 뭐지? 사랑하는 로미오의 손에 잔이 꼭 쥐어 있네. 아, 독약이구나. 이것으로 로미오는 순식간에 숨을 거둔 거야. 아, 무정한 사람! 다 마시고, 뒤따라가지도 못하게 한 방울도 남겨두지 않았구나. 그럼, 당신 입술에 입맞춤하겠어. 혹시 독약이 아직도 입술에 묻어 있다면 생명의 묘약처럼 나를 죽게 해주겠지. (입맞춤한다.) 입술이 따뜻하네……

야경꾼 1 (무대 뒤에서) 얘, 안내해라. 어느 쪽이냐?

줄리엣 아, 사람 소리가! 얼른 해야겠구나. 아, 다행히도 단검이 있네. (로미오의 단검을 잡아 뺀다.) 이 가슴이 네 칼집, (자기 가슴을 찌른다.) 여기 박혀서 나를 죽게 해다오. (로미오의 시체 위에 쓰러져 죽는다.)

야경꾼들, 패리스의 시동과 함께 등장.

시동 여깁니다. 저렇게 햇불이 활활 타고 있잖아요.

야경꾼 1 땅바닥이 온통 피투성이구나. 묘지를 샅샅이 뒤져라! 몇 명 나가서 어떤 녀석이고 보는 대로 잡아 오너라. (야경꾼들 몇 퇴장) 여기 백작님이 칼을 맞고 죽어 있구나! 이틀 전에 묻힌 줄리엣 아가씨는 갓 죽은 것처럼 아직도 따뜻하게 피를 흘리고 있고. 어서 가서 영주님께 전해라. 캐퓰릿 댁에도 달려가서 알리고, 몬터규 댁 사람들에게도 알려라. 나머지 사람들은 이곳을 둘러봐. (몇몇 야경꾼들 퇴장) 이 비참한 시체들이 쓰러져 있는 모습은 눈앞에 보이지만, 이 불행의 진상을 자세히 조사하지 않고서는 알 도리가 없구나.

몇몇 야경꾼들이 밸더자를 데리고 등장.

야경꾼 2 이자는 로미오의 하인인데, 묘지에서 잡았습니다.

야경꾼 1 영주님이 오실 때까지 도망가지 못하도록 붙들어둬.

다른 야경꾼이 로런스 신부를 데리고 등장.

야경꾼 3 이 사람은 신부인데, 떨면서 탄식하며 울고 있었습니다. 묘지 저쪽에서 나오는 것을 붙들어서 곡괭이와 삽을 빼앗았습니다.

야경꾼 1 매우 수상하구나! 그도 붙들어둬.

영주가 시종들을 데리고 등장.

영주 새벽부터 무슨 변이 일어났기에, 아침잠도 못 자게 이렇게 불러내는 거냐?

캐퓰릿과 그의 부인, 그 밖의 사람들 등장.

캐퓰릿 대체 무슨 일로 밖에서 저렇게 떠들어대지?

캐퓰릿 부인 아, 사람들이 길에서 〈로미오〉 하고 소리치고 있어요. 또 어떤 사람은 〈줄리엣〉, 어떤 사람은 〈패리스〉 하고 불러대며 야단들이군요. 우리 묘소 저쪽으로 달려가고 있어요.

영주 우리 귀를 놀라게 하는 이 무서운 소란은 무엇이냐?

야경꾼 1 영주님, 패리스 백작이 칼에 찔려 쓰러져 있고, 로미오도 죽어 있습니다. 그리고 벌써 죽은 줄리엣도 금방 숨이 끊어진 사람처럼 아직도 몸이 따뜻합니다.

영주 잘 살피고 조사하여 이 참혹한 진상을 밝히도록 하여라.

야경꾼 1 여기 신부와 살해된 로미오의 하인이 있는데, 이들은 죽은 자의 무덤을 파기에 알맞은 연장을 가지고 있습니다.

캐퓰릿 아니, 이런! 여보, 이것 보오. 딸이 쓰러져 피를 흘리고 있소! 이 단검이 뭘 잘못 알았나. 아니, 저것 봐요. 칼집은 몬터규의 허리에 빈 채로 매달려 있고 칼은 엉뚱하게 우리 딸의 가슴에 박혀 있구려!

캐퓰릿 부인 아아, 이 죽음의 비참한 광경을 좀 봐요! 이 늙은 것을 무덤으로 불러내는 조종 소리가 들리는 것만 같아요.

몬터규와 그 밖의 사람들 등장.

영주 이보시오, 몬터규. 그대가 이렇게 일찍 일어난 것이 결국은 한 발 먼저 죽음의 자리에 들어간 외아들의 잠든 모습을 보기 위해서일 줄이야!

몬터규 아아, 영주님. 간밤에 제 아내가 죽었습니다. 자식의 추방을 슬퍼한 나머지 마침내 비탄에 빠져 죽고 말았습니다. 그런데 또 무슨 불행이 이 늙은이를 괴롭히려 하고 있습니까?

영주 보면 알 거요.

몬터규 오, 이 버릇없는 녀석! 아비보다 먼저 무덤으로 뛰어가다니, 이 무슨 짓이냐?

영주 잠시 분노의 입을 다물어주시오. 먼저 이 의혹을 풀고 그 밑뿌리와 원인과 내막을 밝혀내야겠소. 그런 다음 나도 그대들과 슬픔을 함께 나누려오. 그대들의 입장에 서서 원수를 갚아주겠소. 그러니 그때까지 불행을 잠시 인내에 맡기고 참고 있어주시오. 그 용의자들을 이리 불러내라. (야경꾼들이 로런스 신부와 밸더자를 데리고 나온다.)

신부 아무 힘도 없는 가장 약한 제가 때와 장소가 불리한 탓으로 이 무서운 죽음의 가장 큰 혐의자가 되고 말았습니다. 당연한 책임에 대해서는 제 자신을 나무라고, 정당한 사리에 대해서는 제 자신을 위해 해명하겠습니다.

영주 그럼 이 사건에 관해서 당장 아는 바를 말해보시오.

신부 간단히 말씀드리겠습니다. 얼마 남지 않은 삶인지라 지루하게 이야기할 여유도 없습니다. 저기 죽어 있는 로미오는 줄리엣의 남편, 역시 저기 죽어 있는 줄리엣은 로미오의 성실한 아내였습니다. 두 사람의 결혼은 제가 시켰습니다. 이들이 은밀히 결혼한 날, 티볼트가 죽었습니다. 이 때아닌 살해 사건으로 결혼식을 올린 지 얼마 안 된 로미오는 이 도시에서 추방되고, 티볼트 때문이 아니라 남편 로미오 때문에 줄리엣은 비탄에 잠겼던 것입니다. 그런데 캐퓰릿님은 따님의 슬픔을 잊게 해주고자 패리스 백작과 약혼시켜 억지로 결혼식을 올리려 했습니다. 그래서 따님은 제게 찾아와 어쩔 줄 몰라하는 표정으로 이 두 번째의 결혼을 피할 방도를 찾아달라고 간청했고, 그렇게 되지 않으면 제 방에서 스스로 죽어버리겠다고 했지요. 그래서 저는 평소에 익혀둔 수면제를 지어주었더니 뜻대로 효력이 나타나서 줄리엣은 마치 죽은 사람처럼 잠들었습니다. 한편 저는 로미오에게 편지를 보내어 간밤에 이곳으로 오게 했습니다. 이 무서운 밤에 마침 약효가 다하기 때문에, 저와 같이 줄리엣을 이 가장假葬의 무덤에서 구해내기로 한 것이지요. 그런데 제 편지를 들고 간 존 신부는 사고로 길이 막혀 어젯밤 그 편지를 제게 도로 가져왔습니다. 그래서 저는 줄리엣이 깨어나는 예정 시각에 조상의 납골당에서 줄리엣을 구해내려고 혼자서 이곳에 달려왔습니다. 그녀를 당분간 제 성당에 숨겨두고 로미오에게는 때를 봐서 사람을 보낼 생각이었지요. 그런데 와보니, 줄리엣이 깨어나기 직전인데 뜻밖에도 패리스 백작과 로미오가 죽어 있지 않겠습니까. 마침 줄리엣이 깨어났기에 그녀에게 밖으로 나갈 것을 권하고, 모든 것은 다 하늘이 하는 일이니 마음을 가라앉히라고 타일렀습니다. 마침 사람 소리가 나서 저는 놀라 무덤에서 뛰어나왔는데 줄리엣은 절망한 나머지 따라 나오려고 하지 않더니만 결국 목숨을 끊고 만 것 같습니다. 이것이 내가 아는 모든 것입니다. 그들의 결혼에 유모도 관여하였습니다. 만일 지금이라도 저에게 잘못이 있다면 어차피 얼마 남지 않은 이 목숨, 가을 서릿발 같은 엄한 법으로 알맞은 처단을 내려주십시오.

영주 우리는 평소에 그대를 덕망 있는 신부로 알고 있던 터요. 그러면, 로미오의 하인은 어디 있느냐? 네가 할 말은 없느냐?

밸더자 저는 줄리엣 아가씨가 돌아가셨다는 소식을 도련님께 전해드렸습니다. 그 랬더니 도련님은 만투아에서 곧바로 말을 달려 이곳, 이 묘소로 오셨습니다. 그리고 이 편지를 아침 일찍 아버님께 전하라고 분부하시고는 무덤 속으로 들어가시면서, 만약에 제가 도련님을 혼자 있게 내버려 두지 않고 이곳을 떠나지 않는다면 저를 죽이겠다고 말씀하셨습니다.

영주 그 편지를 이리 내놓아라. 어디 읽어보자. 야경꾼을 부른 백작의 시동은 어디 갔느냐? 그래, 네 주인은 이곳에서 무엇을 하고 있었느냐?

시동 제 주인님은 아가씨의 무덤에 꽃을 뿌리려고 오셨습니다. 그리고 저더러 저리 가 있으라고 하셨어요. 그래서 저는 그대로 했습니다. 그런데 누가 횃불을 들고 무덤을 열러 왔고, 안에 있던 패리스 백작님이 대뜸 그분에게 칼을 빼셨어요. 그래서 저는 야경꾼을 부르러 달려간 것입니다.

영주 이 편지를 보니, 두 사람의 사랑의 경위며 줄리엣의 죽음이며 신부의 증언이 틀림없음을 알겠구나. 또 이 편지에는 로미오가 가난한 약방 영감에게서 독약을 구해가지고 이 묘소에 와서 죽고, 줄리엣과 한 무덤에 묻히려 한 것도 자세히 씌어 있구나. 두 원수들은 어디 있소? 캐퓰릿과 몬터규는 어디 있소? 자, 서로의 증오에 대해 하늘은 어떤 벌을 내렸는가 보시오. 그대들의 기쁨인 자식들을 서로 사랑하게 함으로써 오히려 서로를 파멸시켰소. 그리고 나도 그대들의 불화를 모른 척하고 있다가 친척을 두 사람이나 잃고 말았소. 우리 모두가 벌을 받은 것이오.

캐퓰릿 오, 몬터규님. 그 손을 이리 주십시오. 그 손을 딸에게 주는 결혼 선물로 삼겠습니다. 어찌 이 이상을 요구하겠습니까.

몬터규 아니올시다, 더 드리리다. 나는 순금으로 따님의 상을 세우겠습니다. 베로

나가 베로나의 이름으로 남아 있는 한, 진실하고 정숙한 줄리엣의 상만큼 찬양받는 상은 없을 것입니다.

캐퓰릿 그럼 나는 그와 똑같이 훌륭한 로미오의 상을 줄리엣의 상 곁에 세우겠습니다. 우리 두 집안의 반목으로 인한 가엾은 희생의 기념으로서!

영주 서글픈 평화를 가져오는 아침이오. 태양도 슬픔에 고개를 들지 않는구려. 자, 이제 돌아가서 슬픈 이야기나 더 나눕시다. 더러는 용서하고, 더러는 처벌하겠소. 세상에 슬픈 이야기치고 이 줄리엣과 로미오의 이야기만큼 슬픈 이야기가 또 어디 있겠소. (모두 퇴장)

해설

해설

1 셰익스피어의 생애

우리가 알고 있는 셰익스피어의 생애는 그의 작품 세계와도 일치한다. 그의 천재는 상식에 뿌리박고 있고, 이러한 현실적 사고방식에 근거한 그의 천재적 상상은 낭만적인 환상보다 월등히 높은 차원을 날고 있는 것이다.

엘리자베스 시대의 전기관傳記觀으로 보든, 또는 당시 극작가의 미천한 사회적 위치라는 점에서 보든 셰익스피어는 비교적 놀랄 만큼 풍부한 전기의 재료를 남겨두고 있다. 첫째 자료는 교회·관공서·궁정 등에 남아 있는 기록, 둘째 자료는 동시대인들이 셰익스피어에 대해 언급한 기록, 셋째 자료는 전해져 내려오는 이야기들이다. 여기에 그의 작품 또한 주요한 자료가 되는데, 이것은 다른 작가들의 경우처럼 작품 속에 자전적인 요소가 들어 있다는 뜻이 아니라, 작품 전체를 일관하여 흐르는 셰익스피어의 정신 또는 그의 내면적인 상像을 그의 작품이 가장 여실히 나타내고 있다는 뜻이다.

윌리엄 셰익스피어는 1564년 4월 26일, 중부 워릭셔 주의 소도시 스트랫포드

온 에이본의 호리 트리니티 교회에서 세례를 받았다. 세례에 얽힌 당시의 사항들로 미루어 볼 때 그의 태어난 날짜는 23일로 추측되고 있다. 그가 죽은 날짜 또한 공교롭게도 1616년 4월 23일이었다. 그의 아버지 존 셰익스피어는 다른 고장에서 이 고장으로 이주해 와서 잡화상, 푸주간, 양모상羊毛商 등을 경영하여 부유해지고, 사회적 지위 또한 이 시市의 재무관과 시장까지 지냈을 정도였다. 존은 슬하에 자녀를 열 명이나 두었다. 그 셋째가 윌리엄 셰익스피어이다. 셰익스피어의 교육 과정은, 그 고장 그래머 스쿨을 끝마치지 못한 채 5학년 과정에서 중퇴했으리라 추측되고 있다. 그런데 셰익스피어가 그래머 스쿨조차 모두 마치지 못한 것은 가세家勢가 기울어진 탓으로 보고 있다. 시린 벤 존슨은 후일 셰익스피어를 가리켜 "라틴어는 겨우 조금 알고, 그리스어는 거의 모르는 사람"이라고 평한 바 있다. 그러나 셰익스피어는 그래머 스쿨에서 익힌 라틴어를 토대로 라틴어 고전들을 충분히 읽어낼 만큼 명민한 두뇌를 가지고 있었다.

셰익스피어의 아버지 존은 시장 시절에 서명署名을 클로버 잎으로 대신했다고 한다. 그것은 그가 무학無學이었던 탓이라고 보는 학자들도 있지만, 아무튼 그의 경력은 여러 가지로 드라마틱하다. 그의 집안이 기울어진 것은 당시 국내의 격동하는 정치 정세 때문일 것이라는 설이 있다. 존은 경건한 구교 신자였다. 그러나 헨리 8세가 성공회聖公會로 종교개혁을 하며 구교도는 타격을 받지 않을 수 없었다. 아마도 이러한 가정의 몰락에 자극을 받아 셰익스피어는 출세를 위해 런던으로 상경했을지도 모른다. 이리하여 그의 부모의 신앙과 관련하여 셰익스피어 개인의 신앙이 과연 구교였는가, 신교였는가, 또는 무신론이었는가 하는 논쟁이 자연히 열을 띠게 되었다.

이 고장에는 대학에 유학 중인 젊은이들, 대학 출신의 지식인들이 많이 있었다. 셰익스피어는 그래머 스쿨을 중퇴하게 되자, 어느 변호사의 법률 사무소 서기로 취직했다. 머리가 명석한 셰익스피어는 아마 이 서기 시절에 법률 서적을 맹렬히 읽었을 것이다. 예민한 관찰력과 정확한 판단력을 가지고 그는 인위적인 법률의 부조리를 간파했을는지도 모른다. 뒷날 그의 사극史劇이나 비극에서 전개되는 권력 투쟁의 세계는 이미 이 무렵부터 그의 뇌리에 박혔을 것이다. 《헨리 6세》 제2부에서 재크 케이드 일당의 폭도들이 "법률가를 죽여버려라!"라고 외치는 장면도 그때의 체험에서 비롯된 것인 듯하다. 시골 도시의 빈약한 장서만으로는 셰익스피어의 독서열이 도저히 충족될 수 없었겠지만, 그래도 그는 성경이며, 홀린세드의 《사기史記》며, 오비드 등의 라틴 고전 문학을 접할 수 있었을 것이다. 셰익스피어는 한 번 읽은 것은 차곡차곡 뇌리에 축적해두었다가, 필요할 때 누에가 실을 뽑아내듯이 독서에서 얻은 지식을 언제든지 재생해낼 수 있는 비상한 머리를 가지고 있었다.

셰익스피어는 1582년 11월 28일, 스트랫포드 서쪽 1마일 지점에 있는 쇼터리라는 마을의 지체 있는 부농富農의 딸 앤 해서웨이와 결혼했다. 그때 그는 열여덟 살이었으며, 신부는 여덟 살 위인 스물여섯이었다. 결혼한 지 5개월 뒤인 1583년 5월 23일에 큰딸 스잔나가 태어났다. 이윽고 1585년 2월에는 쌍둥이가 태어났다. 장남 함네트와 둘째 딸 주디스이다. 여기서 기록은 일단 중단되고 있다. 셰익스피어의 이러한 결혼에 대해서는 논쟁이 분분하다. 그러나 이들의 결혼은 자연스러운 것인지도 모른다. 젊은 청년이 연상의 여성을 사랑할 때, 그것은 대개 불행으로 끝나거나 남자 쪽의 후퇴로 끝나게 마련이다. 그러나 이 결혼은 성취되었다. 로미오와 줄리엣의 경우처럼, 풋내기 젊은 남녀의 불꽃이나 유성流星같이 눈깜박할 사이에 사라져버리고 마는 사랑이 오히려 부자연스러운 건지도 모른다. 대개 남성은 그 심층 심리에 모성母性에의 영원한 동경을 간직하고 있다. 햄릿의 경우가 그러하다 하겠다. 예술적인 천재성을 지닌 셰익스피어는 이 본능에 있어서 또한 남달리 강력했음을 보여주고 있는 듯하다. 셰익스피어의 연상 여인과의 결혼 생활이 불행했으리라고 논증하는 학자들이 더러 있다. 그러나 반드시 그렇지만은 않았을 것이다.

1592년, 당시의 대大극작가였던 로버트 그린이 여인숙에서 돈 한 푼 없이 비참하게 죽어가면서 동료에게 보낸 서한에 다음과 같은 구절이 있다.

"우리의 깃으로 단장을 한 한 마리의 까마귀 새끼가 벼락출세를 해가지고, 당신네들 누구에 못지않게 무운시無韻詩를 잘할 수 있다고 망상하고 있소. 그뿐 아니라 그자는 온통 저만이 천하를 셰익신shakescen(진동)케 하고 있는 양 몽상하고 있소."

이 구절 중 천하를 진동시킨다는 뜻으로 쓴 '셰익신'은 셰익스피어의 이름자와 관련된 풍자인 것으로 해석된다. 이 글은 런던에 혜성같이 나타나 극계를 주름잡기 시작한 셰익스피어의 초기 모습을 엿보게 하는데, 그는 런던에서 이렇듯 비우호적으로 받아들여졌던 것이다.

그러면 고향에서의 기록이 중단된 뒤 그린의 이 서한이 나오기까지 약 7년 동안 그는 어디서 무엇을 했을까? 이에 대해서는 스트랫포드의 귀족 루시 경이 사슴을 밀렵한 죄로 벌을 받자 셰익스피어가 루시 경을 풍자하는 시구의 방榜을 내붙였다가 끝내는 고향에 있지 못하게 되었다는 둥, 이 고장에 찾아온 순회공연 극단을 따라 런던으로 상경했다는 둥 갖가지 전설적인 이야기며 추측이 전해지고 있다.

런던 극계에 발을 들여놓은 셰익스피어에게 직책의 선택 여부가 있을 수는 없었다. 그는 우선 '레스터 백작 소속 극단'에 취직하여 처음에는 관객이 타고 온 말을 보관하는 말지기 역할을 맡아보았다. 《맥베스》에서 밤중의 문지기의 훌륭한 대사臺詞는 이 시절의 생생한 체험에서 나온 것인지도 모른다. 그러나 이 무렵 그의 직책은 비록 말지기였으나 극단의 일원으로서 가끔 극에 관여할 기회가 있었다. 그는 그런 기회를 잘 이용하여 재능을 인정받아 배우로 등용되었다. 그러나 배우로서의 셰익스피어는 그리 뛰어나지는 못했던 듯하다. 후일에도 《햄릿》의 유령 역이나 《뜻대로 하세요》의 애덤 노인 역 등 단역으로 분했다고 전해진다.

셰익스피어는 극단 전속 작가가 되었다. 당시 극단 전속 작가란 대개 타인의 인기 있는 작품을 개작改作이나 하는 직책이었다. 일종의 표절이었다. 그러나 당시에는 표절판이 가능할 정도로 판권板權이 보장되어 있지 않았기 때문에, 한편으로는 타인의 작품을 아무런 구애 없이 어떠한 형태로든 개작할 수 있었다.

런던에 상경한 셰익스피어는 '레스터 백작 소속 극단'에 발을 들여놓은 후 이윽고 '스트레인지 남작 소속 극단', '궁내 대신 소속 극단', '국왕 소속 극단' 등의 일원으로 '극장劇場'에서 활동하게 된다. '극장'은 런던 시 외곽 북쪽 변두리에 1576년에 세워진 건물이다. 셰익스피어의 극단은 1599년부터는 런던 시의 남쪽 템스 강 건너에 세워진 '글로브 극장'에서 활동하게 된다.

그린의 비우호적인 1592년 기록과는 달리, 1598년 프랜시스 미어즈라는 젊은 학자는 《지식의 보고寶庫》라는 책자에서 셰익스피어의 몇몇 극을 관람한 사실을 들며 격찬을 아끼지 않고 있다. 그가 관람했다는 극으로는 《베로나의 두 신사》, 《착오 희극》, 《사랑의 헛수고》, 《사랑의 수고의 보람》(이것은 셰익스피어의 어느 극을 두고 말한 것인지 알 수 없다), 《한여름 밤의 꿈》, 《베니스의 상인》, 《리처드 2세》, 《리처드 3세》, 《헨리 4세》, 《존 왕》, 《타이터스 앤드로니커스》, 《로미오와 줄리엣》 등의 작품들이 열거되어 있다. 이 기록으로 보면 셰익스피어는 초기에 이미 사극, 희극, 비극에 모조리 손을 대었다. 그가 최초로 제작한 사극 《헨리 6세》 제1·2·3부와 《리처드 3세》, 이 네 편의 사극은 하나의 체계를 이루고, 왕권을 에워싼 귀족들의 갈등에 의한 질서와 무질서의 대립이 빚어내는 국가의 혼란과 불안, 권불십년權不十年, 인과응보 등의 외적인 양상이 추구되고 있다. 이 시기의 단 한 편의 비극인 《타이터스 앤드로니커스》는 당시 유행하던 유혈복수비극流血復讐悲劇에 있어서도 그가 토머스 키드와 같은 선배 극작가의 '스페인 비극'을 능가하고 있었음을 실증해주고 있다. 이 습작기에 셰익스피어는 희극에도 솜씨를 발휘하기 시작했다. 《착오 희극》을 비롯하여 《말괄량이 길들이기》, 《베로나의 두 신사》, 《사랑의 헛수고》 등이 그것이다. 이 초기 희극들은 현실의 세계와 낭만의 세계를 차례로 전개시켜본 희극들이다. 이 두 개의 세계는 교체성장交替成長하여 다음 시기의 《한여름 밤의 꿈》을 계기로 완전히 융합되어, 제2기의 로맨틱 코미디(浪漫喜劇)라는 새로운 희극이 탄생하게 된다. 또 이 무렵 그는 장편 서사시 《비너스와 아도니스》와 《루크리스의 능욕》을 친밀히 교제하던 유력한 귀족 청년 사우댐턴 백작에게 바친 바 있다. 그의 《소네트집集》 또한 이 무렵에 쓰인 듯하다. 그의 습작기는 동갑인 말로의 영향을 입은 바 컸다. 그러나 그의 희극들의 탄생으로 그는 이미 말로의 영역을 초월하게 되었다. 만인萬人의 마음을 가진 셰익스피어는 고귀한 정신의 상승과 몰락의 묘사에 그치지 않았다. 또는 껌껌한 고독이나 비극만을 추구하지도 않았다. 그는 인생의 즐거운 면에도 주목했다. 초기의 희극들은 벌써 인생의 밝은 면, 즐거운 면에도 눈길을 돌린 증거이다.

　셰익스피어의 습작기가 끝날 무렵에 그의 선배 작가이자 경쟁 작가들인 '대학재파大學才派'의 극작가들은 그린이나 키드와 같이 빈곤 속에 비참하게 세상을 떠나거나 또는 말로와 같이 정치 음모로 암살되는 등 모두 비참하게 극계를 떠났다. 오늘날 문학사에 남은 대학재파는 7~8명밖에 되지 않지만, 당시 실제 활동한 대학재파는 스무 명 전후였던 것으로 보인다. 그들은 모두 셰익스피어에게 호의를 갖지 않은 경쟁 작가들이었다. 셰익스피어는 굉장히 많은 수를 나타내는 숫자의 이미지로서 스물을 많이 사용하고 있는데, 이 스물이란 숫자의 이미지는 그의 전 작품을 통해 150여 회나 쓰이고 있다. 이와 같은 이미지는 그의 스무 명의 경쟁 작가가 무한히 많은 숫자로 여겨진 데서 온 것인지도 모른다.

셰익스피어는 제2기에 접어들면서 그의 집념이었던 비극을 시도하였다. 그의 최대 관심인 사랑을 주제로 한 《로미오와 줄리엣》이 그것이다. 그러나 아직 그의 역량으로는 성격 창조에까지 미치지 못하고, 그 아름다운 서정성에도 불구하고 이는 한낱 운명비극運命悲劇으로 그치고 만다. 이 시기에 그는 두 번 다시 비극에 손을 대지 않았다. 그의 이 시기는 사극의 체계가 매듭지어지고, 또한 로맨틱 코미디가 완성된 시기이기도 하다. 이와 같은 보람찬 작품 제작과 더불어 그의 주변 또한 자못 활발한 양상을 보여준다. 기록에 의하면 당시 런던에서는 거의 매년 되풀이하여 여름철에 전염병이 창궐했다고 한다. 당시의 런던은 인구 20만 내외의 도시였는데, 그런 전염병이 한번 휩쓸면 인구의 10분의 1이 몰살될 정도로 그 괴질은 위세를 떨쳤다고 한다. 전염병이 창궐하면 그렇지 않아도 우범지대로 여겨지던 극장이 폐쇄되고, 극단은 지방 순회공연에 나섰다. 우리는 《햄릿》에서 그런 지방 순회 극단의 경우를 볼 수 있다. 셰익스피어가 소속된 극단은 비교적 큰 극단이었기 때문에 전속 극작가인 셰익스피어는 지방 순회에 동행하지 않고, 전염병을 피하여 대개 고향에 돌아가 있었으리라 추측된다.

셰익스피어가 발전기發展期인 제2기에 사극의 체계를 매듭짓고 낭만희극을 완성했음은 앞에서 밝힌 바와 같다. 《리처드 2세》, 《헨리 4세》 제1 · 2부, 《헨리 5세》, 이 네 편의 사극은 셰익스피어의 이른바 제2군群의 사극으로, 제1군의 사극과 마찬가지로 질서와 무질서의 대결이 전개되고, 제1군의 사극에서 벌어지는 장미전쟁의 치욕적인 역사의 원인으로 파악되고 있다. 군왕의 자질이 결여된 리처드 2세는 권모술수가이자 기회주의자인 사촌 헨리 볼린브로크에 의해 왕위를 찬탈당한다. 헨리 볼린브로크는 왕위를 찬탈하여 헨리 4세가 된다. 헨리 4세는 왕위를 불법적으로 탈권한 죄의식에 일생을 두고 정신적으로 시달림을 받았으며, 내란은 끊이지 않는다. 그의 아들 헨리 5세는 내란을 수습하고 프랑스로 출정하여 아진코트의 대승리로 국위國威를 선양한다. 그러나 그는 요절하고 만다. 그리고 그의 아들 헨리 6세가 기저귀를 찬 갓난아이로 등극한다. 헨리 6세 시대에 장미전쟁이 일어나 국가는 아비규환으로 돌변하고, 30여 년간 국민은 지옥의 고통에 시달린다. 이와 같은 혼란과 혼동은 제2군의 사극에서 헨리 4세가 리처드 2세의 정당한 왕권을 불법적으로 찬탈한 데에 기인한 것이라는 인과응보의 인식認識인 것이다. 제1군의 사극과 제2군의 사극을 통하여, 셰익스피어는 무질서의 혼란 상태를 전개시키고 있지만, 이런 무질서의 이면으로는 영원한 질서와 평화의 존재를 깊이 인식하고 있는 것이다. 우리는 셰익스피어를 르네상스적 낭만 정신의 기수旗手로 알고 있다. 그러나 한편 그는 그의 사극에서 보여주고 있다시피, 중세기의 전통적인 질서 개념을 그의 정신의 밑바닥에 지니고 있었다. 이것 역시 그의 이중영상二重映像, 이원성二元性이라 하겠다. 이 시기의 《존 왕》은 여덟 편의 사극이 가진 커다란 질서 체계와는 무관한 고립된 사극이다.

이 시기에 꿈의 세계와 현실을 비로소 완전히 융합시킨 낭만희극들이 쏟아져 나오게 되는데, 그 첫 낭만희극 《한여름 밤의 꿈》은 어떤 귀족의 결혼 축하연을 위해 제작된 것이 분명하다. 셰익스피어의 극이 그의 소속 극단에 의해 엘리자베스 여왕이나 제임스 1세 어전에서 상연되었다는 기록들이 더러 있다. 셰익스피어의 극에는 여왕을 찬양하는 귀족들이 여기저기 나타나 있고, 《맥베스》와 같은 극은 제임스 1세를 위해 쓰인 것으로 보인다.

다음의 낭만희극 《베니스의 상인》은 그의 극 중에서 가장 유명한 극으로, 그 이유는 아마 여기에 등장하는 유대인 고리대금업자 샤일록의 성격 창조 때문일 것이다. 동기야 어떻든 결과적으로 샤일록은 비극적인 인물이 되고 말았다. 낭만희극에 비극적인 인물이 등장한다는 것은 낭만희극을 불구不具로 만드는 결과가 된다. 따라서 이 극은 비록 유명하긴 하지만 좌절된 낭만희극이라고 할 수 있다. 재판 장면에서의 포셔의 자비론慈悲論 또한 유명한 대사이긴 하지만, 이것 역시 기독교도의 위선의 냄새를 풍기고 있다. 《헛소동》 역시 낭만극치고는 당치도 않게 음모, 간계를 주제로 한 극이다. 그 음모는 비극 《오셀로》와 같은 성질의 것이다. 그러나 이 극이 비극으로 결말지어지지 않고 해피엔딩으로 끝나는 것은 아직 이 작가에게 내면적인 폭풍이 휘몰아쳐 오지 않았고, 이성과 상식의 정신이 작가의 마음을 지배하고 있었기 때문이라 하겠다. 《뜻대로 하세요》는 목가적인 전원극이 다. 그 목가의 이면에는 골육상잔骨肉相殘이 도사리고 있다. 《십이야十二夜》 또한 정묘한 낭만희극이면서도 거기에는 청교도와 당국에 대한 사정없는 풍자가 담겨 있다. 이렇듯 모든 낭만희극들이 즐겁고 명랑한 외관의 밑바닥에 비극적인 문제 점을 안고 있다. 이와 같이 셰익스피어는 즐거움 속에서도 슬픔을 잊지 않았으 며, 감미로운 사랑을 맹세할 때도 시간의 잔인한 낫이 그 사랑을 내리치는 소리 를 귓전에 듣지 않을 수 없었던 것이다. 이런 이중영상은 점점 심오해져간다. 그 리고 특히 현상과 실재 사이의 파행跛行의 인식은 더욱 심각해진다. 그의 통찰과 인식이 깊어지고 차츰 표현 기술이 능숙해지자, 그는 본격적으로 비극의 문제와 씨름하기 시작했다. 비극기에 접어들 무렵에 낭만희극과는 다소 이질적인 《윈저 의 명랑한 아낙네들》이 나왔다. 《헨리 4세》 극에서 활약한 바 있는 근대적 인물 폴스태프의 희극성에 감명을 받은 엘리자베스 여왕이, 폴스태프가 등장하는 희 극을 보여달라는 요청을 하여, 그 요청에 의해 이 극이 집필되었다고 전해진다. 그러나 이 극에서 폴스태프는 이미 전날의 생기를 잃고 있다.

셰익스피어의 비극기悲劇期는 《줄리어스 시저》를 필두로 막이 열린다. 고매한 이상을 가진 브루투스는 로마의 독재화를 막기 위해 시저를 쓰러뜨린다. 그러나 냉혹한 정치 세계에서 이상주의는 현실에 패배할 수밖에 없는 것이다. 셰익스피 어가 비극을 쓰게 된 내적인 동기에 대해서는 앞에서 지적했지만, 그 동기를 외 적으로 추구하는 학자들이 있다. 그것은 에섹스 백작의 실각 사건(1601년)이다. 당시 에섹스 백작은 엘리자베스 여왕의 궁정에서 정신廷臣의 정화이자 권력의 상

징이었다. 그는 또한 여왕의 사촌뻘로, 한때는 여왕의 가장 두터운 총애를 받았
고 여왕의 배필로까지 지목되었던 인물이다. 그는 더욱이 셰익스피어의 후원자
사우댐턴 백작과도 친밀한 사이였다. 에섹스 백작은 아일랜드 반란군 진압 사령
관으로서의 임무를 다하지 못한 책임에다, 여왕의 한 시녀와의 연사戀事로 인해
여왕의 노여움을 사게 되었다. 에섹스 백작은 평소 자신을 리처드 2세를 타도한
헨리 볼린브로크에 비교하고 있었다. 그는 쿠데타를 결심한다. 그는 거사 전날
밤 셰익스피어의 극단으로 하여금 《리처드 2세》를 글로브 극장에서 상연하게 했
다. 그리고 이튿날 그는 부하 일단을 거느리고 런던 시내로 몰려 들어가며 시민
들의 호응을 기대했다. 그러나 시민들은 반응이 없었고 끝내 거사는 실패로 돌아
가고 말았다. 그는 사형을 선고받았다. 여기에는 강력한 정적政敵 로버트 세실의
작용도 있었다. 에섹스 백작은 그렇게 형장의 이슬로 사라지고, 그의 친한 친구
이자 셰익스피어의 후원자인 사우댐턴 백작 또한 실각하게 된다. 거사 전날 밤
글로브 극장에서 《리처드 2세》를 상연한 일로 인해 셰익스피어의 극단 역시 당국
으로부터 문책을 받게 되었으나 별 탈은 없었다. 천하를 주름잡던 세도가가 갑자
기 실각하고 만 것이 셰익스피어에게는 과연 어떻게 비쳤을까? 더구나 실각의 주
인공은 그의 친지親知였으니 말이다. 에섹스 백작의 모반 사건은 셰익스피어가 36
세 때인 1601년에 일어난 일이었다. 당시 쿠데타 사건은 끊일 새 없이 일어났다.
유대인 의사 로페츠의 여왕 암살 음모 사건은 《베니스의 상인》의 샤일록에 암시
되어 있다. 의사당 폭파 사건은 《맥베스》의 문지기의 대사에서 언급되고 있다. 이
와 같이 셰익스피어의 작품에는 당시의 시사적示唆的인 사건이며, 당시의 관습적
인 일들이 여러 곳에서 언급되고 있다. 오늘날 역사적 비평은 그런 문제들을 낱
낱이 해명하고 있다. 엘리자베스 여왕은 국민과 일치할 수 있는 위대한 영도자로
이 시대에 영국이 비약적인 발전을 한 것은 사실이나 당시 종교 문제며, 대외 문
제며, 여왕 후계자 문제 등으로 인해 전진을 위한 진통의 필연적인 현상으로 대

소 반역 사건이 잇따라 일어나고 있었다. 따라서 시급한 안정이 요구되었기에 여왕은 정권을 유지하기 위해 에섹스 백작의 경우와 마찬가지로 무자비한 숙청을 하지 않을 수 없었으며, 당시 역적의 죄목 아래 교수대의 제물이 된 고관대작들은 부지기수였다. 맥베스가 던컨 왕을 암살하고 나오는 장면에서 피가 낭자한 자기 손을 보고 "이 망나니(사형집행리)의 손"이라고 한 구절이 있다. 당시 사형 직후 시체에서 심장을 도려냈을 때 그 심장이 그대로 고동치고 있었다고 한다. 사형집행리들의 솜씨가 이 경지에 도달할 만큼 반역자의 사형이 잦았던 것이다. 그리고 반역자의 머리는 런던탑 위에 내걸렸다. 또 셰익스피어는 아들의 죽음에 심적인 큰 타격을 입은 바 있다고 한다. 그래서 아들의 죽음과 에섹스 백작의 실각 등을 그의 비극기의 외적 동기로 보는 학자들이 있다.

그의 비극기에는 네 편의 희극이 있다. 이 희극들은 초기의 희극들이나 제2기의 낭만희극들과는 전혀 다른 어두운 희극들이다. 학자들은 근래에 이 희극들을 '문제극問題劇'이라고 이름 붙였다. 《트로일러스와 크레시더》는 배신과 혼란이 주제가 되고 있으며, 문제는 미해결의 장章으로 남을 뿐 아니라 뒷맛이 씁쓸하고 개운치 않은, 이름만인 희극이다. 이 극은 또한 당시 영국의 신구新舊 두 사상이 소용돌이치던 세태의 일면을 보여주기도 한다. 《끝이 좋으면 다 좋다》라는 그 제목이 말하고 있는 바와 같이, 이 또한 끝만이 해피엔딩인 역시 씁쓸한 희극이다. 사랑을 위해 간계의 수단이 이용되는 희극이니 말이다. 《이척 보척以尺報尺》 또한 부패와 위선의 악취가 코를 찌르는 희극이다. 이 세 편의 희극들은 모두 비극의 비전에서 쓰인 것이며, 작가가 다만 끝맺음만을 희극으로 맺은 것이다.

셰익스피어의 모든 비극에는 황후 귀족 등 당당한 인물들이 등장한다. 그리고 그 비극은 주인공들의 성격 결함에 의한 내적 갈등이 보다 큰 비중을 차지한다. 이들 성격비극은 《로미오와 줄리엣》이나 그리스 비극 등의 운명비극과는 차원이 다른 것이다. 게다가 그 주제는 제왕의 이미지를 요란스럽게 울려대고 있고, 거기에는 국가 사회 질서의 파괴와 그 회복이라는 거대한 전제前提가 있게 마련이다. 실체와 외관은 깊이 통찰되고 이중영상은 심오하리만큼 입체적이며 동적이다. 《햄릿》은 너무나도 유명한 극이다. 이 주인공은 앞서 논한 에섹스 백작과도 일맥상통하는 점을 가지고 있다. 이 극에서도 인간 본질의 이원성이 여실히 파헤쳐지고 있다. 이성과 감정, 망상과 행동, 천사와 악마, 판단력과 피血의 복수 등 작가의 이중영상이 다각도로 표현된 작품이다. 《오셀로》만은 대비극들 중에서도 그 배경 설정이 특이한 극이다. 주인공들의 운명과 국가 사회의 운명과는 무관한 가정비극家庭悲劇으로, 신의와 질투와 음모를 주제로 한 비극이다. 《리어 왕》은 망은忘恩, 배신, 분노 등을 주제로 한 엄청나게 거대한 비극이다. 《맥베스》는 시역자弑逆者, 악인이 겪는 심적 고통을 그린 악몽惡夢의 비극이다. 같은 악인이라도 리처드 3세는 맥베스와 같은 심적 고통을 겪지 않고 악을 실컷 발휘한 뒤 그저 절망 속에 죽을 뿐이다. 맥베스 또한 절망 속에 죽는다. 다른 비극의 주인공들이 영혼의 구원을 받고 죽는 데 반해 맥베스는 절망 속에 죽는데, 이보다 비참한 비극은 없을 것이다. 《안토니우스와 클레오파트라》와 《코리오레이너스》는 《줄리어스 시저》와 더불어 로마사史에 의거한 사극들이다. 《안토니우스와 클레오파트라》는 취약한, 또는 위선적인 애국심을 바탕으로 한 거인巨人의 비극에다, 군중群衆의 가공할 힘을 보여주고 있다. 《아테네의 타이먼》은 《리어 왕》과 쌍둥이로, 그 사산아死産兒로 보일 만큼 주인공의 인간 혐오와 망은의 주제가 자못 시니컬하다.

1607년 6월 5일 셰익스피어는 고향으로 돌아왔다. 장녀 스잔나는 유능한 의사 존 홀과 결혼했다. 1608년 2월 7일에는 외손녀 엘리자베스의 탄생을 보았다. 이 무렵 영국의 극장은 종래의 노천극장보다 옥내 소극장으로 그 취향이 변해갔다. 셰익스피어 극단은 이미 오래전부터 블랙프라이어즈 옥내 소극장에서 겨울철이나 야간이나 우천雨天에도 귀족 등 소수의 고급 관객들을 상대로 공연을 하고 있었다.

셰익스피어가 만년에 정착한 것은 로망스(낭만극)였다. 낭만극은 또한 이 무렵의 조류이기도 했다. 그의 낭만극은 모두 음모, 배신에 의한 골육骨肉의 이산離散으로부터 재회와 상봉, 그리고 관용과 화해를 주제로 한 것이었다. 《페리클리즈》, 《심벨린》, 《겨울밤 이야기》 등은 모두 그와 같은 골육의 상봉과 관용의 극들이다. 마지막 로망스 《태풍》의 주인공이 마魔의 지팡이를 바닷속에 버리고 귀향하는 모습은 극작劇作의 영필靈筆을 버리고 귀향하는 작가 자신을 연상케 한다. 비극으로부터 낭만극으로의 변천을 두고 셰익스피어 자신의 신교로의 귀의歸依라고 논하는 상징주의적인 해석도 있다. 이제 비극 시대와 같은 고뇌와 부조리는 가시고 신에 귀의한 종교적 신앙의 은총만이 유난히 돋보이게 된다. 마지막의 또 한 편의 고립된 사극 《헨리 8세》는 합작合作 설이 유력하다.

셰익스피어는 젊어서부터 건실하고 실리적인 경제관념을 가지고 있었고, 생활 태도에는 절도가 있었으며, 성품은 온화하고 언행이 일치했으며, 고향으로 은퇴할 무렵에는 생활이 윤택했다. 은퇴한 후에도 가끔 런던을 방문한 듯하다. 그의 은퇴 후, 벤 존슨이 영국 최초의 계관시인桂冠詩人이 된 것을 축하하며 몇몇 친구들과 모여 주연을 가졌는데, 셰익스피어는 그때 병을 얻어 사망했다고 전해져오고 있다. 향년 52세, 1616년 4월 23일이 그의 기일忌日이다. 그의 유해는 고향의 홀리 트리니티 교회당 가장 안쪽에 가족들의 유해와 함께 잠들어 있다.

셰익스피어의 전기 기록은 당시 문인의 사회적 지위로 비추어 볼 때 놀라울 만큼 풍부한 셈이며, 정통파 학설은 스트랫포드 출신의 극작가 셰익스피어를 믿어 의심치 않지만, 일반 저널리즘 계통으로부터 심심찮게 그의 생애에 관해 이설異說이 제기되고 있다. 독자들의 오해를 풀기 위해 이설의 정체를 간단히 소개해두겠다. 그 하나는 1759년 어느 광대극의 다음과 같은 대사에서 비롯된다.

"셰익스피어의 저자는 벤 존슨이다."

"아니다, 그것은 피니스(종막終幕)이다. 그의 전집 맨 끝에 그렇게 적혀 있지 않더냐."

이와 같은 웃지 못할 대사가 있지만, 이로부터 약 100년 후 셰익스피어의 저자는 프랜시스 베이컨이라는 이설이 자못 심각하게 대두되기 시작했다. 그런데 이 이설들의 바닥에는 다음과 같은 의혹이 깔려 있다. 셰익스피어와 같은 엄청나게 위대한 시詩와 철학을 과연 어떤 사람이 죄다 지닐 수 있겠는가? 이것이 가능하다 치더라도 그 사람은 박식하고 세도 있고 견문이 넓으며 외국어에도 능숙한 사람이어야지 않겠는가? 그렇다면 스트랫포드 출신의 저 촌뜨기 배우가 과연 그렇다는 증거가 어디 있는가? 정통파의 견해로는 당시의 문인치고 셰익스피어는 전기의 자료가 많은 편이라고는 하지만, 그의 공적·사적·외적·내적인 사실事實과 기록은 그토록 위대한 작가의 기록치고는 아주 적은 편이다. 그래서 그를 우상같이 숭배하는 사람들은, 역설 같지만 그 우상의 진흙으로 만들어진 다리를 찾기 시작했는데, 범인凡人은 그와 같이 위대한 작품을 쓰지 못할 것이며, 따라서 셰익스피어는 범인일 수 없을 것이요, 그 작가는 그와 같은 요건을 충족시키는 특수 인물일 거라는 것이다. 이것은 마치 추리소설과도 같은 이야기다. 여기에 또 한 가지 중요한 충족 요건이 있다. 그것은 그가 어떤 이유 때문에 자기의 이름을 정면으로 밝힐 수 없었을 것이라는 것이다.

프랜시스 베이컨이 같은 시대인으로서는 그와 같은 요건을 모두 갖추고 있다고 하여 베이컨을 셰익스피어 극의 작가라고 하는 주장이 특히 미국에서 한때 상당히 유력했다. 게다가 베이컨은 또 암호법暗號法에 조예가 깊었는데, 작품 속에 저자가 베이컨임을 알아볼 수 있게 한 암호들이 산재해 있다는 것이다. 예를 들면 《사랑의 헛수고》(제5막 제1장)에 나오는 'honorificabilitudinitatibus'라는 조어造語의 뜻이 "프랜시스 베이컨의 정신적인 소산인 이 극들은 후세에 영속하리라."를 뜻하는 라틴어의 암호라고 풀이하는 학자도 있다. 다음으로 그의 극이 집단集團의 소산이라는 이설이 있는데, 그 근거는 그의 극의 출원이 여러 가지로 확실한 것으로 미루어, 각색 또한 여러 사람의 공동 집필로 이루어진 것이며, 프랜시스 베이컨·말로·롤리·더비 백작·러틀랜드 백작·뱀브로크 후작부인 등의 집단 집필로서, 이때 연극의 기교에 관한 전문 지식이 요청되었을 것이므로 셰익스피어는 그 편찬 또는 교합校合 같은 일을 했으리라는 것이다.

셰익스피어의 결혼에 관계되는 기록으로는, 1582년 11월 27일자 우스터 감독교구 기록에 "Wm Shakespeare and Anne Whateley"라는 기록과 그다음 날짜에 "William Shakespeare to Anne Hathaway"라는 기록이 있다. 정통파에서는 'Whateley'는 'Hathaway'의 오기誤記일 거라고 보고 있지만, 1939년과 1950년에 각각 다른 스코틀랜드 학자가 주장하기로는 미스 휘틀리는 셰익스피어의 애인으로 앤 해서웨이에게 패배하여 수녀가 되었는데, 셰익스피어와 정신적으로 결합하여 그와 같은 극을 함께 제작했으리라는 것이다.

다음으로는 말로 설이 있다. 셰익스피어와 태어난 해가 같으나 요절한 말로의 셰익스피어에 대한 영향은 정통파에서도 인정하고 있는 바이지만, 근래에 미국의 신문기자 캘빈 호프맨은 《셰익스피어라는 사람의 살해 문제》라는 저서에서, 말로는 그의 후원자인 토머스 월징엄T. Wal-singham 경의 사주자들의 손에 살해된 것이 아니라, 그가 무신론자로서 처형되는 것을 미리 막기 위해 월징엄 경이 살해를 가장하여 그를 은신하여, 셰익스피어라는 이름으로 극작을 발표한 것이라고 주장했다. 호프맨은 또한 월징엄 경의 무덤을 발굴하는 허가를 얻어 발굴에 착수했으나, 거기에 있으리라고 예상했던 셰익스피어의 원고는 발견되지 않았고 미처 무덤 현실玄室까지도 파 들어가지 못한 채 발굴을 중단당한 일이 있었다. 그래서 요사이 스트랫포드에 있는 셰익스피어의 무덤을 다시 발굴해보자는 의견도 있다.

다음은 옥스퍼드 백작 설이다. 옥스퍼드 백작 에드워드 드 비어의 가문家紋의

하나로 사자가 창을 휘두르고 있는 모양이 있고, 그의 별명이 '창을 휘두르는 사람'이었으며, 그는 사우댐턴 백작과 더불어 셰익스피어의 후원자로 알려진 사람인데, 사우댐턴 백작이 그와 엘리자베스 여왕 사이의 소생이라는 풍문이 나돌 정도였던 만큼, 그와 궁정과의 어떤 부득이한 사정 때문에 그는 자기의 작품에 셰익스피어라는 가명을 사용했거나, 스트랫포드 출신의 배우 셰익스피어의 이름을 빌려 쓴 것이라는 이설이 있다.

또 셰익스피어라는 스트랫포드 출신의 고리대금업자가 궁색한 극작가들에게 금전을 융통해준 대가로 작품의 작가를 자기 이름으로 하게 했을 것이라는 이설도 있다.

또 하나의 이설은 그의 《소네트집》에 나오는 'Mr. W. H.'가 누구냐, '흑발의 미녀'나 '미청년'은 과연 누구냐 하는 것이다. 그의 소네트가 원래 개성적인 요소를 강하게 풍기고 있기 때문에, 이 점들에 관해서는 정통파 학자들 사이에도 논쟁이 분분하지만, 말로 설을 주장하는 이들은 '미청년'을 당시의 동성애와 관련시켜 말로의 동성애를 증거로 셰익스피어 소네트의 저자를 말로라 단정하고, Mr. W. H.를 앞서의 월징엄의 약기略記라고 주장한다.

같은 자료와 같은 사실을 가지고 이설들은 이렇게 기묘한 결론에 도달하고 있지만, 오늘날 정통파 학자들은 이에 대해 냉담한 반응을 보일 뿐이다.

2 셰익스피어의 비극

셰익스피어는 40세 전후에 이르러 경험이 풍부해지고 극작술이 성숙해지면서 종래 누차 기도하여 실패했던 비극 문제를 본격적으로, 그리고 성공적으로 다루게 된다. 비극, 적어도 셰익스피어의 비극은 여러 갈등 요소를 단일화한 복합체요, 인간 경이驚異에 외구畏懼하며 인간의 무력함에 위축萎縮한다. 악의 깊은 의식에 근원하면서도 영원한 선善에 대한 신념을 버리지 않는다. 우주적인 주제를 가지면서도 무대 위에는 피와 살을 가진 인간이 등장한다. 그리고 깊은 연민과 더불어 무자비하다. 인간 운명의 자기 책임과 빈틈없는 신의神意를 인지한다. 행위에는 반드시 인간에 대한 사랑이 따르면서도 격정의 절정에서 비극적 정신은 인간 의구疑懼에 지배되게 마련이다. 생명을 안고 있으면서 죽음을 두려워하지 않는다. 위의 어느 한 요소만이 강조되어도 비극의 형식은·붕괴되기 쉽다. 셰익스피어라 할지라도 고양高揚된 순간에는 상상과 기교를 극도화시킨 나머지 균형을 잃는 경우가 있었다.

비극을 연대별로 나열하면 다음과 같다. 《타이터스 앤드로니커스》, 《로미오와 줄리엣》, 《줄리어스 시저》, 《햄릿》, 《오셀로》, 《리어 왕》, 《맥베스》, 《안토니우스와 클레오파트라》, 《코리오레이너스》, 《아테네의 타이먼》이다.

셰익스피어는 습작기에 벌써 희극과 비극과 사극을 모조리 실험했는데, 이 습작기에 실험한 비극이 《타이터스 앤드로니커스》라는 당시 유행한 유혈복수비극이다. 로마 퇴폐기의 황제 새터나이너스는 장군 타이터스 앤드로니커스의 성망聲望을 시기하여 비妃 태모러와 공모하여 타이터스의 딸 러비니어를 욕보이고, 또 그의 두 아들을 죽인다. 이에 깊은 원한을 품은 타이터스는 복수를 맹세하고 미친 체하며 기회를 기다려 마침내 황제의 두 왕자를 죽여 그 인육人肉을 황제와 왕비에게 먹인다. 그러나 결국은 타이터스를 비롯하여 러비니어, 황제, 왕비 모두 횡사하는 처참한 결말을 맺는다.

이것은 아마도 다른 사람의 원작을 개작한 듯하다. 셰익스피어에 의하여 정점에 도달했던 엘리자베스조朝 비극의 중요한 여러 문제가 미숙한 작품인 만큼 더욱 선명하게 드러나고 있다. 복수의 주제, 주인공의 광란, 잔학 행위, 여러 인물의 살해 등은 세네카의 영향이다. 이러한 세네카적인 요소는 이 작품뿐만 아니라 엘리자베스조 비극 전반에 걸쳐 영향을 주었다.

셰익스피어는 제2기에도 한 편의 비극을 시험해보았다. 《로미오와 줄리엣》이라는 운명비극이 그것이다. 이 비극의 주인공들은 확실히 별[星]의 비운을 타고난 연인들이며, 두 사람의 비극은 불운한 우연의 결과였다. 두 원수 거족巨族의 영식 令息과 영양令孃이라는 숙명도 숙명이거니와 두 사람은 처음부터 끝까지 불행한 우연의 연속이다. 이 비극은 셰익스피어의 청춘의 시정時情이 넘쳐흐르는 서정書情적인 정열을 가지고 노래 불러본 것이다.

셰익스피어의 사극에 영향을 준 《왕후 귀감王侯龜鑑》은 셰익스피어의 비극에도 영향을 주었다. 작자 미상의 이 작품은 왕후의 몰락 원인을 범한 죄의 대가인 형벌, 즉 인과응보로 돌리는 한편 다른 면으로는 운명의 변덕으로 돌린다. 비극의 동인動因이 과연 인간 내부에 있는 것일까, 외부에 있는 것일까? 운명의 수레바퀴와 죽음을 잊지 말라는 그러한 중세적인 이념은 인생의 무상함을 느끼게 하고, 변화무쌍한 운명에 공포를 느끼게 한다.

영국 중세의 왕후 귀족들이 자기 죄업 때문에 비극을 맞는 것이라면 운명만을 저주할 수는 없다. 그러나 왕후의 몰락은 무상관無常觀을 자아낸다. 이래서 운명비극과 성격비극은 복잡 미묘한 관계가 연결된다.

그뿐만이 아니었다. 중세기적 운명관은 르네상스 시기에 와서 그 이념이 달라졌다. 즉 근대화하였다. 비극의 종말은 죽음인즉, 그것은 그리스 비극의 응보應報의 여신과 같이 필연적인 것이어야 할 것이며, 근대 비극의 탄생 시에는 그러한 궁극적인 힘에 대한 개념이 결핍됐으나, 이는 기독교가 비극이라는 개념을 파괴해버렸기 때문이었거니와, 이리하여 엘리자베스조 비극 작가들은 기독교적인 요소를 인식의 배후로 물리쳐버리고 비극에 없어서는 안 될 불가피성, 궁극적인 필연성을 다른 곳에서 찾아야만 했다. 그 가장 효과적인 것은 인간의 개성이라는 새로이 발견된 경탄, 인간 예찬人間禮讚이었다. 즉 인간 의지의 깊숙한 곳에 정열의 추측할 수 없는 힘과 설명할 수 없는 충동적인 행동이, 결정적인 것은 아닐지

언정 명백히 인간 운명을 형성하는 힘으로 인식되었다.

결국 엘리자베스조 극에서의 성격은 운명의 전부는 아니더라도 운세運勢의 형성자가 되고, 비극은 그 불가피성의 근원을 인간과 세계의 상호작용 속에서 발견하며, 이 상호작용 안에서 심리적 인과관계를 포착하기는 어려우나, 미묘한 연관聯關이 극중 사건에 우주적 질서의 충분한 외관을 부여해준다고 하겠다.

셰익스피어의 비극기는 《줄리어스 시저》에서 출발하며, 이 희곡은 시역弑逆과 독재에 대항하는 자유와 그 귀결, 그리고 반역자의 운명과 로마의 미래에 대한 문제를 제시한다. 이 두 희곡이 동일한 충동적 직관의 소산일 때 인간 질서의 파괴와 이에 기인하는 무한한 불행, 악의 횡행들의 직관에 고민하고, 그 연극적인 처리를 기도하던 차에 마침내 《줄리어스 시저》의 주제가 알맞은 소재를 제공한 것이라고 볼 수 있겠다.

그러나 여기서 곧 난점이 생긴다. 시저와 브루투스의 이야기는 너무나 유명한 데다가 하나의 사실史實이기 때문에 자의적恣意的인 처리에 제한을 받지 않을 수 없다. 셰익스피어는 질서의 이미지와 이 이미지의 파괴자가 필요했다. 그러나 작품상의 브루투스는 관대하고 정직한 인간이요, 이러한 인물이 그러한 행위를 하려면 동기가 있어야 했다. 따라서 시저의 묘사는 위인으로 구상화할 수도 없거니와 단순한 상징화로 그칠 수도 없는 노릇이다. 그렇다면 셰익스피어가 당면한 소재와 직관 사이의 어긋남은 명백해진다. 고귀한 정신을 가진 브루투스는 시역에 가담하기에 앞서 캐시어스와 캐스커로부터의 자극이 필요해진다. 셰익스피어는 플루타크 원전原典에 따라 시저의 독재성을 실마리로 삼을 수도 있었을 것이다. 그러나 그렇게 했다면 그의 직관과는 전혀 다른 작품이 되고 질서관은 폭군의 이미지로 변질했을 것임에, 셰익스피어는 도리어 브루투스의 입을 통하여 시저의 덕을 강조하고 있다. 그렇기에 이 소재를 처리함에 있어 셰익스피어는 제한을 받아 기본 골자를 자의대로 변경하지는 못했다.

셰익스피어가 당면한 문제는 이것만이 아니다. 플루타크에서 언급된 시저의 육체적 결함을 강조함으로써 우리의 경외심을 감소시키기는커녕, 그러한 인간의 영혼에 외구畏懼를 자아내고, 시저의 혼백은 희곡 전체를 엄습하여 질서의 이미지는 여전히 산다. 시저 모살謀殺 후의 로마는 혼돈에 휩쓸린다. 이리하여 질서 파괴 후의 분열상은 묘사되나, 그것은 두 개의 연극적 모순을 낳는다. 첫째, 안토니우스나 옥타비아누스나 그 어느 쪽도 질서의 회복을 상징하지 못한다. 둘째, 우리의 관심은 브루투스와 캐시어스 사이에 분열된다. 브루투스의 사후, 회복된 질서의 상징자는 등장하지 않음에, 이 작품 마지막 대사는 쓰러진 영웅의 시체에 대한 찬송이기도 하지만 보다 근본적 의미인즉, 브루투스는 정직하고 존경할 인물이기는 하나 그는 시역자이며 음모자요, 그의 타도를 작자는 "이 행복한 날"이라는 한마디로 정당화시킨 듯하다. 작자는 전개하고자 한 개념을 이 극에서는 완전히 전개하지 못한 것이라고 볼 수 있겠다. 그리하여 홀린세드의 《스코틀랜드 사기》에서 그가 희귀한 소재를 발견했을 때, 그의 정신은 비로소 점화點火되었으리라.

셰익스피어는 《맥베스》를 하나의 인간 정신으로 구상화시키고, 《맥베스》의 세계를 필요 불가결한 운동 원칙을 지닌 세계로 인식하여, 이 극을 각색한 것이라고 하겠다.

《맥베스》의 주인공은 상상력이 풍부하고 도덕관이 희박한 윤리적 불구자요, 야욕에 불타고 잔학한 악인이면서, 현세적인 보복이 두려워 공포에 떠는 인물이다. 그는 장엄한, 또는 외구할 인물인 양 착각되기 쉽지만, 그가 마녀들의 유혹에 동요하여 악으로 발을 내딛는 순간부터 그의 육체와 영혼은 내적 갈등에 시달린다. 이들 부부가 공동 작전으로 시역을 감행할 때 찬탈한 왕관에는 평화와 만족이 아니라 공포와 고민과 무의미가 따랐을 뿐이니, 그는 계속 극악을 행사할 따름이다. 정당한 왕위를 탈권한 이 쿠데타의 주인공이 정적政敵들을 타도하고 국민 대중을 수탈收奪하여 국가를 아비규환의 수라장으로 휘모는 그 폭군적 양상은 차마 볼 수 없을 정도이거니와, 그는 어차피 붕괴 일로를 치달아 구원될 길이 없는 나락에 떨어지게 마련이지만, 그와 같은 절망 속에 죽고 마는 비극의 주인공보다 더 비참한 일은 없을 것이다. 그러나 이 악인이 쓰러짐과 동시에 그가 파괴한 국가 사회 질서는 회복되고, 선과 이성은 다시 움을 트기 시작한다. 대질서 심판은 내린 것이다.

《맥베스》는 대부분 밤의 암흑 속에서 사건이 진행된다. 이 암흑 안에서는 핏빛, 불빛 등이 번뜩이고 거기에는 늘 악이 편재偏在하고 있다. 이 암흑은 배경이라기보다 극의 공간적 분위기인 것이다. 악이 패하고 선이 찾아올 무렵에야 비로소 이 암흑은 거두어지게 마련이다. 그뿐 아니라 극은 어리둥절한 의문과 풍문들이 주는 당혹 속에 진행된다. 악의 화신이요, 주인공의 의지의 중추신경이라고도 할 마녀들의 예언도 불가해하고 불가사의하다.

이와 같은 분위기 속에서 함축적이며 폭력적인 용어와 거대 준엄한 어법을 써서 극이 속도감 있게 진행되어, 전체적인 인상은 맹렬하고 집중적이다. 인물들이 시상과 감정을 표현하는 그 함축적인 이미지들도 그러하다. 더구나 처음부터 끝까지 역천적逆天的인 심상들이 가득 차 있다. 주인공을 어울리지 않는 옷을 입은 사람에 비유한 옷의 심상, 악몽에 시달리는 수면, 순리를 어기는 동물들, 천지의 변고와 괴변, 징글맞은 동물들, 가치 판단을 전도하는 마녀 등 자연의 이理의 역행을 표현하는 이러한 심상들은 주인공들의 비인간적인 악의 행위를 더욱 효과적으로 돋보이게 할 뿐 아니라, 이 양자가 상호 유기적으로 결합하여 결국 이 극전체의 공간적이고 분위기적인 주제를 조성해낸다.

악이 선을 상극相剋하고, 무질서가 질서를 파괴하는 그러한 충돌상은 인간 사회에 흔해빠진 현상이다. 그러한 진부한 현상 중의 한 단면을 셰익스피어는 깊이 통찰하여 마치 지옥도地獄圖를 우리 눈앞에 전개시키듯 연극적으로 뛰어나게 처리하였기 때문에, 이 극의 예술성은 영구하고도 사차원적四次元的인 것이다.

《줄리어스 시저》에서 셰익스피어는 사실史實에 구애를 받지 않을 수 없었다. 그러나 맥베스 전설에서는 상상을 한껏 고양시킬 수 있었다. 본래 그의 영상映像은 우주적인 것이며, 《맥베스》에서 그는 악 자체가 요구하는 불가사의한 신비를 가지고 악을 묘사한다. 이미 초기 작품들에서 볼 수 있었던 이들 비전은 이제 한층 더 추진됨에, 궁극적인 선善에 대한 확신, 이것 외에는 온갖 것이 모호하며 확실한 것이라고는 하나도 없다. "고운 건 더럽고, 더러운 건 곱다."(제1막 제1장)라는 역설적인 대사도 불가해하거니와, 《맥베스》의 진범의眞犯意 또한 수수께끼여서, 이 희곡은 형이상학적인 신비를 우리에게 보여준 것이라 하겠다.

이보다 앞서 완성된 《햄릿》은 가장 유명할 뿐 아니라 셰익스피어의 비극관이 가장 잘 표현된 작품이다. 오늘날 비평가들 중에서는 《햄릿》의 예술적 실패를 지적하는 경향도 있지만 이는 신기新奇를 찾는 괴벽이거나 아니면 자연적인 것, 상식적인 것을 정시正視하지 못한 탓이겠다. 셰익스피어는 다른 어떤 작품보다도 이 작품에서 현실의 비전을 절실하게 재현시켰으며, 다른 어느 작품보다도 강력히 우리의 공감을 일으키고 있다. 《햄릿》에 관해서는 셰익스피어의 어느 작품보다도 논쟁이 분분하였으나 자연적으로, 상식적으로, 그리고 소박하고 솔직하게 해석을 한다면 여러 학자들이 당혹한 것과 같은 심각한 문제들은 쉽게 해명될 듯하다. 《햄릿》에서 우리는 강렬한 인상을 받는다. 첫째, 햄릿 왕자는 인간 예찬자다. 군인, 학자, 정신廷臣에 대한 예찬자다. 둘째, 그는 용감하고 철저하고 미덕을 지닌 훌륭한 인물이다. 셋째, 우리는 햄릿 안에서 우리와 공통하는 인격을 발견한다. 이는 범인凡人의 그것보다는 위대한 것이지만 본질적으로는 다를 바 없다. 넷째, 햄릿은 갖가지 상관관계 속에 처해 있으나 이 관계 또한 우리에게 낯익은 그것이다. 우리는 누구나 친구, 적, 친척, 사회, 신 등과의 여러 가지 복잡한 인연 속에 처해 있는 존재인데, 비극의 주인공 중에서 햄릿만이 위와 같은 모든 인연을 전부 다 지닌 인물이다. 그에게는 친구와 적과 애인이 있다. 아직도 뇌리에 아른거리는 망부亡父와 재가한 모친이 있으며, 또한 그의 정치적인 영역이 있다. 그는 또한 개막에서 폐막까지 인간 지혜 밖의 불가사의한 세계와도 관계를 맺고 있다. 햄릿은 왜 복수를 망설였는가? 이것이 《햄릿》 비극의 초점이라 하겠는데, 종래 여러 학자들이 여러 관점에서 이 숙제를 풀고자 애써왔다. 그런데 이와 같이 복잡한 환경 속에 처해 있는 햄릿이 어찌 간단하게 결단을 내릴 수 있겠는가. 사실 우리는 인생행로에서 여러 가지로 상상도 못 하던 충돌을 경험하게 마련이며, 우리는 또한 아무리 무지하고 내성적이지 않은 성격이라 해도 주위 현상에 당혹하고 결단을 내리지 못하는 경우가 있게 마련이다. 심리적으로 감상하면 햄릿의 성격상의 모순당착은 우리의 현실이 그러하듯이 시공時空을 초월한 이 극의 위대성인즉, 흔히 있을 수 있는 성격의 형을 발견하여 이를 다양하게 성공적으로 전개시킨 셰익스피어의 솜씨 탓이겠다. 햄릿은 셰익스피어가 창조한 모든 인물을 한 몸에 집약해 가진 성격이다. 그는 감상적이고, 명상적이고, 행동적이며, 현실적이고, 이상을 지니고 있으며, 이성과 감정을 함께 지닌 인물이다. 그러나 상징주의 비평가들이 말하듯이, 그는 과연 죽음의 사자使者일까, 생명의 이미지일까? 아무튼 햄릿의 비극은 셰익스피어의 인간극人間劇이라 할 수 있다.

4대 비극 중에서 《오셀로》만은 가정 문제를 다루고 있으며, 장대한 희곡임에는 틀림없으나 다른 3대 비극만한 깊이를 지녔는지 의심스럽다. 셰익스피어는 음모를 주제로 하여 적어도 네 편의 작품을 각색하였지만, 이 비극에서의 그 주제의 사용은 흥미 있고 의의 있는 일이라 하겠다. 《오셀로》는 저 음모희극들에서의 낭만적인 줄거리를 비극적으로 처리한 것이라 할 수 있다. 희극에서 히로나 이모젠이나 허미어 등이 죽음을 면하는 데 반해 데스데모나는 죽을 숙명이요, 오셀로 또한 클로디오나 포스튜머스와 달리 무고한 아내를 교살한 뒤에야 진리를 깨닫는다. 이 점이 다를 뿐 양자는 동일하다. 외적인 면뿐 아니라 내적 개념 또한 동일한 듯하다.

셰익스피어는 한 가지 점만 제외하면 친티오의 원전을 정밀히 따르고 있으며, 이 예외는 특별한 의미를 가지고 있고, 이 점이 곧 성격과 사건 등에 대한 셰익스피어의 태도를 해명해주는 실마리가 되겠다. 즉 명백히 고의로 셰익스피어는 기만당한 책임을 오셀로와 데스데모나에게 지우고 있으며, 이리하여 이들을 음모자 이야고와 인연을 맺게 한다. 두 사람의 사랑과 결혼이 어찌나 비밀리에 진행되었던지, 데스데모나의 부친조차 처음엔 그것을 믿지 않을 정도이다. 이야고의 음모에서 확실히 볼 수 있고 비밀 결혼에서 암시된 이 직접적인 기만은 또한 자기기만自己欺瞞과 밀접하게 맺어져 있다. 오셀로의 인간관은 정확성을 잃고 있으며, 그는 남녀를 낭만적인 이상주의로 보고 있고, 데스데모나는 인간의 추악상을 인식하길 거부하니, 그녀의 관점 또한 오셀로와 마찬가지로 오류를 범하고 있다. 이야고 역시 인간을 현실과는 다른 관점에서 인식하고 있다. 데스데모나가 아내란 부정不貞할 수 없다고 믿고 있는 데 반해, 여자란 죄다 음탕하다는 것이 이야고의 신념이다. 양자의 관점은 다 현실과는 어긋남이 있다.

이 기만과 자기기만이라는 주제가 주는 무대 장면과 파도 같은 시詩는 다른 극에 비해 특출한 바가 있지만, 셰익스피어가 본래 의도한 바를 충분히 전개시켰는지는 의심스럽다. 셰익스피어의 비극은 거의 다 아득한 옛날을 시대 배경으로 하고 있고, 또한 여기에 비극적 특징이 가장 잘 발휘되고 있는 데 대해, 《오셀로》만은 초자연적 요소는 회피되고 음모와 이에 따르는 질투 등 전체 분위기가 자못 가정적이어서 입센의 근대극을 방불케 하며, 이것 또한 이 극의 특색이라 하겠다. 이 극은 또한 오셀로와 데스데모나의 조화된 음악을 이야고의 냉소 정신冷笑精神이 교란, 부정하는 작품이라고 하겠다.

《리어 왕》은 어찌나 위대한 비극인지 효과적인 무대 상연은 도저히 불가능하다고 말한 비평가도 있었다. 이 극 또한 배신이라는 셰익스피어 비극의 공통된 주제를 망은이라는 구체적인 배신 행위로 일관하여, 주인공은 분노에 몸부림친다. 배신이라는 행위를 달리 표현하면 외관과 진실 사이의 어긋남으로, 햄릿은 정숙한 여성이라는 외관 밑에는 음란한 창녀가 숨어 있다고 생각했다. 그리고 던컨왕은 맥베스 부인의 환대 밑에 숨은 야망을 알지 못했다. 그뿐 아니라 맥베스 자신도 왕관을 얻는 대신 안면安眠을 잃을 줄은 몰랐던 것이다. 던컨을 시역함으로써 실은 자기의 안면을 질식시켰다는 사실을 자각하는 데서부터 맥베스의 비극은 시작된다. 《리처드 3세》의 비극은 바로 그 시점에서 끝났다. 동일 시점이 《리처드 3세》에서는 종점이 되고, 《맥베스》에서는 기점起點이 되는 것을 보아도 셰익스피어의 발전을 알 수 있다.

셰익스피어의 이중 비전은 이 극을 사상극으로 만드는 것을 제어하고 있지만, 그러나 셰익스피어의 동정同情이 어디에 있는지는 쉽게 알 수 있다. 셰익스피어는 확실히 주지론자主知論者는 아니요, 그의 눈에 과학자는 이단자같이 비쳤을는지도 모른다. 그에게 우주는 신비스러운 존재요, 대우주와 소우주는 조화를 이루고 있는 것이다. 이와 같은 질서 안에서 그에게는 충성이 가장 큰 미덕으로 비쳤고, 망은은 가장 큰 악덕으로 비친 것이다. 충성은 정신을 맑게 하며, 망은은 영혼을 타락시킨다. 통찰이 날카롭지 못한 자는 과오를 범하는 경우가 있을지라도, 그 과오는 시련을 겪음으로써 수정될 수 있는 것이다. 배신, 망은, 이기, 야욕, 욕정 등은 다 절망적이며 구원의 길이 없는 것이다.

리어 왕은 큰딸과 둘째 딸의 아첨을 곧이듣고 그들 마음속에 숨은 사심邪心을 간파하지 못한다. 글로스터 백작은 서자 에드먼드의 위선에 환혹幻惑되어 그의 무서운 야망을 간파하지 못한다. 그러나 그는 두 눈을 뽑히고 맹인이 되어서야 비로소 적자 에드거의 효심을 심안心眼으로 알아보고 에드먼드의 궤계詭計에 자신들이 빠져 있는 것을 깨닫는다. 외관에 환혹되어 진실을 모르다가 맹인이 된 뒤에야 인간의 본질을 간파할 능력이 생긴다. 리어 왕 역시 미치고 난 뒤에야 비로소 코델리아의 성실한 효심을 깨닫는다. 그것을 알기 위해 두 눈을, 또는 정신을 잃어야 하는 두 노인의 가혹한 운명은 셰익스피어가 인간에게 바친 고뇌苦惱의 화환이요. 자기 자신에게 부과한 준엄한 시련이기도 했다. 더욱이 그만한 희생 의 대가로 진리를 깨닫게 된 리어 왕과 글로스터가 현실의 세계에서 무엇을 얻었 는가에 생각이 미칠 때 이 비극의 비장悲壯한 미美에 감명받지 않을 수 없으며, 현 상現像의 실재를 찾기 위해서는 지상의 행복을 포기할 수밖에 없었던 인간의 행· 불행을 초월하여, 인간 존재의 근본 문제를 제기한 비극이라 하겠다.

《리어 왕》의 인물들은 원시 시대의 인간상들이라고는 하지만 거의 상징적인 존 재인 것 같고 배경 또한 신비한 분위기에 싸여 있는 것만 같다. 원래 이 극의 비극 적 분위기는 감정과 지성 사이의 대조에서 성장한다. 어떤 의미에서는 《오셀로》 도 그와 같은 대조를 보여준다 하겠으나, 이 극에서의 대조는 보다 더 웅대한 형 태에서 이루어지며 그 안에 전 자연계를 포용한다. 인간들보다 바로 자연의 원소 들이 주인공같이 보일 정도인 것이다.

《안토니우스와 클레오파트라》의 연애 사건은 《트로일러스 크레시더》의 그것과 상관적인 것으로, 이 여주인공은 로맨틱한 로절린드나 비극적인 코델리아와는 전혀 이질적이다. 근래 이 극의 정묘한 표현을 강조하며 4대 비극과 같은 수준 으로 추켜세우려는 비평가들이 있다. 확실히 그 대사는 다른 작품에서는 보기 드 문 적절함과 긴장미를 지니고 있다. 성숙기의 셰익스피어가 대사를 당당히 구사 했음은 기정사실이다. 그러나 그 경탄할 만한 용어의 구사에도 불구하고 이 극은 4대 비극과 같은 압도적인 정서는 지니지 못하였다. 확실히 이 극의 우주적인 이 미지는 장려하며, 클레오파트라의 이중성격과 안토니우스의 사랑의 대조를 한 데 뭉친 기교는 특이하다. 그러나 시인에게 이미지는 목적에 대한 수단에 불과하 며, 궁극적 판단은 심상을 부분으로 하는 전체의 총체적 비전에서 이루어지게 마 련이다. 그렇다면 이 극의 우주적인 심상들은 중심 주제와 조화된다기보다는 인위적인 것이라 하겠다.

셰익스피어는 고대 로마를 취재하여 혼신의 힘을 다해 경탄심을 자아내려고 기대한 듯하나, 안토니우스의 본질적인 고귀성은 충분히 표현되지 못하고 만 것 같다. 클레오파트라가 안토니우스를 우주적인 심상을 가지고 칭찬하는 것과 같은 찬사 없이도 햄릿에 대한 우리의 경탄심은 즉각 환기된다. 황야의 참담한 리어 왕조차 왕의 위엄을 전신에서 분출하며, 오셀로의 위풍은 뚜렷하고, 살인자인 맥베스도 우리의 경탄심을 끌어낸다. 《안토니우스와 클레오파트라》의 결점은, 원래 비영웅적非英雄的으로 구상된 남녀 두 주인공이 행위 자체와는 일치하지 않는 웅장한 용어 안에 유폐幽閉당하는 사실이겠으며, 그리고 그것은 이 극의 만족스러운 상연을 어렵게 하는 까닭이 되기도 한다.

《코리오레이너스》 또한 비영웅적인 내용이 영웅적인 웅장한 껍질로 싸인 비극이다. 고결한 애국심이 비열성卑劣性과 엉켜 있으며, 셰익스피어가 어머니의 치마끈에 매달려 있는 장군을 풍자적으로 다루었는지도 모른다고 보는 비평가가 있을 정도이다. 배경은 강직한 로마 세계이지만, 셰익스피어는 이 세계를 햄릿이나 맥베스의 세계를 보듯이 외구심을 가지고 관찰한 것이 아니다. 셰익스피어는 자기의 관심과 환경을 일치시키고 어떤 쓴맛을 이 주제에 가미시킨 것이며, 플루타크의 사실史實을 충분히 가미한 것이다.

이러한 기분의 저 밑바닥이 반영된 것이 인간 증오의 주제를 극極한 《아테네의 타이먼》인데, 이 극에 대해서는 미완성설, 합작설, 개작설 등등 이론이 분분하다. 하지만 그것은 이 극의 내용 자체가 거장의 능력을 가지고도 만족스러운 비극으로 만들어내기는 매우 어려웠던 데에 있는 것 같다.

햄릿

《햄릿》은 작가가 인생과 우주를 통찰하고 기교와 표현이 성숙했던 시기의 작품
이다. 최초의 출판은 1603년으로, 이것은 관객의 속기速記에 의한 표절판이다. 최
초의 상영도 이 무렵이었다. 그 뒤 1603~1604년경에 출판된 양사절판良四切版은
분량이 전자의 거의 배가 된다. 부왕을 독살한 숙부에게 왕위와 어머니를 빼앗긴
주인공이 부왕의 망령으로부터 명령을 받는 복수의 줄거리는 13세기 초 덴마크
로부터 전해 내려온 것으로, 영국에서는 《원原 햄릿》이라는 제목으로 각색된 바
있는데, 이것은 '스페인 비극'의 작가 토머스 키드에 의해 이루어진 것으로 알려
지고 있으나 지금은 남아 있지 않다. 셰익스피어는 이것을 참고로 《햄릿》 극을 제
작한 것이 분명하다.

《원 햄릿》이 당시 유행했던 유혈복수비극인 데 비해, 셰익스피어의 《햄릿》은
복수에 초점이 맞추어지고 있으면서도 그 처리 방법이 전혀 달라지고 있으며, 오
직 주인공 햄릿의 인간상의 규명을 추구하고 있다. 민감한 햄릿은 덴마크의 궁정
에 숨어 있는 부패를 피부로 느끼고 있으나, 망부의 망령에 의해 폭로된 무서운
비밀을 알고부터는 현왕에 대해 분노를 느끼면서도 망령의 진실성 여부에 의문
을 품고 고민한다. 어머니의 조급한 재가再嫁에 대해서는 확고한 증오심을 느끼
고, 어머니의 사랑을 숙부에게 빼앗긴 데 대한 원한은 뼈에 사무치며, 어머니에
대한 증오는 전 여성에 대한 증오로 확대되어 애인 오필리어조차 버리고 마는 결
과를 낳고, 그리고 마침내는 여성의 상징인 생식력에 대해서조차 저주를 하게 된
다.

한편 숙부 왕의 범죄에 대해서는 극중극劇中劇에 의해 그 확증을 잡게 되고, 어
머니의 침실로 찾아가서 어머니를 맹렬히 비난하여 어머니의 마음을 두 갈래로
찢어놓고, 그리고 주제넘은 중신 폴로니어스를 왕으로 착각하여 살해한 다음,
마침내는 하늘의 대리代理로 나라의 기강을 바로잡아야 하는 자기의 임무를 깨

닫는다.

이제 극은 빠른 속도로 전개되고, 지금까지 우유부단했던 햄릿은 이미 회의와 번민과는 작별하여 행동의 인물로 변한 듯 맹활약하며, 또 신의 섭리에 대한 확신 아래 그의 일생의 막이 내려짐과 더불어 국가 사회의 대질서大秩序는 다시 회복하게 된다. 《햄릿》은 한편으로는 분명 당시 유행하던 유혈복수비극이었음에도 불구하고 그것만이 전부는 아니다.

사실 셰익스피어의 작품 중에서 이 극만큼 많은 문제를 내포하여 후세에 많은 논쟁을 가져온 작품은 없다. 특히 주인공의 성격을 해석하는 문제에서 갖가지 이론을 낳았다. 지금까지 가장 널리 행해진 비평은 햄릿을 반성反省 과잉의 지식인, 행동적이기보다는 망상적인 우울증의 성격으로 보는 비평으로, 이것은 19세기의 낭만적 비평가들의 평이었다. 이와 같은 심리적 비평 태도는 극단화되어, 주인공을 마치 환자를 다루듯이 병리학적으로 다루게까지 되었고, 심지어 어떤 심리학자는 햄릿을 오이디푸스 콤플렉스의 화신이라고까지 논하기에 이르렀다.

근대에 와서는 역사적 비평과 상징주의 해석에 의해 햄릿의 성격이며, 작품 세계의 시적 분위기 등이 한층 더 깊이 인식되고 있다. 상징주의 해석의 경우, 이 극의 병적인 이미지에 주목할 때 햄릿을 죽음의 사자로 보는 해석이 있는가 하면, 관점을 달리 하여 그를 생명의 이미지라고 주장하는 상징주의 해석이 나올 만큼 문제는 쉽지 않다. 이와 같이 문학 세계에서는 그 방법과 관점 여하에 따라 흑黑과 백白의 결론이 내려질 수 있는, 과학에서와 같은 단정적인 결론은 있을 수 없는데, 그 결론의 타당성 여부는 그것이 어느 만큼의 객관성을 지니고 있느냐에 달려 있을 것이다.

오셀로

《오셀로》에 관한 최초의 상연 기록은 1604년 11월 1일 '국왕 소속 극단'에 의

해 궁정에서 상연되었다는 기록이다. 제작 연대도 1604년으로 추정되고 있다. 최초의 인쇄판은 1622년의 사절판인데, 이 인쇄판은 비교적 인쇄상의 실수가 없는 양사절판이며, 또한 셰익스피어 사후에 출판된 사절판으로는 유일한 것이다. 제1이절판 전집은 다음해인 1623년에 출판되었다. 출원은 이탈리아인 친티오의 《소화백집小話百集》인데, 당시 아직 영어로 번역되어 있지 않았으니, 셰익스피어는 아마도 프랑스어 판을 참조했을 것으로 추측된다.

셰익스피어의 4대 비극은 1600~1606년 사이에 집필되었고, 따라서 이 기간은 작가의 가장 알찬 시기이기도 하다. 《햄릿》이나 《리어 왕》의 경우는 제왕의 주제가 드높이 노래되고 있으며, 주인공의 영혼의 갈등은 국가 사회를 뒤흔들고, 주인공의 죽음과 더불어 비로소 국가 사회의 질서는 다시 회복되고 그 영혼도 구제된다. 그러나 《오셀로》의 경우만은 주인공의 운명과 국가 사회의 운명과는 아무런 관계가 없다.

흑인이며 직업군인인 오셀로는 베니스 공국公國에 고용된 장군이고, 여주인공은 베니스 명문가의 규수이다. 흑인 중년 남자와 백인 처녀 사이의 결혼으로부터 극은 시작하여 이들의 파탄으로 극은 끝난다. 이렇게 이 극은 가정비극에 속하는 작품이다. 오셀로의 성격이 소박 단순하고, 그의 대사들이 로맨틱한 이미지들로 가득 차 있는 것만 보아도 그는 낭만적 이상주의자다. 한편 여주인공 데스데모나는 순진 소박하고 아름답고, 그리고 결혼 문제를 자기 의사로 결정하는 르네상스기의 자아각성自我覺醒적인 신여성이다. 이러한 두 남녀의 결혼은 처음부터 문제점을 안고 있기는 하지만, 제삼자가 개입하기 전까지 오셀로와 데스데모나의 세계는 완전히 조화된 음악의 세계였다. 그리고 그 음악은 천체天體의 음악만큼이나 조화된 음악이었다.

그러나 오셀로의 기수旗手 이야고는 이 화음을 불협화음으로 바꿔놓고 말겠다며 뛰어든다. 이야고는 오셀로의 아내와 캐시오가 밀통했다는 억지 구실을 만들어 보복을 결심한다. 부관 자리를 캐시오에게 빼앗긴 원한이었다. 이래서 그는 오셀로의 귀에 질투의 독을 부어 넣기 시작하여 마침내 오셀로로 하여금 아내의 부정을 믿게 만들고 만다. 이야고는 악마의 화신 같은 악인인데, 그의 악의 동기에 대해서는 소년이 개구리를 밟아 죽이는 것 같은 자기 힘의 과시라는 등, 무동기無動機의 동기라는 등 논쟁이 많지만, 그러나 샤일록의 경우처럼 원래는 줄거리에 요청되는 하나의 형식적인 악역에 지나지 않았던 것이, 작가의 관심이 이 악역으로 하여금 규정된 행동반경을 넘어 인간 악의 극한을 발휘케 해본 것이 아닌가 싶다. 오셀로는 자기는 쉽게 질투를 하지 않는 성격이라고 자기 입으로 말한다. 자기 입으로 쉽게 질투하지 않는 성격이라고 말한 주인공이 사랑하는 아내와 신임하는 부관보다는 별로 친밀하지도 않은 이야고의 말을 금방 곧이듣고 질투의 화신으로 변하고 마는 과정의 심리 묘사에는 모순이 있다고 지적된다. 원래 셰익스피어의 등장인물들은 시詩의 주민住民들이므로, 산문에서라면 오셀로의 경우와 같은 성격의 모순이 합리화되기 위해 세밀한 설명적 기술이 있어야겠지만, 그러한 심리적 모순이나 어긋남을 셰익스피어는 몇 줄의 시로 쉽게 극복하고 만다. 이러한 시를 우리말로 제대로 옮겨내기는 물론 거의 불가능한 일이다. 뿐만 아니라 이야고 같은 악마와 인간 오셀로와의 대결에서 인간의 패배는 숙명적인 것이다. 더구나 오셀로는 평소 이야고를 정직한 사람으로 믿고 있다. 순진한 오셀로는 이와 같이 이야고의 내심을 알아보지 못했던 것이다. 현상과 실체 사이의 파행, 이와 같은 이중영상의 주제는 셰익스피어의 다른 작품에서도 거듭 나타나는 주제이기도 하다. 이리하여 이야고는 그의 부정적인 동시에 냉소적인 사악성을 마음껏 발휘하여 오셀로의 애정과 영혼을 파멸시키고, 오셀로를 우매하고도 취약한 인물로 만들어버리고 만다. 그러나 절망 속에 죽은 맥베스와는 달리 오셀로의 비극은 죽음으로써 영혼의 구제를 받게 된다.

리어 왕

《리어 왕》의 제작 연대는 1605년으로 추정되고, 상연에 관한 가장 오래된 기록으로는 1606년 12월 26일 궁정에서의 상연 기록이 있다. 그리고 최초의 인쇄판으로는 1608년의 사절판이 있다. 리어 왕의 이야기는 12세기 초 먼모드의 제프리가 라틴어로 쓴 《영국 열왕기英國列王記》에 이미 등장하고 있으나, 이 극의 주요한 출전은 홀린세드의 《사기》인 듯하다.

아득한 원시 시대의 몽롱한 배경에서 벌어지는 배신과 망은의 이 비극은 극장에서도 도저히 효과적으로 상연해낼 수 없다고 생각될 만큼 그 규모가 우주적이며 거대하다. 그 등장인물들 또한 자칫하면 선인과 악인, 두 종류의 상징에 그치고 말 뻔할 정도로 보편적인 인물들이다. 리어 왕은 노령에 국토 분배에 있어 큰딸과 둘째 딸의 감언甘言을 곧이듣고 막내딸 코델리아의 솔직한 말에 격분한다. 셰익스피어의 다른 극에서도 되풀이되는 주제인 외관과 실재 사이의 어긋남을 리어 왕은 간파하지 못한 것이다. 그러나 이제 노왕老王은 차츰 진실을 깨닫기 시작하여, 마침내 폭풍이 몰아치는 광야에서 광란하고, 화륜火輪에 묶여서 고문을 당하는 것과 같은 지옥의 고역을 대가로 그의 광란한 마음은 비로소 실체를 파악하게 된다. 셰익스피어에게 충성과 망은은 가장 큰 미덕과 악덕의 대립적인 주제이기도 하다. 충성은 인간의 정신을 순화시켜주고, 악덕은 인간의 영혼을 지옥의 업화業火로 몰아넣게 마련이다. 맥베스의 말처럼 원래 서툰 배우에 지나지 않는 우리 인생은 지적인 통찰력이 결핍된 경우에는 실체를 파악하지 못하는 오류를 범하게 마련이다. 그러나 그러한 오류는 시련과 진통의 대가로 비로소 시정되게 된다. 글로스터 백작의 경우도 그러하다. 그는 서자 에드먼드의 교언巧言을 곧이듣고 적자 에드거의 진실을 멀리한다. 이 역시 허위와 진실을 간파하지 못한 경우이다. 그러나 그는 악인들에 의해 두 눈을 뽑히고 나서야 심안으로 진실을 보게 된다. 이와 같은 역설은 셰익스피어의 여러 극의 단면斷面이기도 하다.

리어 왕은 코델리아의 진실을 알아보지 못했던 탓으로 광란의 연옥煉獄을 헤매야만 했다. 그러한 리어 왕과 글로스터는, 그와 같은 시련의 대가에 의해 비로소 눈이 뜨인다. 그러나 이 극의 악인에 의해 표현되는 망은, 배신, 이기, 야욕은 구원받을 희망이 없는 것이다. 이 극의 선인들, 리어 왕을 비롯하여 글로스터, 켄트, 에드거, 코델리아는 모두 업화와도 같은 고난을 용케 이겨냄으로써 마침내 초월하는, 그리고 승화된 미美의 경지에 이른다.

이 밖에도 이 극은 여러 가지 문제를 내포하고 있다. 인간의 목숨을 파리 목숨같이 생각하고 있는 듯한 신神에 대한 문제, 선인과 악인을 가리지 않고 무자비한 듯 보이는 정의正義의 문제, 그리고 이 극에서 여러 번 되풀이되고 있는 자연의 심상 등등. 《리어 왕》 세계의 자연관은 불가사의하고 때로는 아름답기조차 하다. 이 극의 인물들은 숙명적으로 고난과 갈등을 안고 태어났으며, 그들은 동물로부터 인간으로 탈바꿈하는 데 커다란 진통을 겪어야만 했다. 그들의 마음은 모두 다 자기분열의 고통을 체험한다. 그러나 고난을 겪는 과정에서 계시적啓示的인 사랑과 위대한 신의 존재를 인식하게 된다. 더구나 이 극의 악인들은 자신과 타인들에게 불행을 안겨주고, 사악한 인간성은 자학적이자 자기모순적이다. 그러나 선인들뿐 아니라 거너릴이나 리건이나 에드먼드 등 악인들조차 마침내는 사랑을 깨닫고 사랑을 위해서 죽는다.

셰익스피어의 비극에서는 이와 같이 고난의 향불이 신의 제단에 바쳐짐으로써 인간의 영혼은 구제받게 되는 것이다.

맥베스

《맥베스》의 집필 연대는 1606년으로 추정되고 있다. 작가의 인간 통찰은 심오해지고 그의 창작력은 절정에 달해 있을 무렵이다. 최초의 상연 연대는 알 수 없지만 여러 가지 점으로 미루어 보아 1606년경으로 추정된다. 최초의 인쇄판은

1623년의 제1 이절판인데, 극장 대본의 사본寫本에 의해 인쇄된 것이라 생각되고 있다. 홀린세드의 《스코틀랜드 사기》에서, 맥베스가 던컨 왕을 시역하여 왕위를 찬탈해서 1040년에서 1057년까지 군림하다가 전前 왕의 아들에게 주살당하는 부분과 도널드가 더프 왕을 시역할 때의 내적인 동향, 동기, 반응 등에 관한 사실 史實의 기록을 자료로 하여 이것을 토대로 삼아 셰익스피어는 맥베스의 세계를 필요 불가결한 운동 원칙을 지닌 세계로 인식하여 이 극을 각색한 것이라고 하겠다.

이 극의 주인공 맥베스는 상상력이 풍부하고 도의심이 희박한 도덕적 불구자요, 야욕에 불타는 잔학한 악인이면서 현세적인 보복이 두려워서 공포에 떠는 인물로, 얼핏 보기에 사납고 의심이 많은 인물처럼 생각되기 쉽다. 그는 마녀들의 유혹에 동요되어 악으로 발을 내딛는 순간부터, 한 국가에 비할 수 있는 그의 인간성이 내란이 벌어진 국가처럼 혼란에 빠지며 기능은 정지되고 환상에 사로잡혀 내적 갈등에 시달린다. 이들 부부가 공동 작전으로 시역을 감행할 때 찬탈한 왕관에는 평화와 만족이 아니라 공포와 번뇌와 무의미가 따라왔고, 그는 계속하여 극악을 행사한다.

정당한 왕위를 탈권한 이 쿠데타의 주인공이 정적들을 타도하고 국민 대중을 수탈, 유린하여 국가를 아비규환의 수라장으로 휘모는 그 폭군상은 차마 눈뜨고 볼 수 없을 정도이며, 그는 어차피 붕괴 일로를 치달아 구원될 길이 없는 나락에 떨어지게 마련이다. 그러나 그와 같이 영혼의 구원을 받지 못하고 절망 속에 죽고 마는 비극의 주인공보다 더 비참한 건 없을 것이다. 이 악인이 쓰러짐과 동시에 그가 파괴한 국가 사회의 질서는 회복되고 선과 이성은 다시 움트기 시작한다. 대질서의 심판이다.

극은 대부분 밤의 암흑 속에서 진행된다. 이 암흑 안에서는 핏빛, 불빛이 번뜩이고 항시 악이 편재하고 있다. 이 암흑은 극의 공간적 분위기이다. 악이 패하고 선이 찾아올 무렵에야 비로소 이 암흑은 거두어진다. 또한 극은 어리둥절한 의문과 풍문들이 주는 당혹 속에서 진행된다. 악의 화신이요, 주인공의 브레인 트러스트라고 할 마녀들의 예언도 불가해하고 불가사의하다.

이와 같은 분위기 속에서 함축적인, 그리고 폭력적인 용어의 거대 준엄한 어법을 써서 속력을 가지고 극은 진행되어, 전체적 인상은 맹렬하고 집중적이다. 인물들이 사상, 감정을 표현하는 그 함축적인 심상들도 그러하다. 처음부터 끝까지 역천적인 심상들이 가득 차 있다. 주인공을 어울리지 않은 옷을 입은 사람에 비유한 옷의 심상, 시역의 대가로 영광이 얻어지기는커녕 악몽에 시달리는 수면의 심상, 순리를 어기는 동물들, 천지의 이변과 징글맞은 동물들, 가치 판단을 전도하는 마녀 등등, 자연의 이理의 역행을 표현하는 이러한 심상들은 맥베스 부처의 비인간적인 악의 행위를 더욱 효과적으로 돋보이게 할 뿐 아니라, 이 양자가 상호 유기적으로 결합하여 결국 이 극 전체의 공간적이고 분위기적인 주제를 조성해낸다. 던컨 왕은 맥베스의 역심을 간파하지 못한다. 맥베스의 미소 뒤에는 비수가 숨겨져 있다. 이와 같이 외관과 실재 사이의 파행은 셰익스피어 극에서 되풀이되는 주제이다.

악이 선을 상극하고 무질서가 질서를 파괴하는 이러한 충돌상은 인간 사회의 보편적인 현상이다. 그러한 진부한 현상 중의 한 단면을 셰익스피어는 깊이 통찰하여 마치 지옥도를 우리 눈앞에 전개시키듯 그것을 연극적으로 탁월히 처리하였기 때문에, 이 극의 예술성은 영원한 셈이다.

로미오와 줄리엣

이 극은 1597년에 처음 사절판으로 출판되었는데, 이것은 악惡사절판이며, 1599년에 출판된 사절판은 양良사절판이다. 제작된 것은 1595년경이고, 초연初演도 같은 무렵인 것으로 추정되고 있다. 이는 작자가 30세를 갓 넘었을 시기로, 처음 몇 해 동안의 습작 시대를 거친 다음 성장기에 들어설 무렵의 작품인 셈이다.

이 극의 소재는 이탈리아의 이야기에서 온 것이다. 두 원수 집안 사이에서 일어난 숙명적 비련과 수면제를 써서 결혼을 회피하는 이야기는 원래 별도의 이야기였던 것이, 1530년경에 이탈리아 인반델로에 의해 하나로 결합되었다. 이는 당시 사람들의 입맛에 맞았던 모양으로, 여러 가지 번안이 등장했다. 영국에서도 아서 브루크에 의해 운문의 번안이 나왔다. 셰익스피어는 이것을 참고로 했으리라 짐작된다.

이 극의 남녀 주인공의 정열은 특이하며, 비극의 진행 역시 맹렬하다. 원작에서는 사건이 아홉 달 사이에 벌어지지만, 셰익스피어는 그것을 단 5일로 단축시키고 있다. 셰익스피어의 극적 시간은 그의 사극에서도 그렇듯 십수 년의 시간도 단 며칠의 시간으로 단축된다. 더구나 대사 안에 다음 수요일이니 목요일이니 하는 등 특정한 날짜를 지정하여 현실감을 느끼게 하는 동시에 극적인 시각을 설정하여 극의 진행을 재촉하고, 두 주인공이 처음 만났을 때의 경탄으로부터 행복의 절정으로, 불행한 사건의 발생으로부터 해결에의 어렴풋한 희망으로, 그리고 불운한 우연의 연속으로부터 최후의 대단원으로 급진전해가는 숨 막히는 절박감은 이 극의 성격 창조의 부족한 점을 충분히 메워주고도 남는다.

이 극은 성격비극이 아니라 단순한 운명비극인 것이다. 숙원을 지닌 양가에서 별[星辰]로부터 악운惡運을 타고 태어난 두 남녀의 비극은 누구의 악의에 의해서가 아니라 전적으로 우연에 의해 전개된다.

우정이 두터운 로미오, 정숙한 줄리엣, 딸에게 자애로운 노老 캐퓰릿, 아가씨의 행복만을 위하는 유모, 양가의 화해를 기도하는 로런스 신부 등 등장인물들은 주어진 환경에서 모두 선인善人들이다. 이러한 선인들에 의해 빚어지는 비극이니만큼 비극의 순수성은 더욱 특별하다. 이 점은 인간의 악을 주제로 한 그의 다른 비극들과 비교해보면 더욱 뚜렷하다.

이와 같이 순수성이 짙은 비극에 싱싱하고 달콤한 서정적인 시詩의 아름다움

또한 특이하다. 이러한 시 속에 번뜩이는 사랑의 뜨거운 정화情火며, 횃불, 별빛, 유성, 닿자마자 터지는 화약의 섬광 등, 이 비극은 밝은 빛의 이미지로 가득 차 있다. 이 극은 4대 비극에서와 같은 인물의 성격 창조가 결핍된 것이 큰 흠이지만, 유모나 머큐시오에 의해 발휘되는 생명력은 아직은 비극에 미숙한 작가의 솜씨를 감안할 때 실로 놀랍기만 하다. 성격이 약동하는 이 두 단역은 앞으로 있을 걸작들에서의 생생한 극적 성격 창조를 약속하는 듯 보인다.

그리고 중세기의 젊은 여성으로서, 부모의 명령엔 아랑곳없이 자기의 사랑을 관철하기 위해 사랑의 진실을 자기 자신에 두고 맹세하라고 다그치는 줄리엣은 셰익스피어 자신의 시기인 르네상스 시대의 자아각성의 새 인간상으로 비쳐진다. 이 극은 비극으로서는 심각한 결함을 지니고 있으면서도, 아름다운 시구로 이루어진 순수하고도 감미로운 청춘 연애 비극으로서 우리의 심금을 울려온 작품이다.

연보

연보

1557년 | 아버지 존 셰익스피어, 메어리 아든과 결혼. 중부 워릭셔 주州 스트랫포드에 자리 잡다.

1558년 | 존의 맏딸 조운 태어나다. 존, 시市의 보안관에 선출되다.

1561년 | 존, 시의 재무관財務官에 임명되다.(2기 동안 근무)

1562년 | 존의 둘째 딸 마거리트 태어나다.(12월 20일에 세례받고 다음해에 죽다.)

1564년 | 존의 맏아들 윌리엄 셰익스피어 태어나다.(4월 26일에 세례를 받다.)

1565년(1세) | 존, 시의회市議會 의원에 선출되다.

1566년(2세) | 존의 둘째 아들 길버트 태어나다.(10월 13일에 세례받다.)

1568년(4세) | 존, 시장市長에 선출되다.

1569년(5세) | 존의 셋째 딸 조운(맏딸이 죽음에 따라 같은 이름을 지음) 태어나다.(4월 5일에

세례받다.)

1571년(7세) | 존, 시의회 의장 및 시장 대리에 선출되다. 존의 넷째 딸 앤 태어나다.(9월 28일에 세례받다.)

1574년(10세) | 존의 셋째 아들 리처드 태어나다.(3월 11일에 세례받다.)

1576년(12세) | 존, 문장紋章 사용의 허가원을 내다.

1578년(14세) | 존, 집을 담보로 40파운드를 빚내다.

1579년(15세) | 존, 아내의 소유지를 팔다.

1580년(16세) | 존의 넷째 아들 에드먼드 태어나다.(5월 3일에 세례받다.)

1582년(18세) | 윌리엄 셰익스피어, 앤 해서웨이와 결혼하다.(11월 27일에 결혼허가증 발행)

1583년(19세) | 맏딸 스잔나 태어나다.(5월 26일에 세례받다.)

1585년(21세) | 쌍둥이 남매 함네트(남)와 주디스(여) 태어나다.(2월 2일에 세례받다.)

1594년(30세) | 궁내 대신 소속 극단의 간부로서 주주가 되다.

1596년(32세) | 쌍둥이로 태어났던 맏아들 함네트 죽다.(8월 11일에 묻히다.) 10월 20일, 존에게 문장 사용의 허가가 내려지다.

1597년(33세) | 스트랫포드 제일가는 저택을 60파운드로 사들이다.

1598년(34세) | 벤 존슨의 《십인십색十人十色》에 출연하다.

1599년(35세) | 글로브 극장 개관되다. 글로브 극장 공동 경영자의 한 사람이 되다.

1601년(37세) | 2월 7일, 글로브 극장에서 《리처드 2세》 상연되다. 아버지 존 타계하다.

(9월 8일에 묻히다.)

1602년(38세) | 스트랫포드 가까운 교외의 107에이커를 320파운드로 사들이다.

1603년(39세) | 5월 19일, 궁내 대신 소속 극단을 국왕 극단이라 개칭改稱하다. 《햄릿》이 첫 공연되다.

1605년(41세) | 스트랫포드 및 그 부근 토지의 권리를 440파운드에 사다.

1607년(43세) | 6월 5일, 맏딸 스잔나가 의사인 존 홀과 결혼하다. 동생 에드먼드, 런던 에서 죽다.

1608년(44세) | 스잔나의 첫딸 엘리자베스 태어나다.(2월 3일에 세례받다.) 어머니 메어리 세상을 떠나다.(9월 5일에 묻히다.)

1609년(45세) | 국왕 극단이 옥내屋內 극장 블랙 플라이어즈를 흡수. 이로써 글로브 극장 과 함께 두 개의 극장을 소유하게 되다.

1610(46세) | 고향으로 돌아가 은퇴하다.

1612년(48세) | 동생 길버트 죽다.

1613년(49세) | 3월, 런던에 140파운드를 주고 집을 사다. 6월 29일, 《헨리 8세》 공연 도 중 글로브 극장이 화재로 타버리다. 동생 리처드 죽다.

1616년(52세) | 2월 10일, 둘째 딸 주디스가 토마스 퀴니와 결혼하다. 3월 15일, 유서를 작성하다. 4월 23일, 셰익스피어 세상을 떠나다. 4월 25일에 묻히다.

1623년 | 아내 앤 해서웨이 죽다.(8월 6일에 묻히다.)